巴蜀译翁杨武能

翻译家、学者、作家，自号巴蜀译翁。

中国共产党党员。四川外国语大学前副校长；四川大学外国语学院兼文学与新闻学院教授、博士生导师；西南交通大学、四川外国语大学荣誉教授。现任重庆国际交流研究中心主任，重庆图书馆荣誉馆长，译翁书院院长。

曾获德国总统颁授的德国国家功勋奖章、德国终身成就奖性质的洪堡学术奖金、魏玛国际歌德协会颁授的世界歌德研究领域最高奖歌德金质奖章，中国翻译界最高奖翻译文化终身成就奖等国内外重要奖项。

代表性译著有《杨武能译德语文学经典》(22卷，商务印书馆2023年出版)，《歌德精选集》(6卷，河北教育出版社2015年出版)，《杨武能译文集》(11卷，广西师范大学出版社2003年出版)，以及《格林童话全集》《魔山》《纳尔齐斯与歌尔德蒙》《悉达多》《嫫嫫》《永远讲不完的故事》等经典杰作。著作有《歌德与中国》《走近歌德》《三叶集》《译翁译话》《德语文学大花园》《感受德意志》和 *Goethe in China*。

歌德精选集

威廉·迈斯特的学习时代 上

[德]歌德 著
杨武能 译

河北出版传媒集团
河北教育出版社

图书在版编目（CIP）数据

威廉·迈斯特的学习时代：上、下 / (德) 歌德著；杨武能译. -- 2版. -- 石家庄：河北教育出版社，2023.8

（歌德精选集）

ISBN 978-7-5545-7291-7

Ⅰ. ①威… Ⅱ. ①歌… ②杨… Ⅲ. ①长篇小说－德国－近代 Ⅳ. ①I516.44

中国国家版本馆CIP数据核字(2023)第004221号

歌德精选集——威廉·迈斯特的学习时代（上、下）

著　　者　[德] 歌德
译　　者　杨武能
策　　划　丁　伟
出 版 人　董素山
责任编辑　张亚楠　姬璐璐
装帧设计　牛亚勋
营销推广　符向阳　李　晨
出版发行　河北出版传媒集团
　　　　　河北教育出版社　http://www.hbep.com
　　　　　（石家庄市联盟路705号，050061）
印　　制　河北新华第一印刷有限责任公司
开　　本　880mm × 1230mm　1/32
印　　张　18.375
字　　数　488千字
版　　次　2023年8月第2版
印　　次　2023年8月第1次印刷
书　　号　ISBN 978-7-5545-7291-7
定　　价　103.00元

编 译 者 言

杨武能

“德国最伟大的诗人”歌德（1749—1832），是人类历史上名列前茅的大文豪和大思想家。无论哪个民族、哪个国家、哪个时代，人们只要心中还怀有对真、善、美的向往与追求，都必定会研究、翻译、出版和阅读歌德。

中国研究和译介歌德，也已经有一个多世纪。20 世纪初，郭沫若、宗白华、田汉等新文学的缔造者曾经许下宏愿，要将歌德的“一切名著杰作……和盘翻译介绍过来”①。可惜他们生不逢时：国家贫弱，社会动荡，更加战乱连年，有良知的知识分子最紧迫的任务是为大众争温饱，为民族保独立，有几个人能坐在平静的书斋里译介歌德呢！以致直到 20 世纪中叶，译成了汉语的歌德杰作仅只零零散散的几种，离“和盘介绍”相距甚远。

20 世纪 80 年代的改革开放犹如一股春风，吹醒了我国沉睡多时的文学翻译园地。特别是 1999 年歌德诞生二百五十周年，更成为译介和出版这位德国大文豪著作的百年不遇的大好契机，国内于是一下子涌现出三套《歌德文集》；其中由笔者与著名出版家刘硕良主编的一套，收入河北教育出版社工程浩大的“世界文豪书系”，

---

① 参见拙作《歌德与中国》，生活·读书·新知三联书店“读书文丛”，1991 年版，第 104－108 页。

荣获我国出版界最高奖之一的“中国图书奖”。它从三套歌德文集中脱颖而出，不仅因为煌煌十四卷最具规模且装帧典雅、端庄、大气，还有更重要的一点，是它并非旧译的编纂、整合，而是专为出文集而精心选编，花大力气组织动员当时全国的歌德学者和翻译名家，齐心协力才得以成就，是一套全新的真正意义的歌德文集。毫不夸张地说，河北教育出版社这一巨献填补了百多年来中国译介歌德的空白，可谓前无古人，后待来者。

来者肯定会有。随着中国国力日增，新人辈出，新的《歌德文集》乃至《歌德全集》，过不几年定然会摆在读者面前，而且体量和气派无疑还将超过我们。在此只是瞩望新锐们下足功夫，做到精益求精，以便在获得广大读者接受、喜爱方面，也更上层楼，达到青出于蓝而胜于蓝的预期目的。

河北教育出版社 1999 年版的《歌德文集》早已“奇货可居”①。眼前这套《歌德精选集》规模不足它一半，特点如题名所示端在一个“精”字。从歌德遗存下来的上百卷著作中，我们只选编了六卷既具代表性又富可读性的文学杰作。它不仅可以满足广大读者尤其是文艺爱好者阅读的需要，也是家庭藏书之必备。

除了内容的“精”，翻译则力求体现本人“译者必须同时是学者和作家”的理想。拙译《少年维特的烦恼》1981 年出版后广受好评和欢迎，连年重印、再版，却碍于翻译版权当时仍为人民文学出版社专有，所以未能收进 1999 年版《歌德文集》。三十年来，它和笔者翻译的其他歌德作品不仅经受住了读者和市场的检验，而且为译者在国内外赢得了不少荣誉。特别是最可贵的德国国家功勋奖章和国际歌德研究的最高奖项“歌德金质奖章”，能授予我这个中国人，主要的原因无疑都是我对歌德的成功译介。1999 年版的

① 拙编已入藏德国魏玛等地的歌德博物馆；国内坊间偶得一见，整套售价已高至数千元。

《歌德文集》系多位译者的集体劳作，译风难免有差异，水平难免有高低。眼前的《歌德精选集》无此遗憾，翻译全部出自我一人笔下。

说几句《歌德精选集》的编排顺序——

第一卷：诗歌，因为歌德自幼写诗一直到老，始终是也首先是一位诗人；

第二卷：《少年维特的烦恼》，它是青年歌德的成名之作，影响巨大而且深远。此外还收了些体裁相近的作品，以免这卷篇幅太单薄；

第三卷：被誉为“提高了的《维特》”的《亲和力》；

第四卷：长篇小说《威廉·迈斯特的学习时代》。它不只情节曲折，场面宏大，思想内容也更丰富、广阔，可称“提高了的《维特》与《亲和力》”；

第五卷：集歌德创作和思想之大成的诗剧《浮士德》；

第六卷：《歌德谈话录》全译本。它虽为艾克曼记录、整理，却不折不扣地是歌德晚年对自己一生全面而精彩的回顾、总结。

笔者半生研究、译介歌德，而今怀着感恩的心情，把所有翻译成果编辑成《歌德精选集》，交由河北教育出版社出版，对自己的翻译生涯做个阶段性总结，并向专家同行和喜爱我的广大读者进行汇报。

2014 年金秋 10 月　德国北威州多特蒙德

目　　录

代　译　序

《威廉·迈斯特的学习时代》：逃避庸俗

一

在歌德数量巨大的文学创作中，《浮士德》被公认为是最重要的一部作品。紧接着应该提到的恐怕就是两部以威廉·迈斯特为主人公的长篇小说了，虽然它们远远不像一些抒情诗和小说《少年维特的烦恼》那样广为流传，那样脍炙人口。事实上，《威廉·迈斯特的学习时代》和《威廉·迈斯特的漫游时代》这两部小说，许多方面都近似于诗剧《浮士德》，从一定意义上讲，它们真像是一个母体同时孕育生长的孪生姐妹。

《威廉·迈斯特的漫游时代》留待以后再议，这里只谈《威廉·迈斯特的学习时代》。

1777 年 2 月 16 日，歌德在日记里提到"口授《威廉·迈斯特》"，就表明当时已开始了《威廉·迈斯特的学习时代》的前身或初稿《威廉·迈斯特的戏剧使命》的写作。这六部初稿后来修改成了 1796 年正式出版的《威廉·迈斯特的学习时代》的前四部。从 1777 年到 1796 年，整整有二十年之久！如果一直算到《威廉·迈斯特的漫游时代》完成的 1829 年，这两部小说的创作也延续了五十余年，和《浮士德》差不多了，也可以说是歌德用了毕生的心血来完成的作品。

然而，拿小说“威廉·迈斯特”系列与诗剧《浮士德》相比，并非仅仅因为它们篇幅的大小，创作时间的长短，以及在歌德文学创作中的地位等，都相近似。更加重要的是，它们的思想内涵同样异常丰富而且几乎完全一致，都探讨了人生的价值和目的，以及如何实现价值，达到目的。威廉·迈斯特可以说也是个浮士德，只不过他活动的范围仅限于18世纪末的现实的德国，仅相当于浮士德的“小世界”。

再者，这两部杰作虽然思想内涵近似，所采用的体裁、手法和格调却迥然不同，取得的结果和产生的影响也不一样，这就更值得研究者注意。

与《浮士德》一样，《威廉·迈斯特的学习时代》的创作过程，也有当时与歌德齐名的另一位德国大文豪席勒的参与，也凝聚着歌德的这位伟大朋友的心血。从两位大诗人定交的1794年起，到小说完成的1796年年底，也就是在最后长达三年的修改、加工、补充和定稿的关键时期，他们就其情节、结构、人物等曾通信四五十封。席勒第一个读到了小说的手稿，在仔细读过以后，他便主动写信给歌德，在信中不但给予热情的赞扬和鼓励，而且指出了存在的问题，提出了修改的意见，其积极、认真的程度真不亚于自己的创作。特别是1796年7月的四五封每封都长逾千言的信，对小说更是做了细致入微的分析评价，至今仍被视为有关歌德这部杰作的最重要的论述。

除了席勒，《威廉·迈斯特的学习时代》还受到了与歌德同时代的其他许多作家的关注，其中，德国浪漫派的主要理论家弗里德利希·史勒格尔更是给予了详尽的论述和充分的好评。史勒格尔的这篇评论，本身也成为德国文学理论批评的经典。《威廉·迈斯特的学习时代》更被公认为德语“教育小说”的楷模，不仅对整个浪漫派直至20世纪的霍夫曼斯塔尔和赫尔曼·黑塞等众多的作家都产生了巨大影响，而且使教育小说成为德国文学的传统样式。在论及《威廉·迈斯特的学习时代》的成就时，当代著名的歌德研究家特龙茨说，它“始终是歌德在德语长篇小说发展史上的一个特殊贡献”①。

席勒等友好的鼓励、帮助，是《威廉·迈斯特的学习时代》完成和取得成功的重要外因。但是，最终使它从“戏剧小说”扩展、提高为“教育小说”，主要还是作者歌德自己阅历的增长、思想的提高、艺术的成熟等内因。

歌德开始写《威廉·迈斯特的戏剧使命》时才二十七岁，刚刚到魏玛不久。而在其后的近二十年里，他在魏玛做大臣和枢密顾问，长期周旋于贵族社会之中，不仅投身小公国的日常政务管理，也力图帮助年轻的卡尔·奥古斯特公爵推行一些社会改良。1786年秋旅居意大利，在这个南方的文明古国一住一年多，对迷娘所歌唱和向往的这个神奇的地方有了实际而深切的体验，并收集了不少文物、艺术品和自然标本。1891年后，他则专心做魏玛剧院的总监，且并非一般地指导或者挂名，而是亲自参与了剧院的建设、管理和演出活动，不仅挑选和编写剧本，选聘和培训演员，有时还登台扮演角色。在他的指导下，魏玛剧院排演过莎士比亚的三个剧本，其中最重要的也正是《哈姆雷特》。所有这些经历，都自自然然地融合进了小说的情节中，不仅丰富和加深了思想内涵，也使书中的人物、事件、场景变得更加鲜活和典型。

---

① 参见 Goethe·Werke，Hamburger Ausgabe，Band. 7，S. 706。

二

《威廉·迈斯特的学习时代》以传统的讲故事的方式展开情节，但却是一部富有德国特色和时代特征的所谓 Bildungsroman 或者 Entwicklungsroman，译成中文可称作“教育小说”，或者“修养小说”，或者“发展小说”。顾名思义，这种小说写的都是一个人受教育和由幼稚到成熟的发展成长过程；当然，这的所谓受教育是广义的，并非仅只意味着在学校里念书，更多的还是指增加生活的阅历，经受生活的磨炼，最后才完成学习和修养。至于学习和修养的结果，却因各人的内在天赋和外在环境的不同而不同；只是也终将像浮士德似的通过种种的迷误而走上正途，认识并且实现人生和自我的价值。

说这种小说富有德国特色，是因为在 17 世纪的德国文学中，即已产生像格林美尔斯豪生的《痴儿西木传》这样典型的杰作。其后两三百年，同类的小说在德国层出不穷，长盛不衰，其数量之大，时间之长，却为同样产生了许多长篇小说佳作的英、法、俄等国所没有。而歌德的《威廉·迈斯特的学习时代》，则被奉为德国“教育小说”最重要的经典。

还有，两部以威廉·迈斯特为主人公的小说的题名，也打上了 17 世纪和 18 世纪的德国烙印。其时德国处于资本主义萌芽时期，手工业十分发达，手工业行会在社会生活中影响巨大。通常一个手工业者的发展分为三个阶段：一、跟着师傅学徒的阶段；二、满师后外出漫游积累经验的阶段；三、自行开业和当师傅教授徒弟的阶段。歌德原计划多半要写三部长篇，相应的题名就该是《威廉·迈斯特的学习时代》或曰《威廉·迈斯特的学徒时代》、《威廉·迈斯特的漫游时代》和《威廉·迈斯特的为师时代》。除了题名，小说的内容也反映出德国手工业行会对社会生活的巨大影响，具体的例子就是兄弟会内部的那些规章和仪式（见第七部第九章和第八部第五章）。

《威廉·迈斯特的学习时代》的故事大致发生在1770年至1780年的十年间。其时欧洲和德国已相继经历了文艺复兴、宗教改革和启蒙运动，进入了一个较之中世纪而言是完全崭新的时代。

在中世纪，神和神的代表宗教统治着一切，人和人性受到严格的限制、束缚。一方面，人处于被动、消极和蒙昧的状态，在精神上完全是神的奴隶；另一方面，人又可以心安理得地接受神的荫庇和指引，像牧人怀中的羔羊似的懵懵懂懂，无忧无虑。因为世界似乎完全已经由神安排定了，是非善恶也自有神来裁决赏罚，人只需听天由命就是。

到了新时代，随着人的解放，理性的觉醒，摆在人面前的问题就是如何认识自己，认识自己与自己生活其中的世界的关系，以及人的价值和人生的意义，等等。要解决这些问题，人不能再像中世纪的学者那样去求神，去钻研和诠释《圣经》，而必须依靠自身，必须增长自己的聪明才智，丰富自己的知识阅历，锻炼自己的性格品质。为此，就有了受教育和提高修养的要求。为认识自己和世界而接受教育，而勇于实践、不懈探索，这可以说是新时代的要求，也是新人的一个主要特征。小说的主人公威廉和浮士德一样，都是这种新人的典型。从这个意义上讲，以《威廉·迈斯特的学习时代》为代表的德国教育小说，堪称新时代的必然产物，自然带着浓重的时代特色。须知，启蒙运动的所谓启蒙，不就是教育的同义词吗？只不过，在包括德国的莱辛、歌德、席勒在内的新时代的思想家看来，启蒙和教育的对象自然不仅仅是个体的人，而是广大的民众，而是整个民族甚至整个人类。

较之表现于体裁样式的民族特色，这部小说的时代特色或曰时代性更具本质意义。时代性不仅贯穿于全书之中，无时无处不有所表现，而且也是我们理清这部小说曲折繁复的故事情节，深入其丰富深刻的思想内涵的路标和线索。

三

为达到教育广大民众的目的，需要通过怎样的途径？使用什么样的手段？

在考虑这个问题时，莱辛、歌德、席勒等启蒙思想家都曾寄希望于文艺，都曾希望通过发挥文艺的审美教育作用来纯洁人性，改良社会——这与我们“五四”时期提倡“文学革命”，一些怀有济世救国抱负的先辈投身文艺事业的情况颇有些类似。

一开始，和莱辛、席勒一样，歌德也特别重视在欧洲自古以来就最为大众化，在当时也最易影响民众的文艺形式戏剧。这就是说，戏剧被视为一种有效的教育手段，剧场成了教育民众的学校。正因此，《威廉·迈斯特的学习时代》的前身名为《威廉·迈斯特的戏剧使命》，内容仅限于主人公献身舞台的经历、见闻和心得，只是一部所谓的“戏剧小说”，即古今中外都为数不少的以演员生涯为题材的小说。

莱辛、席勒等启蒙思想家重视文艺特别是戏剧的教育作用，应该说是用心良苦而富有见地，但是把戏剧或者文艺当作教育民众和改良社会的主要手段，实践证明却失之偏颇，没法真正取得成功。大概就基于这样的经验和认识，歌德就在小说定稿的后半部分，让主人公怀着失望的心情离开舞台，走向了更加广阔的生活。于是，他便结识罗塔里奥男爵及其身边的一批以改良社会为己任的有志之士，了解了他们所组织的“塔楼兄弟会”的秘密，接受了该会中被称作“教士”的思想家的开导，最后如愿以偿地与罗塔里奥的妹妹娜塔莉亚——一位精神和性格都美好、和谐的杰出女性结为夫妇，圆满地完成了自己的“学业”，度过了自己的“学习时代”。

概括起来，威廉的学习大致经过了两个阶段，即从事戏剧艺术的阶段和投身社会实践的阶段。在前一阶段，他受教育的场所主要是剧场，给他教育的主要是周围的艺人和观众；在后一阶段，他受教育的场所主要是塔楼兄弟会，给他教育的主要是开明贵族罗塔里奥及其周围的男男女女。塔楼兄弟会这个组织，尽管沿用了手工匠人行帮的一些陈规旧习，明显地带着神秘、诡异的封建色彩，但宗旨却富有新时代的精神，从事的也是教育民众、改良社会的事业，如罗塔里奥计划减轻自己佃户的负担，赴美洲建立带有“理想国”性质的居住区，等等，虽属不能真正解决社会不公的空想，但仍不无一定的进步意义。类似塔楼兄弟会的秘密组织，18世纪、19世纪在德国和欧洲颇为不少，歌德和贝多芬也曾是公济会的会员。

年轻的主人公失望而懊恼地告别了演艺生涯，因为他觉得自己缺少真正的戏剧天才却执意献身戏剧事业，不仅辜负了想使他成为商人、继承家业的父亲的期望，也浪费了自己几年的宝贵时间、精力和感情，结果遭受了一系列的挫折和失败。但是，当他在去罗塔里奥的庄园的路上不期然重逢曾同舟游览的“乡村牧师”，向他流露出了自己对往昔的上述情绪，认为“那段时间，我觉得看见的只是一片无边的空虚空白，从中什么也没给我留下”时，实际上一直在暗地里关心和引导着他的这位塔楼兄弟会成员却说：“这您就错了，我们的任何经历都会留下痕迹，都会无形地对我们的修养起作用。只不过去回顾总结它们，是件危险的事情。我们会因此要么自满懈怠，要么垂头丧气，结果一样地会对将来产生不利影响。最可靠的是只做眼前该做的事情。”（见第七部第一章）

从塔楼兄弟会这位被称作“教士”的智者开导威廉的这段话，可以引出该会的“教育理论”和人生哲学，也就是这部小说总的主题思想：即在人生旅途上的所有遭遇和经历，不管是成功或者失败，欢乐或者痛苦，无不对人的修养和成长发生影响和作用；在人与社会接触的过程中，特别是人与人之间发生的种种关系，正面的如亲情、友谊、爱情也好，反面的如敌视、倾轧、欺骗也好，也通通都是能促使人成长、成熟的因素，都能帮助人认识自身、认识他人、认识世界，关键就在于人有无能力对所经历的一切深刻地体验，正确地理解和接受。

根据这种教育理论，塔楼兄弟会虽重视人的教育，并为此给自己所关心和暗中引导的受教育者一个个立了形似羊皮古卷的档案，但却不赞成他们回避挫折、失败和迷误，相反倒主张勇敢地投身实践，过一种积极有为的生活。这显然与中世纪的经院教育理论完全背道而驰，是一种带有新时代气息的新的教育思想。和浮士德的精神思想一样，这种教育主张的世界观和人生观基础，都是体现了新兴资产阶级追求的有为哲学。罗塔里奥和雅诺、“教士”等志同道合者，都对自己的主张身体力行，成为积极有为的新人的代表。

主人公威廉·迈斯特出身富商家庭，禀性善良、正直，自幼便怀着要提高和完善自身的强烈的受教育愿望。小说一开始，他奉父亲之命外出收账却一去不归，先参加筹建一个流浪戏班，后成为一家城市剧院的演员和导演，希望满足自己自幼对戏剧艺术的爱好，实现自己振兴德国民族戏剧的抱负，同时也过一种自由的生活，结果经历了事业和感情上的无数周折和失败。离开舞台后他进入了高雅的贵族圈子，结识了一批怀有济世救人理想的有志之士，参加了以改良社会为己任的秘密团体塔楼兄弟会。终于走上做一个积极有为青年的正路，彻底丢掉了身上的庸俗市民气，完全变成了一个新人。小说结尾时，有人对威廉说了一段话：“您不必为过去的事情不好意思，就像人用不着为自己的出身羞愧一样。其实那些时候也并不坏。我现在看见您忍不住好笑：您让我觉得就像基士的儿子扫罗，他出去寻找父亲走丢的驴子，结果却得到了一个王国。”

这段包含着一则《圣经》典故的话，被不少学者看作是对主人公整个“学习时代”的总结，虽然具体说的只是他爱情的圆满成功。

学者们的这一说法不无见地，但似乎还嫌空泛了一些，窃以为不妨把《威廉·迈斯特的学习时代》的整个内容归纳为具体的四个字：逃避庸俗。

逃避庸俗，摆脱自己商人家庭的无聊市民生活，既是威廉登上舞台，长期在外浪荡漂泊的初衷，也是他进入贵族圈子、参加秘密会社的动机。逃避庸俗，是新脱离了蒙昧状态的新人进一步自我完善的要求。逃避庸俗的结果，使威廉认识了社会、人生，经受了磨炼，完成了“学业”。尽管演员生涯的自由，贵族社会的高雅，塔楼兄弟会的积极有为，都是与商贾的孜孜为利、庸俗狭隘相对而言，各自都难免有很大的局限；但是，经过了它们的熏染、洗礼，年轻的主人公确实洗心革面，成为高尚的人。也就难怪，在小说的最后一部，威廉青年时代的好友和妹夫威尔纳在与他重逢时大发感慨，说他“已完全变成了另一个人”。这一对出身和生长环境完全相同的青年，由于分道扬镳，迷恋经商的威尔纳变得越来越庸俗、越来越浑身铜臭味，与逃脱了庸俗、提高了修养、完善了自我的威廉，恰成鲜明对照。

四

与歌德的其他著名小说如《少年维特的烦恼》和《亲和力》相比，《威廉·迈斯特的学习时代》内容要丰富得多，所反映的社会生活面要广阔得多，人物也更加多姿多彩，可以说是一部真正意义上的长篇小说，即所谓 Roman。不少研究者和评论都对此加以肯定和强调，认为乃是这部作品的成功和杰出之处。

的确，小说内容涉及了现实生活的方方面面，可谓社会、经济、宗教、艺术、道德伦理无所不包。这只谈演员生涯和戏剧艺术一个方面。因为，小说主人公投身戏剧事业除了想摆脱经商的庸俗小市民的生活，还如莱辛一样抱着革新德国戏剧艺术、建立德国民族剧院的理想，所以他对德国戏剧的现状做了长期全面的了解、体验和思考，尽管最后理想完全破灭了。有关这方面的内容不仅所占比重很大，而且也写得格外精彩，极富寓意，即使单独抽出来作为一部“戏剧小说”，也不愧为一部杰作。

古今中外，以演员生涯为题材的文艺作品多不胜计。因为小小的舞台本身即是世界的缩影，大千世界又不过是一座人生舞台；演员和艺人大多四海为家、走南闯北，剧场又与社会保持着千丝万缕的联系；舞台人生与人生舞台常常相互映照，密不可分。因此，写演员生涯成了反映社会现实的一条捷径。在小说的第七部第二章，塔楼兄弟会的成员雅诺将世态人情与演员生活对比的一席话，可谓富于睿智，入木三分。

但是，古往今来“戏剧小说”尽管多得不胜枚举，在内涵丰富深邃、人物多彩多姿、情节曲折生动和影响深远持久方面，却鲜有可以与《威廉·迈斯特的学习时代》比拟者。特龙茨讲：“在世界文学史上从未有过如此成功地描写艺术体验的作品。”[①]

小说的前五部，也即以《威廉·迈斯特的戏剧使命》为基础加工修改成功的部分，更是系统、完整地写了戏剧艺术的方方面面，堪称是德国当时戏剧生活的一部形象直观、色彩斑斓的百科全书。诸如儿童木偶戏的排演、节日民众戏剧演出、杂耍班的广场献艺、业余戏剧活动和宗教戏剧表演，还有流动戏班、宫廷剧团和城市剧院不同风格的演出，还有即兴表演、对台词和彩排的情况，还有剧

① 参见 Goethe·Werke，Hamburger Ausgabe，Band. 7，S. 697。

院经理、导演、演员和提词员的工作，以及音乐伴奏、舞台布景等等具体而微的问题，书中都有细致而内行的描述。尤其是关于莎翁名剧《哈姆雷特》的排演，关于剧中主人公的性格、心理和行为的把握，早年曾狂热崇拜莎士比亚的歌德更借威廉之口，发表了异乎寻常的独到、系统、详尽和深刻的见解。小说与此有关的第四部第十二、十五章和第五部第四、五、九、十一章，完全称得上是一篇精彩的“《哈姆雷特》论”。此外，剧院经理赛罗那段论戏剧与长篇小说之异同的谈话，也不无价值和意义（见第五部第七章）。

除了戏剧艺术，书中关于绘画、建筑、音乐等的描写和议论也不少（如在第八部第七章的结尾），就不再一一列举和详述。

《威廉·迈斯特的学习时代》这部教育小说尽管内涵丰富、深刻，对艺术问题的探讨深入、细致、详尽，读起来却并不枯燥、乏味，不，相反倒是十分引人入胜的。这在以思想深邃见长的德语长篇小说中可以讲颇为少见。之所以如此，是因为歌德在这部作品中非常讲究艺术性，是因为深刻的思想往往直接而自然地融入到了生动的故事情节中。

在歌德的所有小说里，《威廉·迈斯特的学习时代》的结构是少有地严谨，情节是格外地生动、曲折、起伏跌宕，而且是悬念一个接着一个，隐约的伏线和神秘的暗示也很多，如迷娘和竖琴老人蹊跷的行径和神秘的身世，演出《哈姆雷特》时自动前来救场的鬼魂和他留给威廉的警告，还有当晚来到威廉床榻上的不速之客，等等，都教人一直要读到全书结束，才茅塞顿开、豁然开朗。歌德为了将复杂的故事情节编织得错落有致、耐人寻味，真是费了不少的心思。

还有一个小说的情节结构别具匠心的例子：书中第六部《一颗美好心灵的自白》写了一个虔诚、善良的女性的一生，这本身可以讲也是个独立的、自成一体的中篇小说，乍看起来似乎节外生枝，实际上仍紧紧地扣着人的教育、修养、成长这个全书的主题。只不过，其女主人公为完成自我修养走的是另一条完全不同的途径，即信仰宗教和回归内心，离群索居地进行内省罢了。但正因此，它与威廉热心从事艺术，积极投身社会改良的实践，形成了鲜明、强烈的对照，起到了丰富和加深中心思想的作用。还不止此，这一部中提到过的一些看似无足轻重的人物，在小说的其他部分，特别是后面两章中，还出乎我们意料地占据了显赫的地位，发挥了至关重要的作用。

比起结构和情节的安排来，小说在塑造人物方面的成就还更加令人赞叹。活动在年轻的威廉周围并从正面反面给了他教育的人，真可谓男女老少，三教九流，应有尽有，其数量之多，性格、形象之鲜明，在歌德的所有作品中唯有《浮士德》可比。不同的是，他们绝大部分都出自现实生活，因此血肉丰满。显得超常和带有神秘色彩的唯有迷娘和竖琴老人，而恰恰是这两个与主人公关系密切的人，他们奇异的性格和遭遇，又赋予了这部基调为现实主义的小说以浪漫色彩。

以职业和等级分，《威廉·迈斯特的学习时代》的人物主要有商贾、艺人和贵族三类，而在每一类中间，他们又形形色色，各具鲜明的个性，甚至同样身份、同样职司的人也无一雷同，因此往往起到了相互对照和彼此衬托的作用。例如，威廉与他青年时代的好友和妹夫威尔纳，虽都出身商贾之家，走的却是完全不同的人生道路，一个越来越情操高尚、抱负远大，积极投身改良社会的事业，一个却越来越庸俗、市侩和唯利是图。还有同为剧团经理的梅利纳与赛罗，也是个性和作风迥异，一个猥琐卑劣，与其说是从艺不如说是做买卖，一个放浪形骸，艺人的习气分外浓重。至于为数更加众多的男女演员，还有同为贵族的罗塔里奥及其糊涂迷信的伯爵妹夫和玩世不恭的弟弟，等等，也是一人一个模样，教读者过目难忘。

小说中尤以女性的形象最为光彩夺目，作者歌德似乎对她们怀有偏爱，在塑造她们时注入了特殊的、浓重的感情。拿与主人公先后有过感情纠葛的玛利亚娜、菲莉涅、特蕾萨和娜塔莉亚来讲，她们要么善良、忠贞，要么乐天、聪明，要么干练、理智，要么气质高雅、心性高卓，没有一个身上不有许多可爱之处。就连她们中最可非议的女戏子菲莉涅，虽然性格轻浮，却绝不势利庸俗，相反倒极其慷慨大度，富于正义感。可以认为，在德语文学的人物画廊中，菲莉涅是个独具特色的典型。出身与地位低下的她与贵族出身的特蕾萨和娜塔莉亚一样，做人行事都独立不羁，迥异于其他一些做男性附庸、受制于男性的传统女性。因此可以讲，她们也是新时代的新人，新时代的新女性。其中特别是娜塔莉亚，在主人公威廉和作者歌德的眼中一直是一位女中豪杰，精神、气质不止胜过一般男性，简直可以讲被威廉当作了典范和偶像。也许正因为如此吧，她更多的是一个理想的、神圣的象征，而不如菲莉涅现实和有血有肉。

《威廉·迈斯特的学习时代》尽管人物为数众多，我们可以分为感性的和理性的两大类，前者多为小说上半部所写的菲莉涅这样的艺人，后者多为塔楼兄弟会周围的人物如雅诺和“教士”等。当然，理想的人最好是具备两者的优点，摈弃他们的缺点，但要做到又谈何容易？所以，在小说中，似乎并没有一个真正理想的人物，即使罗塔里奥和威廉，也仍须在实践中继续受教育和学习成长。

在感性的人物中，迷娘和竖琴老人可谓走到了极端。特别是迷娘，她跟维特和《亲和力》的主人公爱德华一样过分地强调了感情，也认为：“理性是残酷的，心更好。”（第七部第八章）。她总是唱着心灵之歌，死于无节制的相思和渴慕。她的世界神秘、悲凉但却极富诗意。而竖琴老人则让我们想起古希腊的命运悲剧。

迷娘和竖琴老人，在歌德的经历中未必有生活原型，多半只是作者的艺术虚构，只存在于作者的幻想中。其中的迷娘只是反映了歌德本身的渴慕与向往；向往的对象具体地解释可以是欧洲文化的主要发祥地意大利，但是恐怕又不只是意大利。竖琴老人呢，则可以说反映了歌德对人类命运的思考和迷惑，就像《浮士德》《亲和力》等作品一样。这两个尽管只是出自幻想的人物，却以自己曲折离奇的故事和优美凄清的歌曲，给整个作品增加了不少神秘的色彩和浓郁的诗意。这些歌曲凭着本身的魅力，更是广为流传，成为歌德抒情诗里的精品，世界诗歌宝库中的明珠。关于这两个人物，冯至老师在 1943 年的一篇文章里写道：

> 在全书里，歌德还以另样优美的心情，穿插一个美妙而奇异的故事，那个迷娘和竖琴老人的故事。有几个《学习时代》的读者不被迷娘的形象所吸引，不被竖琴老人的命运所感动呢？他们的出现那样迷离，他们的死亡那样奇兀，歌德怀着无限的爱与最深的悲哀写出这两个人物，并且让他们唱出那样感人的歌曲。仅仅这两个人物的故事，已经可以成为世界文学中的上品，但它在这里只是一个插曲……①

书中的一个“插曲”已足以成为“世界文学中的上品”，整部小说的巨大价值更不待言了。有人惊叹于《威廉·迈斯特的学习时代》内容和形式的丰富、宏大、深邃、严谨，便很恰当地把它比作一部交响乐。

但是，正像一部大交响乐的流传、接受往往赶不上一首小夜曲什么的，这部杰作直至目前在我国的影响不只无法与歌德的其他名著如《少年维特的烦恼》《浮士德》同日而语，甚至也远远赶不上小说中插入的诗歌如《迷娘曲》，等等。可是尽管如此，这部作品在 20 世纪二三十年代通过片段的翻译，已对我国的文学和政治生活产生过影响，其例证就是抗日战争中从国内一直演到了国外的街

① 《冯至学术精华录》，北京师范学院出版社，1988 年版，第 382—363 页。

头剧《放下你的鞭子》。①

1988 年，业师冯至教授和夫人姚可昆老师终于推出了《威廉·迈斯特的学习时代》开笔于抗日战争时期的全译本，弥补了我国歌德介绍的一个重要空白。就像我的学术事业得到了冯至老师的巨大促进和奖掖，使我终生受惠，永志不忘，我在翻译此书的过程中也不时地参考老师的译本，同样获益良多。希望我这个新译本的问世，能对歌德这部杰作在我国的进一步流传和接受，起到一点点作用。

---

① 参见杨武能《歌德与中国》，北京三联书店，1991 年版，第 146 页。

第　一　部

第　一　章

演出持续了很久。老芭芭拉已经几次跑到窗前，想听一听是否有马车驶近的声音，她等待着自己美丽的女主人玛利亚娜归来。在今晚收尾的演出中，玛利亚娜扮演的一名年轻军官，令观众大为倾倒。老芭芭拉呢，却等得格外心焦，因为今晚她不只为女主人准备了一顿平平常常的晚饭，而且要出其不意地交给她一只包裹。年轻的富商诺尔贝格寄了这只包裹来，为的是表明他即使到了远方，心里仍旧惦记着自己的恋人。

一身兼为老女仆、亲信、顾问、代理人和管家，芭芭拉本已有权开启主人邮件的封印，今晚就更加经受不住先睹为快的诱惑。因为比起玛利亚娜本人来，她更在乎那位慷慨大方的情郎的恩惠。在包裹里面，她发现除了赠给玛利亚娜的一段细麻布和一些最时新的丝带以外，还有给她自己的一块棉布、几条围巾和一小卷钞票，不禁喜出望外。回想起这位远在他乡的诺尔贝格的为人，她心里是何等倾慕，何等感激哟！她暗自下定决心，要在玛利亚娜面前好好夸赞一下人家，让她记住自己欠了人家多少情，而从玛利亚娜这，他想必又希望和期待获得怎样的忠心回报。

那段细麻布料摊开在小桌子上，经松松散散的彩色丝带一衬托，美丽得就像圣诞礼物一般；灯光位置恰到好处，礼物因此更显耀眼夺目——当老女仆一听见楼梯上传来玛利亚娜的脚步声就急忙迎去时，已经万事俱备。然而，她在退回来时是多么惊讶啊，那扮成军官的女郎径直从她身边走过，毫不在意她的亲热表示，异常匆忙和激动地奔进了房间，把饰着鸟羽毛的军帽和佩剑往桌子上一扔，就心神不定地走去走来，对那些过节似的点在那的蜡烛不屑一顾。

“你怎么啦，我的宝贝？”老女仆惊讶地叫起来，“我的上帝啊，孩子，出什么事了？瞧瞧这儿的这些礼物！除了你那最知心的朋友，谁还会送给你哟？诺尔贝格送这段细麻布给你做睡衣，他自己很快就回来。我看呢，他现在比什么时候都更性急，也更慷慨喽。”

老婆子转过身去，打算展示也有她一份的那些礼物，玛利亚娜却把头一扭，气急败坏地叫道：

“走开，走开！我今天不想听所有这些；从前我听了你的话，你想要怎样就让它怎样！等诺尔贝格回来，我又是他的人，又是你的人，你想拿我怎么办就怎么办好了；可在这之前，我自己做主，你即使有一千条舌头，也甭想改变我的决定。我要把自己整个的身心，全交给那个爱我而我也爱他的男人！别冲我脸红脸黑！我就是痴情不改，就是相信它会天长地久地维持下去。”

老婆子并不缺少反驳的说法和论据，但她越讲情绪越激烈，越讲言辞越尖刻，气得玛利亚娜忍不住扑向她，拽住了她胸前的衣襟。老芭芭拉突然纵声大笑。

“我得想法叫她马上重新穿起裙子来才好啊，”她嚷道，“否则我就有生命危险。去去去，快去换衣服！我希望，鲁莽的爵爷刚才伤害了我，姑娘会为此向我赔不是。快脱掉这上衣，把它们统统脱掉！这身衣服穿着挺讨厌，对于你我看甚至有危险。这两条肩章使你昏了脑袋。”

老女仆动手给她脱衣服，玛利亚娜躲闪开了。

“别这么着急！”她叫道，“我今晚上还有客人来。”

“这可不好，”老婆子说，“该不会是那个乳臭未干的小年轻，那个自作多情的商人的儿子吧？”

“正好是他。”玛利亚娜回答。

“看样子，乐善好施会成为你最热衷的品质哩，”老婆子讥讽道，“难怪你满怀热情地接待这个没有自身财产的毛头小子。做个无私的女施主接受他人崇拜，想必是挺开心的吧。”

“随便你怎么讽刺好啦。我爱他！我爱他！我第一次说出这几个字来，真是太兴奋了哦！这就是我经常想象却茫然无知的激情。是的，我真恨不得扑向他，搂住他的脖子，永远不再放开！我要向他表露我整个的爱情，我要充分享受他对我的爱。”

“你要克制，”老婆子冷静地道，“你得克制！我不能不扫你的兴，告诉你说：诺尔贝格要回来啦！再过两个礼拜就回来啦！这是他的信，随礼物一块送来的。”

“就算明天的朝阳会夺走我的男朋友，我也不想知道。两个礼拜！多么漫长啊！在两个礼拜里什么不可能发生呢？什么不可能改变呢？”

威廉走进房来。玛利亚娜兴高采烈地向他奔去；他呢，也立刻搂住这穿着红色制服的娇躯，让她的白缎子小背心紧紧贴在自己胸前，心中真说不出是多么兴奋喜悦！此时此地，一对情侣所体验到的幸福，又有谁敢于描写，又有谁适于言传哦！老女仆嘀咕着走开了，咱们也跟她一块回避，让两个幸福的人独自待着去吧。

第　二　章

第二天早晨，威廉去向母亲问安，母亲便告诉他，父亲对他每天都去看戏很不高兴，决心要禁止他。

“尽管我自己也经常喜欢上戏园子去，”她继续说，“我常常还是诅咒它，就因为你过分迷恋这种娱乐，害的咱家不得安宁。父亲反复讲，这玩意儿哪有一点儿用处？怎么可以这么白白荒废光阴？”

“我也不得不听他这么唠叨，”威廉回答，“给他的回答也许激烈了些。可是我的老天啊，妈妈，难道一切不能直接往钱包里装钱，不能立刻给咱们带来收益的事情，都毫无用处吗？咱们的老宅不已经够宽敞？还有什么必要再建一座新的呢？年复一年，父亲不是把他经商赚的钱，大把大把地用来装修这些房子了吗？这些糊墙壁的丝绸，这些英国式的家具，不也没有用处吗？难道我们不能满足于用简陋一些的？至少我得承认，这种条子花的糊墙布，这些繁复累赘的花饰、蜗卷、篮子和浮雕动物，都教我讨厌恶心。在我看来，它们充其量抵得上我们剧院中的帷幕。可是，坐在帷幕跟前，那感觉又是怎样地不同啊！即使得等上很久很久，你却肯定知道帷幕会升起来，我们呢，将观赏到形形色色的事物和现象，得到娱乐、得到启发、得到提高。”

“只不过要有节制，”母亲说，“父亲也愿意在晚上消遣消遣；他却认为看戏使你分了心，因此不高兴，到头来过错全归我承担。我不得不忍受他的责怪，为了那套该死的木偶；十二年前，我把它送给你当圣诞礼物，是它最早引起你对戏剧的兴趣！”

“别咒骂那些木偶，别后悔你用它对我表示爱和关怀。那是我在这所新居中享受的最初欢乐时刻。现在我似乎还能看见当时的情景，还能回忆起当时的奇妙感觉：在领到了通常的圣诞礼物之后，我们被安排在一扇通向邻室的门前坐下来。随后门自动开了，但不是如往常似的给我们跑进跑出，而是出乎意料，门被漂漂亮亮地封起来了。一座彩台高高耸立，台前遮挡着神秘的幕布。一开始大家还站得远远的，但是却越来越好奇，恨不得马上去撩开那半透明的帷幕，看看藏在后边那些闪闪发亮和窸窣有声的究竟是些什么；这时，大人就指给我们每人一张小椅子，叫我们耐心等着。

“就这样，大家都坐下了，安静了下来。终于响起一声哨音，帷幕随即卷了上去，面前展现出一座涂抹得鲜红的神庙内景。祭司长撒母耳带着约拿丹走上场来，他们的嗓音奇特而又抑扬顿挫，令我肃然起敬。接着扫罗也出来了；那位高大魁梧的武士向他和他的手下挑战，态度傲慢无礼，令他十分难堪。可是，当耶西那个身材像侏儒似的儿子手持牧杖，带着牧羊袋和投石器跳上场来，我是多么快乐哦！只听他道：‘最最高贵的大王和主上啊，这等小事谁也不会没有胆量去干！只要陛下您允许，我就去和那个强大的巨人斗上一场。’——第一幕就这样结束了，观众们急不可待地想看看接着会发生什么事，谁都巴望着音乐快快停止。终于幕布又升了起来。大卫用巨人的肉喂空中的飞禽和地上的走兽；那个非利士人大声叫骂，不住跺脚，最终还是像根木头似的厥倒在地，使整个故事圆满结束。随后开始了少女们的合唱：‘扫罗战胜敌人一千个，大卫战胜敌人一万名！’巨人的头颅被抬着走在身材矮小的胜利者前面，他娶了美丽的公主做妻子。我尽管高兴得要命，却感到美中不足：大卫这幸运王子竟给搞成了侏儒模样。要知道传说中虽有歌利亚形似巨无霸和大卫身材矮小的构想，却也并不曾忽视对他俩性格的适当塑造。请告诉我，那些木偶藏到哪儿去了？最近，我给一个朋友讲过儿时看木偶戏的情景，他听了非常高兴，我答应要把它们拿去给他看看。”①

“我不奇怪你对这些演出记忆犹新，因为你当时马上就着了迷。我记得你怎么从我这弄走了那个小唱本，把它背得滚瓜烂熟。直到有一天晚上，你用蜡捏了一个歌利亚和一个大卫，试着让他俩相互打斗，最后给了巨人狠狠一击，还把他变了样的头颅插在一根别针上，用蜡粘在小小的大卫手里，我才发现了这个秘密。对于你的好记性，对于你富有激情的背诵，我作为母亲当时真是感到由衷的喜悦，马上便决定把那木偶戏班亲手送给你。我哪里想得到，我因此会呕这么许多气啰。”

“你就别后悔啦，”威廉回答，“这种游戏也曾使我们度过许多欢乐时光。”

说完他便要了钥匙，急急忙忙奔去找出那些木偶。转眼之间，威廉又回到了它们在他眼里似乎真富有生命的儿时。那时候，他相信用自己生动的语调，用自己双手的动作，真能使它们活起来。他把木偶搬到自己房里，小心地珍藏了起来。

① 耶西的儿子即大卫。这场木偶戏的情节基本上取自《圣经·旧约·撒母耳记》(上)。

第 三 章

通常人们都讲，初恋实在美好不过，无论你的心体验到它是迟还是早。果真如此，就得称咱们的主人公为双料的幸运儿，因为他太有福啦，能够充分地享受这一生仅有一回的欣悦欢乐。只有少数人像他似的得到命运的眷顾，大多数人都将早早地忍受感情的磨砺，不得不在浅尝欢娱之后就学习放弃心中最美好的渴望，学习一生一世都不再享有那飘浮在他们眼前的最高幸福。

乘着幻想的翅膀，威廉对这迷人的少女的爱慕高高地飞翔起来。短短地交往了一段时间，他便已赢得她的芳心，便发现自己已占有她，占有了这个他无比心爱、无比尊重的女子。要知道，他初次见到她，是在剧院演出时的美妙灯光中。于是乎，他对戏剧的热爱，便与对一个女性的初恋结合在一起了。他青春年少，能够充分享受那由一种生动的艺术表演所增进、所维持的无尽欢乐。还有他爱人的境况，也赋予她的举止一种情调，更大大地有助于激发他对她的热情。姑娘担心她的情人会发现自己过去与其他人的关系，这又使她的神态带上了一抹混合着忧虑和羞愧的色彩，因此越发地楚楚动人；加之她对威廉的爱是那样热烈，以至她的不安似乎也使她显得更加温柔起来；她躺在他的怀中，简直就成了世间最娇媚可爱的人。

当他第一次从幸福陶醉中清醒过来，回顾自己以往的生活和处境，眼下的一切都似乎变得新鲜了：他的职责显得更加神圣，他的喜好变得更加真切，他的知识变得更加明晰，他的才华变得更加卓越，他的决心变得更加坚定有力。因此，要想办法规避父亲的责难，让母亲安心，以便不受干扰地享受玛利亚娜的爱情，在他就成了轻而易举的事。白天，他准时地完成自己的工作，通常也不再去戏园子看戏，晚餐桌上则谈笑风生，一直等到全家都上床以后，才披上斗篷，轻脚轻手溜出花园，心里想着林多尔和兰德尔们的种种风流韵事①，一溜烟跑到了自己爱人那里。

“你那是什么?”一天晚上，威廉拿出来一个包裹，玛利亚娜问。老芭芭拉更把眼睛睁得老大，希望又是什么珍贵的礼品。

“你可猜不着啰。”威廉回答。

包裹解开了，原来是乱七八糟的一大堆一拃长的木偶，玛利亚娜不胜惊讶，老芭芭拉则大为骇异。威廉尽量理顺纠缠在一起的提线，让木偶一个一个地活了起来，逗得玛利亚娜哈哈大笑。老婆子则灰溜溜地踅到了一边。

要使一对恋人开心用不着费多少事，今晚我们的两位朋友更是高兴到了极点。小小的木偶戏班被检阅了一通，每个角色都经受了仔细观察，都遭到了恣意取笑。玛利亚娜一点儿不喜欢头戴金冠、身着黑绒袍子的扫罗王，说他的样子太呆板，太学究气。而约拿丹光光的下巴，穿着红黄相间的衣服，缠着头巾，就格外讨她欢心。她还相当在行地转动操纵他的铁线，让他频频施礼，让他一次一次地做爱情的表白。相反，对那位先知撒母耳，她却不屑一顾，尽管威廉对他胸前的徽章大加称赞，并告诉她，先知那光彩夺目的袍子，是用祖母的一件旧衣服裁剪的。玛利亚娜觉得大卫的个头太小，歌利亚又嫌太大，对她那约拿丹却爱不释手。她对这个木偶真是爱护备至，最后终于把对他的亲昵转移到了我们的朋友身上。跟往常似的，今晚接下来的销魂时刻，又是以一段小小的游戏作为先导。

大街上突然传来一阵喧闹，惊醒了他俩甜蜜温柔的春梦。玛利亚娜叫老女仆打听出了什么事；这时候，芭芭拉按照多年的习惯，

① 林多尔和兰德尔是18世纪的喜剧中情人们惯用的名字。

还忙着在整理调配姑娘的戏装，以备下一场演出之用。她回话说，适才是一群快活的酒徒偏偏倒倒地窜出了隔壁的意大利酒窖；牡蛎刚刚上市，他们来尝鲜，香槟酒也喝了个够。

“倒霉，”玛利亚娜说，“没有早一点儿想起，咱俩本来也该痛痛快快地享受一下。”

“还为时不晚，”威廉回答，同时递给芭芭拉一枚金币，“去弄些咱们要的酒食来，这样你也可以跟着受用受用。”

老婆子动作很是灵敏，一会儿工夫，两位恋人面前便摆好了酒席，外带一些搭配适当的精美小点心。芭芭拉奉命一同入席；三人随即又吃又喝，尽情享受。

在这种场合，少不了说说笑笑。玛利亚娜重新取出了自己心爱的约拿丹；老婆子善于迎合，把谈话引向了威廉热衷的话题。

“您已给我们讲过在那个圣诞夜头一回看木偶戏演出的情况，”她说，“听起来真有意思。刚刚讲到开始跳芭蕾舞，您就被打断了。现在咱们可认识了这帮了不起的戏子，他们真是影响不小哩。”

“是啊，”玛利亚娜说，“就继续给我们讲讲你那时的心情吧。”

“亲爱的玛利亚娜，”威廉回答，“回忆往事，回忆过去那些无伤大雅的失误，犹如在幸福地登上了顶峰的一瞬再回头四望，俯瞰我们已经走过的路，那感觉是美好的。每当志得意满地回想起某些常常使我们苦恼、被视作无法克服的障碍终于被克服掉了，每当将现在的心知肚明和当初的糊里糊涂加以比较，心情真是愉快。可是，此刻与你一块回顾往事，同时又展望那能和你携手漫游于其中的未来的美妙境界，我更感到幸福得无法形容。”

“那场芭蕾舞演出结果如何？”老女仆插进来问，“我担心，并非一切都能按部就班地坚持到最后。”

“噢，是的，”威廉回答，“结果挺好！那些男摩尔人和女摩尔人，那些牧童和牧姑，那一群侏儒男女，他们跳得棒极了，一辈子都将留在我朦胧的记忆中。临了幕落下来，房门也关上了，所有小观众都像喝醉了酒似的，跌跌撞撞地赶快上床去。可我记得很清楚，我怎么也睡不着，还想听讲故事，还问了许多问题，真是很不甘心放走那位送我们去睡觉的管家婆。

“第二天早上，很遗憾那神秘的舞台已经消失，那有魔力的帷幕也卸掉了，人们又穿过那通向邻室的房门走进走出，所有的奇迹都踪影全无。我的妹妹抱着她的玩具东跑西跑，我则独自四处搜寻，觉得昨晚那出现过如此多奇迹的所在，绝不可能仅仅是一个门框。唉，我当时的心境，真比一个初次失恋的人还要不幸啊!”

威廉向玛利亚娜投去幸福陶醉的一瞥，使她确信，他才不担心什么时候真的会陷入如此的窘境哩。

第 四 章

“从那时起，”威廉继续讲，“我唯一的愿望就是再看一次木偶戏的演出。为此我缠着我的母亲，她呢，也瞅准适当的时机说服父亲满足我的愿望，然而白费力气。父亲声言，只有偶尔的享受才会教人觉得可贵。孩子也罢，大人也罢，全不懂得珍视每天都有的好事。

“要不是那个木偶戏班的创立者和幕后的导演自己心血来潮，想起要重新表演一次，并且在演出的结尾还加了一个刚做出来的小丑的表演，那我们就得等很久很久，没准一直等到又过圣诞节呢。

“他是炮兵连里的一个年轻人，多才多艺，尤其擅长干机械活。在我们建新屋时他帮过父亲的大忙，因此也得到了父亲丰厚的报偿。上个圣诞节，他想对我们这个小小的家庭表示感激，便把他在闲暇时刻制、拼装和画上了油彩的一整套木偶当作礼物，送给自己的恩人家。在一名仆人的协助下，他亲自操纵那些木偶，并变换着用假嗓替不同的角色配音。他没费多少劲就说服父亲，使父亲殷勤地接受了一位朋友的提议，也就是他坚信不能答应自己孩子们的那件事。一句话，舞台搭起来了，一些邻家的孩子也受到邀请，重新开始了演出。

“如果说上一次我因事出意外而感到惊喜的话，对第二次的演出我更细心研究，所获得的快乐也更大。现在我一心想知道表演究竟如何进行。木偶不会自己讲话呀，第一次我已经暗自嘀咕；它们不是自己在活动，我也猜得出来；然而一切究竟又怎么会如此精彩，看上去真像是它们自己在讲话，在活动呢？还有那些灯光和那些操纵的人，究竟藏在哪里？我真希望同时既当魔法师，又受到魔法的迷惑，同时既亲自参加表演，又享受观众那堕入幻想的乐趣。我这样的希望越是强烈，上述的谜团越令我没法平静。

“那出戏演完了，台内做着加演的准备，观众们站起来七嘴八舌地交谈。我挤到那扇门边，只听里边噼啪直响，是有人在收拾行头。我撩开底下的毯子，从框架中间往里瞅。母亲发现了把我往回拽；然而我已看见他们正把朋友和敌人，扫罗和歌利亚，还有这个那个，不分青红皂白地通通装进一只带轮子的木箱里，勉强满足了好奇心，同时却又给了它新鲜的营养。就那么一会，我发现炮兵少尉在圣坛内忙得不可开交，不禁大为惊讶。接下来，不管那小丑用它的鞋跟在台上踢踏得有多带劲，已不再能提起我的兴致。我陷入了深深的沉思，在揭开谜底之后变得安静了，同时也更加不安。我只是多少知道了一点儿，唯其如此才越发感觉一无所知。我这感觉没有错，因为我不知道整体的联系配合，而一切一切的关键，原本就在这里。”

第 五 章

“在陈设讲究和干净整洁的房间里，”威廉继续说，“孩子们的感觉就像大大小小的老鼠差不多：他们随时留心那些个缝隙和孔洞，以便找到一些不准他们吃的零食；他们在享用这些零食时既感到害怕又暗自欣喜，而所谓童年的幸福，很大一部分就由这既怕又喜的矛盾心理构成。

“要是什么地方插着一把钥匙，所有兄弟姐妹中间就数我最留心。对那些紧锁着的房门我时刻心存敬畏，虽然我成年累月地不得不打它们面前经过，却只是偶尔在母亲打开密室取什么东西的时候才能偷偷往里瞅上一眼。我的这种敬畏心越来越强，因此也会更加迅速地利用粗心大意的女管家给我造成的短暂机会。

“在所有房门中，显而易见，最令我神经紧张的是那扇食品储藏室的门。有时候母亲唤我进去帮她搬东西，这时我的感觉真只有生活中极少数快乐的预感可比。随后，要么是多亏母亲的慈蔼，要么是靠我自己的机灵，我都会得到一些个李子干。室内的美味重叠堆积，刺激着我的想象力，甚至连混杂在一起的各种香料，也散发出奇异的气味，令我食欲大增，以至每次走到储藏室旁边，我都要抓住机会哪怕至少是闻一闻那喷香的气息。一个礼拜日的早上，母亲让钟声催着赶弥撒去了，整个住宅悄无声息，那宝贝钥匙却仍插在储藏室的门上。我一发现它，就轻脚轻手地溜过去，顺着墙边来回走了好几次，身子终于靠到门上，扭开门后一步跳进室内，于是感到那向往已久的幸福已伸手可及。我匆匆察看那些个木箱、铁匣、麻袋和瓶瓶罐罐，拿不定主意到底该选什么、取什么好，最后只得抓些我特别喜欢的李子干，外加上几枚苹果干和一块橙皮蜜饯，也就心满意足了。我带着自己的战利品正想溜走，突然注意到几口并排放着的箱子，在其中一口没有关严的箱盖边上，吊出来一些顶端带有小钩子的铁丝。我若有所悟地赶快跑过去，发现里边收捡着的正是我的那些英雄，那个带给我欢乐的世界，兴奋得真像进了天国一般！我既想提起上边的几个细细欣赏，又急于拽出压在最底下的，结果很快就把纤细的铁丝弄得乱成一团，不禁心里又急又怕，特别是隔壁的厨房里已传来厨娘的走动声。我拼命把所有木偶一股脑塞进箱里，盖上箱盖，只把一册放在箱子面上的大卫和歌利亚喜剧的手抄本揣在身上，随即带着自己的战利品，悄悄爬上楼梯，逃到阁楼里去了。

“从此以后，我便利用一切能够偷闲和独处的时间，反反复复阅读我这手抄的喜剧，把它背得滚瓜烂熟，并且遐想要是自己还能用手指使这些人物活跃起来，那该多么美呀。在想象中，我自己既是大卫，又是歌利亚。不管在阁楼、厩舍或花园的什么旮旮旯旯，不管在什么情况下，我都能潜心研读我的剧本，都能扮演所有的角色，把他们的台词通通记住，只不过通常我总担任主角罢了，其他人物只是像卫星似的在我脑子里跟着打转。就这样，大卫向傲慢的歌利亚挑战时所发的那些豪言壮语，便日夜萦回在我的脑海中，我常常自顾自地念念有词，偶尔甚至喊出声来，可是除了我的父亲，却没有谁留意。父亲还暗自欣赏自己儿子的好记性，以为他稍微听了听就已记住不少东西。

“这一来我的胆子越发大啦，有一天晚上，竟在母亲面前几乎朗诵完了整个剧本，同时还用事先用蜡泥捏的偶人模仿着表演。母亲一下警觉起来，逼得我承认了事实。

“幸好我被揭露得正是时候，那位炮兵少尉自己也表示了想把那神秘的技艺传授给我的愿望。我母亲立刻向他通风报信，说想不到在她儿子身上还真有演戏的天才呢。少尉随即着手准备，家里人把顶楼上平素总是空着的几个房间提供给他，一间将坐着观众，另一间则让演员待在里边，舞台照样占据两个房间当中的门框。父亲任随他的朋友安排一切，自己却装作无所谓的模样，这样做符合他一贯的主张，即绝不能让孩子发现父母多么爱他们，他们太容易被娇惯。他认为，大人在孩子们高兴时必须显得严肃，时不时地还得扫扫他们的兴才好，以免他们得意忘形。”

第 六 章

“少尉搭起了舞台，准备着其他的一切。我发现，在这个礼拜他几次来我们家，但都是在很不寻常的时间，于是猜测他的意图。我清楚地感觉出，在礼拜六前他是不会允许我参加任何准备工作啦，因此更是好奇得要死。好不容易到了盼望的日子。下午5点钟光景，我的师傅来了，领着我一道走上顶楼。我兴奋得直哆嗦，一进屋就看见架子两边按照出场顺序挂着那些个木偶。我仔细地观察它们，接着又爬上使我的身高能够超过舞台的踏板，于是乎我便飘飘然地凌驾于那个小小的世界之上。我透过那些小板条向下窥视，心里不无敬畏，因为我回忆起这整个装置从外面给人留下了多么美好的印象，并且全身心地感觉到自己有幸进入了一个多么神秘的境界。我和师傅试着表演了一下，非常顺利。

“第二天，邀请来了一大群小朋友看戏，我们演得真是呱呱叫。只有一次战斗太过激烈，我失手将我的约拿丹掉到了台上，不得已只好伸手下去把它抓起来。偶然的事故猛地打断观众的幻觉，引起了哄堂大笑，教我说不出的难堪。这一失误似乎也正中我父亲的下怀，看见自己的小儿子如此能耐，他高兴极了，但却生怕喜形于色，演出一结束便立刻来挑毛病，说要不是出了这个那个纰漏，确实是演得挺不错的。

“这大大刺伤了我的自尊心，教我整个晚上都闷闷不乐。可是第二天早上一觉醒来，所有的不快全忘记了，想到除了那点失误我还是表演得很出色，不禁沾沾自喜。还有观众们的鼓掌喝彩，他们普遍认为，炮兵少尉那时粗时细的嗓音尽管起的作用很大，但是听起来却总是有些做作和生硬，相反这个演大卫和约拿丹的新手道白却棒极了。特别是母亲更是夸奖我，说在向歌利亚挑战的时候，在向扫罗王介绍那位谦逊的胜利者的时候，我的台词都念得自然而又有表现力。

“而今，最使我高兴的是戏台仍然搭在那里，春天到了，不生火炉也待得住，于是我一有空就泡在那个房间中，让那些木偶勇敢地相互打斗。我常常邀请我的弟妹和小伙伴到顶楼上，即使他们不肯来，我一个人照样待在上面。那小小的世界经过我的想象力孵化，很快就有了另外一番景象。

“可舞台和一个个木偶角色都仅只是为第一出戏制备的，我一遍一遍地重复扮演，不久就对它失去了兴趣。相反，从祖父的藏书中，我却翻找出了《德意志舞台》和各种意大利文和德文对照的歌剧脚本，并且深入钻研它们。每拿到一个剧本，我通常只是先搞清楚前边的人物表，随即不顾一切地演将起来。于是乎，穿着黑绒袍子的扫罗王就不得不客串喀米雷、卡托和达利乌斯。需要指出，这些剧本从来不曾完整地演过，多数都只是演到开始打得动起干戈来的第五幕，就收了场。

“自然呢，这种歌剧之所以吸引我，主要是因为它们情节曲折，内容花哨，充满了离奇的冒险。我发现剧中既有汹涌澎湃的大海，又有腾云驾雾的天神，还有特别教我兴奋不已的雷鸣闪电。我弄来纸版、颜料和白纸，能够做出逼真的黑夜效果，闪电看上去十分可怕，只是雷鸣并不总是成功，但这无伤大雅。还有，在歌剧里，也有更多让我的大卫和歌利亚登台的机会，在常规的话剧中却不可能。我一天一天更加迷恋那狭小的舞台，曾在那度过了许多欢乐时光。我愿意承认，在很大程度上，这得归功于木偶们从食品储藏室中带来的那种香味。

“而今，我那戏台的布景已经相当完美。要知道，我从小手巧，使用圆规呀，剪裁纸板呀，给画填色呀等等都挺在行，现在刚好派上了用处。可唯其如此我更加难过，因为木偶数量不够，常常妨碍我搬演大型的剧目。

“看见妹妹们经常给她们的布娃娃脱穿衣服，我突然有了主意，也想给我那些英雄慢慢缝制一些可以灵活调换的服装。我把它们身上的小布片剥下来，尽可能加以拼凑，并用省下的一点儿钱去买些新的丝带和金箔银箔，再向大人讨些个锦缎边角，拿它们渐渐地制成了一整套的戏装，尤其是没有忘记给女角们置办些条子花的裙子。

“这下戏班子真的拥有上演最大型剧目的服装啦，当然就想到会将演出一场接一场地进行下去。然而，我也出现了小孩子家常常有的情形：他们计划挺大，排场不小，也可能做些个尝试，但最终一事无成。我同样得承认这个缺点。我最大的乐趣在于发明创新，在于发挥想象力。这个那个剧本只要有某一场令我感兴趣，我立刻又会让人为它做新的服装。为此，我那些英雄们原来的服装却搞得乱七八糟或者扯丢了，结果连第一出大戏也没法再演。我却耽于幻想，一个劲地在排练、准备，忙着修建无数的空中楼阁，丝毫没察觉已经毁掉了自己那小小舞台的基础。”

在听威廉讲述的过程中，玛利亚娜想方设法向他献殷勤，以掩盖自己的睡意。从一方面看，威廉讲的事情固然似乎挺有意思，但是在她听起来却太简单，而且就此做的观察思考也太严肃了。她把自己的一只脚温柔地搭在爱人的脚上，做出一些好像专心在听和十分赞赏的表示。她还从他的杯中饮酒，威廉于是深信自己的讲述没有一个字是多余的。在稍事休息以后，他提高嗓门说：

“现在轮到你啦，玛利亚娜，你也给我讲讲你儿时欢乐的往事吧。在此之前我们一直忙着对付眼前的事情，还没来得及关心一下彼此过去的生活方式。告诉我，你是在怎样的情况下受教育的？你能回忆起来的最有趣的童年经历是些什么？”

如果不是老芭芭拉立刻过来解围，这些问题肯定会将玛利亚娜置于十分尴尬的境地。

“您未必以为，”机灵的老婆子道，“我们会那样留心自己过去碰见的事情，会有那么些正儿八经的事情好讲？就算有得讲吧，咱们也得有您那样的口才不是？”

“好像非有口才不可似的！”威廉嚷起来，“这温柔、善良、姣美的人，我真是爱她的要命，哪怕一刻没有她，我的生活都会变得索然寡味。至少让我借助想象力参与她过去的生活吧！把一切都告诉我，我也将告诉你一切。让我们尽情地驰骋幻想，以追回那些对于我俩的爱情来说是虚度了的光阴。”

“您既然如此坚持，我们也可以满足您的愿望，”老女仆回答，“只是您得先告诉我们，您对戏剧的爱好怎么会越来越强烈，您是怎样锻炼自己的，您的演技怎么会如此精湛，现在完全算得上一个好戏子。在这个过程中，您肯定有不少趣事，能听您讲咱们宁肯不睡觉，我还剩得有一瓶酒呢。谁知道，咱们能不能很快又这么安安静静地、心满意足地坐在一起喽？”

玛利亚娜扬起头来瞅了老女仆一眼，目光中带着哀伤，威廉却未曾察觉，仍一个劲继续回顾往事。

第七章

“由于我的伙伴渐渐多了起来，玩耍消遣的方式非止一种，就妨碍了我那独自地、静静地玩乐。根据大伙共同游戏的需要，我时而变成猎人，时而变成士兵，时而变成骑士。只不过，和其他人相比，我总是占一些便宜，因为我能够根据需要，巧妙地制作出相应的行头和武器。刀剑因此大半是本厂所造，雪橇也由我装饰和涂成了金色，一种潜在的本能令我坐立不安，直到我把咱们的队伍变成了古希腊军旅的样子。头盔造好后饰以纸制的羽束，还做了盾牌，甚至盔甲。为了赶制这些道具，我家的仆人，大概是裁缝和缝补女工吧，折断的针可是不少哩。

“我眼见着一部分伙伴的装备变得精良起来，其他人却寒碜一点儿，但渐渐也武装齐备了，整个组成了一支像模像样的军团。我们在院子和花园中操练，勇敢地相互击打盾牌，击打脑袋，没少扯皮怄气，但都很快得到了调解。

“这么个玩法令其他人很开心，但没玩几次就让我厌倦了。目睹着这许多全副武装的身影，必然激发我心中关于骑士游侠的想法，一些时候我耽读古代的传奇故事，脑子里塞满了他们的事迹。

“由科彭翻译的《解放了的耶路撒冷》[①] 落到了我手中，使我的胡思乱想终于有了明确的方向。虽然我不能完全读懂这部史诗，但不少段落却背得出来，其场景时刻萦绕在我脑际。特别是克罗林德的所作所为，更是令我神往着迷。她宁静端庄，富有巾帼丈夫的气

① 《解放了的耶路撒冷》是意大利诗人塔索（1544—1595）的长篇叙事诗。科彭的德译本出版于1742年，歌德少年时代曾经阅读过。

概，比起阿尔美特那矫揉造作的娇媚来，对我刚开始发育成长的心灵影响更大，尽管对于后者的魔苑，我也并不轻视。

“可是，每当我漫步在家中那建于两垛山墙之间的露台上，瞭望眼前的开阔地，看见正隐没于地平线的夕阳余晖闪射，天空中星群初现，夜色从四面八方的深渊和旮旮旯旯漫涌而出，听见蟋蟀的尖叫刺破周遭的肃穆宁静，我却会千百次地反复吟诵唐克雷德和克罗林德悲惨决斗的故事。

“按理我应坚定地站在基督教徒一边，可是当克罗林德冒险焚烧围城者的大碉楼时，我却全心全意地支持这位异教女英雄。等到唐克雷德以为在黑夜里碰见的是一名敌方的好汉，开始糊里糊涂地打斗起来时，他们的战斗又是何等惨烈啊！——没有哪次我念出以下的诗句时能不热泪盈眶：

可惜克罗林德的寿数已尽，
她该死了，在眼下这个时辰！

“那不幸的恋人将宝剑刺进她的心口，等到掀掉正在倒地的她的头盔才认出她来，并为替她洗礼而战栗着端来圣水——没有哪次我在背到这一段时能不泪如泉涌。

“还有，在那座魔林中，唐克雷德的剑劈到树上，受伤的树干也流出了鲜血，同时在他耳畔响起一个声音，告诉他在这被他砍伤的仍然是克罗林德，不管走到哪儿，他都命中注定要于不知不觉中伤害自己所爱——背到这我心中真是难受到了极点！

“这个故事大大刺激了我的想象力，从诗里读到的情节在我心中暗暗形成一个整体，完全占据了我的头脑，我一心想着要以某种方式将它排演出来。我自己打算扮唐克雷德和莱纳尔德，所需的两副盔甲我早就做好了，完全是现成的。其中一副是用深灰色纸板裁制的，带有鳞片，适合严肃的唐克雷德穿戴；另一副是用金色和银色的纸剪成，正好打扮漂亮的莱纳尔德。我把整个故事绘声绘色地讲给小伙伴们听，他们全都被迷住了，只是不理解这一切如何演得出来，而且是由他们自己来演。

“我轻而易举地消除了他们的疑虑。在一位相邻的小伙伴家中，我马上安排了几间空房，却压根没估计到他那位老姨母永远不肯交出来；还有对舞台我也缺乏明确的想法，只打算把它搭在一些木板上，竖起几片可以分合的屏风当作布景，背后再扯上一大块布就成了。可是这些材料和道具从哪儿来呢，我却没有考虑。

“至于森林嘛，我们来路很方便：我们有一家过去的一个仆人当了守林员，我们向他说好话，求他给我们弄些白桦树和松树的幼苗，结果就真给送来了，而且比我们希望的还快。然而这一下我们却十分尴尬，在这些幼树枯萎之前，戏就得上演，我们哪来得及呢？真是毫无办法呀！场地没有，舞台没有，幕布没有。我们唯一有的，就是那几面屏风而已。

“在此狼狈不堪的情况下，我们又去求助于炮兵少尉，向他大肆渲染我们计划的演出将是如何如何精彩。他虽说不十分理解我们，仍旧热心地给予帮助，把自己家里和邻居家里能弄来的桌子通通搬到一间小屋里拼起来，把屏风立到桌上，再扯起一些绿色帘幕当背景，还有那些小树也跟着排成了一行一行。

“这时候天渐渐黑了，蜡烛已经点了起来，使女和小孩子们都已入座，演出即将开始，所有角色全上好了装，可是突然，他们一个个才发现自己不知该念什么台词。都怪我太热衷于标新立异，满脑袋只有自己的角色，忘记了每个演员都必须知道讲什么和在什么地方讲；其他人也忙于演出的准备，同样没有想起这点来，只以为装扮英雄什么的挺容易，模仿那些过去时代的人物的行事和言语挺容易。这一下大家全傻了眼，相互询问首先该说什么；我呢，先安排自己演的是唐克雷德，便独自上了台，开始背诵那英雄史诗里的诗句。然而，这一段很快便转入了叙事，我在道白的中间终于还得以第三者的身份出现，加之那位被提到的高特弗里德又不肯上台，我不得已便在观众的哄笑声中下了场。这次出丑深深地伤了我的心。演出泡汤了，观众却仍然坐在那里盼着看表演。我们装已上好；我于是振作精神，当机立断，决定演大卫和歌利亚的故事。伙伴中有几个曾和我一道演过木偶戏，其他人也全都经常看这出戏的演出，于是便分配角色，谁都保证尽量卖力气。一个矮小、滑稽的男孩给自己画了一撮黑胡子，准备在出现空场的时候当插科打诨的小丑。我只是勉为其难地同意了，因为他这么干有悖剧情的严肃精神。然而我却暗暗发誓，只要能够逃脱眼前的窘境，一辈子也绝不再贸然演什么戏，除非先经过充分周密的思考。”

第　八　章

玛利亚娜瞌睡得不行，只好倚靠在自己恋人身上；威廉紧紧搂住姑娘，继续往下讲他的故事；老女仆则有滋有味地享用着那一点儿剩酒。

“我和小朋友们冒冒失失地排演一出并不存在的戏剧，结果十分难堪，”威廉讲，“不过很快也就忘记了。我仍旧热衷于将自己读过的每一部小说，将老师教我的每一段历史，改编成戏剧，即使最生硬的材料也在劫难逃。我完全相信，所有讲起来好听的故事，表演出来必定效果更佳，一切都该让我亲眼看看，一切都该搬上舞台。在学校里上世界史课，我总是把那些谁在离奇的情况下被刺杀，或者遭毒死的段落仔细地做上记号。随后，我的想象力便会超越剧情的起始和情节的错综，直奔精彩的第五幕。就这样，我也真的倒着写了几个剧本，但却没有哪个能一直写到开头。

“与此同时，一半出于自己的喜好，一半受着几位对戏剧演出发生了兴趣的朋友的推动，我读了一大堆偶然落进我手里的乱七八糟的剧作。其时我还处在那种什么都喜欢的幸福的年龄，什么只要数量多，只要富于变化，就会使我们满意。可遗憾的是，我的判断力还出现了另一方面的偏颇。我指望在哪些戏里讨人喜欢，这些戏就特别令我喜欢。我就是怀着这样一种愉快却虚假的自我感觉，读完了多数的剧本。凭着活跃的想象力，我能够把自己设想成所有的剧中人，因此也就轻率地相信，我可以扮演所有的角色；如此一来，在分配角色的时候，我通常都挑选了那些根本不适合自己演的角色。而且，只要有一点儿可能，我甚至一人扮演几个角色。

“小孩子在游戏时，能从身边实有的一切变出心里想有的一切：

一根棍子可以当猎枪，一块木片可以当佩剑，一捆破布就是布娃娃，一个屋角就是房子。我们的剧院也就以这种方式建立了起来。我们完全自不量力，想要干啥就干啥，根本没有 qui pro qui（什么样人演什么样人）的意识，固执地以为自己不管演什么，别人都得认可。可惜，整个事情就这么稀里糊涂地进行下去，以致我的记忆里没有剩下任何哪怕只是值得一提的蠢事。我们先演了几出只有男角的剧本，接着便由我们中的几个人男扮女装，最后干脆把自己的姐妹拉来一起演。有几位家长认为这种活动有益，因此举办了表演晚会。我们的炮兵少尉这时也没有不管我们。他指导我们怎样上场下场，怎样念台词、做动作。只可惜，他多数情况下都吃力不讨好；对于戏剧艺术，当时我们已经自以为懂得比他更多。

“不久，我们甚至开始演悲剧。我们经常听人讲并且自己也相信，比起完美地演出喜剧来，写悲剧和演悲剧要容易得多。而且，在试演第一出悲剧时，我们也真感到如鱼得水。我们企图通过僵硬古板和矫揉造作的表演，来显示人物地位的显赫和品性的杰出，并因此而沾沾自喜。如果有机会大喊大叫、暴跳如雷，于愤怒和绝望中猛然倒到地上，我们更是欣喜万分。

“在这样的儿戏中，少男少女没能在一块待多久，人的天性使然，我们的团体开始分裂成了相爱的一对一对，常常在悲剧中又演出喜剧来。幸福的情侣在舞台后边亲热地手握着手，由于都上过装，施了脂粉，你看我我看你都美如天仙，便双双沐浴在幸福的爱河中；反之，对面那位不幸的情敌却妒火中烧，心似刀绞，想方设法要闹出些乱子来，一以示报复，二幸灾乐祸。

“那时的戏剧演出，尽管缺乏理智和指导，对我们却并非没有益处。我们既锻炼了记忆力和体能，也使口齿和动作变得更加灵敏起来，而这些在少年时代通常是办不到的。至于对我个人，这一时期尤其重要，我的整个心思都集中到了戏剧上，最大的幸福就是读剧本，就是写戏和演戏。

“老师们还继续给我授课，家里决定让我经商，送我去一位邻居的账房学习。我呢，这时却一心想拼命摆脱自己心目中的一切俗务，立志彻底献身舞台，到舞台上去寻找自己的幸福和满足。

“我还回忆得起一首诗，它这会想必还藏在我的文件堆里。诗中出现了管悲剧艺术的缪斯女神，还有另外一个为实务化身的女人，她俩为了争夺我这个天才而激烈斗争。立意是平庸的，我也想不起诗是否还写得可以。但你们也不妨读一读，为了那弥漫在其中的恐惧与憎恶，热情与爱恋。我把这个老管家婆描写得战战兢兢，腰间插着绞线棒，身旁挂着钥匙串，鼻梁上架着眼镜，一天到晚操劳不安，不住地唠唠叨叨，管这管那，心地十分狭隘，行动却又笨拙！还有那个屈服在她鞭子底下的男人，为了谋生而不惜汗流满面地充当奴仆，我也刻画得可怜之极！

“然而缪斯女神又何等的不一样啊！对于这个忧心忡忡的男人，她的出现有如天神！体态秀美窈窕，气质、举止端庄自如。强烈的自我意识使她仪表高贵却不显得倨傲；衣着十分合体，既裹住了身子的各个部分又不嫌拘束，加之裙袍上面皱褶无数，随着女神婀娜多姿的举手投足而飘摇荡漾，恰似乐音激起的袅袅回声！多么强烈的对照啊！不难想象我的心会在谁的方面。我也没忘记给自己的缪斯应有的标志。王冠、匕首、金项链和假面具，我的先驱们所传下来的一切，在诗里都通通给予了她。争吵异常激烈，论争唇枪舌剑，处在十四岁这样的年纪，总是把黑白对比画得十分鲜明。老管家婆说起话来正符合一个连大头针也舍不得乱扔一颗的人的口吻，女神则大度得似乎可以将一个个王国送人。老婆子的警告、威胁，遭到了我的蔑视；对答应给我的财富，我不屑一顾。被剥夺了遗产，我精赤条条地投奔我的女神；她抛来一袭金纱，遮蔽住我赤裸的身躯。”

“哦，亲爱的！”威廉高声感叹，同时把玛利亚娜搂得更紧，“要是当时我想到会有另外一位女神，一位更可爱的女神来增强我的决心，充当我事业的伴侣——那在我的诗中将会出现何等美妙的转折，结尾又将是多么有意思啊！然而，眼下我在你的怀中找到的不是诗，而是现实，而是生活，就让咱俩来自觉地享受这甜美的幸福吧！”

玛利亚娜让他有力的搂抱和激动的陈词惊醒了，只好以亲热的表示掩饰她的困窘：他最后讲的这个部分，姑娘一个字没有听着。但愿咱们的主人公将来能寻觅到一些更忠实的听众，来聆听他的这些心爱的故事。

第九章

就这样，威廉在销魂的幽会中，度过了一个又一个夜晚，在新的幽会的等待中，度过了一个又一个白天。还在他恋慕和渴望接近玛利亚娜的那段时间，他就感到自己精神振奋，开始变成另外一个人。而今，他已与她结合为一体，满足自己的愿望更成了一种美妙的习惯。他的心渴望使自己的爱恋对象变得高尚起来，他的灵魂渴望托着自己心爱的姑娘一同飞升。哪怕片刻分离，他也忍不住将她想念。如果他曾经只是需要她，那么现在她对他已成为不可缺少，因为所有人情的纽带都将他与她紧紧地拴在了一起。他纯洁的心灵感到，她已是他这个人的一半，甚至超过了一半。他无限地感激她，忠实于她。

同样，玛利亚娜有一段时间也能够自我迷醉，与他一起分享那实实在在的幸福之感。唉！要是没有那只冷冰冰的自责之手，时不时地来扰乱她的芳心就好喽！甚至躺在威廉怀里，甚至在他爱情羽翼的庇护下，她也不感到安全。眼下，她重又孤孤单单，重又从被他的激情推入的云端里掉了下来，重又意识到了自己的处境，这时候的玛利亚娜才叫可怜哟。要知道，只要还在过着卑贱混乱的生活，还能闭眼不看自己的处境，或者根本不明白自己的处境，她便可以轻率处之，得过且过。纵然会有种种遭遇，但总是一个接着一个：欢乐与懊恼相互交替，屈辱会给虚荣取代，长久的穷困将由一时的挥霍弥补。她能拿迫不得已呀、习惯了呀当作定律，当作自我安慰的口实，如此长期地，一天一天地，时时刻刻地，摆脱掉心中的所有不快感觉。然而现在，可怜的姑娘感到自己一下子转移到了一个更美好的世界，就像从光明、欢乐的天国向下俯瞰，看见了自己过去所过的可悲、可鄙的生活，不禁顿生感慨：一个只是引起欲念而不能让人同时爱慕和敬重的女子，真正叫作可怜虫哦；她发现自己从里到外，也是丝毫不好一点儿。她没有什么可以让自己振作起来。反躬自省，她的精神一片空虚，她的心灵没有任何倚靠。这样的处境越是凄惨，她对自己爱人的依恋越是强烈执着。是的，随着失去他的危险一天天逼近，她对他的热情也在一天天增长。

相反，威廉却在幸福之中飘飘欲仙；对于他来说同样展开了一个新世界，但却异常光明美好，前程无限。一当初恋的狂喜平息下来，他心中便豁然开朗，清楚了过去只是朦朦胧胧有所感觉的东西。她是你的！她已经委身于你！她，这可爱的、理想的、难遇难求的人，她已对你以身相许，忠心不二；而你呢，也不该是忘恩负义的负心之人。他不管走到何处，立在何处，总是自言自语，总是不停地宣泄内心，以无数美好的言辞表达出那最崇高的思想感情。他相信命运之神通过玛利亚娜向他伸出手来，给了他明白无误的指示，要他从停滞、拖沓的市民生活中挣扎出来，他自己也早已渴望摆脱掉这种生活。离开父亲的家和自己的亲人，这在他并非难事。他年纪轻轻，初入世道，有勇气去广阔的世界上闯荡闯荡，追求幸福和满足；而对玛利亚娜的爱情，更增加了他这勇气。现在，他对戏剧的使命感变得明确了；在争取赢得玛利亚娜爱情的过程中，他似乎觉得更接近了为自己设定的崇高目标。他自得而又谦逊地反观自身，觉得完全可以做一名出色的演员，成为未来的国家剧院的创建者；对于没有国家剧院这一憾事，他已听见不少人发出过哀叹。一切迄今沉睡在他心灵最隐秘角落里的思想情感，现在都活跃起来了。在雾蒙蒙的背景上，他用爱情的色彩，将这种种想法涂抹成了一幅油画。自然呢，画上的形象还有些模糊，还相互渗透，但唯其如此，整个看上去却越加富有迷人的效果。

第 十 章

眼下他坐在家里翻找书籍文件，准备远行。一切适应他以前专业需要的东西，全扔到了一边：在启程前往新世界的时候，他不愿有任何不愉快的回忆。只有对他胃口的书籍，即是诗人和批评家的作品，才像老朋友似的被挑了出来。他过去很少读文艺理论著作，现在迫切希望重新学习，可是在再来检视自己的书籍时，才发现这些理论作品多数还没有裁开。从前他坚信这类书籍是必要的，所以购置了许多许多，然而没有一本哪怕能读上一半，尽管十分愿意。

反之，对那些经验之谈他却读得挺带劲，并且亲身尝试着模仿他所知道的各式各类的榜样。

威尔纳走进房来，看见朋友在整理那些熟悉的书籍文件，禁不住叫道：

"你又在写你的这些剧本了吗？我敢打赌，你无意于写完这部或者那部！你只是把它们翻来翻去，接着准会再开始一部新的。"

"学生的本分不是把什么做完，只要在练习就够啦。"

"可他要是有能耐，就该做出个结果。"

"不过也不妨这么提出问题：一个青年如果冒冒失失地做了蠢事，当他发现这样做完全是浪费精力和时间，于是便不再继续下去，难道对这个青年不正好可以寄予厚望吗？"

"我很清楚，你这个人干事从来都不会彻底，常常总是在半道上就喊累了。还在你当咱们木偶戏团团长的时候，就没少给那小戏班子缝新的服装，剪裁新的布景！一会儿排演这出悲剧，一会儿又改排另一出，充其量能让你搞到第五幕，一当满台刀光剑影，血肉横飞，就草草收了场。"

“说到那些往事，说到咱们给木偶做新衣服，把衣服缝牢了又从它们身上扒下来，无谓地花费金钱置办大批没用的行头什么的，那罪过究竟在谁呢？难道不总是你为了来推销一段新料子，因而起劲煽动和利用我对戏剧爱好的热情吗？”

威尔纳一听哈哈大笑，回答说：

“能像军火商似的从你们排演的战争戏中获得好处，我现在想起来还十分开心。当你们武装起来去解放耶路撒冷的时候，我也挣了一笔大钱，就跟当年的威尼斯商人一样。在这个世界上，我觉得没有什么比赚傻瓜的钱更天经地义的事啦。”

“可我不知道，帮助人类治愈痴傻，是不是一件更高尚、更开心的事。”

“根据我对人类的了解，这多半只会是奢求妄想。要使单独一个人变得聪明和富有已非易事，而且还往往得以牺牲他人为代价。”

“正好，《彷徨歧路的青年》现在落到了我手里，”威廉回答，同时从纸堆里抽出一个稿本，“它可是写完了的，并且还算过得去。”

“甭提啦，扔进火里烧掉吧！”威尔纳喊道，“这样异想天开一点儿不值得赞赏，当初它的结构就够令我讨厌了，还招来了你父亲对你的不快。诗倒是些好诗，可立意根本错误。我还回忆得起你那实业的化身，那个干瘪、可怜的老女巫。这样一个形象你没准从随便哪家小杂货铺里拾来的吧？当时你完全不懂得经商。在这个世上，我不知道比起一个真正的商人来，还有什么人的精神境界更加开阔，必须更加开阔的了。我们商人做起事来有条有理，因此能眼观全局，目光远大！我们因此时刻注意着整个情况，绝不至于让个别的枝节搞昏了头脑。就说做双账吧，真是让商人获益匪浅呀！它可算人类智慧最美妙的发明之一，任何一位好管家都应该采用。”

“对不起，”威廉笑了笑，说，“你一说就是形式，就好像它是事物的本质似的。通常，你们可也是净忙着加减乘除，却忘了对生活本身做出总结啊。”

“我的朋友，可惜你看不到，在这里形式和事情只是一码事，没有一个便不存在另一个。有条不紊，条理清晰，能增加省钱和挣钱的乐趣。一个人不善理财，置身于黑暗中也感觉惬意，不喜欢将自己欠的债一笔笔加起来算个总数。相反，一个好的管家，最快活的事莫过于天天算账，以便对自己的幸福心中有数。他即使遭到什么不测，也不会惊慌失措。因为他马上知道，可以将哪些盈利，放上另一只亏空的秤盘。我坚信不疑，亲爱的朋友，只要你在我们的商务中真正品尝出一点儿滋味来，你也会确信，经商同样能够发挥聪明才智。”

“我正打算去旅行，它可能会改变我的想法吧。”

“哦，肯定会！相信我，你要永远变成我们一样的人，只缺少见见大的世面。一当旅行归来，你就将乐于与商贾为伍。我们经商的人从事着各式各样的贩运和投机活动，目的就是聚敛必然在世界上循环流通的一部分金钱和财富。看看世界各地的那些自然和人造的产品吧，看它们是如何轮流着变得紧俏起来的！看清楚什么当前最为大众所需求，什么很快就会短缺，就很难获得，轻松而又迅速地把它贩来满足每一个人的需要，富有远见地进行囤积，以便从这个大循环中随时牟利生财，可真是一种愉快而又富于智慧的活动啊！依我想，每一个有头脑的人都会从中得到巨大的快乐。”

威廉看样子并不反感，威尔纳于是继续说下去：

“只需先访问几座大商埠、大港口，你就准会受到感染。当你看见那么多人在忙忙碌碌，那么多货物运来运去，你肯定也乐意看见这些事经过你自己的手来实现。你会发觉最不起眼的货物也与整个贸易相关联，就不会再轻视任何一笔小买卖，因为一切一切都会增加你赖以安身立命的流通循环。”

威尔纳是在与威廉的交往中真正学聪明了的，已经习惯也把自己的营生，自己的商务活动想得很高尚。他始终相信，他比自己这个原本挺聪明并且也为他所敬重的朋友更有道理这样做，因为在他看来，威廉是过分夸大世间那最没意义的事情的价值，并把自己最大的心力浪费在上面了。他时常想，帮助克服这错误的热情，让一个如此优秀的人回到正路上来，绝对是件好事。怀着这样的希望，他继续讲：

“当今世界，整个地球已被强者瓜分，他们因此享受着富贵荣华。哪怕世界上最小的地方都已被占领，每一次被占领都得到了巩固。公务员和市民阶级的其他职业收入微薄，除了经商，哪儿还有更来钱而又合法的营生，还有更公平合理的占有呢？这个世界的君主公侯用强权占有了河流、道路、港口，从所有通过的货物中索取大笔的税收——干吗咱们又不能高高兴兴地抓住机会，通过自己的活动，从这些一半为人们所必须，一半却只是满足他们虚荣的商品中，也获取点儿好处呢？我向你保证，你只要愿意运用你作诗的想象力，就准会把我的女神塑造得比你的缪斯更勇敢，更战无不胜。自然呢，她没带宝剑，更喜欢橄榄枝来着。她不认识匕首和枷锁，但同样会分给自己的宠儿以王冠。它们闪耀着从其源泉中采掘的黄金的光芒，闪耀着由自己勤劳不息的仆人从大海深处打捞的珍珠的光芒——这样讲无意贬低那些真正的王冠。”

如此发挥想象令威廉有些厌烦，不过他仍装作不在乎的样子。他想起来，威尔纳也同样常常耐着性子听他说教。再说呢，他这人通情达理，也乐于看到各人把自己的职业想得好的不能再好；只不过呢，他也希望别人绝不要来干涉他所热爱的事业。

“你，”威尔纳提高嗓门道，“你十分关心人间的事情，要是能目睹大胆的行事如何带给人们幸福，对你说来又将是一出何等精彩的戏剧！有什么景象能比一艘货船顺利远航归来，有什么景象能比它提前满载而归，驶进港口，更激动人心啊！不等船靠码头，那长期如被关禁闭似的船长已经跳上岸，重新感到了自由，感到脱离了靠不住海水，回到了坚实可靠的大地上，真是欣喜若狂——目睹此情此景，不只是亲人、朋友和生意上的伙伴，就连任何一个陌生人也会受到感动！我们的盈利，朋友，不仅表现为数字。对善于生活的人来说，幸福才是女神；而要实实在在地感受女神的恩宠，你就必须生活，必须看其他人如何精神抖擞地工作，有滋有味地享乐。”

第 十 一 章

是时候了，咱们现在也来进一步认识认识这一对朋友的父亲吧：这两个人思维方式迥然不同，但在有一点上却志同道合，那就是视经商为最高尚的事情，都一个心眼抓住任何的机会投机捞钱。老迈斯特在自己父亲死后，立即将家里收藏的所有珍贵油画、素描画、铜刻画和古董通通换成现钱，把住宅按照最时髦的式样彻底改建和装修一通，让其他财产尽可能以各种方式发挥了效益。其中很可观的一部分，他托付给了以能干的商人著称的老威尔纳，让他用于经商；这老头子投起机来通常总是吉星高照。老迈斯特巴不得儿子能具有他自己缺少的那些品质，巴不得能把一些产业留给自己的孩子们；而拥有财产，在他看来是最最重要的事。他尽管对华丽的东西，对炫目耀眼的东西，有着特殊的喜好，但这些东西同时还要有内在的价值，并且经久耐用。所以他家里的一切都必须结实而又粗壮，储备必须丰富，银制器皿必须是沉甸甸的，餐具必须很值钱；另一方面，家中却人客稀少，因为每一次聚餐都将是节日盛宴，不但花费大，而且也教人感觉不舒服，没法子经常反复进行。他就这么过着平静而单调的家居生活，如果有什么变动和革新，结果也正好不会是教谁能从中得到些许的享受。

老威尔纳住在一幢阴暗在宅子里，生活方式跟老迈斯特迥然不同。在狭窄的账房里，他伏在古老的写字台旁做完了商务，就希望吃好和尽可能地喝好，而且还不愿独自进行这样的享受：席间，在自己的家人身边，他总得看见坐着他的朋友，坐着所有与他家哪怕只是关系一般的外人；他的那些座椅已很古老，应邀而来的座上客却日新月异。美味佳肴使客人只顾饱口福，谁也不注意它们是用粗陋的餐具端上来的。他的地窖藏酒不多，但喝光之后总有更可口的来充实顶替。

两位老人家就这么生活着。他俩常常聚在一起商量合伙经营的业务，今天正好共同做出决定，派威廉出门去处理一些营业方面的事。

“他可以去见见世面啊，”老迈斯特说，“同时在外地为我们办点儿业务。对于一个年轻人来说，最大的帮助莫过于让他及时投身注定要毕生从事的事业。你的儿子出差顺利归来，任务都完成得非常之好，我真希望知道我这小子表现会怎样。我担心，他将比你的那位付更多的学费。”

老迈斯特很器重自己的儿子和他的才能，说这些话只是希望得到自己朋友的反驳，让他来强调一下年轻人具有的超凡天赋。然而打错了算盘。老威尔纳在实际事务中从不信赖任何未经他亲自考验过的人，因而不动声色地回答道：

“人必须什么都尝试一下。我们也正好要送他出去，给他立下必须遵循的原则。他要做的是催收各式各样的欠债，联系原来的客户，结交一些新的客户。他还可以促进我们新近谈过的那桩投机业务。因为不搜集确实的详细情报，就没法有大的举动。”

“那就让他准备尽快动身，”老迈斯特接着说，“咱们从哪儿去弄匹马来给他骑着旅行呢？”

“用不着跑老远去找。H市有个杂货商，他还欠咱们一笔款子，人倒是挺老好，曾向我提出用一匹马来抵债。我儿子见过那匹马，说是匹蛮不错的坐骑。”

“让他自己去取好啦。去时可以搭乘驿车，这样后天就赶得回来。家里在这段时间为他准备好行囊和信函，下个礼拜头上他便可以动身。”

威廉被叫了来，老人家向他宣布了他们的决定。眼看着未费吹灰之力就拿到盘缠，就有了实现自己打算的机会，威廉一下子成了世间最快乐的人！他热情如火，信念坚定，深感自己摆脱迄今令人窒息的生活之举完全正确，决定循着一条新的、更加高尚的道路奔去，良心毫无愧疚，胸中也未产生任何忧虑，是的，这自欺欺人的打算甚至被他看得颇为神圣。他心中有数，他的父母和亲属随后会称赞和祝福他跨出了这一步。从这些个巧合中间，他看见指引未来的命运在向他招手。

时间步履蹒跚，要等到入夜再与自己的心上人幽会，在威廉实在是困难！他待在自己房里考虑着旅行计划，就像一个灵敏的盗贼或者魔术师蹲在监狱中，时不时地要把脚从牢牢的锁链里抽出来，以增强自己能够逃脱的信心，可不是吗，甚至逃脱得快的教那些近视的狱卒没法子相信。

终于敲响了入夜的钟声。威廉离开家门，抖落了所有身心负担，在寂静的街巷间穿行。到了大广场上，他冲夜空高举双臂，顿觉整个世界已被他踩在脚下，抛在身后，一切烦恼俱已摆脱掉啦。他在想象中拥抱着自己的爱人，随后又带着她登上炫目耀眼的舞台。他飘飘然陶醉在无数的向往憧憬之中，只有守夜人不时发出的呼喊，还使他想起自己仍然身在凡尘。

他的情人在楼梯上迎接着他，模样是那样美，那样温柔！今晚她穿着一身新的白色便装，他觉得还从未见过她如此迷人。那位远在他乡的情人的赠品，就这么在眼前的情人怀抱里被她派上了用场。她同时怀着真诚的热情，对他极尽亲昵与撒娇之能事。对此道她在行到了极点，一则天性使然，同时也是经人调教的结果。难道还用得着问，威廉是否感到幸福，感到快乐！

他告诉她刚做出的决定，让她大致了解了他的计划，他的种种希望。他讲，他要努力站住脚，然后马上来接她。他希望，她不会拒绝他求婚。可怜的姑娘却无言以对，只是强忍住眼泪，把自己的情人搂得更紧。威廉呢，尽管对她的沉默做了最有利的理解，仍旧希望得到答复，尤其是当他极其委婉、极其温存地探询，他是不是已有了做父亲的希望。可对此玛利亚娜的回答也是一声叹息，一个亲吻。

第十二章

第二天早上，玛利亚娜一醒来又添了新的烦恼。她发现自己孤零零地一个人，不愿意看见白昼到来，就躺在床上哭泣。老芭芭拉坐到床边上来劝她，安慰她，然而心灵的伤痛不是她能很快治愈的。让可怜的姑娘视作自己末日的那一刻已经临近。谁能想象出比她更可怕的处境来啊？她真正的心上人即将离去，而另一个讨厌的情人眼看就要到来，倘使他俩撞在了一起——这是很可能的呀——，那就叫大祸临头啦。

"别着急，宝贝，"老女仆高声说，"别给我哭坏了你漂亮的眼睛！同时有两个男人爱难道真是天大的不幸？就算你只能把心给其中的一个，对另一个至少还可以心怀感激。从他对你关照的劲头看，他肯定配被你当作朋友喽。"

"我那亲爱的已经预感到咱俩就要分离啦，"玛利亚娜眼泪汪汪地回答，"在梦中，他发现了我们小心翼翼地瞒着他的事情。他本来安安稳稳地睡在我的身边，突然，我听见他喃喃地说起可怕而模糊不清的梦话来。我感到害怕，于是弄醒了他。唉，他一下抱住了我，那样地激动，那样地温存，那样地热烈！'哦，玛利亚娜！'他高呼，'我的处境太可怕啦，亏得你唤醒了我，把我搭救出了地狱，教我怎么感激你好啊！我梦见，'他继续讲，'我离开了你，独自待在一个陌生的地方，可你的身影始终飘浮在我眼前。我见你立在一座美丽的山丘上，四周阳光明亮，你让我觉得迷人极了！然而好景不长，我看见你的身影向下滑去，向下滑去，连忙向你伸出双臂，可却够不到你所在的远处。你的身子越往下沉，渐渐接近展开在山丘脚下的一片湖泊；不是湖泊，而是一个大沼泽。忽然一个男人向你伸出了手，看样子是要救你上来，谁知却将你引向一旁，似乎企图拥抱你。由于够不着你，我便大声喊叫，希望对你发出警告。我想走向你，却挪不动脚步；我走得动了，湖水又挡住我的去路；甚至我想喊也喊不出来，胸口憋闷得要命。’小可怜的就这么讲啊，讲啊，伏在我胸脯上仍怕得什么似的。他称自己太幸福啦，能体验到甜美的现实驱赶走噩梦。”

老婆子拼命要以自己干巴巴的散文来对付她女主人浪漫的诗意，企图诱使她重新回到平庸的生活中，所采用的正是那些捕鸟人的伎俩。他们吹一只哨子模仿鸟叫，常常能够很快就让鸟们自投罗网。她称赞威廉，夸他身材好，眼睛漂亮，爱情专一。可怜的姑娘听起来很受用，于是起身让她帮她穿衣服，情绪也平静了下来。

“我的儿，我的心肝，”老婆子继续讨她的好，“我不想教你伤心，不想让你受委屈，不想夺走你的幸福。你可误解了我的好心，你可忘记了我时时刻刻都在关心你，甚而至于超过了关心我自己？只管告诉我你想要什么，咱们马上看，有什么办法可以满足你的心愿。”

“我还能想什么呀？”玛利亚娜回答，“我真可怜，一辈子都可怜：我爱他，他也爱我，却眼睁睁看着自己不得不和他分开，也不知道怎么才熬得过去。诺尔贝格就回来了，我们能活下来全亏了他，因此也少不了他。威廉呢，却能力有限，什么都不能为我做。”

“是啊是啊，他不幸正是那种除了一颗心什么也带不来的情人，而这种人呢，偏偏要求得最多。”

“别挖苦他！小可怜的正打算离开自己的家献身舞台，并且伸出手来向我求婚。”

“空空的手咱们早已有四只了哟。”

“我别无选择，”玛利亚娜继续说，“你决定好了！不管你推我到这儿或是那儿，我都只知道一点：看来我多半已经有了身子，它把我俩更加紧紧地联系在一起。你考虑考虑这情况并且做出决断吧：我到底应该放弃谁？应该跟谁去？”

老婆子沉默了半晌，然后提高嗓门道：

“年轻人呢总爱在极端之间摇来摆去！把能带给我们快乐和好处的一切通通凑合在一起，在我看是再自然不过的事了。你不妨既爱这个，又乐得由另一个掏钱，问题就在咱们得足够机灵，能使他俩井水不犯河水。”

“随你怎么着吧，我想不出一点儿办法，可我愿意听从安排。”

“咱们有一个好处，就是可以拿以自己戏班的作风正派为骄傲的班主，拿他的古板固执为挡箭牌。两位情郎已经习惯了谨慎行事，避人耳目。我愿意负责选好时机；你呢，只需随后演好安排给你的角色就行了。谁知道会出现什么对咱们有利的情况。诺尔贝格现在才来，正好威廉已经离开！你躺在这个怀中想另一个，谁禁止了呢？我祝你有生儿子的福分；他应该有位阔绰的老子。”

经过这么一劝说，玛利亚娜的心绪暂时好了一点。她没法将她的处境与她的感情，与她的信念协调起来。她渴望忘却自己悲惨的现状，可无数身边的琐事却时刻提醒着她。

第十三章

这期间，威廉已完成了那短途的旅行。他找的那位客户不在家，便把推荐信交给了此人的妻子。可这一位对他提出的问题也说不出个所以然；她正心神不宁，家里整个像是出了大乱子。

没过多久，她便悄悄对他说——原本也没啥好保密的嘛——，她丈夫前妻的女儿跟一个戏子跑啦。这家伙前不久脱离了一个小戏班，待在此地靠教法语为生。做父亲的又羞又恼，一气之下跑到官府要求捉拿私奔的男女去了。她大骂自己的继女，痛责她的情郎，把两人说得一无是处；她絮絮叨叨，说那不要脸的如何如何辱没了家门。威廉因此好不尴尬，这女人仿佛是未卜先知的巫婆，顺带着已预先指责他的秘密图谋，使他感到了羞愧。而更令他打心眼儿里同情的，是那位从官府里回来的悲痛的父亲。只见他暗自神伤，吞吞吐吐地对妻子讲了报官的经过，在看过信后就让人给威廉牵来了马，整个一副失魂落魄、神智昏乱的可怜相。

威廉立刻上马离开了这个人家，在当前的情况下，他继续待在这儿心情肯定不可能舒畅。然而那老好人觉得自己欠了老威廉太多的情，不招待一下他的少爷，不留他在自己家中住上一夜就让人家回去，实在过意不去。

我们的朋友进了一顿丧气的晚餐，一夜辗转反侧，第二天一大清早就赶紧离开这个人家。这一对夫妇哪里知道，他们所讲的事情，他们所发的感慨，都狠狠地触到了威廉的痛处。

威廉正一边思索，一边骑着马顺着大道慢慢行去，突然看见穿过田野走来一群武装人员。他们上衣肥而且长，襟袖累赘臃肿，帽子怪模怪样，枪支老旧笨重，虽然严格地列队行进，姿态却随随便便的，一眼就能认出是支地方民团。一行人在一棵大橡树下静静地停了下来，放下枪械，舒舒服服地往地上一躺，开始抽烟袋。威廉待在他们旁边，和一个骑着马走过来的年轻人攀谈。很遗憾，尽管他已了如指掌，还是不得不把那两个私奔者的故事从头至尾再听一次，而且还附加一些既对两个年轻的罪犯，也对那父母亲都不怎么有利的评论。他同时听说，年轻的私奔者在附近的一座小城中被截住了，他们就是来这里取人的。没过多久，果然看见远远驶来一辆大车，周围簇拥着一群与其说可怕，不如说是可笑的民兵。一个形容不整的小官骑马走在前边，到了两市的交界处就一本正经地与对方的法院书记——也就是和威廉谈话的年轻人——寒暄起来；他们做着各种奇异怪诞的手势，就像一个鬼魂和一个巫师分别立于魔圈的里边和外边，趁着夜深人静在兴妖作怪似的。

这时观众的注意力转到了农家大车上，只见那失足的一对并排坐在几个干草捆上边，含情脉脉，你瞅着我，我瞅着你，如入无人之境，实在令观者同情。适才运送这位美人的那辆老马车半道上突然坏了，人们不得已才从邻村用辆大车把她如此狼狈地拖到了这里。她呢，趁机请求让他的相好也和她坐在一起；人们坚持认为他是罪魁祸首，所以一路上让他戴着沉重的锁链，跟在马车旁边步行。也正因为戴着锁链，这甜蜜的一对看起来更增加了不少意思，特别是小伙子在一次次地去亲吻自己爱人的小手时，总是姿态优雅地将锁链提了起来。

“我们好不幸哦！”那女的对周围的人喊，“可我们并不像看上去似的有罪。残忍的人们就这么奖励忠贞的爱情呀。父母完全无视自己孩子的幸福，气急败坏地硬把他们拖出欢乐的怀抱，他们熬过了许多忧伤、漫长的时日才争得的欢乐的怀抱！”

围观的人纷纷以各自的方式对他们表示同情，这时两边的执法者已办完交接仪式，马车又开始继续前进。威廉极为关心这对情侣的命运，便抄小路赶到队伍前头，以便在人们到达法庭之前结识一下法官。他刚跑到法庭门外，那里的人已纷纷聚集起来，等着看两个被抓回来的私奔的人。与此同时，法庭的书记也追上了他，絮絮叨叨地给他讲交接的整个经过，可是却特别大肆夸奖自己骑的那匹马，说是他昨天才从犹太人手里换来的，教威廉没法再讲别的。

在通过一道小门与法庭相连的花园边上，人们已将那不幸的一对从车上卸下来，悄悄地带到了里面。为这宽容的处理，法庭书记得到了威廉由衷地称赞，虽然他这样做原本只是想吊吊那帮聚集在法庭大门前的市民的胃口，教他们没法看一出女乡邻丢丑受辱的好戏。

法官对这种非常事件并不特别感兴趣，因为在审理时多半会出这样那样的差错，吃力不讨好，结果通常都遭到公爵府的严厉申斥，所以在上堂时步履沉重。在他身后，法庭书记、威廉·迈斯特以及几位有声望的市民，也跟着走了进去。

那位美女首先过堂。只见她不卑不亢，冷静自信地走了进来。她的穿着，她的整个举止，都表明是个颇知自重的女孩。不等提问，她已开始陈述自己的情况，言辞也相当得体。

法庭书记命令她住口，手里的笔悬在一张展开了的纸上边。法官打起精神，两眼瞪着他，清了清嗓子，然后问可怜的姑娘，她叫什么名字，年纪多大啦。

“请原谅，大人，”姑娘回答，“我忍不住好笑，您明明知道我叫什么，明明知道我与您的大儿子正好同年，却仍旧问我叫啥，年纪多大啦。您真想了解，也必须了解我的有关情况，我乐意告诉您，直截了当地告诉您。

“自从我的父亲再婚，我在家里的日子就不大好过。我原本也可能有几个好对象，如果不是我的后母害怕备办嫁妆，因而设法使事情吹了的话。随后我认识了梅利纳这小伙子，忍不住爱上了他。可是，我俩要想结合却面临无法克服的障碍，于是下决心远走高飞，去广阔的世界上寻找我们看来在家里无法获得的幸福。我没有带任何不属于我的东西，不是畏罪潜逃的贼和强盗，我的爱人不该戴着锁链被押来押去。侯爵为人公正，不会赞成这样的残酷行为。即使我们该当受罚，也没有这么严重。”

一席话说得老法官一而再再而三地陷入了窘境。公爵的申斥又嗡嗡响起在他的耳畔；姑娘流利的陈词，完全搅乱了记录口供的程序。更加糟糕的是，她对重复的提问不再理睬，而是坚持自己刚才说过的话。

“我不是罪犯，”她道，“你们把我扔在草堆上拖来丢人现眼，会有更权威的地方为我伸张正义，恢复名誉。”

适才书记一直在记录她的话，这时便悄声提醒老法官：他只管往下问得了，形式上的口供嘛，退堂后总是写得出来的。

老头子于是又鼓起勇气，开始按照传统的格式，用干巴巴的语言，追问起这一风流韵事甜美的秘密来。

威廉脸红筋胀。那好样的女犯同样羞红了脸，然而也因此更加娇艳迷人。她一声不吭地僵持了半晌，直到似乎是尴尬的问题本身重新鼓起了她的勇气。

“大人放心，”她提高嗓门回答，“我有足够的胆量承认事实，即使这样做必定对我自己不利。它使我感到荣耀，我干吗还要踌躇，还要迟疑？是的，在我确信他爱我，确信他会忠实于我的那一刻，我已视他为我的丈夫。凡是爱情所要求的一切，凡是一颗被说服了的心不可能再拒绝的一切，我都通通献给了他。你们想把我怎样就怎样好了。如果还踌躇了一会才承认的话，那唯一的原因就是我害怕，怕我的直言不讳会给我的爱人带来不利的后果。”

听了姑娘的自白，威廉对她的思想情操有了很高的评价；相反，法院的官们却把她看成不要脸的婊子，列席旁听的市民更谢天谢地，庆幸他们自己家里没有出类似事情，或者出了没有被人察觉。

此刻，在想象中，威廉将他的玛利亚娜摆到了法官面前，让她口中的言语更加动人，让她更加义正词严，让她吐露的心声更显高尚。一股想要帮助那对恋人的冲动突然攫住了他，他不加掩饰，悄悄地去请求老法官考虑是不是马上退堂好些，整个事情已清楚得不能再清楚，没必要继续调查下去嘛。

他这样做的作用，只是使姑娘下堂了，而年轻人却又被押了上来。在过堂之前，先在门口给他去掉了锁链。他看样子对自己的命运有更多的考虑。相比起来，他答话稳重一些，虽然少了几分豪放气概，却条理分明，也可赢得听者好感。

对青年的审讯同样结束了，结果与刚才的完全一致，只是为了保护姑娘，他矢口否认姑娘自己已经承认的事实，搞得法庭终于再一次提审她。于是，在一对情侣之间演出了感人的一幕，完完全全征服了咱们朋友的心。

在这里，在这个令人不愉快的场所，他目睹了通常只在小说和喜剧中才会发生的事情：两颗高尚的心灵争着承担罪责，在不幸中爱情坚贞不渝。

威廉暗暗问他自己：真的吗，那在日光和众人的眼前羞涩地藏匿起来的柔情，那只敢在离群独处时极端秘密地享受的爱情，它一旦让敌意的偶然拖到了光天化日之下，难道会比其他种种狂热和夸张的情感，都表现得更勇敢、更强大、更豪放吗？

令威廉欣慰的是，整个审讯仍然很快就结束了。两个被告被马马虎虎地看管了起来。可能的话，今天晚上他就会把女的一个领回她父母家里去。要知道，他已决心在这件事情上当个和事佬，促使一对有情人幸福而光明正大地结合。

他请求法官允许他与梅利纳单独谈谈，也没费多少周折就得到了允许。

第十四章

两个新相识的人的谈话很快变得亲切和热烈起来。威廉对垂头丧气的年轻人说出了自己与女方父母的关系，自告奋勇地充当和事佬，并且信心十足的样子；被关押的这位心里立刻拨云见天，忧虑顿消，似乎觉得已经重新获得自由，并且跟丈人丈母娘也和好啦，于是马上谈起了未来谋生和落脚的问题。

“这可不会让您为难，”威廉回答，“你们俩给我留下的印象都是不无天赋，一旦选定了自己的位置，就能在其中找到自己的幸福。身材优美，嗓音悦耳，多愁善感！当演员难道还能要求更高的条件？我非常高兴，如果我能为您效劳，给您做些引荐。”

“我衷心感激您，”梅利纳回答说，“只是恐怕我多半不会劳您的驾，因为我想只要可能，就绝不再上舞台。”

威廉一听惊讶之极，半晌才回过神来，道：“您这样做可不好。”因为他原本一心以为，这个演员和他年轻的妻子一获自由，就会回到戏班子里去。在他看来，这就像青蛙寻找水塘，既自然而又必须。对此他一刻都未曾怀疑过，不想却听到了相反的话，难怪吃惊非小。

“是的，”对方又说，“我已决心不再返回舞台，宁肯随便干个普通差事，只要能找到职业，不管什么样的都成。”

“这是个奇怪的决定，我没法赞同。要知道，一个人在选定生活方式之后，没有特别的理由就加以改变，在什么时候都不可取。再说，我真不知道还有什么职业像当演员这么舒服愉快，这么前景美好迷人。”

“看得出来，您没当过演员。”梅利纳回答。

威廉接着讲："我的先生，人难得对自己的现状满意的啰！他永远渴望改变环境，这山看见那山高。"

"不管怎么讲，"梅利纳反驳说，"在差与更差之间，究竟存在区别。让我走这一步的，不是没耐心，而是经验啊。在这个世界上，哪儿挣块面包会如此可怜兮兮，如此提心吊胆，如此苦不堪言？简直就跟挨门挨户当叫花子差不多啊！同行嫉妒，班主偏心，观众口味变化无常，教人忍无可忍！真的，你必须有一张厚厚的熊皮，才能任人用链子拴着，跟猴子和狗一块被牵来牵去，忍受鞭打，好在风笛的伴奏下跳舞给顽童和老百姓看。"

威廉想得很多很多，但不想对这个善良人直话直说，只是远远地围着他兜圈子。那一位呢，却越讲越直率，越扯话越远。

"仅仅为了在一个地方多赚几个铜子，为了获得在交易会期间演出四星期的允许，"他说，"一个班主不是见到每个市议员都得下跪吗？我们的那位尽管也有讨厌的时候，本质上却是个好人，我因此常常对他感到同情。演员中好的要他提高待遇，差的他又摆脱不掉。他想要做到收支大致平衡，观众便觉得票价太贵，剧场于是空空荡荡。仅仅为了不彻底垮台，你就得忍受亏空，苦撑苦捱。不，我的先生，既然您说关心我们，那我就求您明个好好劝说一下我爱人的父母亲。让他们在此地关照我，为我找个文书或者出纳之类的小差事，这样我就心满意足啦。"

他俩还谈了一会儿，威廉便起身告辞，临行时答应明天一早就去见女方的父母，看看有没有办法。刚刚独自一人，他已忍不住发出下面的慨叹：

"可怜的梅利纳啊！你的不幸不在于你的职业，而在于你的内心，在于你不能自己战胜自己！缺少内心的使命感却去从事一种职业，一门艺术，或者选择一种生活方式，世间有谁不会像你一样感到日子难过啊？一个人有了天赋能得到发挥，就会活得很幸福！世界上没有任何不艰难的事情！唯有内心的热情、喜好和挚爱，能帮助咱们克服障碍，开辟道路，超越那其他人苦苦挣扎于其中的狭隘圈子，出类拔萃。可你呢，却认为舞台就只是舞台，扮演角色就好像小学生完成作业一样；你眼中的观众，便一如他们在平日相互之所见。因此，是坐在写字台后抄抄写写，或是收缴利息、提取盈余，对于你自然也没有了区别。你缺少一个融会贯通的整体感觉，这种感觉，只能靠心智去发现、理解和求得。你感觉不到，在人的内心，活跃着一颗向善的星火。它即使得不着养料，未受到激发，深深地埋藏在了日常琐屑需要和漫不经心的灰烬下面，却久久不会，甚至永远不会被窒息。你感觉不到内心存在任何能吹燃这星火的力量；你心胸狭隘，没有滋养这复燃星火的丰富蕴藏。你受着饥饿的逼迫，讨厌生活中的种种不舒适。可你看不到，任何职业都面对着这些敌人，你只能以乐观与平和的心态，去将它们克服战胜。你渴望进入一个平庸的职业的圈子，这很好；否则，又有哪种需要智慧和勇气的工作，你能胜任呢？士兵也罢，政治家也罢，牧师也罢，只要有了你的思想，同样会找出许多的理由，对自己职业的蹩脚发出抱怨。是的，不是甚至还有一些人完全失去了生活的感觉，视整个凡人的生活与存在为虚无，称生命轻似尘埃，活着是受不完的罪吗？只有你心中活跃着人物形象，只有你体内燃着温暖的同情之火，只有你整个人都受到发自内心的情绪的感染，只有你喉咙的音响、唇间的话语悦耳动听，只有你感到内心足够充实，那么你才能获得在他人身上感觉到你自身存在的场合和机会。”

如此自言自语地发着感慨，我们的威廉脱掉衣服，心满意足地上床睡觉了。明天早上他将代替那个没脸面的人去做的事，在他的心里衍生出了整整一部小说。愉快的幻想陪伴他进入温柔的睡乡，把他交给了自己的姐妹梦姑娘。她们张开双臂拥抱他，用天堂的幻影将我们朋友静息的头颅环绕。

第二天他一大早就已醒来，考虑着即将进行的说服工作。他再次来到那被抛弃的父母家里，他俩在迎接他时颇为惊讶。他谦虚地说明来意，很快便发现一如所料，事情说难也难，说简单也简单。过错没犯已经犯了，即使有些人格外严厉冷酷，主张对这没法追悔的过失重处，通常结果都把问题搞得更加严重，可是反过来呢，既成的事实却同样会对大多数人的心产生不可抗拒的影响，使得原本似乎不可能的事在发生后便马上变得平常起来，得到了容忍。如此这般，他们很快便商量好让梅利纳先生娶这家的女儿；而她呢，由于做了丑事，就别想得到陪嫁，而且还得答应把一位姑妈的遗产留给父亲再管几年，自己只从中抽取一点儿利息。第二点，即找个普通市民的职业谋生的问题，却碰到了更大的困难。父母不愿在眼前看到自己不成器的女儿，不愿由于看见他们，老是为自己体面的，甚至与某位教区监督沾亲带故的家庭竟与一个浪人结亲而耿耿于怀。那小子更别想获得信任而在侯爵的机关里谋到一个职位了。在这一点上，父母双方态度同样强硬。威廉却使劲地劝说，因为他瞧不起梅利纳，认为这家伙不配获得当演员的幸福，不愿让他再回到舞台上去，可他搬出了所有论据仍然毫无效果。他要是知道背后还别有隐情，也许也就不会如此卖力来说服这二位家长啦。父亲倒是乐意把女儿留在身边，但却痛恨那个年轻人，原因是他老婆也曾对此人有过意思；而老婆呢，却视自己的继女为争风吃醋的情敌，怎么也容她不得。没奈何，梅利纳只好带着自己年轻的妻子——她倒是挺高兴去见世面，同时也让世人见见自己——在几天后动了身，为的是在随便哪个戏班子里找到安身之所。

第十五章

幸福的青春啊！初恋的幸福时刻啊！处于这种时期，人就像孩子，能够几小时几小时地陶醉于自己的回声，哪怕交谈的力气全得一个人出，哪怕不可见的对方仅仅重复他所喊的最后几个字，他仍可能感到满意。

在迷恋玛利亚娜之初，特别是后来的一些时间，威廉就处于这种状态。他把心中的全部情感都倾注于她，却将自己看成了一个靠她的施舍过活的乞丐。就像一个地方只要阳光明媚就显得更美，是的，甚至让我们觉得唯有此地才美。同样，在威廉眼里，凡是围绕在玛利亚娜身边之物，凡是她触摸过的东西，也都会变得美好，变得神圣起来。

他多少次站在舞台上的景片背后，并为此而求得了那位经理的特许啊！这时候，那布景的魅力自然消失了，但爱情却显示出来更加强大的魔力。他能一连几小时地站在肮脏龌龊的灯光装置旁边，呼吸着油蜡的烟气，眼睛盯着台上的恋人。当她回到了后台，含情脉脉地把他望着，他更喜不自胜，局促于横木和板条凑合搭成的后台，却感觉身在幸福天国。那干草填充的羊羔，绫纸做成的瀑布，纸壳拼凑成的玫瑰花丛以及仅有一面墙壁的茅舍，都在他心中激发起田园牧歌世界的诗意想象。甚至连那些凑近一看便奇丑无比的舞女，也不总是令他讨厌，因为她们毕竟和他的心肝宝贝站在同一个台上。确确实实啊，一开始这爱情必然使玫瑰花、常春藤和月光变得活泼可爱，随后可是连刨花、纸屑也沾了光，也得到了一些自然的生气。爱情是种香气浓烈的佐料，放进一点儿，即使是寡淡乏味和令人作呕的肉汤，也会变得可口起来。

他经常看见玛利亚娜的卧室，有时也碰见她本人，有时也处于一种难堪的状态。为了使这样的状态变得差强人意，是的，甚至逐渐舒适宜人，自然就需要爱情的佐料。

在一个文雅的资产者家庭里教养成人，他习惯了时时处处都整齐清洁；继承了父亲对于铺张排场的喜好，他少年时代已将他视作自己小王国的卧室布置得漂漂亮亮。床帷被拉起来绉成几个大褶子，然后用流苏绑牢，就像国王宝座前的帷帘一样；房间中央铺着一张大地毯，写字台上却搭着块精制的小台布；书籍、文具都规规矩矩地或立着或横着，自然地便成了一幅尼德兰画家的静物画。一顶白色的睡帽束成了土耳其缠头的样式，睡衣的袖子也让人裁得像阿拉伯袍子一般短短的。对此，他做了一个解释，说是宽长的衣袖妨碍他书写。等到晚上独自一人，不用担心再有谁来打搅了，他通常就在身上披一条丝织的绶带，并将一柄从某个老军械库里弄来的短刀插在腰带上，开始重温和排练分配他担当的悲剧角色。是的，甚至跪在地毯上做祷告，他也同样打扮。

因此，看见演员拥有那么多漂亮辉煌的服装、道具、武器，能够不断练习高贵的举手投足，精神气质仿佛一面华美无比的宝镜，反映着世间万象和世人的种种思想情感，他对他们的幸运真是赞叹不已！同样，在威廉的想象中，一个演员的日常生活也全是风雅高贵，轰轰烈烈，而舞台上的表现只是登峰造极罢了。这就像白银经过炉火长期冶炼，终于色泽美丽地出现在工人眼前，同时向他暗示，这贵金属从此已清除掉所有杂质，无比纯净。

因此，一开始威廉在自己爱人房中透过围绕着他的幸福的雾障，偶尔瞅一瞅桌子、椅子和地板，便会吃惊得愣住：那些短暂、轻浮、虚假的修饰的残余，就像鱼身上刮下的鳞片一样，乱糟糟地扔得到处都是。人类用来清洁自身的器物，梳子呀，香皂呀，毛巾呀，带着使用过的痕迹，同样没有收捡起来。乐谱和剧本，鞋子和内衣，假花和首饰盒，发卡和扑粉罐，还有丝带、书籍和草帽等，谁也不嫌弃谁，全都以落满了粉粒尘埃为共同的标志和联系纽带，混杂不清地挤在一起。然而，有爱人在威廉便很少注意其他一切，是的，甚至觉得她所有的和碰过的一切无不可爱，所以到了后来，他反而在这没收拾的懒散中发现一种魅力。这种魅力，他在自己那豪华而井井有条的家里，是从未感觉到的啊。还有，当他从这拿开一条束胸带，好过去弹钢琴，从那将几条裙子挪到床铺上，以便有个座位，或者，她自个无拘无束地对他袒露出身体的某些通常对别人总是秘而不宣、藏而不露的部位，他简直觉得，我是这么说，他每时每刻都更加靠近她，仿佛有一条无形的纽带，将他俩紧紧结合在了一起。

在头几次访问玛利亚娜的时候，威廉在她那碰见了另外一些演员，然而他们的言行举止，却难于为他所理解接受。于懒散的忙碌中，他们似乎极少想到自己的事业和使命。他从未听见他们谈论剧本的文学价值，更甭提正确或是不正确的评价。他们所关心的只是：这出戏会有怎样的效果？能卖座吗？将演多久？会经常重演吗？以及诸如此类的问题和议论。随后通常又会扯到班主身上，说他付酬太抠，特别是对谁谁谁太不公平；然后再转而抱怨观众，说他们总是该给鼓掌的演员不给鼓掌；还有德国的剧坛一天天有所改善，演员的功绩越来越受到重视，然而仍旧重视不够，等等等等。接下来就大谈这家那家咖啡馆和花园酒店，谈在这类场所发生的事情，还有某某同事欠了多少债，不得不从薪水中扣还，还有按周发放的工资分配不均，还有敌对的小圈子在搞阴谋什么什么的。当然，扯到最后，又会再把观众对于演出应有的重视提出来，也没忘记强调一下戏剧艺术对教育民族和改造世界发挥的影响。

所有这些情况，过去也常常令威廉感到不安，现在，当他骑在马上往家里走，思索着最近所经历的一些事件，又禁不住回想了起来。他亲眼看见一个女孩的私奔，给一个良好的市民家庭甚至一座小城，造成了怎样的激动。那在大道上和法庭中所上演的一幕一幕，还有梅利纳的想法说法，以及其他一些事态，又出现在他的脑海里，使他活跃而激进的心灵感到了忧虑不安。这种情况教他忍无可忍，他只得驱马疾驰，向自己居住的城市奔去。

然而就在这条路上，迎接他的仍旧只是一些新的不快。威尔纳，他的朋友看样子也是未来的妹夫，正等着他回来进行一次严肃的、意义重大的，同时也是出乎所料的谈话。

那种经受过考验而又生活目标明确的人，遇事能不急不躁，喜怒不形于色，我们通常称之为冷静的人，威尔纳就是这类人中的一个。还有他与威廉的交往，也总伴随着持续不断的争论，然而唯其如此，他们的关系倒更加亲密：他们尽管思维方式不同，却能相得益彰。威尔纳很有些自得的是，对朋友那杰出却又每每失之狂放的精神，他似乎能不时地加以限制约束；反过来，威廉又为常常能以自己奔放的激情感染带动谨慎小心的威尔纳，而以胜利者自居。如此相互砥砺磨炼，他们就习惯了天天见面，甚至不妨讲，正是由于没办法相互理解，他俩要找对方交谈的欲望才更加强烈。不过归根到底，因为都是好人，他们仍然在肩并肩和手拉手地走向同一个目标，只是他们永远不能理解，为何总不能使对方勉强接受自己的思想。

一些时候以来，威尔纳发现威廉来访少了，在谈到一些喜欢的话题时也寡言少语，神不守舍，也不再那么耽于幻想，思维活跃。而最后这点，正好是一颗在与朋友相对时感到宁静和满足的心灵，一颗自由自在的心灵最显著的标志。一开始，守时而谨慎的威尔纳力图在自己言行中，寻找是不是有错误。可是后来一些街谈巷议，使他看见了蛛丝马迹，而威廉自己的某些不慎之举，则让他确信了真正的原因。他着手调查，并且很快发现，威廉好久以来就公开去找一个女戏子，在戏园子里和她谈话，并且送她回家。幸好威尔纳还不知道那些夜晚的幽会，不然真会气坏。因为他听说，玛利亚娜是个淫荡的女孩，多半企图骗取他朋友的钱财，而与此同时还受着另一个低贱的情夫的供养。

一当怀疑得到了相当程度的证实，他便决定向威廉发起攻击，威廉刚刚灰心丧气地旅行归来，他已箭在弦上，做好了充分准备。

当天晚上，威尔纳就向他摆出自己了解的一切，先还心平气和，随后却带着一个好心的诤友咄咄逼人的严厉，一点儿也不含糊，让威廉品尝到了冷静的局外人既怀着道义的责任感，又不无幸灾乐祸地慷慨施与热恋者的所有一切苦味。然而可以想象，威尔纳收效甚微。威廉虽然内心激动，但仍十分有把握地回答：

“你不了解这个女孩！情况表面上看也许对她不利，我却相信她的忠诚和品德，正如相信自己真正爱她。”

威尔纳坚持自己的指责，准备提出证据和证人。威廉不屑理会，悻悻地离开了自己的朋友，心灵所受的震动不亚于一个牙痛病人，让一名蹩脚医生钳着长得牢牢的坏牙拽了半天，结果一事无成。

发现玛利亚娜在自己心中的美丽形象遭到了玷污、扭曲，先是遭旅途中的想入非非玷污、扭曲，后又被威尔纳不友善的谈话玷污、扭曲，威廉真是烦恼极了。为了重新恢复她的清白和美丽，他采取了最可靠的办法，就是入夜便循着熟悉的道路奔向她家。姑娘兴高采烈地迎接他。威廉回城时曾骑马打她的窗前经过，她知道他今夜肯定回来。可以想象，所有疑虑马上就从威廉心中消失了。是的，她的温柔重新赢回了他的全部信赖，使他立刻告诉姑娘，观众怎样恶毒诬蔑她，他的朋友怎样大讲她的坏话。

两人越谈越热烈，不禁回忆起当初相识的情景，而这样的回忆，对热恋者来说，永远是再美好不过的消遣。那将我们领进爱情迷宫的最初几步如此美妙，那展现在我们眼前的头一批景致如此迷人，我们真是太乐于将其唤回到自己的记忆中啦。谁都想领先于对方，都讲自己爱得更早、更无私，谁都渴望在这场竞赛中被对方胜过，而不是胜过对方。

威廉又一次讲起玛利亚娜已经听他反复讲过的情况：没过多久，她就把他看戏的注意力，完全吸引到了她一个人身上；她的身段，她的演技，她的嗓音，都牢牢抓住了他。临了，他上剧院纯粹是为看她的演出。他终于偷偷溜到了后台，常常是在她没察觉的情况下，站在她的身边。接着，他心驰神往地讲起那个幸福的夜晚。那天晚上，他终于抓住一个机会向她献殷勤，开始与她攀谈。

玛利亚娜不承认那么久都没有注意到他；她坚持说，还在散步时就看见他啦，并且讲出了那天威廉穿的是什么什么衣服，来作为证明。她肯定地讲，当时她对他比对别的所有人都更有好感，也希望能与他认识。

威廉是多么乐于相信这一切哦！乐于相信她讲，是她而不是他，被一种不可抗拒的魔力驱使着，向对方靠拢；是她有意走到两扇景片之间的他旁边，以便就近看看他，并且与他结识；是她发现他老是克服不了自己的矜持和害臊，终于主动给他提供了机会，差不多是逼着他为自己端来了一杯汽水。

在如此卿卿我我的争辩中，他俩追踪着自己这短短的罗曼史的所有细节，几个钟头便很快过去了。威廉在告别自己恋人时情绪已完全平静，并且下定了决心，要抓紧实现自己的打算。

第十六章

父母亲已经为他备办好旅行所需的东西，只因为行李上还缺些个小零件，行期又推迟了几天。利用这段时间，威廉给玛利亚娜写了一封信，在信中终于提出了那件他迄今一直避免和她谈的事情。信的内容如下：

> 我坐在美丽的夜幕下，它往常也笼罩过我，当我坐在你的怀里。我思念着你，给你写信，我之所思，我之所为，全都为着你。哦，玛利亚娜！我真是世界上最幸福的男人，幸福得就像一个举行神圣仪式时的新郎，站在庄严、美丽的地毯上，充满着一个新世界将展现在他心中，也通过他而得以展现的预感；他思绪万端，急不可待地凑近那神秘的帷幕，因为爱情甜蜜的窃窃私语正从幕后向他飘来。
>
> 我狠下心来，要有一些日子不和你见面。这倒也容易，因为有希望获得补偿，就是将来永远和你在一起，完全成为你的人！难道还用得着我重申我的心愿吗？也许用得着，因此在此以前，你似乎并未理解我哟。
>
> 我忠诚的心渴望拥有你的一切，因此也怯于流露自己。多少次啊，我只能以微弱的心声在你的心上发出探询，看它是否也有永远结合的愿望。你肯定理解我，因为在你心里也有同样的希望萌生。从那些幸福的夜晚的每一次亲吻，从我俩静静地相依相偎，你已经听到过我内心的流露。我也认识了你的谦逊美德，因此更深深地爱上了你啊！此时，别的女子往往会娇柔作态，给自己情人心中火上浇油，加快他决心的成熟，诱使他

将其宣布出来，使他的诺言更加牢靠，你却偏偏往后退却，把你爱人已一半敞开的心扉重新关闭，表面上装作无所谓的样子，极力以此掩饰你已做出的选择——可我明白你！如果看见这些表现，我还装作识不透你那纯洁无私的，只为自己朋友考虑的爱，我必定是个大混蛋！相信我，放心好了。我俩天生是一对，只要能为彼此活着，就不会有任何遗憾，任何失落。

拉住我伸出的手吧！这象征虽说多余，却挺庄严！我们曾体验过爱情的所有欢乐，但确信已永结同心，会产生新的幸福。别问：今后怎样？不要操心！命运会关照爱情，毫无问题，因为十分知足。

我的心早已离开了父母的那所房子；它在你的身边，一如我的灵魂飘荡在舞台上。我的爱人哦！有什么人能跟我一样幸运地实现自己所有的心愿呢？我想睡却没法合眼，你的爱和你的幸福，就像永不消逝的朝霞，在我面前升降浮沉。

我差点忍不住跳起来，立刻跑到你的身边，强使你表示同意，然后明天一早就为实现自己的理想而奔向世界。——不，我要克制自己！我不愿匆匆忙忙地跨出这愚蠢、冒失的一步。我的计划已经制订好了，我要平心静气地付诸实施。

我跟赛罗经理很熟，我直接去他那。一年前，他常说希望他的演员能学习一点儿我对戏剧艺术的热情和喜爱，现在想必会欢迎我。要知道，我不想参加你们那个剧团，原因不止一个。再说呢，赛罗的演出离此地很远，我一开始可以不暴露自己的行动。在那，我可以马马虎虎先待下来。我想看看观众的情况，和团里的人熟悉熟悉，然后再来接你。

玛利亚娜，你看见了，为了有把握得到你，我能如何自我克制。要知道这么长时间见不得你，与你天各一方，在我真是难以想象啊！不过，随后我想，你的爱对于我是一切的保证，要是在我俩分别之前你不拒绝我的请求，在牧师面前把你的手伸给我，那我就将安安静静地离去。在我俩之间，这不过一个仪式，但却是一个无比美好的仪式，它能把天国的幸福变成人间的幸福。在临近的那个骑士领地，仪式容易秘密举行。

开始时我的钱足够，咱们可以分配一下，使其够我们两人花费。不等吃光这笔钱，老天爷又会来帮忙的。

是啊，亲爱的，我一点儿不担心。一件开始得如此欢快的事情，必会有幸福的结局。我从不怀疑一个人会在世界上有所成就，只要他兢兢业业；而我，感到有足够的勇气为两个人，不，甚至更多的人，创造一个好的生活。许多人讲世人忘恩负义，我还没有发现他们果真如此，关键是你要能够以适当的方式对他们有所贡献。一想到终于能登上舞台，能向世人的心灵发出呼唤，让他们听到渴望已久的声音，我真是心潮难平。我是如此沉醉于戏剧艺术的辉煌，因此每当看到那些可怜虫竟然妄自尊大，以为能用豪言壮语叩开我们的心扉，我的灵魂都不由得感到战栗。他们总以为矫揉造作的假嗓音更动听，更纯净。这些笨拙透顶的家伙造的孽啊，真是闻所未闻。

剧院与教会经常发生争执，我觉得，它们不该吵吵不休。要是两个地方都只是由高尚的人来赞颂神和自然，那有多么好哦！这并非梦想，亲爱的！一当我从你的心跳感觉出你已沉醉于爱情，我也就把握住了这个光辉的思想，并且说——我不想把它说出来——但却希望，有朝一日我俩能成双成对地出现在世人面前，被他们视为优秀的灵魂，开启他们的心智，触动他们的情感，给予他们天堂般的享受，就像我在你的怀中也准保能享受到欢乐，我们常常不得不称之为天国享受的欢乐，因为在那样的时刻我们都感觉脱离了自我，实现了对自身的超越。

我没法停笔，我已讲得太多；我不知道，是否对你已经讲完了与你有关的一切。要知道我难以平静的心情，非言语所能形容。

暂且收下此信吧，亲爱的！我又将它读了一遍，发现本该从头写起。不过已经包括必须让你知道的一切，足以使你有个思想准备，等着我很快回到你的怀抱，享受甜蜜的爱情的欢乐。我觉得自己像个囚徒，正在监牢里悄悄锉着脚上的锁链。晚安！我自己睡得安安稳稳的双亲。——珍重，亲爱的，珍重！今天就此搁笔。我的眼皮老打架，夜已经深了。

第十七章

威廉把信规规矩矩地叠起来藏在衣袋里，急切地等待着去见玛利亚娜，白昼却老是不肯完结。还没等天黑下来，他就一改往常的习惯，偷偷向玛利亚娜的住宅溜去。他的计划是：先约定夜里再去，然后离开他爱人一段时间，他在走之前把信塞进她手里，等深夜回去时再听她的回话，取得她的许诺，或者以温存爱抚的力量迫使她同意。他一下子飞进她的怀中，偎在她的胸前几乎失去了自持。过分激动的情绪使他一开始没有发现，她今天的回报不如往日亲切。只是她也没法长久掩饰自己的忧愁，只能以病了、身体不适作为搪塞。她抱怨脑袋疼痛，不肯接受威廉今天夜里再来的提议。威廉未起任何疑心，没有再强求她，但却感到现在交信给她不是时候，便让它继续留在身上。她的一些举动和言辞都委婉地促使他走人，他便在爱情未获满足的怅惘迷茫之中抓了她一条纱巾塞进衣袋，于心不甘地离开了她的芳唇，离开了她的家门。他溜回自己家中，可在这儿也待不住，穿好衣服又来到了外面。

他来来去去走过了好几条街道，突然碰见一个陌生人向他打听某一家旅馆，威廉自动提出带他去。陌生人一路上向他打听街名叫什么，他们途经的各种大建筑的主人是谁，随后又问起城里的一些警察设施在何处，总之，当他们来到那家旅馆门前时，两人已谈得十分投机。陌生人热情地邀请他这位向导进去一块儿喝杯调和酒，同时说出了自己的姓名、籍贯以及来这里准备做什么，并请威廉也给他以同样的信赖。威廉礼尚往来，同样没隐瞒自己的名字和住址。

“您莫不是那位迈斯特老先生的孙子吧，他老人家有过许多精美的艺术收藏品?”陌生人问。

“是的，我正是他的孙子。祖父过世时我才十岁，看见那么多漂亮东西被卖掉了，真是心疼得要命。”

“令尊为此得到了一大笔钱呢。”

“您也知道喽?”

“知道，我还在您府上见过那些宝贝来着。您的祖父不只是位收藏家，而且也懂得艺术，在幸福的早年曾去过意大利，从那带回来了不少宝物，要是留到现在已成了无价之宝。他曾拥有一些大师的名画；谁要是浏览他的那许多素描，简直会不相信自己的眼睛；在他那些残损的大理石雕塑中也不乏珍品；他的青铜器收藏中有一套用具给人留下十分深刻的印象；他还系统搜集过有艺术和历史价值的钱币；他有几件石刻更赢得众口赞誉。尽管府上老宅的房间和厅堂布局并不对称，整个陈列却也得体在行。”

“您可以想象，当所有这些东西被取下来打包的时候，我们小孩子有多难过。我还记得，看见它们一件一件地消失了，那些房间在我们眼里就好像完全空了似的。这些东西啊，让我们从小就感觉快乐。我们原以为它们永远不会改变，就像我们的家，就像我们这座城市。”

“如果我没记错，令尊把卖得的钱投到了一位邻居的商号中，算是合股经营吧?”

“完全正确！他们合作经营得很成功，在最近十二年里资产增加了不少，可两人因此却更热衷于赚钱。那位老威尔纳也有个儿子，做起买卖来比我能干得多。”

“我很遗憾，贵地失掉了一批那样的珍宝，失掉了令祖的收藏。在它卖掉之前不久我还见过，甚至可以讲，是我促成了这笔买卖。一位贵族，一位大爱家请我到这来，要我给参谋参谋；交易太大啦，他不便独自做出判断。我一连细看了六天，到了第七天我就建议我的朋友，人家要多少付多少吧，别迟疑。您当时围着我跑来跑去，是个活泼的小男孩；您还给我解释油画的内容，对整个收藏都很了解。”

“我记得有这么个人，但没认出就是您。”

“时间已经过去很久，咱们都或多或少变了样。我清楚记得，那些油画里有一幅您特别喜欢，简直不愿让我从它跟前离开。”

“完全正确！画的是一个王子的故事，他对自己父王的未婚妻害了相思，病入膏肓。”

“可刚好不是画中的精品，布局失当，色彩也不怎样，用笔尤其矫揉造作。”

“我不懂行，眼下也不懂，使我着迷的是一幅画的题材，而不是艺术。”

“在这点上您的祖父想法不同。要知道他的绝大部分收藏都堪称上品，都足以让人对大师们的功绩发出赞叹；他们想表现什么就能表现什么。您的这幅画也挂在最外面的厅里，正表明他对它不怎么重视。”

“是的，是在允许我们孩子们经常玩耍的地方。正是在那，它给我留下了不可磨灭的印象。要是今天还能站在这幅画前，甚至您的批评——尽管它挺让我尊重——也仍旧消除不了我这印象。那位青年仍教我深深地同情，深深地怜悯啊！他体内藏着那甜蜜的激情，藏着自然给予我们的最美好遗产，却被迫把那原本能温暖自己和另一个人，能使他俩生气勃勃的烈火强压在胸中，结果内心痛苦难当，枯萎憔悴。我也非常同情那不幸的女子，她纯洁的心里已有真正渴慕的对象，已有一个值得她爱的人，却不得不委身于第三者。”

“这样一些感情，自然离艺术鉴赏家通常用来评价大师杰作的观点相去甚远。设若那收藏现今仍然是府上的财产，您多半也会渐渐认识作品的意义，不致在艺术品中永远只看见您自身和自己的爱好。”

“卖掉那些收藏肯定同样使我很遗憾，甚至成年以后，我仍常常感到若有所失。不过，一想到似乎非得如此才能使我产生另外一种爱好，发展另外一种才能，我又心安理得，听天由命，相信命运给我和每个人一样做了最好的安排。比起那些无生命的任何绘画作品来，现在这种爱好对我的一生都有更大的影响。”

“遗憾我又听见从一个年轻人嘴里说出了命运这个词。他处于这样的年龄段，总喜欢把自己热烈的喜好归因于某些更高的存在的意志。”

“这么说您不相信命运啰？不相信有某种力量主宰着我们，为我们安排好一切？”

“这不牵涉我的信仰问题，也不是能说清楚我如何努力使那些我们大家不理解的事物变得稍微明白一些的地方。这要解决的是，到底哪一种思维方法对我们最有利。世界原本为必然与偶然交织而成；人的理性居于二者之间，善于掌握控制它们；理性视必然为自身存在的基础，同时能够引导、驾驭和利用偶然；只有坚定不移立身世间，人才可以称作是尘世上的神。可悲啊，那些打小就惯于在必然中发现专断，将偶然归诸理性，并以为顺应这种理性即为宗教信仰的人！这仅仅意味着摈弃自身的理智，无限制地纵容自己的喜好，除此还有别的什么呢？我们不假思索地向前走去，听凭令人快意的偶然支配，最后将这蹒跚摇摆的人生美其名曰‘接受神的指引’，却痴心妄想这就叫‘虔诚’。”

“难道您还从来没发生过这种情况：一个小小的因由让你踏上了某一条道路，你往前走不多久就碰着很好的机遇，一连串意外事件让你终于达到了连你本人也尚未看清的目的？这样的情况难道不足以令你顺应命运，信赖命运的指引吗？”

“抱着这样的想法，没有姑娘能保持自己的贞洁，没有谁能把牢自己口袋里的金钱；因为有足够多的机会失去这两件东西。我只喜欢那样的人：他知道什么对他和别人有用，并努力限制自己随意行事。人人手里掌握着自己的幸福，就像艺术家掌握着塑造形象的原材料。可掌握幸福的艺术与所有艺术一样，我们只是天生有此能力，它还需要得到认真训练，认真发挥。”

他们继续讨论，还谈到了另外一些话题。最后两人终于分了手，却似乎谁也没有怎么说服谁，但仍商定了第二天再次碰头的地点。

威廉又在几条街上悠悠荡荡；突然，他听见单簧管、圆号和低音大管的吹奏，不禁心潮澎湃。这是一些流浪艺人在演奏小夜曲。他与他们搭话，给了他们一枚硬币，乐手们跟他朝玛利亚娜的住所走去。她屋前的广场为高高的树木所美化，威廉让艺人们站到了树底下，自己则静静躺在不远处的一条长凳上，沉醉于那在凉爽宜人的夜里围绕着他袅袅飘动的轻妙乐音中。仰卧在美丽的星空下，他的存在宛如一个金色的梦。

“她也听到了这笛声，”他心中自言自语，“她感觉得到，是谁的相思，是谁的爱恋，使这夜变得悦耳动听。我们中间存在着距离，但却让这些曲调结合了起来，就像将来我们不管相距多远，我们仍将由爱恋的柔情联系在一起。啊，两颗相爱的心，就像两块磁力表：一块的针动了，另一块也必然跟着动起来。因为在它们里边起作用的，只是同一种东西；贯穿于它们的，只是同一种力量。躺在她的怀抱中，我能想象到一种与她分离的可能吗？可是我将要远离她，将要去为我们的爱情寻找幸福乐土，将要让她永远和我在一起。”

“我常常发生这样的情况：人离开了她，心却沉溺于对她的相思，只要摸着一本书、一件衣服或是别的什么，就以为触到了她的手，于是整个人就被她的存在包围了起来。我还回忆起那样一些时刻，一些躲避日光像旁观者冷眼的时刻；为了享受它们，恐怕神们也会下决心离开他们那纯净幸福得毫无痛苦的状态！——什么回忆呀？——好像能在回忆里重温那销魂时刻，重温那使我们被天绳捆绑的感官彻底解脱的沉醉之感似的！——还有她的娇躯……”威廉沉溺在对爱人的想念中，宁静渐渐转化为了渴慕。他抱住一棵大树，让树皮冰一冰自己发烧的脸颊，夜风贪婪地吸吮着从他纯洁的胸中喘出的热气。他伸手去摸从她那带走的纱巾，却发现忘在先前穿的衣服里了。热烈的渴慕使他唇干口燥，手脚战栗。

音乐静止了，他感觉就像从适才托着他的云端里掉了下来。他越发焦躁不安，因为感官已不再受到那些徐缓轻柔的音响的滋养和抚慰。他坐到她的门槛上，心绪已平静了些。他亲吻头顶的黄铜叩门环，亲吻她的脚跨进跨出的门槛，并且用自己胸中的烈火将它温暖。随后他又静静地坐了一会，想象她身着白色的睡衣，头系着红色的发带，恬静地卧在她的帷幔后面；他想象自己已走到她的跟前，似乎觉得她正梦见自己。他的想象就像黄昏时的小精灵一般甜蜜；宁静与渴慕在他心里交替不息；爱欲已伸出哆嗦的手指，无数次地撩拨过他心中的一根根弦索；回旋夜空的歌声静息了，好像是要倾听他心灵里柔婉的曲调。

要是带着往常替他开启玛利亚娜家门的钥匙，威廉一定已忍不住闯进那爱情的圣殿里去。现在他只得慢慢离开，恍如梦中似的踯躅在那几棵大树底下，想要回家去却总是一次次地又转了回来。终于狠下心来走了，到了拐角上仍再一次扭头向后望，这当口他似乎看见玛利亚娜的宅门开了，从门内钻出一个黑影来。他离得太远看不清楚，等他定一定神再仔细看去，黑影已经消失在茫茫的夜色中，只是远远地，在一幢白色的房子跟前，他好像还看见它一晃而过。他停住脚，眯缝着眼，终于壮起胆来追赶过去，可没到跟前那怪影已经不知去向。教他究竟往哪儿追呢？如果那是个人，此人究竟走进了那条街道呢？

要是谁在旷野的一隅让闪电耀花了眼，那他随即拼命想要找到刚才见过的人，或是已弄清的路径总是白费劲，威廉现在眼前和心里的感觉也是这样。又有如夜间一个幽灵引起了巨大的恐怖，人在惊魂初定之后仍会惴惴不安，并且久久心有余悸一样，威廉身子倚靠在拐角的石墙上，心中也是慌乱之极，以至连晨光出现和雄鸡打鸣都没有留意到，直至做早市的人们忙碌起来，才把他赶回了家中。

刚到家时，他已用种种动听的解释，几乎从心中驱走了那不期而遇的幻影。然而，昨晚上的美好心境现在回想起来也如梦幻，也全然化为了乌有。为抚慰自己的心，给自己刚恢复的信念盖上个戳，他便从那件穿过的衣服里掏出玛利亚娜的纱巾来，准备吻它一吻。一张纸条窸窸窣窣地从纱巾中掉出来，使他转开了嘴唇。他拾起纸条念道：

> 我多么爱你呀，小傻瓜！可昨天你是怎么啦？今天夜里我上你那儿来。我明白，离开此地教你难过，不过耐心点，到开年市时我便会跟着赶来。听我说，别再穿那件青绿色的上衣，穿上它你样子就像隐多珥的女巫①一般难看。我不是送给了你那件白色家常服，以便我怀中抱的是一只白色小羊羔吗？给我的信一定只由老妖婆送来，魔鬼已把她变成咱们的爱里斯②。

---

① 隐多珥的女巫，见《圣经·旧约·撒母耳记》（上）第28节第7章。

② 爱里斯（Iris）是希腊神话里美丽的虹霓女神，兼为传书带信的神使。

第　二　部

第　一　章

在我们眼前，任何人只要积极热情地为实现自己的理想而奋斗，不管我们对他的目标是赞赏还是指责，都肯定会赢得我们的关注和同情。但是，一旦事情有了结果，我们便马上会把目光从他身上转移开。所有已经完成、已经了结的事情，全都再也不能吸引我们的注意，特别是对那种一开始我们就预言不会有好结果的行径。

因此，我们不想啰唆烦琐地告诉读者，我们不幸的朋友在极其意外地发现自己所有的希望一下子全都破灭以后，堕入了怎样的悲哀和困苦之中。我们宁肯跳过几年，到他又重新积极地生活和享受的时候再去找他；而在此之前呢，只为故事连贯而做一点儿必要的简短交代。

设若瘟疫或者恶性热病侵袭的是一个健康的、血气旺盛的肌体，那么爆发起来必将更迅速，更暴烈。可怜的威廉就是这样让不幸的命运给压垮了，转瞬之间整个人已经不成样子。情况大概像烟花爆竹还在制造过程中便意外地失了火，那些精巧地钻空又填上了药料的管子筒子按照预定的安排燃放，本来应该在空中绽放出五彩缤纷、变幻莫测的火树银花，眼下却乱糟糟地、危险地窜来窜去，嗞嗞嗞嗞响成一片。同样，在威廉胸中也乱糟糟地交织和燃烧着幸福和渴望，情欲和欢乐，现实和梦想，也全都烟消火灭。处于这样的痛苦时刻，我们的朋友急于自救却变得麻木了，对于一个受到如此打击的人来说，失去知觉倒是一件好事啊。

随之而来的，是一些不断反复和有意重温的伤痛炽烈的日子。然而，即使这些，也该视作是自然的恩惠。在这样的时刻，威廉并未完全失去他的爱人。他的痛苦，乃是一种想要抓住从他心灵中逃逸的幸福，想象有可能重新将它挽回，并短暂地重温那永远失去的欢乐的不倦努力。这就像一个肌体只要还在腐烂，只要那些枉然地企图恢复其功能的力量还在毁损它们原本该使其活跃的肢体，我们就不能称它完全死了；只有等到一切已相互磨损耗尽，只有当我们看见整个肌体已化作无足轻重的尘埃，我们心里才会油然产生对于死亡的怜悯和空虚之感，只有那永生者的呼吸，方能将其滋润。

在一个那么新鲜、充实和可爱的心灵里，可以撕碎、捣坏和扼杀的东西很多，就连疗效迅速的青春活力，也为加剧痛苦提供了新的养料和力度。这一次打击动摇了威廉整个存在的根本。威尔纳，他危难中的知己，满腔热情地抓起了火与剑，准备对该死的情欲，对这个妖怪，发起致命的进攻。现在战机是如此好，证据就在手边，不是还有许多的轶事绯闻他可以利用吗！他激烈地、毫不留情地采取一步步行动，不给朋友哪怕一点点幻想自欺的喘息机会，堵住了他逃避绝望的所有旮旮旯旯，直至不忍心让自己的骄子沉沦的大自然让威廉病倒，从另一个方面给了他以舒解。

一场来势汹汹的热病及其后果，诸如服药啊，心情紧张、身体虚弱啊，家人的劳碌和因为缺少并需要而越发能真切感到的朋辈的友爱啊，所有这些，都成了威廉在新情况下的消遣，成了一种可悲状态下的娱乐。只是到他又好起来以后，即是说精疲力竭以后，他才带着惊恐俯瞰那干枯、荒凉的痛苦深渊，就像人窥视一个已经喷完了火热岩浆的空洞火山口一样。

此刻他才深深地自责，在遭受如此巨大的损失之后，竟还度过了一个平静淡漠、不觉痛痒的时刻！他鄙视自己的心，渴望以哀恸和泪水将它滋润。

为了重新唤起它们，他回忆着往日幸福的一幕一幕，极力为自己生动地描绘当时的情景，并让自己重新置身其中。等到他已使自己达到快乐的峰顶，往日的阳光仿佛又温暖着他的肢体，又令他心旷神怡之时，他才回首可怕的渊薮，让自己的眼睛去品味那教人粉身碎骨的深度，随即纵身往下一跳，强使自然给予他最最难忍的痛苦。他如此反反复复地残酷折磨自己，因为青春蕴含着如此丰沛的力量，即使他在失恋引起痛苦之后还拼命自找苦吃，好像想以此赋予这损失以真正的价值似的，年轻的威廉仍不知道自己虚掷了的究竟是什么。他并且坚信，这样的损失只是唯一一次，也是他一生中可以体验到的第一次和最后一次，因此厌恶任何企图让他相信痛苦已经结束的安慰。

第　二　章

习惯了如此自苦，威廉眼下又抓起那曾经次于爱情，随爱情一起让他感到过最大的快乐和希望的东西，也即他做诗人和演员的天赋来，从各个方面进行挑剔抨击。他视自己的诗作为某些个传统形式的没有意义的、缺少内在价值的模仿，认为它们都是些生硬、蹩脚的歪诗，毫无一星半点的自然、真实和激情可言。他在自己诗里只发现单调、拖沓的音调，拼凑勉强的韵脚，思想感情平庸到了极点。因此，他也失去了至少可以在这方面重新振作起来的任何希望和乐趣。

他的戏剧才能遭遇也一样不好。他骂自己没有早些发现自己的虚荣，全因为它他才想入非非。他的身材，他的步态，他的动作，他的道白，一一被拿来接受评判。他断然否定自己有任何足以超凡脱俗的长处，或者任何成就，从而使内心的绝望增加到了极点。是啊，如果说抛却对一个女人的爱已经挺难受，那么要割断与缪斯的瓜葛，宣布自己永远不配与她在一起，并放弃以自己的扮相、动作和嗓音去赢得观众们最热烈、诚挚的喝彩，也不会好受一点儿。

如此这般，我们的朋友彻底灰心了，同时便积极地做起生意来。在整个账房和营业所，没有谁比威廉更勤快的了，这既令他的朋友威尔纳惊讶，更教他的父亲满意得不能再满意。书信往来，记账算账，凡是交给他的任务他都勉力完成。自然，这还不是我们井井有条地做生来擅长的事情时产生的那种快感，也不是为赢得嘉奖而表现的那种勤勉，而只是一种以最大的决心为支撑，以信念为养料，以问心无愧为奖赏的恪尽职守和默默努力罢了。这样一种勤勉，即使有时能让他感觉良好得忘乎所以，但仍没能阻止他时不时地发出一声长叹。

威廉这样非常勤勉地生活了一段时间，开始坚信命运的这次严酷考验对他实在很有好处。他为在人生的道路上及时受到了警告而高兴，虽然因此够难堪的，但却不会再像其他人那样年轻愚妄，以致会犯更严重的错误将来再去赎补。须知，人通常总是能坚持就坚持，断断不肯痛痛快快地放弃心中的痴傻念头，承认自己的根本错误，正视那会让他绝望的事实真相。

尽管他决心放弃自己的美好幻想，可要完全相信自己的不幸仍需要一些时间。终于，他到底还是以确凿的理由说服自己，让自己完全打消了对于爱情，对于写诗，对于戏剧表演的所有希望，并且鼓起勇气，将所有会教他想起自己这些愚妄行径的东西彻底销毁掉。于是，在一个凉爽的傍晚，他生起壁炉，取出那个藏纪念品的匣子。匣中装着他在非常时刻从玛利亚娜那得到，或是抢夺来的各式各样小玩意儿。每一朵枯萎的小花，都使他忆起它还艳鲜地插在姑娘发间的时光；每一张小字条，都教他想到自己应招前往的幸福幽会；还有一条条丝带、一朵朵绢花，也让他忆及她可爱的头颅，美丽的胸脯。难道还能容许那些他相信早已扼杀掉的感情，因此而让它们通通重新活跃起来吗？难道还能让他那在离开情人后已控住的欲念，由于看见这些小玩意儿而重新变得强烈炽热吗？要知道啊，在阴郁的日子里，只需投射进来一线阳光，就能让人想起光明灿烂的欢乐时刻，于是我们才会注意到现实是多么郁闷和可悲。

因此，目睹这些保存了长时间的圣物一件接一件在烟火中消失，威廉丝毫不觉激动。有几次，他也迟疑地停了下来；当他决心用少年时代的习作使变得微弱的炉火重新燃旺时，手里仍然剩下一串珍珠，一条纱巾。

迄今为止，打他发蒙时起，凡是从他的笔端，从他的心灵流泻出来的一切，他都仔细地保存了起来。现在，他的文稿还一捆捆地躺在箱子底，原本是收拾好了准备带着去流浪的。可眼下解开它们，他的心境与当初在捆扎它们时是多么不同哦！

有时我们在特定的情况下写好一封信，加盖上封泥，然而却没能送达该收信的朋友，而是又退回到了我们手中，过一些时候我们再将它拆开来，心里便会产生十分异样的感觉：在剥掉封泥的一刹那，我们似乎已开始和一个改变了的自我交流，和一个第三者交流。当我们的朋友解开第一包稿纸，将拆散了的头几本扔进火里并看见它们熊熊燃烧起来时，便猛地让同样的感觉给攫住了。这时威尔纳走进房来，奇怪怎么会火焰熊熊，便问这是干吗呀。

“为了证明我是当真了的，”威廉回答，“我真要放弃一种自己缺少天赋的职业，”说着又将第二捆文稿扔进火里。威尔纳想要阻止他，但已经来不及。

“我不明白你干吗走极端，”威尔纳说，“就算这些东西不是很出色吧，为什么就一定得烧掉呢？”

“因为一首诗要么出色，要么就别存在。因为凡是没有使其出色的天赋的人，都应克制住搞艺术的冲动，都应认真注意别受到任何的诱惑。自然呢，人人心里都萌动着一种模糊不清的渴望，就是见到什么都想模仿。但是仅有渴望，完全不证明我们身上也潜藏着力量，足以完成我们决心着手的事业。你只看看那些儿童好啦。每次有走索人来城里演出，他们都会学着在木条和隔板上走来走去，保持平衡，直至又有新的花样吸引他们去玩。在我们的朋友圈子里，难道你没有发现类似情况？每当一位名家举行了演奏会，就总有几个老兄立刻跟着学起那种乐器来。有多少人像这样胡闯一气啊？谁能很快自行发现自己的愚妄，谁真叫有福之人！”

威尔纳另有见解，讨论变得热烈起来，威廉不无激动地重新搬出那些已常常使自己苦恼的论据，对朋友的意见进行反驳。威尔纳坚持认为，一种你只有几分喜爱和擅长的才能，就因为永远不能发展到尽善尽美的境界便完全将它放弃掉，这是不明智的。生活中反正有许多余暇需要填补，也可能慢慢就能搞出些既令我们自身，也使别人高兴的名堂来哩。

我们的朋友对此想法完全不同，立刻抢过话头，十分激动地道：

“你大错特错啦，亲爱的朋友，如果你以为，用零七八碎硬挤和拼凑的时间可以搞成功一件作品，而不是一开始构想就得让它占据我们的整个灵魂。不，诗人必须完全生活于自我，生活于自己心爱的题材里。他天生内心充实富足，胸中藏着一座不断自行增长的宝藏，也必定带着自己的珍宝过一种不受外界干扰的宁静幸福生活。这样的幸福，可是一个富翁企图以聚敛财富的办法来获得而得不着的喽。瞧瞧那帮人是如何在追逐幸福和享乐的吧！他们的愿望，他们的劳碌，他们的金钱，他们奔波不息，可追求何在？无外乎追求诗人天生便有的东西，追求享受世界，追求在别人身上同样获得对自身的感受，追求与许许多多经常无法协调一致的事物和谐地共存共处。

“使人们常常不安的无外乎他们不能将自己的观念和事实结合起来，无外乎享乐总会从他们手里溜走，无外乎希望实现得太迟，无外乎所有已达到的目标和成就，不能对其心灵产生与他们远远地渴望和预期相同的影响。命运却让诗人像神灵似的超乎于这一切。他看着七情六欲的纷纷扰扰，家庭邦国的盲目蠢动；他看着误解的死结造成难以形容的破坏和混乱，其实解开这死结常常只需要短短的一个词而已。他分享着人人命运的悲欢。如果说，一般人总是要么患得患失，郁郁终日，要么恣情纵乐，醉生梦死的话，那么，诗人敏锐、活跃的心灵就像漫游天空的太阳，不断从黑夜转向白昼，并且轻轻调动自己的竖琴，和谐地奏出或喜或悲的乐曲。他心灵的土壤萌发生长出智慧的美丽花朵。别的人在睁着眼做梦，让自己感官生出的怪诞妄想吓得够呛，诗人却清醒地体验着人生之梦，而那正在发生的最稀罕的事情，对于他来说同时既是过去，又是未来。正因此，诗人同时是导师、预言家和神与人的朋友。怎么，你难道想他降尊纡贵，从事一种可怜的营生！他呀，生来像一只鸟，能环绕大地飞翔，爱将巢穴筑于高山之巅，轻灵地从这个枝头跳到那个枝头，将当作养料的蓓蕾和果实采摘。难道你想让他同时变成老牛去拉犁，变成猎狗去追踪兽迹，或者甚至拴在链子上汪汪叫着看守农家的院子不成？”

可以想象，威尔纳在听朋友的这番话时很是惊讶。他打断威廉道：

“只希望人都生得像鸟一样，无须纺纱，无须织布，就能逍遥度日，不断地享受！只希望在严冬到来时，他们也能那么轻飘飘地迁徙远方，既避开匮乏之苦，也免遭酷寒侵袭就好喽！”

“诗人曾生活在更重视高贵德行的时代，”威廉嚷起来，“就该让他们永远这样生活下去。他们内心充实，因此对外界的需求甚少。他们秉有以甜美、贴切的言辞和音调向人们传达美好情感、奇妙景象的天赋，从来令世人景仰。这种天赋，对于拥有者来说，乃是一份先天遗传的宝贵财富。在王者的宫苑，在富豪的宴席，在情人的门前，人们都曾屏息凝神，专心将诗人聆听，一如人们漫步林中，突然听见枝间传来夜莺嘹亮动人的鸣啭，禁不住停下脚步，深感欣幸！他们面对的是一个好客的世界，唯其如此，他们貌似低贱的地位倒使他们身价倍增。英雄豪杰听他们歌唱；世界的征服者也崇敬一位诗人，因为他感到，如果没有诗人，他轰轰烈烈的存在只是一阵飓风，转瞬消逝得无踪无影；恋人也渴望像诗人的如簧妙舌描写的那样，和谐而变化万千地体验自己的渴慕和幸福享受；如果未经能感受和提高一切价值的精神之光照耀，就连在富人眼中，他的财产，他崇拜的偶像，也不会显得那么珍贵。是啊，你说吧，还有谁塑造了神，把我们提高成为神，让神下凡来到我们中间，如果不是诗人？”

“我的朋友，”威尔纳沉吟了片刻，然后回答，“我常常感到遗憾，你对这种事感受如此活跃，却拼命要将它从心中驱逐出去。除非我大错特错了，你如果心中不为这艰难的割舍矛盾痛苦，不因一个无可指责的喜好放弃其他所有享受，而是稍稍对自己让让步，那肯定更好啊。”

“亲爱的朋友，如果我向你承认，”威廉说，“尽管我极力逃避，那些情景仍老是追逐着我，当我反躬自省，发现过去的渴望仍牢牢地，比先前更牢固地盘踞在我心中——如果我向你承认这些，你不会觉得我可笑吗？可是现在，我这个不幸的家伙还剩下什么呢？唉，要是有谁曾对我预言，我伸出精神的双臂希望探寻无限，牢牢拥抱伟大，这样做很快会臂断肢残就好啦。可真要有谁对我做此预言，他也已经令我绝望。还有现在，对我的判决已经做出，现在我已经失去了她，失去了那个代替神灵引导我去实现自己愿望的凡人，我除去甘受最惨痛的折磨还能怎样呢？哦，我的兄长，”他继续说，“我不否认，在我的秘密图谋里她是那系牢的绳梯和铁棍，当冒险者满怀希望在半空中晃荡，铁棍却突然断了，我便跌在自己希望的脚下，粉身碎骨。现在我已不再有安慰，不再有希望了啊！这些个倒霉的文稿，”他跳起来大呼，“我一页也不留！”说着便又抓起几本来撕开了，扔进了火中。威尔纳想阻止他，然而白费力气。

“别管我！”威廉吼道，“留这些破纸头干吗呀？它们既不能帮我长进，也不能给我鼓舞，难道让我留下来折磨自己一辈子吗？让它们有朝一日也许变成人们的笑柄，而不是激起人们的同情和恐惧吗？可悲呀，我这人和我的命运！现在我才懂得那些诗人的抱怨，那些在苦难中变得聪明起来了的可怜人的抱怨。我长时间地自以为不可摧毁，不受伤害，唉！现在才看出来，一处深深的伤痕再也长不拢，再也没法痊愈。我感到，我必定将它带入墓穴。不！这痛苦我生命中没有一天能避免，它最终还是会断送我。还有对她的怀念也将留在我心里，和我一块儿生，和我一块儿死，对这个下贱女人的怀念——唉，我的朋友！如果说心里话——也并非那么下贱！她的地位，她的遭遇，已千百次地替她向我求饶。我对她是太残忍了。你毫无恻隐之心，让我也跟着变得冷酷无情，并且控制着我被搅乱了的感官，妨碍我去做于她于我都是有责任做的事情。谁知我把她推到了怎样的境地？只是后来我才渐渐良心不安，我竟使她那样绝望，那样孤立无援！有什么不可能呢，她还可以为自己请求宽恕呀？有什么不可能呢？既然能有无数的误解造成世界的混乱，那么也会有无数的具体情况替弥天大罪求得原宥！我经常想象她独自静静地坐着，胳膊肘撑在桌子上。她说，这就是他的忠诚，这就是他的爱，这就是他对我的誓言啊！这沉重的打击，将结束曾把我将紧系在一起的美好人生!”讲到此威廉泪如泉涌，脸扑在桌子上，弄湿了剩下的稿纸。

威尔纳站在一旁尴尬极了。他没料到威廉会突然感情冲动起来。他好几次试图截住朋友的话头，好几次试图将话题引开，然而没用！他未曾抵挡住那滔滔不绝的洪流。此时此地，持久不变的友谊又同样起作用了。威尔纳静静地守在威廉身旁，等着他熬过剧烈的悲痛，以此充分显示出自己对朋友真诚、纯洁的同情。他俩就这样待了一个晚上：威廉沉浸在对痛苦的静静回味里，威尔纳却战战兢兢，生怕那他相信早已控制住的悲痛，那通过他的劝慰诱导已给制服的激情，会重新爆发出来。

第 三 章

经过几次这样的反复，结果威廉大半只是更加积极地投身于商务，更加恪尽职守。而这嘛，也是他逃脱那座一再来诱使他进去的迷宫的最好出路。他待客举止得体，能用几乎所有活着的语言与别人通信往来，使他父亲和父亲的合伙人对他越来越倚重，也不再十分在乎他因病休养而中断了他们的计划这件事；至于生病的原因嘛，他们并不知道。两位老人第二次决定派威廉出差去。眼下我们看见他身背行囊，骑在马上，由于呼吸了新鲜空气和活动了身躯而显得精神抖擞，正向着他要办几笔业务的山区走去。

他慢慢地翻过一座座山峰，穿越一道道峡谷，心中感觉极为快意。那些危岩悬崖，潺潺溪水，长满苔藓的峭壁，深不见底的渊薮，他都是平生第一次看见，只不过他青少年时代的美梦，也曾飘来过这些地区。面对眼前的景物，他感觉自己又变得年轻起来了。所忍受过的痛苦全已从他心中洗刷干净，他不禁兴致勃勃地朗诵起自己这个那个作品的一些片段来。在这样一个幽寂的所在，特别是《忠实的牧童》中的诗句更纷纷涌现在他的脑海中。他也回忆起自己诗作的某些段落，朗诵起它们来更是满意得不得了。他用往昔的无数形象，赋予眼前的世界以生命。而跨向未来的每一步，对他来说又充满预感，似乎他正要去建功立业，并将有种种奇异的经历。

一个一个地从他身后赶上来了不少行人，每一个在擦身而过时都向他打声招呼，然后便沿着陡峭的小路，朝山上急急赶去。他们好几次打断了威廉的无声畅想，却未引起他的注意。终于有一个喜欢讲话的旅客和他搭上了伴儿，告诉了他这么多人进山去的原因。

“今天晚上高地村有一台戏剧演出，”他说，“附近一带的居民全都会聚集到那去。”

“什么!”威廉惊叫起来，“在这寂静的山里，在这密林深处，戏剧艺术也为自己开辟了道路，建起了庙堂?如此说我也必须赶去赴它的盛会喽?”

“如果您听说了这台戏由什么人来演，”旅伴说，“您还会更加惊讶。当地有一家养活着许多人的大工厂，那位厂主过着所谓远离世人的生活。到了冬天没有活儿干，他让工人打发时光的最好办法就是叫他们演戏。他不能容忍他们打牌，也希望他们远离其他恶习。于是，工人们便以排戏度过漫长的冬夜。今儿个是老头子的生日，他们以特别隆重的演出表示祝贺。”

威廉抵达他原本打算过夜的高地村，在那家工厂门前下了马，厂主也是他名单上的欠债人之一。

他一说出自己的姓氏，老头子立刻一声惊叫：

“嗨，我的先生，您可不就是那位大好人的少爷吗?我至今还欠着令尊的钱，对他真是感激不尽。他对我那么宽容，如果我还不痛痛快快地抓紧还账，我肯定是个混蛋。您来得正好，可以看看我的诚意。”

厂主叫来自己的老婆。她见到威廉同样很高兴，还坚持说年轻人和他父亲长得很像，只不过遗憾她今晚没法安排他在家过夜了，来的客人实在太多。

债务迅速结清了。威廉揣了一卷钞票在衣袋里，暗暗希望其余的债务也同样清理得如此顺利。

已到演出的时间，大伙儿只等着林务局长光临。终于局长也带着一群猎手到了，受着主人恭恭敬敬的接待。

这时观众便被放进了用一座仓库改成的剧场，紧挨着就是菜园。剧场和舞台都没什么品位，只是布置得够喜气和像那么回事罢了。在厂里干活儿的一名油漆匠去省城的大剧院当过帮手，现在就马马虎虎搞出了森林、街道和房屋的布景。剧本则是从一个流浪戏班借来的，并按照自己的口味做了删改。本来嘛，能消遣就成。两个情敌轮番使用诡计从监护人手中争夺一个姑娘，结果搞出了各式各样的趣事。我们的朋友久违了剧院，现在又看见的第一出戏就是这个样子，不禁生出一些个感想：戏里情节固然蛮热闹，却没用真正的性格描写。它能讨好，能逗乐。一切戏剧艺术开初莫不这样。只要看见有什么事情发生，老百姓就满足啦，有教养的人却希望有所感受，而乐于思索的只是极少数的精英。

威廉挺希望在这儿或那儿帮助帮助那伙儿演员，因为只要稍加点拨，他们的演出效果就会大大改善。

一股股越来越浓烈的烟草味扰乱了他静静的思考。演出刚开始不久，林务局长就点燃了自己的烟斗；渐渐地，其他人也跟着一个个自由放任起来。还有这位官老爷的那群大狗，也表现得混蛋。尽管把它们关在了剧场外边，这些畜生却很快找到路从后门钻了进来，跟即跳到舞台上直冲着演员们奔去，临了又一跃飞过乐队的头顶，和它们在观众席前排就座的主人汇合在了一起。

最后加演的是一出祭祀剧。一幅老厂主穿着结婚礼服的肖像画，立在了围着花环的祭台上。全体演员都已极其谦恭的姿态向他致敬。一个身着白色服装的小孩儿走上台来，朗诵了一段颂诗，把厂主全家，甚至还有那位因而想起了自己一大群孩子的林务局长，都感动得流下了眼泪。随之演出宣告结束。威廉忍不住登上舞台，想凑近看看那帮演员，对他们的表演说几句赞扬的话，并为将来提几点建议。

随后，我们的朋友又在山里的大小城镇办了余下的事情，但却并不都是这么顺利，这么愉快。有的欠债人要求延期偿付，有的蛮不讲理，还有的干脆赖账。按照指示，他应该起诉其中几个。为此得找一位律师，告诉他详细案情，然后自己出庭候审，以及干其他更多诸如此类的麻烦事情。

即使有人对他表示奉承，他同样不痛快。他很少发现什么人能给他以指点，也没几个人有望与他发展有益的业务关系。再加运气不好碰上了几个下雨天，这种时候骑着马在山区旅行真叫苦不堪言。因此，当他重新走近平原，看见一座令人愉快的小城静卧在山脚下美丽的沃野里，城边上还有一条小河在阳光中缓缓流过的时候，真是谢天谢地。在这座城里虽说没有什么事要办，可他正因此反倒决定要在这盘旋几日，一则给他让崎岖山路折腾得够呛的马匹一些喘息，同时自己也休整休整。

第 四 章

威廉来到市集广场上的一家客栈。客栈里很是快活，至少也挺热闹。原来是一大群走缆索、跳舞和变戏法的卖艺人，其中还有一个大力士，也拖儿带女地住进了店里。他们一边准备公演，一边不断地嘻哈打笑。他们一会和店主争论，一会又自己相互争吵起来。如果说他们的吵吵嚷嚷已教人讨厌的话，那他们的种种兴奋快乐举动更让你完全受不了。威廉站在客栈门前，拿不定主意是走好呢，还是留好。这时候，他看见在广场上，工人们正在搭起一座架子。

一个小女孩儿在走来走去兜售玫瑰和其他鲜花。她把花篮递到威廉面前，他便买下了很漂亮的一束，并按自己的口味重新捆扎起来，带着满意的心情在那儿欣赏。这时，坐落在广场对面的另一家旅店的窗户正好开了，一个姿容不凡的女子探出身来。尽管隔着相当的距离，威廉仍看出她一脸活泼愉快的神气。一头金黄色的发辫松散随意地垂挂在她脖子周围，看样子正在朝陌生人这边张望。过了一会儿从那店门内走出一个男孩儿，身穿白色小上衣，腰里系着一条理发师的围裙。他径直来到威廉跟前，向他问好并说：

“窗口那位女士让我问一问，您可乐意把这些漂亮的鲜花让一些给她?”

“它们全都归她啦，”威廉回答，说着便把花束递给机灵的信使，同时还向那边的美人鞠了一躬。她呢，也友好地回了一个礼，随后便离开了窗口。

一边想着这令人愉快的奇遇，一边爬上楼梯去自己的房间，这时突然迎面蹦蹦跳跳跑来个小家伙，引起了威廉的注意。一件丝绸小坎肩，短短的衣袖分了西班牙式的叉口，一条紧身长裤缝着鼓肚，穿在这孩子身上再合适不过。满头的黑发长而卷曲，编成了许多辫子缠绕在脑袋周围。威廉惊奇地打量着这小孩儿，把不准到底该把人家当成男孩儿，或是女孩儿。不过他很快还是断定她是女孩，在她打身边经过时便拦住她，向她道了一声好，同时问她是谁家的孩子，虽然他不难看出小家伙必定是那个走绳和跳舞的杂耍班的一员。她呢，用犀利的黑眼睛斜着瞟了威廉一眼，躲开了他，话也不答就跑进厨房去了。

他上完楼梯，看见宽敞的前厅里有两个男人在练习击剑，或者更多的只是在那相互试试身手罢了。其中一个显然是住在店里的杂耍班的，另一个外表则文雅一些。威廉在一旁看着，对两人表示了恰如其分的赞赏。不久，那个黑胡子的强壮斗士退了场，另一位便彬彬有礼地把剑递给了威廉。

“如果您乐意收一名学徒，”威廉应道，“那我也乐意斗胆与您来上几个回合。”

于是便你来我往。尽管那陌生人的剑法比新来者高明许多，他却十分地客气，确保了整个的比试纯属练习。而威廉呢，倒真露了两下子，让人看出他早年的确曾跟一位功底扎实深厚的德国剑术师练过。

他们的消遣被一阵喧嚷声打断了，原来是花花哨哨的杂耍班正要离开旅店，去城里游行亮相，以激起市民对他们的表演的兴趣。班主骑着马跟在一名鼓手身后，随后的一名舞女同样骑着匹瘦马，手里擎着个用丝带和金箔打扮起来的小孩儿。其余的人则在后边步行，有几个的肩上还扛着孩子；他们一边轻松愉快地往前走，孩子们一边摆出种种惊险的姿势。曾经引起威廉注意的那个阴郁的黑头发小家伙，也在他们中间。

一个小丑在拥挤的人群中滑稽地蹦来跳去，分发他的节目广告。他不断开着庸俗的玩笑，时而吻吻这个小姑娘，时而敲敲那个小男孩儿，从而激发起观众无法克制的好奇心，想进一步看他的表演。

在印制的广告单上列着丰富多彩的节目，其中特别突出了一位纳尔齐斯先生和一位兰莉内特小姐的表演。他俩作为班里的台柱，很有心计地没有参加招摇过市，如此既提高了自己身价，也唤起观众对他们更大的好奇。

游行队伍经过的时候，住在对面的那位美人又在窗前露了面。威廉抓住时机，向自己的剑友打听她是何许人。这位，我们暂且称之为雷提斯吧，便自告奋勇要陪他去她那。

“我和这位小姐同是一个剧团的散兵游勇，”他笑嘻嘻地说，“前不久剧团在这儿散了伙。此地的优美风光打动了我们，让我们决定再待一段时间，直到把自己现存的一点儿积蓄吃完为止。与此同时，有个朋友已经动身去为自己和我俩寻找安身之所啦。”

接着，雷提斯便领着自己的新交来到菲莉涅门前，让他站在那儿稍候片刻，自己到旁边一家小店中买了点儿甜食。

“我给您介绍这样一位有意思的朋友，”他回来时说，“您肯定会感激我的。”

那位小姐趿拉着一双高跟轻便拖鞋，从房里走出来迎接他们。她在白色的家常便服上披着一件黑色缎子外套，正由于不十分干净，所以更显得舒适、随意；下穿一条小短裙，将一双可爱的脚露了出来。

“欢迎欢迎！”她冲威廉嚷嚷，“并请接受我为那些美丽的花对您表示感谢！”她一只手携他进门，另一只手把花束按在胸前。他们坐下后随随便便地聊开了，她很机灵地调度着，使谈话始终趣味盎然。雷提斯将炒桃仁倒在她怀里，她马上便吃起来。

“您瞧瞧这小子多讨厌！”她嚷道，“他想让您相信我是个大馋猫。他自己才是没有零嘴吃，就一天也活不下去呢。”

“在这件事情上，”雷提斯回答，“让咱们干脆承认彼此彼此，相互乐于奉陪，就像别的许多共同爱好一样。比如说，”他道，“今个天气真美，我想咱们是不是该驱车郊游，到磨坊上边吃午饭去。”

“非常高兴，”菲莉涅说，“咱俩必须给我们的新朋友来点儿小小的变化。”

雷提斯立刻蹦蹦跳跳地去了，要知道他从来没有正经的走相。威廉则希望回自己旅馆一会儿，以便请人理理经过一路风尘已变得凌乱了的头发。

“您可以在这儿理呢！”菲莉涅喊道，说着叫来自己的小用人，然后娇滴滴地强迫威廉脱去外衣，套上她化妆时穿的袍子，让人当着她的面给他理起发来。

“可不能浪费任何一点儿时间，”她说，“谁也不知道咱们一块儿待得了多久喽。”

小用人与其说是笨手笨脚，不如说是心存不满，有意抗拒。他的表现不怎么好，把威廉的头发拽去揪来，看样子还不打算很快完事。菲莉涅几次申斥他不像样，终于不耐烦地推开他，将这孩子撵出了房门。现在她只好代劳，小手轻巧灵活地梳理起咱们朋友的头发来，虽然显得也不急不躁，时而修修这个地方，时而改改那个地方。在此期间，她难免让自己的膝头碰着威廉的膝头，让那花束和自己的胸脯凑近他的唇边，害得他不止一次心慌意乱，差点在她胸上吻了一下。

威廉用一把刮粉的小刀清理干净了自己的额头，菲莉涅对他说：

“您就揣起来作为对我的留念吧。”

那是把挺精制的小刀，钢制的刀柄上刻着几个深情的字：想着我吧。威廉把刀揣进兜里，道了谢，并且请她允许自己也回赠一件小小的纪念品。

这时大伙儿已准备就绪。雷提斯带来一辆马车，于是开始了一次快快活活的郊游。菲莉涅在车门边给每个向她乞讨的穷人都扔点儿什么，同时高兴而友善地对他们喊话。

他们到了磨坊，刚把午饭定好，就听见屋子前面传来一阵乐声。那是一些个矿工，他们正放开热情、高亢的歌喉，在齐特琴[①]和三角铁的敲击声中，演唱各式各样动人的歌曲。没有唱多久，便涌来一大群人把他们围在中间，磨坊酒店里的客人也在窗口向他们点头表示赞许。看见已引起这些人的注意，矿工们更把圈子扯得大了一些，像是准备拿出他们最精彩的节目来。稍过片刻，一个矿工拎着镐头走到中间，在其他人演唱的肃穆庄严的乐声伴奏下，做采掘矿石的表演。

他掘了不几下，人群中走出来一个农民，气势汹汹对矿工比比画画，意思是要他离开这个地方。观众们一看十分惊讶，直到那农民张开口来，用朗诵的调子骂矿工竟敢在他的田地上乱挖乱掘时，才认出他原来是个矿工化装的。第一个矿工不慌不忙，开始教训农民，说他有权在这里开采，同时给了他一些采矿的基本知识。农民闹不懂那些陌生的术语，提出来种种愚蠢的问题，观众自认为更加聪明，便一阵阵地放声大笑。矿工诱导农民，向他证明地下的宝藏开采出来以后，他自己最终也会得到好处。农民呢，一开始对人家挥动拳头，这时也渐渐心平气和，等到分手时两人竟成了好朋友，特别是那位矿工，他避免了这场争斗的表现更十分可嘉。

“从这出短短的对口剧，可以看见一个极为生动的例子，”威廉在进餐时说，“它向我们表明，戏剧对各个等级的人都会多么有益处，就连政府本身从中也能获益多多，只要懂得从好的、值得赞扬的方面去看待人们的各种行动、职业和作为，并以政府本身必须尊重和保护它们的观点，将它们搬上戏剧舞台。现在倒好，我们只是表现人们可笑的一面。剧作家活像只是个苛刻的督察，到哪儿似乎都睁大眼睛挑自己同胞的毛病，一抓到点儿什么就兴高采烈。一位政府要员，要是能够通观不同等级相互之间自然存在的影响，引导

---

① 齐特琴是德国当时的民间乐器，近似中国的扬琴。

一位有足够幽默感的剧作家写出相应的作品来，难道不也算政绩卓著吗？我坚信，循着这条路子，准能想出一些既好看，同时又有益和滑稽的喜剧来的。”

“我曾经四处漂泊，”雷提斯接过话头，“可发现不论在哪里，人们都只知道禁止、阻碍和拒绝，却很少鼓励、促成和奖赏。人们对世界上的任何事情都听之任之，直至它变得有害起来，然后就气急败坏，大肆攻击。”

“让政府和当官的通通给我滚开，”菲莉涅说，“他们在我的想象中不过是些假发而已。一顶假发谁愿戴就戴他的去，可它却只能引起我的手指头痉挛。我真恨不得一把将它从那高贵的老爷头上拽下来，在房里蹦来蹦去嘲笑他这个秃子。”

为了不再继续谈下去，菲莉涅一首接一首地唱起了活泼动听的歌曲，并且催促快些往回走，以免耽误看走绳艺人傍晚的表演。归途中，她继续对穷人们充当施主，逗得真是快疯了似的，最后自己和她的游伴已腰无分文，她便把自己的草帽从车窗扔出去给一个女孩儿，把自己的纱巾扔给了一个老婆子。

菲莉涅邀请两位游伴去她住的房间，她说，从她的窗口比在其他旅馆能更好地观看广场演出。

到家时，他们看见表演的架子已经搭好，背面已用挂毯装饰起来。弹跳板也摆好了，荡绳系牢在了横梁上，踩索也已紧紧地绷在立柱之间。广场中挤满了人，楼上的窗口全都已经让多少有点身份的观众占据。

首先是小丑出来装傻卖呆，引起观众发出一阵阵的哄笑，以此使全场集中注意力，并且创造良好的气氛。几个小孩将身体扭曲得怪模怪样，时而令人惊叹，时而教人悚惧，而当那个威廉一瞧见就心生同情的孩子好不容易才摆出一些奇特的姿势时，他更禁不住深深地感到心疼。可是不久，那些滑稽的蹦跳能手就给人带来了欢快。他们开始单个地，随后又一个紧跟在一个后面，临了更全体一起，时而往前时而往后地翻起筋斗来。全场掌声雷动，欢声四起。

眼下观众的注意力却转移到了另一项技艺上。孩子们不得不一个跟着一个走上踩索。尽管他们还是些学徒，却可以通过练习拖延表演时间，同时显示走绳这门技艺的艰难。也上场来了几个身手矫健的男人和成年女子，只不过还不是纳尔齐斯先生和兰莉内特小姐。

终于，从紧绷着的红色帷幕后边的一座帐篷中，这两位角也露了面，并用自己优美的身段和精致的扮相，满足了观众中那迄今一直成功地培养着的心愿。男的他是个快活的小伙子，中等身材，黑色的眼睛，梳着一条粗大的辫子；女的她身材同样健美。两人先后表演走绳，举动和跳跃都轻轻松松，还摆出种种少见的姿势。她的轻盈，他的大胆，他俩表演的准确无误，每跨一步、每跳一下都提高了观众的兴致。他们举止庄重加上其他人表面上对他们的照顾，使他俩神气得就像是整个杂耍班的主宰和台柱，而事实上也谁都认为他们配当此任。

广场上的热情也感染了窗口边的观众，太太们全目不转睛地盯着纳尔齐斯，先生们则盯着兰莉内特。老百姓使劲欢呼吆喝，绅士淑女却只限于鼓鼓掌，谁都没工夫再去笑那个小丑啦。当台上下来几个人端着锡盘子收钱时，观众中只有少数几个悄悄地溜走。

“他们干得真是不坏哩，”威廉对倚在他身边窗口上的菲莉涅说，“我佩服他们的聪明，知道在适当的时机一个一个地搬出他们的节目，让那些微不足道的玩意儿也产生效果；他们把孩子们的幼稚笨拙与老手们的技艺精湛结合为一个整体，使我们享受到了极其愉快的消遣。”

观众渐渐散去了，广场上又变得空旷起来，菲莉涅与雷提斯就纳尔齐斯先生和兰莉内特小姐的身段和技艺展开了争论，相互进行着挑逗讥讽。威廉看见那个奇怪的孩子跟别的小艺人一块儿站在街上，就叫菲莉涅注意她。急性子的菲莉涅立刻朝孩子喊叫招手，因为人家不肯来，便唱着歌冲下楼去，把她带了上来。

“这就是那个谜！”她把孩子拽到门口时嚷嚷道。孩子站在那不肯进门，似乎打算马上又溜掉一样；她把右手按在胸前，用左手抚着额头，深深鞠了一躬。

“别怕，可爱的小家伙，”威廉说，同时向她走去。她目光畏葸地望着他，向前靠了几步。

“你叫什么？”他问。

“他们叫我迷娘。”

“你几岁啦？”

“谁也没算过我几岁。”

“谁是你父亲来着？”

“那个大魔鬼已经死啦。”

“瞧，真够奇怪的！”菲莉涅嚷起来。

大伙儿还问了她一些问题。她回答时说的德语结结巴巴，但神态却奇异而庄重，并且每答一个问题都把手按在胸脯和额头上深深一鞠躬。威廉怎么打量她也不够。他的眼和他的心，都不可抗拒地让这小东西的神秘状况给吸引住了。他估计她大概十二三岁，她身材匀称，只是手脚看起来还会好好长一下，或者说尚未充分发育。她长相特别，但引人注目；额头神秘非凡，鼻子秀美异常，嘴对于她这小小年纪来说似乎闭得太紧了点儿，因此嘴唇常常咧向一边，尽管如此仍不失忠厚，而且也足够讨人喜欢。由于上了妆，她微褐的肤色差不多看不出来。这个小人儿给威廉留下的印象太深啦，他盯着她陷入了沉思，忘记身边还有其他的人。直到菲莉涅把剩下的甜食塞给孩子，示意她可以离开了，才使威廉如梦初醒。小家伙像刚才一样深深地鞠了一躬，飞快地跑出门去了。

终于到了我们的新相识分手的时刻，他们预先已商量好明天再一块儿出游。他们打算又到邻近的另一个地方，到“猎人之家”饭店共进午餐。这个晚上威廉还讲了一些恭维菲莉涅的话，对此雷提斯只是简短随便地敷衍了两句。

次日一早，他们先练了一个小时的剑，然后就来到菲莉涅的旅馆跟前。可是，他们却发现刚刚才看见驶来的马车已不知去向，而且更有甚者，在店里也哪儿都找不着菲莉涅，威廉简直惊讶莫名。据店家讲，小姐已跟今天早上来的几个陌生人坐上预订的马车走啦。我们的朋友原指望与她做伴会很愉快，不禁面露怅惘之色。雷提斯相反却哈哈大笑，高声道：

“我就喜欢她这个样子！这完全像她的作风！让咱俩径直上‘猎人之家’去好啦，她爱去哪儿去哪儿，咱们别为她扫了郊游的兴。”

途中威廉继续批评菲莉涅出尔反尔，雷提斯却说：

“一个人坚持自己的个性，我不能称之为出尔反尔。如果说她决心做什么，或者许诺某人什么，那都是在一个心照不宣的条件底下，即做此事或实现自己的许诺也令她感到快活。她喜欢送礼物给别人，可别人得随时准备把礼物再送还给她。”

“真是个怪德行！”威廉回答。

“说怪不怪，只不过她绝非伪善者。因此我喜欢她，是的，我成了她的朋友，就因为她对我体现了纯粹的女性；而对一般女人，我是有足够的理由憎恶仇恨的哦。她对我来说是真正的夏娃，是女性的始祖。所有女人全一个德行，只是她们不肯直言罢了。”

谈话仍在继续，雷提斯声色俱厉地倾吐着对女性的怨恨，但却不讲原因何在。谈着谈着两人已进入一座森林，威廉情绪十分沮丧，雷提斯的一番议论又教他清楚地忆起自己与玛利亚娜的关系。在一处阴凉的泉水附近，在几株枝叶扶疏的老树底下，他们发现菲莉涅独自坐在一张石桌子旁边。她对他俩唱起一支滑稽歌曲。雷提斯问她的那帮朋友哪儿去了，她便高声回答：

“我把他们搞得够呛。他们叫我狠狠作弄了一番，完全活该！还在路上我就试探他们是不是大方，发现原来竟是些吝啬鬼，于是决定惩罚他们。到这儿以后他们马上问招待有什么供应，这位便口若悬河地报出所有菜肴的名字，甚至外加上一些连店里并未准备的。我看见他们很窘，在那你瞅瞅我我瞅瞅你，吞吞吐吐地打听菜的价钱。

"'干吗在那里伤脑筋？'我嚷起来，'点菜什么的是女人的事，让我来做主好了。'说完我便疯要傻要，还叫一个小厮去附近其他饭店端些菜来。在此之前我冲侍者不止一次地努嘴挤眼，使他终于心领神会，成了我的帮手。那几位呢，让我们预订的盛筵吓了一跳，干脆狠狠心去树林里散步去喽，可这一去恐怕很难再回来。我独自笑了一刻钟，多会一想起他们的狼狈相仍忍不住好笑。"

雷提斯边吃饭边回忆一些类似的事情，三人便开始讲有趣的笑话，以及人与人相互间的误解和愚弄欺诈。

城里一个认识他们的青年捧着本书穿过树林，坐在了他们同一张桌子上，开始夸眼前这个地方多么多么美。他提醒他们注意那潺潺的泉水，摇曳的树枝，树影间斑驳的阳光，还有枝头鸣啭的小鸟。菲莉涅于是唱起《杜鹃之歌》，新来的这位听着似乎味道不对，便马上走开了。

他一走远，菲莉涅立刻喊道：

"但愿别再让我听见这种关于自然啊、美景啊的念叨！没有什么比听人计算自己正享受着的欢乐，更教我受不了。天气好嘛就去散步，响起音乐就开始跳舞。谁还有一眨眼的工夫去琢磨这音乐和天气呢？咱们感兴趣的是自己的舞伴，而不是小提琴，瞅着一双漂亮的黑眼睛，会教一双蓝眼睛舒服之极。相反，泉水呀，井台呀，老朽的菩提树呀什么什么的，又有何用！"菲莉涅一边说，一边直视着坐在对面的威廉的眼睛。她这目光教他没法抵挡，至少闯到了他的心扉跟前。

"您说得对，"他有几分尴尬地回答，"对于人来说最有趣的确实莫过于人，而人也许只应该使人感兴趣。我们周围的一切，要么只是我们生活于其中的元素，要么只是我们使用的工具。我们越是留心、重视和拘泥于这些东西，我们对自身价值的感受便会越弱，对社会的感受也会越弱。那种非常重视花园、住宅、衣着、首饰或者任何财产的人，是不合群和不讨人喜欢的。他们目无他人，很少能令他人高兴，能把他人聚集在自己周围。这种情况咱们在舞台上不是也常见吗？一位出色的演员能使我们很快忘记寒碜、笨拙的布景，而舞台美得不得了，却反倒教人觉得缺少出色的演员真是不成。”

吃完饭，菲莉涅坐在阴凉、茂盛的草地上。两个朋友奉命给她采来了大量鲜花。她扎了一只大大的花环来戴在头上，模样迷人得要命。鲜花还够再扎只花环；两位男士在她身边坐下来时，她已开始扎这只。等它在说笑嬉戏中扎成以后，就被菲莉涅极其温柔地按在了威廉头上，并且移来转去调整了好多次，直至看上去完全戴合适了为止。

“如此看来，鄙人将一无所获啰。”雷提斯说。

“才不呢，”菲莉涅回答，“没你可抱怨的。”说着她取下自己的花环，戴在了雷提斯的脑袋上。

“我们俩要是情敌，”雷提斯说，“那准拼个你死我活，为了争得你更多的青睐。”

“真这样你们就是真正的傻瓜。”她一边回答，一边把身子探向雷提斯，让他吻她的嘴唇，与此同时却又转身冲着威廉，用胳臂把他搂住，在他的嘴唇上使劲吻了一下。“这两个吻哪个滋味最美呀？”她挑逗说。

“妙极啦！”雷提斯大声应着，“看样子，这玩意儿永远不会有苦艾的味道。”

“不会的，”菲莉涅说，“只要你享受馈赠时不自私，不嫉妒。不过眼下我还真想跳一会舞，”她嚷起来，“随后咱们大概就又得回去看走绳啦。”

他们回到饭店，发现那已有人奏乐。菲莉涅舞跳得不错，鼓动两个伙伴也一起跳。威廉倒也灵巧，只是缺乏正规练习，于是两位朋友决定教教他。

他们到家晚了，走绳表演已经开始。广场上聚集着许多观众，只是我们的朋友在下车的时候，却发现出了乱子，把一大群人吸引到威廉下榻的那家旅馆门前去了。威廉急忙奔上前，挤过人群想看个究竟，一见杂耍班班主正抓住那个他感兴趣的小孩儿的头发拼命从旅店里往外拽，同时举起鞭子狠心地揍她娇小的身体，不禁大吃一惊。

威廉闪电般扑向那个汉子，一把抓住他的衣领。

“放开孩子!”他疯了似的吼着，“要不咱俩总有一个死在这儿!”他同时掐住那家伙的颈项，力量之猛只有暴怒的人才使得出来，以致对方感觉就要憋死了，只好放掉孩子，企图抵抗。几个也同情孩子但却不敢出头打抱不平的人，见此情景立刻抱住班主的胳臂，夺下他手中的鞭子，并给了他一顿臭骂。这家伙呢，眼看自己的武器仅剩下一张嘴了，便气势汹汹地威胁和诅咒起来，说什么这懒惰的废物不肯做自己该做的事，拒绝跳他已向观众预告过的鸡蛋舞；说什么他非揍死她不可，谁都别想来阻止他。他企图挣脱开身，去寻找已经在人丛中钻没了的小孩儿。威廉将他紧紧拽住，吼道：

“你休想再看见或是再碰一碰这小东西，你得先上法庭交代清楚，你是从哪儿把她偷来的！我要叫你吃不了兜着走，你休想逃脱我的手心!”

威廉情急之下不假思索和无意间凭模糊的感觉说出来的这几句话，或者我们也可以讲灵感一来冲口而出的话，一下子让那个暴跳如雷的莽汉安静了下来。他叫道：

“俺拿这个废物有屁用！你赔我她的衣服钱得啦，随后她就归你，俺们今晚上就最好成交。”说罢他便赶快去继续中断了的演出，用几个拿手节目平复掉观众的不满。

四周现在安静下来了，威廉于是开始寻找那女孩，然而哪里也找不着。有人说在旅馆的阁楼里见过她，有人说看见她在邻近的房顶上。等把四处都找遍以后，大伙儿只得停下来静静等待，看她会不会自动又跑出来。

这期间，纳尔齐斯先生已回旅馆来了，威廉就向他打听那孩子的来历和遭遇。对此纳尔齐斯一无所知，他不久前才加入现在这个杂耍班；反之，他却满不在乎地以轻浮放肆的口吻，大谈特谈自己的身世。威廉对他赢得热烈喝彩表示祝贺，他的表现也是很无所谓。他说：

“观众笑我们，赞赏我们的艺术，我们都习以为常；可我们的境况，并不因为掌声雷动就得到丝毫改善。老板付钱给我们，希望看到的是他自己得利。”说着他就向威廉告辞，急着要去别处。

问他这么忙着要上哪儿，年轻人微微一笑，直言不讳：他的身段，他的天才，给他赢来了一些比广大观众的喝彩更加实惠的喝彩。他收到了不少太太小姐的条子，她们迫切要求进一步认识他，他担心去一一拜访她们，恐怕到半夜还完不了事呢。他继续坦坦荡荡地讲自己那些风流韵事，如果不是威廉拒绝这样谈别人的隐私，礼貌地打发走了他的话，他会连她们的芳名、街道和住址都兜出来的。

与此同时，雷提斯则在和兰莉内特小姐周旋，向她保证，她具有充分的女性气质，并能继续保持这种气质。

这时，正与杂耍班班主进行有关孩子前途的谈判。我们的朋友给了这个脾气暴躁的黑胡子意大利男人三十枚银币。他呢，为此便放弃自己的所有权利，但是关于孩子的来历却一点儿不肯交代，仅仅讲他是在自己哥哥死后，才将她收养过来的。他哥哥人称大魔头，因为特别能干。

第二天早上，大部分时间仍用来找孩子了。人们钻遍旅馆和邻近房屋的所有旮旮旯旯却一无所获。孩子没踪没影，于是大伙担心她莫非跳水了，或者采取了其他自我伤害的行动。

菲莉涅的妩媚迷人，没能够驱走咱们朋友心中的不安。他整日里沉思默想，闷闷不乐。甚至到了晚上，那帮杂耍艺人为取悦观众使出了浑身解数，也同样未使他的心情开朗愉快起来。

由于邻近地区来了不少人，所以观众数量激增，一阵阵的喝彩声也跟滚雪球似的越来越大，震耳欲聋。跳越钢刀也好，钻底用纸糊起来的木桶也好，都引起了巨大的轰动。特别是那个大力士的表演，更是震惊四座，令观众毛骨悚然。只见他把头和脚搁在几把分开摆好的椅子上，往自己悬空的身体上边放了一块铁砧，让几名胳臂粗壮的铁匠在上面锻打成一片马蹄铁。

还有所谓“强壮的赫尔库勒斯”表演[①]——即在最底下一排男演员的肩上站着另一排男演员，这排男演员肩上再扛着些女演员和少年，如此这般最终形成一座有生命的金字塔，塔顶上则倒立着一个小孩子，算是作为装饰的尖头或者风信旗什么的——在这一带地区还从未见过，因此成了整场演出精彩的压轴戏。纳尔齐斯和兰莉内特让其他人用轿子抬着穿过城里最繁华的街道，沿途市民们欢声雷动。一些人扔给他俩缎带、花束和纱巾，还争先恐后挤上去揪他们的脸蛋。谁都以亲眼看到他们为荣幸，谁都为被他们瞅上一眼而骄傲。

“只要能以一段高贵的言辞，一个良好的举动，引起如此普遍的重视，试问有哪一个演员，哪一位作家，是的，甚至不管什么人，会不心满意足呢？要是也能闪电般迅速地激起种种善良、高贵和符合人类尊严的情感，能令民众如此惊叹不已，就像这伙艺人用自己灵巧的身体已办到的一样；要是能以再现幸福和不幸，智慧和愚蠢，是的，甚至荒唐和笨拙，引发民众对于一切合乎人性的感情的同感，震撼他们，使他们凝滞的内心又变得自由、活泼和纯洁起

① 赫尔库勒斯是希腊神话里的大力神，这表演的显然就是中国的叠罗汉。

来，那将是一种何等美好的感受哦!”我们的朋友如此大发感慨。但不管是菲莉涅还是雷提斯，似乎都没有情绪跟他继续进行这样的讨论，他便只好独自去进行这些他一贯喜爱的思索啦。为此，他直到后半夜还在城里东转西转，又一次纵情畅想，重温着自己那用戏剧体现人性之善良、高贵、伟大的旧梦，直想得天花乱坠。

第 五 章

第二天，杂耍班闹闹嚷嚷地从城里撤走了，迷娘立刻出现，并主动来到威廉继续与雷提斯练剑的大厅中。

“你藏到哪儿去了？”威廉和蔼地问，“你教我们好担心啊。”

孩子瞅着威廉，一言不答。

“你现在是我们的了，”雷提斯大声说，“我们已把你买下来喽。”

“你花了多少钱？”孩子干巴巴地问。

“一百金币，”雷提斯回答，“你要是还得出来，就可以获得自由。”

“肯定是很多钱吧？”孩子问。

“那当然，你只有乖乖听话。”

“我愿服侍你们。”迷娘回答。

从眼前开始，她就认真观察旅馆服务员为两位朋友干的事，到了第二天，她已不许人家再跨进房间。她一切都要自己动手，做起事来虽说缓慢甚至有时笨拙，但却仔仔细细，一丝不苟。

她常常站在一只水桶跟前洗脸，洗得那么匆忙和带劲，几乎快要擦破脸皮，直到有一天雷提斯打趣地问她，才知道她是拼命想去掉脸颊上的油彩。实际上呢，她只顾急着擦洗，竟将摩擦产生的红晕当成化妆的痕迹。他们解释给她听了，她才停止擦洗。等到她安静下来，脸蛋便恢复了本来的棕褐色，虽然微带羞红却更显漂亮。

菲莉涅的妩媚妖冶令威廉开心，迷娘的神秘存在更教他着迷，尽管他不肯对自己承认；就由于这两点，他在这个奇特的圈子里消磨过一天又一天，自己替自己找的借口是需要坚持练习击剑和跳舞，因为他相信很难再找到这样的机会。

一天，他看见梅利纳夫妇突然来到了城里，既吃惊不小，也有点高兴。喜出望外地寒暄过后，夫妇俩便打听起那位剧团经理和其他演员来；当听说女经理早已走啦，其他人也各奔前程，留在当地的只有少数几个，他俩马上大惊失色。

我们记得还是威廉帮助这对年轻夫妇结的婚。他俩婚后曾四处寻找工作，可一个也没找到。路途上碰见的几个人告诉他们，这座小城市有家剧团不错，于是他们就来了。

在相互介绍的时候，菲莉涅便很看不惯梅利纳太太，而梅利纳先生也怎么都不讨活泼的雷提斯喜欢。他们恨不得这两个新来者赶快滚，不管威廉怎么反复担保，说他俩人挺不错，也没法使他们对来人的想法变得好起来。

确实也是，随着圈子的扩大，咱们三位浪漫骑士迄今的快活日子在不止一点上遭到了破坏。须知，梅利纳正好在菲莉涅住的旅馆里找到了铺位，刚一住下便开始贪小便宜和吹毛求疵起来。他花钱少却要求房间更讲究，饮食更丰盛，服务更周到。没过两天，店主和伙计都没了好脸色。如果说其他人为过得快活全随遇而安，付起餐厅的账来唯恐不够快，免得老去想那些已经吃过的东西，他梅利纳却每顿饭都必定立刻核对账单，把吃过些什么从头再数一遍，难怪菲莉涅会径直叫他反刍动物。

对于快活的菲莉涅，梅利纳太太还更讨厌。这少妇并非没受过教育，只是完全缺少气质和灵气罢了。她朗诵得不错，而且经常喜欢朗诵；但别人很快就发现，那纯属字面朗读，这那的毛病不讲，整个的情感也表达不出来。尽管如此，她却不容易使什么人，特别是男人，感到不愉快。恰恰相反，那些和她交往的人通常总是夸她聪明机灵；因为，一句话，我乐意称她是个“善于见风使舵的女人”。她要是渴望得到某个朋友的尊重，便会挖空心思去奉承他，尽可能长时间地适应他的想法，而一旦这些想法超越她的水平，便狂热地将其当作新思想接受下来。她知道何时讲话，何时沉默，虽说并非存心险恶，却极其留意别人的弱点在哪儿。

第 六 章

这期间，梅利纳已经详细打听过从前那个剧团留下的旧东西现在何处。布景也好，服装也好，全都抵押给了几个商人。还有一位公证人受了女经理的委托，在适当条件下，如果找到想要的人，就可以做主将其变卖掉。梅利纳希望看看那些东西，于是把威廉拖了去。当人家给他们打开房间来时，威廉不禁感到某种冲动，只是不肯对自己承认罢了。那些个折裂破损的布景尽管状况不妙，那些土耳其和异教徒的服饰，男女丑角的袍子，魔术师、犹太人以及牧师的法衣尽管已不再鲜艳辉煌，威廉站在跟前仍旧克制不住自己的感情，好像在这堆破烂旁边他找到了自己一生中最幸福的时刻。倘使梅利纳看透了他的心，他必定会更加起劲地缠着他，让他拿一笔钱出来赎出这些个零七八碎，然后加以整理，赋予它们新的生命，使它们重新变成一个美丽的整体。

“只要我有两百枚银币，能够在开始时就得到一个剧团最急需的东西，那我将是个何等幸福的人哦!”梅利纳高声叹道，“我会立马组建一个小小的剧团，肯定能在这座城里、这个地区养活我们。”

威廉沉默无言。随后两人离开了又重新锁起来的宝藏，各自怀着心事。

从这时起，梅利纳开口闭口都只是筹建剧团和获取效益的方案跟计划。他努力使菲莉涅和雷提斯对他的计划感兴趣；他们呢，也建议威廉垫些钱出来赎取抵押品。然而正是在此情况下，威廉才真想起此地不可久留。他表示了抱歉，想要做继续旅行的准备。

最近一段时间，他觉得迷娘的身材和性情变得越来越动人了。这孩子的一举一动总有些特别的地方。她不管上下楼都并非在走，而是在跳；她一跃便越过了过道的栏杆；你还没明白是怎么回事，她已坐在橱柜顶上，静静地待在那休息。威廉还发现，她对每个人都有特定的敬礼方式。一些时候以来，她对他行礼就是将双臂交叉在胸前。有些日子她完全哑巴了似的，过些时候她又抢着回答各种问题，说起话来总有点奇特，教人分不清她究竟是闹着玩呢，还是缺乏语言知识；她说的德语结结巴巴，为法语和意大利语混合而成，也难怪奇特。这孩子干起活来不知疲倦，太阳一出便起身；反过来，晚上却早早就没影了。她睡在一间小屋的光土地上，怎么劝也不肯睡床，或者草袋。威廉常常见她在洗脸。还有她的衣服也干干净净，尽管全都补丁上重着补丁。人家还告诉威廉，她每天一早都要去赶弥撒，有一次他便跟了去，看见她跪在教堂的角落里，手掐着念珠虔诚地祈祷。她没有发现他。他回到家中，对这小姑娘的情况做了各式各样的设想，却没想出个所以然来。

梅利纳又来逼他拿一笔钱赎那些已多次提到的舞台用具，结果促使他进一步考虑动身离开。他的亲人们已很久没有他的任何音信啦，他打算写封信赶上今天的驿车送去。他也真的开始给威尔纳写起信来，给他这位朋友讲自己奇异的遭遇，其间却不止一次不知不觉地避开了真实情况。他已经写了相当长，突然却发现信纸背后有梅利纳太太从他的笔记本里抄来的几首诗，不禁十分懊恼。他没好气地撕碎了信纸，把自己的忏悔推到了明天。

第七章

我们的朋友再次聚到了一起。菲莉涅对店前走过的每一匹马，驶近的每一辆车，都异常留意，这时突然兴奋地大叫起来：

“咱们的老学究！咱们最最可爱的老学究来啦！瞧他带来了谁哦?”她欢叫着，从窗口往外招手，于是马车停了下来。

车上爬下一个可怜兮兮的穷鬼，从他磨得破旧了的灰褐色上衣和皱皱巴巴的裤子看，确实该看作是个通常只有在学府中才会出现的迂腐角色。他摘下帽子向菲莉涅致意，露出了头上那粉扑得太糟，同时还硬邦邦的假发。菲莉涅呢，却不断对他投以飞吻。

就像爱一部分男人同时享受他们的爱让菲莉涅觉得幸福一样，她也尽可能经常地给自己寻找同样多的开心，办法就是轻浮地戏弄其余那些她眼下不爱的男人。

大伙闹闹嚷嚷地迎接这位老朋友，没有注意到跟着他来的其他人。不过威廉却相信自己认识那两位女士，以及一个陪着他俩走进屋来的老先生。他也马上想起，他们三个都是前几年在他故乡演出的那个剧团的演员，自己不止一次见过。打那以后两个女儿已长大了，只是父亲一点儿没变。这位通常都是扮演心肠很好却又啰唆讨厌的老头，德国舞台上总不乏这样的角色，平时生活中也经常碰见。要知道，国人素有做好事不尚夸耀的作风，因此便很难想到也有办法把好事做得光彩、漂亮，反倒容易让矛盾的精灵驱赶着误入歧途，惯用人物啰唆讨厌的缺陷来对照表现他们最为可爱的品德。

这种角色咱们这位演员演得棒极了，他经常演他们，也只演他们，慢慢在日常生活中的举止也变成了差不多的样子。

一认出是他，威廉大为激动。因为他回忆起了，他曾经常在舞台上看见老人站在自己心爱的玛利亚娜身边；还听见他在骂骂咧咧，听见玛利亚娜在柔声细语。她演的不少角色，就曾以这样悦耳媚人的声调，去对付老头子的粗暴急躁。

大伙儿七嘴八舌地问新来者的第一件事是，他们是否打算或者有希望在其他地方落脚，遗憾回答是一个“不”字。他们甚至不得不承认，去问过的几个剧团都已满员，甚至本来在团里的人不少也忧心忡忡，生怕即将爆发的战事会逼得他们散伙。出于腻烦，出于喜欢变换环境，饶舌老头带着自己的女儿放弃了原本挺有利的位置，与半道上遇见的老学究合租一辆马车，来到了这座城市，谁知却发现这要想有办法也难。

其他人热热闹闹地谈着他们的事情，威廉这时却堕入了沉思。他希望单独和老人家谈谈，希望听见玛利亚娜的情况又害怕听见她的情况，因此心烦意乱。

两位新来的女士气度不凡，却未能使威廉脱离梦境，倒是这时发生的一场争吵引起了他的注意。原因是弗里德利希，是那个平时侍候菲莉涅的金发小男孩儿，今天要他来摆桌子上饮食，他却大吵大闹表示不乐意。

“伺候您是我的责任，”他喊道，“而不是所有什么人！”

主仆二人因此争吵开了，菲莉涅坚持要他履行职责，小男孩儿却倔强地抗拒，她于是直通通地顶上一句，他愿上哪儿上哪儿好啦。

“您大概以为我离不开您吗？”男孩儿吼道，说着便执拗地去旁边收拾自己的包裹，立刻跑出了旅馆。

“去，迷娘，给咱们弄需要的东西来，”菲莉涅说，“告诉店伙计，让他帮着伺候客人！”

迷娘走到威廉跟前，像一贯那样干巴巴地问：

“我该去吗？我可以去吗？”

“去吧，孩子，按照小姐的吩咐。”威廉回答。

迷娘弄来了所需的一切，整个晚上都极为细心地伺候着客人。

吃完饭以后，威廉企图单独和老人一道散散步，也成功了。先询问了一些他本人的近况，接着便话锋一转，谈起他先前那个剧团来。最后，威廉鼓起勇气打听玛利亚娜可还好。

“别在我面前提那下贱妮子!”老头大喝一声，“我已发誓再也不想她!”

一听这话威廉真是吃惊非小，但等老头继续数落起玛利亚娜的轻浮、放荡来，他更难堪得要死。我们的朋友恨不得中断谈话，但这次却不得不耐着性子，听完怪老头没完没了的抱怨牢骚。

“我感到害臊，曾经那么喜欢她，”老人说，“不过您更清楚这丫头的底细，肯定会原谅我。她曾经那么懂事，那么纯真，那么善良，那么讨人喜欢，真是无可挑剔。我万万没想到，放荡和忘恩负义会变成她的主要性格。”

威廉本来已准备好听对她最恶意的指责，却突然惊讶地发现老头子的语气变温和了；他终于停顿下来，从口袋里掏出一张手巾，开始擦拭最终教他讲不下去的泪水。

“你怎么啦?”威廉惊呼，“什么使你的感情突然来了个大转折?别瞒着我，对这个姑娘的命运我比你想象的更加关心，让我知道一切吧!”

“我没有多少好讲，”老人回答，同时又恢复了严肃、不快的语调，“我为她受了那么多的苦，我永远不会原谅她。她一直挺信赖我的，”他继续说，“我把她当成自己女儿一样；我妻子还活着那会儿，我曾下决心收养她，把她从那个老婆子手里救出来。由这老东西带着她，我不相信会有什么好结果。我妻子死啦，计划也就破灭了。

“住在您家乡的最后一段时间，离今天还不到三年吧，我发现她老是闷闷不乐的样子，问她怎么啦，她避而不答。终于我们动身去巡回演出。她和我乘同一辆车，我这才看出，她自己也承认，她已经有喜啦，因此忧心忡忡，害怕会被经理赶走。也没有过多长时间，这家伙真发现了，马上解除了与她本来还只有六个礼拜就到期的合同，付给了她要求得到的薪水，不管人家怎样说情恳求，把她扔在了一座小城市的破客栈里。”

“让魔鬼把这种放荡的婊子通通抓去吧，”老头气恼地嚷道，“特别是这一个，她浪费了我生命中那么多时间！我那样关心她，为她做这做那，对她抱有厚望，甚至在离开以后仍旧为她操心，真叫说都说不完喽。我宁肯把我的钱扔进水池，用我的时间去教一群癞狗，也绝不再去哪怕只瞅这混账东西一眼！怎么回事呢？一开始，我还收到几封感谢信，还得到从她待的地方带来的消息，可临了却不再有一个字，对我寄去给她坐月子的钱甚至没有一句感谢。哦，虚情假意和轻浮放荡在女人身上真是搭配得太好啦，既保证她们自己过舒适的生活，又教诚实的男人有的是时间懊恼！”

第 八 章

请想想威廉听完这段话回家去时是怎样的心情。他的所有老伤疤又被撕开了，她并非完全不配他爱的感觉又重新复苏过来；要知道，老人对玛利亚娜的关怀，老人虽不情愿却又不得不给她的赞扬，都让我们的朋友重温了她所有的迷人可爱。是的，感情冲动的老人尽管激烈责骂她，却没有隐瞒任何事实；它们本来是可以在威廉眼中贬低她的，不想倒教他认识了自己对姑娘的沦落也负有罪责。还有，她最后的沉默，在他看来也无可厚非。相反，他一想起她只觉得心里难过，似乎看见她正在分娩，正在无助地四处漂泊，而且多半是带着威廉他自己的孩子四处漂泊。这样一些想象，使他心如刀绞。

迷娘已在等他，端着灯迎他上楼梯。她放下灯后，便求威廉允许她今天晚上给他表演一个节目。威廉原本想制止她，特别是因为不知道到底她会搞什么。可是，对这个善良的小人，他又什么都不可能拒绝。过了一会，迷娘再回到房里，腋下夹着一块毯子，把毯子铺开在了地上。威廉随她去。接着她又弄来四盏灯，往每个毯子角上蹲了一盏。最后她提进来一小筐鸡蛋，这下意图就明显了些。她颇有章法地在毯子上踱来踱去，并且按一定的距离把鸡蛋分开摆好，随后把一个在旅馆里负责拉小提琴的人唤了进来。此人抱着乐器走到屋角里；迷娘自己则缠住眼睛，给了个信号，随即像上紧了发条的钟表一样，随着音乐活动起来，同时还击打响板，配合小提琴奏出的节拍与曲调。

迷娘的舞姿矫健、轻盈、敏捷、精确。她又准又稳地把脚踩到鸡蛋之间，踩在鸡蛋的近旁，教人时刻担心她必定会踩破其中一个，或者在快速旋转时会把另一个踢飞。才不呢！她没挨着任何一只鸡蛋，虽然一直以长短不等的各种步伐穿行其间，有时甚至还跳跳蹦蹦，最后竟至半跪在地上，从一排排鸡蛋当中绕了过去。

她就像只钟表似的自顾自地舞着，并且一次一次的从头开始，而每反复一次，那奇异的音乐都赋予这热情奔放的舞蹈新的冲动。威廉完全叫这奇妙的表演迷住了，他忘记了自己的忧愁，目不转睛地盯着可爱的小家伙的每个动作，奇怪她的性格怎么竟在这个舞蹈中发挥得淋漓尽致。

严格、精确、冷静、急促，她身姿尽管柔软，却严肃庄重胜于优美悦目。此刻，威廉又一次感到了曾经对迷娘产生过的那种感情。他渴望将这无依无靠的孩子像亲生女儿似的装进自己心坎里，把她抱在自己怀中，用父爱在她心里唤起生活的欢乐。

舞跳完了，迷娘用脚把蛋滚成一小堆，一个也没落下，一个也没损坏，然后自己站到跟前，摘掉眼睛上的布带子，以深深一鞠躬结束了她的表演。

威廉感谢她给他跳舞，说自己早想看她表演，说没料到她跳得这么棒。他抚摸着她的头，对她如此难为自己表示惋惜。他答应送她一件新衣服，她赶忙回答："要你的颜色！"威廉也答应了她，尽管并不清楚她的意思是什么。她收起鸡蛋，腋下夹着毯子，问威廉还有没有什么吩咐；随后，她一溜烟出了房门。

威廉从提琴师口里知道，好些时候以来，她费老大的劲给他哼唱伴奏的曲调，反反复复，直到他会拉这只著名的西班牙凡丹戈舞曲为止。她还提出付给他酬劳，他可是不愿要她的钱喽。

第 九 章

我们的朋友整夜未得安眠，要么根本睡不着，要么做可怕的噩梦，梦见玛利亚娜一会儿娇艳迷人，一会儿憔悴可怜，刚刚怀中还抱着孩子，一眨眼孩子又被夺走了。天刚破晓，迷娘已领着一个裁缝走进房来。她拿来一段灰布和一块蓝色塔夫绸，以她一贯的简洁方式解释道，她想做一件新马甲，一条水手裤，就像她看见城里男孩子穿的那种样式，上着蓝色的袖口、翻领和飘带。

自从失去了玛利亚娜，威廉就不再穿任何色彩鲜明的衣服。他习惯了灰色，习惯了穿暗影一般的服装，只是用天蓝色的衬里，或者一小匹同样色调的领子，来给这死气沉沉的装束增添一点儿生气。迷娘渴望穿他同样的颜色，催着裁缝快替她做。裁缝答应她很快就交活。

咱们的朋友跟雷提斯练习击剑和跳舞怎么也不顺利。再说，梅利纳的到来很快就打断了他们。这家伙啰啰唆唆地证明，现在大伙已经凑齐一个小剧团，完全足以排演成功几出戏。他重新提出自己请威廉垫出一笔钱来置办行头的要求，可这位呢，再一次表现得犹豫不决。

没过不久，菲莉涅和姑娘们嘻嘻哈哈地进屋来了。她们又考虑好做一次郊游。要知道，变换游览的地点和花样，乃是她们永远追求的乐趣。她们恨不得每天换一个地方进午餐。这回她们想的是乘船出游。

那准备载着她们迂回婉转地驶过风光优美的河流的船只，已经由老学究预订好了。菲莉涅催着动身，大伙儿也毫不迟疑地立刻上了船。

“现在咱们干什么呀?”大伙一在长板凳上坐下来，菲莉涅便问。

“最简便的莫过于咱们即兴排一出戏，”雷提斯回答，“每个人选一个最适合自己个性的角色，咱们看看结果会怎么样。”

“太妙啦!”威廉附和说，“要知道，在一个人不能装样子的团体里，任何事只能直来直去，便不可能长期存在优雅和满足的气氛，反过来若始终都在装样子，那更完全不可能教人感到优雅和满足。也就是说这提议不坏，我们一开始就装样子，随后却可以在假面具底下随心所欲地露出本来面目。”

“是的，”雷提斯回答，“正因为如此跟娘儿们在一起才这么愉快，她们永远也不让人窥见她们的本来面目嘛。”

“可也正因此她们不像男人们那么爱虚荣，”梅利纳太太反唇相讥，“男人们总是自欺欺人，好像他们生来就永远殷勤可爱似的。”

这时，船已穿行在两岸优美的树丛和丘陵、果园和葡萄园之间，年轻的女士们，其中特别是梅利纳太太，对眼前的景色更是喜不自胜。她甚至雅兴大发，装模作样地朗诵起一首描绘类似景色的诗歌来。然而菲莉涅却打断了她，提出来谁也不准谈任何无生命的事物这样一条规定，起劲地主张把即兴排演喜剧的提议贯彻下去。她让爱唠叨的老头扮一位退休军官，雷提斯扮个失了业的剑术师，老学究假装犹太人，她自己演一位奥地利提罗尔地方的女孩儿，至于其他人，则可自由挑选角色。她要大家装作原本互不相识，只是刚刚才从四面八方聚到了一条去赶集的船上。

她说罢便与犹太人演起自己的角色来，于是全船情绪活跃。

他们没有行驶多远，船夫便将船停住，请游客们同意他把一个站在岸边招手的什么人也顺便搭载上。

“咱们求之不得喽!”菲莉涅嚷嚷，“旅行团里正好缺少一个搭黄鱼的角色。”

一位相貌文雅的男人上了船。看他的衣着和庄重的神色，你多半会当他是个神职人员。他向大伙儿致意，他们也以各自的方式表示感谢，并且马上让他了解船上正在玩的游戏。他马上充当一名乡村牧师，而且把这个角色演得完美无缺，令所有人都感到惊讶。只见他一会儿发出告诫，一会儿讲则小故事，自己既暴露一些个小弱点，却又不失体面尊严。

这期间，每人演错角色一次就得缴一次“罚金”。菲莉涅认认真真地将它们收集了起来，并且特别威胁那位神职人员：待会儿他一定得用许多个亲吻来赎取，虽然他自己还一直没有遭罚。反之，梅利纳却遭到了彻底洗劫，衬衫扣子呀，别针呀，凡是身上能够取下来的东西，通通让菲莉涅夺了去。因为他要演一位旅行的英国人，可怎么也进入不了角色。

时间就这么再愉快不过地消磨掉了，每个人都最大限度地发挥了自己的想象力和智慧，都把自己的角色扮演得精彩而又妙趣横生。这样就来到了他们准备玩上一天的那个地方。威廉与那位就其外表和所演角色都可称为牧师的人一道散步，很快开始了一次有趣的谈话。

“我觉得，”陌生人说，“在演员们中间，甚至在熟人和朋友的圈子里，做这样的练习也很有益。这是一种让人脱离自身，绕个弯子再回到自身的最好方式。它应该引进每一个剧团，使演员们不得不经常接受这样的训练；观众肯定也会有所收获，如果每个月上演一出这种没有脚本的戏。为此，演员们自然必须进行反复的排练。”

“不过呢，”威廉回答，“一出即兴剧，切不可想象为只是这种临时仓促拼凑的演出，相反也先要有大纲，有情节，有场次划分，留给演员自由发挥的，仅仅是如何表演罢了。”

“完全正确，”陌生人说，“问题正好在表演，一当演员走上了路子，这样的演出就会益处多多。这的表演不是通过言语，因为用言语修饰自己作品的只能是思想精深的剧作家。演员呢，得用动作和表情，用富于感情的语调以及诸如此类的手段，一句话，得无声地或低声地完成表演；而这样的演出，在咱们的舞台上，似乎渐渐已完全失传了。能够以自己的身体表达自己所思所感的演员，懂得使用缄默、迟疑、手的挥动和优美温柔的体态来讲话的演员，善于通过生动的表情把谈话的间隙与整个表演联系起来的演员，在咱们德国当然也有。这种练习有助于提高演员的天赋资质，教会他与剧作家竞争，不能如一般为取悦上剧院来的观众那样进行。”

“可是，”威廉反驳说，“良好的天赋资质作为首要的和最后的条件，不是单独就足以使演员像任何别的艺术家一样，是的，也许像任何人一样，能达到最高的目标吗？”

“就算它是首要的和最后的，是开头和结尾，而且永远如此，但是，如果没有教育而且是早期教育来造就他，那么这个艺术家在当间仍会缺少某些东西。要知道，也许正好是这位所谓的天才，比一个所谓平庸之才情况更糟糕；因为天才比平庸之才会更容易被教坏，会更迅速地堕入歧途。”

“可是，”威廉回答，“难道天才就不会自己拯救自己，自己医治好所受到的创伤吗？”

“完全不可能，”对方说，“或者至少是只能够差强人意，因为没有谁相信，一个人能够克服自己早年获得的最初印象。要是一个人处于值得称赞的自由环境中，周围都是美好和高尚的事物，在与一些善良人的交往中成长起来，他的师长教给他的是他首先必须知道的东西，这样他理解起其余的东西来便更容易，学到了的知识便永远不会再忘却，他最初的行为也受到了规范，使他将来能够比较轻松舒适地建功行善，而不必为此先戒除什么恶习恶德——这样一个人，比起另一个把青少年时代的精力耗费在了反抗和迷误中的人来，必将生活得更纯洁、更美满、更幸福。关于教育，世人谈的和写的已经很多很多啦；可我只看见很少的人，能把握那将其余一切包含其中的简单而重要的真义，并且付诸实践。”

“这肯定对，”威廉回答，“因为每个人都够狭隘，总想把别人教育成和自己一模一样。所以嘛，那些得到按自己的方式教育每个人的命运眷顾的人，是幸福的喽！”

“可命运这位教师呢，”陌生人莞尔一笑，“它高尚是高尚，收费却挺贵。我永远更乐意相信一位凡间夫子的理性。对于命运的智慧，我也是诚惶诚恐，它通过偶然发生作用，然而偶然却是个很难操纵的器官。须知，命运决定了什么，它似乎很少准确而纯粹地执行过啊。”

“看样子您说出了一个很奇特的想法。”威廉回答。

“才不啦！世界上发生的多数事情，都可证明我这观点。难道许多事情开始时不是都显得意义重大，结果多数最后却变成某种蠢事了吗？”

“您是开玩笑。”

“还有一个个人的遭遇，”对方继续说，“不同样是如此？就算命运注定了某人将成为一个好演员——为什么它不该也给咱们一些好演员呢？——可不幸的是，此人却年纪轻轻地让偶然给领进了一个木偶戏班，在那他难免参加一些低级趣味的表演，把愚蠢当作可以容忍甚至有趣，就这样从一个坏的方面将这些早年的印象接受下来；而这些印象永远不会磨灭，因为我们永远没法摆脱对它们的依恋之情。”

“您怎么扯得木偶戏上去了？”威廉有几分惶惑地问。

“这只是随便举个例子，如果您不喜欢，那我们另举一个。设若命运注定谁成为一位大画家，可偶然偏偏把青少年时代的他推进肮脏的茅舍、马厩和仓库里——您以为，这样一个人啥时候还会得到提高，变得整洁、高雅和心灵自由吗？这些青少年时代的肮脏环境，他接触并按自己的方式将其美化时的印象越鲜明，对未来人生的恶劣影响便越可怕。因为当他努力想克服它们时，它们已与他血肉交融。一个人早年要是生活在恶劣、微贱的环境中，即使后来境遇能得到改善，也总会怀念自己的过去。因为对过去的印象，已与对很难再有的早年欢乐的回忆一起，永远留驻在他心里。”

可以想象，在他俩进行这些谈话的时候，其他人已渐渐走远了。特别是菲莉涅，一开始就溜到了旁边。眼下大伙儿又从侧面的一条路上走了回来。菲莉涅掏出了所有的罚没品，硬要输家以各种各样的方式去赎取。其中，陌生人的方式最别出心裁，而且参与起来无拘无束，因此很受整个团体特别是女人们的青睐。这样，一天的光阴就在说笑、歌唱、亲吻和其他种种的嬉戏、打闹之中，快快活活地过去了。

第 十 章

一行人想要回家去了，便到处寻找他们的牧师，可他已经不见了，哪儿找也没找着。

“这人真不像话，刚才倒显得挺懂事似的，”梅利纳太太说，“大伙儿那么友好地接待他，他走时都不告别一下。”

“我一直在回忆，曾经在什么地方见过这个怪人，”雷提斯接过话茬，“我正准备在道别时问他这个问题。”

“我的情况也一样，”威廉也说，“他不把自己的来历交代清楚一点儿，我肯定不会放他走的。除非我弄错了，不然我以前肯定跟他在什么地方谈过话。”

“你们呢，可能真是弄错喽，”菲莉涅说，“此人只是看上去像某个熟人，因为他长得像个人呗，而不仅仅是汉斯或者孔茨①。”

“你这是什么意思，”雷提斯问，“难道我们长得就不像人？”

“什么意思我知道，”菲莉涅回答，“如果你不懂，就拉倒好啦。我可不愿意事到临头还来解释自己说的话。”

这时驶来两辆马车，是雷提斯预订的，大伙儿都夸他考虑周到。菲莉涅挨着梅利纳太太坐下来，面对着威廉，其他人也都各得其所。只有雷提斯自己骑着威廉带来的马回城去。

菲莉涅刚刚坐定，就开始组织大家唱好听的歌子，随后又把谈话引到那些她认为可以成功地改编成剧本的故事上去。她这一聪明的转变，立刻使我们的朋友兴奋起来。她用自己脑子里丰富而又生

① 汉斯和孔茨是德国男人常用的两个名字，这泛指平平庸庸的人，类似我们说的“张三李四”。

动的场景画面，很快编成了一出结构完整，人物性格鲜明，情节错综复杂的大戏。大伙儿觉得再加几段咏叹调和合唱更好，于是编出了歌词。菲莉涅什么都插一手，马上给配上曲子，即兴演唱起来。今天她真是痛快，非常之痛快。她有各式各样的办法逗我们的朋友高兴，他也真是好久以来没像今天这么高兴过啦。

自打那残酷的发现把他从玛利亚娜的怀中拖了出来，他就发誓不再中任何女性的温柔圈套，并真的忠于自己的誓言，避免与这些不讲信义的女人发生瓜葛，把他的痛苦、渴慕和甜美的希望全都深藏在自己胸中。从对待自己誓言的一丝不苟，他的整个存在获得了秘密的滋养；可他的心不能老是缺少关怀，于是找个人一吐衷曲又成为必须。他又像回到了青春期似的晕头转向，两眼高兴地捕捉着任何一个可爱的目标，对这位迷人的少女的看法比什么时候都更好。在这种状态下，放荡的菲莉涅对他有多么危险，遗憾的是太清楚不过了。

回到旅馆，大伙儿发现威廉房中已做好迎接客人的一切准备：椅子排成了开朗诵会的样子，桌子移到了屋子中央，桌上有的是摆调和酒的位置。

当时德国刚刚时兴骑士剧，已引起观众的注意和爱好。唠叨老头正好带了这样一个剧本来，于是就决定朗诵。大伙儿纷纷入座。威廉把剧本抢到手里，开始朗诵起来。

顶盔披甲的骑士，古老苍凉的城堡，主人公的忠诚、正直和富有正义感，特别是他们那独立不羁的个性，赢得了听众的阵阵掌声。朗诵者使出了浑身解数，大伙儿都兴奋不已。念到了第二幕和第三幕之间，送上来了一大壶调和酒。正好在剧中也插有没少喝酒和碰杯的场面，于是一出现这种场面，大伙儿就再自然不过地高高兴兴变成了剧中人，就同样地碰杯，同样地对自己心目中的英雄高呼万岁。

人人胸中都燃烧着高贵的民族精神之火。能随心所欲地欣赏这出在自己的土地上，用自己民族的题材写成的戏剧，教这帮德国演员好不欣喜！特别是那些穹顶和地窖，那些倾圮的宫堡，那些苔藓和枯树，以及超乎于这一切之上的吉卜赛人露营的场面和秘密审判的场面，更产生了完全没法相信的效果。每一个男演员马上看见自己顶盔披甲，每一个女演员马上看见自己穿着领子高高的裙袍，即将向观众展示自己的德国民族特性。谁都希望立刻从剧中或是德国历史里给自己找一个名字；梅利纳太太已经有喜，发誓在给未来的儿子或是女儿洗礼时，非用阿德尔贝特或是玛蒂尔德命名不可。

快演到第五幕时，更是欢声震天，掌声雷动。临了，当主人公真的逃出了压迫者的手掌，暴君得到了应得的惩罚，大伙儿更是欣喜若狂，都发誓说自己从未经历过如此幸福的时刻。梅利纳酒兴发作，哇哇乱叫。鉴于第二壶酒已喝干净，时间又邻近午夜，雷提斯便庄严宣布，将来再没有任何人的嘴唇配碰一碰这些杯子，说着就将杯子一只接一只地全扔出窗外，摔得粉碎。其他人纷纷效尤，不顾慌忙赶来的店主的抗议，那只经过这神圣节庆的洗礼因而不容任何脏水再玷污的大酒壶，也砸了个稀巴烂。菲莉涅醉意最少，另外两个女孩儿已姿态不雅地倒在了短榻上，她却幸灾乐祸地挑动其他人胡闹。梅利纳太太开始朗诵激昂慷慨的诗词，梅利纳先生喝醉以后脾气暴躁，大骂酒调和得太糟糕，声称如果由他做主，晚会将开成完全另一个样子。最后雷提斯叫他住口，他却越吵声音越大，越是暴跳如雷，气得雷提斯来不及思索，抓起酒壶的碎片就向他脑袋砸去。如此一来，吵闹得就更加厉害了。

这时候，夜巡队赶到了，要求放他们进屋。威廉酒虽只喝了一点儿，由于朗诵也挺兴奋，在店主的帮助下费了老大的劲，才用金钱和好话将那伙儿人安抚妥帖，并把自己的朋友一个个狼狈不堪地弄回住地去。回到自己房里，他已瞌睡得要命，加之心里不快，衣服也没脱就倒在床上睡了。第二天早晨睁开眼来，目光阴郁地看见满屋狼藉，威廉面对着昨晚的胡闹所造成的破坏，面对着一部生动、深刻和意义非凡的剧作所留下的恶劣影响，心中真是烦闷到了极点。

第十一章

稍微思考了一下，他便唤来旅馆老板，让老板把损坏的东西和酒钱通通算在自己的账上。与此同时，他不无懊恼地获悉，他的马昨天给雷提斯骑回来时折腾得够呛，用通常的话来说就是已累得趴下，铁匠认为很少有希望能再使它恢复过来。

相反，菲莉涅从窗口里一向他招手，他马上又高兴了起来。他随即走进附近一家商店，准备买一件小礼物来作为对她送他的刮粉刀的回报。可我们得承认，他没有拘泥于对等回赠的原则，不但为她买了一对可爱的耳环，还外搭一顶帽子、一条纱巾，以及其他种种她在第一天出游时大大方方扔给了穷人们的小东西。

正当威廉送礼的时候，偏巧让梅利纳太太走来看见了，她于是赶在饭前就找机会一本正经地和他谈，指出他对那姑娘的感情有所不妥。威廉惊诧莫名，压根想不到自己会受这样的指责。他发誓赌咒说，他很清楚这姑娘的整个过去，绝对想不到要亲近她。他极力为自己待她的礼貌和友善辩解，但是怎么也没法令梅利纳太太满意；相反，她越来越气急败坏，因为她不能不承认，虽说自己对我们的朋友卖乖又讨好，却敌不过一个活泼、年轻而又长得漂亮的对手的挑战，难保失去从他那已赢得的一点点欢心。

他们去吃饭时，发现她的丈夫同样心情不好，为一些鸡毛蒜皮的小事动不动就发作。这时，店主进来通报，说外面有个弹竖琴的老者。

“各位多半乐意听听这人的演奏和歌唱吧，”他说，“凡是听过他的人，没有哪个会不欣赏他的歌声，会不给他一些赏赐。”

“让他滚吧，”梅利纳回答，“我压根没有情绪听一个流浪琴师演奏，咱们中间有的是歌手，也巴不得能挣点儿钱哩。”说时他目光恶毒地朝菲莉涅瞟了瞟。

菲莉涅明白他的意思，立刻挺身出来保护那卖唱的老者，扫扫梅利纳的脸面。她调头对威廉道：

“咱们干吗不好听他唱唱，未必只能无所事事地坐着闷死不成?”

梅利纳打算反击，眼看争吵就要激烈起来，幸亏威廉对此刻已经走进屋的老琴师点点头，招呼他到了桌子跟前。

这位稀客的形象让在场的所有人都吃了一惊，还不等谁鼓起勇气来问他什么，或是说点儿什么别的话，他已经坐在了一把椅子上。他头顶光秃，仅在脑袋四周剩得有一圈稀稀落落的灰白毛发，眉毛又长又白，下边的一双蓝色大眼睛目光和蔼。他鼻子的模样挺好，下边挂着长长的白胡子，但却没有遮住两片讨人喜欢的嘴唇；一件深褐色的长袍从脖子到脚裹住了他修长的身体。只见他把琴置于面前，弹起了前奏。

他从那乐器里奏出的悠扬音调，很快令听众喜形于色。

“你通常还唱吧，善良的老人。”菲莉涅说。

“给咱们来点有意义的，既悦耳动听又益智赏心的东西。”威廉要求，“乐器只应该伴奏歌喉；没有歌词和意义的曲调弯来转去、忽高忽低，对我来说就像一些蝴蝶和美丽的小鸟，它们在我们眼前的空中翩翩飞舞，我们恨不能抓住它们据为己有。相反歌声却有如飞向太空的精灵，会激励我们心中更好的自我陪伴着它一起飞升。”

老人望了望威廉，随即仰视天空，手指拨动几下琴弦，开始歌唱。他赞美歌声，赞美歌手的幸福，劝告人们尊重他们。他唱得那样生动，那样情真意切，看来像是他专为眼前这次演唱而谱写的。威廉差一点儿就扑过去拥抱他，如果他不是担心会引起哄堂大笑，才坐着没动的话。要知道其他人已经在轻声地发出愚蠢的议论，有的硬说他是个牧师，有的断言他是个犹太人。

有谁问那只歌的作者是什么人，老人未作肯定的答复，他只是声言，他会的歌多得很，希望大家喜欢。在场的大部分人都兴致勃勃，甚至梅利纳也变得开朗了一点儿；正当大伙儿谈笑风生的时候，老人又开始唱起一首意味深长的歌颂友情的赞歌。他赞颂和睦，赞颂友谊，歌声婉转动人。突然，他的嗓音变得干瘪、沙哑和含混不清了，因为他已在对可憎的心胸狭隘、短视的仇恨争斗，以及危险的矛盾分裂表示惋惜。这样一些讨厌的心灵枷锁，当我们在听老人引吭高歌，纵情赞颂和平的缔造者的时候，赞颂两颗心重归于好的幸福的时候，还有谁不乐意抛弃啊。

还不等他唱完，威廉就向他喊道：

“不管你是什么人，你都用歌声带给我们了快乐和祝福，都大大帮助了我们的守护天使，请接受我的敬意，我的感谢！请相信，我们大家都对你非常赞赏。你如果需要什么，请不要客气！”

老人缄默无言，先让手指滑过根根弦索，然后将它们有力地拨动，同时唱道：

“是什么从门外传来我耳际？
是什么在那桥上响起？
把歌手带来我的厅堂，
让歌声在我们面前飞扬！”
国王说完话，侍童已赶去；
侍童来复命，国王呼声急：
“快，快把老人带来厅里！”

“高贵的老爷们，我这厢有礼！
美丽的夫人们，请接受我致意！
像灿烂的天空，群星争辉！
可是谁知道他们的名讳？

整个大厅充斥珠光宝气，
闭上吧，眼睛，此处没时间
容尔等流览、惊异。”

于是歌手闭上双眼，
放开了圆润的歌喉，
骑士们听得目光炯炯，
美女们听得低下了头。
国王听得好不高兴，
让人取来条金项链，
作为给歌手的报酬。

“别赐给我金项链，
请赐给陛下的骑士们，
让他们用无畏的勇气
去吓倒面前的敌人！
请赐给您的那位宰相，
让他在现有负担上边，
再把黄金的负担加上！

“我生来喜欢歌唱，
像那枝头的小鸟一样；
从喉头迸发出的歌声，
就是我丰厚的报偿。
如果准我请求，那只一件：
请为我斟满一杯美酒，
用您那纯金的宝盏！”

他举起杯来，一饮而尽：
“哦，多么甘美的酒浆！
我祝福这大富大贵之地，
它给了我这小小的犒赏！
幸福时刻请你们想着我，
并且热诚地感谢上帝，
像我感谢你们赐酒一样。”

老歌手唱罢，转脸朝着自己的施主，面带笑容，端起人家为他斟满了放在一边的酒杯来一饮而尽，全场顿时一片欢腾。人们向他鼓掌、欢呼，祝愿这杯酒带给他健康，使他的老胳膊老腿更加硬朗。他又加唱了几只浪漫曲，令众人越发高兴。

“你会《牧羊人梳妆打扮跳舞去》这只曲子吗，老伯？”菲莉涅冲他喊。

“会的，”他回答，“如果您想唱这支歌，想表演舞蹈，我伴奏不成问题。”

菲莉涅站起身来，摆好姿势。老人开始演奏曲调，她便唱将起来。不过歌词咱不想告诉给我们的读者，他们可能认为它枯燥乏味，甚或趣味低下。

这期间，大伙儿兴致越来越高，又喝完了好几瓶酒，已开始大声吵吵。然而，我们的朋友对昨晚那场欢聚的恶劣后果还记忆犹新，便想法终止聚会，给老歌手塞了一大把钱在手里作为酬劳，其他人也给了一些，随即便打发他下去休息。大伙儿说好了，当晚再来欣赏他的演唱。

老人走后，威廉便转而对菲莉涅说：

“在你刚才亲口唱的那首歌中，我虽然既看不到文学价值，也找不出道德意义，但是，如果什么时候，你能同样纯真、自然和优美地在舞台上表演一点儿像样的东西，你肯定会受到大众的热烈欢迎。”

“是的，”菲莉涅回答，“靠在冰的旁边取暖，感觉想必很是不错。”

“还有呢，”威廉又道，“这位老人真令我们有的演员害臊。你注意到了吗，他唱的浪漫曲多富戏剧表现力？比起我们舞台上僵硬的人物来，他的歌声肯定更有个性。我们的某些演出，严格说来只能算是在讲故事；他用歌声叙述的故事，我们却得承认是既感人而又生动。”

“这你可就错喽，”雷提斯接过话头，“我既不自以为是个大演员，也不自诩为歌唱家，可我却知道，音乐能支配身体的动作，能使动作变得活泼，同时合乎节奏，也就是说，表演已经由作曲家身上转移到了我身上，使我完全变成了另外一个人；反之，在散文化的戏剧舞台上，我一切都得自己从头做起，节奏和表情都得自己创造，而且还可能受到任何同台的人干扰来着。”

“就我所知，”梅利纳接着说，“此人有一点确实教我们自愧弗如，而且是主要的一点：他善于为了获取利益而施展自己的才能，在我们也许即将为再去何处搞面包而伤脑筋的时候，他却来分了一块去。他够机灵的，能唱支歌就把钱从我们的口袋里挖走；而这钱，我们本可以用来重整旗鼓的。看来啊，把可以用来救自己和朋友命的钱大把大把扔掉，是蛮惬意的呢！”

叫他这么一讲，谈话就变得不那么愉快啦。指责原本就是冲着威廉来的，他的反驳也有些激动。梅利纳呢，本来就不怎么懂得含蓄，最后干脆直通通地发起牢骚来。

“已经过去整整两周啦，”他说，“抵押在城里的服装和道具，咱们已去看过，只需很少一笔钱就两样都可以弄到手。你当时给了我希望，似乎你会借那么一笔钱给我，可直到今天，我还没见你做进一步考虑，或者即将下决心的样子。要是那会你就掏钱，咱们现在已经干起来了。还有你说要走，也迟迟没有走成，这段时间我看你呀钱花得倒挺撒手，至少是有些人总能找到机会，让它跑得更快。”

这通并非全无道理的批评说到了咱们朋友的痛处。他激动地，甚至激烈地，反驳了几句，看见大伙儿纷纷站起来准备散了，也一把拉开门走了出去。走时的样子清楚表明，他不愿再长时间待在如此不友好和忘恩负义的人们中间。他气冲冲地跑下楼去，坐在了旅馆门前的一条石凳子上。他没发觉，一半由于高兴，一半由于气恼，自己已经比平时多喝了一点儿。

第十二章

他坐在那左思右想，心神烦躁，两眼呆呆地直视前方。这么过了一会儿，菲莉涅便唱着歌，扭扭捏捏地走出门来，坐到他的旁边，不，我们几乎可以说，坐到了他的身上，紧紧地偎着他，脑袋倚靠着他的肩头，玩弄着他的卷发，还抚摸他的脸，对他甜言蜜语。她求威廉留下来，别把她独自扔在这伙人中间，不然她会无聊得死去的啊。她再不能忍受与梅利纳生活在同一个屋顶下，所以搬到了这边旅馆来了。

他企图支开她，让她明白他既不能够、也不允许继续留在这里，然而没有用。她坚持求他，是的，甚至突然用胳臂搂着他的脖子，十分狂热地亲吻起他来。

“你疯了吗，菲莉涅?”威廉努力挣脱身子，喊道，“我完全不配你这么亲热，而且当着满大街的人！放开我吧，我不能留下，也不会留下。”

“我不会放你走，”她说，“我要在这大街上一直亲吻你，直到你答应我希望的事情。真笑死我啦，”她继续说，“人家看见我俩这么亲热，准当我是你蜜月中的新娘，那些个丈夫见了如此热络的场面，准会在自己老婆面前称赞我，把我当作天真烂漫、温柔多情的典范。”

说话间，正好有几个人走过，她越更起劲地亲热起他来；他呢，为了不叫人看笑话，只好勉强继续扮演耐心的丈夫的角色。人家一走过，菲莉涅却冲着人家的后背做鬼脸，并且得意地变着法胡搅蛮缠，直至他最后不得不答应，今天、明天和后天还留在这里。

“你真是根木头哦!”她随后说，同时放开了他，“我呢，则是个傻瓜，竟在你身上浪费了这么多友情。”她闷闷不乐地站起来，往前走了几步，随后又笑吟吟地退回来，喊道：“我刚才真以为，我这样就迷上了你。我只是去取织的袜子来，以便手上有点儿事情好做。别走啊，让我仍在这石板凳上找着你这个石头人。”

这次她可是冤枉他喽。要知道，威廉尽管努力与她保持距离，此刻要是和她单独坐在一座僻静的凉亭里，对她的亲昵温存看样子多半也是不会无动于衷的。

菲莉涅妖冶地给他送了一个秋波，然后走进旅馆去了。他不觉得有跟她去的必要，相反她的举动倒增加了他的反感，只是自己也不知为何却从板凳上站了起来，跟在她后面走去。

他正要跨进门，梅利纳却凑过来低声下气和他搭讪，请他原谅他刚才在争论时有的话说得太重。

“请您别见怪，”他继续说，“我在自己当前的处境中，也许表现得过分惊慌失措啦，可是为自己妻子操心，也许很快还要为一个孩子操心，不容许我像您那样一天一天安逸地过下去，愉快地享受眼前的生活。您再考虑考虑吧，如果您有可能，就帮助我得到此地现存的那批行头。我不会欠您的钱很长时间，但是却永远感激您。”

让菲莉涅的魔力吸引着，威廉这会迫不及待地要进店去，很不高兴被人堵在了门口，便在猝不及防的情况下心不在焉和热心快肠地道：

“要是这么做能使你幸福满足，我也用不着再考虑。你就去把事情全办好吧，我准备今晚，或是明天，就付钱。”随后他握了握梅利纳的手，表示说话算数，并且很满意地目送着梅利纳急急忙忙顺着大街走了。然而遗憾，他想进店又一次受阻，而且情况更令他不快。

一个小年轻背上背着个包袱，顺着大街匆匆忙忙赶来，走到了跟前，威廉立刻认出是弗里德利希。

“我回来啦!”小伙子大声嚷嚷，同时张着他那双蓝色的大眼睛，搜寻着楼上的所有的窗口，“小姐在哪儿呢？见不到她，鬼才在这个世界上活得下去！”

店主这时凑上来回答：“她在楼上。”

小家伙一听三脚两步便奔上楼梯，威廉呢，脚下像生了根似的呆在了门口。一开始，他真恨不得拽住那小子的头发，把他从楼梯上拖下来。接着，他由于强烈的嫉妒而浑身颤抖，以致整个神经和思维突然停止了运转。等到慢慢恢复过来，他顿时又感到一生中从未感到过的不安和不快。

威廉回到自己房间，发现迷娘正在写字。最近一段时间以来，这孩子很努力地把自己记得的事情都写下来，并且交给她的主人兼朋友修改。她不知疲倦，悟性也好，就只是字写得老是不一般大，线条也弯弯曲曲。在这件事上，她似乎也精神与身体不能协调统一。在心平气和的时候，威廉总是为孩子的专心学习感到高兴，今天对请他看的作业却有点儿心不在焉。迷娘感觉到了这个情况，因此心里不是滋味，特别是因为她相信这次自己写得非常出色。

威廉不安地在旅馆的过道上踱来踱去，不久又来到了大门口。一名骑手疾驰到了店前，此人仪表堂堂，尽管上了年纪仍显得生气勃勃。店主急忙迎上前去，像个老朋友似的与他握手，同时喊道：

“嗨！厩长老爷，想不到又见到了您！”

“我只是来喂喂马，”来人回答，“我得马上赶到那边庄园里去，让他们迅速准备好一切。伯爵带着夫人明天就到，他们将在庄上住一段时间，以便盛情招待亲王。亲王看样子多半要把自己的总部设在这个地区。”

“遗憾您不能留在咱们这儿，”店主说，“咱们店里住着一批有趣的客人哩。”

马夫赶上来牵走了厩长的坐骑，厩长便和店主站在门口闲聊，同时从旁边打量着威廉。

威廉发现人家在谈论自己，便离开了旅馆，到街上东走西走。

第十三章

处在这懊恼不安之中，威廉突然想起去找那个弹竖琴的老人，希望用他的琴声，来驱赶自己心中的魔鬼。他打听老人的住处，人家就告诉他去小城远郊的一家下等小客栈。在小客栈沿着楼梯爬上阁楼，迎面从一间斗室里便飘来袅袅琴声。这琴声伴着凄楚悲凉的歌唱，哀怨而感人肺腑。威廉溜到斗室门边，但听老人像是在演奏随想曲似的，一会儿唱上几段，一会儿又吟诵几个小节，而且不断反复，所以门外的听琴人稍稍留心一下，就大致听懂了下面的歌词：

谁不曾和泪咽过面包，
谁不曾坐在床头饮泣，
熬过一个个痛苦长夜，
他就不谙你们的伟力。

神啊，你们领我们到人间，
你们让可怜虫犯下罪行，
然后让他受心灵的折磨：
造孽者都要受现世报应。

这悲痛揪心的怨诉，深深钻进了听琴人的灵魂。他似乎觉得，老人有几次让眼泪哽咽住了，不再唱得下去；随后就只听见琴声，直到过了好一会，才有喑哑低沉的歌声掺和进来。威廉立在门口，心灵受到了极大的震撼，这陌生人的悲痛开启了他紧闭着的内心。

他开始可怜起老人来，让他的痛苦怨诉所引发的泪水便禁不住夺眶而出，同时压迫着他自己心胸的所有痛苦也得到释放，他于是听其自然，一把推开房门，站在了老人面前。老人的陋室里唯有一张破床，他就不得不坐在这破床上。

“善良的老人，你在我心中激发起了何等样的感情啊！”威廉叫道，“我心中的所有积郁，全让你给释放出来啦。别让我打扰了你，继续吧，以便减轻你自己的痛苦，同时使一位朋友感到幸福。”

老人想站起来说点儿什么，威廉按住了他。他在中午已经发现，老人不爱说话，便干脆坐在了他身边的草袋上。

老琴师擦干泪水，和蔼地微笑着问：

“您怎么来啦？我原打算今晚再去伺候您哩。”

“咱们在这更清静，”威廉回答，“随便你给我唱点儿什么，只要适合你的处境都行，就当我根本没在这里。我感觉你今个不成问题。我发现你能这样在孤独中自弹自唱，自得其乐，就挺幸福；要知道，你走到哪儿都是一个陌生人，只有在自己心里，才找得到亲切的知己哦。”

老人盯住自己的琴弦，先在弦上轻柔地拨弄了几下，调好音，然后便唱道：

谁要是自甘寂寞，唉，
他立刻会变得孤独！
谁都在生活，谁都在爱，
那就让他独自承受痛苦。

好，让我承受我的痛苦！
只有当什么时候
我能真的一人独处，
我才不会感到孤独。

像情人悄悄走来偷听
他的女友是否孤独，
忧愁也日夜袭扰我，
使寂寞的我难以忍受，

使寂寞的我无比痛苦。
唉，只有等到那一天，
当我独自躺在墓穴，
它才会让我真正孤独！

我们不怕扯得多么远，也没法形容威廉与怪老头这稀罕的交谈是何等的优雅动人。年轻的朋友不管对老人讲什么，他都能以再恰当不过的歌声与之相应和，从而激发起相近的情感，给他的想象力开辟出一个更广阔的天地。

有一些虔诚的信徒脱离宗教另行结社，以使自己的信仰更加纯洁，更加真诚，更加有意义。谁要参加过他们的集会，便也能想象出眼前的情景。他会回忆得起，祭司如何在自己的布道词中加上某一首歌的诗句，以便引导着听众的灵魂向上升高，并且自由飞翔。随后，信众里的另一个人又以别的曲调加入另一首歌的词句，第三个再如法炮制。[①] 如此类推，尽管被借用的歌词相关的意义也表达出来了，但处于新的组合中，在每一个被引用的地方都变得新颖和独特，就像是刚刚才在那里谱写成的似的。就像这样，由一些熟悉的思想，一些熟悉的歌曲和熟悉的格言，便为这个特殊的群体，为这个特殊的时刻，衍生出来一个能激励他们，使他们感到喜悦，并增强他们信仰热诚的独特的整体。同样，老歌手也用熟悉和不熟悉

① 18世纪在德国确实有这么一个善于利用歌词来布道的基督教教派。

的歌曲或者段落，唤起客人心中近的或远的，清醒的或沉睡的，愉快的或痛苦的感触，使它们循环出现，从而给了威廉启迪。在当前情况下，对我们的朋友来说，这真是求之不得哦。

第十四章

返回旅店途中，威廉确实也对自己的处境做了迄今最认真的思考，下决心一定要摆脱出来。刚走到家，店主立刻向他透露，菲莉涅小姐已经把男爵的厩长给征服啦。这位爷一办完庄园的差事就十万火急地赶了回来，眼下正和她一块儿在楼上的房间里美美地共进晚餐呢。

正说着，梅利纳已带着公证人走过来。他们一起进了威廉的房间。威廉尽管有点儿犹豫，仍然兑现自己的承诺，开了三百塔勒[①]的支票给梅利纳。梅利纳转手就递给公证人，从他那里换得了购买全部演出行头的字据。明天一早，东西全部就会归他接收。

他们刚分手，威廉就听见旅馆里响起一声可怕的喊叫。听得出是一个年轻人的叫声，又愤怒，又带着威胁的意味，并不时地让哭嚎给打断。他听见哭诉的人从楼上下来，经过他的门外，跑到院子里去了。

好奇心诱使我们的朋友也跟下楼，发现弗里德利希几乎就要疯了。这孩子又是哭，又是咬牙切齿，又是捶胸顿足，并挥舞着拳头进行威胁，气愤和恼恨得完全变了个人。迷娘站在对面愕然地看着，旅馆老板大概讲了讲怎么回事。

这孩子出走回来后受到菲莉涅很好的对待，原本已心满意足，高高兴兴，成天都又是唱，又是跳，直到厩长认识了菲莉涅。从此这个半大小子就不舒服啦，不是摔门，就是上上下下疯跑。菲莉涅命令他今晚伺候用餐，他更是一肚子的不满和牢骚。临了，他端着

① 塔勒，当时德国一种银币的名称。

一钵红烧肉，但不是往桌子上放，而是朝挨得挺紧的客人与小姐之间一送，结果马上挨了厩长狠狠几耳光，并被扔出了房间。店主说，他随即便去帮那两位做清洁，他们的衣服给搞得一塌糊涂了。

男孩儿一听自己的报复效果很好，立马哈哈哈大笑，尽管两边塞帮子上还挂着泪水。他这么开心了一段时间，突然又想起那个强者对他的欺侮，重新哭嚎和咒骂开来。

威廉站在一旁堕入了沉思，眼前的一幕令他害羞。他反躬自省，觉得自己的表现犹有过之：他不是也曾妒火中烧？如果不是碍于自己的身份，他不是也会发雷霆，恶毒而幸灾乐祸地伤害自己爱的对象，并向与自己争风吃醋的人挑衅？他不是也恨不得把那些看来令他倒霉的人，给通通除掉吗？

雷提斯这时也走来听了发生的事情，便存心不良地给愤怒的男孩儿火上加油，致使这小家伙发誓赌咒，说自己还从来没有忍受过这种侮辱，非要让厩长道歉不可。如果厩长拒绝道歉，他知道如何报仇雪耻。

雷提斯正好精于此道。他走上楼去，郑重其事地以男孩的名义向厩长发出了挑战。

“真是有意思，”厩长回答，“今晚上我完全没想到会有这么好玩的事啊。”说完他俩便走下楼去，菲莉涅跟在他们后面。

“我说孩子，”厩长对弗里德利希道，“你是个勇敢的小伙，我呢，因此不拒绝与你决斗；只不过咱俩的年龄和力气悬殊，保不准会出危险，所以我建议不用别的武器，只用练习的假剑。咱们在剑头子上抹些粉笔灰，谁第一个在对方身上留下白色的痕迹，或是击中对方的次数最多，谁就算赢了；输家就得挨罚，也即用本城最好的酒请客。”

雷提斯断定这个建议可取；弗里德利希视他为自己师傅，也听他的。假剑取来了，菲莉涅坐到旁边，一面心平气和地织毛线，一面观看两位斗士比剑。

厩长剑法纯熟，但够照顾对手面子的，让自己的上衣也落下了几团粉笔印。随后两人便相互拥抱，同时也端来了美酒。厩长希望知道弗里德利希的身世，这小子又像经常那样胡编乱造了一通。关于这一点，我们的读者将另有机会知道。

这期间，威廉心中也完成了一次感情的决斗。他对自己没法否认，他恨不得亲手抓起那把假剑，不，最好还是真剑，与那位厩长斗上一斗，尽管他已经看出，此人的剑法远远在自己之上。同时，对菲莉涅他却不屑一顾，脸上也尽力不流露自己的感情。在举杯向两位斗士祝了几次酒之后，他回到了自己房间，万种愁绪随之便涌上心头。

他回忆起自己的精神无拘无束、充满希望和奋发向上的那段时光。那时候，他就像水中的游鱼一般，尽情地享受着生活的各种快乐。他心里清楚，自己最后如何陷入了漂泊浪荡的境地，以致从前曾大口大口吸纳的东西，现在只得一丁点一丁点地吸吮了。然而他却看不明白，对他来讲，自然已将怎样一种不可克制的内心需要变成了法则，这种需要又如何受着他所处环境的刺激，却仅仅得到了一半的满足，同时还被引入了歧途。

威廉审视着自己的处境，看能不能从中摆脱出来。在此过程中，如果说他陷入了最大的迷惘，那么谁也不应该感到惊讶。还不只是对雷提斯的友谊，对菲莉涅的恋慕，以及对迷娘的同情，使他过分地留恋这个地方，这个团体。在这儿，他干着自己爱好的事情，几乎是偷偷地满足了自己的愿望，虽说没有什么预定的目标，却能够重温旧梦。他相信自己有足够的力量摆脱这些羁绊，马上离开。可是呢，就在一会之前，他刚和梅利纳做了一桩金钱交易，刚结识了那位神秘的老人；对于解开此人的身世之谜，他怀有难以形容的渴望。可是即使如此，他在长时间地想来想去以后仍然下决心，或者至少是自以为下了决心，不再滞留在这。

“我必须离开，”他大声喊了出来，“我想要离开！”他跌坐在一把圈椅里，情绪激动异常。

迷娘走进来，问要不要帮他梳头。她走动很轻很轻。今天威廉对她不理不睬的，使她十分难过。

一种暗自滋长着的爱情，一种偷偷巩固了的忠诚，一旦终于被那个迄今还无缘享有它的人所体察，所发现，那真是再动人不过的啦。那久久紧闭着的蓓蕾成熟了，威廉的心也一下变得敏感的不能再敏感。

迷娘站在他跟前，注视着他的不安。

“我的主人!”她喊道，“你要是感到不幸，那教迷娘怎么办哦?”

“宝贝,”威廉拉住她的手，回答说，“你也跟着我在痛苦啊。我必须离开这个地方。”

她瞅着他泪光闪闪的眼睛，猛地跪倒在他面前。他仍然拉着她的手，她把脑袋枕在他的膝头上，静悄悄地待着。他抚弄着她的头发，态度和蔼温柔。迷娘久久没有动弹。过了好一会，他终于感到她像是在抽搐，开始时很轻微很轻微，渐渐却传遍了全身。

“怎么啦，迷娘?”他叫起来，“你怎么啦?”

迷娘抬起小小的脑袋，望着他，突然用手按住心口，就像是忍受着痛楚似的。他扶起她，她倒在他的怀里，他于是搂紧她，亲吻她。她的回答是毫不动弹。她紧紧捂着自己的心口，冷不丁却发出一声大叫，身体也随之猛地痉挛起来。她一跃而起，可紧跟着又像四肢全瘫痪了似的倒在他的面前。那情景真是可怕啊!

“我的孩子!”威廉大叫，同时抱起她来紧紧搂着，“我的孩子，你怎么啦?”

痉挛继续着，从心脏扩散到了四肢，她整个瘫在了他的怀里。他把小姑娘紧紧贴在心上，泪水滴湿了她的身体。突然，她变得紧张起来，就像在忍受着身体的剧烈疼痛。可是不久，她的四肢似乎又充满了活力，像根压紧了的发条似的挑起来搂住他的脖子，而内心却好像被猛地撕裂了。就在这一刹那，泪水从她紧闭着的眼里滚滚流出，落进了威廉的怀中。他紧抱着她。她哭泣不止，即使如簧妙舌，也没法形容这泪水的巨大力量。长发散开了，披散在这泪人的脸庞周围；她整个人就像一道泪泉，在止不住地流泻，流泻。她的肢体变得柔软了，内心已得到宣泄。在迷惘的瞬间，威廉生怕她会溶化在自己怀里，教他什么也抓不着。他因此把她抱得越来越紧，越来越紧。

“我的孩子!”他叫道，“我的孩子！你真的属于我，如果这样讲可以安慰你！你是我的！我将永远拥有你，不再离开你!”

迷娘仍旧珠泪滚滚。——终于，她站了起来，脸上闪耀着欣喜。

“我的父亲!”她叫道，“你要真的不离开我哟！你要真的做我的父亲！我是你的孩子啊!”

这时，门外响起了竖琴的弹奏；老歌手已带着自己最心爱的曲子，来为他的朋友晚上消遣来了。威廉仍紧紧搂抱着自己的孩子，享受着最纯净的、最无法言表的幸福。

第　三　部

第　一　章

你知道吗，那柠檬花开的地方，
茂密的绿叶中，橙子金黄，
蓝天上送来宜人的和风，
桃金娘静立，月桂梢头高昂，
你可知道那地方？
前往，前往，
我愿跟随你，爱人啊，随你前往！

你可知道那所房子，圆柱成行，
厅堂辉煌，居室宽敞明亮，
大理石立像凝望着我：
人们把你怎么了，可怜的姑娘？
你可知道那所房子？
前往，前往，
我愿跟随你，恩人啊，随你前往！

你知道吗，那云径和山岗？
驴儿在雾中觅路前进，
岩洞里有古老龙种的行藏，
危崖欲坠，瀑布奔忙，
你可知道那座山岗？
前往，前往，
我愿跟随你，父亲啊，随你前往！

第二天清晨，威廉在旅馆里四处都找不着迷娘，一问才听说是跟梅利纳一起走了。梅利纳一大早就起了身，为的是赶紧去取回那些戏装和其他的道具、行头。

几个小时过去了，威廉突然听见他门外传来音乐声，一开始以为是弹竖琴的老人又来了。但很快他便听出是齐特琴在演奏，而开始唱歌的嗓音却是迷娘的。威廉拉开房门，姑娘走了进来，同时唱着我们上边抄录的那首歌。

曲调和表现的情感都让我们的朋友喜欢极了，虽然歌词并不完全懂。他让小姑娘给他一节节反复唱，反复解释，自己则把歌词记录下来，并且翻译成德文。只不过有些特殊的词语，他只能大概揣摩出来罢了。这样，语句尽管马虎通顺，脱节之处尽管也凑凑合合接了起来，却丧失了情感的天真无邪。还有，曲调的优美动人，也无与伦比。

每一节的起头她都唱得庄严、激昂，好似要让人注意什么特别的东西，好似要表现什么重大的事物。唱到第三行，歌声却变得低婉、沉郁起来。“你知道吗?”几个字，她表现得充满了神秘和思索；“前往！前往!”表现出不可抗拒的向往渴求；“随你前往!”则在反复轮唱中变化有致，时而恳求，时而催促，时而充满渴望，时而满怀憧憬。

迷娘第二次唱完了这首歌，便停下来，目不转睛地望着威廉问道：

“你知道这个地方吗？”

“想必是指意大利吧，”威廉回答，“你从哪儿学会的这支歌子？”

“意大利！”迷娘郑重其事地说，“你要去意大利，请一定带上我，这儿我觉得很冷啊。”

“你曾经到过那儿吗，我的孩子？”威廉问。

小姑娘没吱声，再怎么问也不吐一个字。

梅利纳进屋来，看见齐特琴已经休整调弄得很好，非常高兴。这件乐器原本也在典当的行头之中。今天早上迷娘把它要了来，弹竖琴的老人立刻为它调好弦，小姑娘便得到机会展示她迄今尚不为人知的天赋。

梅利纳已经接管了所有服装道具以及附带的零七八碎，几位市议员立刻答应准许他在此地公演一段时间。他现在回来时满心欢喜，容光焕发，好似完全变成了另外一个人。他对谁都态度和蔼且彬彬有礼，是的，甚至殷勤周到，讨人喜欢。他希望自己交上好运，能给自己这些迄今还无所事事的朋友们一份工作，聘用他们一段时间，但同时又抱歉说，一开始他自然还没有能力，按照幸运之神带给他这些杰出艺术家的能力和天赋高低，给他们以相应的报酬。因为，威廉借给他了那么多钱，他必须首先了结欠一位如此慷慨大方的朋友的这笔债务。

“您这么够朋友，帮助我当上了剧团经理，我真不知如何表达自己的感激之情，”他对威廉说，“当初我遇见您时，我的处境真是狼狈哟。您还记得吧，咱俩认识之初，我如何表露了对戏剧生涯的极大反感。可是，我的妻子自信当演员会快活而成功，出于对她的爱，我在婚后立刻寻找工作。可是根本找不到，至少是找不到经常性的职位。幸好后来碰见了几位商人，他们处于非常的情况下，需要一个会写东西、懂得法语、算账也不是完全没有经验的人。我的薪水马虎凑合，这样便挺不错地过了一段时间，置办了一些衣物，情况不算丢人。可是，我跟那些恩公们的特别合同满期了，不能设想让人家长期供养下去，加之我太太又更加起劲地闹着要当演员。然而很可惜不是时候，她目前的那种状态啊，极难赢得观众的尊重。喏，现在在您帮助下建立起来的这个剧团，我希望，对于我和我的爱人会是一个良好的开端。不管会怎么样吧，我未来的幸福全亏了您。”

听着梅利纳这一番表白，威廉心里挺受用。同样，其他所有演员也相当满意这位新经理发表的声明，都暗暗庆幸这么快就有了事干，也乐意一开始满足于微薄的薪水。因为事出意外，他们多数人都把这在不久前还根本没有料到的收入，当作了一笔外快。梅利纳呢，也准备利用大伙的这种心理，巧妙地找每一个人谈话。他时而对这个人这么讲，时而对那个人那么讲，总之都说服他们很快签订了合同。他们只以为要辞职提前六个礼拜提出来就没问题了，对这新的雇佣关系几乎未加考虑。

现在要做的是把上述的条件写成适当的文字。梅利纳已经在考虑为了吸引观众，首先应该推出那些剧目。这时候，一名信使来报告厩长，老爷太太们已经到了，厩长便命令牵来新喂过的马匹。

不多会儿，一辆高高地捆着行李的马车，驶到了旅馆门口，从马车的后沿上跳下来两名仆人。菲莉涅按照老脾气第一个迎出来，立在了店门旁。

“您是哪位？”伯爵夫人进店时问她。

“一个演员，伺候夫人您的。”机灵的女戏子一边回答，一边谦卑、虔诚地弯下腰去，亲吻夫人的裙裾。

伯爵看见周围还站着几个同样自称演员的人，便打听剧团的实力，问他们最后一次演出在什么地方，经理是谁。他对自己的妻子说：

“如果是些法国演员，咱们就不妨给亲王准备一份意外的惊喜，为他安排点他最喜爱的消遣。”

“现在的问题是，”伯爵夫人回答，“如果这些人不幸只是些德国演员，咱们为了款待亲王，还让不让他们去府里演出。他们无论怎样总有两下子吧。一次大的聚会，最好的消遣莫过于看戏了，再说呢，男爵还可以调教他们。”

这么说着，夫妇二人便上了楼。在楼上，梅利纳自我介绍他就是经理。

“把你的人召集起来，”伯爵吩咐道，“让他们在我面前排好，我要看看他们是些什么货色。同时我想瞧瞧你们通常上演的剧目单。”

梅利纳深深地一鞠躬，跟即跑出房间，马上去把演员们带了进来。戏子们你推我拥挤在一起，一些个急于讨大人物欢心，表现挺糟糕，另一些也不怎么样，举止太轻浮随便。伯爵夫人格外和蔼可亲，菲莉涅拼命地巴结讨好她，伯爵这时却只顾着观察其他演员。他询问每一个人的行当，对梅利纳说，必须对行当严格加以区分，梅利纳唯唯诺诺地表示一定照办。

伯爵随后又指示每一个人，他该特别学习什么，他的身段和姿势有哪些地方需要改进，并且一针见血地指出了德国演员的通病，令所有戏子在这样一位心知肚明的行家，这样一位煊赫尊贵的艺术保护者面前诚惶诚恐，连大气都不敢出一口。

“那边角落上的是谁?”伯爵指着一个还没有介绍给他的人问。只见这个瘦骨嶙峋的家伙凑上前来，身穿一件胳膊肘上打着补丁的破旧上衣，用一顶可怜巴巴的假发遮盖着谦卑的脑袋。

我们在本书的上一部已经知道此人是菲莉涅的宠信，通常都扮演学究、硕士和诗人之类的角色，每当戏里有人要挨揍或挨浇什么的，都总是由他来担当。他习惯了一套卑躬屈膝的举动，既显得怯生生的样子，又令人发笑，说起话来吞吞吐吐，挺适合他扮演的角色，常常教观众忍俊不禁，以至成了团里时刻派得上用场的成员，加之特别是他勤勤恳恳，人缘又不错。他就这么踅到伯爵跟前，冲伯爵鞠了一躬，对伯爵有问必答，那德行就跟他在舞台上扮演角色时一模一样。伯爵开心而若有所思地注视着他，过了一会儿突然转过头对妻子喊道：

“亲爱的，快好好瞧瞧此人。我敢担保，他是个大演员，或者即将成为大演员！”那人又诚心诚意地冲他行了一个愚蠢的鞠躬礼，伯爵忍不住哈哈大笑，嚷道：“他把自己的事情干得棒极了！我敢打赌，他能演好自己想演的任何角色，只可惜在此之前人家对他重视不够。”

如此大加赏识，令其他人感觉很不是滋味，只有梅利纳一点儿不在乎，相反倒完全同意伯爵的意见，一脸逢迎地回答说：

“是啊是啊，他跟我们许多人一样，只是缺少像您这样的行家赏识和鼓励罢了。”

“这就是你的整个班底吗？”伯爵问。

“还有几位不在，”机灵的梅利纳回答，“只要我们得到了赞助，马上就可以从附近把人召集齐。”

这期间，菲莉涅告诉伯爵夫人，楼上还有一位挺英俊的年轻人，只要稍加点拨，肯定能演好男主角。

“他为什么不露面呢？”伯爵夫人问。

“我叫他去。”菲莉涅大声回答，同时已跑出了门。

她发现威廉还和迷娘在一起，便说服他一块儿下楼去。他虽有几分不乐意，却仍被好奇心驱使着跟她走了。他听说来了贵人，也急于进一步认识认识。他一进门，就与这时也注视着他的伯爵夫人四目相遇。菲莉涅把他拽到了夫人跟前，伯爵呢，这时仍在询问其他人。威廉鞠了一个躬，不无慌乱地回答着美丽的夫人提出的各种问题。她的美貌、青春、娴静和温柔，她的文雅举止，都使他产生了很美好的印象，特别是她的谈吐和动作还带有某种娇羞，是的，甚至可以说困窘。威廉也被介绍给了伯爵，但并未引起他多少注意，他倒是走到窗户边的妻子跟前，像是征求她的意见来着。看得出来，她的想法和他十分一致，是的，她像是在极力劝他，增强他的决心。

伯爵很快回到戏子们面前，说道：

“我眼下不便久留，可我会派我的朋友来找你们；只要你们提的条件合理，愿意努力把戏演好，我就不反对邀请你们去府里演出。”

一帮演员都表现得极为兴奋，特别是菲莉涅，更亲亲热热地吻了吻伯爵夫人的手。

“你瞧，小可人，”夫人说，同时拍了拍这轻浮女孩儿的脸蛋，“你瞧，我的孩子，你又回到我身边啦。我一定遵守自己的诺言，可你得穿得更漂亮些。”

菲莉涅请夫人原谅，说她很少有钱花在穿着打扮上。于是夫人立刻吩咐她的随身使女，去把比较容易取的一顶英国式女帽，一条纱巾拿了上来。接着，她便亲手替菲莉涅打扮。这妮子呢，继续装出一副天真无邪的模样，一举一动都挺得体。

伯爵挽起妻子的胳臂，领她走出房门。在经过众人面前时，她一一和蔼地致意，还扭过头来望着威廉，一脸宠爱地对他讲：

“咱们很快再见。”

如此光明的前景使整个剧团活跃了起来。人人都纵情遐想，都满怀希望，都谈论着自己即将扮演的角色，谈论着会获得的喝彩。梅利纳则在考虑如何尽快给这座小城市的居民演上几场，赚他们一点儿钱，以便使剧团缓过一口气来。其他人这时却已去厨房，订一顿比往常好上一些的午餐。

第 二 章

几天后，男爵来了，梅利纳在接待他时颇有些忐忑不安。伯爵曾称男爵为行家，因此恐怕他会很快发现这一小撮人的弱点，看出自己面对的是个不像样的戏班子，几乎连一出戏的角色也凑不齐。然而很快经理和所有演员都顾虑全消，他们发现，男爵原来是个对祖国的戏剧事业怀着极大热忱的人，任何一位演员，任何一个剧团，都会受到他的欢迎和喜爱。他郑重其事地对大家表示敬意，说自己真是幸运，能这样与一个德国剧团不期而遇，能和它建立联系，并把祖国的文艺女神迎进自己一位亲戚的怀抱。说着他就从衣袋里掏出一个小册子来，梅利纳原希望能看见合同，谁知却是别的什么。男爵请他们仔细听听这个他本人撰写的剧本，并且希望看见由他们来排演。于是大伙儿心甘情愿地围成一圈，心中都暗自高兴，仅凭这么一点儿代价就稳获了一位关键人物的好感，虽然看着那厚厚的一叠纸，谁都担心时间会拖得太长。事实果真如此，剧本写了五幕，而且还拖沓得没完没了。

主人公是个高贵、有德行、胸怀宽广的男子，却遭到了误解和迫害。当然，最后仍战胜了自己的敌人，如果不是他当场就宽恕了这些家伙，他们一定会受到作家正义之笔的严厉声讨。

在朗诵这出戏的过程中，每一个听众都有足够的余暇想到自己本身，慢慢慢慢地摆脱掉了刚才还怀有的卑怯心理，进而沾沾自喜、自鸣得意起来，直至将未来想得天花乱坠。有几位在脚本里找不到适合自己的角色，便在心里无声地宣称这本子很糟糕，认为男爵只是个不成功的作者。反之，别的人对估计自己能获得喝彩的地方却大加赞赏，令剧作家满意极了。

有关经济问题也很快得到了解决。梅利纳争取与男爵签了一份对自己有利的合同，对其他人却秘而不宣。

他顺便也向男爵提起了威廉，要男爵相信他是一个水平挺高的剧作家，甚至作为演员也颇有天赋。男爵立刻结识了威廉，并引以为同道。威廉呢，在焚烧掉大部分稿件那天，偶然和其他少数纪念品一起抢救出了几个小戏，这时便拿来朗诵。男爵既夸奖剧本，也赞赏朗诵，并讲已经知道威廉将一同前去府里。临别，他还保证大家一定会得到最好的接待，舒适的住房，丰盛的饮食，以及掌声和礼物。梅利纳呢，也答应给每人加发一定数量的零花钱。

男爵的到来突然改变了他们朝不保夕的卑微处境，面对着荣耀和舒适的享受，整个剧团可以想象是如何的情绪高涨。人人都预支未来的收入进行享乐，没有谁不认为只有傻瓜才会在口袋里还留哪怕一个子。

这时候，威廉自己也斟酌起来，他是不是该跟剧团一起到伯爵府去。最后他发现，在不止一点上去还是可取的。梅利纳希望通过这次有利可图的演出，至少能还掉一部分债。咱们的朋友从了解人的考虑出发，也不肯放弃见见大世面的机会，希望在那能获得不少对于人生，对于自己，以及对艺术的启示。他只是不好向自己承认，他是多么盼望再次走近那位美丽的伯爵夫人啊。相反，他只是一般地要自己相信，进一步了解富有的上流社会，对他将十分有益。他思考着伯爵、伯爵夫人和男爵的人品，觉得他们的举止稳重、娴雅而又大度，在剩下他独自一人时不禁发出了赞叹：

“这些人真叫三生有幸啊！他们一出世就脱离了人类的底层，不用经历那种令不少善良的人一辈子都担惊受怕的处境，甚至连去其中客串客串都用不着。他们站得高看得远，目光也就准确，生活中的每一步都轻轻松松！他们仿佛一出生就上了一条大船，在越过我们大家都要漂越的海洋时顺风则行，逆风则停，不用像其他人似的独自为活命而游啊，游啊，得不到顺风的多少好处，风暴一来却会精疲力尽，葬身海底。与生俱来的财富，让他们的生活多么轻松，多么安逸哦！有雄厚的资本做基础，买卖肯定兴隆，不会因为任何失误而立刻束手无策！对于人世间种种事物的价值，抑或无价值，有谁能比这些从小就享受着它们的人更清楚呢！还在精力旺盛的正好开始新生活的早年，他们就必然认识到那许许多多的迷误，还有谁能比他们更早地将自己的精神，引向必要的、有益的和真实的事物上去呢！”

就这样，我们的朋友赞叹着所有地位显赫的人们的幸福，但同时认为其他人只要能接近这个圈子，并从中获取好处，也一样地幸运。他还赞美自己的命运之神，眼下他似乎正准备带领着威廉，向着这样的阶梯走去。

这段时间，梅利纳则绞尽脑汁，考虑如何遵照伯爵的要求，同时也依着自己的信念，把全团的人分成不同行当，让每一个人都发挥自己的作用。终于要宣布决定了，他发现人数虽很少，演员们却乐意尽可能地适应这个或是那个角色，令他不能不感到满意。不过一般说来，雷提斯仍旧演的是多情男子，菲莉涅演的是贴身使女，两位年轻女士分别演天真的宝贝和温柔的宝贝，唠叨老头则有受不完的愚弄。梅利纳自认为适合充当殷勤的骑士，梅利纳太太却恼火之极，竟然给归之于少妇之列，甚而至于还得充当慈爱的母亲什么的。由于这些新剧本里没有学究或者诗人，即使有也不容易弄他们来取笑逗乐，于是那位众所周知的伯爵的宠幸只好演首相或是大臣，因为这种人往往被塑造成了坏蛋，一到第五幕便大触霉头。同样，梅利纳作为宫中的侍从或者廷臣，也心甘情愿忍受在一些传统的保留剧目中，诚实的德国男子总要加给他的粗暴虐待。因为他借此机会可以出出风头，显示一下他自以为完全具备的大臣风采。

没过多久，又从各地召来了一批演员，未经特别的考试便通通录用，当然留下来也没谁提出特殊要求。

威廉对演出的事异常关心，尽管梅利纳一再动员他客串个角色他都没答应，尽管咱们的新经理对他的努力一点儿也看不到。相反，梅利纳很自负，相信自己有足够的眼光，因此最热衷的事之一就是对脚本随意删削，结果每一出戏都按他的标准压缩了时间，至于其他却一点儿不顾。他有的是捧场者嘛，观众十分满意，口味高雅的小城居民甚至声言，省府的剧院也绝不会比他们这个班子更加出色。

第 三 章

终于到了启程去伯爵府的时间，大伙按照吩咐，正等着说好派来接剧团人员和行头的车辆。事先为了谁和谁坐一辆车，以及怎么个坐法的问题，已经争吵得很厉害。入座顺序和人员分组好不容易才搞定了，遗憾却白费气力：届时来的车辆比预定的少了一些，大伙儿得凑合着挤一挤。不久男爵骑着马跟了来，所做的解释是眼下府里整个乱了套，不只亲王比估计的早到了几天，而且还到了一些不速之客，整个地方都变得很紧了，演员们恐怕也不会住得像他答应的那么好，对此他本人真是抱歉之至。

大伙儿只好分头上车，能怎么坐就怎么坐。由于天气还算可以，离伯爵府只有两三小时路程，几位兴致特别高的就宁肯步行，不愿等马车去了再回来接。车队于是便在欢呼和吆喝声中出发了，第一次那么无忧无虑，不用担心该谁来付账。在戏子们的心目中，伯爵的府第就像一座仙女的宫殿，他们自己则是世界上最幸福、最快乐的人，一路上每个人都以各自的思维方式，把种种的幸福、荣誉和享受，和这一天联系在了一起。

一阵突如其来的倾盆大雨，也没能浇熄众人的欢乐之火。可是雨一直下着，而且越下越大，有的人毕竟感到了不怎么舒服。夜幕降临，当伯爵府第从前方的一座小丘上冲他们闪闪发光时，他们真是兴奋得无以复加。只见伯爵府的一层一层都灯火明亮，他们连总共有多少窗户也数得清清楚楚。

走得更近了，他们发现厢房的窗户同样亮着灯光，便一个个考虑起自己大概会住进哪一间屋子来。多数人都没有奢望，只要有阁楼或者厢房的一间小屋住，就心满意足啦。

这时他们穿过村子，到了一家客栈门前。威廉让停住车，打算自己单独住下来。然而店主一口咬定，哪怕一间小斗室也没法为他安排。说什么伯爵老爷没料到会来这么多客人，马上便把整个客栈给包下了，昨天已经在所有房间的门上用粉笔写好了要来住的人的名字。于是乎，我们的朋友只得勉强随着大队人马，驶进了府第的院子。

他们看见在侧面的一座楼房里，厨子们正围着熊熊的灶火忙来忙去，顿时有了精神。一群用人手里拎着灯笼，迅速跑上主楼前的台阶，善良的流浪艺人们立刻心花怒放。正因此，当热情的迎接突然间变成恶狠狠的咒骂，他们真是惊讶得要死。用人们骂车夫不该把车赶到大院里来，大声吆喝着要他们掉头驶出去，去那边那幢旧楼，这边可没这伙客人住的地方！如此劈头盖脸地、不友善地通报不算，一帮用人还你挖苦我讽刺，取笑戏子们由于这个错误而跳到了雨中遭淋挨浇。仍旧是大雨如注，漆黑的夜空不见一颗星星，大伙儿又被拖着穿过两道围墙之间坑坑洼洼的烂路，到了背后的旧府里第里。自从老伯爵建起了前面的新府，这地方就再也没有人住过。马车一部分停在院子里，一部分停在长长的拱门底下，从村里临时召来的车夫们一解下套，立刻骑着马就走了。

没有任何人来接待这个戏班子，大伙儿下车后喊也罢，找也罢——通通没用！四周一片漆黑，一派死寂。风刮过空空的门洞，古老的塔楼和院落煞是怕人，黑暗中，几乎难辨谁是谁。大伙儿冻得直打寒战，妇女们都胆战心惊，孩子们则哭叫起来，众人越来越不耐烦。谁也没料到祸福转换如此迅速，一个个全都惶惶不安，束手无策。

他们期待着随时有人来为自己开门，因而就一会儿受到风声的欺骗，一会儿受到雨声的愚弄。他们似乎觉得不止一次听见了府第管事的脚步声，结果却总是失望，便站在那呆呆地生闷气，谁也想不到去新府那边，喊些个好心人来帮助自己。大伙儿不明白他们的朋友男爵这会儿藏到哪儿去了。他们始终处于极端狼狈的境地。

终于真的有人来了，一听声音才知道是那些步行者，他们一路上都落在了乘车的人后面。他们讲，男爵连人带马摔了一跤，脚上伤得很重。他们也问到了那边府里，结果同样给轰了过来。

整个剧团都感到难堪极了，于是商量该怎么办，然而莫衷一是。终于远远地晃荡过来一盏灯笼，大伙儿舒了一口气。可是一当来人走近了，看得清楚了，立刻会获得解救的希望重归破灭。一名马夫为咱们已认识的厩长老爷提着灯，此公还没走拢，就迫不及待地打听菲莉涅小姐在哪里。菲莉涅刚从人堆里挤出来，他已急忙提出带她过新府那边去，说在伯爵夫人的使女房里，为她腾了一个铺位。她呢，也没怎么考虑便感谢和接受了邀请，把行李托付给了其他人，挽着厩长老爷的手臂想马上离开。然而其他人却挡住了去路，对厩长有的询问，有的恳请，有的哀求，直到这家伙为了带着自己的美人赶快脱身而全部答应下来，保证很快派人把楼门打开，并让大家都舒舒服服地住下。随后，大伙看见他的灯光很快消失了，希望看见的新的灯光却又久久不见到来。等了好些时候，也咒骂了好些时候，灯光终于出现，给他们带来了一点儿安慰，一点儿生气，一点儿希望。

一个仆人打开了老房子的门，大伙儿一拥而入。谁都忙着照料自己的行李，把它们解开来搬进房里。行李多数也和人一样淋得透湿。就着唯一的一盏灯，什么事都进行得很慢。人们在屋子里磕磕碰碰，跌跌撞撞，于是要求多点几支蜡烛，要求给生火取暖。寡言少语的仆人没法子，留下灯笼走了就再没回来。

大伙儿只好开始在房子里搜寻，只见所有房间的门全敞开着，硕大的壁炉、丝织的糊壁纸、镶嵌的地板仍保留着昔日的辉煌，除此以外，其他家具却一点儿找不着，没有一张桌子，没有一把椅子，没有一面镜子，连几张空床也没有，一切装饰品和必需品都搬光搬净了。打湿了的包裹和箱子被当作了座位，一部分疲倦的旅行者干脆席地而卧。威廉坐在一道楼梯上，迷娘则枕着他的膝头。小姑娘样子焦躁不安，威廉问她哪儿不舒服，她答："我饿了！"威廉身边没有任何可以满足她欲求的东西，其他人也把带的食物吃完了，他只好让可怜的小东西忍饥挨饿。在这件事情上他完全一筹莫展，只得静静地反省。要知道，他非常懊恼，非常生气，后悔竟没有坚持自己的想法，在村里的客栈里住下来，哪怕就是在最顶上的阁楼里弄张床也好啊。

其他人各自按自己的方式行动。有几位弄来一堆旧木头，塞进大厅的巨型壁炉里，高声吆喝着把火点了起来。不幸的是这个想烤干衣服，暖暖身子的希望，也令人恐怖地破灭了。因为大壁炉只是搁在那里当摆设，它顶上的烟道已经给封死了，烟很快倒灌下来，一下子弥漫了所有房间。干柴劈劈啪啪地燃起了熊熊大火，火焰从炉门窜了出来，从破碎的玻璃窗中刮进来的风使火乱了方向。大伙儿担心会把房子给烧着，不得不把燃着的木柴扯出来踩熄，结果更加烟气弥漫，教人实在受不了。人们已近乎绝望。

为了避烟，威廉躲到了一间远处的房子里。不久迷娘也跟了去，还领来一个衣装齐整的用人。这人提着盏点了两只蜡烛的明亮长灯笼，在递给威廉一只盛着点心和水果的漂亮瓷盘时，对他说道：

"这是那边那位小姐让送给您的，她还请您过去与她做伴。她让转告您，"用人表情轻佻地补充说，"她过得挺舒服，希望她的朋友们也同她一样感到满意。"

威廉压根没希望有这样的邀请；自从发生了石凳上那丢人的一幕，他就鄙视菲莉涅到了极点，下定决心不再与她发生任何瓜葛。他正准备把那甜蜜的赠品退回去，无奈迷娘却用目光请求他收下，他只好以孩子的名义表示感谢；对于去做伴的邀请却断然拒绝了。他请求用人帮帮剧团的忙，打听男爵的情况怎样了。据用人所知，男爵在卧床养伤，不过已经委托另外一位来照顾这些个住得可怜巴巴的人。

用人走时把自己的蜡烛留了一支给威廉，由于没有烛台，他只好把它凝在窗台上。而今，在沉思默想时，威廉至少可以瞪着照亮了的四壁啦。又等了好久好久，才有人来为安排咱们的客人休息做准备。慢慢地送来了蜡烛，但没有烛台，然后是一些椅子。又过了一小时才送来被盖，还有枕头，但都是湿透了的。当终于搬来草袋和棕垫的时候，早已是后半夜。这些东西啊，要是一来就有，真是求之不得哟。

这期间，也拿来了一些饮食，众人二话没说就给消受了，虽然那只像是些糟糕的残汤剩饭，难以证明对客人怀有的尊重。

第 四 章

夜里有几个轻浮的伙伴闹得很不像话，他们你挑逗我，我吵醒你，想方设法对别人恶作剧，结果更搞得大家一夜不安，苦不堪言。第二天天一亮，大伙儿就高声抱怨他们那位男爵朋友，说他骗了他们，什么安排呀，舒服呀，他们受到的实际接待完全是另一个样子。然而既令大伙惊奇，又让他们感到宽慰的是，一大早伯爵就亲自带着几个随从露了面，并且关心演员们的情况怎么样。当听说大伙儿住得很糟，他非常生气，而这时男爵也让人扶着，一瘸一拐地走了来。他大骂府里的管家故意违背指示，认为这样可是大大地丢了他的面子。

伯爵立刻命令用人，当着他的面把客人们的住地搞得尽可能舒服。随后便来了一伙想马上结实女戏子的军官。伯爵呢，则让全体演员对他做自我介绍，并一一直呼他们的名字，在谈话中还不时地开开玩笑，让大家都对这样一位慈爱的东家佩服得五体投地。终于轮到威廉了，迷娘紧紧地偎依着他。对于自己不是剧团的一员，他尽可能地表示了歉意；伯爵呢，似乎已经知道他在这。

伯爵身边站着一位绅士，虽说没穿制服，却看得出来是个军官。他特别乐意和威廉说话，仪表气度很是出众。高高的额头底下闪动着一双蓝色的大眼睛，金色的头发随意地披散着，不高不矮的身材，显得性格勇敢、坚定而又稳重。他热情地问这问那，好像对所问的事情都挺在行似的。

威廉向男爵打听此人，男爵关于他却没有多少好话可说。他讲，此人名义上挂着少校军衔，实为亲王的宠幸，经常为他完成一些最秘密的使命，被视为亲王的右手，是的，人们相信他本是亲王的私生子也并非没有原因。他曾带着外交使命去法国、英国、意大利，处处受到人家的奉承，所以变得妄自尊大；他自以为精通德国文学，时常随心所欲地、轻浮地对男爵讥刺嘲讽。男爵避免和此人有任何交谈，威廉呢，为了自己好，也应该与此人保持距离，因为最后谁都免不了吃他的亏。大伙儿都叫他雅诺，可却不清楚，这个名字到底怎么来的。

对男爵的这番介绍，威廉没什么好讲。这个陌生人尽管样子有点冷漠和孤傲，却使他产生了某种好感。

大伙儿已在府里分配好住处。梅利纳严格要求全团，从现在开始得好好注意自己的作风。女演员得分开单独住，谁都只能把注意力和兴趣放在自己的角色上，放在艺术上。他在一间间房门口张贴出通告，为全团的行为举止，规定了约法三章，罚款多少一清二楚，违规者都得如数将钱投入公共的储蓄盒。

然而规定很少受到尊重。年轻的军官们经常进进出出，和女戏子们嘻哈打笑，一点儿也不文雅，并且随意戏弄男演员。还不等这小范围的治安法规深入人心，他们已将它破坏无余。一伙人在各个房间里追来追去，胡乱穿衣服，躲躲藏藏。梅利纳一开始想拿点儿颜色出来，结果让他们的任性胡来气得要死。不久，伯爵派人来请他去看搭戏台的场地，一伙人更是闹翻了天。年轻的军官们想出各式各样的无聊玩笑，经过几个男演员火上加油，就越发地不像话。整个旧府第，就像被一帮乱兵占领了似的，要不是得去吃午饭了，他们的胡闹还收不了场。

搭建和装饰舞台的工作，正争分夺秒地进行着。带来的布景能用的都用上了，缺少的则由伯爵的几位能工巧匠加紧赶制。威廉也动起手来，帮着在测定远景，用绳子拉出舞台框架的范围，为避免做无用功而忙得不可开交。伯爵也时常亲临现场，很满意大伙儿的干劲，并指出某些实际上已完成了的事情本来怎么做更好，显示出自己对各种艺术都有渊博的知识。

现在才真正开始认真排练啦。如果不是经常受到许多来参观的人干扰，大伙儿也有的是场地和时间。要知道每天府里都有新客，每个新客都想来看看戏班子。

第　五　章

几天以来，男爵让威廉一直怀着希望，他还会单独被特别介绍给伯爵夫人。男爵说：

“我对这位杰出的夫人多次谈起您那些剧本，说它们意蕴丰满，富有激情，她已急不可待地想和您谈谈，听您给她念一出您的剧本。您可得准备好一唤就去啊，因为一碰上哪天早上清清静静，肯定就会来唤您。”

随后他点出了威廉最先念的那出戏的名字，说他自己就特别欣赏。还讲夫人深感遗憾，威廉在这样忙乱吵嚷的时候光临府里，和剧团的其他人一起在老屋中受到了怠慢。

威廉随即找出那个要帮助他进入上流社会的剧本，并且自言自语道：

“你迄今只是暗暗在为自己写作，只得到了个别朋友的喝彩；你很长时间都对自己的天才完全绝望；你不得不总是担忧自己的路是否走得对，是否对戏剧不仅爱好，也有足够的天赋。对着一些训练有素的行家的耳朵，在一间不可能产生幻觉的私室里，尝试着念自己的剧本比哪儿都危险。然而我也不想退缩不前，放弃这个在过去的欢乐后边续以新的享受，并为未来增加希望的机会。”

接着他又认认真真地通读了几个剧本，做了些修改，并且高声朗诵，以使语音语调和表情都真正熟练生动起来。一天早上，人家来叫他去见伯爵夫人，他就把练得最多的那出揣在衣袋里，相信能用它替自己赢得莫大的荣誉。

男爵向他保证，夫人只是单独和一个好朋友在一起等他。他跨进房间，男爵夫人便热情洋溢地迎上前来，很高兴地和他认识，并把他带到了伯爵夫人跟前。伯爵夫人正在理发，只是用和蔼的言语与眼色欢迎他的到来。可遗憾的是，在她的座椅旁边，威廉看见菲莉涅正跪在那装痴卖傻。

“这漂亮孩子给咱俩唱了各种歌曲，”男爵夫人说。“你就把刚开始的这首唱完吧，免得咱们损失什么。”

威廉耐着性子听她唱那小曲，心里希望理发师在他朗诵开始之前就能离去。使女给他端来一盏巧克力汁，男爵夫人亲手递了些点心给他。尽管如此，这顿早餐威廉吃起来并不可口，他一心盼着快给伯爵夫人朗诵点儿什么，能引起她的兴趣，赢得她的欢心。还有菲莉涅也太碍他的事啦，就充作一个听众，她已经常十分讨厌。他心情难过地盯着理发师的两只手，盼望那发型随时能做完。

这期间，男爵走了进来，讲了讲今天会来的客人和日程安排，以及其他诸如此类的家庭琐事。他刚出去，又有几个军官来求见伯爵夫人，因为他们午饭前就要离开。这时候理发的男仆干完活了，夫人便让请先生们进来。

在这段时间里，男爵夫人一直努力陪着咱们的朋友，一再对他表示敬意，威廉虽然心不在焉，却也显得恭恭敬敬。他已几次伸手去摸衣袋中的手稿，分分秒秒地盼着夫人的召唤。这时一个推销化妆品的商人被放了进来，他拼命地，一件又一件地打开他那些夹板、盒子和匣子，以这种角色惯有的倔劲，硬要主人看他的每一种货色，差点儿没把威廉给急死。

房里人越来越多。男爵夫人瞅着威廉，和伯爵夫人低声说着什么。他发现了，但却不懂是何用意，直至忧心忡忡地、毫无收获地熬过了一个小时回到自己住地，才终于明白过来。他在衣袋里找到一只漂亮的英国皮夹，是男爵夫人悄悄塞进来的。没过一会，伯爵夫人身边的小摩尔人又追了来，递给他一件织工精制的背心，却不说清楚是谁送的。

第　六　章

心里交织着懊丧和感激，威廉百无聊赖地度过了余下的一整天时间，直到傍晚才重新找到点儿事情干。梅利纳向他透露，为了向亲王表示敬意，伯爵提到在他驾临的当天要加演一出开场戏。伯爵想的是，在剧中将这位大英雄和大好人的种种品格拟人化。这些品格应当携手登台，对亲王歌功颂德，临了用鲜花和月桂枝条围绕他的半身塑像，再让他的王冠与他签名的花体字字母闪闪烁烁，交相辉映。梅利纳说，伯爵把为这出戏作诗和编剧的任务交给了他，他希望威廉助自己一臂之力。因为对威廉来说，这不过小菜一碟。

“怎么!”威廉不耐烦地嚷起来，“难道我们除了塑像，除了姓氏的花体字字母，除了有寓意的人物，就没有任何别的办法向一位王爷表示敬意了吗?我看他配得到完全是别开生面的称赞。一位有理性的男子，看见自己被画成像立在那，看见自己的名字在油光光的纸上闪闪烁烁，心里怎么会受用!我很担心，那些个模拟人物，特别是穿着咱们的那些行头，会造成某些误解，引起观众发笑。你要是想搞这么出戏，或是请别人帮你搞，我可以一点儿都不反对，只是求求你饶了我吧。”

梅利纳表示抱歉，说这只是伯爵的大概意思，至于那出戏到底怎么排，完全让他们自己考虑。

“我打心眼里乐意搞点儿东西出来给这些贵人消遣，”威廉回答，“颂扬一位十分可敬的王爷嘛，我的缪斯还从未承担过这样的美差，即使我的诗句可能结结巴巴。我愿意考虑考虑这件事，也许我能调度好咱们这个小小的班子，使演出至少获得一些效果。”

从此刻起，威廉就积极思考如何完成任务。在入睡之前，他已从总体上理出一个头绪；第二天一早，就完成了大纲，拟出了分幕的初稿，甚至有的重要段落和唱段的诗句，也变成了白纸黑字。

威廉早上立刻去找男爵，和他谈了谈情况，让他看了自己拟的演出大纲。男爵对大纲很满意，却同时表示有些奇怪。要知道昨天晚上，他听伯爵本人谈起的完全是另外一出戏，根据他的说法，只是把戏改成诗体罢了。

“我看不会吧，”威廉回答，“伯爵大人的本意，不会是让搞一出正好像梅利纳说的那种戏。我要没弄错，他只是想给指点指点，让我们走上正路。一位爱好戏剧的内行，通常都只告诉艺术家希望什么，随后就让艺术家自己去操心作品具体怎么搞。”

“才不呢，”男爵回答，“伯爵大人确信戏只能像他说的那样演出，而不能是另一个样子。您的考虑和他的想法自然也多少有些相似。不过我们想付诸实施，使他改变初衷，还必须通过夫人们的作用。那位男爵夫人特别善于干这类事情，问题只在她是否喜欢您的大纲，乐不乐意插手此事，要是乐意，事情就成啦。”

“我们原本就需要夫人们的帮助，”威廉说，“因为我们团里的演出人员和服装都不够。我考虑用那些在府里跑进跑出的漂亮孩子来着，他们都是贴身侍从家和府第总管家里的。”

随后威廉求男爵让夫人们了解他的计划。男爵很快就带回来口信，她们想和他亲自谈谈。今天晚上，等老爷们都坐下去玩牌时——因为某一位将军的到来，今晚局面本来就比平时紧张——她们将借口身体不适回到房里，并让人通过一道暗楼梯把他领去，然后就可以很好地办他的事情。如此偷偷摸摸更增添了此事的魅力；男爵夫人更高兴得像个孩子似的，特别是想到这次幽会要在违背伯爵意愿的情况下进行，并且安排得这么巧妙。

到了晚上预定的时间，就有人来接威廉，把他小心翼翼地领上了楼。在一间小小的密室里，男爵夫人迎着他走来的神气，使他在一瞬间忆起了昔日的幸福时光。她把威廉带进了伯爵夫人的房间，接着便开始了提问和探讨。威廉尽可能热情和生动地陈述自己的计划，夫人们完全听了进去。相信读者也会允许我们，在此对剧情做个简略的介绍。

幕起，孩子们跳着舞，舞台上呈现一片农村风光。他们做的是一个人围着圈子跑，同时抢另一个人位子的游戏。随后又轮番以其他方式逗乐，临了便唱起一只欢快的歌子，跳一种不断反复的轮舞。这时弹竖琴的老人带着迷娘上场来，引起了众人的好奇，吸引来许多农民围观。老人于是唱各种赞颂和平、安宁和欢乐的歌曲，随后迷娘便跳起了鸡蛋舞。

突然，一阵战争音乐扰乱了他们纯真的欢乐，大伙儿遭到了一群士兵的袭击。男人们奋起反抗，一个个被打倒了；姑娘们想逃走却被捉了回来。眼看着一切就要在战乱中毁灭，这时走来一个剧作家尚未明确其身份的人物，宣告大军的统帅就要到了，于是恢复了和平宁静。此时便开始以最美丽的辞藻描述英雄的品格，同时做出武力维护安宁的许诺，并给予傲慢和暴行以扼制。最后民众举行盛大的集会，向仁慈大度的统帅致敬。

两位夫人对剧情十分满意，只是认为必须在剧中增减一点儿象征性的东西，以使伯爵高兴。男爵建议把乱兵的头领写成不和与暴力之神，最后得由密涅瓦[1]来给他戴上锁链，宣布英雄即将到来的喜讯，对英雄进行颂扬。男爵夫人接受了说服伯爵的使命，将使伯爵相信演出就是按照他的意图进行的，只是略略改了一点儿而已。不过，她为此明确要求结尾必须出现塑像、花体字字母和王冠，否则整个说服工作只会白费力气。

威廉已在脑海里想象，他将如何委婉微妙地借密涅瓦之口歌颂英雄，只是经过了长时间的思想斗争，才勉强对男爵夫人的要求让了步，不过这被征服的感觉是甜蜜的呀。伯爵夫人那美丽迷人的眼

① 密涅瓦是罗马神话里的智慧女神，即希腊神话里的雅典娜。

睛，那殷勤可爱的举止，轻而易举就打动了他，使他心甘情愿放弃自己哪怕是最新颖和最得意的创造，放弃自己急切渴望的剧情结构的统一，做起违背自己剧作家良知的事来。在最后确定角色分配时，两位夫人明确坚持他也必须上场，使他市民的良知同样面临着严酷的考验。

雷提斯分到了热衷暴力的战神一角，威廉则应该出演农民领袖，吟诵几节十分优美和感情充沛的诗句。他抗拒了好长时间，最终不得不缴械投降。特别是男爵夫人告诉他，府里的舞台只能看作是一个社交场合，要是有恰当的指导，她自己也希望登台呢，这就让威廉完全失去了拒绝的借口。最后，两位夫人亲热地送走了我们的朋友。男爵夫人肯定了他是一位非凡的人，陪他一直到了小楼梯边上，握着他的手，向他道了晚安。

第　七　章

经过口头讲述，演出大纲在威廉心中已变得具体，加之受到两位夫人的热情关怀，就越发鲜明生动起来。当晚的大部分时间以及第二天早上，他都在精心为对白和歌曲写诗。

等到有人来传唤他，告诉他正在进早餐的老爷夫人想和他谈谈时，他差不多已经写完了。他跨进餐厅，又是男爵夫人第一个迎上前来，装作想要向他道早安的样子，悄悄地对他讲：

“您可只字别提您的剧本啊，除非问起了您。”

“我听说，”伯爵高声对他道，“为了加工我用来向亲王致敬的开场剧，您非常努力。我同意您给它加上一个密涅瓦。我正在考虑，该给这位女神穿怎样的服装，才不至于与当时的习俗相抵触。因此，我吩咐从我的图书馆里，把有她形象的书籍通通搬来。”

正说着，一群用人已抬着几大筐各种开本的图书，进餐厅来了。

蒙福孔出版的古典雕塑集①，镌刻着人物形象的宝石和古币，各种各样的神话书籍文献，全都翻了开来，对密涅瓦的形象进行比较。还不止此呢！伯爵超凡的记忆力告诉他，在一些铜版画的封面以及书籍里的花饰上，或者诸如此类的其他什么地方，还有不少密涅瓦。于是又从图书馆里取来一本接一本的书，最后把伯爵老爷完全埋在了书堆中。终于，他再也想不出其他密涅瓦来啦，这才笑呵呵地嚷道：

---

① 蒙福孔（Bernard de Montfaucon，1655—1741），法国古典艺术收藏家，主编出版了大型古希腊罗马艺术图集。

“我愿打赌，在整个图书馆里不再有密涅瓦。这可是破天荒头一遭，我的藏书完完全全没有了它的守护神的形象。”

在场所有人都为伯爵的突发奇想而高兴，尤其是一直怂恿他再去搬书的雅诺，更是笑得前仰后合。

“喏喏，”伯爵转过脸问威廉，“主要是您想要哪位女神？是密涅瓦呢，还是帕拉斯[①]？是战争女神，还是艺术女神？”

“最聪明的办法，阁下您看，”威廉回答，“在这儿是不是也来个模棱两可，既然她在神话里就一身二任，在咱们的舞台上也不妨以双重身份出现。她宣布一位统帅到来，只为安抚民众；她歌颂一位英雄，突出他的人性；她抑制暴力，在民众中恢复了欢乐和安宁。”

男爵夫人生怕威廉会说走了嘴，赶紧把伯爵夫人的亲随裁缝推出来，让他就古典的裙袍该怎么缝说说自己的意见。此人裁制化装服饰老有经验，一点儿没被难倒。倒是梅利纳太太不顾自己大着个肚子，仍旧担当了这个年青女神的角色，他奉命不得不为她量体裁衣。随后，尽管她的贴身女侍不怎么乐意，伯爵夫人还是从自己的成衣中，指定了哪些可以拿来改制戏装。

男爵夫人机敏地把威廉重新弄到了一边，马上让他明白其他事情她已全部解决。同时她把指挥伯爵府乐队的乐师介绍给他，让乐师要么替必须谱曲的地方专门谱曲，要么从现存的音乐素材中选几支适合的曲子凑合使用。一切都称心如意，伯爵没再继续问剧本的事，而是专心在研究演出结束时的灯光透射装置，想要以此令观众喜出望外。他的别出心裁加上糕点师的一双巧手，果真搞出了一套很精彩的灯光设计。要知道在周游各地的途中，他见过许多张灯结彩的类似节庆活动，带回来了不少铜版画和素描，讲起有关情况来真是津津有味。

---

① 雅典娜无意中杀死了帕拉斯后，便自称帕拉斯·雅典娜，同时兼起了帕拉斯的职司。

这期间，威廉已完成他的脚本，给每个人分配了角色，自己也承担了要他承担的那一个。乐队指挥同时精通舞蹈，给剧中加了一段芭蕾舞。一切都令人满意。

只是这时碰上一个意想不到的障碍，教威廉的设想很可能出现严重的缺陷。他原来指望迷娘的鸡蛋舞会产生极大的效果，谁知小姑娘却以她惯有的倔强拒绝表演，令他大感惊愕。她肯定地讲，她现在只属于他个人，永远不会再踏上舞台。威廉想方设法说服她，一个劲地想打动她，直弄到她痛哭起来，扑到他脚下喊道：

“亲爱的父亲，你也远离舞台吧！”

威廉没有理会这个暗示，而是考虑能用什么别的办法使演出变得有趣。

菲莉涅高兴得要命，她分配演一个农家少女，在轮舞中担任独唱，合唱时也要领几句。其他方面她也如愿以偿，不但独自住一个单间，而且老围着以她装疯卖傻消遣的伯爵夫人打转，为此每天总能得到点儿什么赏赐。为这次演出也专门给她定做了一身衣服，加之她生性机灵，善于模仿，在与夫人们的相处中很快学到了许多对自己有用的东西，举止风度不久就变得文雅起来。厩长对她的关怀也有增无已，还有军官们纷纷来追她，使她应接不暇。于是，她便灵机一动，想到也不妨扮一扮寡情女子的角色，巧妙地学着摆出一副高傲的面孔。她一下变得冷漠而又精细，不出一个礼拜就看清了府里上上下下的弱点，如果她存心要干，那是轻易就可以谋得她的幸福的。可是就在这，她也仅只利用自身的优势来寻寻开心，能潇洒一天算一天，只要断定不会闯出祸事来，便恣意妄为。

演员们熟悉了角色，已经下令总彩排，伯爵希望亲临审看，他的夫人开始担心他的反应。男爵夫人把威廉秘密唤了去；彩排的时刻越是临近，大伙儿越是发窘：要知道啊，伯爵本身的构想可以讲几乎一点儿也没剩。雅诺这时正好走进房来，便也得知了秘密。他打心眼里感到高兴，很想借机向两位夫人献献殷勤。他说：

“尊敬的夫人，如果您不能独自摆脱与这件事的干系，那是够糟糕的。不过，在任何情况下，我都会暗中给您帮助。”

随后，男爵夫人讲了自己在此之前是如何向伯爵交代剧情的，可那只是一段一段地叙述，完全没按顺序，因此已使伯爵对一些个细节心中有数。只不过他自然还在想，整个演出将完全与他的想法合拍。

“今天晚上彩排时，”她说，“我要坐到他旁边，想法分他的心。糕点师我也预先打了招呼，要他把结尾时的灯彩做得特别辉煌耀眼，但仍留下一点儿小小的缺陷。”

“我真不知道在那座府第，有像您这样聪明又能干的朋友，”雅诺说，“今晚上您的计谋要是进行不下去了，立刻给我一个暗号，我愿把伯爵叫出去，不见密涅瓦上台，不等到灯光装置即将带来转机，绝不放他再进场来。有一件关于他表兄的事，几天来我一直要告诉他，却由于种种原因一直拖了下来。这也可以转移他的注意，虽然并非最妙的办法。”

彩排开始了，伯爵因事没有赶上，他来了以后，男爵夫人便和他闲聊，雅诺完全没必要援助。因为伯爵有的是可以指正、改进和安排的机会，压根忘记了自己是怎么回事。最后，梅利纳太太按他的意思改变了念白，灯光装置效果也很不错，他便完全心满意足了。直到彩排全部结束，大伙儿走在去玩牌的路上，伯爵似乎才发现了差异，开始思考这出戏是否真的出自他的创意。一个暗号便把雅诺从埋伏中召了出来，于是当晚无事。亲王真的到了的消息得到了证实，差人几次骑马出去，都看见亲王的前卫队在邻近地区安营扎寨。府里充满扰攘不安，我们的演员本来就遭用人们的冷遇，这时候更没有谁来理睬他们，只得在老府里边练边等，消磨时光。

第 八 章

亲王终于到了。这下子，同时到达的将校军官、参谋人员以及其他随从，还有大量要么来做客、要么来办事的其他人，真把伯爵府变得像是个正要出巢的蜂窝似的。谁都挤过来想一睹杰出的亲王的风采；谁都赞叹他的平易近人，降尊纡贵；谁都惊讶地发现，这位英雄和统帅同时又是位极讨人喜欢的廷臣。

遵照伯爵的指示，在亲王驾临时府里的所有人必须坚守岗位，任何一个戏子都不准抛头露面，因为要使亲王对准备的节目感到意外。到了那天晚上，当人们拥着他走进那灯火辉煌、用上个世纪的壁毯装饰起来的大厅时，他看样子也真像没有料到会有一场戏剧演出，更别说那出为颂扬他而排练的序剧啦。结果演出圆满成功，因此序剧结束后全团受到了亲王的接见；他呢，也能极其和蔼可亲地对每个人都说点儿什么。威廉作为剧作者被特别介绍给他，同样获得了他的一份鼓励。

谁也没再问起这出开场戏，几天过去后就像压根没有演过它似的。只有雅诺时不时地还与威廉提起来，并称赞戏的构思挺聪明；只不过还补充了一句：

“可惜啊，您只是用核桃壳赢核桃壳。”

他这隐喻在威廉的心里憋了许多天，威廉既不理解其含义，也不知该怎么办。

这段时间剧团每天晚上都卖力地演出，尽可能地吸引观众的注意。阵阵本来受之有愧的喝彩，使他们得意忘形。现在住在旧府里，他们真以为盛大集会是为他们举行的，四乡民众是冲着他们的演出蜂拥而来，好像他们真成了中心，一切都围着他们，为了他们在转，在动。

只有威廉的看法正好相反，因此也很不痛快。要知道，亲王坐在圈椅里，尽管十分认真地从头至尾看完了头几场演出，但后来看样子却渐渐以一种得体的方式，借故不再来看戏了。正好是那些威廉在交谈中发现最有头脑的人，其中又以雅诺为最，都在剧场里很少露面。演出时他们多半坐在前厅里，要么玩牌，要么看样子在谈事情。

自己长时间的努力得不到希望的喝彩，令威廉十分懊恼。挑选剧目，抄写脚本，频繁的排练，以及其他种种经常性的事情，他都积极主动地帮着梅利纳干。梅利纳呢，暗暗感到自己的欠缺，最后也就依了他。威廉勤奋地熟悉自己的台词，将它们朗诵得生动而富有激情，在自己不多的专业修养容许的范围内，做了尽可能出色地表演。

这期间，男爵继续关心着演出，打消了其他演员心中的任何疑虑。他要他们确信演出效果极佳，特别是在演他自己的一个剧本的时候。他只是表示遗憾，亲王唯独欣赏法国戏剧，而他的一部分随员，特别是那个雅诺，却又对英国舞台上那些怪诞的玩意儿五体投地。

如果说咱们演员的艺术就这样没有受到充分的重视和足够的赏识，那么，在一帮男观众和女观众的心目中，他们这些人本身却未被等闲视之。我们上边已经讲过，女演员们一开始便引起了青年军官们的注意；只是她们后来更加幸运，征服了一些更加显要的人。不过我们对此少说为佳，只能提一下。威廉令伯爵夫人一天一天更感兴趣，他自己心中也开始暗暗萌生了对她的爱慕。只要有他登台，她的一双眼睛就总盯在他身上；他呢，很快也像只冲着她一个人在表演，在朗诵。如此四目相对，秋波频传，他们真是说不出的快乐。两颗纯洁无邪的心灵完全沉醉其中，不再有任何更热烈的愿望，也不担心任何后果。

就像敌对双方隔河相望的哨兵在偷偷地说笑，根本不想他们所属的部队正处于交战之中，伯爵夫人也越过出身和等级的鸿沟，用目光与威廉交换着重要信息，谁都相信可以倚靠对方，可以信赖对方的感情。

与此同时，男爵夫人也相中了雷提斯，特别欣赏这个大胆、活泼的青年。雷提斯呢，虽说一贯仇视女性，却也并不反对逢场作戏；这一回，如果不是男爵偶然地帮了他的忙，或者我们说帮了他的倒忙，让他进一步了解了这位女士的思想作风，他倒真的会违心地叫男爵夫人的和蔼可亲和迷人风度给套住了。

那是在有一天，正当雷提斯大讲她的好话，称她比所有女性都要好的时候，男爵却调侃道：

“我知道是怎么回事了，咱们可爱的女朋友又给自己的猪圈增加了一位新成员。”

这个比喻不高明，却再清楚不过地表明了一个魔女的爱抚有多么危险。它大大倒了雷提斯的胃口，教他听着男爵的话没法不气恼。男爵呢，却毫不留情地继续讲下去：

“每一个新来者都以为，自己是头一个受到如此亲切对待的人，可他大错特错啦。因为我们大家都曾经这么给弄得晕头转向过：中年男子，青年甚或少年，不管你是什么人，通通都得有一段时间恋慕她，拜倒在她脚下，为她朝思暮想。”

一个正要踏入魔女花园的幸运儿，心中洋溢着出自虚假的春天的甜蜜感，耳里只听见夜莺的歌唱。这时却冷不丁地碰见一位已变成猪的先行者，① 朝着他呼噜呼噜跑来，那真叫扫兴之极。

雷提斯打心眼里感到羞愧，虚荣心在此将他引入了歧途，竟让他对某个女性产生了哪怕只是很少一点点好感。从此他就完全无视男爵夫人的存在，只抓住厩长不放，和他一块儿练剑，一块儿打

① 典出荷马史诗《奥德修记》，埃埃厄岛的魔女喀耳刻将奥德修斯的旅伴通通变成了猪。

猎，但在排练和演出时却没精打采，就像只是业余玩玩儿似的。

伯爵和伯爵夫人不时地也在早上传唤一些演员过去，因为大伙儿总是有理由嫉妒菲莉涅无功受宠。伯爵的宠信老学究常常陪伴她，在她的梳妆台边一待就是几个小时。渐渐地，这家伙穿也穿好了，甚至还配备上了怀表和鼻烟壶。

有时候，演员们还全体或者个别，应邀去和贵人们一同进餐。他们因此受宠若惊，没有注意到就在这个时候，伯爵也让猎人和家仆牵进来了一大群狗，还从马厩里把马匹牵到了院子里。

有谁告诉过威廉，他想赢得亲王的好感，不妨伺机赞赏赞赏他最喜欢的拉辛①。一天下午，他也被邀请去一块儿进餐，正好亲王问他是不是也努力钻研法国剧作家的作品，威廉便抓住机会，特响亮地回答了他一声“是的”。他没发现亲王未等到他回答，已经准备转过身去和其他人应酬，而是立刻抓住这位贵人，差不多挡住了人家的去路，继续说，他对法兰西戏剧评价很高，常常沉醉在它的大师们的作品中。他听说亲王给了拉辛这样一位伟大天才充分的肯定，真是特别由衷地感到高兴。

“我可以想象，”威廉接着说，“高贵、杰出的人们必定会十分敬重这样一位剧作家，他把他们优越的地位和环境描写得如此鲜明生动，如此准确真实。如果允许我这么讲，高乃伊②塑造的人物伟大，拉辛塑造的人物高贵。在读他的作品时，我总能想象到这样一位诗人：他生活在富丽堂皇的宫廷中，眼前是一位伟大的君主，日日与高官显贵交往，能够窥探到隐藏在精美挂毯背后的人类之秘。当我研读他的《布里塔尼库斯》和《贝勒尼斯》，我仿佛就真的到了一座宫廷里，有幸跨进这人间天堂的大小房间；我通过一位感觉敏锐的法国人的眼睛，看见了那些整个民族顶礼膜拜的君王们，还

① 拉辛（1639—1699），法国新古典主义的伟大悲剧作家。

② 高乃伊（1606—1684），与拉辛同为法国大悲剧作家。

有那些万众钦羡的大臣们的本来面目，以及他们作为人的迷误和痛苦。有人说，路易十四为表现对拉辛不满就不再正眼看他，把诗人气得要死；这则逸闻正好成了我理解所有作品的钥匙。一个有着如此伟大天赋的诗人，其生死都取决于一位国君的眼色，不可能写不出一部部也令别的国君，别的王爷喝彩的剧作来啊。”

雅诺走了过来，惊讶地听着咱们朋友的议论。亲王却一言不答，只是以和蔼的目光表示赞许，随即便把脸转到了旁边。虽然威廉还想往下讲，还想让亲王知道，他阅读对方这最心爱的诗人并非没有收获，并非没有感受。威廉不了解，在这种情况下继续讨论，非把话说尽说绝不可，是有失体统的。

“您从来没有看过一出莎士比亚的戏剧吧?”雅诺把他拽到一旁问。

“没有，”威廉回答，“当它们在德国有名起来时，我已和戏剧断了关系。现在又偶然地恢复了自己青少年时代的兴趣爱好，我不知道是该高兴呢，还是不高兴。关于莎士比亚戏剧我听说过很多，但一切都引不起我对它们的好奇，使我去进一步了解这些超越了所有可能，所有规范的庞然怪物。”

“那么我就建议您尝试尝试，”雅诺回答，“人要能亲眼见见怪物，没有什么不好。我愿意借给您几部。如果您能立刻摆脱一切，回到自己孤寂的老屋中，窥视窥视那个陌生而神奇的世界，您的时间将过得再充实不过。罪过啊，您竟为把这些猢狲打扮得像人一点儿，为教这些狗学会跳舞而糟蹋您的光阴。我只有一个条件，您别去碰它们的形式，别的一切我全都相信您的良知。”

马已牵到门口，雅诺和另外几位骑士骑上打猎去了。威廉怅惘地目送着他，真希望能再跟他多谈谈。此人话虽然不好听，却给了威廉一些新思想。他正好需要这样的思想。

一个人面临着发展自己力量、能耐和智慧的时期，时时会陷入困惑之中，此刻只要有位好朋友轻轻点拨一下，他便解脱出来了。

就好像一个离旅店不远落入了水中的漫游者，有谁一伸手立刻可以把他拉上来，充其量不过湿了身子罢了，可如果他只能自救，就算爬得上来吧，那也已到了彼岸，得有一段冤枉路好走啰。

威廉开始嗅出，世界上的事情并非他想象的那个样子。他就近观察着达官贵人们排场而有意思的生活，惊讶于他们竟能让自己活得那么轻松、潇洒。一支浩浩荡荡的大军，由一位英武的君王率领着，身边簇拥着那么多骑士，无数的崇拜者蜂拥到来，这一切都提高了他的想象力。就在如此的心绪中，威廉收到了答应借给他的剧本。不久，我们可以估计到，那伟大天才的洪流就卷住了他，把他带进了一片汪洋无际的大海里，使他迅速忘记了自己，完全沉湎于其中。

第 九 章

自打演员们住进府里以后，男爵与他们的关系发生了各种变化。一开始倒是令双方都满意：男爵平生头一次看见自己的剧作之一——虽然他已看过业余剧团演出它们——捧在了真正的演员手里，即将举行正式的公演，心情好得不能再好，对人格外慷慨大方，每逢有卖化妆品的小贩来都要买些小礼物送给女演员，也知道给男演员们特别置办几瓶香槟。戏子们呢，在排他那出戏时也使足了劲，还有威廉被分配出演剧中主角，也不遗余力地去背这位英雄的豪言壮语，力求字字准确。

可是，慢慢慢慢地就出了一些不愉快的事。男爵对某几个人的偏爱一天天明显，难免引起其他人不高兴。他单单吹捧自己宠爱的人，使戏子之间争风吃醋和不团结起来。每当发生纠纷，梅利纳就自顾不暇，现在更感坐蜡。受到赞扬的人既不客气，也不特别感激；遭到怠慢的人却想方设法发泄不满，总有这样那样的招，教自己的尊敬的恩公在他们当中待不自在。是的，当一首不知作者是谁的诗在府里传开并引起骚动，他们的幸灾乐祸更获得了充足的养料。在此之前，人们尽管对男爵与戏子们的关系一直有所批评，但用的方式却比较文明，曾把各种各样的故事加在他身上，有的还添油加醋，使其变得可笑又有趣。最后人们开始讲，在他跟某几个戏子之间甚至同行相嫉起来，因为这些个戏子也以剧作家自居来着。咱们讲的那首诗，就是以这个说法为基础，其具体内容如下：

我这个穷鬼，男爵老爷，
嫉妒您的显赫地位，

嫉妒您靠王座这么近，
嫉妒您田产宽又美，
嫉妒您父亲府第坚固，
嫉妒您放枪把猎围。

对我这穷鬼，男爵老爷，
看来您也心怀嫉妒，
因为打小自然就
像母亲般将我培育。
我心情爽朗脑袋灵活，
穷虽穷却并非笨伯。

我想，亲爱的男爵老爷，
咱俩最好得过且过：
您仍做令尊的少爷，
我仍当自然的孩子。
不用彼此嫉妒怀恨，
别贪图他人的头衔，
帕纳斯山没您的座位，[①]
我也入不了贵胄名册。

这首诗用一些几乎辨认不出的抄件，传到了不同的人手里。对于它的评价，也众说纷纭。只是作者是谁，没有哪个猜得出来。当演员们幸灾乐祸地拿这首诗开心时，威廉却表示了自己的反感。他大声疾呼道：

“我们德国人活该看着自己的缪斯一直受到蔑视，长时间在屈

① 帕纳斯山在希腊，为希腊神话中众缪斯和阿波罗居住的神山。

辱中奄奄待毙，因为我们不知道珍视那些以某种方式与文艺结缘的有地位的人。出身、等级和财产与天才和文艺爱好并无矛盾，这便是其他一些民族给我们的教训，在他们自己的杰出文艺家中，就有大量贵族出身的人。迄今为止，一个出身高贵的人献身科学在德国已算是奇迹，更只有很少几个有名的人，由于爱好文艺而变得更加有名。相反，另一些人出身微贱，虽出人头地却只能像天穹上那些无名的星星：这样的状态不会永远继续下去，如果我不是大错特错，我们民族的最高阶层已在利用自己的优势，为了将来也夺取到文艺女神那顶最美丽的桂冠。我真是难受得无以复加哦，因为我常常不只看见市民阶层的人讥讽热爱文艺女神的贵族，而且也看见某些贵族本身一时心血来潮，怀着永远不能原谅的幸灾乐祸心理，去吓跑那些在文艺道路上行进的同类。在这条路上，原本谁都有望获得荣誉和满足的啊。"

最后这点儿感慨好像是针对伯爵发的，因为威廉听说他真的认为那首诗写得不错。伯爵老爷一贯爱以自己的方式寻男爵的开心，那诗自然给他提供了用一切办法使自己这位亲戚难堪的求之不得的机会。对于谁是诗的作者这个问题，真是各人有各人的看法。伯爵也不甘心在机智方面落于人后，同样有自己的判断，并且立刻准备发誓担保自己绝对正确：那首诗唯有他的老学究才写得出来。这小子聪明极了，他早就发现他有些诗歌天赋。为了让自己好好乐一乐，一天早上他就传唤来了这个戏子，命令他当着伯爵夫人、男爵夫人以及雅诺的面，以自己的风格朗诵那首诗。朗诵完后，老学究获得了称赞、喝彩和实物奖励，但对伯爵提的他是否还保存有别的旧作这个问题，却机警地给予了否认。这样一来，老学究便获得了一个诗人，一个机灵鬼的名声，但在那些对男爵有好感的人们眼中，这家伙则成了一个专写诽谤诗文的文痞和坏蛋。从此以后，伯爵越发地宠爱他，让他想演什么角色就演什么角色，以致这可怜虫最后头脑发胀，甚至近乎疯癫，产生了要像菲莉涅似的在新府里独自住一个房间的非分之想。

这个想法要是很快实现了，他也许就能躲过一场大难。一天晚上，他很晚才沿着那条黑暗的小道，摸摸索索走回旧府去，走着走着突然遭到了袭击，一些人紧紧将他抓住，另一些人则狠狠地揍他，在黑暗中把他整治得几乎躺在地上动弹不得，他好不容易才爬回到了同伴那里。其他戏子样子挺气愤，心理却暗暗庆幸他活该倒霉，看着他那副狼狈相，一件新的褐色上衣完完全全整成了白色，就好像刚跟磨坊主做过多笔买卖似的，都差点儿没笑出声来。

伯爵立刻接到了有关报告，真是怒不可遏。他视此事为大逆不道，将它作为一件危及府中安宁的要案对待，指示他的法官严加追查。那件敷满白灰的上衣应该是主要物证。府里一切与扑粉和面粉有关的人都受到了审查，然而一无所获。

男爵用自己的荣誉慎重保证，这样的恶作剧他显然十分反感，伯爵大人的做法可是不怎么友好喽。不过他聪明地置身事外，与那位诗人或者文痞——随便你叫他什么吧——触的霉头不愿有丝毫瓜葛。

客人们有的是其他活动，府里忙乱不堪，这件公案很快就被遗忘了。那位不幸的宠信掠人之美，没有高兴多长时间，却付出了沉重的代价。

我们的剧团照旧夜夜公演，整个来讲受到的待遇颇为不错，然而正因为不错，要求也就高了起来。不久，他们就嫌伙食、饮料、招待和住房都太不像话啦，缠着他们的保护人男爵，要他考虑给他们改善改善，使他们终于获得他所答应的舒适和享受。他们的抱怨越来越响亮，男爵满足他们的努力越来越没有效果。

这段时间，威廉除了排练和演出，很少抛头露面。他把自己关在最后边的一间屋子里，只肯放迷娘和竖琴老人进屋，完全生活和沉醉在莎士比亚的世界中，对身外之事一无所知，一无所感。

传说有些个魔法师，他们用咒语把形形色色的精灵召到了自己的房中。这些咒语是如此有力，精灵们很快就挤满了整个房间，不只逼到了魔法师画的小魔圈前，围绕着他们，在他们的头顶上团团打转，不断变幻形象，而且还越来越多，每个角落都塞满了，每个凹穴都占据了。一些鸟卵在长大，一些庞然大物却又萎缩成了菌子一般。不幸的是魔术师已将咒语忘记，没法退去那仍如潮水般涌来的妖魔鬼怪。——威廉的情况正是这样，他胸中激荡着千百种莫名的情感和本能，在此之前，他对它们毫无所知，也没有丝毫预感。没有任何东西能把他拉出这种状态，要是有谁来找他闲聊外面发生的什么事情，他会非常不高兴。

正因此，在人家告诉他府第的院子里即将行刑，鞭打一个被怀疑在夜间入府盗窃的男孩儿时，他几乎没有留意。据说，这孩子穿着一件假发匠的外套，有可能是那些捣蛋鬼的同伙。尽管孩子对此矢口否认，也不便为这点怀疑就正式惩罚他，可还是得把他当作流浪儿给一点儿警诫，以便将他赶走，因为他在这个地区已经转悠了几天，藏在磨坊里过夜，一天终于搭架梯子在院墙上爬了进来。

威廉觉得整个事情都没有什么特别值得留意的地方，直到迷娘急急匆匆地跑进来肯定地对他讲，那逮住的男孩儿不是别人，正是与厩长决斗之后就从大伙儿眼前消失了的弗里德利希。

威廉关心男孩儿的命运，赶紧动身去院子里，发现那已经布置停当。要知道即使办这种事，伯爵也郑重其事。男孩儿被带了上来，威廉挤了过去，请求不要动刑，说自己认识这孩子，前不久才给过他一些帮助。他好不容易才让大家相信他的话，终于得到了和罪犯单独谈谈的允许。小犯人发誓说，自己跟一位演员遭袭击和虐待的事毫无牵连。他只是曾围着府第转来转去，夜里溜进来找菲莉涅。他已经弄清楚了她住的房间，如果不是半道上给逮住了，也肯定已经把她找着了。

为了顾全剧团的名声，威廉不愿揭出这层关系来，而是急忙去找厩长，求他利用自己在府里上上下下的关系给疏通疏通，解救那个男孩儿。

这位脾气古怪的人在威廉的帮助下，捏造了一段小小的故事，说什么这孩子原本是剧团的人，在逃跑以后现在又想再回来，希望能够收留他。因此他打算趁黑夜来找他的几个恩人，让人家为他求情。此外还可以证明，这孩子平素表现不坏。女士们也掺和进来说情，结果他就被放了。

威廉收留了弗里德利希，于是他成了这奇异之家的第三名成员。一些时候以来，威廉已视其为自己的家庭。竖琴老人和迷娘都友好地接待这个归来者，三个人从此团结在一起，一心一意地服侍着他们的朋友兼保护人，努力做些教他高兴的事情。

第十章

而今菲莉涅一天比一天更善于奉承两位夫人了。她们单独在一起的时候，她多半把话题引到来来往往的男人们身上，威廉自然也没有被少谈。聪明的姑娘不会没有察觉到，威廉给伯爵夫人心里留下了很深很深的印象，因此就讲了威廉她所知道的和并不知道的一切；只是仍然小心翼翼，不吐露半点儿可能对他做出不利解释的情况。相反，她称赞威廉心地高尚，慷慨大度，特别是在对待女性方面是个君子。对夫人们提出的所有其他问题，她都巧妙应答。男爵夫人发现自己美丽的女友对威廉的爱慕之心日增，也非常满意。要知道，她和一些男人的关系，特别是最近几天跟雅诺的关系，没能瞒过伯爵夫人的眼睛。她如此浪漫轻浮，心地纯洁的女友本来不会不表示反对，不会不提出批评啊。

就这样，男爵夫人也好，菲莉涅也好，都对使我们的朋友接近伯爵夫人特别地感兴趣。除此而外，菲莉涅还希望抓住机会为自己下点儿功夫，尽可能重新赢回年轻人对她已失去了的好感。

一天，伯爵带着府里其他的男人骑马打猎去了，估计要第二天早上才回得来，男爵夫人便想出了一个逗乐的点子。这点子完全符合她的习性，因为她素来喜欢乔装改扮，好教大伙儿感到意外；一会儿扮成个村姑，一会儿扮成个侍童，一会儿又变成了猎人。她要这样给人造成自己是个小仙女的印象，好像她无所不在，正好是越想不到有她的地方越会见到她。她能够混在仆佣中间伺候客人，或者在人群中穿来穿去却没谁发觉，直到最后才嘻嘻哈哈地自己露出真面目来，她因此真是比什么都高兴。

傍晚，她派人去叫威廉上她房间里来。因为自己正好还有点儿别的事，她就吩咐菲莉涅帮他做准备。

威廉走进房里，发现眼前不是男爵夫人而是这个轻浮的女孩儿，不禁吃了一惊。她呢，却以最近学到的落落大方的态度接待他，迫使他不得不同样地彬彬有礼。

她首先泛泛地对他交的好运戏言了几句，说它一直跟随着威廉，现在据她观察又把他送到了这间香闺里。接着，她便以一种令对方愉快的方式，责备威廉不该那样对她，迄今一直折磨她。同时，她又骂自己，谴责自己，承认她受他这样的对待一般地讲也是自作自受，并且对她所谓从前的境况做了一番极真诚的反省。还补充说，如果她没有力量弃旧图新，使自己有资格获得威廉的友谊，那她只得自己鄙视自己。

威廉对她的这一番话大感愕然。他阅世不深，哪里知道偏偏是那种轻浮透顶和不可救药的人，最能声色俱厉地自我谴责，承认自己的错误大大方方，后悔起来毫不含糊，然而他们已让强大的天性拖上了歧路，自己却没有一点点回头的毅力。因此，威廉对这个娇媚的女浪子也不能不客气，便和她交谈起来，听她讲了为使美丽的伯爵夫人喜出望外而让他乔装改扮的建议。

威廉对此颇有顾虑，也告诉了菲莉涅。谁知这时男爵夫人正好进来了，不容威廉有时间怀疑犹豫，抓住他就走，边走边说现在正是时候。

这时天已黑了。她领着威廉溜进伯爵的更衣室，让他脱掉上衣，钻进伯爵的丝织睡袍，再给他脑袋扣上那顶带红缨穗的睡帽，领他走回伯爵的房间，叫他坐进一张大圈椅里，手里捧着一本书，自己则将立在他面前的阿工灯①点燃，教他该做些什么和怎样扮演自己的角色。

她讲，有人会去通知伯爵夫人，说她的丈夫突然回来了，而且

① 瑞士物理学家阿工（Argand，1755—1803）发明的煤气灯。

心绪很坏。夫人一定会来，先会在房间里走来走去，然后便坐在圈椅的扶手上，拿胳臂倚着他的肩，说几句什么什么。他呢，应该尽可能久，尽可能好地扮演丈夫的角色；可最终却不得不露馅，这时他就该显得大方殷勤，招人喜爱。

眼下威廉就戴着这奇异的假面具坐在那，心里相当忐忑。这建议他深感意外，实行之快更教他来不及考虑。男爵夫人已经退出伯爵的房间去了，他才发现自己现在坐在这个位子上有多危险。他对自己并不否认，伯爵夫人的青春美貌、娴雅温柔，给他留下了挺好的印象。只是他生性远离一切虚情假意，一切逢场作戏，而想动真格的吧，他的做人原则又不允许，因此此刻真是颇为尴尬。他既担心会教伯爵夫人不喜欢，也担心教她过分喜欢，两种担心在威廉同样严重。

任何曾对他发生过影响的女性的魅力，这时重又浮现在他的眼前。玛利亚娜穿着白色晨装的倩影，恳求他对她思念。菲莉涅的温柔可爱，美丽的秀发和殷勤的举止，由于刚才曾面对面又变得动人起来了。然而，一想到高贵的、娇艳如花的伯爵夫人，一想到再过几分钟自己的脖子就要触着她的玉臂，就得回应她纯洁无邪的亲昵，其他的一切一切便好像通通隐没到远远的纱幕后边去了。

威廉自然做梦也想不到，他将以怎样一种奇特的方式，从这尴尬的处境中得到解脱。要知道，他身后的房门突然开了，他偷眼一瞅，就在镜子里清清楚楚地看见伯爵手里端着一盏灯，正要走进房间里来，这时，他真是多么吃惊，多么恐怖啊！他迟疑了一会，不知道该怎么办好，是站起来逃走呢，还是认错呢；是否认呢，还是请求宽恕呢。伯爵站在门口没有动弹，随即却退了出去，轻轻把门给带上了。就在这一刹那，男爵夫人从侧边一扇门冲进来，吹熄了灯，把威廉从圈椅里拽起来，拉着他进了伯爵的更衣间。威廉迅速脱掉睡衣，把它立刻挂到了老地方。男爵夫人把威廉的上衣搭在自己的手腕上，拉着他急忙穿过一间间斗室，一条条走廊，一座座屏风，回到了自己房里。等她喘过气来以后，才告诉威廉：她刚才去了伯爵夫人那里，向她报告伯爵提前归来的假消息。谁知伯爵夫人却回答："我知道啦，大概碰见什么事了吧？我刚见他骑着马，从侧边的大门进来了。"男爵夫人吓得赶紧跑回伯爵的房间，以便叫走威廉。

"不幸您来晚了，"威廉大声回答，"伯爵刚才已来过这里，看见我坐在房中。"

"他认出你了吗？"

"我不知道。他在镜子里看见的我，我也是在镜子里看见了他。我还没弄清楚这到底是鬼，还是他本人，他已经退出房去，轻轻带上了房门。"

一个用人奉命来请男爵夫人，说伯爵现在在他夫人那里，她更加心慌意乱起来。她忐忑不安地去到那，发现伯爵尽管寡言少语，若有所思，但一开口却比平时更温和，更友善。她越发摸不着头脑。伯爵讲了在狩猎时碰见的事情，以及他提前回来的原因。谈话很快结束，他接着便问起威廉，希望叫他来给自己朗诵点儿什么，这不能不特别引起男爵夫人的警惕。

威廉在男爵夫人的房里重新整好装，稍微镇定了一下，不无忧虑地奉命来到伯爵夫人房中。伯爵给他一本书，让他读里边的一篇惊险小说，他心情没法不紧张。他的声音低沉而颤抖，幸好与故事内容配合得起。伯爵几次友好地表示赞赏，特别是夸奖他朗诵得带感情，临了便放走了咱们的朋友。

第十一章

还没有读多少部莎士比亚剧作，威廉就受到了强烈的震撼，不能够继续读下去了。他的整个灵魂都激动不已，急于找机会和雅诺谈谈。为了雅诺带给自己的快乐，威廉对他真是感激不尽。

“我早就说过嘛，”雅诺讲，“对于所有作家中这位最杰出也最奇特的天才，您是不会无动于衷的。”

“是的，”威廉高声回答，“我想不起曾经有哪一本书，哪一个人，或是生活中的哪一个事件，比这些杰作对我发生过更大的影响。而我接触到它们，全亏了您的好意。这些杰作就像一位天神的创造，他来到人间，让凡人不经意地认识了他。这哪里是普通的剧作哦！这是一些翻开在我们面前的命运之书。在这些巨大无比的书里，动荡不安的人生的风暴在发出呼啸，在猛力地把它们的书页翻过来又翻过去。它们既强大又温柔，既猛烈又宁静，我惊异莫名，六神无主，只能渴望着啥时候能恢复平静状态，好把他的作品继续读下去。”

“说得好，”雅诺接过话头，抓起咱们朋友的手紧紧握着，“这正是我所想的！我希望得到的结果肯定不会落空。”

“我希望能把自己心中眼下所有的感触，通通向您揭示出来。”威廉回答，“我曾经对人类和人类命运有过种种的预感，它们从少年时代起就不知不觉地陪伴着我，而今全都在莎士比亚的戏剧里得到了印证，得到了发展。好像他为我们解开了所有的谜，而又教人说不出来：这谜底在这儿，或者在那儿。他的人物好像是自然的人，却又并不是。这些大自然极其神秘和极其复杂的造物，展现在他的剧中，活动于我们眼前，就像一些刻度盘和表壳都是水晶制成的钟表。它们既能完成指示时间的使命，又能让我们看清楚起驱动作用的发条和齿轮。略略窥探一下莎士比亚的世界，就比任何其他事情都更加激励我，让我在现实世界里更迅速地前进，让我投身到悬挂于尘世之上的命运洪流中。有朝一日，只要能获得成功，我就将从这真实自然的汪洋大海里舀上几盅，从舞台上把它们洒向自己祖国那些焦渴的观众。”

“我见您处于这样的心境，真是非常高兴。”雅诺说，同时把手搭在激动的年轻人的肩上，“别半途而废，积极行动起来，赶快利用好您眼前的宝贵光阴。我要能帮助您，一定会真心实意。我还没有问您是怎么进的这个戏班子，不论讲天赋，还是讲教养，它都不是您好待的。我希望，也看出，您巴不得脱离它。我完全不了解您的出身，您的家庭情况，您考虑考虑愿意给我透露些什么吧。我能够告诉您的只是，咱们生活在战争时期，命运变换迅速。您要是乐意以自己的力量和天赋效力于我们，不怕吃苦，必要时也不惧危险，那我现在正好有个机会，派您到某一职位上去，担任它一段时间，将来您不会后悔的。”

威廉道不尽的感谢，愿意把自己的全部身世讲给他这位朋友和保护人听。

这么谈着，两人走到了公园深处的不知什么地方，最后到了穿过公园的一条大路上。雅诺静静地站了一会，然后说：

“您考虑一下我的建议，做出决定，过几天给我回话，请相信我。老实告诉您，在这之前我真不理解，您怎么能和这样的人鬼混在一起。我经常看见就恶心和讨厌，只为了活得稍微有点儿意思，您竟不得不把自己的心搁在一个流浪的唱曲人身上，一个不懂人事的、不男不女的怪物身上。”

他还意犹未尽，突然赶来一个骑着马的军官，后边还跟着个牵着马的马夫。雅诺兴冲冲地招呼来人，对方也翻身下马，接着便相互拥抱和交谈起来。这时威廉还对自己这位军人朋友的最后两句话大惑不解，站在一旁陷入了沉思。雅诺翻阅着来人递给他的一些文件，他这同事便走向威廉，一边和他握手，一边热情地讲：

“认识您不胜荣幸。您如听从贵友的建议，便同时满足了一个真诚关心您的陌生人的心愿。”说着也拥抱起威廉来，把威廉紧紧地贴在自己的心口上。

这时，雅诺也走了过来，对新来者道：

“这样最好不过，我立刻骑马跟你过去，这样你就能拿到必需的命令，天黑之前又可以动身啦。”说罢二人便翻身上马，留我们感到惊讶的朋友独自在那沉思。

雅诺的最后两句话还萦绕在他耳际。那两个正正当当地赢得了他好感的可怜人，竟遭一位自己如此敬重的朋友大肆践踏，真教威廉难以忍受。至于那个素昧平生的军官的热情拥抱，并未给他留下多少印象，只是引起了他短暂的好奇和想象。然而雅诺的话却刺痛了威廉的心，深深地伤害了他。归途上，他突然狠狠地自责起来：不管是雅诺的眼神，还是他的所有动作，无不流露出冷酷，他竟一时间没有看出来，或是给忘记了。

“不，你这个僵死的俗物，”他叫道，“你只是妄想成为我的朋友！你所能提供给我的一切，都抵不上把我与这些不幸者联系在一起的感情。多么幸运啊，我及时地识破了你替我做的打算！”

他搂住迎面走上来的迷娘，嚷道：

“不！什么也别想把我俩分开，你这善良的小东西！世人的自作聪明休想诱使我离开你，也不能使我忘记自己欠你什么。”

小姑娘平素想与威廉亲昵总遭到拒绝，对现在这意外的情感流露喜出望外，便紧紧地偎依在威廉怀中，他想摆脱却颇费了些力气。

从这时起，他更加留意起雅诺来，觉得并非他的所有作为都值得称赞，是的，有几件事甚至令他大为反感。例如，他非常怀疑那首讥讽男爵，同时让可怜的老学究付出了昂贵代价的诗，乃是雅诺的杰作。因为此人现在竟当着威廉的面，拿这件事当笑话谈。我们的朋友从中便看到了这个人心眼极坏的迹象。要知道，自己造成了无辜者的痛苦不但不思补救，不感到抱歉，反而加以嘲笑，还有什么比这更险恶的呢！威廉真想自己去消除那个误解，因为他已偶然地发现那晚上干坏事的人的蛛丝马迹。

在此之前，人家一直瞒住了他，没让他发觉在老府第的下边一间大厅里，有一伙儿年轻军官跟部分戏子寻欢作乐，彻夜不眠。一天清晨，他按照自己的习惯早早起了身，不经意地闯到了那间大厅里，发现那帮年轻的军官老爷正在以一种奇特的方式梳妆打扮。只见他们把石灰捻碎在水罐里，然后用刷子把石灰水敷到仍然穿着的背心和裤子上，如此这般迅速地恢复自己白制服的清洁。我们的朋友对他们的办法很是惊讶，突然想起了老学究那弄得满是白灰和斑痕的褐色上衣。他还得知，这伙人中正好有几个是男爵的亲戚，便更加怀疑起来。

为了进一步寻找依据，他企图以招待一顿简单的早餐拴住这些年轻人。他们兴致很高，讲了许多有趣的轶事。特别是有个曾经干过一段招募新兵工作的人，更是把他的头儿的狡诈和干练吹得神乎其神，说他善于引诱各式各样的人，不同的人以不同的手段整治。他详细地讲了一些教养很好的良家子弟如何受骗上钩，而钓饵就是把当兵的待遇和前程吹得天花乱坠。他开心地取笑那些个笨蛋，说他们一开始还得意得不得了，自以为受到了一位体面、勇敢、聪明而又慷慨的长官的器重和提拔。

威廉对自己的保护神真是感激不尽啊，他不期然就让他开了眼，看清了自己曾懵懵懂懂地走到边沿上去过的深渊。而今，雅诺在他看来整个一个招兵者。那陌生军官的热情拥抱，也就不再难以解释。他鄙弃这种人的思想意识，从此就避免和任何一个穿军服的人打交道，因此听到部队要开走的消息很是高兴。只是他同时也不得不担心要从美丽的伯爵夫人身边遭到流放，也许还将流放终生。

第十二章

这期间，男爵夫人是既担忧又好奇地熬过了好几日。打那天历险起，伯爵的举动在她看来完全成了一个谜。他压根没有了从前的风度，也再听不到他像过去那样说说笑笑。他对亲友和对用人的要求都放松了，很少还能发现他的古板和威严。相反，他倒变得安静和爱沉思了，不过看上去倒也快活，真正是变成了另外一个人。他有时让人给他念书，但挑的都是严肃的作品，多半还是宗教性质的典籍。男爵夫人始终生活得心神不宁：在这表面的宁静背后，莫不藏着恼怒，藏着对他偶然发现的那个罪行狠狠加以报复的决心吧！因此她决定把雅诺变成自己的心腹，何况她俩还有那么一层关系，有了这种关系谁还瞒谁呢。一些时候以来，雅诺成了她的密友。只是她够聪明的，没有让周围闹闹嚷嚷的人们发现她的所爱，她的快乐。这新的罗曼史，唯独没有逃过伯爵夫人的眼睛。正因此，男爵夫人也极可能拼命要给自己的女友同样找点儿牵挂，免得再遭她的腹诽。而在此之前，她可是没少忍受这高尚心灵无声的责备。

男爵夫人对自己的朋友刚把故事讲完，他就笑着叫了起来：

“这老头肯定以为看见自己啦！他害怕这种现象对他意味着不幸，也许甚至是死亡，所以现在他变得温驯起来了，就像所有未开化的人在想到自己快死时一样。因为死过去没人逃脱过，将来也没人能逃脱。千万别吱声！我希望他还活得长，在这种情况下，咱们不妨趁机整治整治他，使他不再成为自己妻子和家人的负担。”

于是只要一有可能，他们便在伯爵面前谈预兆啊，幻象啊以及诸如此类的鬼话。雅诺装模作样地表示不信邪，他的女朋友也一样，而且一直坚持这么搞，直到终于有一天伯爵把雅诺拽到了旁边，告诉他不信可要不得，并力求以自己亲身的经历为例，说服他相信那种事既可能，也真存在。雅诺装着愕然和怀疑的样子，后来好像终于给说服了。可晚上偷偷和他的女朋友在一起，把这个貌似大人物的孬种取笑得更加厉害，说仅仅几句胡诌，就打掉了他那许多坏德行。只不过呢，他能那样从容地面对即将到来的不幸，是啊，也许甚至死亡，倒也值得称赞。

对那种幻象可能产生的最自然的结果，他多半还没有精神准备吧，男爵夫人又跟往常那样兴致勃勃地叫道。她这人就是，只要一没了心病，马上又会乐起来。雅诺受到了丰厚的报偿。两人随即开始想新的鬼点子，既要使伯爵变得更加驯服，也要刺激和增强伯爵夫人对威廉的感情。

怀着这样的鬼胎，他们对伯爵夫人讲了事情的前前后后。伯爵夫人一开始样子显得不高兴，但过后却也变得沉思起来，似乎在无人打搅的时刻，曾经反复思考、想象和描绘他们为她安排的那一幕。

眼下各方面都已在进行准备，部队即将开拔和亲王同时搬走大本营的消息，已不容怀疑了。是的，有人讲伯爵也会同时离开庄园，回到城里去住。我们的演员自然不难预卜自己的命运，只有梅利纳一个人还在设法挽救颓局，其他人则都只顾及时行乐，能捞一把就捞一把。

威廉却忙着自己的事情。伯爵夫人提出要他几个作品的手抄本，他把这个要求看作是可爱的夫人对自己的最好嘉奖。

在这种情况下，一个尚未见过自己作品印成铅字的年轻作者，总是不遗余力，要把它们抄写得干干净净、漂漂亮亮。他们仿佛看见自己回到了古代，那时世界上还没有报章杂志的文字垃圾泛滥，只有珍贵的精神产品才被辗转传抄，为一些高贵的人们保存。于是人们也很容易得出错误结论，以为精心制作的手稿必定是珍贵的精神产品，值得专家和收藏家拥有和保存。

为了向即将启程的亲王表示敬意，又举行了一次盛大的宴会。周围一带的贵夫人都应邀出席，伯爵夫人因此也早早地盛装以待。今天她穿了一身比往常更为华丽的衣裙，发式和帽子也更加讲究，而且戴了各种各样的首饰。同样，男爵夫人也是尽可能地穿戴得既漂亮又有品位。

菲莉涅发现两位夫人等候宾客的时间很长，便建议去叫威廉来。威廉呢，也希望交出已经抄好的剧本，同时再朗诵几段自己的作品。他刚进门就吃了一惊，伯爵夫人今天这么一打扮，越发丰姿绰约、妩媚动人。他遵照夫人们的吩咐开始朗诵，然而却那么心不在焉，结巴口吃，要不是听众异常宽容，恐怕早就给撵出去喽。

他每注视伯爵夫人一下，眼前似乎便掣动着电光。他最后简直不知道到哪儿再去找气来往下朗诵。他一直爱慕这位美丽的夫人，可是眼下，他似乎从未见过什么比她更完美的东西。他心里真是千头万绪，不过可以大致归纳如下：

“那许许多多的诗人和所谓情感丰富的人何等愚蠢哦。他们反对梳妆打扮，要求看见各个等级的妇女，都一样穿着朴素简单和符合自然的衣服。他们斥责化妆，全不考虑化妆并非我们所讨厌的那种瞎打扮、比如一个丑婆娘，或者一个不怎么好看的女人偏偏爱奇装异服，珠光宝气。可现在我想把全世界的行家都召集到这里来，问问他们，是不是舍得从这些绉襞、这些丝带和这些花边当中，从这些绉袖、这些卷发和这些灿烂耀眼的宝石当中，去掉这个那个？如果这样做，他们难道不怕破坏自己在这儿获得的殷勤、亲切的感受，愉快、自然的印象？啊，多么自然！我大概可以如此赞叹。神话里讲，密涅瓦全身甲胄地从朱庇得的脑袋里跳了出来，那么眼前这位盛装的夫人，看样子就是脚步轻盈地从某一朵花中走出来的啦。”

威廉不时地抬起头来望着伯爵夫人，像是想把这个印象永远牢记，朗诵因此一错再错，然而却不显慌乱，虽然平常只要念错一个词，或者一个字母，他都要当成整个朗诵触目的污点，感到沮丧失望。

一阵被误认为宾客已到的嘈杂声，终止了朗诵。男爵夫人走了，伯爵夫人正准备关上还开着的写字台抽屉，便拿起一个戒指匣，再戴了几枚戒指在手上。

“我们马上要分手了，”她说，眼睛却仍然盯着戒指匣，“请接受一个好朋友送的纪念品吧，她最大的心愿就是您幸福。”

说完，她从匣里取出一枚戒指，水晶的戒面下好看地盘着一小卷秀发，镶嵌着不少宝石。她把戒指递给威廉，可他呢，在接过礼物时什么也不晓得说，什么也不晓得表示，立在那像脚下生了根一样。伯爵夫人关上抽屉，坐在了自己的沙发里。

“我呢，该空手离开喽。”菲莉涅一边说，一边跪倒在夫人右手边，“瞧瞧这个人，不该说话的时候嘴一刻不闲，这会却连句感谢的词也结巴不出来啦。快，我的先生，你至少也得无声地表示一下感激的心情啊，要是你今天什么也想不出来，那就至少学学我的样吧。”

菲莉涅抓住夫人的右手，热烈地亲吻起来。威廉猛然跪下，拉起夫人的左手摁在自己唇上。伯爵夫人显得有些窘，然而并不反感。

“唉！”菲莉涅叹道，“我见过的首饰应该讲也够多的了，可从未见过哪位夫人戴起来像这么高贵！多么美的镯子！加上多么可爱的纤手！多么美的项链！加上多么美的酥胸！”

“住嘴，你这讨好卖乖的丫头！”伯爵夫人喝道。

“这像上是伯爵大人吗？”菲莉涅指着挂在夫人左胸前一条贵重项链上的像章问。

“是他做新郎时画的，”夫人回答。

“他那会真这么年轻？”菲莉涅追问，“据我所知，你们才结婚不几年喽。”

“年轻不年轻全看画家。”伯爵夫人回答。

“倒是个美男子，”菲莉涅说，“不过，难道不会在什么时候，有另一个人影钻进这隐秘的小房子里去吗？”说时她把手搭在伯爵夫人的心房上。

“你太放肆了，菲莉涅！”夫人喝住她，“是我惯坏了你。别再让我听见你这么胡说八道！”

“如果您生气了，那我真是不幸。”菲莉涅嚷着跳起来，奔出房门去了。

威廉仍然握着伯爵夫人美丽的纤手。他目不转睛地盯着她的手镯，看见上面竟以极其漂亮的字体，嵌着自己姓名开头的两个字母，不禁大为惊讶。

“在这枚宝贵的戒指里，我真的保存着你的秀发吗？”他谦逊地问。

“是的。”伯爵夫人压低了嗓音回答。她随后定了定神，握着他的手说：“起来吧，望多保重！”

“这里嵌着我的姓名，太巧啦！”他叫起来，同时指着她的手镯。

“什么？”伯爵夫人失声道，“这是我一位女友名字的缩写！”

“这是我姓名的开头两个字母。别忘了我哦！您的倩影在我心中永不消失。再见，让我快逃走吧！”

他吻着她的手，想要站起来。然而，就像在梦中，特别离奇的事会衍生出最最离奇的事来，大出我们的意外，他不知怎么一下竟把夫人抱在了怀里，她的嘴唇也靠向了他的嘴唇。接着，相互的热吻给了他俩销魂的甜美感受；这样的感受，我们只能从刚斟满的爱情酒杯最初涌起的香沫中吸吮。

她的头倚靠在他的肩上，不顾卷发和发带会被压乱。她紧紧搂着他，他也热烈将她拥抱，把她一次又一次按在自己胸前。哦，可叹这样的时刻不能长久，可恨命运之神心怀嫉妒，竟连这短暂的幸福也给咱们的朋友中断了。

突然，伯爵夫人大叫一声挣脱他的怀抱，用手扪着自己的心口。威廉像从美梦中惊醒转来，吓了好大一跳。

他神智昏昏地站在她面前，她却用另一只手遮住眼睛，片刻以后大声说：

“您走吧，赶快！”

威廉仍然站着。

“请离开我。”她喊道。同时从眼睛上把手移开，用一种无法形容的目光望着他，嗓音极其温柔地接着说：“请快离开我，要是您爱我的话。”

威廉走了出来，回到了自己的房里，却恍恍惚惚的不知身在何处。

不幸的一对啊！这硬把他俩分开来的，是偶然呢，或是命运怎样的一个特别警告呢？

第 四 部

第 一 章

雷提斯站在窗前沉思默想，胳膊肘撑在窗台上，眼睛望着野地里。菲莉涅穿过大厅悄悄溜进来，靠在朋友身上，嘲笑他这一本正经的模样。

“别笑啦，”他说，“真是恼人哦，时间过得飞快，一切全变了，全结束了！你瞧，不久前这儿还是一座军营，那些帐篷看上去多有意思啊！里边多么热闹啊！整个地区守卫得严严实实！一转眼什么都消失了。只有那一片片践踏过的青草，那地上挖的一眼眼野炊灶，还会短时间地留下一点儿痕迹。然后整块地很快会翻耕，那曾经在这驻扎过的成千上万健儿的身影，就只会时不时地出没在少数老年人的脑海里喽。”

菲莉涅开始唱歌，并拉着自己的朋友在大厅里跳起舞来。她高喊：

“既然时光一去就无法追回，那就至少在这位美丽的女神还留在身旁时，让咱们高高兴兴地，风度优雅地向她致敬吧！”

他俩还没跳几圈，梅利纳太太就穿过大厅走来。菲莉涅够损的，立刻邀请她来跳舞，好让她想起自己正在怀孕的身材有多么难看。

“上帝饶了我，别让我再看见任何怀孕的女人！”她在梅利纳太太的背后说。

“她自己却希望呢。”雷提斯道。

“可她衣服有多难看。你没看见胸前耸起个大褶子，下摆变得短翘翘的，一走动就往前凸出？她真是一点儿没风度，一点儿没办法，不知道稍微修饰一下自己，遮掩住她的丑态。”

“别管啦，”雷提斯回答，“时间会帮助她的。”

“要是孩子能从树上摇下来，”菲莉涅嚷嚷道，“那总会美一些。”

男爵走进来，代表一大早就动身了的伯爵和伯爵夫人向他们讲了几句勉励的话，赠送他们了一点儿礼物。随后他去看威廉，见他正与迷娘一块儿待在隔壁房里。小姑娘今天显得友好而热情，她问起威廉父母兄妹和亲戚的情况，借此提醒他，该给家里的人一点儿消息了。

男爵除代表老爷夫人向威廉告辞以外，还特别告诉他，伯爵对他的为人，对他的演技，对他的剧作，对他为戏剧艺术所做的努力，都非常满意。随后，为了证明伯爵确实这么想，他便拿出一个荷包，只见透过美丽的薄绸子，包中闪烁着一块块新金币迷人的光泽。威廉倒退了一步，拒绝接收这礼品。

“请把这礼物看作是对您所花时间的补偿，”男爵继续说，“看作是对您的辛劳的承认，而不是对您的天才的报酬。如果这样做能为我们赢得好名声，赢得人们的好感，那我们也就值得同时努力去筹集资金，满足我们种种生活的需要。我们到底还不只是精神哦。倘使我们在什么都买得到的城里，那也许可以把这一小笔钱变成一只表，一枚戒指，或者其他别的什么东西。可现在我只好把魔杖直接交到您手中，把它变成您最喜欢和最有用的宝贝吧，同时保存起来作为对我们的纪念。再有这个荷包也请您好好珍惜。它是夫人们亲手绣的，她们希望以它为包装，礼物会显得完美。”

“请您原谅，”威廉回答，“接收这礼物我真是为难，真是下不了决心。它似乎将抹去我所做的一点点事情，妨碍我自由地回忆一段幸福的经历。在需要了结什么的时候，钱是一种好东西；可我不希望，在贵府的记忆里，我会完全给了结掉。”

“这是两码事，”男爵回答，“不过，以您自己的敏锐、细心，您该不会要求伯爵老是想着欠您的情吧。他可是一位把细心关照他人，待他人正直，看作是最大荣耀的男子汉啊。他不会注意不到您出了多少力，不会注意不到您为实现自己的意图，如何牺牲了全部的时间，是的，他还知道为了加快准备的进度，您不惜花费掉自己的金钱。我要不能肯定地告诉他，他的谢意使您感到了快乐，我怎么好再去见他呢？”

“如果我只考虑自己，如果我只依从自己的感情，”威廉回答，“不管有多少理由，我仍将顽固拒绝接受这份礼物，虽然它是这样美好、这样高雅。不过我也不否认，它在置我于尴尬境地的同时，也解除了我迄今一直在自己家人面前感到的尴尬，一直使我内心十分苦闷的尴尬。我既没有开支好自己的金钱，也没有支配好自己的时间，没法向亲人们做出交代。而今亏了伯爵大人的美意，我有可能心安理得地带给我的亲人们消息，说我在这条奇异的支路上找到了幸福。为了履行一种更高的义务，我牺牲了在这类情况下像敏感的良知一样提醒我们的自爱。为了能无愧地去见自己的父亲，我便在您的面前感觉到惭愧。”

“真是奇怪，”男爵说，“从朋友和恩人手里收受任何别的赠品都心怀感激，高高兴兴，接受起钱来却会有这么些莫名其妙的顾虑。人性还多的是类似的怪癖，喜欢制造出这样的疑虑，并且精心加以培养。”

“在一切攸关名誉的问题上，不都是这样吗？”威廉反问。

“对对，”男爵回答，“包括其他一些偏见也是。我们之所以不愿铲除它们，就怕的是顺带着把一些香草也给拔掉了。不过每当某些人发现自己能够也允许超凡脱俗，就总使我感到高兴。我于是欣慰地想到那位睿智的诗人的故事：他为一座宫廷剧院写了几出戏，得到了皇上满心的赏识。‘我得好好地奖励他。’这位大度的君主说。于是朝臣向剧作家了解，他喜不喜欢什么珠宝，或者他是否不屑于收受金钱的馈赠。针对这位使者的问题，剧作家十分风趣地回答道：‘我万分感激圣上的恩典，既然圣上他每天都在从我们的袋里拿走金钱，我不明白，为什么我就要耻于拿他的钱呢？’”

男爵刚一走出房间，威廉立刻数起他心目中的这笔意外之财，甚至不义之财来。当光灿灿的金币从精制的荷包里滚出来时，他似乎已初次预感到了面前这些黄金的价值和珍贵，而通常，我们是要上了年纪才会有此体会的。他算了算，特别是考虑到梅利纳答应要马上还他那笔借款，发现自己现存的钱，刚好跟菲莉涅向他索要第一束花那天一样多，不，甚至还多出了一点儿。审视着自己的天赋，他暗自感到心满意足。面对曾引导和伴随他的幸运，他颇有一点儿得意。他随即信心十足地提起笔来写信，这封信将一下子解除他家庭的所有困窘，使他在此之前的所作所为变得十分光彩。他避免叙述事情的经过，而只是神吹一通，让家人去猜想他可能的经历。他的钱包鼓胀，他凭本领挣钱，他赢得了大人们的恩典、女士们的青睐，他交游广阔，他的体魄和精神都得到了锻炼，他对未来充满希望——如此一座美妙的空中楼阁，恐怕连海市蜃楼也不会来得更加稀罕神奇。

信写完以后，威廉仍怀着同样幸福的心情继续自我陶醉，把信上的内容演绎开来，为自己描绘出一个有为而又荣耀的前程。那许多高贵的骑士的榜样鼓舞着他，莎士比亚的戏剧给他展开了一个新的世界，从美丽的伯爵夫人的唇吻间他吸吮了难以描述的爱火——这一切一切，都不可能，也不应该没有效果啊。

厩长来问他们是否已经打好行李。可惜除了梅利纳，还谁都没有想到这件事。现在得赶紧动身，伯爵答应派人送全团几天，马匹已经准备好了，不可能长时间耽搁下去。威廉问自己的箱子，它让梅利纳太太给占用了。他要梅利纳先生还钱，钱也已细心藏在了箱子底上。菲莉涅说：“我的箱子还有空位。”说着就抓去威廉的衣服，命令迷娘把其余的东西也送去。威廉并不情愿，却只好由她。

在往车上装行李和准备启程时，梅利纳说：

“真讨厌，咱们将跟杂耍班和流浪艺人似的上路！我希望迷娘换一身女人衣服，弹竖琴的老头赶紧把胡子剃掉。”

迷娘紧紧靠在威廉身旁，情绪激昂地说：

“我是个男孩儿，不是女的！”

竖琴老人默不作声。菲莉涅却趁机取笑起伯爵，取笑起她这位恩人的某些怪僻来。

“竖琴老人要是刮掉了胡子，”她说，“那得好好把它缝在布条上保存起来，以便将来在世界上任何地方再遇见伯爵老爷，就立马取出来戴上。因为想得到老爷的赏识，他就全靠这胡子啦。”

大伙儿逼着菲莉涅解释她这奇谈怪论的意思，又听到了下面这番话：

“伯爵相信，一个演员在日常生活中继续演他的角色，保持他的个性，对激发观众的幻象大有裨益，所以他才那么赏识老学究嘛。同样，他觉得竖琴老人不只晚上登台时要戴假胡须，在白天也应该一直戴着才是。他就喜欢这虚假的本来面目呗。”

其他人一齐嘲笑伯爵的怪想法和谬误，竖琴老人乘机拉威廉到一边，向他告别，并且眼泪汪汪地求威廉马上放他走。威廉劝他别这样，保证保护他不受任何人的欺侮，他自己要不乐意谁也别想动他一根汗毛，更别说剃掉他的胡子。

老头听了十分激动，眼里闪烁着异样的光芒。

“促使我走的并不只是这一个原因，”他大声说，“好久以来，我就在暗暗责备自己不该留在您身边。我不该在任何地方停留，因为不幸总是追赶着我，损害与我做伴的人。您要不放我走，就万事都有危险，但别问我为什么。我不属于我自己啊，我不能留下来！”

“那你属于谁呢？是谁对你握有这么大的权力？”

“我的主人哦，让我保住自己这可怖的秘密，放我走吧！追逐我的复仇者不是尘世的法官，控制着我的是无情的命运。我不能留下，不允许留下！”

“以我所见的你眼前的情况，我肯定不能放你走。”

“我要再犹豫踌躇，我的恩人啊，就是对您的背叛。我待在您身边倒是安全了，而您却有了危险。您不知道，您留在身边的是个什么人。我是有罪啊，可还更加不幸。我的存在会吓跑幸运之神，我一掺和，好事全不会成功。我只能流浪、漂泊，免得我不幸的护神将自己赶上，他只是慢慢地追逐着我，只是当我把脑袋搁在枕上休息的时候，才现出形来。我感激您的最好方式，就是离开您。”

“真是个怪人！可你丝毫不能动摇我对你的信任，减少我使你幸福的希望。我不愿探究你那些愚妄的秘密，可你既然是生活在一些奇异的纠葛和幻想的预感之中，那我为了安慰和鼓励你，就对你说：把你自己和我的幸运结合起来吧，让咱们瞧一瞧，看谁的护神最强大，是你那黑色的护神呢，还是我白色的护神！”

威廉抓住机会对老人说了一些安慰的话；一些时候以来，他自信已看出他这奇怪的旅伴是个偶然地，或者受命运的捉弄而身负重罪的人，而今就永远拖着犯罪的记忆无法摆脱。就在几天前，威廉还听见他唱的歌，并大致记住了下面的几句：

晨曦用熊熊的火焰
为你染红了地平线，
可在你有罪的头顶，
美丽宇宙已然塌陷。

不管老人说些什么，威廉总找得出更强有力的论据来使一切转变到好的方面，讲起话来总是那样在理，那样诚恳，那样令你感到宽慰，老人好像也有了生气，不再想入非非。

第　二　章

梅利纳领着剧团，已有了在一座虽然小但却富庶的城市里落脚的希望。他们到了伯爵的马匹预定送他们去的地方，需要另外找车和马继续前进了。梅利纳承担了运输的费用，但其他方面却照老习惯表现得异常抠门。威廉正好相反，他数着袋里伯爵夫人赠送的美丽金币，相信完全有权痛快地花上一花啦，轻轻松松地就忘记了在写给家里的那封信上，自己已将这笔钱大吹特吹。

至于他的朋友莎士比亚，他现在也极乐意视其为自己的教父，因此更喜欢人家叫他威廉这个名字了。[①] 莎士比亚让他认识了一位王子。这位王子长时间混在一些低贱，甚至恶劣的人们中间，不顾自己出身的高贵，而以这伙完全沉溺于感官之乐的家伙的粗鲁、笨拙和愚蠢行径为乐。这样一个典型人物极合威廉的心意，他拿此人比较自己眼下的境况。他原本感到有一种自欺的倾向几乎无法克服，这样一来心情就轻快异常了。

他开始考虑该穿怎样的服装。他觉得一件小背心，必要时再披件短外套，是漫游者最适宜的装束。还有一条长线裤，一双系鞋带的靴子，似乎才真适合步行时穿。接着，他又买了一条漂亮的丝带，一开始借口是用来保暖。反之，为了解除领结对脖子的奴役，他让人给自己的衬衫上缝了几条粗麻布，只是布条宽了一点儿，看上去就完全变成古典时期的领子啦。至于作为对玛利亚娜的纪念而抢救出来的那方美丽丝巾，现在仍松松地系在粗麻布的宽大领子底下。如此这般，再加一顶系着彩色丝带、插着大束羽毛的圆礼帽，

---

① 莎士比亚的名字也叫威廉。

威廉的整个装扮就完满了。

女人们担保说，这身装束对他再合适不过。菲莉涅更做出完全给迷住了的样子，请威廉把剪下来的美丽头发送给她。他为了更接近自然的理想，狠心地剪短了头发。菲莉涅这一手颇得咱们朋友的欢心。他由于慷慨大方，获得了以亨利王子①的方式与其他人交往的特权，没过多久就真来劲啦，发起和促成干了好几件蠢事。大伙儿又是击剑，又是跳舞，发明了种种的游戏，只要碰上勉强可喝的酒就纵情滥饮一气。在昏天黑地的日子里，菲莉涅时刻窥视着那位脆弱的英雄，教他的守护神不能不为他担心。

这帮戏子最喜欢的消遣，就是做即兴模仿和嘲弄他们先前的东家和恩人的表演。有几个家伙把那些贵人不同的外表特征模仿得惟妙惟肖，赢得了其他人热烈的喝彩。菲莉涅有过不少贵人向自己表白爱情的经验，现在她从她的秘密档案库里精选了几段出来表演，把大伙儿笑得和幸灾乐祸得忘乎其形。

威廉骂这帮人忘恩负义。他们却回答自己所获得的一切都是辛辛苦苦挣来的，而且老实讲，那些地方对待有贡献的人——他们自诩是这种人——的态度并不怎么样。于是便开始抱怨，人家如何轻视他们，如何怠慢他们。接着又开始嘲讽、挖苦和模仿，而且是越来越恶毒，越来越不近情理。

"我希望你们的言谈别掺杂进嫉妒和自私，"威廉说，"要用正确的观点去看待这些人和他们的情况。一生下来就处于人类社会的上层，事情已很特别。大量的遗产使他们生活十分轻松，从小身边就围绕着人类生存必需的附加之物——请允许我用这么个词，就应有尽有，多半会习惯视它们为人生最首要和最重大的东西，不怎么清楚那由自然美丽地装饰起来的人性，才真正有价值。贵族们对待低贱的人以及他们相互对待的态度，都是以外部特征来衡量的。他

---

① 指莎士比亚剧本《亨利四世》中的亨利王子。

们看重每一个人的头衔、品级、衣着和车马，就是不重视他的贡献。”

对这番话，大伙儿报以狂热的喝彩。他们恼恨有贡献的人总是遭到歧视的现实，恼恨在上流社会里，人与人之间的交往丝毫没有自然和诚恳可言。特别对后面这点，他们更是越说气越大。

“别因此骂他们，”威廉大声呼吁，“而是可怜他们吧！因为对那发自天性的内在而丰富多彩的幸福，对我们视之为最高幸福的幸福，他们多数情况下都缺少敏感。只有我们这些很少财产甚或一无所有的穷人，才能充分享受友谊的幸福。我们不能为自己所爱的人加官晋爵，赐给他们富贵荣华。我们有的只是我们自己。我们必须把自己全部献出来，如果这有几分价值，能保证我们的朋友永远幸福。对于奉献者和接受者来说，这都是何等的享受，何等的幸福哦！忠诚的友谊把我们领进了何等的极乐境界！它给短暂的人生以天国的实在，构成我们财富的主要部分。”

听着威廉的这段话，迷娘渐渐走近了他，用胳膊搂住他的身子，把小脑瓜贴在他的胸前。威廉用手抚摸着小姑娘的头，继续道：

“大人物们太容易争取人心啦！太容易占有人心啦！只要态度和蔼、殷勤，只要合乎情理，就能创造奇迹。而他们使人保持忠心的手段多得是。可我们呢，一切都更稀罕，一切都更困难，因此便自然而然地极珍视自己已经挣得的东西，已经做到的事情。一些舍己为主的义仆的典范，有多么感人啊！莎士比亚为我们塑造的这类人物，多么栩栩如生！在这种情形下，忠诚就是一颗高尚心灵向比自己伟大的人看齐的努力。通过持久的依从和爱，仆人变成与主人一样的人了，而一般情况下，主人却有权将他看作一个付了工钱的奴仆。是的，德行只为下等的人而存在。他们缺少不了德行，德行是他们美丽的衣裳。一个人能轻易地报答他人，也能轻易受到诱惑，变得对他人不知感恩。是的，在这个意义上，我相信可以断言，大人物可能有一些朋友，却不可能成为朋友。”

迷娘越来越紧地偎依在他身旁。

“那好吧，”众人里边的一个说，“咱们不需要大人物的友谊，也从未要求得到这种友谊。只是他们既然想要保护艺术，就该多懂得一点儿艺术才好。我们演得再出色，也没谁买账，一切全凭关系。谁得宠，谁就讨他好；真配他叫好的人，却不受赏识。难以容忍的是，往往愚蠢、乏味的表演倒赢得了喝彩和掌声。”

“要我来讲幸灾乐祸和讥嘲讽刺是怎么回事，”威廉回答，“我想在演戏和恋爱时是一样的。平常的人在漫不经心的生活里照样希望保持内在的自我，就像艺术家想创造完美的作品必须始终保持着它一样。这种情况就连观众也不陌生，如果他想如艺术家希望的那样去很好地理解作品的话。

“相信我吧，我的朋友，天才和德行的情况一样：人必须为了它们本身的缘故要么去爱它，要么完全将它放弃。要认识它们，给它们报偿只有一个办法，那就是像对待一桩危险的秘密似的，坚持悄悄地练习它们。”

“可等到识货的人来发现时，咱们早饿死啦。”角落里有谁嚷嚷。

“不会马上饿死。”威廉回答，“我经常看见，人多会活着并且能动弹，他就总找得到饭吃，尽管那饭不怎么丰盛。你们到底有什么好抱怨的呢？咱们不正好在看来最倒霉的时候，出其不意地碰着好事，受到了不错的接待吗？现在咱们啥也不缺，可想到了自己该练习练习，以求多少有些提高呢？我们管别人的闲事，自己该做的作业却忘在了脑后，就像一些个小学生那样。”

“真的，”菲莉涅附和道，“这叫不负责任！让咱们选个剧本，马上演起来吧。谁都必须尽量演好，就像站在广大观众面前似的。”

大伙儿没怎么考虑，就确定了剧本。这是当时在德国很叫好的剧目之一，眼下却同样已湮没无闻。几个人用口哨吹起了序曲，谁都很快考虑自己的角色，接着便开始演起来，演的极其专注，效果真的好得超出了预料。大伙相互鼓掌，过去很少相处得这样和睦。

戏演完了，所有的人都感觉格外痛快，一则因为时间过得很有意义，再则谁都特别满意自己。威廉起劲地赞扬他们，大伙儿谈得越发兴奋、快活。

“你们瞧瞧，”威廉说，“要是咱们继续练下去，不满足于机械地背诵台词、排演和登台，就像匠人完成任务似的，那必定还有多大的长进。相比之下，音乐家应该得到更多的赞扬：他们在集体练习的时候，是多么认真，多么自得其乐啊！他们极其努力地校准乐器相互之间的音，极其精确地把握着节拍，极其敏锐地表现出每一个音符的强弱轻重！谁也想不到在别人独奏时去抢节拍，出风头。人人都力求按照作曲家的精神去演奏，完美地奏出该自己奏的乐段，不管它是多是少，是长是短。既然我们是在从事一种比任何乐曲都更加细腻的艺术，既然我们的天职是表现人类最寻常和最不寻常的思想感情，而且要表现得有声有色，耐人寻味，难道我们不同样应该认真从事，兢兢业业吗？有什么比在排练时马马虎虎，在演出中随性子和碰运气更可恶的呢？我们应该视彼此默契配合，达到相互都满意的效果，为自己最大的幸福和快乐。还有观众的掌声，只有我们内部也认为完全配得的时候，才值得珍视。为什么乐队指挥会比剧团的经理，更加自信呢？因为乐队的每个成员一旦出错，奏出了刺耳的音，都必定感到惭愧。可是，我却很少看见一个演员在犯了可原谅或不可原谅的错误，狠狠刺伤了观众心中的耳朵之后，也坦然承认和感到羞愧哦！我只希望舞台也窄得像走钢丝艺人的钢丝，没有哪个笨拙的家伙敢于踩上去。现在可倒好，谁都自认为有本事来上边露两下子。”

戏子们对这通说教都听进去了，因为谁都坚信指的并非自己，前段时间自己不是和其他人配合得挺好吗。相反，他们倒一致认为，应该坚持像开始这样愉快地合作下去，不管是在旅途中，还是将来继续共事。只是有一点，因为参与者都要心情舒畅并且自觉自愿，原本就没必要让一个班主来管着。大伙儿认为已成定论的是，在好人们中间最宜于实行共和政体，于是主张经理必须轮流坐庄，必须由大伙儿推选，并且经常有一个小小的参议会辅佐。戏子们对这个想法完全着了迷，要求马上付诸实现。

“我不反对，”梅利纳说，“如果你们愿意在旅途中做做尝试。我自愿中止经理职务，直到咱们到达目的地。”

他希望这样能省钱，或者把这个小小共和国的某些开支，转嫁到临时选举的经理身上。大伙儿随即热火朝天地讨论，怎样才能把这新的体制建设得完美。

“这是一个流动的国家，”雷提斯说，“咱们至少不会有边界争端。”

大伙儿立刻采取行动，选举威廉当了第一任经理。参议会也产生了，妇女们在里边有席位也有表决权。接着便开始提出、拒绝和通过法案。时间就这么不知不觉地玩过去了。由于过得挺痛快，他们就真觉得做了什么有益的事情，将用新的体制为祖国的戏剧舞台开辟新的前景。

第 三 章

威廉看见眼下剧团的状态不错，于是希望和大家探讨探讨剧本的文学价值问题。第二天，他们又聚到了一起，威廉便说：

“作为演员，一般地读读剧本，有了第一个印象就下判断，不加研究便表示自己的好恶，是不够的。观众也许可以如此，他只希望受到感动，得到消遣，原本不愿意做出批评。演员却相反，应该对剧本心中有数，对它获得称赞与遭到指责的原因心中有数。如果不善于进入剧作家的内心，深谙剧作家的意图，他哪能如此呢？只从一个角色出发来评判剧本，只就角色观察角色而不是联系着整个剧本进行观察，是这些天我在自己身上清楚地察觉到的一个错误，很想给你们讲讲我这个例子，如果你们乐意听的话。

“在伯爵府里一次令你们极喜欢的朗诵会上，你们已经知道莎士比亚那无与伦比的《哈姆雷特》。我们决定演这个戏，于是我冒冒失失地就担当起了王子一角。我开始背诵那些最动人的台词和独白，背诵那些内心的力量、精神的昂扬和情感的活跃得以自由发挥的场次，背诵那些心灵的激动得到最富激情的表现的场次，心想这就是对角色进行研究啦。

“当我给自己压上深沉忧郁的重负，背着这重负跟随我的榜样走去，力图闯出那由他的许多怪僻和奇思异想构成的罕见迷宫，我也真以为在深入角色的精神啦。如此背诵着台词，练习着表演，我渐渐觉得和主人公变成了一个人。

“可是我越往前走，越难以对整体进行设想；到了最后，我似乎已完全不可能纵观全局。于是我又一口气通读了剧本一遍，遗憾的是这时也发现有什么不对劲。不久，人物的性格之间以及性格与表现之间，好像就相互矛盾起来了。我简直不相信还能找到一种完整表现自己角色的调子，包括表现他所有的性格行为变异和色调。在这迷宫中我瞎闯了很久，终于有了通过一条十分特殊的道路接近自己目标的希望。

“我寻找能表现哈姆雷特早年，也即他父亲去世之前性格的蛛丝马迹，留意未受这悲惨变故和后来的恐怖事件影响时，这位有趣的少年是什么样子，以及也许会成为什么样子。

“他是御苑中的花朵，直接承受着帝王的恩泽，生得娇嫩而又高贵，心中同时萌生着善良、正义之感和出身显赫的意识，也知晓皇家的权利和尊荣。他是位君王，天生的君王，因此也希望治理国家，使善良畅行无碍。他仪表堂堂，禀性纯善，待人诚恳和蔼，理应成为青年的典范，世界的欢悦。

“没有特别的激情迸发，他对奥菲莉亚的爱情，只是甜蜜欲求的静静的预感；他热心骑射练习不完全出自本意，而是看见别人因此受到赞扬，才坚定了决心，提高了兴致。他感情纯真，能识别忠诚的人，懂得珍视一颗正直的心在朋友坦荡的胸怀享受的宁静。通过学习，他已在相当程度上辨别得出并正确评价艺术和科学里的善与美。他讨厌庸俗无聊，柔嫩的心中如果说也萌生出恨，那也仅仅只是必须用来鄙视那班两面三刀的虚伪臣僚，对他们进行戏弄和讥刺。他风度稳重，行事质朴，既不好逸恶劳，也不急于事功，即使在宫里仍像过着悠闲的学士生活。他的快乐多为兴之所至，而不是发自深心。他是个好游伴，宽容、谦虚、关心他人，能原谅和忘记别人对自己的冒犯，但永远不会和一个越过了正直、善良和正义界线的人结为知己。

“咱们如果再一道读这个剧本，你们就可以判断，我的路走得对不对。我至少希望，能用一些段落完全证实我的看法是对的。”

同事们为威廉的讲述热烈鼓掌，相信哈姆雷特的行为方式已经能得到很好的解释。大伙儿高兴像这样深入剧作家的内心世界，谁都有决心要用同样的方法钻研一部剧作，展示出剧作家的本意。

第四章

剧团在此地只需停留几天，可是团里这个那个立刻闹出了一些并非不愉快的乱子，特别是雷提斯迷上了一位在附近有座庄园的太太，可表面上却对人家极为冷淡甚至无礼，因此不得不忍受菲莉涅许多的讽刺奚落。菲莉涅趁机给我们的朋友讲了他不幸的恋爱经历，说就是由于这次失恋，可怜的小伙子就成了所有女性的仇敌。

“谁能责怪他仇视女性呢?”菲莉涅高声道，“女人狠狠地耍了他，让他一口喝下了男人通常害怕在女人处尝到的所有各种苦酒?您想想看：在二十四小时内，他既当了情人、新郎和丈夫，又当了乌龟、病人和鳏夫！我真不知道，还有什么能使一个男人更加痛苦。”

雷提斯笑也不是，恼也不是，一溜烟跑出了房间。于是菲莉涅便以她极其可爱的方式，讲起他的故事来：雷提斯当时还是个十八岁的小年轻，刚刚进了一家剧团就碰上个十四岁的漂亮小姑娘。姑娘的父亲跟剧团经理闹翻了，正准备离开。雷提斯对小姑娘一见钟情，想方设法劝她的父亲留下来，并在最后答应了娶她。在愉快地当了几小时情人之后便结婚，度过了幸福的新婚之夜，可第二天早上，年轻的新郎排练去了，他妻子就老大老实地给他戴上了顶绿帽子。由于太迷恋太太了吧，小伙子早早地往家里赶，遗憾的是发现已有位年纪大些的情郎取代了自己的地位，于是疯了似的和人厮打起来，并要求与奸夫和岳父决斗，结果伤得不轻。太太和岳父当晚便溜之大吉，雷提斯可惜受到了双重创伤，只得留了下来。更倒霉的是他找到了世界上最蹩脚的军医给自己治伤，结果可怜的人落下了满口的黑牙，一双风泪眼。他实在教人同情哦，原本是上帝的这个地球上最最诚实的小伙子。

“特别教我遗憾的是，这可怜的傻瓜从此仇恨女人，”菲莉涅说，“要知道，一个人仇恨女性，怎么活得下去哟?”

梅利纳打断了她，通知他们一切准备就绪，明天一早继续前进。他交给了他们一张车辆分配名单。

“只要有个好朋友把我抱在怀里，”菲莉涅说，“我就心满意足，不管坐得再挤再差；其他全都无所谓。”

“真是一点儿无所谓。”雷提斯也来凑热闹说。

“讨厌透了!”威廉边说边往外跑。他自己花钱，雇了一辆梅利纳不肯提供的舒适一些的车。于是另行安排了座位，大伙儿正在高兴可以舒舒服服地上路了，突然传来令人不安的消息：在他们打算走的那条路上，不时有散兵游勇出没，看来不会干什么好事。

尽管消息似是而非，模棱含糊，当地人却十分重视。根据双方大部队的位置判断，似乎不会是一股敌军流窜过来了，也不像是一支远远地掉在了后边的友军。谁都热心地指出剧团面临的局面真是危险得很，并建议他们走另外一条路。

大多数团员都因此心惊胆战，于是按照新实行的共和制召开全体国民大会，商讨对这非常情况的对策，结果意见几乎完全一致：必须避免冒险，要么留在原地，要么绕开走另外一条路。

只有威廉不觉得可怕，认为仅仅由于一点儿谣传，就放弃经过反复考虑才定下来的计划，是可耻的。他叫大家鼓起勇气来。他的理由既有男子气，又具说服力。

“还有，”他说，“这不过是个谣传罢了，而类似的谣传在战争时期真叫满天飞！理性的人定会说，这种事极不现实，是的，甚至几乎不可能。难道咱们想干一件大事业，能受这道听途说的左右?伯爵大人给咱们定的路线，咱们护照上注明的路线，是最近的了，而且路也最好走。沿着它，我们可以走到你们有熟人和朋友的那座城市，可望受到良好的接待。换一条路自然也能去到那儿，只是咱们将碰上怎样的烂路，将要绕多远！咱们有希望在年底前转出来吗？这中间要浪费掉多少的金钱和时间！”

威廉还讲了许多，还从一些个有利的方面对事情进行分析，使得大伙儿的担忧渐渐减少，勇气慢慢恢复。他一方面大谈正规军的风纪如何如何好，另一方面把那些散兵游勇和盗匪流氓说得不堪一击，甚至危险的遭遇经他一描述也变得可喜而又有趣，所有的人因此都放宽了心。

雷提斯一开始就站在他一边，保证绝不动摇后退；唠叨老头至少也按照他一贯的风格，说了几句赞同的话；菲莉涅则对所有的人通通一律取笑；梅利纳太太尽管大着个肚子，却不改其大胆豪放的天性，称威廉的建议有种；这样梅利纳也就不好不赞成，自然他还指望走原来自己已同意的那条路能省一大笔钱。于是，大家打心眼里接受了原路不变的建议。

这时候，为防万一，便着手做防御的准备。大伙儿买来一些长猎刀，用编织得很好的皮绳挎在肩上。威廉除此之外还在腰里插了两支火铳，雷提斯则加了一条很好的猎枪。一行人就这么兴高采烈地上了路。

第二天，熟悉当地情况的车夫建议，他们中午最好去一处林中的坡地上休息，因为村子离得很远，天气好的时候，人通常都喜欢走这条路。

天气确实挺好，谁都容易赞同这样一个建议。威廉徒步赶到了前边的山里，任何人碰见他这稀奇古怪的样子，都必定会愣住。他迈着迅速而得意的步伐登上林中坡地，雷提斯吹着口哨尾随在后边，只有女人们仍旧坐在车里摇晃。迷娘同样在旁边步行，为大伙在武装自己时没法夺走的那把猎刀感到骄傲。她给自己的帽子围上了一条珍珠项链，是威廉保存下来的玛利亚娜的纪念物。金发的弗里德利希扛着雷提斯的猎枪。竖琴老人看外表则最和平善良，他把长袍扎在腰带里，行走起来更加自如。他拄着一根树结疤拐杖，乐器放在了车里。

一行人不无困难地爬上高坡，一眼看见车夫所说的休息地，在一些美丽的山毛榉树环绕和遮盖之下。一大片微微倾斜的林中草坪，邀请旅人停下来休息。还有一眼围起来的泉水，提供着清凉甘甜。在泉水的另一边，穿过峡谷，越过山脊，更展现出一幅美丽而充满希望的远景。那，在绿野之中，静卧着一些村庄和磨坊，在平原上，坐落着不少城镇。再远处又耸立着新的高山，像一道稀疏的围栏似的，使后边的景色更加诱人。

先到的几位占据了上面说的这个位置，在树荫下休息，并忙着一边生起篝火，一边唱着歌，等着其余的人慢慢赶上来。对这片憩息地，对这晴好的天气，对眼前这无法描述的美景，大伙儿都异口同声地大加赞美。

第五章

如果说在四壁之间，大伙儿已常常享受一些美好、快活的时光的话，那么到了这里，面对着开阔的天空，美丽的景色，人人都心旷神怡，自然就更加激动兴奋。大家都感到相互更加亲近了，谁都希望在这样一个宜人的环境里了此一生。他们不由得羡慕起猎人、烧炭夫和樵夫来，这些人能终生住在这幸福的居所，从事自己的职业。可是，一群吉卜赛人的营生，更教他们赞不绝口。他们羡慕这帮奇异的人，能优哉游哉，无所事事，却有权享受大自然的一切浪漫刺激。要是能多少像他们那个样子，就快活喽。

这期间，女人们已开始煮马铃薯，并且打开带来的食品，做野餐的准备。篝火旁蹲着几只罐子，其他人三五成群地躺在大树下和草丛中。他们的奇装异服和零零散散的武器，教人看起来很是异样。马已牵到一旁去吃草，要是再将车辆通通藏起来，这一小群怪人的样子真会让人想入非非。

威廉享受着从未感受过的愉快。他在这里可以把剧团想象成一个游牧部落，把自己想象成部落头领。他就怀着这样的妄想和每个人交谈，以使这幻觉尽可能变得富有诗意。大伙儿越来越兴奋，都在吃着、喝着，反复庆幸、反复强调这一辈子还从来没有这么快活过。

然而这样的快活没有继续下去，年轻人就已经待不住了。威廉和雷提斯取来练习剑，开始按照演出的需要进行练习。他们打算排演哈姆雷特和仇人决斗，结局却很悲惨的那场戏。在这场重要的戏里，朋友俩都坚信，不能只像通常在一些舞台上那样笨拙地戳来戳去。他们想树一个样板，让真正的剑术行家看着演出也过瘾。大伙儿在他俩周围围成一圈，两人斗得认真而又精彩，观众的兴致越来越高。

谁知蓦然间，旁边的树丛中传来一声枪响，紧接着又是一枪，众人吓得四处逃奔。很快就看见一伙儿武装汉子，朝着停放行李车的地方逼过来。马匹仍在不远处吃草。

女人们一起发出惊叫，咱们的英雄却扔下练习的宝剑，拔出火铳，飞快向强盗们冲去，愤怒地警告他们别干坏事。

对方二话没说，便射来几枪，威廉只好瞄准一个爬到行李车上正在割绳子的卷毛匪徒，按下了扳机。被命中的家伙立刻掉到了车下，雷提斯同样弹不虚发。当一伙儿匪徒诅咒着，咆哮着，朝他俩扑来，朋友二人便拔出猎刀，勇敢地冲上前去；匪徒们却以枪弹和寒光闪闪的刀剑，来对抗他们的大无畏精神。我们年轻的英雄表现得勇敢极了；他俩边战斗，边鼓舞其他演员的士气，叫大伙儿一块儿进行抵抗。可是不久威廉便感到眼前一黑，失去了知觉。他在胸脯和左臂之间受了枪伤，帽子给一刀劈开了，几乎伤着脑壳，所以晕倒了。只是事后听别人讲述，他才了解了战斗的不幸结局。

威廉再睁开眼来时，发现自己的处境极为古怪。他眼前还朦朦胧胧的，透过这朦胧首先看见的，是悬在他自己脸上的菲莉涅的脸。他感觉很虚弱，动了动想要坐起来，这才发现自己躺在菲莉涅怀里，但没坐稳又重新倒了回去。菲莉涅坐在草地上，把躺在她面前的年轻人的头轻轻抱在胸前，努力让自己的怀抱变成他柔软的卧榻。迷娘跪在他脚边，头发散乱，满是血污，滚滚的泪水滴湿了他的双脚。

威廉看见自己衣服上有血，便嗓音嘶哑地问这是在哪里，其他人情况怎样。菲莉涅求他保持安静，告诉他别的人都安然无恙，只有他和雷提斯受伤了。此外她便什么都不肯说，只恳求威廉静静躺着，因为他的伤口只是草草地包扎了一下。他把手伸给迷娘，问小女孩儿卷发上怎么会有血污，以为她也受伤了。

为了叫他放心，菲莉涅才告诉他：好心的姑娘看见自己的朋友受伤了，就不顾一切地飞快跑上来替他止血，把自己盘在头上的辫子扯下来堵他的伤口，然而很快就发现没有用，只得放弃了。随后大伙儿用海绵和苔藓给他包扎起来，菲莉涅则牺牲了自己的一条纱巾。

威廉发现，菲莉涅背靠着自己的箱子坐着，箱子还锁得好好的，一点儿不像损坏了的样子。他问姑娘，其他人是否这样幸运，也救出了自己的家私。菲莉涅耸了耸肩，同时瞟了草地一眼。只见草地上到处扔着砸破了的木箱、皮箱，割破了的背囊，以及大量的小用品小什物。四周却没有一个人，只有他们这奇怪的一群孤零零地留在草地上。

经他要求，威廉于是慢慢了解了更多的情况：其他一些本来也可以抵抗的男人，一下子就给吓住和制服了，一部分逃之夭夭，一部分惊恐万状地看着不幸发生。车夫们为了自己的马匹还顽强地坚持了一阵，最后被打翻在地，捆了起来。强盗们很快将财物洗劫一空，能拖的都拖走了。惊慌失措的旅行者们一等不再有性命之虞，立刻哭喊自己的东西丢了，随后急急忙忙逃向附近的村子，带走了伤不重的雷提斯，以及各自残剩的财物。竖琴老人把他损坏了的乐器靠在一棵树干上，跟着去了村里，想找一位外科大夫来尽可能抢救自己留在草地上的恩人，虽然他当威廉已经死了。

第 六 章

这期间，我们三位不幸的冒险者仍处于他们那奇特的状态，谁也没有赶来救助他们。已经到了傍晚，眼看夜幕就要降临，无所谓的菲莉涅开始变得不安，迷娘则在旁边跑来跑去，小姑娘显得越来越烦躁了。终于，天遂人愿，有人向他们走来，但却又使他们产生了新的恐惧。他们清楚地听见有马队正沿着自己曾走过的路往上走，担心莫不是另一伙儿不速之客又来打扫战场了吧。

他们是何等的惊喜哦！他们看见，从树林中骑着一匹白马朝他们走来的，竟是一个女子，后面跟着一位老先生，还有几名骑士。接着，又跟上来了一些马夫、用人和一队轻骑兵。

菲莉涅惊讶得睁大了眼睛，正准备叫喊，请求那位漂亮的女骑士帮助，谁知人家也把目光投向这奇怪的一群，立刻带转马头走过来，停在了他们跟前。女骑手急切地询问受伤者的情况，见他这么躺在一个轻佻的女护士怀里，她觉得奇怪极了。

“他是你丈夫？”女骑士问菲莉涅。

“他只是我的好朋友。”菲莉涅回答，声音令威廉十分反感。

他的目光被来人那柔美、高贵、宁静和充满同情的容貌给牢牢吸引住了，相信自己从来没有看见过什么能比她更加高贵、更加可爱的东西。一件宽大的男式斗篷掩盖住了她的身材，看样子是为挡傍晚的寒气，她从自己的一位旅伴那借来了斗篷披上。

其他骑士也走近了，有几个下了马。漂亮女骑士同样下马来，极其和善和关心地询问旅行者遭遇不测的详情，特别是躺在地上的青年伤势如何。随后她迅速转过身，与那位老先生一起走向旁边已爬上坡来停在了那的马车。

年轻女子站在车门边，和车上的人谈了几句，一个身材矮胖的男人便爬下车，跟着她来到了我们受伤的英雄跟前。从男人手里提的小箱子，还有那只装着器械的皮包，马上可以断定他是位外科大夫。他的举止与其说温柔，不如讲粗暴，然而动起手来却轻捷灵敏，救治也挺得法。

他做了仔细检查，宣布伤势都不危险，马上包扎包扎，就可以把伤员送到邻近的村子里去了。

年轻女子的担心好像更加重了。

“您快瞧瞧，”她在草地上转了转，然后领着老先生又走过来，说，“您瞧瞧，他们把他打得好惨！他该不是替咱们吃苦了吧？”

威廉听见了最后这句话，但不明白是什么意思。女骑士不安地走来走去，像是没法把目光从伤员身上移开，但同时又怕继续站在那有伤体面，因为人们正开始困难地脱伤员的衣服。外科大夫割开威廉左手的衣袖，这时老先生就走到她跟前，语气严肃地提醒她必须继续赶路了。威廉目不转睛地盯着她，被她的目光给迷住了，几乎没有感觉到别人在对他做什么。

这期间，菲莉涅站起去吻小姐的手，和她并排站在一起，如此鲜明的对比威廉相信从来不曾看见过。菲莉涅从来不曾处于如此不利的地位。威廉觉得，她不该靠近这样一位天生高贵的形象，更别说与她接触。

小姐问了菲莉涅这样那样的问题，但声音很低很低。终于，她回到了那位仍然干巴巴地站在那的老先生面前，对他道：

“亲爱的舅舅，允许我拿您的东西慷慨一下吗？”说着便脱掉身上的斗篷，把它送给那位光身子伤员的意图再明显不过。

在此之前，威廉一直让她那慈蔼的目光给吸引住了，现在在那斗篷突然脱下的一刹那，更是对她优美的身段大吃一惊。小姐走了过来，把斗篷轻轻盖在他的身上。此刻，威廉张开嘴巴，想要喃喃说出几句感激的话，然而，面对这位女子鲜明的形象，他本已受了损伤的感官更感到莫名的激动，以至突然觉得她的头颅四周金光四射，接着整个身躯也淹没在了一片亮光之中。这时外科大夫正准备取他伤口里的子弹，手也重了起来。威廉倒回去，那圣女也就在他眼前渐渐消逝：他失去了所有意识。等他再醒过来，所有的骑士和车马，还有那位美人和她的旅伴，通通都不见了。

第七章

我们的朋友包扎好，穿上了衣服，外科大夫就急忙离开了。这时，竖琴老人正好领着一些农民爬上坡来。他们迅速砍下些树枝来编了副担架，把伤员放到上面。刚才那位小姐留了一名猎手下来，他骑在马上开路，其他人便抬着威廉慢慢走下坡去。竖琴老人默默地抱着自己损坏了的乐器，陷入了沉思；几个农民扛着菲莉涅的行李，她自己挎个小包慢慢在后面溜达；迷娘则在树林里前后左右忙乎，焦急地照护着自己受伤的保护人。

威廉裹在温暖的斗篷里，静静地躺在担架上。这细暖的毛绒织物，好像有一股电力传递到他的体内，一句话，他感到惬意之极。这斗篷美丽的女主人，对他产生了巨大的影响。他还看见斗篷从她肩上滑落，她娇贵的躯体裹着亮光，站在他眼前。他的灵魂却匆匆穿过峡谷和森林，紧紧追赶她已消失的倩影去了。

夜幕降临时，一行人才来到村子里的客栈前；其他人已在店中落脚，正绝望地述说着自己的损失难以弥补。店里唯一的小房间挤满了人，有的躺在草垫上，有的占据了长凳，有的挤在火炉背后。在隔壁一间房里，梅利纳太太正战战兢兢地等待分娩。惊吓使她的时间提前了。客店老板娘，一个没有经验的年轻妇女正在帮助她，看样子结果好不了。

新来的人要求进店，里边竟怨声四起。说什么怪只怪威廉瞎出主意，在他的带领下走这条险路，遭到了不幸。人们把倒霉归罪于他，堵在门口不放他进来，坚持他就该另寻安身之处。菲莉涅受到的对待更粗暴，竖琴老人和迷娘也好受不了。

受美丽的女主人慎重派遣来照顾伤员的猎人，耐心地听他们吵吵了不多一会，就对那帮人又是咒骂，又是威胁，命令他们挤紧一些，给后来的人腾出空地来。他们开始挪动。猎人便移了一张桌子到窗前，替威廉在桌上安排了个铺位；菲莉涅把箱子蹲在旁边，自己坐到上面。谁都能挤就挤。猎人随后便离开了，想看看能不能在什么地方为这对情侣找个舒适点儿的住处。

他刚一走，怨愤之声立刻又响起来，指责一个接着一个。人人都列举和夸大自己的损失，骂威廉的鲁莽大胆造成了严重的后果，甚至不掩饰对咱们的朋友被打伤的幸灾乐祸，也挖苦菲莉涅，把她挽救自己行李的手段方式，说成差不多跟犯罪似的。从各式各样的冷嘲热讽里，可以得出结论：在抢掠和战斗进行时，她却拼命讨好那个强盗头子，谁知用什么狐媚伎俩和手腕使他放过了她的箱子。他们讲她曾不见了好一会。菲莉涅不予回答，只是把箱子上的大锁碰得啪啦啪啦响，让她的嫉妒者清楚自己的箱子真的还在，以自己的幸运来增加这伙人的绝望。

第 八 章

威廉由于大量失血十分虚弱，心情也因那个仁爱的天使的出现而变得温和而宽容，但他到底还是气不过这些又冷酷又无理的指责。人们见他默不作声，更越是没完没了地发泄自己的不满。终于，他感到自己足够有力，可以坐起身来，批驳他们对自己的朋友和领袖的放肆无礼。他昂起扎着绷带的头颅，吃力地撑起身来，背靠着墙壁，开始讲了下面一席话：

“我理解每个人对自己所受的损失感到痛心，原谅你们在一个本该对我表示同情的时刻来污辱我，在我第一次期待你们帮助的时刻反对我，把我从你们身边推开。我曾替你们做过不少事，向你们表现了许多善意，我觉得由于你们迄今对我的感激，对我的友好，它们都得到了充分的回报。别引诱和逼迫我的心灵，让它回顾和回想我为你们做了些什么事。这样算旧账只会教我难堪、痛苦。我偶然和你们走到了一起，现实情况和一种秘密的爱好使我留了下来。我参加你们的工作，分享你们的快乐，我不多的一点儿知识也为你们所用。现在，你们狠心地把我们遭遇的不幸归罪于我，不曾想想走这条路的建议，不是最先由团外的人提出来，并经过了你们所有人的审议，就像获得我的赞同一样获得了你们每个人的同意吗？倘使旅行顺利完成，你们每个人都会为了这个好主意而自夸，说什么他幸好走了这条路，他这条路走对了，他将得意地回忆起咱们曾经为此进行的讨论，回忆起自己投的赞成票。现在你们叫我一个人负责，把罪过通通强加于我，如果不是我的良知为我辩护，是的，如果我不是仍然对你们存有希望，我真乐意接受。要是你们对我还有什么意见，那就请光明正大地讲出来，我是会替自己辩护的；要是你们没有什么站得住脚的话可讲，那就闭住嘴巴，别再来折磨我，因为我现在极需要安静。”

谁都无言以对，只是女孩儿们又哭了起来，不厌其烦地诉说着自己的损失。梅利纳完全失去了自制，他自然损失最多，比我们想象的都多。他像个疯子似的在狭窄的房间里冲来冲去，用脑袋撞墙壁，进行着最不堪的诅咒和谩骂。不巧这时老板娘又从隔壁跑了出来，报告他太太生了个死婴，他更是借机发疯发狂。其他人也伙着又哭又叫，又喊又闹，完全乱作了一团。

威廉既同情他们的处境，又厌恶他们思想卑劣，内心深受震动，尽管身体虚弱，仍感到自己的心灵充满了力量。他大声吼道：

“我几乎要鄙视你们，尽管你们也值得同情。没有任何不幸使我们有理由没完没了地责怪一个无辜者，就算我对这错误决定有部分责任，那我也已经做了补偿。我受了伤躺在这，要是剧团的行头掉了，我也损失最大。被抢走的服装，被毁了的布景，通通是我的。因为您，梅利纳先生，还没有还我钱呢！现在我宣布，不再要求您还钱。”

“您倒好，拿谁也再见不到的东西送人，”梅利纳回答，“还您的钱藏在我太太的箱子底上，它丢了怪您自己呗。可是，哦，这还不是一切啊！”

说着他重新开始捶胸顿足，谩骂哭叫。人人都想起了伯爵更衣间的那些漂亮衣服，那些别针、怀表、罐子、帽子，它们通通都是梅利纳太太从他那贴身仆人手里，很合算地换来的。人人脑海里都浮现出自己的那份宝藏，虽然它比起来要差劲得多。大伙儿懊丧地瞅着菲莉涅的箱子，暗示威廉，他和这美人联手真是不坏，托她的福也保住了自己的财物。

“你们真的以为，”威廉终于大声道，“在你们倒霉的时候，我还会拥有什么自己的东西吗？未必这是头一遭，我真诚地与你们共患难吗？把箱子打开来吧，凡是我的财物，我都愿意拿出来公用。”

“箱子是本人我的，”菲莉涅说，“多会本人不愿意，本人就不会打开它！我为您保管的那几件劳什子值不了俩钱，就算卖给最诚实的犹太人也是。为您自己考虑考虑吧，您治伤会有多少花费，您在异乡会遭遇什么。”

“菲莉涅，”威廉回答，“我的东西你什么也休想扣下，价值虽少，却可以使我们摆脱眼前的困境。然而，人还有帮助朋友的其他东西，它并不一定就是叮当响的钱币。我所拥有的一切，都应该奉献给这些不幸的人。他们一旦恢复理性，都一定会为自己现在的行为后悔。是的，”他继续说，“我感到你们需要帮助，也将尽可能地帮助你们。重新信赖我吧，让自己平静下来，接受我对你们的承诺！谁愿意代表大家，接受我的诺言？”

说着威廉伸出了他的手，喊道：

“我保证，不到每个人都两倍三倍地补回自己的损失，不等你们完全忘记自己眼下的困境——不管是谁造成的——并使它变得幸福起来，我绝不离开你们。”

他一直把手伸着，但谁也不愿去握它。

“我再一次承诺。”他大喊道，同时倒回到枕头上。

众人悄然无语，他们感到羞愧，但并未得着安慰。只有菲莉涅坐在自己的箱子上，嗑着从口袋里找到的果仁吃。

第 九 章

猎人带了几个人回来，准备把伤员转走。他说服了当地的牧师接待这对情侣。菲莉涅的箱子被抬走，她自己也自自然然地跟了去。迷娘打前站，等伤员一抬到牧师家，就给了他一张长期以来就准备在那接待贵客的双人床。到了这才发现伤口绽开了，流了很多血，必须重新包扎。伤员开始发高烧，菲莉涅忠心地守护着他，只有实在困得不行了，才由竖琴老人来顶替。迷娘决心通宵醒着，结果还是在屋角里睡着了。

第二天清晨，威廉好了一点儿，便从猎人口里得知：昨天帮助他的那几位贵人，为了躲避战乱，不久前离开了自己的庄园，准备去一个宁静的地方等待和平。猎人说出了那位老先生和他外甥女的姓名，以及他们首先打算去的地方，并且告诉威廉，小姐是如何殷切地嘱咐他，要照看好这几个被遗弃了的人。

威廉听罢，对猎人真是千感谢万感谢，却被这时进来的外科大夫给打断了。大夫详详细细地描述了伤情，叫他们放心，说只要伤员耐心静养，也容易治好。

猎人骑马走了，菲莉涅告诉威廉，他留下了一个装有二十块金币的钱包，并且给了牧师房钱，还把给大夫的治疗费放在了牧师那。人家把她当成了威廉的太太，她也要坚持一直当下去，绝不同意他另找别人看护。

“菲莉涅，”威廉说，“这次咱们遭遇不测，我已经欠了你很多情，不希望再这么继续下去。你在我身边我就感到不安，因为我不知道怎样来报答你的辛劳。把我保管在你箱子里的东西拿出来，去和剧团的其他人一起，另外找一个落脚地吧。请接受我的感谢，还有这只金表，它是我的一点点心意。快离开我吧，你想象不出，你在面前我有多么不安。”

等他一说完，菲莉涅就冲他笑道：

“你是个傻瓜，永远也聪明不起来。我比你清楚什么对你更好。我就是要留在这，就是不离开这个地方。我从来不指望男人感谢我，对你也是一样；如果我爱你，跟你又有什么相干？”

菲莉涅留了下来，而且很快讨得了牧师和牧师太太的欢心，办法就是经常给每个人都送些东西，顺着他们的心思说话，干他们喜欢的事。威廉的情况也不坏，大夫是个不学无术的人，然而并不蠢笨，他让自然发挥作用，伤员很快便好了起来。威廉渴望早日康复，以便去努力实现自己的愿望和计划。

他不断地追忆那给他的心灵留下了难以磨灭印象的事件。他看见那美丽的女骑士打丛林中走出来，慢慢向自己靠近，下了马以后来回踱着，为救助他而努力。他看见斗篷从她的肩上滑落，看见她的面容、她的身姿光闪闪地消逝无影。威廉所有青春的梦想，全都与这个形象联系在了一起。他从此相信，自己亲眼见过了高贵、豪迈的女杰克罗林德[①]。他还想起了那个病中的王子，有一位富于同情心的美丽公主，谦逊地、不声不响地，来到了他的病榻边。

“难道不是吗，”他经常暗暗对自己说，“未来命运的这些图像，还在青少年时代就曾萦回在我们的梦中，就曾显现在我们无碍的眼前，使我们充满了预感吗？难道我们遭遇的种子，不是已经由命运之手播下，我们也有可能提前尝尝有朝一日将会摘取的果实吗？”

卧床养伤使威廉有时间千百次地回忆当时的情景，千百次地品味那甜美的嗓音。他多么羡慕菲莉涅啊，她曾吻过那只乐于助人的手。他常常恍若置身梦中，如果不是斗篷还在，使他确信她真的出

---

① 克罗林德是意大利诗人塔索剧作《解放了的耶路撒冷》里的一位异教女王，心性高卓，英勇善战，并会巫术。

现过，他说不定会把那段往事当作一个童话哩。

威廉极爱惜这件斗篷，又渴望将它穿起来。一当能够起床，他就披上了它，整日里战战兢兢的，生怕会弄上一点儿污迹，或者会遭受其他损坏。

第 十 章

雷提斯来看他的朋友。旅店里那精彩的一幕他没有经历，因为当时他躺在楼上的一间小屋里。他对自己的损失很想得开，跟往常似的嘀咕一句“这有什么?”就过去了。他讲了其他人这样那样的笑话，特别地厌恶梅利纳太太。她哭自己没了女儿，只是因为没有享受到给孩子起个梅提尔德这种古德意志名字的快乐。说到她的男人，现在才真相大白：原来他钱够多的，当初根本不必要诱劝威廉垫钱出来。梅利纳打算搭最早的一班驿车离开，要来请求威廉写一封推荐信给自己的朋友赛罗经理。因为他自己的事情砸了，所以，他希望在赛罗的班子里待下去。

迷娘有好几天悄没声地，别人一再追问，她才承认自己的右胳臂脱臼了。

“怪你自己傻胆大啰。”菲莉涅说她。她接着给大家讲：这小家伙在战斗中抽出了猎刀，看见自己的主人有危险，就勇敢地冲上去砍那些强盗，临了给人家拎着胳臂扔到了一边。大伙责怪她没早些讲自己受伤了，才发现她怕那位大夫来着，因为他还一直当她是个男孩子。他们设法替她治疗，她不得不用带子把胳臂吊起来。为此她又添了新的烦恼，因为只好把看护威廉的最重要工作让给了菲莉涅。这位浪漫女郎呢，趁此就表现得越发积极，越发细心。

一天早晨，威廉醒来发现自己与她靠得特近。他夜里睡得很不安稳，滚到了宽大床铺的紧里边；菲莉涅则摊开四肢横卧在床的外侧，看样子本来是坐在床上读书，读着读着就睡着了。那本书从她手中掉了，她仰头倒在他胸口的附近，金色的秀发散乱了，波浪似的撒开在他的胸脯上。这随意的睡姿比矫揉造作更增添了她的妩媚，在她宁静的脸上漾着一丝童稚的微笑。威廉久久地盯着她看，最后似乎自己也对在看她时所产生的快感害羞起来。我们不知道，他对自己这被迫偷闲和无所事事的处境，是庆幸呢，还是诅咒。他留心观察了她一段时间，见她开始动了。他微微闭上双眼，却总忍不住虚着眼睛瞅她，见她重新梳妆打扮起来，问早餐准备好没有去了。

渐渐地，所有戏子都来找过威廉，或多或少都是粗鲁无礼地要求他写推荐信，要求他给盘缠，而且也都得到了，尽管菲莉涅表示反对。她告诉自己的朋友，那位猎人也给这帮家伙留下了相当多的钱，他们只是在利用他，可是仍旧没有用。他反倒和她发生了激烈的争吵，而且斩钉截铁地表示，她同样该和其他人一起，去赛罗那里碰碰自己的运气。

只是短短几秒钟，菲莉涅失去了心理平衡；她随后很快恢复过来，喊道：

“要是我的金发小子在，我才一点儿不管你们呢。”她指的是弗里德利希，这小鬼在发生战斗的草地上失踪了，再没有出现。

第二天早上，迷娘到威廉床前来报信：菲莉涅昨天夜里走了，把属于他的东西，全部规规矩矩地收拾在了隔壁房里。威廉感到怅惘。菲莉涅一走，他便失去了一位忠心的护士，一位活泼的同伴；他已不再习惯孤独。好在迷娘迅速填补了这个空缺。

自打那位轻浮的美人拼命地呵护着威廉，小姑娘已慢慢退到了一边，静静地自个待着。可现在位子又夺回来啦，她便拿出更多的细心和爱心，积极地服侍威廉，活泼地逗他开心。

第十一章

威廉迅速康复起来。他现在希望，再过几天就可以动身。他不想继续过那种没有计划的浪荡生活，而是要目标明确地走自己未来的路。他首先想去寻访自己的恩人，向她表示自己的感激，然后马上赶到赛罗经理那去，尽可能地关照那些不幸的人。同时，他还要去找那些他带着地址的商业伙伴，了结他奉命清理的债务。他希望运气一如既往地伴随着自己，给他机会做一笔投机买卖，赚回钱来弥补他的损失，填平账上的亏空。

他想见到那位女骑士的渴望与日俱增。为了确定旅行路线，他向牧师讨主意。他的这位房主人有着渊博的地理和统计知识，而且收藏着数量可观的书籍和地图。他俩查找那贵族之家选定的战时居所的地名，也翻阅有关这个家族的资料。然而，没有哪本地理书里，没有哪幅地图上有这个地方的名字。关于这样一个家族，一本本谱系手册里也未提供任何线索。

威廉变得不安起来。当他说出自己的忧虑，竖琴老人便讲：他有理由怀疑，那位猎人不知出于什么原因，隐瞒了真实姓名。

威廉相信自己反正离自己的美人不远，希望派竖琴老人出去走走，多少能打听到些消息回来。然而这个希望也落了空。老人不管怎么打听，还是毫无线索。在那些日子里，该地动乱频繁，说过部队就过部队，谁也不特别注意旅行的团体。于是，为了不被人当作密探，打听消息的鸽子回到自己恩人和朋友面前时便没能衔橄榄枝。[①] 他详细汇报努力完成任务的情况，生怕会怀疑他偷懒马虎。他想方设法减轻威廉的烦恼，认真回忆猎人说过的所有的话，并且提出种种的猜测，终于提到了一个情况，让威廉可能从中发现一点儿什么，去解释失踪的美女那两句神秘的话。

也就是说，那帮匪徒等着袭击的不是这个流浪剧团，而是那贵人一行。在他们那里，强盗们有理由猜想金银财宝很多，想必也探听到了他们的确切路线。只是不知道作案的是地方民团，是散兵游勇呢，还是真正的盗匪。总之，那高贵富有的一行人运气好，一群贫贱小民先到了那林中憩息地，遭受了人家为他们准备的厄运。小姐那两句话威廉记忆犹新，指的就是这个情况。他现在可以感到快乐而幸福了，一位细心的神灵挑选了他来牺牲自己，以便拯救一个完美的人。但与此同时，他又濒于绝望，因为对他来说，要重新找到她，重新见到她，至少在眼下是所有希望全都消失了。

还有一点使他心里特别激动，就是他相信发现了这位陌生的美人与伯爵夫人容貌相像，像得就像是两姐妹，而且还说不出哪个小一些，哪个大一些，因为看样子她俩是一对双胞胎来着。

回忆起殷勤可爱的伯爵夫人来，威廉心中无限甜蜜。他太愿意把她的倩影唤回到记忆里啦。可是，而今又插进来那高贵女骑士的身影，一个很快变成了另一个，叫他这个抓不着，那个也逮不住。

还有她俩笔迹也相像，就不能不教他惊讶得要命啦！因为在他的信夹里，威廉保存着伯爵夫人手抄的一首歌曲，而在那件斗篷的口袋中，他又发现了一张字条，字条上很温柔地表达出对她舅舅的关怀。

威廉断定字条是他的女骑士写的，在旅途中从旅馆里的一个房间送到了另一个房间，被她的舅舅揣进了衣袋里。他把两张手迹相

---

① 典出《圣经·旧约·创世纪》，上帝因世人行恶，降滔天洪水灭世。义人诺亚一家乘方舟避难，水退后，他所派出的鸽子从陆地上衔回橄榄枝报信。

互对照，如果说本来已非常喜欢伯爵夫人字体的秀美的话，那么现在就发现陌生女郎的字在相似中却更加舒展、豪放，真是说不出的和谐、流利。字条的内容没有什么，但仅仅这字迹已令他兴奋，就像当初那美女出现在他眼前时一样。

威廉堕入了相思的梦寐中，偏巧这时迷娘和竖琴老人唱起歌来，唱的是一首不合规范的二重唱，然而感情却真挚极了，正好与威廉的情感共鸣、应和：

只有懂得相思的人，
才了解我的苦难！
形只影单，失去了
一切欢乐，
我仰望苍穹，
向远方送去思念。
唉，那知我爱我者，
他远在天边。
我五内俱焚，
头晕目眩。
只有懂得相思的人，
才了解我的苦难！

第 十 二 章

威廉心爱的护神对他发出种种温柔的引诱，但只是培育和增加了他原已感到的不安，而未领他走上任何一条路。炽热的烈火潜流在他的血管里，确定的和不确定的对象在他心灵中交替轮回，激起了它无尽的渴慕。他一会儿希望有一匹马，一会儿希望长上翅膀，直到在这儿待下去看样子已不可能了，他才环顾四周，看自己到底想去哪儿。

他的命运之线奇异地纠缠在一起。他希望看见这些怪结被解开，或者割断。经常地，每当听见有一匹马跑来，或是有一辆车驶近，他便急忙去窗边张望，盼着有什么人来找他，或者哪怕只是偶然地给他带来消息，使他心里有个准，因而感到快乐。他自己给自己编故事，例如威尔纳到这个地区来了，使他喜出望外，或者玛利亚娜也许突然出现在他眼前。驿车的每一声号角都令他激动。梅利纳该来报告自己的情况了吧，特别是那位猎人，该再来这里，带给他那位美丽的女神的邀请吧。

遗憾的是，这一切都没有发生，最后他仍旧得独自待着。在一遍遍回忆发生的事情时，有个情况他越思考越不对劲，越分析心里越难受。这就是他充当领导的失误，一想起来不能不心烦。因为，在出事那天晚上，他尽管当着众人讲得激昂慷慨，却也不能推卸掉自己的责任。相反，在一些忧郁的时刻，他倒是觉得自己应该单独承担全部罪责。

人的自尊心既会使我们夸大自己的优点，也会使我们把自己的缺点看得比事实上更重。是他自视过高，左右了其他人的意志，在无知和鲁莽的驱使下往前闯，让大伙儿冒了无法承受的风险。有声和无声的谴责追逐着他。如果说在遭到惨重损失之后，他答应那帮茫然无措的同伴自己绝不离开他们，直至连本带利地给他们以补偿的话，那他又得斥骂自己冒失逞能，竟把原本是大伙儿分担的不幸强压在自己一个人肩上。一会儿，他责备自己不该在一时的紧张和压力之下，做出那样的承诺；一会儿，他又感到自己好意伸出的手虽说没有人肯接，但和他心中的誓言相比只是个无足轻重的形式。他思考有什么办法帮助他的那些伙伴，怎样做对他们有利，觉得有必要赶快动身去赛罗那里。于是他打点行装，不等自己伤口痊愈，也不听牧师和大夫的劝告，就带着迷娘和竖琴老人这样奇特的旅伴，匆匆逃离命运再次使他羁縻过久的无所事事的生活。

第十三章

赛罗张开双臂迎接着他，冲他嚷道：

“这真是您吗？我又认出您来啦？您没怎么变，或者说根本没变。您对这最高尚的艺术的爱好，还是那么强烈、那么执着吗？您来我实在高兴，连您最后那几封信在我心中引起的疑虑也消失了。”

威廉愕然地请他做进一步解释。

“您对我的态度不像是个老朋友喽，”赛罗回答，“您推荐给我一些没用的草包还心安理得，活像我是个大财主似的。我们的命运可是取决于观众的评价啊，因此我担心，您的梅利纳先生和他那帮人，很难在此地站住脚。”

威廉想要替他们美言几句，可赛罗已开始狠揭他们的老底，所以当一位女士进来打断谈话，赛罗马上介绍是他的妹妹奥勒莉亚时，我们的朋友感到挺满意。奥勒莉亚十分热情地欢迎威廉，他们谈得异常愉快，他甚至没有注意到，是一丝深沉的苦闷使她那张聪慧的脸显得特别有意思。

很久以来，威廉又第一次感觉到如此舒服自在。前些时，在交谈中他只勉强有那么些善意的听众，而眼下却有幸跟真正的艺术行家交换意见，对方不只完全理解他，还能补充修正，从而使谈话更加活跃。多么快地就概述了最新的剧作！多么准确地对它们做出了评价！多么善于审视和尊重观众的意见！多么迅速地得到了相互理解沟通啊！

这时候，威廉对莎士比亚的热爱，必然地把话题引到了这位作家身上。他表示，他热烈地希望莎士比亚的杰作能在德国开辟一个新时代。随后马上谈起了哈姆雷特，谈起了这个他曾长时间研究的人物。

赛罗要他相信，只要曾经有一点点可能，他早就上演这出戏了，他自己挺乐意演珀罗涅斯这个角色。他跟即微笑着补充道：

“只要先有位王子，奥菲莉亚自然也有了。”

威廉没有注意到，哥哥的这句玩笑话像是使奥勒莉亚挺不高兴，而是以自己一贯的健谈详细解释，要是他将怎样来演哈姆雷特。他不厌其烦地向人家灌输上面我们已知道的那些见解，拼命想使人家能够接受，尽管赛罗对他的臆说已提出不少疑虑。

“好吧，”赛罗最后说，“就算您讲的这一切都对，那又能说明什么问题呢？”

“说明的多啦，说明了一切。”威廉回答。“您想象我给您描述的那样一位王子，他的父王出其不意地死了。使他富有生气和热情的并非虚荣心和统治欲，他本来甘心做一位国王的儿子，可是这一下子，他才被迫注意到了国王与臣仆之间的距离。戴上王冠的权利不再能继承。可要是他的父王活得长一些，不是会加强他唯一的儿子的地位，保证他实现继承王冠的愿望吗？然而现在，他的叔叔尽管做出虚假的承诺，他却看见自己也许永远地让叔叔给排除在外了。而今，他感到自己既丧失了恩宠，也没有多少财产，在一个他从小就视为己有的国度里变成了陌生人。此时他的心绪发生了第一次悲哀的转变。他感到，比起任何一位贵族来，自己都不见得好一点，是的，甚至还不如。他把自己当作所有人的奴仆，不是有礼貌，不是降尊纡贵，而是沦落和可怜。

“回首往昔，他的感觉只是像做了一场梦。他叔叔想让他高兴起来，想教他从另一个角度看待自己的处境，都没有用。他永远也摆不脱自己已一无所有的感觉。

“他遭受的第二个打击，给他的伤害更深，教他更加感到屈辱。这就是母亲的再嫁。他，一个忠诚而温柔的儿子，父亲死了，留下的就唯有一位母亲。他曾指望在这位高贵的寡母的陪伴下，缅怀那位伟大的逝世者的英名，谁知却失去了自己的母亲，而且不是因为死亡夺走了她，情况更加可悲！一个生来幸福的孩子，总喜欢把自己的父母的形象描绘成值得信赖，现在这样的形象已经消失；死者不再能帮助他，活着的也靠不住了。他的母亲也是个女人，懦弱这个女性共同的名字，也适合于她。

“这时候，他才真正感觉到屈辱，才真正成了孤儿。世界上没有任何幸福，能够替代他失去了的东西。生性不知忧愁，不爱沉思，忧愁和沉思因而成了他的重负。我们看见他就是这样登上舞台。我自信没有给剧本添加任何东西，也无丝毫的夸大。”

赛罗望着自己的妹妹，说：

“关于咱们这位朋友，我给你介绍的该是不错吧？他开始讲得挺好，还将给咱们不少开导，不少规劝。”

威廉赌咒发誓，他不是想规劝，而是要说服他们，请他们再耐心听一听。

“您好好想想这么一个青年，这么一个王子，”他提高嗓音道，“想象一下他的处境，然后再观察他听说父亲的幽灵出现时的反应，并在那恐怖的夜里站在他身旁，等着高贵的鬼魂来到他的面前。他惊恐之极，与那怪影搭话，看见怪影向自己招手，跟它走去，听它控诉——对他叔父的可怕指控在他耳里轰鸣，接着是要求他复仇，是一再地恳求他：别忘了我啊！

“幽灵消失了，我们看见站在眼前的是个什么人呢？是个怒气冲冲，发誓报仇的年轻英雄？是个因受命惩罚篡位者而感到幸福的天生的君王？不是的！惊惶和苦恼袭扰着这个孤独的人。对那些面带冷笑的坏蛋，他慢慢变得严厉起来，发誓绝不忘记自己的亡父，并在末了发出一声意味深长的叹息：时代已经脱臼啦，我真倒霉，天生该来恢复整顿它。

“这句话里，我想，就藏着理解哈姆雷特整个行事的钥匙。我很清楚，莎士比亚想表现的是：一桩重任，落在了一个承担不起它的人的肩上。我觉得，全剧便贯串着这样一根思想红线。这像是一株橡树栽在了一只精制的盆子里，这盆子原本只是用来培育可爱的花朵的，树根不断伸展，盆子也就破了。

“一个英俊、纯洁、高贵和极为善良的人，缺少成为英雄的坚毅品格，在一种既扛不起又丢不掉的重荷压迫下，走向了沦亡。每个义务对他来说都是神圣的，但这一个却过分沉重。对他的要求是不可能达到的，不是要求本身不可能，是对于他不可能。他是怎样地辗转反侧，战战兢兢，瞻前顾后啊；他总是回忆起了什么，总是在回忆，临了几乎忘记自己的目标，然而却再也没法快乐。”

第 十 四 章

各种各样的人走进来打断了他们的谈话。都是赛罗剧团里的老演员，习惯了每周一次来他家开个小小的音乐会。赛罗很喜爱音乐，认为戏剧演员缺少这种爱好，就不可能对自己本行的艺术有清楚的领会和感觉。就像在乐曲的伴奏和引导下，做起动作来要容易得多，规范得多一样，戏剧演员也必须在脑子里给自己散文般平淡的人物谱上曲，使他演起来不致老是按自己的个性单调地敷衍了事，而是节奏和分寸都有相应的变化。

奥勒莉亚似乎对所发生的一切都兴味索然，最后干脆把我们的朋友领到了侧面的房间。她走到窗前，仰望着夜晚的星空，对威廉说道：

"关于哈姆雷特，您还没有给我们讲完哩。我尽管不那么着急，也希望哥哥能一块儿听您继续讲，可我还是想听您谈谈对于奥菲莉亚的想法。"

"关于她可以讲的不多，"威廉回答，"因为大师只是寥寥几笔，她的性格就塑造完成了。她的整个存在，都飘浮在成熟、甜美的感性中。她对本可属于自己的王子的爱恋，像泉水一样自然流淌；她纯善的心完全顺从着自己的欲望，致使父亲和兄长不能不一起替她担心，一起对她发出直接而不委婉的告诫。优雅的丰仪一如她胸前的轻纱，不但掩饰不住内心的激动，反倒将其暴露得更加明显。她的想象力已被激发，她的娴静谦逊正呼吸着爱的渴求，只要爱的女神摇动一下小树，果实便会落下来了。"

"可是现在，"奥勒莉亚说，"她发现自己遭到了抛弃、拒斥和蔑视，发现她神志不清的爱人心中最崇高的变成了最低贱的，他递给她喝的不是爱情的蜜汁，而是烦恼的苦酒……”

“她的心就碎了，”威廉高声喊了出来，“她的存在的大厦已散了架，加之受到父亲之死的沉重打击，美丽的建筑便整个垮塌啦。”

威廉没注意奥勒莉亚说最后几句话时的表情，心思全部集中到了作品艺术的连贯和完美上，做梦也没想到他这位女友自己有心病，经过剧中人物的遭遇这么一引，自己也跟着痛苦难受起来。

只见奥勒莉亚仍旧用手支着头，泪眼汪汪地望着夜空。终于，她再也抑制不住深心的悲痛，一下抓住咱们朋友的双手，对莫名其妙地站在自己面前的他喊道：

“原谅我，原谅一颗受了惊吓的心灵！人们使我感到束缚，感到压抑；在我的哥哥面前，我又力图隐瞒自己的痛苦；现在是您来解开了所有绳索。我的朋友，”她继续说，“一会儿之前咱们刚刚认识，现在您已成了我的知己。”她几乎没法把话讲完，就伏在了他的肩上。“别把我想得很坏，”她哽咽着说，“我这么快就向你敞开心扉，就让您看见自己软弱。做我的朋友，永远做我的朋友吧，我配您这样。”

威廉十分亲切地劝慰她，毫无用处！她泪水长流，再也说不出一个字。

这时，赛罗很不受欢迎地闯了进来，而更加令人想不到的是，手里还牵着个菲莉涅。他对她道：

“这，你的朋友，他看见你会高兴的。”

“怎么！”威廉惊呼，“我一定得在这见到你？”

菲莉涅沉着而谦逊地走向威廉，对他表示欢迎，并大讲赛罗人怎么怎么好，没问她水平如何，只是抱着她能培养出来的希望，就接受她入了自己杰出的剧团。她对威廉表现得很友善，只是仍保持着一个尊敬的距离。

不过这种姿态只保持到那兄妹俩还在的时候。因为，奥勒莉亚为掩饰自己的伤心赶快走了，赛罗也已让人叫去，菲莉涅便马上朝门外细心地窥视，确认了他两人真已离开，随后便在房里像疯子似的乱蹦乱跳，坐在地上嘻嘻哈哈，笑得几乎喘不过气来。紧跟着她又跳起来向我们的朋友献媚，并且扬扬得意于自己的绝顶聪明，竟能抢先来侦察好形势，为自己找到了栖身之地。

“这块可热闹呢，”她说，“正合我的口味。奥勒莉亚跟个贵族做过一笔失算的爱情交易，他必定是个漂亮人物，连我也很想见识见识。这人给她留了个纪念，要不就是我完全错了。一个大约三岁的小男孩儿跑来跑去，好看得跟太阳一样；那老子肯定可爱之极。我平素不爱小孩儿，这小东西却教我喜欢。我替她算了一算，她的男人死掉，她又找上新的，还有这孩子的年龄，全都正好对得起头。

“而今那位情郎走了自己的路，已经一年多没再见她。她因此失去了理智，怎么也想不开。这个傻女人！——她哥哥在班子里跟一个舞女相好，还和个女戏子挺亲热，在城里也巴结上了几位太太，而本人我现在也在他的名单上。这个蠢货！——关于其他人，明个再告诉你。现在只听你了解的菲莉涅再说一句：那个女大傻瓜爱上您啦！”

菲莉涅发誓事情是真的，并向他保证，这事非常有趣。她恳求威廉也爱上奥勒莉亚，说真这样好戏才开了台。

“她追她那个薄情的家伙，你追她，我又追你，她哥哥再来追我。如果这还不够咱们乐上半年，我甘愿在这四角浪漫游戏出现第一个插曲时就死去。”菲莉涅求威廉别坍了这事的台，自己对他开诚相见，是希望受到他足够的尊重。

第 十 五 章

第二天早上，威廉去看梅利纳太太，发现她不在家。他打听流浪剧团的其他成员在哪儿，得知是让菲莉涅邀请去吃早餐去了。出于好奇，他急忙赶到菲莉涅家里，碰见大伙儿正兴致勃勃地聚在一起，已经心情舒畅。那机灵鬼招待他们吃巧克力，让他们明白，并不是已经完全没了盼头。她希望通过自己的影响使经理相信，把这样一些能干人接收进自己的剧团，是多么有利。大伙儿专心地听着她讲，喝掉了一杯又一杯咖啡，心想这女人倒是不坏，决心要认真说说她的好话。

等只剩下了他和菲莉涅两个人，威廉便问：

“你真的相信，赛罗会留下咱们这帮同事吗?”

“才不呢，”菲莉涅回答，“再说也一点儿不关我的事，我唯愿他们越早走越好！我只希望留住雷提斯一个，其他人早就想慢慢地打发掉。”

随后她告诉自己的朋友，她确信从现在起，他的天才不会再被埋没，而是会在赛罗这样的经理领导下，去舞台上得到发挥。对这个剧团中的制度秩序、艺术趣味以及敬业精神，她真是赞不绝口，她大肆吹捧咱们的朋友，说他多么多么有天才，使得他浮想联翩，感情上已倾向于接受她的建议，只是理性和理智仍与之保持着距离。至于最后的打算，他对自己和对菲莉涅都秘而不宣，因此一整天都心神不定，也下不了决心是否去找他生意上的伙伴，在那儿可能有给他的信。要知道，他尽管能够想象这段时间家里人的不安，但是他仍害怕详细了解他们的忧虑，他们对他的责备，特别是因为当天晚上要演一出新戏，他期待着能获得巨大而纯粹的享受。

赛罗拒绝让他看彩排。他说：

“您得先从最好的方面认识我们，然后才能允许您窥探剧团的内幕。”

当天晚上，我们的朋友观看了演出，的确也十分满意。这是他第一次看见一个剧团如此完美。你可以相信所有演员都有杰出的天赋，良好的训练，以及对自己所从事艺术的高深和清楚的理解；可是他们又各有所长，能够取长补短，相得益彰，彼此鼓舞，整出戏的表演配合就明确而又精细。你马上可以感觉到赛罗是整个班子的灵魂，他表现卓越，地位突出。他性格开朗，活泼而有节制，极富模仿的才能却又善于把握火候，他在台上一举手投足，一开口说话，这些优点都必然受到你的赞赏。他的存在内含着惬意，似乎能够感染所有的观众。他机智敏捷，表现起角色极细微的感情差异来得心应手，能够引起观众的愉悦，特别是他虽通过坚持不懈的锻炼学会了表演，但却善于隐藏起表演的痕迹。

他的妹妹不在他之后，甚至获得了更多的喝彩。哥哥擅长于给观众开心取乐，她却能够感动他们。

愉快地度过了几天以后，奥勒莉亚派人来叫咱们的朋友。他急急忙忙赶到她家，见她躺在一张长沙发上，像是脑袋痛的样子，她的整个状态流露出情绪的异常激动。看见威廉进屋来，她的眼睛一下子亮了。

“原谅我！”她冲他喊，“您使我产生了信赖，我倒因此变得软弱。在此之前我能默默地忍受自己的痛苦，是的，它们给了我力量和安慰。现在您，我不知道怎么搞的，一下便解开了我缄默的绳套，因此您尽管不乐意，也不得不参加我与自己进行的战斗。”

威廉的回答友善而殷勤。他请奥勒莉亚相信，她的倩影和她的痛苦，时刻浮现在他的心中，他请求她信赖他，让他做她的朋友。

威廉在说这些话时，目光却让一个小男孩儿吸引了去；小男孩儿坐在奥勒莉亚面前的地上，正玩着各式各样的玩具。正如菲莉涅说的，他约莫三岁。现在威廉算是明白了，那个生性轻浮而用词难得高雅的女子，怎么会把孩子比作太阳。但见他大大的眼睛，圆圆的脸庞，脸周围垂挂着的金色卷发美丽之极，额头白净而又亮堂，两道深色的弯眉曲线细腻，脸蛋红彤彤地显得十分健康。

“请坐到我身边来，”奥勒莉亚说，“您看见这幸福的孩子感到惊讶，不错，我很高兴地收养了他，精心地加以抚养。只有在他身上，我才真正认识到自己是多么痛苦，而其他人却很难使我体会出这种赠品的价值。”

“请允许我现在也讲讲我自己和我的命运，”她继续说，“因为我很在乎，不要让您把我看错了。我相信能够安静一会儿，所以叫人请您来，您现在来啦，我却乱了方寸。

“世界上又多了个遭遗弃的女人！您会说，您是个男子，自然想：一个男人的薄幸，是罩在女人头上的厄运，比死还难以避免，犯得着如此悲伤吗，你这傻婆娘！——哦，我的朋友，要是我的命运这样平凡，我也甘愿忍受平凡的痛苦；可它很不一般呀，所以我才不能让您在镜子里边看它，所以我才不能委托别的人给您讲！哦，要是我被引诱，被算计，然后遭到抛弃还算好，那样我在绝望中还能得到安慰。我的情况可是糟糕得多啊，我自己算计了自己，明明知道却自己把自己欺骗了，这就是我永远不能原谅自己的原因！”

“您思想这么高贵，”她的朋友说，“就凭这点，您不可能完全不幸的。”

“您知道，我有这样的思想怪谁吗？”奥勒莉亚问，“怪那恶劣透顶的教育，任何一个姑娘都会叫这样的教育给毁掉；怪再糟糕不过的样板，它足以把任何姑娘的感觉和习好引上邪道。

“在我的母亲早逝之后，我在一个姨母那儿度过了自己成长的最美好年华，可这位姨母的信条却是蔑视所有有关荣誉的信条。她盲目地纵容自己，只要能在疯狂地享乐中忘记自身，她就愿要么奴役别人，要么当别人的奴隶。

“我们小姑娘以自己清纯无邪的目光，必然会对男性获得怎样的观感呢？那些她勾引到自己身边来的男人，一个个都那样地愚蠢，急躁，粗鲁和笨拙。而一当欲望获得了满足，又马上变得烦闷，高傲，空虚和乏味。就这样，我成年累月地看着这个女人受到那些最坏的坏蛋驱使和凌辱。她不得不忍受那样的对待啊！同时，她也知道硬着头皮去适应自己的命运，也善于扛起那一条条耻辱的锁链！

“我就这样认识了你们男性，朋友。我真是恨死他们啦，因为我似乎看出，即使还算过得去的男人吧，在与我们女性打交道时，似乎也缺乏任何自然通常还是赋予了他们的好品性。

“遗憾，就在这样的情况下，我对自己的性别仍有过许多可悲的经验。真的，当我还是个十六岁的姑娘时，比现在聪明，现在我几乎已自己不懂得自己。为什么我们年轻的时候要那么聪明哦，聪明到了以致越变越蠢！”

小男孩开始吵闹，奥勒莉亚不耐烦了，按了按铃。一个老太婆进来带孩子走了。

“你的牙还疼吗？”奥勒莉亚问脸上缠着绷带的老太婆。

“疼得受不了哟。”她嗓音喑哑地回答，抱起看样子挺愿意跟她去的孩子，离开了房间。

孩子刚一出门，奥勒莉亚便伤心地哭起来。她喊道：

“我只能哭泣，只能怨恨啊！像个可怜虫似的躺在您脚下，我好羞哦！我头脑已经糊涂，我再也讲不下去。”

她哽住了，沉默无语。咱们的朋友不想泛泛地讲什么话，也没有任何特别的话好讲，只好握住她的手，久久地注视着她。这么尴尬地待着，他终于发现面前的小桌子上放着一本书，便拿了起来，是莎士比亚的剧本，而且正好翻着的是《哈姆雷特》。

赛罗正好进来问他妹妹的身体情况，看见咱们朋友手里拿着的书，便叫起来：

“您又在啃《哈姆雷特》？也正好！我碰到了几个疑问，大大减少了您急欲赋予这个剧本的经典性质。英国人自己不也承认，主要的兴趣到了第三幕就结束了，后面的两幕，只不过勉勉强强起着把整个剧情捏拢在一起的作用吗？确实也是这样，剧本快结束时真叫步履艰难。”

“完全可能的，”威廉回答，“一个民族拿出了那么多杰作，它的某些成员由于成见或者偏执狭隘，是可能判断失误，但这并不妨碍我们亲眼观察，并得出公正的结论。我远远不会指责这出戏的结构，相反倒认为，再也想不出更好的结构来啦。不，不是想出来的，而是本该如此。”

“您这话怎么解释？”赛罗问。

“我什么也不想解释，”威廉回答，“我只想把自己怎么想的告诉您。”

奥勒莉亚从枕头上挺起来，用手撑着身体，眼睛望着我们的朋友，听他如何信心十足地讲下去。

“能看见一个主人公自觉自愿地行动，按照自己心灵的吩咐去爱，去恨，敢作敢为，排除一切障碍，走向伟大的目标，诚然令我们非常高兴，使我们心里感到格外舒服。历史学家和诗人也乐于让我们相信，人可能就有这样值得自豪的命运。然而剧中我们看见的是另一个样子，主人公的行动漫无计划，剧本的写作计划却异常明确。这不是像通常那样通过顽强地实施复仇意图来惩罚坏蛋，不，这儿发生了一件骇人听闻的事情，其结果是一些个好人也遭到了牵连。那个罪犯似乎想回避为他准备好的深渊，结果却正好在他自以为能侥幸逃脱的地方摔了下去。要知道罪行的特性正好是，报应往往不会落在有罪的人头上，一如善行也不会让本该得到好处的人得到多少好处，亦即是说，两种行为的始作俑者，常常都既得不着惩罚，也受不到奖励。在我们这出戏里，这种情况表现得多精彩啊！

炼狱之火放出它的幽灵来要求复仇，结果没用！万事俱备，只待复仇，也没有用！注定由命运来完成的事情，不管是人间的或是阴间的愿望都无能为力。清算的时刻自会到来。恶人将与好人一起完蛋。整个家族将斩草除根，另一个家族将会发达兴盛。”

他们相互望着，过了一会儿赛罗才开口道：

“您在抬高剧作家的时候，对命运并不特别尊敬，可是后来，据我看为了推崇剧作家，您似乎又将一般人都归因于命运的最终结局和安排，算到本身并未想到这些的剧作家账上去喽。”

第十六章

“让我现在也提个问题吧，”奥勒莉亚说，“我重新看了看奥菲莉亚这个角色，对她挺满意，相信在一定的情况下可以演好她。可请您告诉我，剧作家可不可以让他的这个疯姑娘另外唱几只歌？可不可以从那些伤感的叙事谣曲里选唱几段？干吗要让这个高贵的姑娘嘴里，吐出一些暧昧和愚蠢的淫词浪调来呢？”

“尊敬的朋友，”威廉回答，“在这一点上，我也不能丝毫让步。在这些特别的地方，在这看起来不妥之处，同样存有深义。剧本一开始，我们可就知道了这善良的姑娘心里想些什么。她安静地过着自己的生活，然而对她内心的渴求，对她的愿望，几乎未加掩饰。暗暗地，她的心灵里已响起爱的渴慕音调，她多么经常地试图唱只小曲催眠自己的欲望啊，然而却像一个粗心的保姆，反倒用自己的歌声使孩子变得更加清醒了。最后，由于已失去了任何自制力，由于心事已经悬浮在舌头上，这条舌头便出卖了她。于是当着国王和王后的面，这无邪的疯姑娘吟唱起她那些浪荡的情歌来仍津津有味，什么姑娘被搞到手了啊，什么姑娘偷偷去找男孩儿啊，等等等等。”

威廉还没有讲完，眼前突然演出了精彩的一幕，教他简直莫名其妙。

赛罗在房间里一次次地踱来踱去，丝毫未暴露意图何在。突然他冲到奥勒莉亚的梳妆台前，一把抓起放在台上的什么东西，带着他这猎获物奔出门去。奥勒莉亚刚一发现他的举动，已经跳将起来拦住他的去路，难以置信地猛扑向自己的哥哥，十分机敏地抓住了那被抢物品的末端。他俩顽强地争斗着，扭打着，相互撕扯着在那儿转来转去。赛罗哈哈大笑，奥勒莉亚心急火燎。威廉直到跑过去分开他们，安抚他们时，才看清楚她手里拽着一把亮晃晃的匕首，跳到了旁边。赛罗呢，这时也将还留在手里的刀鞘狠狠掷到地上。威廉惊讶地回到原处，他那大惑不解的样子像是在无声地追问，怎么在这兄妹俩之间，会为一件如此奇怪的家什进行如此稀罕的争斗。

“请您做我们两个的裁判吧，”赛罗说，“她拿这么锋利的一把刀去干什么？您让她给您瞧瞧。这样一把匕首不适合任何演员，它又尖又厉，就像针，就像利刃！干吗做这样的蠢样？以她的急躁性子，没准儿时会伤着自己的。我打心眼里讨厌这样的怪癖：真的那么想就是疯了，只当闹着玩吧，也危险，也没意思。”

“我又拿到它啦！”奥勒莉亚高呼，同时把亮晃晃的匕首举到空中，“我要更好保管我这忠实的朋友。原谅我，”她大喊，同时亲了亲钢刀，“我不该这样冷落你啊！”

赛罗像真的恼了。

“你愿怎么想怎么想吧，哥哥，”她继续说，“你难道不明白，我也可以像这样，送给自己一件怪有意思的护身符吗？不明白在万不得已的时候，我还可以求它帮助和拿主意？难道一切看起来危险的东西，都一定有害吗？”

“这样的话毫无意义，只能把我气疯！”赛罗回答，说着便心怀愤懑，离开了房间。奥勒莉亚小心地把刀插进套子里，藏在身上。

“让咱们继续进行给不幸的哥哥打断了的谈话吧。”她说，抢过了正欲对奇怪的争斗提出疑问的威廉的话头。

“我得承认您对奥菲莉亚的看法是对的，”她继续道，“我不想误解剧作家的意图，可我只能怜悯她，而不能与她产生同感。可现在请允许我也谈点想法，在这短短一段时间里，您经常给了我机会这样想。我钦佩地发现，您对文学的评判，特别是对戏剧文学的评判，观点深刻而又正确，最深邃的创意也瞒不过您，最微妙的表演对您也是显而易见。无须在什么时候见过自然的原型，您就能看出画中的真实，似乎在您心中存在着对整个世界的预感，一经与文艺和谐地接触，它就会受到激发，获得发展。真的啊，”她继续说，“从外界没有任何东西进入您内心，我很难遇见一个人，像您似的很少认识与自己一起生活的人，甚至根本就误解了这些人。请允许我讲：听您解释莎士比亚，人就相信您是刚从那次天神的聚会里来的，刚刚才聆听过他们讨论如何造人来着。相反，您一跟人打交道，我发现您又似乎是那创世之初的第一个大孩子，瞪着狮子和猴子，绵羊和大象，既惊讶得要命，又惬意而满足，并且像招呼同类似的招呼它们，就因为它们也在那儿生活和行动。”

“我朦胧地觉着自己像个学生娃娃似的幼稚，尊敬的女友，”威廉回答，“因此常常感到痛苦。如果您能帮助我更好地认识世界，我会感激您的。从小我的精神就更多地注视着自己的内心，而不是外界。结果很自然，我对人只有一定程度的认识，根本谈不上有理解和了解。”

“可不，”奥勒莉亚回答，“一开始我还怀疑您企图愚弄我们哩，因为您给我哥哥推荐来了那么一帮人，在信上说了他们不少好话，结果与他们的水平却对不起头来。”

奥勒莉亚的这个批评尽管很正确，她的朋友也尽管十分乐意承认自己的缺点，但仍然会让人感到憋屈，是的，甚至屈辱，所以威廉没有吭声，并且静气凝神，一来为了不让对方发现自己的敏感，二来也好在自己心里探究探究这一指责的正确性。

“您可不能为此烦恼，”奥勒莉亚继续说，“我们总是可以变得聪明起来的，可内心的充实却没谁会赐予我们。您要是注定了成为艺术家，这样的幼稚和天真越保持得久越好，它们是幼嫩的蓓蕾上边的美丽皮壳，很不幸的是我们早早地就蜕掉了它们。显然，我们要是不总是了解我们服务的人们，会更加好。

“哦！我也曾处于这样的幸福状态。当时我初登舞台，把自己，把我的民族，都想得很高。在我的想象中，德国人什么不是，什么不能啊！我向这个民族讲话，一座小小的舞台使我凌驾于他们之上，一排灯光将我与他们分隔开来，光焰和雾气妨碍我辨清自己眼前的对象。当时我是多么喜欢从观众中传来的掌声哦，在接受这从众人手中不约而同地送来的礼物时，我是何等感激哦！我任自己长久地处于这种陶醉状态；我影响着观众，观众反过来也影响我；我与观众进行着最好的交流；我自信实现了完美的和谐，随时在眼前见到的，都是自己民族高贵的精英。

“然而不幸，人们喜欢上戏园子不仅仅是因为对女演员，对她的天才和技艺感兴趣，而是也对年轻的姑娘本人怀有要求。他们明明白白地向我表示，我既然激起了他们的情感，就有义务亲身与他们一道分享。遗憾这却不是我愿干的事情，我原本希望提高他们的心灵，而对他们称作是自己的心的东西，我却没有丝毫的胃口。这样一来，所有等级、所有年龄和所有性格的人，都一个一个地来烦我。令我再恼火不过的是，我再不能像任何一个规矩的姑娘那样，把自己关在自己房中，省掉这许多烦扰。

“男人们的表现，大多像我在姨母那儿见惯了的一样，也只能激起我的厌恶，除非他们能以自己的特长和愚蠢，令我开心开心。要知道，要么在剧院，要么在公共场所，要么在我家里，我总是没法避免见到他们，因此便只好下决心算计他们所有的人，而我的哥哥也给我有力的帮助。您只要想想，从机灵活泼的商店店员，到自命不凡的商人小开，从世故的绅士，到勇敢的士兵和速来速去的王子，全都一个个来过我这儿，全都想以自己的方式续写他们的罗曼史，那么您大概就会原谅我，如果我自诩对我的民族已有了相当的认识。

“梳妆打扮怪模怪样的大学生，谦卑而又自负的寒酸学究，战战兢兢的、知足的教堂执事，古板但却不失殷勤的公务员，粗鄙的乡下爵爷，和善、油滑但又乏味的朝廷官吏，年纪轻轻的越轨教士，还有沉着的，以及性急和善于投机取巧的商贾，我通通见过怎样行事。我的老天！在他们中间，我很少发现有人能引起我哪怕只是一般的兴趣；相反，那整个地和大规模地本来令我如此喜欢和乐于获得的喝彩，现在要我再个别地从这些傻瓜们口中来接受，不只困难而且无聊，真是教我恼火之极！

“如果我期待自己的表演获得理性的捧场，如果我希望听见他们称赞一位我崇仰的剧作家，那么他们总是一通蠢话接着一通蠢话，并且点出一部乏味的剧作来，希望能在其中扮演角色。如果我在观众中四处倾听，看是不是哪儿有一点高贵而睿智的共鸣回响出现，并且及时地再现，那么我很少能听到一点声息。倒是一个演员出了错误，例如念错了台词或者发音土气，便会成为重要的把柄，让他们死死抓住不放。最后我真不知何去何从，他们自作聪明，自己没法再获得愉悦，却又以为只要来与我调笑调笑，就会使我高兴得要命。我开始打心眼里瞧不起他们全体，真是觉得整个民族有意通过他们这样一些代表，在我心中把自己的脸面丢尽。他们整个教我觉得是那样地笨拙，那样地缺少教养，那样地愚昧无知，那样地讨厌和乏味。我常常忍不住高呼：‘如果不向其他民族学习，德国人真是连鞋带都系不来吗！’

“您瞧，我是多么惶惑，多么偏激得近乎病态，而且情况持续越久，我的病越重。我真可能毁了自己。然而这时我跳到了另一个极端：我结婚了，或者毋宁说我随便找了个人就把自己嫁了。我的哥哥接管了剧院，需要有一个助手。结果相中了一个年轻人，他不令我讨厌，却缺少我哥哥所拥有的一切，即天赋、生气、精神和果敢。不过，在他身上，也能找到我哥哥没有的所有品质：爱整洁，勤奋，善于持家，精于理财。

“他成了我的丈夫，怎么成的我自己也不清楚。我们一起过日子，我却不知道为什么。总之，我们的事情搞得很好。我们收入挺多，原因是我哥哥能干。我们过得不错，功劳归我丈夫。我不再考虑世界和民族。我与世无涉，民族的观念已经丧失。我登台演出只是为了活着；我开口讲话只是不允许我沉默，因为我出台来就是为了讲话来着。

“不过，我也不把事情搞得太糟，而是完全顺从哥哥的意愿。他在乎掌声和金钱，因为，咱俩私下里讲，他喜欢听人喝彩，花销也挺大。从此我不再按自己的感受表演，按自己的信念表演，而是他怎么要求怎么干，只要能使他感谢我，就心满意足。他则揣摩着观众所有的弱点行事。钱源源而来，他可以随心所欲地生活，跟着他呢，我们也过的是好日子。

“一来二去，我的表演沦入了匠气的老套。我不再有喜悦，不再有情感，得过且过。我的婚姻没有小孩儿，本身也只维持了很短的时间。我丈夫病了，体力明显衰竭，担心他打破了我通常什么都无所谓的心境。在那些日子里，我认识了一个人，与此人认识开始了我的一段新生活，新而且快速，因为不久就结束啦。”

奥勒莉亚沉默了好久，最后才继续说：

“突然之间我像不再能多嘴快舌了，似乎失去了开口的勇气。请您让我歇一歇吧，可您别走，等我把自己的全部不幸详细告诉您。在此期间，您可以叫迷娘进来，问问她想干什么。”

在奥勒莉亚讲述的过程中，小姑娘到房里来过几次，发现自己一进门人家便放低了嗓音，于是轻轻溜了出去，静静地坐在前厅里等候。当又被叫进来时，她手里拿着一本书，从开本和装帧，一眼就能看出那是一本袖珍的图册。在半道上，她曾十分惊讶地在牧师家里第一次见到一些地图，向牧师提了许多问题，尽可能地学习了些知识。通过获得这些新的知识，她学习求知的愿望变得更加强烈起来。她坚持请求威廉给自己买现在这本书。她讲已经先把自己的大银扣子押给卖地图的人了，只因今天太晚，想明天一早就去赎回来。威廉答应了她，她便开始既讲自己已知道的东西，又以她独特的方式提出各种奇奇怪怪的问题。这时又可以发现，尽管她很努力，理解起事情来仍异常吃力。她现在还是讲一口结结巴巴的德语，只有在弹起齐特琴来开口唱歌的时候，似乎才能使用这唯一的感官，敞开胸怀，道出自己内心的隐秘。

因为已经说到了她，我们必然想起一些时候以来，她常常把我们的朋友置于难堪的境地。每当她来或者走，每当她向他道早安或是晚安，她都会紧紧地搂住威廉，并且十分热烈地吻他。这样一种情窦初开的激烈情感，往往令他担心和害怕。她这激情的震颤在举动中一天天增加，整个人似乎都处于一种无声的躁动中。她不在手里绞一根绳结，揉一块手绢，在嘴里咬一张纸或是木片，就活不下去。她每一个无意义的举动，似乎都是在发泄某种内心的激动。唯有在小费利克斯身边，似乎能给她一些快乐，在带着这个孩子时，迷娘显得挺懂事。

经过了一会儿休息，奥勒莉亚又来了情绪，想给我们的朋友终于讲完压在她心上的往事，因此这次对小姑娘的纠缠不休变得不耐烦起来。她暗示迷娘，她该走了，但是一切都没有用，奥勒莉亚只好明白地、无奈地赶走了她。

“我必须给您讲我剩下的故事，”奥勒莉亚说，“要么现在讲完，要么永远不再讲。设若我那温柔可爱的、有失公正的爱人离此只有不多几里路，我一定会说：骑上您的马，去设法以任何方式结识他吧，当您回来时，您一定会打心眼里原谅我，同情我。但现在我只能用言语对您表明，他是多么值得人爱，我是多么爱他。

“正是在为丈夫担忧的艰难时刻，我认识了他。他刚从美洲回来，曾与一些法国人一起，在合众国的旗帜下战斗，赢得了不少嘉奖。

“他对我态度从容端正，诚挚友善，谈起我本人和我的处境、我的演出来一清二楚，就像个老熟人似的充满同情。我第一次感到高兴，能够在另一个人身上，清晰地看见自己的存在状况。他的论断正确而不苛刻，精到而不冷峻。他不显得严厉，即使任性仍讨人喜欢。他似乎习惯在女性身边交好运，这引起了我的注意。他根本不献殷勤讨好，不紧逼死追，这教我放心。

“他在城里很少和谁往来，时常骑马去访问在周围地区的许多好友，办理他家庭的各种事务。回来时，他在我这儿落脚，非常热情地关怀我那病得越来越重的丈夫，还请来一位能干的大夫，减轻病人的痛苦，特别是关心着我的一切，同时也让我了解他的命运。他给我讲他的战斗故事，讲自己对军旅生涯不可抗拒的热爱，讲他的家庭情形，还有他眼下的所作所为，也对我毫不保留说了出来。一句话，他在我面前毫无秘密可言，对我开诚布公，让我窥见了他心灵中最隐蔽的角落，我了解了他的种种能耐，种种热情。我这是平生第一次，享受到了与人坦诚而有意义地交往的乐趣。我还没来得及观察和思考自己，已经让他给吸引，已经被他给迷住。

“这期间，我突然失去了丈夫，差不多就跟我当初突然嫁给了他一样。剧院的事务这时完全压在了我肩上。我哥哥在舞台上没的说，但对管理从来不行，我操心着一切，并且比以前更加努力地钻研自己的角色。我又像先前一样演出，带着完全不同的力量，有了新的生气，而且都是由于他，为了他。虽然当我知道我珍贵的朋友在看戏的时候，我并不总是演得很出色，可有几次他偷偷地看我演，而且给了我意想不到的喝彩，您可以想象我是多么快乐。

“是的，我这人挺稀罕。不论我演什么角色，感觉永远像是在赞颂他，在说他的好话似的，因为这是我内心的情绪，与台词是什么根本不相干。要是我知道他在观众里头，我就没勇气大声说白，就仿佛我也不愿对他面对面讲出自己对他的爱，对他的赞许一样；他要不在，我演起来就自如了，就能带着某种平静的心情，带着某种无法形容的满足，得到最好的发挥。观众的喝彩重又令我高兴，如果我也令观众高兴的话，那我总是同时忍不住想喊：这你们得感谢他！

“是啊，就像出了奇迹，我与观众的关系，与整个民族的关系，一下子改变了。他们在我眼里突然又好得不能再好，我对自己在这之前的惶惑惊讶不已。

“多么不理智哦，我时常对自己讲，你过去责骂一个民族，就因为他是一个民族。单个的人，干吗一定那么有趣？可能那么有趣呢？绝不可能啊！问题只能是，在广大民众中存不存在一部分人有天赋，有力量，有能耐，他们是不是能得到优越的发展条件，有没有杰出的领袖来带领他们走向共同的目标。我现在感到高兴，在自己的同胞中发现了少量杰出的个人；我感到高兴，他们不齿于从国外获取前进方向；我感到高兴，自己就找到了一个导师。

“罗塔尔——咱们就用这可爱的名字称呼我那朋友吧——经常让我看德国人勇敢的一面，说只要有好的领导，世界上没有任何民族比他们更勇敢。我感到羞愧，过去从未想到过这对于一个民族来说最重要的品质。他熟悉历史，与当代多数功勋卓著的人都有来往。尽管自己那样年轻，却已注视着祖国正在成长起来的、充满希望的一代青年，注视着那些踏实肯干的男子在各个领域的默默工作。他让我放眼德国，看它现在怎样，可能会怎样。我感到害臊，曾以那帮乱糟糟地挤在戏院子里的乌合之众，来对一个民族下判断。他让我明白，我在自己这一行也有责任老实真诚，富于智慧，给人以生气。而今我每次登台都像有了灵感，平庸的台词经我的口一念便掷地有声，要是当时某个剧作家再有目的地给我帮助，我还会取得最奇妙的效果。

“我就这样寡居了几个月。他少不了我，我在他外出时也深感不幸。他把自己的亲属，把自己杰出的姐妹的书信给我看。他对我的情况关心得无微不至，不可能想象两个人的结合能更加真诚，更加美满。不曾提起过爱情这名字。他去而复来，来而复去——可现在，我的朋友，您也非走不可啦。”

第十七章

威廉再也不能推迟去访问自己的商务伙伴。他去时不无困窘，因为明知在那儿会收到一些家书。他害怕信中一定包含着对自己的责备。看样子，家里人多半也把由于他而面临的困窘，通知了这位商务伙伴。他害怕经历过如许多的浪漫惊险之后，再拿一副学生的面孔去见人，于是决心摆出执傲的架势，以遮掩自己的窘迫。

谁料结果却很好或者说马虎可以，使他大为惊讶，极其满意。在那宽大、热闹、繁忙的账房里，人家几乎没有时间为他找信，对他滞留未归的问题，也只顺便提了提。他拆开父亲和他朋友威尔纳的信，发现内容全都过得去。老头本来希望他信写得多一些，临别时曾对他一再叮嘱，并给了他一个统计表似的格式，但似乎对他开始一段时间的音信杳然并未怎么在意，只是对他从伯爵府第发的头一封，也是唯一一封信那谜语般让人琢磨不透的内容，有些个不满意罢了。威尔纳则以他惯有的风格开开玩笑，讲了些城里可笑的事情，请他报告报告在眼下这座商贸大都会里结识的熟人朋友的消息。这样便宜地就脱了身，教我们的朋友高兴异常，立刻回了几封热情洋溢的信，答应父亲一定把信写得详详细细，满足他老人家的所有要求，附上有关地理、统计和市场方面的说明。他在旅途中见闻不少，希望能用它们马马虎虎凑成个小册子。他没有注意到，自己差不多又陷入了儿时演木偶戏时的窘境：当时既无脚本，更没背台词，然而灯光已经点亮，观众已经就座。因此，在他真开始构思的时候，才遗憾地发觉能够写的只是些感想，只是些内心的体验，至于外界的事物嘛，他发现自己竟一点儿不曾留意。

在这样的困境中，他朋友雷提斯的知识派上了用场。两个年轻人作风习惯很不一样，但却因此走到了一起。雷提斯不管有多少缺点，却真是一个富于个性的有趣的人。他生性乐观快活，本来即使活到老，也不会怎么考虑眼前的处境。不想眼下的不幸和伤病，却夺去了他年轻的纯粹感觉，相反使他开了眼，看见了人生的无常，以及我们的生存极易破碎，并由此产生出一种爱思考问题，或者更好是讲喜欢抒发积郁的怪异癖好来。他讨厌孤独，因此哪里的咖啡馆和酒店都要去转转。如果待在家里，游记、旅行记就是他最喜欢甚至也是唯一的读物。由于在城里有一座挺大的公共图书馆，他便可以随心所欲地借阅，没过多久，他那好使的记忆力就吞进了半个世界。

威廉苦于完全没有素材去写他慎重答应要写的报告，雷提斯知道后轻而易举又鼓起了朋友的勇气。

“咱俩可以造出一部杰作来，”雷提斯说，“而且要举世无双。全德国不是从南到北都让人给走过了，跨过了，爬过了，飞过了吗？每一个德国的旅行家不是都有好福气，让读者把他自己大大小小的花费都给报销了吗？告诉我你到我们那儿之前的旅行路线，其余的我自个儿知道。我愿意替你搜集写作的素材和资料，包括尚未测量的面积和还没统计的人口数字，咱们也必须补上。各个邦的收入可以从手册和报表里摘取，众所周知，这些文件都很可靠。咱们的政治观感就以此为依据，顺便对各地的当局评说评说也少不了。有些个王公咱们不妨描写得真像是祖国之父的样子，好让读者更信服我们对另一些统治者的指责。即使我们不能途经某些名流的住地，也可以在一处酒店里和他们邂逅，让他们私下对我们大放厥词。特别不能忘记的是，要极浪漫地穿插进一个个与某位纯情少女恋爱的故事，这样便会产生一部作品，它不只会让老爹老妈读得津津有味，而且每个书商都乐于付给你稿费。”

说干就干，两位朋友对自己的创作兴致甚高。威廉只是晚上去看戏，在与赛罗和奥勒莉亚的交往中获得了极大满足。他那些在狭小的范围里转得已经太久的思想，终于得到了一天天的扩展。

第十八章

他怀着极大的兴趣，听赛罗断断续续地讲述自己的生平，要知道，推心置腹，连贯有序地讲些什么，不是这个怪人的作风。他可以说是生在舞台上，养在舞台上。还是个不会讲话的婴儿时，他仅仅一亮相就打动了观众，因为那时的剧作家，已经懂得了这类天真无邪的手段挺有用。在几出受欢迎的戏中，他的第一声“爸爸”“妈妈”，已为他赢来了满堂喝彩，虽然他当时还不明白，鼓掌意味着什么。他曾扮作小天使，哆哆嗦嗦地在升降机里从空中飞下来，曾扮作小丑爬出蛋壳，扮成扫烟囱的小工，很早很早就大出风头。

遗憾的只是在此期间，他为在这些灯光辉煌的晚会上获得的喝彩，付出了高昂的代价。他父亲坚信小孩子只有打才会专心，才有记性，于是每排一个角色都及时地给他一顿揍。倒不是因为他愚笨，而是要他的机敏表现更加稳定，更加持久。例如，从前要立什么规矩，周围站着的孩子们就要狠狠挨一顿耳光，而今那些老年人还清楚记得事情发生的地点。赛罗长大起来，表现出了非凡的智力和体能，特别是姿态、动作和造型更是灵敏极了。他的模仿能力超出所有人的想象。还是个孩子，他就能把一些名人装得教大家真以为见到了他们本人一样，尽管他与这些人的身材、年龄和身份相距甚远。他也不缺少适应外界的本领，因此一当感到自己羽毛丰满，他就认为从父亲身边逃走是再自然不过的事。要知道，尽管儿子智慧日增，能耐日强，老头子还是认为必须严加管束，使他更加上进。

而今来到了自由的世界上，这散漫的男孩儿感到多么幸福哦！不管上哪儿，他在台上的恶作剧都大受欢迎。他的命运之星最先领他到了一座修道院，时值狂欢节期间，院里那位负责组织宗教化装游行以愉悦教民的神父不巧死了，赛罗正好充作乐于助人的守护天使。他还立刻担任起“天使传报”中的迦百列一角，并且颇得那位扮作玛利亚的漂亮女孩的欢心，使她表情细腻地接受了他殷勤的问候，虽说外表很是谦卑，内心却十分倨傲。随后，他渐渐担任了一些宗教剧里的重要角色，并且自视甚高，因为他终于成了救世主，受人嘲弄，遭人鞭笞，被人钉上了十字架。

在剧中有几个兵丁可能演得过分投入了，他为了适当地给予报复，就借末日审判的机会，让他们穿上皇帝和国王的华丽服装，使这些家伙对自己的角色十分满意，因此在升天堂时仍然想比其他所有人先行一步，谁料却冷不丁地撞上已变成魔鬼的赛罗，让他用烧炉子的铁叉狠狠揍了一顿，而且眼瞅着自己被无情地一叉叉回到火焰熊熊的地狱，看得所有观众和乞丐开心得要死。

他足够聪明，明白那帮加过冕的家伙对他这么放肆不会善罢甘休，甚至也不会尊重他作为控诉者和地狱使者的特权，因此不等末日审判之后的千年太平盛世到来，便悄悄地溜走了。在邻近的一座城市，赛罗受到了一个当时被称作“快乐孩子”的团体的热情欢迎。那是一些理性、机智和活泼的人。他们看透了：用理性来除我们生存的总数，是永远也除不尽的，老是会留下一串奇异的小数。这些小数分布于整个人生之中，讨厌而且危险，他们企图在一定的时间里摆脱它们。每个礼拜有一天，他们都认真地装傻瓜，轮流地通过这寓意的表演，惩罚自己或别人在其他日子里的愚蠢言行。这种方法，比起那些道德君子天天反省、告诫和惩罚的修养结果来，尽管显得粗俗，但却轻松愉快一些，保险一些。须知，既然谁都不否认自己生来都有某些痴傻的地方，那就该实事求是地加以对待，而不能让它借助我们的自欺欺人去改头换面，以致常常喧宾夺主，反倒把自诩早已赶走了它的理性偷偷地变成奴隶。在这个团体里，小丑的面具依次转递，谁都有权在轮到他的那天给它装饰上代表自己或者别人的东西。狂欢节期间，他们更是为所欲为，与教士们愉悦和吸引民众的努力进行竞赛。德行与罪恶，艺术与科学，世界各地与一年四季，都化装成富有寓意的形象参加游行，庄严慎重地招摇过市，给民众以生动具体的印象，让他们对某些遥远的事物也有个概念，这样子，装傻逗乐也就不无益处；而另一方面，那些教士的化装巡游，只不过加深了乏味的迷信而已。

在这里年轻的赛罗又如鱼得水。他虽然自己并没有创造力，却极善于利用现存的东西，把它调弄好，并且加以发挥。他的异想天开，他的模仿天赋，是的，还有他那点儿至少每周一天——哪怕是对自己的恩人——也能充分展露的挖苦人的机智，都使他成了整个团体里受尊重，是的，甚至少不了的台柱子。

可是不久，不安的个性就驱使他放弃这个有利的地位，去祖国的其他地区接受新的锻炼。他来到了德国有文化但仍不像样子的部分，这里尽管为了尊重善与美而无损于真，但却常常让精神残损。他的面具再也派不上用场，他必须努力去打动人们的心灵。他只在大大小小的剧团待了短短一段时间，就趁机看出了所有剧作和演员的不同特点。当时统治着德国舞台的单调平淡，以及亚历山大诗体愚蠢的节奏音韵，台词对白的别扭肤浅，还有枯燥庸俗的道德说教，等等，他都很快就掌握了，并且发现了其中那些能够打动人、讨人喜欢的东西。

那些当时流行的剧本，他不只轻而易举地背熟其中的某个角色，而是把整出戏都背了下来，与此同时也记住了一些表演受欢迎的演员富有个性的语调。于是在自己漂泊流浪的途中，因为钱完全用光了，他便偶然心生一计，要独自上演那一个个剧目，特别是在贵族的庄园里和村子里，这样不管走到哪儿都立刻有地方落脚，有地方过夜。在任何一家酒店、一间房屋或一座花园，他立刻可以搭起自己的舞台，以他认真而狡黠的模样和装出来的激情，激发观众的想象，蒙骗他们的感官，在众目睽睽之下把一只旧柜子变成一座城堡，把一柄扇子变成一把匕首。他还用青春的热情代替深刻的感受，急躁似乎便显得有力，殷勤似乎便是温柔。这样一来，他让进过剧场的人想起曾在那儿见过和听过的一切，让其余的人心中产生出预感，还有要进一步了解戏剧这奇妙玩意儿的欲望。在一个地方演出有效果，他绝不放弃在另一个地方重演的机会，他能够顺手拈来，同样地让所有人上当，真是开心得要命。

他精神活跃、自由、毫无拘束，一经反复演出那些剧本和角色，提高就十分迅速。从前他只是模仿人家，现在念起台词来，表演起来，在符合原著精神方面都超过了先前的样板。顺着这条路往前走，他便渐渐自然起来，但却始终还是在做戏。他似乎身不由己，暗暗窥视着效果可好，特别得意的就是能一步一步地使观众激动起来。甚至他这疯狂的把戏，不久也迫使他有了节制，一半出于无奈，一半出于直觉，他学会了似乎很少有演员明白的诀窍：运用声音、表情和动作都要经济。

就这样，连那些粗鲁和不友好的观众，他也有办法使他们服服帖帖，使他们对他感兴趣。由于他到哪儿吃住都满意，都感激主人送礼物给他，是的，他在自认为够了时还谢绝送给他的钱，人家便写信相互推荐他，他于是在一段时间里，从一座庄园流浪到另一座庄园，到处都给人家一些快乐，自己也获得一些享受，期间自然少不了浪漫可喜的艳遇，真真正正的历险。

他内心冷漠，实在讲对谁也不爱；他目光犀利，对任何人都瞧不起：要知道，他永远看见的只是人的外部特征，所以把他们全归到了自己搜集的面具之中。与此同时，他如果不能让人人喜欢，不能到处激起喝彩，他的自尊心便会受到极大的伤害。怎样才能达到这些目的呢？他渐渐地十分留心起来，并且变得极其敏感，不只在演出中知道讨好，在日常生活中也如此。他的性情、他的天才和他的生活方式，就这么相互矛盾，彼此冲突，以至不知不觉之间，他发现自己被培养成了一个地地道道的演员。是啊，通过一种看似稀奇然而却完全自然的作用和反作用，通过悟性和训练，他的朗诵、道白和表演动作，都达到了一个真实、自如和率直的高度；然而，在日常生活和与人交往中，他却好像变得越来越神秘、做作，是的，甚至虚假和胆小起来了。

关于赛罗的命运和奇异经历，我们也许在别的地方还要讲，这儿只想提一提：到了后来，他已功成名就，地位虽不甚稳固却也很好，于是讲话便习惯了使用一种文雅的方式，时而冷嘲时而热讽，活像是个诡辩论者，以此几乎破坏了所有正经的交谈。威廉经常很有兴趣和他做一般理论性的探讨，只要一碰见这种情况，他便特别会用这种方式对付。尽管如此，两人却很喜欢在一起，因为各自的思维方法不同，谈话的气氛总是很热烈。威廉老希望从自己掌握的概念出发阐述一切，在相互关联中对艺术做完整的把握，希望定出明确的规则，解释清楚何为真、美、善，什么才值得喝彩，等等。一句话，他对待一切问题都特认真。赛罗相反把事情看得挺简单，他从来不直接回答问题，总能讲一个故事，或者一则笑话，就把问题解释得清清楚楚，教大伙儿于谈笑之中便了解了情况。

第十九章

威廉就以这种方式愉快地消磨着时光，可与此同时，梅利纳和其他人的处境却越加伤脑筋了。对于我们的朋友来说，他们简直成了一些恶灵，不只是来他面前令他讨厌，还常常冲他哭丧着脸，对他冷言冷语。赛罗连客串演出都没有邀请他们，更别提让他们产生获得聘任的妄想，可尽管这样，他却了解了他们所有的能耐。演员们经常在他家聚会，他每次总是让他们朗诵，自己有时也一块儿念。为此赛罗挑选的是那些长期未演而将来要演的剧本，而且多半只是些片段。同样也念首演剧目的某些段落，因为他觉得其中有需要提醒的地方，经过重复可以加深演员的体会，增强他们抓住要害的把握。一个平庸的演员只要理解正确，能够比一位稀里糊涂的天才达到更令人满意的效果，赛罗便想让他这些平庸之才于不知不觉间加深理解，从而提高他们的本领，以便博得赞赏。此外他还有一个挺有效的办法，就是让演员们朗诵诗歌，使他们体会到朗诵得精彩的韵律在我们心中产生的那种魅力，而不是像其他剧团似的朗诵散文，朗诵那种凡长着嘴巴的人都会念的东西。

聚会中，赛罗也认识了所有新来的演员，对他们现在的水平和可能达到的水平有了一个判断，并暗暗盘算着在剧团面临的一场变革中，如何及时对他们的才能加以利用。他把这件事情暂时放在那儿，对威廉为他们说情只是耸耸肩膀加以应付，直至看准了时机，他才出其不意地向威廉提出建议：威廉自己应该在他这儿登台，以此为条件，其他人他也才可以聘用。

“这么说，并不像您以前所讲的，这些人真是毫无用处啰。”威廉回答，“既然现在您一下子全都可以接收了，我想，没有我他们的水平一定仍然一个样。”

接着，在不对外透露的前提下，赛罗对他坦陈了自己的处境：他的一个头牌演员在续约时露出了要求抬高工资的表情，他却无意迁就，特别是因为观众已不再喜欢这小子。如果他让他走，便会有一大帮人跟着离开，剧团因此既会失掉几个好角，也会少了一些普通演员。随后，赛罗还告诉威廉，相反他对他，对雷提斯，对唠叨老头，甚至梅利纳太太，抱着怎样的希望。是的，他甚至预期老学究演犹太人、大臣，总之演坏蛋吧，也会获得热烈的欢迎。

威廉呆住了，听见这一席话颇感不安，在深深地吸了一口气之后勉强回答：

“您只是很友好地谈了在我们身上发现的优点，以及您对我们的期望；可我们的许多弱点呢，它们肯定逃不过您锐敏的眼睛。”

“那些弱点嘛，咱们可以通过勤奋、训练和思考，很快将它们变成优点。”赛罗说，“你们可全都只是些生手和票友啊，没有一个不是多多少少都可以造就，以我对所有人的判断，你们中间不存在木鱼脑袋。唯有木鱼脑袋不可救药。他们要么固执己见，要么愚蠢呆傻，要么得了妄想症，没法伸屈自如。”

然后赛罗三言两语讲了他可以提供的条件，请威廉尽快决定，说完就颇有些不安地走了。

在只为好玩而与雷提斯一道拼凑杜撰游记的奇异工作中，威廉一反往常，渐渐对现实世界的状况和日常生活注意起来了。他现在才真正理解父亲热心建议他写旅行杂记的用意。他第一次感到，在如此多的商务和贸易活动里充当中间人，帮助向大陆上最边远的深山老林输送生活必需品，是何等愉快和有益的事情。不安分的雷提斯拖着他走南闯北，使他对眼前待的这座商业大都市的中心地位有了生动的认识，一切都从这儿流出去，同时又流回到这里。平生第一次，在观察这类活动时，威廉感到了精神舒畅。在这样的情况下，赛罗对他发出邀请，重又激起了他的愿望，他的爱好，他对自己天赋的信赖，以及对那个无助的团体的责任感。

“我眼下又一次站在了岔路口，”他自言自语，“在我青年时代梦见过的两个女子之间。第一个已不再像当初那样可怜可悲，另一个也不是那么美艳绝伦。追随那个或者是这个，你都感到是内心的需要，而从她们两方面来的外在动力，也都够强大的。看来你不可能自行决定：你希望有什么外来的动力，替你做出选择。可是，当你认真观察自己，就知道使你倾向商务、赚钱和财富的，只是一些外在环境的影响；相反你向善、爱美的愿望和禀赋，却产生自你本人内心的需要，并受到它的滋养培育，因而这些身体和精神的禀赋，还会不断发展和提高。无须我费心劳神，命运就把我领到这儿来实现所有的愿望，未必我不该尊重命运？从前我想象的一切，决心做的一切，不是未经我动手就全部发生了吗？真够稀罕的呀！人对自己心中长期怀有的希望和愿望，看来再熟悉不过，可是当它们真的遇上他，差不多是自动给他送上门来的时候，他却不认识它们了，甚至想逃避它们。我在离开玛利亚娜的那个不幸的夜晚之前所梦想的一切，而今正摆在我的面前，自己要我接受它们。我原本想逃到这儿来，结果却顺顺当当被引到了这里；我原本想在赛罗这里落脚，他现在便需要我，对我提出了一个新手永远别想得到的条件。使我如此迷恋戏剧的，难道仅仅是对玛利亚娜的爱吗？或者反过来是对戏剧艺术的爱，使我迷恋上了这个姑娘？难道只有一个浪荡的、不安分的人，为了继续过市民社会不允许他过的生活，才欢迎舞台生涯和登上舞台这条出路吗？或者完全不是这么回事，动机都更加纯洁，更加高尚？有什么能促使你改变自己的初衷呢？在此之前，你不是无意识地在追求自己的理想吗？现在不再掺杂着别的打算，同时还可以履行自己庄严的诺言，正大光明地从一个重负下获得解脱，难道不更值得跨这最后一步吗？”

威廉心里和想象里的一切活动，现在都迅速地彼此交替，相互排斥。他可以继续带着迷娘，他不必赶走竖琴老人，这在他抉择的天平上不是一个小砝码。不过直到他习惯地去看他的女友奥勒莉亚，他思想的天平仍在上下晃动。

第二十章

他发现奥勒莉亚睡在自己的卧榻上，看样子挺平静。

“您相信自己明天可以演出吗?”他问。

“是的,”奥勒莉亚兴致勃勃地回答，“您知道，没有什么会妨碍我。——真希望有个办法制止场子里对我喝彩，他们心是好的，却仍会害死我。前天我想，我的心准会碎裂啦！从前我倒能忍受，只要自己对自己也满意。当我做了长时间的钻研、排练，就高兴听见四起的掌声，欢迎这成功的象征。而今我说不出自己想干啥，以及怎样干，只是被拖着走，脑子里一团糟，可是表演却更受欢迎。掌声越来越响亮，我于是想：你们真知道为什么起劲就好喽！这忧郁、激烈、含混的声音感动了你们，博得了你们的赞赏，你们可感觉出来，你们对其表示好感的，是一个不幸女子痛苦的心声！

“今早上我学习了，现在又重温了，试演了。我很累，骨头快散了，明天又要从头开始。明天晚上正式演出。我就这么把自己拖来拖去，早上懒得起身，晚上讨厌上床。一切都在我心里永远不停地转圈。随后又在眼前看见一些勉勉强强的安慰，随后再摈弃它们，诅咒它们。我不想认输，对必然认输——干吗那将毁掉我的事情就必然发生呢？难道不可以是另一个样子吗？生为德国女人，我就得付出沉重的代价。德国人性格如此：他们因为一切变得沉重，一切因为他们变得沉重。”

“哦，我的朋友,”威廉打断了她，“您能不能停止磨这把老是用来伤害自己的刀子呢？难道您真什么也没有了吗？您的青春，您的形象，您的健康，还有您的才华，都一钱不值吗？难道您无辜地损失了一件珍宝，就得把其他一切也跟着抛弃吗？难道这也必然?”

奥勒莉亚沉默了片刻，接着又激动起来：

“我很清楚那只是浪费时间，爱情纯粹是浪费时间！我什么不能做？不好做呢？可现在一切都化为了虚无。我是个可怜的痴情女子，除了痴情价值全无！同情同情我吧，上帝做证，我是个可怜虫哟！”

她陷入了沉思，过了一会儿又性急地喊道：

“你们习惯了什么都送到自己怀里。不，你们感觉不到，没有一个男人能够感觉到，一个懂得自尊的女子有多大价值！以所有天使的名义起誓，以纯洁善良的心灵替自己创造的所有神圣形象之名起誓，没有什么比女性，比一个献身于自己所爱的男子的女性，更崇高的了！我们冷静、骄傲、高尚、开朗、聪明，所以配称作女人。可是一旦我们恋爱了，一旦渴望获得爱的回报，我们就会把所有这些优点，通通置于你们的脚下。我是怎样明知故犯地，心甘情愿地，抛弃了自己整个的存在哦！可现在我还是感到绝望，有意地绝望。我身上没有一滴血不该受到惩罚，没有一根神经不该遭到折磨。您只管偷偷地笑吧，只管笑我这做戏似的激动夸张吧！”

我们的朋友可一点儿也笑不起来。他女友这半自然、半勉强的可怕情态，使他难受极了。他似乎陪着这不幸的女子在受精神的刑罚，只觉得头脑昏乱，热血激荡。

奥勒莉亚站了起来，在屋子里走来走去。

“我对自己讲了不能爱他的一切理由，”她高声道，“我也知道他不值得我爱。我朝这儿、朝那儿转移自己的心思，我干只要能干的事情。我一会儿找出一个角色来练习，尽管我不会演她。我把所有已经记得烂熟的老角色都练了一遍，努力了再努力，深入而又细致地练了又练，练了又练——我的朋友，我的知己，您可知要强使自己离开自己，是一桩多么可怕的差事啊！我的理智忍受折磨，我的神经紧张之极，为了不让自己发疯，我又只好放任自己的情感，承认我爱他。——是的，我爱他，我爱他！”奥勒莉亚泪流满面地高喊，“我爱他，愿意为此而死去。”

威廉抓住她的手，恳切地求她别这样摧残自己。

“哦，多么奇怪呀，”他说，“世人被剥夺了的，不只是不可能得到的东西，连可能得到的也一样。您注定找不着一颗忠诚的心，而它，本该创造您的全部幸福。我也注定了把自己一生的幸福，系挂在一位不幸的女子身上，她却像根芦苇，让我忠诚的重量给压倒在地，是啊，说不定已经折断了吧。”

他对奥勒莉亚讲了自己与玛利亚娜的故事，因此会发上述的感慨。奥勒莉亚呆呆地望着他的眼睛，问：

“您敢说您还从未欺骗过一个女人，从未企图以卖弄风情，以虚伪的保证，以诱惑的誓言，去讨好过任何女人，骗取她的恩爱吗？”

“我敢，”威廉回答，“而且绝不吹牛。要知道，我的生活很单纯，很难受到引诱或去引诱人家。我现在目睹您遭受的痛苦，美丽的、高贵的女友啊，对我就是严厉的警告！请接受我一个完全真心诚意的誓言吧，它通过您对我的感化而成形，而化作言语，并因为眼前的这一刻变得神圣了：我愿抗拒任何的逢场作戏，就连最严肃的爱慕也将保存于自己胸中；任何女性也休想从我口中听到爱的表白，除非我能向她奉献自己整个的一生！”

奥勒莉亚狂野而冷漠地瞪着他，等他把手伸给她时，她却几步跑开了。

“这没有什么！”她喊道，“女人的眼泪够多啦，加一点减一点都无所谓，反正海水不会因此涨起来。不过，”她继续说，“在千万个女子中拯救一个，也算一回事；在千万个男子中找到一个诚实的人，也可以想象！您知道，您许诺的是什么吗？”

“我知道。”威廉微笑着回答，又伸过手去。

“就算是吧。”她说，同时动了动右胳臂，威廉以为她想握自己的手。不料她却一下把手伸进衣袋，飞快地抽出那把尖刀，用刀尖和刀刃在威廉手上迅速划了过去。他急忙缩回手，然而鲜血已经流了出来。

“得给你们男人狠狠刻上记号，你们才会记得住!”她狂野地欢呼。但欢喜很快变成了忙碌，她掏出自己的手绢来给他包扎，止住已经往外冒的鲜血。“请原谅一个疯疯癫癫的女人，”她高声道，“也别惋惜您流的几滴血。我气消了，又恢复了正常。我愿意双膝跪地请求宽恕，让我从为您治伤中得到一点儿安慰。”

她急忙奔向橱柜，取来了纱布和几样器械，止住了血，细心地查看着伤口。这一刀正好划着拇指底下的肉丘，分开了生命线，直冲左边的小指划去。她静静地包扎着，陷入了意味深长的沉思。威廉一次次问她：

“亲爱的，您怎么可以伤着您的朋友呢?”

“别响，”她回答，把食指放在嘴唇上，“别响!”

歌德精选集

威廉·迈斯特的学习时代 下

[德] 歌德 著
杨武能 译

河北出版传媒集团
河北教育出版社

第 五 部

第 一 章

这样，威廉的两处旧伤尚未痊愈，现在又添了一处新伤，令他很不舒服。奥勒莉亚不同意他找大夫治，要亲自给他包扎，一边包还一边莫名其妙地说些话，搞些仪式，念些格言成语，弄得他十分难堪。然而不只是他，所有在奥勒莉亚身边的人，都为她的不安和怪癖所苦，而最倒霉的莫过于小费利克斯。在如此重压下，这活泼的孩子烦躁到了极点，奥勒莉亚越是斥责他、纠正他，小家伙越是表现得不像话。

小费利克斯有一些通常叫作不良习惯的嗜好，她也是绝不宽容。例如，他喜欢用水壶喝水，而不用杯子；似乎觉得大碗里的菜，总比分到了盘子里的好吃。这样一类缺点没有被放过。还有，他甚至进出不关门，或者关门过猛；当命令他做什么的时候，他要么站着不动，要么一头跑开，在这种情况下他就必定受到长时间的训斥，可事后却丝毫没有悔改表现。相反，他对奥勒莉亚的感情一天天淡漠起来，虽然叫她妈妈，但声音一点儿也不亲热，倒是格外依恋那个老保姆，她自然是事事都娇惯他。

可是老保姆一些时候以来也病倒了，人家把她送到了一个安静的住处；小费利克斯可能已发现自己完全孤苦伶仃，如果不是也让他看作仁爱天使的迷娘来了的话。两个孩子在一块儿玩得挺规矩，迷娘教他一些短诗，他记忆力极好，常常朗诵出来让听的人大为惊讶。她还给他讲解自己一直在研究的地图，只是方法并不怎么对头。因为，她似乎只注意世界各国是温暖还是寒冷，除此便什么都不感兴趣。对于地球的两个极地，对于那儿的酷寒，对于离极地越远越是暖和，她真是能讲得头头是道。遇上有谁去旅行，她只问人家是上南还是上北，并努力在自己那些小地图上把路线找出来。特别是威廉谈到旅行的时候，她更加留心，而一当转了话题，她似乎总是很不高兴。大伙儿很难说动她演个角色，即使在演出时上台走走也不乐意，反之却挺喜欢也格外努力地背那些颂诗和其他诗歌，并且常常能够以严肃庄重的风格，出人意料地即席朗诵，令大伙儿没有一个不吃惊的。

赛罗惯于留心每一个天才萌芽的痕迹，试图鼓励迷娘当演员；可她的报答多半只是给他唱几首歌，唱得好听而且风格多样，时常甚至非常快活。竖琴老人也通过同样的途径，赢得了赛罗的好感。

赛罗自己没有音乐天才，也不会任何乐器，但却重视音乐的价值，因此便尽可能地寻求这无与伦比的享受。他每周都要听一次音乐会，而今又通过迷娘、竖琴老人和小提琴拉得不赖的雷提斯，组织起了一支奇妙的家庭小乐队。

他总是讲："人总爱干那些粗俗的事，精神和感官反倒很容易对美好和完美的东西变得迟钝起来，因此得用一切办法保持自己的感受力。要知道，没有谁能完全少得了这样的享受；不习惯享受好的东西，就是许多人不管它愚蠢也好，粗鄙也好，只要新就喜欢的唯一原因。人应该每天至少听一支歌子，念一首好诗，观赏一幅出色的绘画。"他说："要是可能，还讲上几句聪明的话。"

在这些对于赛罗来说相当自然的思想指导下，他周围的人们从不缺少愉快的消遣。正是在这样的宜人环境中，一天威廉突然收到了一封盖着黑色印章的信。威尔纳的封印预示着这是个不幸的消息，短短几句话报告他父亲逝世了，令威廉吃惊非小。他父亲得了急病，没过多久便撒手而去，留下来的家事却都井井有条。

这意想不到的噩耗叫威廉痛彻心脾。他深深感到，人对自己亲友的感情迟钝麻木，当他们还和你共享天年的时候，你总不把他们当回事；等到这美好的亲情关系至少是今生不复存在了，你才知道后悔莫及。对父亲这位好人早早辞世的悲痛，只是由于感到他在这世上原本爱好不多，只是由于确信他很少有什么享受，才得到了些许的缓解。

威廉很快转而考虑起自己的情况来，不禁深感不安。一个人的处境如果受外界影响而发生重大改变，自己却未做好在感情和思想上去适应的准备，那是再冒险不过的了。随后便会出现一个非常时期，人越是觉察不到自己尚未具备对付新情况的能力，碰到的矛盾也越大。

一时间，威廉发现自己已无所牵挂，但与此同时又犹豫不决，没了主意。他的思想高贵，意图单纯，他的志向似乎也无可指责。这一切，他都可以相当放心地对自己讲，只是他也有足够的机会发现自己经验缺乏，因此对别人的经验以及他从这些经验中信心十足地引出的结论，给予了过高的重视，以致越来越堕入歧途。为了弥补自己的缺陷，他相信第一件该做的事是，把书中和谈话中所有值得思索的东西记录下来，收集起来。因此，只要他认为有意思，便把别人和自己的意见和思想乃至于整段整段的谈话写下来，遗憾的是这样子既记住了真理，也记住了谬误，以致过久地固守着一个思想乃至于一句格言，反倒抛弃了本身自然的思想和行为方式，常常把别人的灯光当作自己的指路明星，盲目地跟着前进。奥勒莉亚对人的尖刻，他朋友雷提斯对人的冷漠，都过于经常地影响了他的判断；不过对他更加危险的，却是雅诺这种人。雅诺思想明澈，对眼前的事物能做出正确而严格的评判，不过却有一个毛病，就是总把个别判断讲得像一般似的，殊不知理性的判断只是对个别情况也即在完全特定的条件下才有效，一旦推而论及其他，就已经不正确了。

就这样，威廉努力想达到内心的和谐一致，结果反倒越来越远离了有益身心的和谐统一。在如此混乱的心境中，热情洋溢的他更容易把一切偶然因素都用来支持自己的判断，结果就使他对自己该做什么事情更加没了主意。

赛罗则从威廉父亲的死讯捞到了好处，他一天比一天更有理由考虑改组自己的剧团。他要么与人家续约，可自己又很不乐意，因为团里那几个他认为少不了的台柱子越来越不像话；他要么让剧团脱胎换骨，他原本所希望的正是如此。

他没有自己催威廉，而是煽动奥勒莉亚和菲莉涅这样做。其余的人渴望找到饭碗，也同样不让咱们朋友安宁，于是威廉就狼狈地站在了岔路口。谁想得到呢？威尔纳一封原本目的相反的来信，结果倒加速了他做出决断。我们且略去开头，稍作删节，把这封信抄录在下面。

第 二 章

“……事情就这样，看来也只有这样才对：一切人都抓住一切机会干自己的事情，都各显自己的本领。善良的老人刚过去不到一刻钟，家里一切都不再是他希望的那个样子。朋友、熟人、亲戚纷纷涌来，特别是那些能借此机会谋取一点儿好处的各色人物，更是全都到了场。人们拿的拿，搬的搬，写的写，算的算，付钱的付钱；这些人带走酒和糕点，那些人又吃又喝；可我只看见女人们在忙着制备丧服，比谁都更严肃认真。

“你会原谅我吧，亲爱的朋友，要是我在这件事情上也有自己的考虑，就是尽可能地帮助你的妹妹，向她表现我的热心，只要时机比较合适就立刻让她明白，现在我跟她的事就是赶快结婚，而在此之前，我们双方的老人都太啰唆，把我们的婚事给拖下来了。

“这下你可别想，我们有意拥有那所空空的大宅子。我们比较节制，比较明理，让我告诉你我们的打算。你妹妹婚后立刻搬到我家里来，连你的母亲也一道。

“‘怎么可能呢?’你会说，‘你们自己那个窝儿乎没有空的地方。’这才叫艺术啦，我的朋友！安排得当什么都可能，而你不会相信，只要挤着一点儿，会腾出多少地方。大宅子我们将卖掉，很快就有一个好机会，要让卖得的钱产生百分之百的利息。

“我希望你同意我们的打算，并希望你从自己父亲和祖父那些无用的嗜好，没有继承任何一点。你祖父把自己的幸福全押在一堆不起眼的古董上，我敢说没有谁能和他一样欣赏；你父亲生活在豪华住宅里，不让任何人与他一块儿享受。我们想要另起炉灶，我希望得到你的赞同。

“不错，我在自己家里占的地方仅只够放一张书桌，还想不出将来把摇篮放到哪儿去呢，可是，在屋子外边地方却宽得多。男人可以上咖啡馆和俱乐部，女人可以散步和坐车游览，至于乡下美丽的游乐场，可以两个人一块儿去。除此还有一大优点，就是我们的圆桌坐得满满的，我父亲就不可能再见他那些朋友，他越是起劲地招待这些人，他们越是张开嘴巴任意挑剔他。

“家里千万别要多余的东西！家具、用品千万不能太多，也不要车，不要马！只要有钱就得，随后便可以理性地爱怎么过日子就怎么过日子。千万别储存衣服，永远把最新最好的穿在身上。男的可以把上衣穿旧，女的只要衣服有点儿过时就卖给收荒匠。我最受不了的是拥有一大堆破烂儿。设若有人愿送我一只值钱的钻戒，条件是每天都必须戴它，那我也不肯接受。有的只是一笔死资本，还能设想得到什么快乐吗？所以我乐天的信条就叫：做买卖，挣银钱，和家里人快快活活过日子，不管其他任何人闲事，除非你用得着他们。

“可这下你会讲：‘你们的美好计划里是怎样考虑我的呢？你们把我父亲的住宅卖了，自己家里又一丁点儿地方不剩，让我到哪落脚呢？’

“问题的关键自然在这儿呢，小兄弟。我马上就可以给你解释，只是在此之前我理当给你称赞，称赞你时间利用得太好啦。

“告诉我，你如何能在短短的几个礼拜中，成了所有有益和有趣的事情的行家？见你学到了这么多本领，我不能不相信你十分用心，十分努力。你的日记让我确信，你此行的收获太大了，炼铁厂和炼铜厂描写得特别精彩，表明你已有许多专业知识。我从前也参观过这些厂子，但我的报告与你的比起来，实在相形见绌。关于麻纺业的那封信，整个都富有教益，其中就竞争所发的议论，更非常准确。你有几处数字加错了，但完全可以原谅。

“然而最使我和我父亲高兴的，是你对管理问题，尤其是对改善田庄管理的深刻见地。在一个很富庶的地区，我们有望购得一座罚没的大庄园。我们准备把变卖你父亲宅第的钱用到这上面。庄园一部分将出租，一部分可以自己留着。我们指望你去负责改善那儿的管理。这样，不说多了，这座庄园在几年内就会增值三分之一，然后可以卖掉，重选一处更大的来加以改善并再卖出去。而你，正适合做这件事。咱们在家的人也不会懈怠，如此一来不用多久，咱们的景况就会令人羡慕。

“多加保重！好好在旅途中享受生活，你觉得哪儿好玩、哪儿有意义，就只管上那儿去。头半年我们还用不着你，你可以随心所欲地在外边看看。须知，一个聪明人在旅途中能获得最好的教育。再见，我高兴和你成了近亲，而且现在又如此志同道合。”

这封信写得尽管很好，尽管包含着如许多经济方面的真理，但仍在不止一点上为威廉不喜欢。其中对于他子虚乌有的统计学和工农业知识的赞许，对他说来无异于无言的责备；还有他妹夫描写的市民生活的幸福，丝毫也引不起他的兴趣。还不止此，一股潜藏着的逆反心理，倒把威廉猛地推向了反面。他坚信，只有在舞台上，才可能完成自己希望得到的教育，似乎威尔纳越是起劲地进行反对，越是不自觉地增强了他投身戏剧事业的决心。威廉随后把自己的所有论据集中起来，相信有必要很好地向聪明的威尔纳说清楚。他越是这么认为就越坚定了自己的看法，于是产生了我们同样抄录在下边的回信。

第 三 章

“你的信写得真好，考虑也真是周到，真是精明，叫人没有什么可以再补充的。不过你得原谅我，如果我讲还可以有正好相反的看法、主张和做法，而且也可以同样正确。你处世和思维的方法，着眼点都在于无限制地增加产业，轻轻松松地享受生活。我用不着告诉你，在此我找不到任何一点儿让我感兴趣的东西。

“我首先得遗憾地向你坦白，我那日记是为了讨父亲的欢心，在不得已的情况下请一位朋友帮助用几本书的材料拼凑成的。我尽管知道书里写的事情，也有诸如此类的知识，但却并不真懂，更未进行过钻研。冶炼出好铁对我有何益处，如果我内心满是矿渣？整顿好庄园于我何用，如果我自己内心都不和谐统一？

“让我用一句话对你讲吧：从少年时代起，我就隐隐约约地有一个愿望和志向，就是完全按我的禀赋造就培养自己。现在我仍怀着同样的想法，只是能让我实现它的手段，变得明确一些了。我比你想象的更多地见了世面，比你相信的获得了更大的好处。因此，我说什么也望稍加留意，尽管会不完全符合你的想法。

“倘使我是个贵族，咱们的争论马上可以结束，只可惜我是平民，因此必须走自己的路，这一点，我希望你会理解我。我不了解在外国怎样，但是在德国，唯有贵族才能享受到某种全面的，我想说是个性化的教育。一个平民可以建立功勋，充其量使自己的精神得到培养；但是他却会丧失个性，不管他做怎样的努力。贵族交往的都是达官贵人，有义务养成高贵的风度，对于他来讲又条条道路畅通，他的风度又将变得大方自如。不管是在宫里，还是在军中，他都必须显示自己的丰仪，自己的气度，因此他就有理由重视它们，并且显示出自己确已重视。他在日常的琐事中显得庄重、文雅，在严肃重大的事务中显得轻松、悠闲，因为他要让人看见，自己时时处处都保持着心理平衡。他是一个公众人物，举止越是优雅，嗓音越是洪亮，整个风度越是含蓄、有分寸，他这个人就越完美。无论对上对下，对朋友对亲戚，他永远是一样的态度，因此就无懈可击，你没法希望他变成另一个样子。他冷漠，但理智；他虚假，但机灵。在生活中的任何时刻他都善于控制自己的外表，以至没谁好再对他提出任何要求。其余的一切，他的才干也好，天赋也好，产业也好，都只是额外的附加之物罢了。

“你现在想象一下某个平民妄想也多少得到这些特权，他绝对是会失败的；而且，他越是生来便有仿效贵族的能力和冲动，他就越加不幸。

“贵族在世俗的生活中完全不受限制，人家可以把他造就成国王，或是近乎国王的大人物，所以到哪儿都可以自信地出现在同类的人面前，并且无论何处都允许往前挤；相反平民就没这么舒服，心里老得想着给他规定的界限。他不得问：你是什么？只能问：你有什么？有怎样的见解，怎样的知识，怎样的能力，以及多少财产？贵族只要亮出身份便能说明一切，平民通过身份什么也不能够说明，不允许说明。贵族可以，也允许炫耀；平民只能是啥就是啥，一炫耀就可笑甚或讨厌啦。贵族应该有所作为，发挥影响；平民只能多做贡献，勤勤恳恳。他只可培养单方面的能力，为人所用，前提是他的个性不和谐统一，不允许和谐统一，因为他仅需要一技之长，除此以外的一切一切，都必然遭到忽视。

“造成这种差别的既非贵族的佞妄，也非平民的谦让，社会结构本身才是罪魁祸首。这种情况会不会有点改变，会有怎样的改变，我都不怎么关心。一句话，面对现实，我只考虑自己，考虑如何挽救和实现自我，挽救和实现对于我来说是不可或缺需要的东西。

“我已经产生一个不可抗拒的欲望，正好就是要培养自己和谐统一的人格，而这却为我的出身所不允许。自从离开了你，我通过身体训练收获不小，原来畏畏缩缩的样子大为改观，已经相当有风度。我同样锻炼了自己的语言和嗓音，可以毫不虚夸地说，在大庭广众中不会丢人。现在我不瞒你，我渴望成为一个公众人物，在更大的范围内博得好感，发挥影响，而且我这渴望一天比一天更难以克制压抑。同时我还酷爱诗歌，酷爱与诗艺有关的一切；我还想要培养自己的思维和口味，以便渐渐能在自己不可缺少的艺术享受中，真正把善的视为善的，把美的视为美的。你该已看出来了，所有这些对于我来说只有舞台上才找得到，唯有在这样的环境里，我才能随心所欲地活动和培养自己。在舞台上，一个有教养的人同样能显示出个性的光彩，一如在上层社会，他的精神和肉体必须时时努力保持协调。在舞台上，我将活得和表现得比任何别的地方都好。如果我还想找其他事干，那有的是机械乏味的活儿，我可以每天都锻炼自己的耐性。

“别和我争论啦，你的信还没到，我已经跨出了下一步。囿于世俗偏见，我想改名换姓，因为我毕竟羞于以迈斯特这个姓氏登台。再见了。咱们的财产掌握在这么好的管理者手里，我根本不用操心。我偶有所需，自会找你索取，不会多的，因为我希望我的艺术也能养活我自己。”

信刚发出，威廉立刻实践诺言，令赛罗和其他人大为惊讶地宣布：他愿献身演员事业，并签订一份条件合理的契约。就此很快取得了一致意见。赛罗早就表示过，威廉和其余的人是会感到满意的。我们已经谈了很久的不幸的剧团一下子全部得到聘用，但是除了雷提斯之外，谁也未对威廉表示谢意。正如他们在要求聘用时没有信心，在接受聘用时也没有感激之意。多数人反倒把此事归功于菲莉涅的影响，对她说了声感谢。这期间，契约都已拟订出来并且签了。威廉在签上自己艺名的一刹那，一种无法解释的联想，使他眼前突然重现了林中憩息地上的那一幕：他受了伤躺在菲莉涅怀中，从丛莽中走出来骑着一匹白马的女中豪杰。可爱的女骑士走近他，下了马。对他人的慈蔼关怀使她不安地走来走去，最后终于停在了威廉跟前。斗篷从她肩上滑落下来，她的容貌，她的身段变得灿烂光明，但随即就消失了。这样，威廉只是机械地写下了自己的名字，完全不知道在干什么，直等签完以后才感觉迷娘站在自己身边，拉着他的胳臂，企图把他的手拽开。

第 四 章

在威廉同意登台的条件中间，有一项赛罗在接受时不无保留。威廉要求不加删节地上演《哈姆雷特》全剧，赛罗只表示尽可能满足这奇异的愿望。现在为此事已没少争论，因为，什么是可能或是不可能，从剧本中可以删去些什么又不致阉割它，对这些问题两人的意见很不一致。

威廉还处于那种热恋的幸福时刻，就像不理解在一个自己心爱的姑娘身上会有缺点一样，也不相信一位自己崇敬的剧作家也可能有败笔。在这种时刻，我们对她们的感觉是那样完整，那样符合我们的心愿，因此就必然把她们也想象得十分和谐完美。赛罗相反却挑三拣四，甚至挑剔甚多。他锐敏机智，在他看来，一部作品作为一个整体，通常都或多或少是不完美的。他相信，作品的实际情况表明，没有多少理由对它们那么小心翼翼。这样，莎士比亚也得忍耐一点，特别是《哈姆雷特》更得好好删节。

赛罗讲什么要去粗取精，威廉压根听不进去。

“这可不是麦麸与麦粒混在了一起，”威廉大声疾呼，“这是树干、枝柯、树叶、蓓蕾、花朵和果实。不是一个与另一个紧密相连，一个产生出另一个吗？”

赛罗反驳道，总不能把整棵树搬上餐桌，艺术家必须把金苹果盛在银盘里端给客人。他们用尽了所有的比喻，结果意见分歧似乎越来越大。

在一次长时间的争论之后，赛罗便建议威廉使用一个最简便的办法，也即叫他当机立断，提起笔来把剧本中不适当或者不可行的东西通通画掉，把几个人物压缩为一个。威廉要是对这个办法不够熟悉，或是忍不下心这么搞，那也可以把修改工作交给赛罗自己，他愿意很快完成任务。听了这一席话，威廉差点儿完全绝望。

“这不符合咱们的约定，”威廉回答，“您这么有见地的一个人，怎么会如此轻率呢？”

“我的朋友，”赛罗提高了嗓音，“您将来也会这个样子的。我可是太了解这种主张的可厌啦，世界上也许还没有一家剧团这样干过。可是，哪儿又有一家剧团像咱们这样遭忽视呢？咱们这样可恶地进行阉割，是受了剧作家们的逼迫，而且观众也容许。有几个剧本不是超出了我们的演员数量、布景规模和技术水平，超过了时间、对白和演员体力的限制呢？然而我们还是要演，不断地演，还老要演新戏。演删节过的剧本也好，演完整的剧本也好，效果反正都一样，难道这时我们不该扬长避短？何况还是观众自己让我们发挥所长啊！很少德国人，也许所有新兴的民族中都只有少数人，具有对于完整性的美感，人们通常只是局部地赞赏和指责，只是为局部而痴迷、陶醉：演出永远只能支离破碎，这除了对演员，还对谁是一大幸事啊！”

“是倒是！”威廉回答，“难道也必须继续如此？难道一切现状都必须保留？您没法说服我，让我相信您是对的。再说世界上也没有力量能打动我，让我遵守一纸糊里糊涂签订的契约。”

赛罗让事情转了个愉快的弯子，请威廉再考虑考虑他经常对《哈姆雷特》发表的言论，自己想出成功地改编剧本的办法。

威廉在孤独中熬过几天以后，眉飞色舞地回来了。

“我要是没有发现解决整个问题的办法，我必定会大错特错。”他高声说，“是的，我坚信莎士比亚自己也会这么办，要是他的天才不过分地集中于主体，不被他也许据以创作的小说引入歧途的话。”

“请说下去，”赛罗威严地坐到长沙发上，道，“我将洗耳恭听，但是评判也更加严格。”

“我不怕您评判，”威廉回答，“您听好了。经过最仔细的研究，最成熟的思考，我把剧本的布局分成了两个部分：第一部分是人物和事件意义重大的内部关系，是主要人物性格和行为产生的巨大影响。这些人物，个个都塑造得很精彩，而且所安排的顺序也不容更改。不能用任何方式的改编，去破坏或者歪曲他们的形象。谁都要求看到这些人物，谁都不敢碰他们一碰，他们已经深入人心。而据我听说，他们也几乎全都被送上了德国的舞台。只不过我相信人们犯了一个错误，也就是把在剧本里可以发现的内容的第二部分，我指的是人物的外在关系，看得太无足轻重，只是顺便提了一提或者甚至干脆给删去了。岂知正是这种关系，使他们从一个地方到另一个地方，或者通过某些偶然的事件，以这样或那样的方式联系在了一起。诚然，这关系的线索细微而松散，但是却贯穿全剧，把那些否则会散掉的情节联系了起来。设若割断这些线索，以为可以另牵一条线索，或者只留下头尾，剧情就真的会散掉。

“我算作这外在关系的有：挪威的动乱，与年轻的富廷布拉斯交战，向老伯父派出使节，得到调解的争端，年轻的富廷布拉斯进军波兰和最终撤退；同样，还有霍拉旭离开威腾堡归来，哈姆雷特渴望去威腾堡，雷提斯前往法国和归来，哈姆雷特被遣送英国和在途中被海盗俘虏，两个廷臣因传递黑信遭处死——所有这些情况和情节，可以铺陈出一部厚厚的长篇小说，但却大大有损于剧本的统一性，乃是严重的缺点，特别当剧中主人公的个性也不统一的时候。”

“您这话我就爱听啦！”赛罗欢呼起来。

“别打断我，”威廉回答，“您不会总是称赞我的。这些缺点就像一座建筑的临时支架，想取掉它们得先筑牢墙壁。所以我就建议：那重要的第一部分丝毫别动，不管是整体还是局部都尽可能保持好，但后面这些外在的、个别的、分散的和有干扰作用的情节，可以全部去掉，而用唯一一个情节将它们代替。”

“这情节是?”赛罗坐不住了，站起身来问。

“它在剧本里已经有了，”威廉回答，“只不过我要好好加以利用。它就是挪威的动乱。这您就审查我的构想吧。

“老哈姆雷特死后，刚被征服的挪威人骚动了起来。那儿的总督派自己的儿子霍拉旭回到丹麦，催促装备舰队。这事由于新丹麦王沉溺享乐，给耽搁下来了。霍拉旭是哈姆雷特的同学，一向以勇敢机智超群出众。他见过哈姆雷特老国王，曾参加过国王指挥的最后几次战斗，受到过国王的嘉奖。这样，鬼魂出现的第一场就不会失去什么。随后，新国王接见霍拉旭，派雷提斯去挪威送信，通知舰队不久就会开到，同时霍拉旭也奉命督促加快舰队装备。另一方面，哈姆雷特希望上船跟随霍拉旭一块儿去，他的母后却不同意。”

“感谢上帝!”赛罗叫起来，“这下我们终于摆脱了威腾堡，摆脱了那所我一直很伤脑筋的高等学府。我觉得您的想法很妙：因为除了挪威和舰队这两个遥远的场景，观众根本无须再想象什么。他将看见其他一切，其他一切将在他眼前出现，完全无须他的想象力去满世界追索。”

“你不难看出，”威廉继续说，“其余的情节我将怎样缩减。哈姆雷特把继父的罪行告诉了霍拉旭，霍拉旭便建议他前往挪威，在那儿抓牢军队，然后再杀回来。正好国王和王后也对哈姆雷特存有戒心，摆脱他最便当的办法就是派他去舰队，并且让罗森克朗茨和古尔登施特恩一同去监视他。这时雷提斯刚好回来了，因急于报仇而快要杀人的青年便奉命前去接替。舰队由于风向不利而滞留港口，哈姆雷特又回来了，他穿过墓园也许可以加上一个很合理的动机，他在奥菲莉亚的墓穴中邂逅雷提斯，是个重要而不可或缺的环节。随后国王可以考虑，马上干掉哈姆雷特更好，接着，便为饯行和他与雷提斯的表面和解而大肆庆祝，举行骑士演武活动，哈姆雷特也就跟雷提斯比剑。不死掉四个人，我不能让戏结束，谁也别想活下来。临了重新由民众选举国王，垂死的哈姆雷特把自己的一票投给了霍拉旭。”

“只管抓紧坐下写吧，”赛罗接着说，“快赶出脚本，你的构思我十分欣赏；千万别拖没了兴致。”

第 五 章

威廉已研究了《哈姆雷特》的翻译好长时间；为此他用的是维兰德[1]出色的译本，他当初认识莎士比亚，也是通过这个本子。在维兰德的译本里删掉了的内容，他又给补充进去；这样在与赛罗就改编问题取得比较一致的意见时，就掌握了一个完整的译本。现在他开始按照自己的构想删节和增补，分割和连接，更改和恢复，而恢复是经常的；因为，他尽管挺满意自己的构思，但实际改起来似乎总觉得是在损害原著。

他一改完，就读给赛罗和其他人听。大伙儿都表示很满意，特别是赛罗，更发表了一些赞许的意见，比如讲：

“您的感觉很正确，外部的关系对剧情起着陪衬作用，但是必须比伟大的剧作家写的要单纯一些。在剧场之外发生的事情，观众看不见，而必须想象，它们只是一个供演员在前面活动的背景而已。单纯地以舰队和挪威做大背景，对于剧本就非常好，把它全部拿掉了，就只剩下一出家庭悲剧，整个王室由于本身的罪行和愚笨而走向覆灭的深刻主题，就没有以其应有的庄严表现出来。反之，如果背景本身复杂多变，含混不清，也会损害人物形象的鲜明。”

说到这里威廉又开始为莎士比亚辩护，指出他的戏是为岛国居民，为英国人写的，英国人已经习惯看见背景上有船只和航海，有法兰西的海岸和海盗。但是，对于他们来说习以为常的东西，却一定会分我们的心，让我们头脑昏昏。

---

① 维兰德（Ch. M. Wieland，1733－1813），与歌德同时代的德国著名作家兼莎士比亚翻译家。

赛罗只好认输，随即两人取得一致意见：戏一定得搬上德国舞台，上述那个庄严而单纯的大背景最适合于我们的演出。

角色早已分配好了：赛罗自己演波罗纽斯，奥勒莉亚演奥菲莉亚，雷提斯的姓名已决定了他的任务，一个新来的年轻演员，矮壮、活泼，扮演霍拉旭，只是国王和鬼魂有些麻烦。能演这两个角色的就只剩下了唠叨老头。赛罗原本建议老学究演国王，却遭到威廉坚决反对，因此决定不下来。

此外，威廉在剧中保留了罗森克朗茨和古尔登施特恩这两个人物。

“干吗您不能把他俩合成一个呢？”赛罗问，“这样的省略不是特容易吗？”

“上帝保佑我千万别这么省，”威廉回答，“这么一省同时也会失去意义和效果。这两个人的品性和作为，不是一个人代表得了的。正是在这些细节上，莎士比亚显示了自己的伟大。如此谨小慎微、玲珑圆滑，如此唯唯诺诺、溜须拍马，如此见风使舵、摇尾乞怜，还有既目空一切又浅薄空虚，既貌似有理又十足无赖，所有这些本领，怎么可能通过一个人表现出来呢？如果可能，他们至少得是一打。因为这种人只有成群结伙，才有点儿能耐，而且本身也自成帮伙。莎士比亚既节制又聪明，只让这类人的两个代表登台。此外，我也需要把他们写成一对，以和善良而聪明的霍拉旭形成对照。”

“我理解您的意思，”赛罗回答，“咱们有办法解决问题。其中一个可以给艾尔米拉演（唠叨老头的大女儿叫这个名字），她长得漂亮没有关系。我会把这些布娃娃打扮和训练好，教观众瞅着愉快。”

菲莉涅特别高兴自己能出演小喜剧里的公爵夫人。她叫道：

“我一定演得自自然然，真像非常爱自己的第一个丈夫，可等丈夫一死，飞快地便嫁给了第二个。我希望能赢得热烈的喝彩，让人人都巴不得成为我的第三个丈夫。”

对她的大言不惭，奥勒莉亚一脸厌烦，她一天比一天更加反感菲莉涅了。

“真可惜，咱们没有芭蕾舞，”赛罗说，“否则您就可以跟您的第一个丈夫以及第二个丈夫，跳一段双人舞啦，让那老头子和着音乐的节拍睡去，而与此同时，您却可以在背后的小台子上，极其可爱地展示自己的小脚和小腿肚。”

“关于我的小腿肚，您大概所知不多，”菲莉涅挑逗道，“至于我的小脚嘛，”她提高了嗓音，同时飞快伸手到桌子底下抓出自己的拖鞋来，把它们并排摆在赛罗面前，“喏，我赌您不能找得出更可爱的鞋子！”

“可当真哩！”赛罗边细看这双精致的拖鞋，边说，“确实不容易见到更漂亮的鞋子。”

“巴黎做工，菲莉涅从伯爵夫人那儿得到的礼物，这位夫人的一双美脚很是有名。”

“太迷人啦！”赛罗叫道，“要见到她，我的心准怦怦跳。”

“确实令人陶醉！”菲莉涅说。

“没有什么能赛过一双做工如此精美、细腻的鞋子啦。”赛罗高声说，“不过，它的响声，是不是比它的模样还迷人呢？”说着，他把拖鞋提起来，一次又一次地，一只又一只地，让它们掉在桌子上。

“这是什么意思？请快快解释一下！”菲莉涅嚷嚷。

“请允许我告诉您，”赛罗假装谦虚，实则狡黠地一本正经道，“我们这些单身汉，我们在夜里多半都孤孤单单，也像别的人似的心惊胆战，渴望在黑暗中有个伴，特别是住在旅馆里或者在外地的时候，心里更是不踏实，要是有个好心的人来陪伴陪伴，解救解救，那我们真是感到欣慰啊。夜里躺在床上，听见嘎嘎之声就不寒而栗，可这时房门开了，传来一点儿噼啪噼啪的、可爱而轻微的声响，悄悄地移近床前，但听帐幔窸窸窣窣：啪！嗒！一双拖鞋掉到了地上，呼叱！转瞬间你已不再孤孤单单。嗨，那鞋跟击打在地板上的声音啊，真是无与伦比，真是可爱动人！鞋跟越纤细，声音越清脆。不管人家给我讲夜莺鸣啭，溪水潺潺，和风软语，还是一切弹奏和吹奏的乐音怎样怎样，我都坚持喜欢这‘啪！嗒！’之声。——这‘啪！嗒！’是一支回旋曲最美的主题，叫人永远恨不得一再地从头聆听。”

菲莉涅从他手里拿回去拖鞋，说：

“瞧我把它们踩得多弯了呀！它们对于我太肥大！”说罢就拿两只鞋跟相互摩擦着玩。“瞧都变热了！”她把一只鞋底靠在脸颊上大叫，随后继续摩擦，并把它们递给赛罗，赛罗和和气气地去感受那温度。“啪！嗒！”菲莉涅边嚷边用后跟狠狠地给了他一下，疼得他大叫一声缩回了手。“我要教训教训你，别对我的拖鞋想入非非！”菲莉涅笑着说。

“我也要教训教训你，别像引诱小孩子似的引诱老年人！”赛罗反唇相讥，跳将起来，猛地把菲莉涅抱住，强行亲了她几口。她呢，尽管每一次都煞有介事地反抗，还是巧妙地让他亲了去。在扭打的过程中菲莉涅头发散了，缠在了旁边的人身上，一把椅子砰地倒下去。奥勒莉亚深以这样的胡闹为耻，很厌烦地站了起来。

第 六 章

虽然新编的《哈姆雷特》删去了许多人物，但角色数量仍然很多，剧团的演员几乎不够安排。

“再这么干下去，”赛罗说，“咱们的提词员也必须从洞里爬出来，混在咱们中间，充当一个人物啦。”

“我已经时常佩服他的本事。”威廉接过话头。

“我相信，再没有比他更完美的提词员。”赛罗说，“观众从来听不到他的一丝声音，我们在舞台上却听明白了每一个音节。他仿佛长着特异的发声器官，在我们处于困境时低声而清晰地对我们耳语。他感觉得出，演员哪一段台词已完全记熟，早早地就能预感到什么时候演员会失去记忆。有几次，我根本念不下去了，他便一个词一个词地带读，结果我跟着演得很成功。只是他也有些怪癖，足以把任何别的人给毁掉：他十分关注剧情，到了令人激动的地方，他便不再是念，而是做表情朗诵。他这么乱来，不止一次搞昏了我的脑袋。”

“我也同你一样，”奥勒莉亚附和说，“有一次，他的另一种怪癖使我几乎陷入绝境。”

“他那么兢兢业业，怎么可能出这种事?”威廉问。

“他在某些段落大受感动，以致热泪滚滚，完全失去了自制，”奥勒莉亚回答，“而且使他变得这样的并非真正感人的地方。我要是说得更清楚一点，那只是一些优美的段落，一些仿佛剧作家的睿智从明亮的大眼睛中往外张望的地方，一些我们其他人充其量只是感觉痛快，而千千万万观众却根本会忽视的地方。”

“他既然这么多愁善感，干吗不登台呢?”

“他嗓子嗄哑，动作僵硬，使他登不了台，加之生性孤僻，没法合群。”赛罗回答，“我曾费了老大的劲，想使他习惯我，可是白费！他朗诵棒极了，我从未听见过像他这样的；在一般朗读和表情朗诵之间，谁也没法区分得像他那样精细。”

“找到了！”威廉高呼，“找到了！真是个幸运的发现！现在咱们有了念关于野蛮的皮鲁斯那段台词的演员啦！”

“您这个人真叫热情澎湃，一切都可以让您用来实现最终目的。”赛罗应道。

“可不，我极为担心这一节也许不得不去掉，”威廉高声说，“那样一来全剧都会失去活力。”

“这我看未必。”奥勒莉亚回答。

“我希望你们很快会同意我的意见，”威廉说，“莎士比亚引入那些刚进宫的戏子有双重目的。首先，那个人朗诵普里阿摩斯之死[①]这段台词时自己也大为感动，给王子本人留下了深刻印象，他磨砺了动摇的年轻人的良心，于是，这一场就成了小插剧中那令国王震惊的一幕的前奏。那个演员对人家虚拟的痛苦尚如此动情，哈姆雷特不禁感到羞愧，于是产生了以同样的方式试探自己继父良心的想法。那结束第二幕的独白多么精彩啊！我真高兴能自己朗诵：

“‘哦，我这个混蛋，我这个低贱的奴仆！——这个戏子，只是通过虚拟的痛苦，只是通过痛苦的梦幻，便能随心所欲地抒发感情，致使脸色大变！热泪盈眶！举止迷茫！嗓音嘶哑！整个人都让一种感情给控制了！全都不为别的——只为赫卡柏[②]！——赫卡柏是他什么人，或者他是赫卡柏什么人，竟为她这么泪流满面？’”

“但愿也能使咱们的提词员登台。”奥勒莉亚说。

---

① 普里阿摩斯是特洛伊的老国王，在其子帕里斯劫持美女海伦引发的特洛伊战争中，城池被希腊联军攻陷时为涅俄普托勒摩斯所杀。

② 赫卡柏是普里阿摩斯的王后。

“我们必须慢慢地引导他上去，”赛罗讲，“在排练时不妨叫他念这一段，就说咱们准备演这个角色的演员还没来；咱们看看这样能不能靠近他。”

对这个问题意见一致以后，谈话就转到了鬼魂上面。威廉下不了决心分配老学究演活着的国王，以便让唠叨老头演鬼魂，而是主张再等一等，因为还有些演员说好要来，他们中没准有适当人选哩。

当天晚上，威廉在自己的写字台上发现了一张便条，收信人写的是他的艺名，发信人的签名却稀奇古怪，我们可以想象他有多么惊讶。便条内容如下：

> 古怪的年轻人哦，我们知道你很尴尬！你找不到人来演你的哈姆雷特，更别说鬼魂啦。你的热情真该招来奇迹，咱们虽说创造不出奇迹，却可以让奇怪的事情发生。你只要相信，到时候准会有鬼魂出现！要大起胆子，保持镇静！不用回信，你的决定咱们会知道的。

他拿起这稀罕的便条，急忙回到赛罗房里。赛罗读了一遍又一遍，最后才忧心忡忡地说：“这情况挺重要，必须好好考虑能不能、该不该冒险。”他俩谈了很久很久。奥勒莉亚没吭声，只是时不时地笑了笑，直到几天以后又提起此事时，她才明显地暗示威廉，她认为这是赛罗开的一个玩笑。她请求威廉千万别担心，耐心地等着鬼魂出现就是了。

赛罗呢，一般讲兴致却极好，因为那些要走的演员个个在拼命把戏演好，为了使他将来真正后悔放走他们，还有从观众对新班子的好奇心，他也可望大赚一笔。

甚至与威廉打交道，也对赛罗产生了影响。他开始更多地谈论起艺术来，他毕竟是个德国人嘛，德意志民族总喜欢把自己做的事总结提高。威廉记录了不少这样的谈话，但是故事讲到此处已不好打断太多，所以我们将另找机会，将这类戏剧理论的探讨奉献给有兴趣的读者诸君。

有一天晚上，赛罗在谈到自己打算如何把握波罗纽斯这个角色时，特别地兴致勃勃。

“我保证，”他说，“这次一定把一位真正显赫的人物演得很出色。我将适时地、细腻而恰到好处地表现他的冷静从容，他的空虚浅薄和架子十足，他的悠闲快活和枯燥乏味，他的自由随便和见风使舵，他的忠心的狡诈和虚伪的真诚，等等。我要文质彬彬地表现这个，演活这个苍老、诚恳、坚韧和善于趋时的半吊子恶棍。为此，剧作家粗重的笔触给了我很大的帮助。我准备充分，可以口若悬河，我兴致好起来将像个傻瓜。我会倒人胃口，因为我人云亦云；我会富有涵养，不察觉别人拿我当笑柄。我很难得到一个如此好玩、如此狡诈的角色。”

“要是我对自己的角色也有这么多想头就好啰。”奥勒莉亚说，“我既不年轻，又不软弱，真难揣摸她的性格。遗憾的是我只知道一点，就是让奥菲莉亚发疯的情感不会离开我。”

“咱们可别这么认真啊，”威廉说，“要知道，原本是我想演哈姆雷特的愿望，把我对剧本的所有研究严重地引入了歧途。我越是钻研角色，越发现自己的长相跟莎士比亚描绘的主人公毫无相像之处。我认真地考虑，这个角色身上的一切是如何紧密相连的，便一下几乎完全失去了信心，不敢再想能取得差强人意的效果。”

“您非常严谨地开始了自己的事业，”赛罗接着说，“一个演员就是要尽可能地进入角色，这样，角色才必然适应他。莎士比亚究竟把自己的哈姆雷特塑造得怎么样？他难道真的完全一点儿不像您吗？”

“首先哈姆雷特是金色头发。”威廉回答。

“这可就难说喽，”奥勒莉亚讲，“您从哪儿得来的结论？”

“他是丹麦人，北欧人，头发自然是金色的，眼睛是蓝色的。”

“莎士比亚想到这点了吗？”

“我在脚本里肯定没找到明确的描写，但和其他地方联系起来看，我觉得无可辩驳。他击剑累了，脸上出了汗水，王后于是说：‘他身体胖，让他喘口气吧。’难道能想象他的头发不是金色，而是其他颜色？他身材不丰满肥硕？因为在他们青春时期，棕色头发的人很少像他那个样子。还有他的多愁善感、优柔寡断和行动迟疑，不都更适合他那个模样的人？而您可以想象的瘦高而生着棕色卷发的青年，不都可能更加果断，更加敏捷吗？”

“别再折磨咱们的想象啦，”奥勒莉亚叫道，“拿开您的胖哈姆雷特！用不着向我们介绍您那富态的王子！还是给咱们某个似是而非，但却能打动我们、感动我们的人物好一些。作者的意向对咱们不那么重要，重要的是咱们的娱乐，咱们要求的是让人感到和谐的魅力。”

第　七　章

一天晚上，大伙儿在一起讨论长篇小说和戏剧孰优孰劣的问题。赛罗认为，这样的争论不会有结果，本身就是个误解。两种样式各有优越性，只是必须坚守在自身体裁的界线之内。

“我自己对这个问题还不完全明确。”威廉回答。

“谁又完全明确呢?”赛罗问，“不过，花些力气把它弄得更清楚，却是值得的。”

他们这样那样地谈了许多，最后大致得出了如下结论：

长篇小说和戏剧都表现人性和人类的活动。这两种文艺样式的区别，不止存在于外部形式，不止在于在一种里人物都会讲话，在另一种里通常却由别人讲他们的故事。遗憾的是不少剧本成了用对话写成的小说，而且要把剧本写成书信体，大概也不是不可能呢。

在小说中首先应该表现人的思想和事件；在戏剧中则表现人的个性和行动。长篇小说故事必须慢慢展开，主人公的思想发展，不论用什么方式写，必然阻碍整个情节的迅速发展；戏剧却应该快速，主人公的个性发展必然奔向结尾，只有到了那儿才会停下来。小说的主人公必定是被动的，至少不是十分积极地行动；对戏剧的主人公则要求主动行动。格兰第孙、克拉利斯、帕梅拉和威克菲尔德牧师，甚至还有汤姆·琼斯，通通都是被动的人物，或者至少起着延缓情节展开的作用。小说里所有的事件，在一定程度上都是顺应着他们的思想发展而设定的；在戏剧里却不能顺应自己设定任何东西，一切都阻碍着他，他必须清除掉路上的所有障碍，否则就被障碍压倒。

还有，他们也一致认为，在长篇小说里完全可以让偶然发挥作用，但偶然必须永远受主人公的思想发展引导和支配。相反，命运无须人的参与，通过一些相关联的外部条件把他们推向不可预见的灾难，则仅仅在戏剧里才可能。偶然就算可以造成令人激动的情景，但却永远形不成悲剧性；命运相反必须总是令人惧怕，在其最高意义上即成为悲剧性的了，因为命运总把有罪的和无辜的以及一些相互无关的事件，不幸地纠结在一起。

这样一些思考，又把话题引到了哈姆雷特这个怪人身上，引到了剧本的特点上边。他们说，主人公原本只有思想，只是一些事件让他不得不碰上了，所以这剧本就有了某些长篇小说的特点。但是，又是命运规定了全剧的结构，剧情是由一桩可怕的罪行引出，主人公一直被催逼着去采取一个可怕的行动，因此它就极富悲剧性，结尾也必然是悲剧性的，而不容许任何其他。

现在要进行试读了，这在威廉看来简直就像过节。他预先核对了所有角色的台词，免得在这方面出现麻烦。全体演员都已熟悉剧本，他在开始之前只是努力让他们相信，试读非常重要。正如要求每一个乐队队员都必须在一定程度上能看着谱子演奏，每一个演员，每一个有教养的人，也应该学会拿着书就能朗诵，并且朗诵出一个剧本、一首诗、一篇小说的特性来，将它表现得十分出色。如果演员不能深入一位杰出作家的思想和精神，仅仅背熟一切于事无补，只是些字母毫无作用。

赛罗答应，只要试读认认真真，其他任何一次排练甚至彩排，他都可以马虎点儿。

“要知道，”他说，“没有什么比听演员认真对台词更有趣，那劲头我觉得就像共济会[①]会员商讨工作似的。”

试读按希望完成了，大伙儿都说，剧团的声誉和赢利，都得靠

① 共济会是当时欧洲的一个秘密社团，有一定进步性，以仪式的严肃、神秘著称。后文将具体写到。

这很好地利用了的短短几小时。

“您干得不错，我的朋友，”等又剩下他们两个人，赛罗说，“您那么严肃认真地和我的演员们谈了，尽管我曾担心他们很难满足您的愿望。”

“为什么呢?”威廉问。

“我发现，”赛罗说，“尽管人们的想象力很容易被激发起来，尽管人们很乐意听童话故事，但是另一方面，却很难发现他们具有一种创造性的想象力。这种情况在演员们身上尤为明显。能接到一个漂亮的、值得称赞和光彩夺目的角色，谁都会挺满足，都会自鸣得意地把自己摆在主人公的地位上，而再不屑于干别的什么，也一点儿不会操心是不是还有谁真的会把他看成那个人。只有很少的演员是有天赋的，能生动地把握剧作家创作时的想法，知道必须放弃自己个性里的什么去适应角色的需要，懂得如何通过已成为角色的自信去促使观众产生同样的信念，能借助表演内在真实的力量将舞台变作庙堂，将一堆纸版变成森林。这种唯一能蒙蔽观众的内在精神力量，这种能产生效果、引起幻觉的虚拟真实，有谁真正懂得呢?”

“正因此，咱们就别把精神和体验逼得太紧！最可靠的办法是，先从从容容地给咱们的朋友解释清楚字母的意义，开启他们的理解力。谁有这禀赋，他自会迅速过渡到富有精神和情感的表演；即使那些没有这种禀赋的人，至少也绝不至于完全乱来和硬背台词。一般说来，在演员身上，我发现最糟糕的妄自尊大就是连台词还没记清楚，还没念通顺，就已经在奢谈精神。”

第八章

第一次在台上排练威廉到得很早，发现舞台上只有他一个人。剧场的情况使他感到意外，勾起了他心中最奇特的回忆。森林和村庄的布景跟先前故乡舞台上的一模一样，也正是在那天彩排时，玛利亚娜热烈地向他倾吐了爱慕之情，答应与他共度第一个幸福的夜晚。那些农舍在舞台上跟在乡下的一样彼此相像。真正的晨光透过半开着的一扇百叶窗射进来，照亮了一条马马虎虎固定在门边的长凳的一部分，只可惜没像当初那样，也照在玛利亚娜的怀中和胸脯上。威廉坐下来，想着这奇异的巧合，自信已经预感到，他不久也许就会在这个位置上，重新见到她。唉，这些布景仅仅只用于演一则余兴剧，当时在德国的舞台上，都经常进行这样的加演。

陆续到来的演员打断了威廉的思绪，同时还进来一位舞台装置师和一位服装管理员，热情地向他问好。其中一位已对梅利纳太太相当着迷，另一位却是纯粹的戏剧爱好者，两位都是任何一家好的剧团求之不得的朋友。没法子说清楚，他们更多的是懂得戏剧艺术，还是热爱戏剧艺术。他们太爱它了，爱得以致不能再真正认识它。他们对它有足够的认识，还懂得珍视好的东西，摈弃坏的东西。可是爱好归爱好，他们仍旧能够容忍平庸。同时，从对一场好演出的预先品尝和事后回味中，他们获得的美妙享受真是任何言辞没法形容。机械的东西使他们快乐，精神的享受令他们狂喜。他们的爱好如此强烈，就连一场支离破碎的排练，也可以让他们进入梦幻境界。缺陷似乎随时会离去，优点好像伸手可以触及。一句话，他们是那种艺术家渴望有的爱好者。从后台到池座，从池座到后台，是他们最喜欢的散步路线。化妆室是他们最爱待的地方，他们最勤于干的，是对演员的姿势、衣着、念白和朗诵做点纠正；他们最热衷谈的，是演出的效果；他们最致力于使演员保持认真、积极和严谨作风，为他们服务，给他们帮助，在不浪费资金的前提下让大伙儿获得些享受。他俩为自己赢得了在排练和演出时出现在台上的特权。说到《哈姆雷特》的排演，他们并非在一切方面都与威廉意见一致，这那他让了一点儿步，但多数情况下仍坚持己见。整个来说，和他们讨论对提高他的艺术趣味很有裨益。他让这两位朋友看见，他多么重视他俩；反之，他俩也毫不含糊地预言，这样精诚合作将开创德国舞台的一个新纪元。

这两个人物在场，对排练很有好处。特别是他们说服演员，让他们相信排练就必须把演出时想做的姿势动作做好，并且始终配合着台词，以便习惯成自然地把一切密切结合起来。特别是一双手，在排演一出悲剧的时候更不能随便乱动。一个悲剧演员在排练时吸鼻烟，总是令他们担心，因为正式演出时一到这个地方，他极有可能犯烟瘾。是的，他们甚至坚持，一个得穿普通鞋子上台的角色，绝不可以穿着靴子排练。还有，他们认真讲，最令他们难受的，莫过于看见女演员在排练中把手藏在衣褶子里。

经过这两人的劝说，还办成了一件好事，就是所有男演员都学会了操练。因为时常要出现军人的角色，他们说，看见一些毫无军事素养的人，穿着上尉和少校的制服，在台上摇来摆去，真是再煞风景不过啦。

威廉和雷提斯是自愿接受下级军官培训的头两个，同时还十分努力地继续他们的击剑练习。

这个如此幸运地走在了一起的团体，就这样得到了他俩尽心竭力的培养。他们为让将来的观众满意而操心，观众却不时地非难他们对戏剧艺术的痴迷。真不知有多少原因该感激他俩，特别是他们总不忘记时时叮嘱演员铭记一个主要之点，铭记他们的职责，就是响亮而清晰地说话。为此，他们碰到了比最初想象的多得多的抗拒和不满。大多数演员愿自己怎么说就让观众怎么听，只有少数人努力说得让观众能听清楚。有几位把缺点推到场地上；另外几位讲，在要求道白自然、悄声或者温柔的时候，可不能直着脖子喊呗。

我们的戏剧之友真有一份说不出的耐性，想方设法消除了这些混乱观念，制服了那些顽固成见。他们不怕说理，不惜诓哄，终于达到了目的。而威廉的模范作用，特别帮了他们的忙。他请求他俩，在排演时坐到剧场最远的角落里去，一遇上不能完全听明白他的地方，就用钥匙敲板凳。他正确地发声，道白缓急适度，音调一步步地提高，即使最激越之处也不失声大吼。在一次次的排练中，敲钥匙的声音越来越少，渐渐地其他人也喜欢上了这个方法。于是，终于可以希望这出戏公演时，剧场里所有角落的每一个观众都能听懂了。

从这个例子可以看出：人们如何只乐于以自己的方式达到目的；即使不讲自明的道理，也非常有必要帮助他们理解；那些希望有所作为的人，你也很难使他认识到，他们的愿望唯有在怎样的基本条件下，才可能变成现实。

第 九 章

大伙儿继续做布景、服装以及其他必要的准备。对剧中的一些场次和段落，威廉颇有些怪点子。赛罗全都依了他，一方面考虑到有合同，另一方面出于信念，因为他希望这样显示好意能争取威廉的信赖，以便日后更好地按自己的意图领导他。

例如，威廉要国王和王后在第一次临朝时坐在宝座上亮相，廷臣们立于两边，哈姆雷特则不显眼地站在他们身后。

“哈姆雷特必须静静待着，”他说，“他的黑色衣服已经够突出他了，他必须藏而不露。只有等到朝觐结束后，国王和他这个儿子讲话，他才可以走出来，让剧情继续往下发展。

“还有一个主要的困难，就是在与母后相见那一场热烈谈论的两幅画像。我认为，”威廉说，“它们应该真人般大小，显眼地挂在房间背景上的正门旁，而且要像他的鬼魂似的全副戎装，挂的位置也在鬼魂进来的同一侧。我希望，画像的右手也呈指挥之势，脸微侧着，像是正越过肩膀看什么似的，以便与鬼魂走出门去的一瞬一模一样。这同一时刻，如果哈姆雷特望着鬼魂，王后望着画像，那必定效果极好。继父的画像也可以穿着国王的盛装，然而却不像老国王气宇轩昂。

“同样的还有这点那点，也许我们还有机会再讨论。”

“您真那么无情，非得让哈姆雷特在剧终时死去吗?”赛罗问。

“我怎么好让他活着呢?”威廉反问，“整个剧情都逼着他死！这个问题咱们可已经讨论得够多啦。”

“但是观众希望他活着。”

“其他任何情况我都愿依着您，只是这回不可能。一个诚实有为的人病入膏肓快死了，我们不也希望他活下去吗？家人们痛哭并且恳求大夫，可他仍挽救不了死者。正如医生抗拒不了自然的必然规律，我们同样没法抵抗公认的艺术法则。如果我们只能激起观众希望有的情感，不能激起他们应该有的情感，那就是错误地迁就观众。”

“谁付钱，谁就可以按自己的意思对商品提出要求。”

“在一定程度上是如此，不过，成熟的观众有权受到尊重，不能像骗小孩子的钱那样哄骗他们。我们应该渐渐通过好的演出，使他们能感受好的艺术，获得好的艺术趣味。到那时，他们会加倍乐于花钱，因为他们的理智，甚至他们的理性，都不会对这笔开销提出任何责难。我们可以像讨好一个可爱的孩子似的讨好他们，讨好只是为了教育这孩子，为了将来使他懂事；而不能像讨好一位显贵和富翁，只是为了利用他的错误，对这个错误却不声不响。”

他们还这样讨论了许多问题，特别是联系着以下这点：剧本中还有哪些可以修改，哪些又必须原封不动。关于这个情况我们就不多讲了，将来也许可以把《哈姆雷特》的这个新改编本，直接提供给对其感兴趣的部分读者。

第 十 章

总排练过去了，它持续了太长的一段时间。赛罗和威廉发现还有一些需要操心的事情，尽管已经花了很多工夫准备，有些很必要的工作还是推到了最后一刻。

比如说两位国王的像还没有画好，因此，原本有望产生巨大效果的哈姆雷特与母亲之间那场戏，现在看起来还很单薄，既没有老国王的鬼魂出现，也不见挂着他的画像。赛罗借此机会开玩笑说：

“要是鬼魂迟迟不来，那咱们的处境就糟糕透顶啦，卫兵真的只能跟空气格斗，咱们的提词员就必须从幕后代念鬼魂的台词。”

“咱们别心存疑虑，闹不好真吓走了我们那位奇怪的朋友，”威廉接过话头，“他肯定会及时出现，让咱们和观众一样感到意外的惊喜。”

“肯定，”赛罗叫道，“如果这部戏明天就能演出，我才高兴呢，它给咱们添的麻烦超出了我的想象。”

“戏要明天就演，全世界谁也不会比我更高兴喽，”菲莉涅插进来说，“虽然演这角色对于我并无多少压力。要知道永远老是听见谈同一件事情，除了表演什么也没有，而它和其他千百次表演一样，总归还是要被人忘记的，真是让我难以忍受。看在上帝分儿上，别这么折腾好不好！客人们吃完宴席站起来后，对任何一道菜总是有得挑剔。要是听他们回家后再讲，他们更不明白自己怎么能把那样的臭饮食强咽下去。”

“让我借你的比喻为自己辩护吧，漂亮小妞，”威廉回答，“你该想想，自然与艺术，还有商业、工业和手工业，必须怎样一起努力，最后才备办得出一桌宴席。鹿必须在森林里长多长时间，鱼必须在江河湖海里游多少年，才有资格摆到咱们的餐桌上来；还有家庭主妇和厨子，他们在厨房里又干了多少工作啊！正餐之后，人们漫不经心地把甜酒一饮而尽，仿佛天经地义似的，殊不知这杯中凝结着远方的葡萄采摘者，还有船夫和酿酒师们的多少辛酸！可因为这样，所有那些人就应该不摘、不运、不酿吗？因为享受最终都将成为过去，主人家就应该什么都不采购、不备办吗？然而，没有任何享受会真的过去啊。须知，它所留下的印象会长存，我们勤奋而努力地排出来的演出，会给予观众以无形的影响，谁也不知道这影响力将持续多久。”

“对我来说一切都无所谓，”菲莉涅回答，“只是这一次我又不得不领教了，男人们总是自相矛盾。你们那么小心翼翼，生怕有损于大作家，结果反倒把剧本最美好的思想给弄掉了。”

“最美好的思想？”威廉惊问。

“如果您头上戴着假发，”菲莉涅说，“我就干脆给您摘下来，看样子啊，真有必要让您脑子清醒清醒。”

其他人也在揣摩她的意思，谈话便停顿了。大伙儿站起来，天已晚了，像是准备各奔东西。当他们还犹豫不决地站在那儿，菲莉涅却唱起歌来，曲调柔美而又悦耳。

不要用悲哀的音调
歌唱这夜的孤寂！
它的存在，美人啊，
正是为你们能欢聚。

像女人附属于男人，
成为他最美的一半，
夜也是一半的人生，
而且还更加美丽。

你们怎么能喜欢白昼？
它只会中断欢娱，
它除去打发时光，
再没有任何能力。

可是当夜幕降临，
灯光朦胧而又甜蜜，
人们便聚首在一起，
唇间流泻出情话和笑语；

就连那轻狂的少年
也一改来去匆匆的旧习，
为了博取小小的恩宠，
在游戏场中流连不去；

当夜莺为热恋的人们
唱起了动听的歌曲，
让囚徒和不幸者听着
倍感凄凉和孤寂；

这时，你们心儿激动，
听不见时钟的敲击，
那十二响沉稳的钟声
将把宁静和安谧带给你！

因此在长长的白昼，
亲爱的朋友，你要牢记：

任何白昼总有它的烦恼，
任何夜晚总有它的欢娱。

她唱完微微地一鞠躬，赛罗冲她大声叫起好来。她跳出房门，带着一串笑声跑了。大伙儿听见她边下楼边唱，鞋后跟把楼梯敲得笃笃直响。

赛罗走进侧面的房间，奥勒莉亚在来向她道晚安的威廉面前站了一会儿，然后说：

“我真是讨厌她！打心眼里讨厌她！包括她的这些细枝末节。褐色的睫毛，金黄的头发，我哥他觉得迷人到了极点，我却简直看不来。还有额头上边那块疤子，也叫我感到恶心、下贱，每次都避之唯恐不及。她最近像讲笑话似的告诉人，小时候她父亲用盘子砸她脑袋，结果落下了这个记号。要是这记号端端正正打在眼睛和额头上，人家就知道提防她啦。”

威廉一言不答，奥勒莉亚看样子更加不高兴地往下讲：

“我真恨她，恨得几乎没法对她讲一句友好、礼貌的话，可她却挺会缠人。我希望咱们能摆脱掉她。还有您，我的朋友，对这贱人也有某种好感，您这态度使我心中感到羞耻，您对她关心到了近乎尊重，上帝做证，她不配您这么待她！”

“不管她怎么样，我都得感激她，”威廉回答，“她的行为是该受指责，但必须公正评价她的个性。”

“个性！”奥勒莉亚嚷起来，“您相信这样的女人也有个性？你们这帮男人哦，这下我算认识你们啦！你们就配找这样的女人！”

“您是在怀疑我了，我的朋友？”威廉应道，“我愿意对与她在一块儿的每分钟做出详细交代。”

“喏，喏，”奥勒莉亚说，“太晚了，咱们别争论。所有男人全一个样，全一路货色！晚安，我的朋友！晚安，我文雅的极乐鸟！”

威廉问，他怎么会闹了这么个雅号。

“下次，”奥勒莉亚回答，“下次再说。人们讲，这种鸟没有脚，一直飘飞在空中，靠吃以太过活。可这是个童话，”她继续说，“是文学杜撰。晚安，愿您做个美梦，如果您有运气。”

她回到了自己房间，把威廉独自丢在那儿；他随即也赶回自己卧室。

他不快地踱来踱去。奥勒莉亚那玩笑然而坚决的语气侮辱了他，他深感她对自己太不公平。他不可能对菲莉涅不耐烦，不可能对她粗暴，人家没有丝毫得罪自己的地方嘛。再说，他感到自己远远没有对她的任何倾慕，因此能问心无愧地保持自尊和自豪。威廉正打算脱掉衣服，去床前揭开帐子，突然十分惊愕地看见床前有一双女人拖鞋，一只立着，一只躺着——是菲莉涅的鞋子，他认得太清楚了。他还觉得帐子也有点儿凌乱，是的，似乎还在动呢！他愣住了，目不转睛地盯着帐幔。

一阵新的激动，他自认为是厌恶，使他喘不过气来，他休息了一会儿，然后镇静地喊道：

“您起来吧，菲莉涅！这叫什么话？您的聪明，您的好品行，到哪儿去了？要咱俩明个成为全团的话柄怎么的？”

毫无动静。

“我不开玩笑，”他继续说，“您到我房里这么胡闹真找错地方啦。”

没有声音！没有动作！

终于，他坚决而恼火地走到床前，一把拉开了帐子。

“起来，”他道，“要不今晚上我就把房间让给您。”

他异常惊讶地发现自己的床铺却是空的，枕头和被盖都原封原样摆着。他环顾四周，四下寻找，把所有地方都找了个遍，却没找到那捣蛋鬼的一点儿踪影。在床背后、火炉后、一只只柜子后面，也什么都没见着。他不停地找啊，找啊，那认真劲甚至会教一个恶意的旁观者说，他硬是希望找到她。

瞌睡没有了，他便把拖鞋摆在桌子上，在一旁踱来踱去，又一次次停在桌边。一个偷偷窥视着他的机灵鬼不容怀疑地说，他把玩了这双极可爱的鞋子大半夜，饶有兴趣地一会儿瞧瞧，一会儿摸摸，一直玩到天快亮了，才和衣倒到床上，在胡思乱想中昏昏沉沉睡去。

他真的还在睡梦中，赛罗已冲进来喊道：

“您躲在哪儿啊？还在床上？太不像话！我已去台上找您，那里还有许多事情要做。”

第十一章

上午和下午很快过去了。剧场已坐满观众，威廉正忙着上妆。而今再戴上这个面具，他已没有了第一次那种喜悦感，他上妆仅仅是做登台的准备。随后他来到休息室的女演员中间，她们异口同声地叫，他什么都没穿对：帽子上漂亮的羽毛插歪了，扣襻也不对头。她们于是又替他拆下来，重新缝上，重新插上。演出的序曲已经奏响，菲莉涅仍对他的领圈有意见，奥勒莉亚仍在对他的斗篷大加指责。

“饶了我吧，姑娘们，”他喊道，“这样不修边幅，正好适合哈姆雷特。”

女士们仍旧不放过他，继续替他修饰。序曲奏完了，演出正式开始。威廉在镜子里照了照，把帽子按得更往下一点儿，重新补了点儿油彩。

就在这一忽，有谁冲进来大呼：“鬼魂！鬼魂！”

威廉一整天还没时间来考虑鬼魂是否真会出现这个主要问题。现在事情完全解决啦，马上可望见到这位最稀罕的客串演员。舞台监督跑来问这问那，威廉没有工夫去看那位幽灵，国王和王后已在群臣簇拥下灿烂辉煌地出现在台上，他得赶紧站到宝座边上去，他只来得及听见霍拉旭的最后几句台词。这小子似乎让鬼魂的出现惊得语无伦次，差点儿忘记了自己的角色。

中间的帷幕升高了，威廉能看清面前的整个剧场。霍拉旭禀报完毕，国王让他退到一边，他便挤到哈姆雷特身旁，装着向王子打招呼，实则对他讲：

“那鬼魂满身盔甲，把大伙儿都吓坏了！”

这期间，布景后出现了两个身材高大的男子，裹着白色的斗篷，戴着白色的帽兜。威廉心猿意马，情绪紧张而又困窘，自觉第一段独白念得挺失败，尽管下场时赢得了热烈的掌声。因此，在走进舞台上那可怕的冬景中时，他真的感到很不舒服。可他仍振作精神，开始说那一段很恰当地插在此处的台词，抱怨北欧人耽于吃喝，不经意间也像观众一样忘记了还有鬼魂出现，等到霍拉旭喊起来才真的吓了一跳，才听见他喊："快看那儿！他来啦！"那鬼魂愤怒地四处疾走，身材那么魁梧、高贵，脚步轻得听都听不见，盔甲看来很是沉重，动作却那么敏捷，这些都给他留下了强烈印象，使他一下子呆若木鸡，只是低声地呼唤："天使啊，天上的神灵啊，保佑保佑我们吧！"他死死盯着那鬼魂，深深吸了几次气，才头脑昏昏地开始对鬼魂讲话，讲得结结巴巴而又艰难勉强，再精湛的演技恐怕也难达到这样的绝佳效果。他自己翻译这段很帮了他的忙。他努力地贴近了原文，在他看来，唯有用这样的词序，才能表现一个意外受到惊吓的人恐怖、慌乱的心境。

"你，不管是善良的——精灵，还是——受诅咒的鬼怪，不管是带来——天国的芬芳，还是带来——地狱的浊气，不管你先前是善是恶，只因现在，你形象高贵地来了，我便和你交谈，叫你——哈姆雷特，国王，父亲，哦，回答我吧！"

可以感觉到在观众里产生的巨大影响。鬼魂招了招手，王子便在热烈的掌声中跟着他走去。

舞台上的情景变了，他们走到了最远处，鬼魂出其不意地停住脚，转过身来，这样哈姆雷特就站在了离他很近的地方。威廉立刻怀着渴望与好奇，朝他放下来的面罩间望去，但是只能看见两只深陷的眼窝，一条生得很好的鼻子。威廉胆战心惊地站在他面前窥视着，可一当面罩里传出来悦耳的、只是微带沙哑的嗓音，传出来一句十分清晰的话语："我是你父亲的鬼魂！"威廉吓得禁不住倒退了好几步，所有的观众也毛骨悚然。那嗓音似乎谁都熟悉，威廉甚至以为很像自己父亲的声音。这些奇异的感觉和回忆，这急欲揭开面前的怪客真面目的好奇，以及会得罪这位朋友的担心，还有眼下作为演员与他靠得太近的尴尬，都使威廉走向了反面。在鬼魂叙述自己遭遇的长时间里，他不停地改变姿势，像是十分心神不定似的，像是既精神专注又心思涣散，结果他的表演获得了普遍的赞赏，正像鬼魂引起了普遍的恐惧。鬼魂的话语更多地表现出深深的恼恨，而不是哀怨之情，但这是一种精神上的、徐缓的、无法忽视的恼恨。它是一颗已断绝一切尘缘，然而却受着永久煎熬的伟大心灵的痛苦。最后，鬼魂下沉了，但方式极为特别：一片灰色、透明的轻纱像烟雾一样，从他下沉的地方冉冉升起，罩在了他的身上，把他一块儿带了下去。

哈姆雷特的朋友们随即走了回来，以他们的宝剑起誓。这时那只老鼹鼠在地下忙个不停，不管他们站在何处，总在脚下提醒他们："起誓！起誓！"搞得他们像脚下起了火似的，赶紧从一个地方逃到另一个地方。然而不管他们站在哪儿，地板下都会冒出一条小火苗来增加效果，给所有观众留下了极为深刻的印象。

现在剧情继续向前发展，没有出任何茬子，一切异常顺利。观众显得挺满意，演员一幕比一幕演得带劲，一幕比一幕演得自信。

第 十 二 章

大幕落下，从剧场的各个角落响起热烈的掌声。四具王家的尸体一跃老高，欢喜得相互拥抱。波罗纽斯和奥菲莉亚也从墓穴中走了出来，兴致勃勃地听着到幕前发通知的霍拉旭，如何迎来如雷的掌声。观众不容他预告别的戏，强烈要求重演今天这一出。

“咱们胜利啦！”赛罗高呼，“不过今晚上再没什么道理好讲！一切全看第一印象。看来根本不要责备任何初次登台的演员，要是他表现得拘谨和固执。”

售票员走来递给他一只沉重的钱箱。

“咱们首演成功啦，”他喊道，“第一个印象对咱们将来有利。说好了的夜宵在哪儿呢？咱们今天该饱饱口福了吧！”

他们决定全都不下妆，就这么聚在一起自己庆祝庆祝。威廉负责布置会场，梅利纳太太负责备办吃喝。

一间平时当画室的屋子打扫得干干净净，四周再立上一些小布景装饰起来，既像一座花园，又像一条柱廊。大伙儿在进场时都让众多的灯光耀得眼花缭乱，灯光穿过毫不吝啬地大量点着的线香的甜甜雾霭，撒布在一张摆设得精美丰盛的餐桌上，烘托出一派节日气氛。人们大声赞叹这样的准备布置，都真的彬彬有礼地入了座，那情景活像王室成员在隆重集会呢。威廉坐在奥勒莉亚和梅利纳太太之间，赛罗坐在菲莉涅和艾尔米拉之间，没有谁不满意自己和自己的位置。那两位戏剧之友同样到了场，更增加了聚会的欢乐气氛。在演出的过程中他们几次钻到台上，没完没够地讲自己和观众对整个演出多么满意。眼下则谈到了细节，每个局部都得到了应得的赞扬。

一个接一个的功绩得到表彰，一处处成功的地方被强调出来，情绪热烈到了极点。那位提词员谦逊地坐在席间最末的一个位子上，他演的粗鲁的皮鲁斯大受称赞。大家对哈姆雷特和雷提斯斗剑更是赞不绝口。奥菲莉亚的忧伤表现得既优美又高贵，简直无法形容。对波罗纽斯的演技却谁也不准说一句，在座的每一个都要么从别人的口中，要么从他本人的口里，听到了对自己的表扬。

不过不在场的鬼魂同样获得了自己的一份表彰和赞赏。他演这个角色嗓音运用得当，说出了台词的深刻含义。大伙儿最惊叹的是，对剧团曾经发生的一切，他竟了如指掌。他和画像上的老国王一模一样，好似他给画家当了模特来着。两位戏剧之友更把他夸个没够，说他从画像附近走出来，经过自己的像前的那一瞬，气氛真是恐怖极了。现实与错觉奇妙地搅混在了一起，观众真的相信了王后没有看见其中的一个形象。在此梅利纳太太大受了赞扬，她演到这只是仰望着画像，哈姆雷特则注视着下边的鬼魂。大伙儿想知道，鬼魂是怎么钻上台的。舞台监督告诉他们，台上原来有一道用景片挡住的后门，今晚因为要呈现出一座哥特式的大厅，景片就被挪开了，两个穿着白色斗篷和帽兜的人便从后门走了进来，一个和另一个像得完全没法分辨。在演完第三幕以后，看样子又跟来时一样走出去了。

赛罗特别赞赏鬼魂的原因是，他没像个小裁缝似的哭哭哀哀，临了甚至还鼓励自己的儿子，这样才符合一位大英雄的身份。威廉已经记住这段即兴发挥，答应把它补进脚本里。

大家吃喝得太高兴了，没发现孩子们和竖琴老人都没有来。不过，很快他们就兴致勃勃地出现了。因为他们一拥而进，并且打扮得稀奇古怪：费利克斯敲击着三角铁，迷娘打着手鼓，竖琴老人把自己沉重的乐器挎在胸前进行演奏。他们绕着餐桌打转，唱起各式各样的歌子。大伙儿给他们东西吃，戏剧之友认为孩子们要多少甜酒都给他们喝，乃是一件好事。要知道，今晚剧团不用吝惜这珍贵的饮料，因为反正是他们一筐一筐送来的礼物。孩子们一个劲又唱又跳，特别是迷娘更是从未见过地忘乎其形。她把手鼓敲打得既热烈欢快，又花样百出，一会儿用轮指快速叩击，一会儿用手背和指关节猛烈捶打鼓面，是的，还拿羊皮鼓时而碰击膝头，时而碰击脑袋，时而仅仅只是摇响鼓上的铃铛，她就用这么一件极其简单的乐器，演奏出变化多端的节奏和各种各样的声调来。她在闹腾够了以后，便坐到正对着威廉的一把空圈椅里。

“别坐那把椅子！”赛罗大叫一声，“它是给鬼魂准备的，他真来了你们会遭殃。”

“我不怕他，”迷娘高声回答，“他真来了，咱们站着就是。他是我的叔叔，不会把我怎么样。”

这段话谁也闹不明白，如果不了解迷娘所谓的父亲名叫大魔鬼。

大伙儿面面相觑，更加怀疑赛罗知道鬼魂会出现。男人们聊着，喝着，姑娘们则时不时地瞅瞅门口，心怀疑惧。

两个孩子坐在大圈椅里，只是脑袋突出在餐桌上，活像从台口冒出的小木偶，也真就演起一出木偶戏来。迷娘很像样地模仿着嘎嘎的叫声，最后两人把脑袋凑到一起，耷拉在了桌子棱上，像真的木偶才受得了的那个样子。迷娘高兴得要发疯，大伙儿一开始也跟着笑，临了却不得不加以制止。然而怎么劝说都不管用，她照旧打着手鼓，围着桌子胡蹦乱跳。她头发飘舞，仰着脑袋，高高地甩着手抬起脚，活像个酒神的侍女。在一些古老的纪念碑上，酒神侍女疯狂而难以想象的舞姿，仍旧常常令我们惊异。

受了孩子们的天才和闹腾的刺激，人人都努力表演点儿什么供大伙儿消遣。女士们来了几曲轮唱，雷提斯学了夜莺啼叫，老学究用口琴吹了一首柔板曲子。与此同时，邻座的男男女女玩起各种游戏来，于是手与手碰在一起，彼此纠缠不清，有些个便少不了对彼此表示温情。特别是梅利纳太太，似乎完全掩饰不住对威廉的热烈爱慕。夜已经深了，差不多只有奥勒莉亚一个人还能控制住自己，她便提醒大伙儿该起身散会啦。

临别赛罗还表演了放焰火，他用嘴模仿火箭、火蛇、火轮腾空而起的声音，简直不可思议。只要你蒙住自己的双眼，那假象就圆满无缺。这期间，人人都站了起来，男士伸出胳臂请女士挽着，送她们回家去。威廉带着奥勒莉亚走在最后，在楼梯上舞台监督碰见他，对他说：

“这，鬼魂消失所用的纱巾，在它下沉时挂住了，我们刚刚拣到。”

“一件珍奇的纪念品！”威廉边喊边接了过去。

就在这一刹那，他感到左臂好像被人抓了一爪，疼痛异常。原来是迷娘躲在暗处，拽住他的胳臂咬了一口。她从威廉身边冲下楼梯，消失不见了。

大伙来到室外，几乎谁都察觉今晚享受得有些过分了。没有告别，众人已各走各的路。

威廉一进房间，就脱掉衣服，吹熄蜡烛，急忙钻到床上去。睡眠马上就要战胜他，只是房间里的炉子背后，似乎有点儿什么响声，引起了他的注意。这时，在他热昏的幻觉中，正浮现出那全身盔甲的老国王的身影。他坐起来，想与鬼魂搭话，不料却让两条温软的胳臂给搂住了，嘴也让接连的热吻堵得牢牢实实，胸更贴着一张他怎么也没勇气推开的胸脯。

第 十 三 章

第二天早上，威廉从床上坐起时感到很不舒服，发现自己旁边却是空的。由于没有睡够，脑袋昏昏沉沉，想起昨夜那位不速之客，心里也很不安。他第一个怀疑到了菲莉涅，可他搂在自己怀里的那可爱身躯，又不像是她的。在热烈的爱抚下，我们的朋友在这位无声的稀客身畔睡着了，眼下却再也找不到一丝痕迹。他跳下床，在穿衣服的时候发现，通常总是闩着的门仅仅虚掩着，可却想不起，他自己昨天晚上是不是把门闩严了。

但最令威廉感到怪异的，是他在床上找到的那条鬼魂的纱巾。他昨晚上把它带上来，看样子扔在了那里。这是一条灰色的丝巾，边沿上绣着一行黑字。他展开纱巾，念道：

第一次和最后一次！逃走吧！年轻人，逃走吧！

他十分骇异，不知说什么好。

就在这时，迷娘进来给他送早饭。威廉一见这孩子吃了一惊，不，甚至可以说，吓了一跳。她好似一夜之间就长大了，端庄而又高贵地走到他的面前，严肃地直视着他的眼睛，那目光叫威廉感到受不了。往常她不是与他握手，就是吻他的脸颊、嘴唇、手臂或是肩膀，今天却碰都不碰他，办完了事情便默不作声地走了。

又到了规定对台词的时间，大伙儿集中起来，可情绪全都遭到了昨晚欢聚的破坏。威廉努力振作起精神，为的是不与自己一开始就慎重宣布的原则抵触。刻苦的训练帮助他撑了下来，要知道，训练和习惯，在任何门类的艺术中，都能弥补天才和情绪常常留下的欠缺。

可是这一回，真是很好地验证了这个说法，即一种应该长期保持的状态，是的，也可以讲一种使命，一种生活方式，绝不可以以欢庆开始，欢庆只能够在事情圆满完成之时，一开始就举行这样那样的仪式，会耗费掉使人奋发和不断努力的兴致和干劲。在一切喜庆中，婚礼是最不恰当的了，没有什么事比它更应该静静地，含蓄地，满怀希望地进行。

白天就这么继续悄悄地流逝，没有哪一天威廉过得有这么平淡乏味。晚上通常交谈的时候，大伙儿已开始打哈欠。他们对《哈姆雷特》的兴趣已经消失，一想起第二天又要再演，心里就感到厌烦。威廉取出鬼魂的纱巾给他们看，众人都只能得出他不会再来的结论。赛罗特别是这个意见，他像对那位怪客的建议很熟悉；但另一方面，“逃走吧！年轻人，逃走吧！”这句话又不知做何解释。一个看来有意挑唆他团里最出色的演员离开的人，赛罗怎么可能与他沆瀣一气呢？

现在必需的是让唠叨老头来演鬼魂，让老学究来演国王啦。他俩声明已经掌握好角色，而这没有什么好奇怪的，经过了这么多次排练，还对剧本广泛做过讨论，大家都了解谁很可能要调换角色。随即迅速排练了几段。当很晚了大伙儿分手的时候，菲莉涅突然咬着威廉的耳朵悄悄说：

“我得来取拖鞋，您不会闩门吧？”

威廉走回房间去时，这两句话令他很尴尬，它们增强了他的猜测：昨晚上的不速之客是菲莉涅。我们呢，也不得不附和这个想法，因为还不能证实那些使他对此生疑，并生出另外一个奇特猜想的理由。他在房中不安地踱来踱去，真的没有闩门。

突然迷娘冲进房来，抓住他喊：

“迈斯特！快救救这房子！失火啦！”

威廉奔到门外，一股浓烟从上面的楼梯迎面扑向他。巷道里已响起失火的呼叫，竖琴老人抱着自己的乐器，上气不接下气地从浓烟中逃下来。奥勒莉亚冲出房门，把小费利克斯塞在威廉怀里。

“您救这孩子!”她叫道，“我们去抢东西!”

威廉认为危险不严重，想要首先找出火源，也许能在开始时将其扑灭。他把费利克斯递给老人，命令他从一道石梯子跑下去，穿过一间小小的亭子逃进花园，在那儿和孩子一块儿等着。迷娘端来蜡烛给他照亮。随后，威廉请奥勒莉亚带着东西沿同一条路逃走。他自己冲进了楼上的房间，结果白白冒了一番危险。火看样子是从邻舍窜过来的，木头地板和轻便楼梯已经烧着，其他和他一样来救火的人，也都受着烟火的熏烤。然而他鼓励大伙儿，叫人家端水来，他求他们对烈火只能一步步退让，答应自己一直留在他们身边。这时，迷娘冲上楼来，朝他大呼：

“迈斯特，快救你的费利克斯！老头子疯了！老头子会杀死他!”

威廉来不及思索，两步跳下楼梯，迷娘紧跟在后面。

在通往那小亭子的最后几级台阶上，威廉突然吓得站住了。大捆大捆的干草和柴火堆积在他的面前，已经燃起熊熊大火。费利克斯睡在地上哭叫，竖琴老人垂着头立在一旁的墙边。

“你干的什么呀，不幸的人?”他冲老人喊道。

老人默不作声，迷娘把费利克斯抱起来，吃力地拖进花园里去。这时候，威廉极力想把火堆拆散，踏灭，结果反倒使火越燃越大，越燃越猛。终于他眉毛和头发都烧着了，只好也逃进花园，同时拽着竖琴老人穿过火焰。老头子不情愿地跟着，胡须都烤焦了。

威廉急着寻找孩子，终于在远远的一间凉亭的门槛上发现了他俩，迷娘正想方设法诓小男孩。威廉抱起他来，问他，抚摸他，但从两个孩子口里得不到任何情况。

这期间，大火已经烧着几幢房子，火光映红了整个地区。威廉就着红光细看小费利克斯，既未看见伤痕，也未发现血迹，连包块也没有。他按摩孩子全身，没有一点儿痛楚的迹象，小家伙倒是渐渐安静了下来，好奇地瞪着熊熊的火焰，是的，甚至像在看焰火一样，对那些依次美丽地燃烧起来的房梁屋架，露出愉快的神色。

威廉想不到自己的衣物以及其他可能的损失，他强烈感到，这两个从大祸中逃脱出来的生命，对于他真是太宝贵啦。他带着全新的感受，用力将小男孩贴在胸口上，也想温柔地拥抱迷娘，但却被迷娘和缓地拒绝了，她只是拉起他的手来紧紧握着。

“迈斯特，”她喊——今晚之前，她还从未叫过他的姓氏，一开始总是称他主人，后来也只喊他父亲——，“迈斯特！咱们经历了很大的危险，你的小费利克斯差点儿死啦。”

经过一再追问，威廉终于了解到：他们在逃进小亭子的当口儿，竖琴老人夺走了她手里的灯，立刻将干草点燃。随后他把小男孩儿放到地上，做了一些奇怪的姿态，把手按在孩子的头上，并且抽出一把刀子，像是要拿小家伙当牺牲品的样子。迷娘跳过去夺下了他手中的刀，大声喊叫，一个从房子里往花园中抢救东西的人跑来帮助她，这个人在慌乱中想必又走了，把老人和男孩儿单独留在了那儿。

有两三幢房子完全笼罩在火中。没有人再能逃进花园里来，因为小亭子已经烧着。威廉担心他的朋友们，而不怎么在乎自己的财物。他不敢再丢下孩子不管，只好眼睁睁看着灾祸蔓延。

他胆战心惊地熬过了几小时。费利克斯在他的怀里睡着了，迷娘坐在他身旁，紧紧握着他的手。终于，有关机构来扑灭了大火。烧焦的房屋垮塌了，黎明已经到来，两个孩子开始叫冷，他自己衣服单薄，让朝露给打湿了也有些吃不消。他领着他们走近垮塌的废墟，在一堆炭灰旁感到了宜人的暖意。

白天开始了，朋友熟人渐渐聚到了一起。谁都奋力自救，没有哪个损失很大。

威廉的箱子也找到了。将近上午 10 点，赛罗就催大家去排

《哈姆雷特》，至少是排有新演员加入的几场。随后，他还与警察当局发生了一些争论。教会提出了要求：在上帝实施了这样一场惩罚之后，剧院应该关门。赛罗则强调：一方面为了弥补昨晚的损失，一方面为了使受到惊吓的心灵开朗起来，比什么时候都更宜于演一出有趣的戏剧。这后一种意见获得了通过，剧场座无虚席。演员们怀着少见的激情，比头一天演得更加舒展自如。观众体验了夜里的惊恐和白天的烦闷无聊，更紧张地企盼着有趣的消遣，对非常的事物更富有接受的能力。绝大部分观众是演出成功吸引来的，没法与第一场做比较。唠叨老头完全照着陌生鬼魂的风格在演，老学究同样注意了自己前任的戏路，加之他那副可怜样还帮了他，以至哈姆雷特骂他叫花子国王也真是不冤枉，尽管他穿着紫袍，戴着白鼬皮的领子。

也许没谁比他登上王位更奇特的了，尽管其他人，特别是菲莉涅，都拼命拿他再次发迹取笑，他还是教人家明白，伯爵那位伟大的识才者，可是一见到他就做出过这样的预言，而且还不止于此呢。反之，菲莉涅却劝他虚心点儿，教他相信她会不时地给他的衣袖糊上石灰，好使他回忆起在伯爵府第里那个不幸的夜晚，戴起王冠来谦虚谨慎一些。

第十四章

大伙儿急着寻找住处，这一来剧团便住得很分散了。威廉喜欢上了他昨夜在花园中待的那个亭子，很容易便要到钥匙，进里边为自己布置了起来。由于奥勒莉亚新的宿舍太窄，他只好留下费利克斯，再说，迷娘也不肯离开这孩子。

两个孩子在二楼占用了一个正规的房间，威廉只好在下边的厅里临时打铺。孩子们睡着了，他却无法入眠。

刚刚升起的满月朗照着幽静的花园，旁边立着火灾留下的废墟，仍在冒烟，空气清凉宜人，夜色异常优美。在走出剧院的时候，菲莉涅用胳膊肘碰了碰他，对他嘀咕了几句，可他没有听明白。他头昏脑胀，心情沮丧，不知道会发生什么，自己该做什么。几天来，菲莉涅一直躲着他，只在今晚又给了他一个暗示。只可惜他按她吩咐没上闩的房门已经烧掉，那双拖鞋也化作了灰烬。那美人是不是会来花园，来的用意是什么，他都不知道。他不希望看见她，但是又巴不得与她解释清楚。

不过，教威廉最担心的，是再没有谁见过的竖琴老人的命运。他害怕在清理火场时，会在废墟下发现老人的尸体。他怀疑是老头子引起了火灾，但对谁都没有说过。因为，他碰见第一个从燃烧冒烟的顶楼冲下来的，正是竖琴老人，而他后来在小亭子里的绝望表现，看来又是这不幸事件的后果。然而在警察局随即进行的调查中，弄清楚了起火的并非他们住的这幢楼，而是旁边的第三幢，只不过火头很快就从屋顶下边窜了过来。

威廉坐在凉亭里思考着这一切，突然听见旁边的一条小路上有人悄悄走来。接着便响起忧伤的歌声，他由此知道是竖琴老人。他完全听懂了那歌的歌词，是一个感到自己已濒于疯狂的不幸者，在用歌声进行自我安慰。可惜威廉他只记下了最后一段。

我要走到一家家门前，
不声不响地低头站立；
善心的人递给我食物，
于是我继续向前走去。
眼见我这可怜的模样，
谁都会自觉幸福如意；
他甚至洒下几滴泪水，
我却不解他为何哭泣。

唱着唱着，老人已走到花园的门口，门外是一条僻静的街道。看见园门已经锁上，他便打算翻过篱笆出去。然而威廉拽住了他，亲切地对他劝慰。他求威廉打开园门，因为他想逃走，必须逃走。威廉让他明白，他即使能逃出花园，也逃不出城去，并且告诉他，他走这一步，必然引起人家的怀疑。然而没有用！老头固执己见。威廉也不让步，终于半强迫地把他推进亭子中，将他和自己一起反锁在里面，与他做了一次奇异的谈话。不过详情咱们略去为好，以免用那些东拉西扯的妄想，惊慌恐惧的感情，使读者们忍受折磨。

第十五章

对这个癫狂症状明显的不幸老人，威廉完全不知该怎么办。然而第二天一早，雷提斯就把他从这极难堪的困境中解救出来了。这老兄依着自己无处不去的老习惯，在一家咖啡馆里认识了一个人，此人前些时候得过严重得要命的忧郁症。家里人把他托付给一位乡村牧师，这位牧师早把治疗这类病人变成了自己的一项特殊使命。这次他同样取得了成功，眼下牧师还在城里，已康复的病人的家属对他表示了极大的尊敬。

威廉急忙赶去找这位牧师，把情况告诉他，与他商量妥了。威廉会想出一定的借口，把竖琴老人送到他那儿去。跟老人分别令威廉深感难受，只是能见病人康复的希望，使他好受了一点。他已如此习惯老人在自己身边，并且时时聆听他那充满智慧和真诚的歌声。老人的竖琴一起烧毁了，上路时威廉为他另外弄来了一把。

火灾也吞噬掉了迷娘的一点儿衣物，在准备替她买些新的时，奥勒莉亚建议说，终于该把她打扮成个女孩子啦。

“绝对不要！”迷娘叫喊。她拼命坚持要像原来似的穿戴，大伙儿也只好由着她。

剧团没有很多时间考虑这考虑那，演出一场一场地继续进行。

威廉常常偷听观众的反应，只是很少听到他希望听的声音。是的，所听到的甚至大多教他不快或者烦恼。比如就在第一次演《哈姆雷特》之后，有个年轻人就在大吹那晚上在剧场里多么多么开心。威廉仔细听去结果大感羞愧，原来小伙子为了教坐在后边的人扫兴，硬是戴着帽子不摘下来，一直坚持到整场演出过去，事后回忆起自己这英雄行为来还得意扬扬。

还有另外一个硬讲：威廉的雷提斯一角演得挺棒，相反对演哈姆雷特那个戏子，就不能这么满意喽。这样的混淆真有些不可思议，因为很难说威廉和雷提斯样子像。

第三个人热烈称赞他的演技，其中又特别是他与母后在一起那场，只不过感到遗憾的是，正在剧情最紧张的时刻，一条白带子从背心底下露出来了，严重破坏了观众的幻想。

这段时间，剧团内部也发生了些变化。自从那晚失火以后，菲莉涅没再有丝毫想亲近威廉的表示。她看样子是有意租了一处比较远的宿舍，与艾尔米拉相处和谐，很少去找赛罗，令奥勒莉亚相当满意。赛罗仍然受到她的尊重，也不时去看她，特别希望能在那儿碰着艾尔米拉，一天晚上便把威廉也带去了。二人一进门便大吃一惊，看见菲莉涅坐在里边房里的一个年轻军官怀中。这军官穿着红色制服，白色军裤，脸调到了一边他们看不见。菲莉涅走到外间迎接来访的朋友，顺手关上了里间。

“二位突然到来，搅了我的美事！”她喊道。

“不见得就这么美，”赛罗说，“让咱们瞧瞧您那年轻、英俊、令人羡慕的朋友吧，反正您已调教过咱们，咱们不敢吃醋。”

“我必须让你们再这样狐疑一段时间，”菲莉涅开玩笑说，“不过我可以向你们保证，他只是我一位要好的女朋友，想在这里隐姓埋名几天。你们将来会了解她的遭遇，是啊，说不定还自己结识这个有趣的女孩儿，到时候我多半有理由谦虚谦虚，宽容宽容。要知道，我恐怕先生们一结识新的女友，就把自己原来这个给忘记了。”

威廉呆若木鸡，他一见那红色的制服，马上想起玛利亚娜那曾使他喜欢极了的军上衣，而且身材也像她，也是金黄色的头发，仅仅是眼前这军官个头，他觉得高了点。

“看在上帝分儿上！”他叫起来，让咱们多了解了解你的朋友，让咱们见见这位女扮男装的姑娘好不好！我们反正已发现了秘密，我们保证，我们起誓，让咱们见见她吧！”

“哟，瞧他多么急不可待!”菲莉涅叫道，“耐心点儿！别着急！今儿个反正不会有结果。”

“您至少让我们知道她姓什么叫什么吧!”威廉高喊。

“这可也是个美丽的秘密呢。”菲莉涅回答。

“至少讲讲她的名字。”

“您要能猜着，我随便。您可以猜三次，不能再多，否则您会给我把历书上的姓名全背出来。”

“好，”威廉说，“蔡希莉亚对吧?”

“没什么蔡希莉亚!”

“亨莉耶特?”

“才不是呢！您可留神！您的好奇心马上就得收起来啦。”

威廉犹豫不定，哆哆嗦嗦，他想张嘴，但失去了言语能力。

“玛利亚娜?”他终于结结巴巴地说出来，“玛利亚娜!”

“不错!”菲莉涅高呼，“猜中了!”边叫边按照老习惯立在鞋后跟上转了一圈。

威廉说不出一句话来。赛罗没有发觉他激动异常，仍一个劲逼着菲莉涅开门。

不料威廉突然打断了他们的调笑，一头扑倒在菲莉涅的脚边，神情激动万分地恳求甚至哀求起她来，教他自己和赛罗都吃惊不小。

“让我看看姑娘吧!”威廉大喊，“她是我的，是我的玛利亚娜！我没有哪天不思念着她，她对于我来说仍旧胜过世界上的所有女人！请您至少进去告诉她，说我在这儿，说那个把自己的初恋，把自己青春时代的全部幸福都与她联系在一起的人在这儿。他要解释怎么会愤怒地离开了她，他要求她原谅，同时也表示原谅她，不管她对他做了什么错事。他甚至不再对她提出任何要求，只要能再见见她，只要看见她活着并且幸福!”

菲莉涅摇摇脑袋，说道：

“我的朋友，您轻一点儿！咱们别自欺欺人。就算这位女士真是您的情人，咱们也得珍重她呀，要知道，她可压根没想到会在这里见到您。她来完全是为了别的事。您了解，人们宁可见到幽灵，也不愿在一个尴尬的时刻眼前出现旧日的情人。我想先问她，让她有个准备，咱们可以考虑怎么办好。明天早上我给您写条子，告诉您什么时候来，或者允不允许您来。您得完全听从我，因为我发誓：不得我和我的女友同意，谁也休想看上这可爱的人一眼。我的房门会锁得更牢，您总不会提着斧头来看我吧。”

威廉乞求她，赛罗劝说她——白费！两个朋友最后只得罢休，离开了菲莉涅的住处。

谁都可以想象，威廉度过了一个怎样不安的夜晚。也不难理解，第二天他等着菲莉涅的条子，感觉时间过得异常之慢。不幸的是当晚他还得演出，可以说一辈子没有受过这样的痛苦煎熬。散戏后他急急忙忙去找菲莉涅，也不问是否受到了邀请。发现她的房门锁着，他问管房子的人才知道，小姐今天一早就跟一个年轻军官坐车走了。尽管讲过几天还会回来，可是谁也不相信，因为已结清了所有的账，带走了自己的东西。

一听这消息，威廉几乎疯了。他赶到雷提斯那里，建议一块儿去追菲莉涅，说什么不惜一切代价，非弄清楚她的旅伴是谁不可。雷提斯相反却责备自己的朋友莽撞轻率。

“我敢打赌，”他说，“除了弗里德利希不会是任何人。这小伙子出身的家庭不错，我很了解。他疯狂地爱着菲莉涅，看样子从自己亲属那里骗到了够多的钱，又可以与她混上一阵子啦。”

雷提斯提出的异议没使威廉信服，但却让他产生了疑惑。雷提斯告诉他，菲莉涅给他们编的那个童话多么荒诞不经，那青年军官的身材和头发多么像弗里德利希，她俩已经离开十二小时，想要再追上有多么不容易，而且还有，主要是赛罗的演出多么缺少不了他俩中的任何一个。

所有这些理由，终于也只是使威廉放弃了亲自去追的打算。还在当晚，雷提斯就找到了一个干练的汉子，可以去完成这一使命。此人矮胖敦实，常给一些大人物当信使和向导，眼下正闲着没有事干。他们给他钱，对他讲清楚了全部情况，交代给他的任务是打探出逃亡者的去向，赶上她们并且紧紧地盯住，然后立即把她俩的情况和待的地方通报给雇请他的两位朋友。这汉子即刻上马去追那一对面目不清的逃亡者，威廉因此至少稍微安心了一点儿。

第十六章

菲莉涅的离去并未引起轩然大波，剧团里如此，观众中也如此。她对一切都太随便，女人们把她给恨透了，男人们也只喜欢单独和她混在一起，不在乎她登台不登台。如此一来，戏剧艺术就失去了她这位天生的漂亮才女。正因此吧，团里的其他人才更加卖力气。特别是梅利纳太太，她通过勤奋和细心，很快已崭露头角。她仍旧注意记取威廉的准则，表演总遵循着他的理论，以他为楷模，自此神色中总带着点儿莫名的忧伤，使她看上去更加有趣。她很快表演上了路，道白完全学会使用交谈的自然语调，对富于激情的调子也有了一定程度的掌握。她善于适应赛罗的脾气，努力通过唱歌讨他的欢心，而且不久也达到了足以给大伙消遣的水平。

新招收了几个演员以后，剧团的班子更整齐了，加之威廉和赛罗各司其职，一个抓剧本的整体理解和格调，一个负责演出的精雕细刻，还有演员们也干劲十足，充满朝气，于是就赢得了观众的青睐。

“咱们的路走对了，”一天赛罗说，“只要坚持下去，观众很快也会走上正路。人们很容易让乌七八糟的表演引入歧途，但只要能以有趣的方式提供给他们正经和有益的东西，他们肯定也乐于接受。

“咱们剧团主要缺乏什么，为什么演员和观众都不能有所觉悟，原因就在：从总体上看太纷繁杂乱，哪儿也没有可以作为批判依据的界线。如果把舞台扩大成一个无限制地展示自然的场所，我看不是件好事。现在的问题是，我们的经理和演员都没能约束自己，直至使德国观众的口味也随之划出一个恰当的范围来。每一个好的团体只能存在于一定的条件下，好的剧团也是一样。某些做派和俚语，某些特别、怪异的行为举止，必须从表演中摈弃排除。精简精简自己的家什，不会变得穷困。”

在这个问题上，大伙儿的意见或多或少地一致和不一致。威廉和多数演员站在英国表演流派一边，赛罗和少数几个人站在法国流派一边。

大伙儿意见一致的只是，在演员们遗憾地都拥有的很多闲暇里，剧团应该一起通读这两大流派那些最有名的剧作，找出其中优秀的、值得模仿的东西。他们也真的拿几个法语剧本开了头。奥勒莉亚每次一开始朗诵就离席而去。起初大家只当她是病了，可后来有一天，威廉看见她走就问她原因。

“这样的朗诵我一次也不会在场，”她回答，“我的心都快碎了，哪里还能够细听并做出评判？我打心眼里仇恨法语。”

“一个人怎么好仇视自己的大部分教养都来自它的语言啊！”威廉叫了起来，“还有，我们的民族文化在定型之前，还必须向它学习许多东西！”

“这并非成见！”奥勒莉亚回答，“对我那不忠实的朋友的痛苦回忆和不幸印象，夺去了我对这美丽而文雅的语言的喜好。我现在真是恨死它了呀！当我俩亲密相处时，他用德语给我写信，那是一种多么热烈、诚挚、有力的语言啊！眼下，他打算离开我，便写起法语来，而在此之前，只是有时开玩笑才这样。我感觉到，我弄明白了这意味着什么。他用自己的母语难于启齿的事情，现在便可以心安理得地写出来啦。在需要表示保留、反悔和撒谎时，这真是一种美妙的语言，这种语言可真叫 perfid！感谢上帝，我还找不到一个德语词，能够充分表达出 perfid 的全部含义。我们的‘不忠’一词，与之相比只是个纯情少女。perfid 的不忠可还包含着享受、傲慢和幸灾乐祸的意味。哦，一个民族竟能用单独一个词表达如此多微妙的意思，这个民族的教养才叫令人羡慕哟！法语真是一种世界语言，值得普遍推广使用，以便所有的人都能够相互欺骗愚弄！他的法文信读起来还挺好的。你如果愿意想象，它们的音调还是热情而甜蜜，可是仔细一瞧却净是些废话，该死的废话！他破坏了我对这整个语言的喜爱，对法兰西文学的喜爱，甚至对以这种语言优雅有味地表达的高尚情操的喜爱，让我一听见法语词，身上就不寒而栗！”

奥勒莉亚可以这样一连几小时地发泄怨恨，打断任何别的谈话，或者扫掉别的谈话的兴。赛罗迟早得不客气地制止她，但通常这天晚上的交谈就给搅啦。

一般而言，几个人和一定的情况凑巧碰在一起所产生的结果，全都不能长时间地完整保持下来，真是件遗憾的事。一个剧团是这样，一个王国是这样，在朋友圈子里如此，在军队中也如此，通常都能说出他们情况最完美、最和谐、最满意和最奋发的高峰期。但是，人员经常会很快变化，新的成员加入了进来，不是新来的人不适应原有的情况，就是原有的情况不适应新来的人，结果一切变成了另外的样子，过去已结合起来的马上分崩离析。在这个意义上就可以说，赛罗的剧团有一段时间处于完美的状态，足令任何一家德国剧团自夸自满。多数的演员适得其所，人人都有足够的事干，也人人乐于干自己该干的事情。他们相互的关系也马虎可以，似乎个个在艺术上都大有可为，因为头几步全走得热情而快活。然而很快就发现，其中一部分人仅仅是些机器，只能走到无须情感就能走到的地方。还有，很快也混进来一些通常都妨碍精诚合作的欲望，轻易地就毁掉了理智和善意的人们渴望维持的一切。

菲莉涅的离去，并不像我们一开始相信的那样无足轻重。她极善于逗赛罗开心，同时或多或少地一直迷住其他人。对于奥勒莉亚的暴躁脾气，她表现出极大的忍耐，她最关心的事情，就是向威廉献媚。这样，对于全团来说，她有如某种黏合剂，一没有她，必然很快就感觉出来了。

赛罗不闹点儿小恋爱就活不了。艾尔米拉在短时间里已长大起来，而且可以说出落得挺漂亮，因此老早引起了赛罗的注意。菲莉涅够机灵的，一发现他这心思就给他提供方便。她总是讲："就是得及时地替他人撮合，咱们年纪大了，本来什么别的都不行嘛。"于是，赛罗与艾尔米拉开始接近，并在菲莉涅走后迅速搞到了一起。但是，他俩有一切理由对艾尔米拉的父亲保密，因为对这类胡作非为，唠叨老头可是一点儿不懂得开玩笑，而唯其如此，这小小的罗曼司更让他两人来劲。艾尔米拉的妹妹也了解事情真相，所以赛罗必须对这两个女孩子多多包涵。她两姐妹最大的毛病之一，就是十分贪嘴，是的，甚至可以讲好吃得要死。在这一点上，菲莉涅与她俩大相径庭，她像是仅仅靠空气活着似的，吃得极少，吸吮起香槟酒的泡沫来也斯文极了，因此又显得更加教人爱怜。

为了满足他那美人的心愿，赛罗如今不得不在早餐之后紧接着开午餐，而为了把午餐与晚餐接起来，中间只好再加进一份下午茶。这时候，赛罗正盘算着要办一件事，因此有些心神不宁。他自信发现在威廉和奥勒莉亚之间，有着相互的爱慕，希望他俩很快会当真起来。他希望能把剧院的整个行政管理，一股脑加在威廉身上，把威廉变成他前妹夫那样一个忠实而勤勉的工具。这期间，他已把绝大部分的操心事，不知不觉地转嫁给了威廉，同时票房也由奥勒莉亚管着，他自己呢，又完全像从前那样，过起了自由自在的日子。然而也存在一点儿什么，暗暗伤害着他和他妹妹的自尊心。

对于功成名就的公众人物，观众自有其整治的办法。他们开始渐渐地对你变得无所谓，而是去捧那些差劲得多，然而却是新出现的天才。他们苛刻地要求你这样那样，对那些新人反倒事事满意。

赛罗和奥勒莉亚有的是做这类观察的机会。那些新演员，尤其是其中年轻俊俏的，吸引了所有的注意，抢走了所有的喝彩，两兄妹在使出吃奶的气力之后，经常是在没盼到掌声的情况下下了场。诚然也有其他原因。奥勒莉亚的傲慢一望而知，许多人已听说过她瞧不起观众。赛罗呢，尽管在小事上讨好每一个人，但是他对观众整体的尖刻评论，也是经常和反复在流传。新演员相反，要么身处异乡，默默无闻，要么年轻可爱，需要提携，所以全都找到了保护人和支持者。

还有，剧团内部这时也出现了某些不平静和不愉快：众人还没明白过来，威廉已经担当起了类似于导演的差事，他按照自己的风格，希望使什么事都更加正规和精确，特别是坚持一切的管理首先要求准时，要求有规矩依循，结果反倒使多数演员变得更加调皮捣蛋起来。

没过多久，那真还维持了一段时间的近乎理想的状态整个不在了，相反情况却糟糕得只有在一个流浪戏班子里才可能找得出来。可惜啊，威廉在拼命熟悉了演戏的要求，把自己的个性和行为都完全培养成一个演员之后，此刻却似乎终于心生懊恼，感觉这一营生本不值得他花费这么多的时间和精力。不只事情讨厌，报酬也挺微薄，他宁肯改行做任何别的事也不当演员。做任何事你在工作之余都可以享受精神的宁静，当演员在机械地劳碌以后还得承受精神和感情的极度紧张，只有这样事业才可望获得成功。此外，他还不得不听奥勒莉亚抱怨自己的哥哥挥霍浪费，不得不受到赛罗要他娶自己妹子的婉转暗示，并强装出不解其意的傻样。再有，那个派去追不明身份的军官的汉子不只人没有回来，甚至音信杳无，我们的朋友不得不担心会再次失去自己的玛利亚娜，因此感到深深的苦闷，并且还只能把这苦闷埋藏在自己心中。

偏偏这个时候，又遇上举国哀悼的大事，剧院不得不关闭几个礼拜。威廉便抓住这段时间，去探望那位收治竖琴老人的牧师。他发现他住的地方很幽静，在牧师的院子里第一个见到的就是老人，他正在教一个男孩儿弹竖琴呢。一见威廉，老人非常高兴，站起来握住他的手说：

“您瞧，我在这世上到底还有点儿用处，请允许我继续教下去，学生们的时间都是分配好了的。”

牧师十分热情地欢迎威廉，告诉他老人的情况已经不错，有希望完全康复。

话题自然转到了治疗精神病人的方法上。

“身体治疗常常给我们造成难以克服的困难，”牧师说，“为此我便找了一位善于思考的大夫当顾问。除此而外，我认为治疗精神病人的方法是很简单的。它们跟防止健康人患精神病的方法一个样。要激发他们的自立精神，使他们习惯整洁，让他们理解，他们的生活和命运跟许许多多常人是共同的，超常的天才也好，最大的幸福或最大的不幸也好，通通只是寻常的微小偏离而已——这样就不会有痴妄潜入头脑，就算潜入了，也会渐渐消失。我把老头子的时间做了分配，让他教几个小孩儿弹琴，让他参加园子里的劳动，他心情已经开朗得多了。他希望吃到他自己种的白菜，希望认认真真教我的儿子，想自己死后把琴送给这孩子，使他也确实能够用上。作为牧师，我尽量少对他那些古怪的疑虑说什么，然而勤劳地生活多得是事情，他必然很快就会感到，任何的疑虑都只能通过多活动来消除。我缓缓行事，如果我还能使他剃掉胡子，脱去长袍，那可就是大胜利啦。要知道，没有什么比使自己与众不同更让我们接近疯狂，而想要保持正常的理智，又最好莫过于和众人一起过平常的生活。我们的教育和我们的市民习俗，有多少欠缺啊，通过它们，我们自己和我们的孩子，怎么能不得精神病呢！”

威廉在这位富于理性的人家里待了几天，听他讲了许多有趣的故事，不只是关于那些疯子的，也有关于那种通常被叫作聪明人甚至智者的，后面这种人的特立卓行，近乎疯癫。

他们的谈话三倍地活跃起来，因为那位常常帮着牧师一起扶危济困的大夫来找他的朋友了。大夫已上年纪，身体也不好，却多年来坚持尽自己无比高尚的义务。他酷爱乡居生活，离开新鲜空气几乎活不下去；同时却极为平易近人，极喜欢活动，多年来的一大爱好就是与所有可能结识的乡村牧师交朋友。发现谁在做有益的工作，他总想方设法给予帮助；对那些还没有一定的事干的人，他便动员他们寻找某种爱好；由于同时还与贵族、官员和法院的人保持着联系，二十年来在一些个农业领域里也默默地做过许多贡献，使一切有益于耕种、畜牧和人类的活动都开展起来，促成了农村一次真真正正的启蒙。他讲，对于一个人来说，不幸的只有一件事，就是固执一个想法，而这想法不能对实际生活有任何好的影响，或者甚至还使他脱离实际生活。

“眼下，我正好在一对富有的贵族身上发现了这种情况，”他说，“迄今我使用了所有的招数，但是都不生效。这样的症状差不多已属于您的专业啦，亲爱的牧师。这位年轻人不会把事情传出去的。

“一位贵族不在家，有人就开了个不值得称赞的玩笑，让一个青年穿上了这位老爷的家常衣服，想给他的夫人一个意外。虽然人家是当作笑话讲给我听的，我却很担心这么干的意图是要诱使那位高贵可爱的夫人走上邪路。丈夫出乎意外地回来了，一进卧室以为看见了他自己，从此就患了忧郁症，老相信自己快要死了。

“他迷上了一些用信仰来讨好他的人。我看不出，怎么才能阻止他和自己夫人一起去参加兄弟会，使他不致因为没有子女就不从自己亲属那儿收回自己的大部分财产。”

“和他的夫人一起？”威廉让这故事吓了大一跳，脱口惊呼。

“遗憾没有，”大夫以为从威廉的呼叫中只听到了一般对人的博爱同情，回答道，“这位夫人有自己更深的苦闷，对离开这个世界也不感到惋惜。还是那个年轻人，他在向夫人告别的时候，她不慎没能掩饰住自己对他刚刚萌生的爱慕，他于是大胆放肆起来，将夫人一抱搂在怀里，使一枚镶着她丈夫肖像的大钻石胸针紧紧地压到了她的胸上。她当时便感到剧烈的疼痛，疼痛慢慢消失了，先留下一道小小的红印，随后完全没了痕迹。我作为一个人坚信，她没有什么好再自责的；作为一名大夫也有把握讲，压这一下不会有什么严重后果。可你怎么也没法教她相信，那儿没留下一个包块，你想让她自己摸摸并打消疑虑，她便硬说只是暂时感觉不到罢了。她坚持自己的妄想：这毛病最终会演变成癌。如此一来，她的青春，她的美丽动人，不管是对她自己还是对旁人，都完全不复存在啦。”

“我这个倒霉的人啊!”威廉叫道，同时捶打着自己的额头，跑了出去。他从来没有经历过如此难受的处境。

大夫和牧师对他这奇异表现惊讶之极。他晚上回去，一五一十地坦白了自己干的事，并对自己痛加谴责，让两位好人没少开导他。他们十分同情他的遭遇，特别是他情绪低落地把自己眼下的处境描绘得一团漆黑之后。

第二天，没有怎么请求，大夫便同意陪他去城里，看看能不能给因被恋人抛弃而情况堪忧的奥勒莉亚什么帮助。

他们发现她的情况真的比估计的还糟。她正发着一种阵性的寒热，医治起来极为困难，特别是因为她又任性地故意使其经常发作，以致病情加重。陌生人没有当作大夫介绍给她，他呢，行事也很聪明和讨人喜欢。大伙儿谈起她的身体和精神状况，新来的朋友便讲一些故事，说明有的人尽管患有同样的毛病却如何获得了长寿，而在这种情况下，最有害的莫过于故意引发旧情，激动伤感了。他特别言明还发现有的人非常幸福，因为他们在患不治之症后真正培养起了自己的宗教信仰。他说这话时态度谦和，近乎讲历史一般地客观，并答应给自己的新朋友们读一部有趣的手稿。这手稿，他说是一位已故的杰出女友亲手交给他的。

“它对于我来说无比地珍贵，”大夫讲，“我将原封原样地托付给你们。只有题目是我手定的，叫作《一颗美好心灵的自白》。”

关于如何对不幸而精神紧张的病人做食物和药物治疗的问题，大夫还给了威廉一些忠告，并且答应写信指导他们和尽可能亲自再来。

这期间，由于威廉不在剧团，他想不到正酝酿着一场变故。在他任导演的一段时间里，他处理事情是比较宽松随便的，尤其在钱物的管理上，比如，服装、布景、道具的购置都不但充足而且像模像样，而且为了博得众人的好感，还满足他们一些私欲，因为没法以更高尚的动机与他们套近乎。加之赛罗自己也不在意当个好管家，只喜欢听人称赞剧团气派，只要总揽财权的奥勒莉亚保证在所有支出之后不欠债，并剩下足够的去付他为自己的美人挥霍的钱和其他债务，他就心满意足了，威廉便越发觉得自己的做法有理。

梅利纳这时负责管理服装，以他一贯的阴险狡诈，便在暗中冷眼观察，瞅准了威廉不在和奥勒莉亚病重的机会，让赛罗感觉到原本可以多收入一些，少支出一些，要不也不妨省下一些钱来，将来再痛痛快快地过逍遥日子岂不更好。赛罗听进去了这话，梅利纳于是大胆实现起自己的图谋来。

“我并不认为，”他讲，“现在有某一个演员的薪水太多了，就是有那么一些名气很大的人，到哪儿都受欢迎。只是与其替我们挣的钱比起来，他们得到的确实太多。我建议您另外组织一个歌剧团，至于说到话剧，我必须对您讲：“只有您一个人才拿得下整出戏。您现在不免也知道吧，人家忽视了您的功绩？不，不是因为与您同台的演员很杰出，而是因为他们也不错，观众便不再公平地对待您突出的天才。”

“您要是像以往那样只是突出自己个人，想法用低薪找一些平庸甚至说糟糕的演员来做帮衬，然后像您一贯精通的那样以老一套的办法糊弄观众，再把剩下的其他观众的兴趣转移到歌剧上去。那时候您就会看见，您花同样的力气和同样的代价，结果却要令人满意得多，捞到的钱也要多得多。”

赛罗被吹得飘飘然，提起异议来便有气无力。他乐于向梅利纳承认，因为爱好音乐，他早就希望这么办。只是他自然也看到，观众的欣赏口味会因此被进一步引上歧路，再说剧团这么混杂、拼凑，歌剧不歌剧，话剧不话剧，必然会使观众完全丧失对某些细腻的艺术品的鉴赏力。

梅利纳颇不文雅地奚落了威廉的这类理想教条一通，奚落了他企图教育观众而不是受观众教育的狂妄一通。随后，赛罗便和他取得一致，坚信只需要赚钱致富，自己痛痛快快享受就成，并且相互毫不掩饰自己的愿望，就是摆脱掉那些妨碍他们实现计划的人。梅利纳遗憾奥勒莉亚病体虚弱，看样子活不长了，心里所想的却刚好相反。赛罗也装模作样地表示惋惜，威廉不是个歌剧演员，实则以此暗示，他很快就不再需要此人。梅利纳提出了一个即将节省开支的完整单子，赛罗把他看得有原来的妹夫三倍能干。经过这次谈话，他们觉得似乎已经成为密友，于是更紧地勾结起来，抓住机会讨论发生的一切事情，指责奥勒莉亚和威廉的所作所为，同时在脑子里把自己的新方案也考虑得越来越具体了。尽管两人对自己的图谋讳莫如深，尽管在言辞上很少暴露，但是仍然不够老练，不在行动中泄露出自己的意图来。梅利纳在几件归威廉负责的事情上与他对着干，赛罗待自己妹妹从来不体谅，现在妹妹病越重他却越粗暴，妹妹在喜怒无常时越需要爱护，他却越显得冷酷。

就在这时，团里决定上演《艾米莉亚·迦洛蒂》①。这出悲剧的角色安排很理想，在有限的情节范围里，全体演员的多方面才能都能得到发挥。赛罗演马利内里正合适，欧多阿多的台词念得很成功，梅利纳太太的母亲演得很有见地，艾尔米拉出色地扮演艾米莉亚更使这女孩儿得益，雷提斯的阿皮阿尼也像模像样，威廉更把自己数月来的钻研用在了王子一角的表演上。借着这个机会，他常常既和自己，也跟赛罗和奥勒莉亚探讨下面的问题：在高贵的举止和高雅的举止之间，究竟有何区别；在多大程度上，后者必须包含前者，而反过来，前者却不一定包含后者。

---

① 《艾米莉亚·迦洛蒂》是与歌德同时而稍早一些的理论家和剧作家莱辛的一出名剧。

关于这个问题，自己就把马利内里这个廷臣演得地道而不漫画化的赛罗，发表了一些很好的意见。他说：

“高雅的风度是很难模仿的，因为其本身便有一点儿消极意味，前提是必须长期坚持不懈地训练。要知道，你不允许在自己的行为中着意显示高贵，否则就很容易流于做作和傲慢；你只应避免一切低下，一切鄙俗；你永远不可得意忘形，时刻要注意自己和别人，对自己什么也不能含糊，对别人要做得恰如其分，不少不多，不要因任何事情显得激动，不要让任何事情打动自己，永不操之过急，时刻镇定自若，保持住外表的平衡，不管你如何心潮澎湃，情绪激动。一个高贵的人可能在某些时刻举止随便，高雅的人却永远不会。后者就像一个衣冠楚楚的人，他在任何地方都不能倚靠在壁上，任何人也得留神别去抚弄他，他有别于其他人，但又不能孤身独处。因为像一切艺术一样，这种艺术最后也得显出举重若轻才好。这样，一个高雅的人不管怎样鹤立鸡群，永远得像与其他人紧相联系的样子，在任何地方不能呆板拘谨，到处都灵活自如，永远都显得高所有的人一头，却又不以此强求他人。

“由此可见，为了显得高雅必须真正高雅；由此可见，为什么妇女一般都比男人容易学会这样的举止，为什么宫廷中人和军人能够飞快具有这样的风度。”

威廉现在对演好自己的角色几乎绝望，然而赛罗使他重新鼓起勇气，就一个个问题给了他细致入微的指点，帮助他把那位王子演得至少在观众眼中是相当高雅。

赛罗原本答应，演完之后再把可能有的意见都告诉他，谁料这时兄妹之间爆发了一场厉害的争吵，阻碍了任何提出批评的讨论。奥勒莉亚把奥尔斯娜一角演得没人愿意再看，她对这个人物太熟悉啦，因此排练时满不在乎。而到了台上，她可以说又打开了自己苦闷的所有闸门，因此把初恋的火热情感表演得超出了所有剧作家的想象。观众以过于热烈的喝彩报答她痛苦的努力，但演完后大家去看她时，却发现她躺在圈椅里几乎已经昏厥。

赛罗说她夸张过火，在或多或少了解她那单相思故事的观众面前袒露内心，因此深表不快，并像他在发火时一贯似的咬牙切齿，顿足捶胸。

“别理睬她，”他发现众人围着躺在圈椅里的妹妹，吼道，“她肯定还会赤身裸体走上台去哩，那样准会获得满堂彩声。”

“无情无义的家伙!”奥勒莉亚大叫，“没有人性的家伙！人家很快就会把我赤身裸体地抬走，抬到再没有喝彩传进我们耳里的地方!”说着便跳了起来，冲向门口。

女仆来不及给她送过去大衣，台上也没有担架。刚下过了雨，街上冷风凄厉。人家怎么劝她都没用，她火气太大了，她故意走得慢吞吞的，像是贪婪地吸吮着她所称赞的清凉。刚走到家，她嗓子就已经嘶哑得再也说不出一句话，可她却不肯告诉人，自己从脖子到背脊都感觉完全僵硬了。没过多会儿，她的舌头突然瘫痪，说话只能够一个字一个字地挤。大伙儿把她抬到床上，用尽办法治住了这个，又出现那个。奥勒莉亚高烧得厉害，情况十分危险。

第二天早晨，她安静了一个小时，便让人请威廉来，递给他一封信。

“这封信早就等着眼前的一刻啦，”她说，“我感觉到，我的生命很快就会走到尽头。答应我，你将亲手交这封信给他，并且用短短的几句话，为我所受的痛苦向那个负心人报复。他不是没有心肝，至少会为我的死去难受一忽的。”

威廉接过了信，但却企图安慰她，让她打消死的念头。

“不，”她回答，“别夺去我最切近的愿望。我早就盼着死，将高高兴兴地投入死的怀抱。”

没过多久，大夫把答应给他们读的手稿送到了。菲莉涅请威廉念给她听。至于其所产生的效果，读者在了解了本书下一部的内容，自会做出最恰当的评判。我们可怜的女友的急躁和执拗情绪立刻平和了下来。她把信收回去另写了一封，看样子心已经放宽了。她甚至要求威廉安慰她那恋人，如果她的死讯使他难过的话，还要教他相信：她原谅他了，并且祝他万事如意。

从这时起她就挺安详，似乎只是在琢磨自己努力从手稿里获得的几个思想。威廉应她恳求经常念手稿给她听。她体力的衰竭不怎么明显。有一天早上威廉去看她，想不到她已经逝世。

威廉尊重奥勒莉亚，习惯了和她相处，突然失去了她很是难过。事实上，她是唯一真心对他好的人。对于赛罗最后时刻所表现的冷酷，威廉的感受实在是太深了。因此他抓紧完成亡友的嘱托，同时希望离开一段时间。梅利纳那方面自然巴不得他走，因为这家伙广泛与人通信，很快就找到一名男歌手和一名女歌手，准备让他们先在幕间演唱，以使观众做好将来听歌剧的准备。失去奥勒莉亚和走了威廉就暂时这么得到弥补，我们的朋友在休假的几周里心情渐渐放松，对一切都感到满意。

对于自己的使命，威廉产生了一个很重要的想法。女友的死深深激动着他，因为目睹了奥勒莉亚这么早早地退出舞台，他必然会敌视那个缩短她的生命，使她这短暂的人生充满着痛苦的人。

不顾死者临终言辞和缓，他仍决心在交信时狠狠苛责那个负心人。由于对自己临时的情绪缺乏信心，他便事先考虑好了一段激昂慷慨得过了头的话。在完全满意自己起诉书的结构以后，他便将它背下来，同时准备动身。迷娘看着他收拾行装，便问去南还是去北。听见回答去北，她便道："那我就在这里等你。"她请求把玛利亚娜的珍珠项链给她，威廉不忍心拒绝这可爱的小人，她已经有了玛利亚娜的纱巾。反过来，她却把鬼魂的丝巾塞在了他的背囊里，尽管威廉告诉他完全用不着。

梅利纳接替了导演职务，他的妻子答应像母亲一样关照威廉不忍心离开的小孩儿。费利克斯在告别时挺高兴，问他想让威廉给他带什么，他回答：

“求求你！给我带个爸爸回来。”

迷娘则牵着就要离开的威廉的手，踮起脚尖去真诚、热烈但却不含柔情地亲吻了一下他的嘴唇，说：

“迈斯特，别忘了我们！早些回来啊！”

这样，咱们的朋友便百感交集地踏上了旅途。在结束这一部的时候，我们录下一首迷娘已经极富感情地朗诵过几次的诗。我们早想把它奉献给读者，只是由于发生了一些奇特而紧迫的事件，才给耽搁了下来。

别让我讲，让我沉默，
我有义务保守秘密，
我本想向你倾诉衷肠，
只是命运它不乐意。

时候到了，日出会驱散
黑夜，天空会豁然明朗；
坚硬的岩石会敞开胸怀，
让深藏的泉水流到地上。

谁不愿躺在友人的怀中，
倾吐他胸中的痛苦积郁？
只因为誓言迫使我缄默，
唯有神能将我嘴唇开启。

第 六 部

一颗美好心灵的自白[①]

直到八岁那年，我都还是个完全健康的孩子，可对这段时间的事情，就像对自己出生的那天一样，已根本回忆不起来了。刚刚八岁，我得了咯血病，而与此同时，我的感觉和记忆就突然灵敏了。这偶然的变故的种种细枝末节，至今还历历在目，仿佛是发生在昨天一样。

我耐心地熬过了长达九个月的卧床休养。这段时间，我自己觉得，就打下了我一生整个思维方式的基础，给了我的精神最初的促进帮助，使其能按照自身的特点发展成熟。

我忍受痛苦同时怀着爱，这就是我心灵的特殊状态。在剧烈咳嗽和因发高烧而虚弱无力的时候，我像只缩回到自己壳里的蜗牛似的静悄悄地待着。可一当我缓过气来，感觉舒服了一点儿，我尽管不可能有其他享受，却也马上会用上我的眼睛和耳朵了。家里人给我送来成套的玩偶和图画书，谁想坐在我的床边，就非得给我讲点

① “美好的心灵”是德国 18 世纪习用的一个称谓，特指那种心地纯善、信仰虔诚的人。小说中这一位的原型为歌德 1768 年患病回家休养期间结识的一位年长的女友，名字叫苏珊娜·卡塔琳娜·封·克勒腾贝格。

儿什么不可。

我喜欢听妈妈讲《圣经》故事，爸爸则用自然界的事物给我取乐。他有一间很像样的收藏室。时不时地，他端来一格格抽屉，让我看他的宝贝，并且据实给我讲解。干枯的植物、昆虫和一些解剖学标本，像人的皮肤、骨骼、木乃伊以及诸如此类的东西，都搬到了小姑娘的病榻边上；还有他打猎带回来的飞禽和野物，也要先给我看看再送到厨房里去。为了让这个世界的王侯也能发出自己的声音，我的姑妈就给我讲爱情故事和仙女童话。一切都被吸收，一切都扎下了根。有些时候，我还常思考那不可见的存在。我至今还记得的一些诗句，就是我口头吟诵，妈妈给写下来的。

经常地，我给爸爸复述他讲过的故事。我难得吃什么药不问一问：制造这种药的东西长在什么地方？像什么样子？叫什么名字？就连我姑妈讲的故事，也不是没有结果。我常常想象自己穿着最漂亮的衣裙，碰到了一些最最可爱的王子，他们不弄清楚陌生、美丽的姑娘是谁，就绝不甘心，绝不罢休。一个可爱的小天使穿着雪白的衣服，长着金色的翅膀，同样地来讨好我。我和他玩了好久好久，在我想象中就跟真出现过一样。

一年后我差不多康复了，只是童年的野性一点儿没有留下。我甚至不能再玩木偶，而是要求得到一些知道回报我的爱的东西。父亲养的狗啊、猫啊、鸟啊，等等等等，令我很是喜欢。可是，要能得到一只在我姑妈的童话里扮演过重要角色的那种小家伙，我什么都可以放弃。它是一个村姑在树林里捡回来喂养的小羊羔，可这温驯的小动物却是一位中了魔法的王子变的，最后又恢复原形，成了个英俊的小伙子，为报答自己的恩人便娶了姑娘。我真好想有这样一只小羊羔啊！

然而眼前并没有小羊羔出现，加之我身边的生活完全正常地继续着，我拥有一个那么可爱的小东西的希望也慢慢消失了。这时候，我安慰自己的办法就是读书，读那种描写奇异经历的书。所有这种书中，我最喜欢的是那本《虔信基督的赫尔库勒斯》[①]，它那虔诚的恋爱故事，十分合我的心意。他的瓦莉丝卡出了什么事情，遇上了残暴的行为什么的，赫尔库勒斯赶去营救之前都先要祷告，而且祷告词也详细印在书里。这样做多么令我喜欢啊！我一直于冥冥中感觉到有不可见的主存在，通过这故事更增加了我对主的眷恋，因为主也应该永远是我的知己。

我继续长大起来，天知道又读了多少乱七八糟的东西，不过《罗马的奥克塔维亚》[②] 却最受我青睐。这部写迫害早期基督徒的长篇小说，激起了我最大的兴趣。

这时妈妈开始责备我老是读书，为了讨好她，爸爸就头一天把我手里的书收走，第二天再还回来。母亲够聪明的，发现这样毫无结果，就只是坚持要求我得同样努力阅读《圣经》。这我也不用人来督促，本来就很用心在读这些神圣的典籍。同时，母亲一直很注意不让任何诱人学坏的书落在我手里。我自己呢，只要一接触到卑劣的作品也会立刻扔掉，因为我的那些王子和公主全都富有德行。再说，他们没有发觉，我对人类的自然历史已经有更多的了解，而这些知识，我多数都是从《圣经》里学到的。一些个可虑的地方，我往往把它们与眼前人们的言行联系起来，通过自己的思考求索，对比推论，能成功地找出其中的真意。听人讲了女巫的故事，我也得对巫术有所了解。

感谢我的母亲和我的求知欲，我在酷好读书的同时仍学会了烹调，但在烹调时，同样可以观察到一些东西。看一只鸡、一头小猪开肠剖肚，在我如同看戏。我给父亲送去内脏，他便进行讲解，俨然当我是个学习解剖的大学生，并总是暗暗高兴地称我是他错生成了女孩儿的小子。

---

① 《虔信基督的赫尔库勒斯》是当时流行的一部巴洛克小说。

② 《罗马的奥克塔维亚》也是同时期的巴洛克小说。

如此便满了十二岁。我开始学法语、舞蹈和绘画，并接受通常的信仰教育。在上最后这门课时产生了一些感想，但都与我自己的状况毫不相干。我喜欢听人讲上帝，也为能比同龄人更多的谈论上帝而骄傲。为了能够侈谈信仰问题，我于是起劲地阅读有关书籍，但是却从来也不考虑与自己有什么关系，自己的灵魂是不是也处于同样的状态，它是否也像一面镜子，能够反映永恒的太阳的光辉。这些问题，似乎早已被我一劳永逸地当作了前提。

我法语学习很有钻劲。我的语言教师很棒，他既非轻率的经验论者，也不是枯燥乏味的语法学家，他富有学识，见过世面。除了教语言，他还满足我一些其他方面的求知欲。我很喜欢他，每次盼他来的时候心都怦怦跳。绘画对我不难，要是我的师傅多点儿脑子和学识，我会更有长进。只可惜他仅仅有一双手，只知道叫我练习，练习。

舞蹈一开始是我最不喜欢的了，我体质虚弱，只是陪着我的姐妹学学而已。一天我们的舞蹈教师心血来潮，想给他的所有男学生女学生举办一次舞会，结果却意外地提高了我学习的兴趣。

在众多的男孩儿女孩儿中间，宫内大臣的两个儿子最为出众。小的一个与我一般年纪，大的一个则大两岁，哥俩英俊得叫大伙儿一致承认，像这样漂亮的男孩儿谁也没有见过。我也同样，一见他俩，就再也看不到晚会上的其他人了。从此刻起，我便跳得用心起来，真希望自己跳得很好看。不知怎么搞的，两个男孩儿也在所有人中间特别注意起我来——总之，第一个小时，我们已成为好朋友，小小的舞会尚未结束，我们已商量好了下一次在哪儿见面。我真是快活得要命啊！可更加喜出望外的是，第二天早上他俩就各写来一张彬彬有礼的短简，送来一束鲜花，向我表示问候。我当时的感觉啊，以后再也没有了哟！于是就礼尚往来，书信不断。教堂与河滨大道成了我们幽会之所，我们年轻的朋友时常邀请我们一块儿聚会。我们可是够狡猾的，一直把事情瞒着自己的父母，除非认为什么事情没有妨碍。

现在一下子有了两个喜欢我的人，我却没决定跟哪一个好，他俩一样中我的意，我们一起也相处得挺和睦。一天哥哥突然患了重病，我因为也经常生病，便知道时时地送些信和对病人适宜的食品去安慰他。他的父母知道了很感激，便答应爱子的请求，等他一能起床就邀请我和妹妹一道去访问他们。他接待我的温情已不带孩子气，从这天起我就决定了跟他好。他立即告诫我要对他弟弟保密，然而情焰是没法再掩饰的，弟弟的妒忌于是就使得浪漫故事更加圆满。他给我俩捣了上千次的蛋，想破坏我们的感情，结果适得其反。

这下我真的找到了自己渴望的小羊羔，同时恋爱也像生病一样影响着我，使我变得沉静起来，不再耽于欢乐。我孤寂而感动，上帝又回到了我心里。他仍然是我的知己，我也明白该含着怎样的泪水，坚持为那个已病得奄奄一息的少年向他祈祷。

在这个过程中尽管有许多孩子气，但对我心灵的成熟却发挥了巨大作用。除了经常交翻译作业外，我们还得每天给法语教师写一些自己编造的信。我便把自己的恋爱故事，以菲莉丝和达蒙这两个假名写了出来。老先生很快看完了，并且极力夸奖我的作业，为的是鼓励我行文坦诚。我因此越来越胆大，便把事情和盘托出，连细节也保持真实。我已记不得是在哪一点上，他一天抓住机会对我说：

“多么优美动人！多么真实自然！可善良的菲莉丝得留神喽，再下去就会弄假成真。”

我挺扫兴，他竟不认为已经是真的，便不耐烦地问，真实二字他怎么解释。无须我问第二次，他便清清楚楚谈出了自己的看法，我听了几乎掩饰不住自己的惊吓。可是紧接着我心中便感到恼火，怪他竟然抱着那样的想法，下决心替自己的女主人公辩护，绯红着脸庞喊道：

“可是老师，菲莉丝她真是个品行端正的女孩!”

这下他的表现真够恶劣啦，竟取笑我和自己品行端正的女主人公，并趁我们说法语的机会玩弄“美好”这个词，把菲莉丝的品行探讨来探讨去。我觉得挺可笑，脑子也乱哄哄的。他为了不吓着我，便中断讨论，但过后又借其他由头把话题引到这上面来。我们在他的课上阅读和翻译一些剧本和小故事，常常使他有机会告诉我们，在情欲的诱惑面前，所谓德行所能提供的保护极其脆弱。我不再反驳他，只是仍然暗自生气，他的一些说法使我背上了思想包袱。

我和自己的达蒙也渐渐断绝了一切联系。他弟弟的作梗阻碍了我们交往。没过多久，一对如花的少年双双夭折。我感到心疼，然而不久也把他们忘记了。

而今菲莉丝很快长大啦，长得完全健康，并开始了见世面。王储婚配了，在父王死后执了政，朝廷和城里都热闹非凡。这一来又有了满足我好奇心的养料。我经常看戏和参加舞会，紧接着来的是既然已被引荐给宫里，那就得去露露面，虽然父母亲尽可能地阻止。从外间涌来了不少的人，家家户户都变成了大世界，我们家也贵客盈门，有的则是经熟人介绍来的，在我的伯父家更是哪个国家的都有。

我忠实的保护人继续委婉得体地告诫我，我却仍然对他怀着反感。我一点儿不相信他的看法是对的，他当时也许正确，也许并不正确，竟认为妇女在任何情况下都是懦弱的。但与此同时他又对我谆谆告诫，使我有一次也害怕起来，怕他真有道理，于是激动地对他讲：“既然这么危险，人心又这么软弱，那我就愿意祈求上帝来保护我。”

这一幼稚的回答看样子令他高兴，他赞扬了我的打算。可它在我完全并非真心，这次仅仅是空话一句，因为对不可见的上帝的感觉，在我心中几乎完全消失了。包围着我的一大群人分了我的心，像一条洪流似的卷着我向前走。那是我一生中最空虚的几年，成天没有什么好谈的，没有任何健康的思想，悠闲享乐就是我唯一的事情，甚至心爱的书籍也置诸脑后。那帮围绕着我的人真正不学无术，他们都是德国的宫廷中人，而这个阶层的人当时全无文化可言。

应该想到，这样的交往会将我引到堕落的边缘。我耽于感官的快乐，得过且过，不思振作，不做祷告，既不想自身也不想上帝。不过，那许多英俊、富有和衣着华丽的男子没谁赢得我的欢心，在我看却是上帝的指引。他们放荡而不加掩饰，吓退了我；他们言谈暧昧婉转，使我受到侮辱，我因此对他们冷淡；他们有时无礼得难以置信，我因此也容忍自己态度粗暴。

除此而外，我的老师有次还私下向我透露，与这帮讨厌家伙的多数交往不只危害一个姑娘的品行，甚至威胁着她的健康。我这才真正惧怕起他们来，只要有哪个以某种方式和我套近乎，我便感到担心。我生怕碰他们使过的杯子碗盏，也不坐他们坐过的椅子。这样，我在道德上和生理上都处于隔离状态，他们对我献任何殷勤，我都骄傲地只听不答。

住在我们城里的远客中，有个年轻人特别出众，我们开玩笑叫他纳喀索斯[①]。他在外交界名声很好，希望在我们的朝廷改组时谋得个有利的职位。他很快结识了我的父亲，他的学识和举止，为他打开了进入那帮高官显贵的圈子的道路。我父亲提起他来十分地称赞。他英俊的外表也许会给人留下更好的印象，要是整个气质中不总是带着某种自我欣赏的话。我见过他，对他看法不错，但从未相互搭过话。

---

① 纳喀索斯是希腊神话中的一个美少年，他只爱自己不爱别人，回声女神厄科向他求爱也遭拒绝。爱神阿芙乐狄特惩罚他，使他爱恋自己在水中的倒影，最后憔悴而死，变成了永远顾影自怜的水仙。

在一次他也参加的盛大舞会上，我们一块儿跳了一曲法国宫廷舞，舞跳完了，但并未进一步认识。接着开始跳快步舞，为了不让父亲担忧我的健康，我便像通常一样避开了，走进旁边一个房间，去和一些坐在里面玩牌的年长的女友聊天。

纳喀索斯蹦跳了一阵，也来到我待的房间，先从跳舞时突然流鼻血的不适中休息过来，然后就开始跟我聊这聊那。在半个小时之内，谈话已变得异常有趣起来，尽管没有任何谈情说爱的意思，我俩却再也不高兴去跳舞啦。不久人家就来挑逗我们，我们却镇定自若。第二天晚上我们接着交谈，都很珍惜自己的健康。

这下就认识了。纳喀索斯来拜访我和我的姐妹，我呢，才又开始察觉我知道些什么，思考些什么，感觉些什么，在交谈中会说些什么话。我的新朋友长期出入上流社会，除了精通历史和政治专业，还有广博的文学知识，特别是法兰西新出的文学作品，几乎没有他不知道的。他不时带给我，或请人给我送来一本好看的书，但这事比偷情还要更加保密。人们嘲笑有学问的妇女，对见多识广的女性更加不能容忍，原因大概是认为这会让那许多无知的男人丢脸，很是不礼貌吧。我父亲很欢迎开启我心智的这个新机会，但就连他也明确要求，我俩的文学交流必须始终保密。

就这样，我们的交往维持了好几年。我不能讲，纳喀索斯以任何方式对我表示过爱或者柔情。他始终彬彬有礼，殷勤友善，但却不显得热情；倒是我当时异常漂亮的最小的一个妹妹的魅力，似乎引起了他的注意。在戏耍时，他用外语给她取了各式各样的昵称。他精通多种外语，在用德语交谈时喜欢混进一些特别的外语熟语。小妹妹对他的殷勤反应平淡，她让另一根丝线给拴住了。再说，她脾气急躁，他生性敏感，常常就在一些小事情上闹不到一起。跟母亲和姑妈们纳喀索斯却处得很好，因此，渐渐地他就变成了我们家庭的一个成员。

如果不是一个特殊的事件突然改变了我俩的关系，谁知道我们还将这样生活多久呢。我和姐妹们应邀去一个人家聚会。我原本不乐意去的，因为参加的人太杂，常常有些个不说是极粗鲁吧，却总是挺乏味的人混在一起。这次纳喀索斯也受到了邀请，正是为了他的缘故，我才倾向于去了，因为我知道至少有一个人，可以以某种方式，替我解解闷。还在进餐的时候，就已经够我们受了，一些男人大肆饮酒。饭后便组织起来做赔罚游戏，不参加不行。一帮人玩得闹闹嚷嚷，纳喀索斯输了一回，受到的惩罚是凑到参加者耳朵边上，说一句令每个人开心的话。在我邻座的一位上尉夫人身边，他可能待得久了一点儿。那位上尉突然给了他一记耳光，发粉便飞到了坐在一旁的我眼里。等我擦干净眼睛，从惊愕中稍稍恢复过来，一看两个男人已经提着宝剑。纳喀索斯流着血，另一个既喝多了，又妒火中烧，狂暴得让其余的人几乎拉不住。我连忙拽住纳喀索斯的胳臂，把他领出门去，上楼进了另一个房间，并且立刻闩上了门。要知道我不认为，我的朋友在这儿就不会受到他那疯狂的对手攻击。

我们两个都以为伤得不重，因为只看见手上被浅浅划了一道，谁知很快我们已经发觉，一股鲜血正顺着他的背脊往下流，原来是头上还有个大伤口。这下我才害怕起来。我连忙跑到楼梯口，想让人找医生来救治，可是谁也见不着，人们仍全在楼下安抚那个狂暴的家伙。终于，主人家的一个女儿跳跳蹦蹦上楼来了，她那兴高采烈的样子叫我煞是骇异，对刚才的疯狂行径和该死的闹剧，她竟差点儿没有笑闭气。我急切地求她去请位外科大夫来，她于是又风风火火地奔下楼梯，自己找大夫去了。

我回到自己的伤员身边，用我的手绢扎住他的手，再扯下挂在门边的毛巾，把他的头给包扎起来。他仍旧血流如注，脸色苍白，看样子就要晕过去了。旁边没有任何一个可以帮助我的人，我自自然然地把他搂在怀里，抚摸他，温存他，想以此使他清醒起来。这样的精神疗法似乎起了作用，他一直醒着，但却面如死灰。

终于，这家能干的主妇来了，一见纳喀索斯这副样子躺在我怀里，我和他浑身浸泡在血中，便吓得什么似的。要知道，谁也没想到纳喀索斯受了伤，大家都以为我把他顺利地带走了。

接着便送来了大量的葡萄酒、香水以及一切可以用来提神的东西，外科大夫也赶到了。这时我本来已经可以退场，纳喀索斯却紧紧地抓住我的手。即使不被抓着，我也会留下来啊。在大夫给他包扎时，我继续用酒擦他的额头，很少注意到聚会的人全都站在四周。大夫包扎完了，伤员无声而感激地与我告了别，被抬回家去。

现在女主人把我领进她的卧室，不得不把我的衣服全脱掉。我不能隐瞒，当人家从我身上洗去他的血迹时，我才平生第一次在镜子里发现，原来我光着身子也可以讲是挺美的啊。我的衣服没有一件能够再穿，而这家的女人都要么比我矮，要么比我高，结果我的一身穿着在回到家时令父母大吃一惊。他们对我受的惊吓，对我的朋友被刺伤，对那个上尉的混蛋，对整个事件，都很是恼火。我父亲只差一点儿立刻去找上尉决斗，为他的朋友报仇雪恨。他骂在场的男人们没有马上惩罚这无耻的暗杀行为。因为太明显啦，那个上尉是在动手打人后立刻拔出剑来，从背后刺伤了纳喀索斯，手上的伤痕是在他自己也准备拔剑时才划下的。我悲愤和激动得没法形容，或者说我根本不知怎么表达自己的心情才好。那沉睡在我心灵的激情，终于像火焰得到了空气一样，一下子熊熊燃烧起来了。如果说对引发爱情并使其暗暗滋长，嬉戏和欢乐很管用的话，那么，这种原本就出之至诚的情感，就最容易受到惊恐的促进，以至做出最后的决断，并且公开地加以宣示。父母亲给自己的爱女吃了药，把她安顿到了床上。第二天一大早，我父亲就赶去看他受伤的朋友。纳喀索斯正因伤发着高烧，躺在床上十分虚弱。

我父亲很少对我讲他与纳喀索斯谈了些什么，只是安慰我，叫我别为此事的后果担心。人们谈论着是否让对方道个歉就算了，是否必须就此诉诸法律，等等等等。我太了解父亲啦，不相信他真希望不经过决斗就了结此事。只是我一声不响，因为从小就接受过父亲的教训，女人们不应该掺和这类事情。此外，在两个朋友之间，看样子没有发生过什么与我有关的事。可是不久之后，父亲就把他俩进一步谈话的内容，透露给了母亲。他讲，纳喀索斯对我给他的救助极为感动，拥抱了父亲，称自己一辈子都欠我的情，表示绝不再寻求任何幸福，如果不能与我分享这幸福的话，他还请求允许他把我的父亲当作自己的父亲。妈妈一五一十地传达给我听，但却好心地提醒我，对这种在一时冲动下讲的话，可不能太认真。“当然是这样。”我强装冷静地回答，却天知道自己当即产生了怎样的感情，有多么激动。

纳喀索斯养了两个月伤，由于右手伤着了，连信也没法写，但却不断地以极殷勤的方式表达对我的思念。我把这些超乎一般礼貌的表示，和母亲的告诫摆在一起思考，脑子里总是充满了古怪的念头。那个事件闹得满城风雨，家人在与我谈起来时语调都挺特别，得出的结论尽管我极力否认，却总是教我很操心。从前只是闹着玩和习以为常的事情，现在一下子成了正事，成了爱慕。我生活在越来越严重的不安之中，却极力想对众人掩饰自己的不安。会失去他的想法教我恐惧，亲密结合的可能性令我战栗。对一个不懂事的少女来说，一想到结婚肯定有些害怕。

经过这样的感情激荡，我又回想到了自己。闲散生活的花哨情景，过去曾日日夜夜浮现在我眼前，而今一下被吹散了。我的心灵开始重新活跃起来，只是与那不可见的友人关系中断太久，不容易恢复起来。我们仍然保持着一定距离，在我们之间虽有一些交流，只是和先前大不一样了。

一场叫上尉受了重伤的决斗已经过去，我却一点儿不知道。公众舆论在任何一点上都倾向我的爱人，他终于又在外边露了面。首先，他头上扎着绷带，手也包着，让人抬到了我们家来。他这样的一次来访，叫我心跳得多么厉害啊！全家都在座，双方都限于说一些通常表示礼貌和感激的话；但是，他却抓住机会，对我悄悄做了一些爱慕的表示，越发增加了我的不安。他在完全康复以后，整个冬天都像先前那样来访问我们，尽管对我也有种种温情和爱慕的流露，但一切都未提出来讨论。

这样，我便一直受到考验。我没法对任何人吐露心事，而与上帝之间的距离又太遥远。在这乱糟糟的四年中，我完全把上帝忘记了。而今又不时地想起他，但感情已经疏远，只是对他做一些礼节性的看望而已。而且每当出现在他面前，我总穿着漂亮的衣服，总是自满地让他看我的德行、诚实，以及自认为比别人强的优点，他看来对这样打扮起来的我一点儿也不在意。

一个希望得到君主宠信的朝臣，如果君主不在意他，他会十分不安，而我的心绪却不是如此。健康也好，舒适的生活也好，我需要的全有了。上帝要是喜欢我念着他，这很好，不然我也相信自己已经尽了该尽的义务。

自然当初我并未这样想自己，但我灵魂的实际状态就是如此。只不过，我已经准备要改变和清理自己的思想。

春天到了，纳喀索斯有一段时间来拜访没有预先通报，因为只有我一个人在家。这下他就以情人的面目出现，问我他要是获得了一个体面而薪俸可观的职位，我的心是否愿意归属于他。

我们的邦国尽管已经录用了他，但害怕他有野心，一开始便有意压着他点儿，不让他升迁太快，而他自己又有产业，所以给他的薪俸也较微薄。

我尽管对他十分倾慕，却知道他不是一个你完全可以与他直来直去的人。我因此颇为留心，支他去找我父亲谈，他看样子并不怀疑父亲会认可，先想与我马上取得一致意见。我终于说了同意，但条件是我的父母必须赞成。随后他与我双亲正式谈了谈，他俩表示满意，都对他即将进一步升迁抱着希望。情况向我的姐妹和姑妈们做了通报，但严格嘱咐她们一定保密。

于是情人就变成了未婚夫，而事实表明，两者之间的区别是很大的。要是谁能把所有思想纯洁的女孩儿的情人全变成未婚夫，那就对我们女性做了一件大善事，哪怕在此之后并没有结婚。这样一来两人之间的爱情并未减少，但却变得理智起来。无数愚蠢的枝节，所有的卖弄风情和古怪脾气，立刻不翼而飞。如果未婚夫告诉我们女孩子，他更喜欢我们早晨戴着便帽的样子，而不爱看我们满头的装扮修饰，那一个有头脑的女孩儿就不会在乎发式如何了。还有，再自然不过的是他也想法实际，宁肯为自己造就一个家庭主妇，而不给世界添置一个衣帽架子。要这样，就会事事顺遂。

这样一个姑娘如果福气好，未婚夫有头脑，有学问，那她就能学到比上大学和去外国更多的东西。她不只乐于接受他给她的教育培养，还会努力循着这条道路不断进步。爱情能把许多不可能的事情变为可能。最后，对女性来说是必须的和适当的顺从，便自然产生了，而未婚夫行使起支配权来也不像丈夫那样，他只是请求，他的亲爱的则努力不等他请求，就体察出他的心愿，满足他的心愿。

这样一来经验就教会了我一些东西，这些东西别人给我再多的代价我也不愿失去。我很幸福，像这世界上真正可能地那样幸福，也即是说只是短时间。

整个夏天就在这样静静的快乐中过去了。纳喀索斯没有使我有任何可以抱怨的地方，他让我觉得越来越可爱，我的整个心都眷恋着他，这他清楚地知道，也懂得珍惜。这期间，从一些看起来很小的事情，衍生出一个问题来，渐渐地损害了我俩的关系。

纳喀索斯以未婚夫身份和我交往，从来不敢要求我做不允许我们做的事情。然而在道德和风化的界限问题上，我俩的想法大相径庭。我希望谨慎行事，不容许整个世界都可以知道的任何自由放任；他却吃惯了零食，认为这样忌嘴太严格，于是我们经常产生矛盾。他口头上称赞我做得对，实际却极力想毁掉我的决心。

我又想起了法语老师的弄假成真一词，以及当时我用以抵御的办法。

这时我与上帝重新亲近一些了。他给了我一个如此可爱的未婚夫，我知道感激他。尘世的爱情本身让我的精神集中并活跃起来，我与上帝接近与它也不矛盾。我完全自然地对他抱怨自己担忧的事，没有注意到我所担忧的也正是自己希望和渴求的。我觉得自己十分坚强，祷告的内容并非保佑我别受诱惑什么的——我在思想上已远远超越诱惑啦。我沾沾自喜于有德行，在主的面前表现放肆，主却不赶走我，对我最微小的进步都在我灵魂中留下温柔的印象，这印象推动我经常再去找他。

除了纳喀索斯，整个世界对于我好像死了，除了他，没有任何事物再富有魅力。就连我的爱好打扮，目的也仅仅是叫他喜欢，我要知道他不会看我，我就会满不在乎。我爱跳舞，可他要不在，我好像就受不了那样的活动。出席一个珠光宝气的宴会，他要不在场，我既不会置办新的穿戴，也不会把旧的改得时髦。这人和那人一样教我觉得可亲，或者我宁肯说，一样教我感到讨厌。要是能和一些上年纪的人打打牌，不怕我对此原本毫无兴趣，我就觉得一个晚上过得很好；要是有位年长的好朋友因此打趣我，也许整个晚会上我会笑上这么唯一一次。散步也好，其他任何可以想象出来的社交娱乐也好，我都是这个样子：

他是我唯一选中的男人，
我好像仅仅为他而诞生，
也只渴望得到他的爱情。

这样，我常常在社交场上感觉孤单，而多数情况下更宁愿完全地孤寂。只是我的精神活跃，既不可能睡觉，也不可能做梦。我感受着，思考着，慢慢就获得了一种与主谈自己的感情和思想的本领。于是心灵中又滋生出另一种感情，一种和原来的并不矛盾的感情。要知道，我对纳喀索斯的爱符合整个造物的本意，没有一点儿与我的义务相抵触的地方。它们不相互矛盾，却区别无限。纳喀索斯是飘浮在我眼前的唯一形象，我的整个爱情针对着它。可另一种感情却无可针对的形象，又令我愉悦得无法言说。而今我不再有它了，也没法使自己再有。

我的爱人一点儿不了解这种感情，虽然知道我的其他一切秘密。我不久发现，他的思想是另一个样子。他常常给我一些书刊阅读，这些书刊攻击所有可以被称作与不可见的主的关系，使用了轻的重的一切武器。我阅读它们，因为它们是他送来的，可读到最后，却不记得里边的一个字。

关于学问与求知也不是没发生过矛盾。他的态度跟所有男人一样，老是嘲笑有学识的妇女，并且不停地教训我。除了法学，他与我讨论一切话题，并且带给我各式各样的文章看，同时却一再告诫我：一个女人要对自己的知识严加保密，保密的程度甚至赛过加尔文教徒[①]在信天主教的国度里不暴露自己的信仰。可是，在世人面前，当我真的极自然地不显得比其他人聪明和有见识，他又受不住虚荣心的诱惑，第一个站出来夸我这样那样的优点。

一位当时以自己的影响、才气和智慧深受珍重的社交界名流，在我们的宫里大受欢迎。他特别器重纳喀索斯，常常把他带在左右。他俩也常常争论妇女的德行问题，纳喀索斯把他们谈话的内容详细传达给了我。我没有隐讳自己的观点，我的未婚夫便要求我写成一篇文章。我法文写得很流畅，我曾在我那老先生那儿打了扎实的基础。我与未婚夫的通信也一直用法语，而当时要想获得文雅的教养，也只有读法语的书籍。我的文章很得那位伯爵赏识，不得不

① 加尔文教是由瑞士宗教改革家加尔文（Johannes Calvin，1509－1564）创立的一个基督教新教教派，由于其信徒在英国等一些地方受到迫害，故对自己的信仰讳莫如深。

再把一些前不久写的小诗送给他看。总之，纳喀索斯好像毫无保留地拿他爱人给自己争光，而这段故事的结尾也令他满意之极：伯爵临别以一封用法语写成的诗简相赠，诗中回忆起他们友好的论争，结束时还夸奖我的朋友有福，在历经那么多的疑惑和迷误之后，终于投入一位既富魅力又有德行的妻子的怀抱，因此将确切无误地了解什么叫德行。

这首诗首先让我读了，可随后也给了几乎每个人看，而在看的时候每个人自然各有自己的想法。在不少事情上都是这个样子，所有纳喀索斯重视的陌生人，一定也会成为我们家的熟人。

一个伯爵的家庭在城里逗留了一段时间，为了咱们有一位医术高明的大夫。在这个家庭里纳喀索斯也被当作儿子对待，他把我领了去，我发现在这些高贵的人家里，交谈聊天对精神和心灵都很有益，甚至就连一些普普通通的消遣，似乎也不像其他社交场中似的空虚。人人都了解我俩的关系，也恰如其分地对待我们，没出现过任何有损这主要关系的纰漏。我之所以提起结识这家人的情况，是因为在我后来的生活中，他们曾对我有过某些影响。

几位贵人意外地亡故，空出来了一些官职，纳喀索斯有可能顶上去。决定我整个命运的时刻快要到了。纳喀索斯和他所有的朋友都在宫里尽可能地做了努力，消除一些个对他不利的印象，为他谋到所希望的职位。这时候，我也带着自己的心事去祈求看不见的上帝。他亲切地接待我，我乐于再去，并十分直率地说出了自己的心愿，即希望纳喀索斯能获得那个职位。不过我并不操之过急，没有要求因为我祈祷了事情就必须成功。

肥缺结果让一个差劲得多的竞争者给占去了。我看见报纸大吃一惊，急忙跑进自己卧室把门紧紧关了起来。最初的悲痛化成了眼泪，接下来就想，这事可不是偶然发生的啊。随后我便下决心承认现实，因为这看似不幸的结果也可能对我真正有好处哩。于是情绪变得十分平和，苦闷烟消云散。我感觉到，借助这样的心绪，一切痛苦都可以忍受。我心情开朗地坐上了餐桌，令家里人无不惊讶。

纳喀索斯的承受力不如我，我不得不安慰他。还有他在家里也碰到了讨厌的事情，情绪十分压抑。由于我俩之间相互真诚信赖，他便把一切都告诉了我。他去国外任职的努力同样没有成功，不管为他为我，我都深感难过。于是我又带着所有的问题，最后去到那个能很好倾听我心声的处所。

在那儿的感受越是温柔，我越是经常地设法更新它，我总是到那儿去寻求慰藉，而且也经常能够找到。只是我并不总是获得成功，我就像一个希望靠阳光取暖的人，面前老挡着什么东西，形成了阴影。这到底是什么呢？我问自己。我努力体会这件事情，清楚地感觉出一切全取决于我自己心灵的状态。如果它不是完全端端正正地朝着上帝，那我始终觉得寒冷，我感受不到他的反作用，听不见他的回答。这样又来了第二个问题：是什么妨碍着我照直面对上帝呢？于是我进入一片广阔的原野，开始了长久的探索。我恋爱史的整个第二年，几乎都为此而过去了。我原本可以早些结束探索，因为很快就有所发现，只是我不愿承认它，并找出一千条理由加以回避。

我很快发现的是，我心灵的正确方向受到愚蠢的消遣和无聊的琐事干扰，也很快完全清楚了是怎样和在哪儿。可现在该如何脱离这个一切都无所谓的，或者说都疯狂的世界呢？我倒也乐意任随事情自行发展，得过且过，就像我看见活得上好的其他人似的。然而我没法这样子，我的内心太经常反抗啦！想要逃离社交界，改变自己的状况吧，我同样不能够。我当时被禁锢在了一个小圈子中，某些关系没有办法摆脱。在当时的处境下，宿命的重负纷纷逼来，重重叠叠地将我压迫。我常常含着眼泪上床，经过一个无眠之夜起来时依旧泪眼汪汪。我需要有一个强有力的支撑，但上帝却不把它给我，鉴于我还在疯疯傻傻地四处乱跑。

于是我开始斟酌自己的所作所为，首先把跳舞和玩牌拿来经受检验。凡是对这两件事表示赞成或者反对的言论、思想还有文章，我都没有不找出来讨论、阅读、思考、补充和批判的，把自己折腾来折腾去，真是够呛。我要不再跳舞玩牌，肯定会伤纳喀索斯的面子，因为他极害怕谨小慎微、战战兢兢会使我们成为世人的笑柄。我认为这些事是愚蠢的，不但愚蠢而且有害，但却仍旧得去干，不是出于爱好，而仅仅是为了他的缘故，如此一来整个事情对于我更难得要命。

跳舞玩牌一类的事分散了我的心思，破坏了我内心的宁静，我想方设法要把它们安排好，使其不妨碍我敞开心扉去接受那不可见的存在的影响。关于我为此做的种种努力，不但说起来啰唆，而且难免讨厌的重复。我不得不痛感到，像这样并不能解决矛盾。因为一当我穿上傻瓜的衣服，愚蠢就不仅仅留在外表上了，而会渗透我的整个身心。

允许我越过单纯叙述事实的界限，对我的内心活动做一些思考吗？是什么可能改变了我的兴趣和思维方式，是我才二十二岁，不，甚至更早就不喜欢我同龄人的那些天真无邪的娱乐呢？为什么它们对于我不同样天真无邪呢？我大概可以回答：正因为你不觉得它们天真无邪呀，正因为你不像其他同龄人似的，对自己的心灵感到陌生呀。是的，我未刻意追求，却已凭经验得知：还有一些更崇高的情感，可以让我们体验到真正的快乐，这样的快乐，人们在寻欢作乐时休想找到，在这崇高的快乐里，同时藏着可以使不幸中的人们坚强起来的珍宝。

可是，这些年轻人的社交娱乐和消遣，对我想必有着极大的魅力，因为我在玩的时候做不到跟没玩似的。有许多当时迷惑过我差点儿把我控制住的事情，现在我都可以随意处置，要多冷淡就多冷淡。这没有中间道路可走，我必须要么放弃迷人的娱乐，要么放弃滋润心灵的感受。

然而，我自己尚未意识到，我内心的矛盾已经获得解决。即使在我心中还有些对于感官享乐的欲望，我也不能够再享受。这就像一个人待在装得满满的酒窖里，污浊的空气几乎让他窒息，他即使再好酒贪杯，也会完全没了干杯的兴致。新鲜的空气比酒更重要，这我体会得太深啦。如果不是担心失去纳喀索斯的好感，我一开始无须多少考虑便会选择向善，而不是迷人的享乐。终于，在经历过千百次的思想斗争之后，在不断反复的考虑之后，我也把锐利的目光投向了把我与他紧紧系在一起的纽带，这时我发现它原来很脆弱，很容易扯断。我突然认识到，把我关在真空里的只是个玻璃罩子，只要有足够的力量打碎它，你便得到了拯救！

想到，做到！我取下了假面具，每做什么都完全出自本心。我仍然深深地爱着纳喀索斯，但在此之前一直浸在热水里的温度计，现在挂在了自然的空气中，再也不能升得高过周围的气温了。

不幸的是气温已经变冷。纳喀索斯开始往后退却，对我表现出疏远，这是他的自由。但随着他的退去，我的温度表也低了下来。家里人发现了，提出来问我，表现出惊愕的样子。我带着男子汉似的执傲宣称，在此之前我牺牲得已经够多了，并且准备继续与他分忧解难，直至我生命的尽头。然而我要求自己行动完全自由，做什么和请人做什么得完全取决于我的信念，尽管我任何时候也不会固执己见，而乐意听取任何忠告，只是问题关系着我的幸福，必须由我自己做出决断，我不能容忍任何形式的强迫。这就像一种也很健康和许多人都喜欢吃的食品，一当经验向我证明它对我总是有害，那么即使有一位大名医的推荐，也绝不会打动我，使我再食用它，就例如喝咖啡吧。同样，或者更有甚者，一种行为如果惑乱我的心智，我也绝不会听信旁人的解释，以为对我的德行修养有益。

由于私下已经酝酿准备很久，这样的争论不但不使我恼火，反倒令我觉得愉快。我借此疏解了心中的积郁，感到了自己决定的全部价值。我寸步不让，凡是不受到我孩子般尊重的人，我便不客气地驳倒他。我在家里很快就取得了胜利。妈妈从小就有我类似的想法，只是在她的头脑里没有成熟起来，也没有艰难的处境逼迫她，增强她坚持自己信念的勇气。看见我实现了她的心愿，她很是高兴。小妹妹看来支持我，二妹则变得留心和沉默起来。姑妈反对得最激烈。她自以为所提出来的理由无可辩驳似的，而且也确实如此，因为它们太一般了。最后我被迫让她明白，在这件事情上她一点儿发言权也没有，后来她只偶尔才表现出，她仍坚持自己的看法。她也是唯一一个既就近观察着这件事，又能无动于衷的人。如果我说她是个没有感情和见识短浅的人，对她也不为过。

父亲的态度完全符合他的思维方式。他说话不多，但却经常和我谈这件事情。他的论据都很理性，而作为他的论据，则是没法推翻的，只是深感自己有理，我才有勇气和他辩论。然而不久场面就变了，我不得不诉诸他的感情。在他的理性逼迫之下，我情绪万分激动，不仅嘴巴没了遮拦，眼泪也滚滚而出。我告诉他，我多么深情地爱着纳喀索斯，两年来如何克制和委屈了自己，我确信自己的做法是对的，而为了坚持正确的做法，我不惜失去自己心爱的未婚夫和虚假的幸福，是的，必要时甚至牺牲自己的财产。我宁可离开自己的祖国、双亲和朋友，去国外挣自己的面包，也不愿做违背自己信念的事。父亲掩饰着自己的感情，沉默了好半天，最后终于公开表示支持我的想法。

从这时起，纳喀索斯就避免来我家，父亲也停止举办他总在场的每周一次的聚会。事情很快在宫中和城里引起注意。跟通常出了这类事时一样，人们议论纷纷。公众对这类事总是关心之极，因为习惯了对软弱的心灵的决定施加一些影响。我深知这个世界，了解经常是曾经劝你做某件事的同一些人，事后又来指责你做这件事情。就算不是如此吧，所有这些随风即逝的意见对于我的内心也毫无影响。

与此相反，我仍不能拒绝自己眷恋纳喀索斯。他对我已变得无形了，但我对他并未变心。我温柔地爱恋着他，就像破镜重圆的爱情比原先的还更加深沉一样。只要他不损伤我的信念，我就是他的人，没有这个条件，我宁可连同他把一个王国也失去。我就怀着这样的思想情感熬过了好几个月，直到终于感觉内心已足够宁静，足够坚强，能够心平气和地坐下来了，我才给他写了一封礼貌而又温柔的信，问他为什么不再来看我了。

由于我了解他的作风，即在一些更小的事情上也不喜欢进行解释，而是觉得好就默默地做，因此这次便有意催逼他，因此便收到了一封长长的回信。这封信在我看是既乏味又啰唆，而且废话连篇，说什么：他不得到较好的职位就不会向我提出结婚啊，我再清楚不过他在此之前所遇到的障碍啊，他相信长期这么无结果地交往下去有损我的名誉，希望我允许他与我保持迄今的距离啊，一当他有能力使我幸福，就将使他对我的诺言变得神圣啊，等等。

我当即回答他，我俩的关系已尽人皆知，现在来顾及我的名节为时已晚，我自己的良知和贞洁，是我名誉的最可靠保证，可我现在就愿意毫无顾虑地解除他的诺言，并祝他这样能找到自己的幸福。一个小时内我便得到了简短的回信，口气大体上和前一封完全一样。他坚持说一得到好的差事就来问我，是不是愿意和他分享幸福。

这些话对我毫无意义。我向亲属和朋友宣布事情已经了结，而事实也果真如此。因为九个月后他得到了希望的晋升，便派人再次来向我求婚，条件自然是我作为一个得建立自己家业的男人的妻子，我应该改变自己的认识。我礼貌地表示了感谢，便急急忙忙将全部心思从这个故事转移开，好像演出的大幕已经落下，观众都渴望赶快离开剧场一样。没过多久，对于他来讲现在也很容易，他成就了一门富有而体面的亲事。我呢，知道他已按自己的标准找到了幸福，也就完完全全安心了。

我不应该避而不提的是，他在获得升迁之前和之后，还曾多次慎重地向我提出过结婚，但都被我毫无顾忌地拒绝了，尽管父母亲极力希望我这方面能够让步。

经历了风狂雨骤的三月和四月，如今明媚的五月似乎对我真的到来了。我身体健康，享受着难以言喻的内心宁静，我随心所欲地观察着周围的一切，在失掉的同时更有所收获。我年轻而敏感，现在觉得大千世界比以前美了一千倍，以前得参加社交和玩乐，我能待在美丽的花园中的时间就不长。而今我不再为自己的虔诚害臊，就有了勇气显示自己对艺术和科学的爱好。我画素描和油画，阅读书刊，找到了足够多的支持者。我离开了那个大世界，或者毋宁说大世界离开了我，代之而在自己周围形成了一个较小的世界，但这个小世界的内涵却丰富得多，快乐得多。我原本爱好过社交生活，不否认在要放弃老的关系时，也曾害怕会感到孤独。可现在却得到了足够的补偿，不，甚至还有过之。我的交际真正变得广泛了起来，不只是和想法一致的本地人交往，而且也和外国人交往。我的故事变得尽人皆知了，许多人感到好奇，都想看看这个珍视上帝胜过珍视自己未婚夫的姑娘。那时候，在德国普遍存在着浓厚的宗教情绪。许多王公显贵之家都关心拯救灵魂的问题，不少出身高贵的人怀着对此问题的注意，而在社会下层这种思想更是普遍。

前边提到过的那个伯爵家庭，现在对我有了更大的吸引力。由于又有一些亲属迁到了城里来，它逐渐扩大了。这些高贵的人们希望和我交往，我也求之不得。它是一个很大的家族，我在这个家庭里结识了帝国的大部分侯爵、伯爵和达官显贵。我的思想对谁都不是秘密，他们尊重它，或者至少是爱惜它，这样我就达到了自己的目的而又免于遭受攻击。

我还从另一个途径被引入了世界。也是这段时间，我父亲一位平素只是顺便来看看的异母兄弟，正好比较长久地住在我们家里。他原在自己的朝廷效力并且受到尊敬，颇有影响，之所以离开了是因为并非所有的事情都如他的意。他智力正常，性格坚毅，在这些方面与我父亲相似，只是我父亲比较软弱一点，遇事容易妥协退让，尽管不做违背自己信念的事，别人做却不加阻止，事后不是独自心中不快，就是在家人中私下发发牢骚了事。我的叔叔年轻得多，外在的条件却使他更加独立不羁。他不但母亲非常富有，还可望从她的近亲和远亲处获得丰厚的遗产。他不需要任何别人的资助，相反我父亲却家财有限，不得不拿薪俸，受约束。

还有，由于家庭的不幸，我的叔叔变得更加执拗了。他早早失去了自己的爱妻，失去了一个很有前途的儿子。从这时起，他似乎想让一切不合他意的人和事都远远地离开自己。

在家里大家不时带着几分得意地咬耳朵，说叔叔看样子不会再结婚，我们孩子们因此已可以自视为一大笔遗产的继承人。我对此没有进一步留心，可是其他人的态度却没少受影响。叔叔尽管个性耿直，却习惯了在讨论问题时不反驳任何人，而是和蔼地倾听每一个人的意见，甚至通过自己的论据和例证来改善每个人的思维方式。因为他智力超凡，能够适应所有的思想方法，不了解他的人总以为和他意见一致。可是在我这儿他却没有成功，要知道这探讨的是他毫无所知的那种感情问题。尽管他抱着爱护、同情和理解的态度来和我谈我的思想，我仍旧一目了然，他对那个构成我所有行为基础的东西，显然一点儿没有认识。

叔叔虽说严格保密，他不寻常地长久住在我们家里的最终目的，过了一些时候还是暴露出来了。我们终于发现，他从我们中间挑选了最小的一个妹妹，准备按他的意思让她结婚，使她幸福。而以她的外表和智力条件，特别是又加了一笔那么可观的遗产在天平上，肯定是可以挑选到第一等配偶的。他对我的想法同样也做了无言的暗示，就是为我谋得了一个贵族修女的职位，不久我便可以领到薪水。

我妹妹对叔叔的关怀不像我似的满意，不像我似的怀着感激。她对我袒露了一直聪明地保守着的心事：她担心我会极力反对她与一个自己不喜欢的男人结合，事实也果真如此。我为此尽了最大努力，然而没有用。叔叔的意图严肃而且明确，而对于迷恋世俗的妹妹来说，那前景也太诱人啦，她不会有足够的力量放弃一个连自己的理性也不认可的追求。

由于现在她已不再回避叔叔的委婉诱导，实现他计划的基础很快就打好了。她成了邻近一个宫廷的女官，叔叔把她托付给了德高望重的女官长——他的一位女友关照和培养。我陪她去自己新的落脚处。我俩对受到的接待很是满意，只是时不时地，我对自己即将在世界上扮演的修女这个角色，而且是年轻、虔诚的修女这样个角色，忍不住暗自好笑。

要是从前，眼前的情景会搞得我头脑发昏，甚至神经失常的，可而今对包围着我的一切，我全都处之泰然。我安安静静地几小时待着，任人家给我梳头，给我打扮，什么也没有想，只是觉得处在我的地位，就该穿上一身这样的宫廷盛装。在挤满人的大厅里，我和这个那个全都说了话，就是没有任何一个人，或是一件事给我留下了深刻印象。我回到家里，所剩下的全部感觉只是两条腿十分疲倦。我见到的那许多人都有益于我的心智，我还认识了几位夫人，其中特别是那位妹妹有幸受她培养的女官长，都堪作一切人类德行和良好、高贵举止的典范。

然而归来以后，我感觉这次旅行对我的健康影响不怎么好。尽管极力地节制和严格规定饮食，我仍然不能像以往那样控制自己的时间和精力。营养、活动、起床、就寝、穿戴和出游，都不能像在家里一样按自己的意愿和感觉进行。在交际圈里，不允许发愣，否则就会失礼。一切必须做的我也乐意做，因为我把它当成是自己的义务，因为我知道很快就会过去，因为我感觉自己比什么时候都更健康。可尽管如此，这陌生而喧嚣的生活，必定对我产生了比自己感觉大得多的影响。要知道，我刚一到家，把令人满意的情况讲给父母听了，他俩正在高兴，我便突然咯起血来，虽然情况并不危险，很快就过去了，我随后却长时间感觉虚弱。

这样一来，我又开始了新的功课。我也乐于为之。再没有什么使我留恋尘世，我坚信在世上永远找不到要找的东西。我的心境开朗宁静极了，就这么摈弃生活却活了下来。

我还经受了一场新的考验：我的母亲患了重病，她在偿清自然的债务以前，整整被折磨了五年。这段时间真是锻炼人啊。每当她恐惧得受不了，就半夜把我们大家叫到她床前，这样尽管不能使她病情好转，至少可以分散她的注意力。但是当父亲也开始闹病的时候，那压力就更加沉重，就沉重得让人几乎支持不住了。他从年轻时起就常脑袋剧烈疼痛，只是最久不过延续三十六个小时罢了。可是现在一痛便没完，痛到最厉害的时候，他的惨叫声真是令我心碎。在这样的风暴中，我最明显地感到自己体力衰弱，因为它妨碍我完成自己最神圣和最乐于完成的义务，或者使我完成起来困难之极。

如今我可以检验一下自己了，看看我所走的道路上是真理呢，还是幻想，我是仅仅循着人家的思想在思想呢，还是我信仰的对象确有其真实性。使我获得了巨大精神支持的是，我发现的总是后者。我寻找自己心灵通向上帝的正道，寻找“为主所爱的人们”，并且也找到了，这就减轻了我的一切重负。像漫游者走进树荫一样，当外界一切都压迫着我时，我的心便寻找这样的庇护所，而且从未无功而返。

近代有一些信仰卫士，他们似乎对信仰的体验不多，多的却是要求自己的教友把上帝听取了祈祷的实例宣布出来的热情。显然，他们是想借此得到文书印信，好去向自己的对手发起外交和法律上的进攻。他们对真正的体验是何等陌生啊，他们多么缺乏真实的经验啊！

我可以讲，只要我在重压下和困厄中去寻找上帝，就一次也没有空着手回来过。这就已经讲得很多很多了，我不能也不允许再讲什么。在危难时刻的每一个经验都非常重要，但是要我讲出来，要我一一历数出来，却会变得那样苍白虚弱，那样微不足道，那样缺少真实感。我多幸运啊，就像呼吸是我生命确凿无疑的标志，千百次小的经历也向我证明，我在这世界上活着不是没有上帝。他在我近旁，我在他面前。我努力避免使用任何深奥的神学术语，能够老老实实地说出来的就是这些。

我真希望自己当时也完全独立于所有教派。可是，谁又能早早地获得这样的幸福呢？谁又能不借助别人的形式，仅在与神纯粹的关系中就意识到自我呢？我严肃地对待自己的永生问题。我虚心地信赖别人的认识，完全沉迷于哈雷教派[①]，可我的整个气质却怎么也不能适应。

根据这个教派的教义，心灵的转变只能从对罪孽的深深恐惧开始，心灵必须处在这样的困厄中，时而多时而少地认识那罪有应得的惩罚，预尝那破坏犯罪兴致的地狱的痛苦。最后人必定会感觉到神的恩典的明确保证，但这恩典常常隐匿在信仰的过程中，必须反复认真地寻索。

所有这一切完全不适合我的情况。我只要真诚地寻找上帝，就总能找到他，而他从不拿我过去的行为对我进行谴责。随后我自会认识到，我哪些地方不好，也知道自己现在的错误在哪里，但我对自己毛病的认识没有任何恐惧。我一刻也未出现过对地狱的恐惧，是的，就连关于魔鬼的思想，关于人死后会在一个地方受惩罚遭折磨的思想，都根本没法在我的思维圈子里找到立足的位置。那些活着不信上帝的人，他们的心已经锁闭起来，不能信赖和热爱看不见的主宰，在我看已经是够不幸的啦。地狱和外在的惩罚，我以为与其说是会加重他们内心所受惩罚的威胁，倒不如说是将使其获得缓解的承诺。在这个世界上我只看见了这样一些人，他们敞开胸怀容纳邪恶的情感，顽固地拒绝任何类型的善，企图把恶强加给自己和

---

① 哈雷教派是基督教虔信派在哈雷城的分支，教规极为严格。

别人，大白天宁肯闭上眼睛，以便胡诌什么太阳并未发出光辉——这样的人在我眼里真是可悲到极点了啊！谁还能造一座地狱出来，使他们的处境更凄惨呢！

这样的心境我保持了一天又一天，加起来整整长达十年之久。它经受住了许多考验，包括在我亲爱的母亲临终时痛苦不堪的床前。我十分坦诚，在这种时候也没对一些虔诚但却正统的人们掩饰自己内心的开朗，因此不得不忍受不少友好的责备。他们自以为正好抓住规劝我的时机，让我在健康的日子里就认真严肃地打下良好的基础。

我也不愿显得不够严肃。我立刻接受他们的观点，乐于为我的生存感到悲痛，充满恐惧。可是我多奇怪呀，这一切干脆就办不到。我只要一想到上帝，心情就开朗和愉快起来，就连母亲充满痛苦的弥留时刻，我也不存在对死亡的畏惧。不过在这些沉重的时刻，我也学到了许多东西，许多与我那些不称职的导师想的完全不同的东西。

渐渐地，我开始怀疑一些大名鼎鼎的人物的观点，暗自坚持着本身的信仰。一位我当初也十分信赖的女友，她总是企图干预我的事情，我也被迫与她断绝关系，有一天很坚决地告诉她，请她别再劳神了，我不需要她出的主意，我了解自己的上帝，希望只让他来做我的向导。我见她很委屈的样子，相信她永远不会完全原谅我。

在有关灵魂的问题上，我就这样下了摆脱朋友们的参谋和影响的决心，结果是我在外部关系中也获得了走自己的路的勇气。没有那看不见的忠诚向导的指引，我很可能堕入歧途，对他英明和顺利的引导，我不得不感到惊讶。谁都不真正清楚我的问题所在，连我自己也是一样。

那一直还未能说明白的恶，它把我们与自己的生命之源隔开，把我们与创造和维持一切所谓生命的造化隔开。恶这个东西就是人们说的罪孽，而我还对它完全没有认识。

在与不可见的向导的交往中，我获得了对自己所有生命力最甜美的享受。我强烈地渴望总是能享受这一幸福，因此乐于放弃一切破坏我与向导交流的事物，此时我最出色的教师就是经验。然而我的情况就像一个病人，企图得到救治却不服药，只靠着饮食的节制，效果倒是有一些，但还远远不够。

我不可能永远处于孤寂中，虽然在孤寂里我找到了防止我特有的思想涣散的最好办法。可随后一进入喧嚣的环境，我受到的影响就更加强烈。我最独特的优点在于我对宁静的爱好压倒一切，因此最终总是又会返回到宁静里。我像是朦朦胧胧地认识到了自己的可悲，自己的虚弱，于是企图改变自己的状况，办法就是爱惜自己，不暴露自己。

七年之久我一直坚持节制饮食。我自我感觉不坏，发现自己的境况挺理想。如果不出现特殊的情况和条件，我会继续处于这个阶段，我只有循着特殊的道路再继续前进。不顾所有朋友的劝阻，我有了一个新的对象。一开始，朋友们的反对使我愕然。我立刻去向自己不可见的向导求助，并且得到了他的恩准，于是我便毫无顾忌地继续走自己的路。

一位心地善良而富有才智的男子在邻近买所房子住了下来。他和他家人也常在我认识的那些外乡人中走动。我和他在伦理观、家庭观和习惯方面很是一致，因此没过多久就相互接近起来。

菲罗，我喜欢这样称呼他，已经有一点儿年纪，在某些事情上给了我日渐体力不支的父亲极大的帮助。他很快成了我们家的密友，加之如他所说的，他发现我性格中既无大世界的浮躁和空虚，也无宁静乡村的枯燥和胆怯，我俩很快就变得亲密无间起来。他让我感觉很愉快，也对我挺有帮助。

尽管我没有丝毫的禀赋和喜好，去介入世俗的事务和寻求对其施加任何影响，但是我仍乐于倾听和了解在近旁和远方发生了什么。而且，对于世俗的事情，我还喜欢不带感情地搞他个一清二楚。感情、热诚和渴慕，我通通保留给我的上帝，给我的家人和我的朋友。

如果允许我说的话，我的朋友们对我与菲罗的新关系怀着嫉妒，他们为此向我发出警告，而从不止一个方面来看也有道理。我暗自感到难过，因为甚至是他们的责难，我都不能完全认为是无中生有，或者出于自私。我一向习惯了服从别人的主张，可这次却不肯放弃自己的想法。我祈求我的主在这件事情上也告诫我，阻止我，引导我。可后来，我的心没有提出异议，我便大胆地继续走自己的路。

整个说来，菲罗与纳喀索斯有一些相像，只是所受的宗教教育使他的感觉更集中和活跃。他少一些虚荣，多一些坚毅。如果说在世俗的事务中，纳喀索斯是细致、精确、持久和不知疲倦的话，那么菲罗就清醒、锐利、敏捷和干起事来难以相信地轻松自如。通过他，我了解了几乎所有显赫人物的内心状况，而这些人的外表，我在社交场中早先就已经认识了。我很高兴，能从自己的瞭望塔上，远远地观察着扰攘的社会现实。菲罗什么也不能瞒我，渐渐地，他向我透露了自己里里外外的所有关系。我为他担心，因为我预见到了某些个麻烦的情况和纠葛，不想事情来得比我估计的还更快。要知道，在对我交代某些事情时他总有保留，到最后只对我坦白一部分，最糟糕的部分我只能自己去猜。

这对我的心灵产生了何等的影响哦！我获得了一些对我来说是全新的经验。怀着难以形容的忧伤，我看见了一个阿伽彤[①]，他在德尔菲的林苑里受的教育，现在还欠着学费，还有一大笔因拖欠而变得沉重的利息要付，而这个阿伽彤正是我的恋人。我对他的同情热烈而不折不扣，我分担着他的痛苦，我俩的处境奇特极了。

---

① 阿伽彤是德国作家维兰德（Ch. M. Wieland，1733－1813）同名教育小说中的男主人公。

在长时间研究他的心理状态之后，我又反躬自省。那个“你并不见得比他好”的思想像一片小小的乌云升起在我眼前，慢慢慢慢地扩展开来，遮暗了我整个的心灵。

现在我想的已不只是你不见得比他好，我感觉到了，我深深地感觉到了，以至我不愿意再有所感。可这不是一个很快的过程。在一年多的时间里，我感到如果不是有一只看不见的手阻挡着我，我就可能已经变成一个吉拉德，一个卡尔图歇，一个达明斯，或者人们愿意举出的任何坏蛋[①]——我清楚地感到自己存在这样的心理状态。主啊，这是多么可怕的发现哟！

在此之前，由于经验所限，我在自己身上甚至丝毫看不到存在罪孽的现实，现在呢，这样的可能性就在我的预感中极其可怕地显现出来了。只是我还没真正认识到罪孽，我只是担心它罢了，我感到自己有可能犯罪，可是我还不能控告自己。

这样一种我不得不承认为自己的心理状态，尽管我坚信不能适应自己死后渴望与最高存在结合的心愿，但是我也并不怎么担忧自己会脱离最高的存在。虽然我在自己身上发现了许多恶，我仍然爱上帝和恨我所感觉到的罪孽，是的，我甚至希望恨得更加深刻。我的全部心愿就是治好这种疾病，治好这致病的心理状态。我确信，那伟大的治病救人者不会拒绝给我帮助。

现在唯一的问题是：什么能治好这种毛病？修养德行吗？对此我简直想都不想。因为十年来，我岂止仅仅是修养德行呢！而眼下所发现的可怕疾病，它深深隐藏在我的灵魂中。在大卫偷看拔示巴[②]的时候，它们不是就可能爆发吗？大卫不也是上帝的朋友吗？而我也不在内心深处确信，上帝也是我的朋友吗？

难道这是人类不可避免的弱点吗？难道我们必须容忍这种情

① 吉拉德、卡尔图歇和达明斯，都是当时法国著名的罪犯。

② 大卫偷看拔示巴沐浴之事，典出《圣经·旧约·撒母耳记》（下）第11章。

况，就是迟早总会感受到自己欲望的专横不成？难道我们居心再好都别无他法，只好对自己的沦落感到厌恶，然而一遇类似的机会又一次沦落吗？

从伦理学中我不可能找到慰藉。用它来克制我们强烈的欲望也好，用它来缓和我们的欲望，使其变为德行也好，通通不能满足我。我在与不可见的上帝交流时获得的那些基本概念，对于我来说已经是重要得多，有价值得多。大卫在经历了那场丑陋的灾难后写了一些诗歌，我在研读它们时突然心明眼亮：他原来已在创造他的物质中，发现了存在于他内心的恶，可是他希望除去罪恶，极为迫切地祈求获得一颗纯洁无瑕的心灵。

可怎样才能达到这个目的呢？答案我已从《圣经》里得到了。我知道了一个《圣经》的真理：耶稣基督的血洗清了我们所有人的罪恶。可是直到现在我才发现，我还从来没有真正懂得这句重复过无数次的箴言。它意味着什么呢？怎么有可能呢？这些问题日日夜夜翻腾在我心里。终于，我相信借着一点微光，看见我所寻找的答案就在《圣经》里，就在永恒的主创造人的过程中，就在他创造也包括我们的万物的过程中。这位太初即已存在的主，他看透并且包容着我们局促于其中的深渊，曾经有一次降临到我们的深渊中来做一个居民，为此而一步一步地经历了我们的全部发育过程，从受孕、出生到进入坟墓，在走完这样奇特的弯路之后重又升上光明的高处，而我们也将住在那里，并且获得幸福——这，就是我仿佛在朦胧的远方获得的启示。

哦，为什么谈论这些问题，我们必须借助只能显现外部情景的形象呢？在他面前哪里有什么高的或低的，暗的或亮的？我们只有一个上，一个下，一个白天，一个黑夜。正因为如此，他就与我们相似，否则我们也不会与他有同样的感情。

可是我们怎样才能参与这价值无限的善行呢？通过信仰——《圣经》回答。信仰到底是什么？把一个故事当作真理，这对我有何帮助？我必须能够证明它的影响，它的后果。这样获得的信仰，对于自然的人来说，必须是一种独有的、非常的心灵状态。

“哦，万能的主，赐予我信仰吧！”在心灵受到极大的压抑时，我曾祈求。我坐在一张小桌旁，胳膊肘支在桌上，把泪水打湿的面孔埋在手里。这是一种人难得有的姿态，但想要上帝注意你的祈祷就得以这种姿态，我现在正是如此。

是啊，要是有谁能描写我这会儿的感觉就太好啦！一阵心灵的悸动，把我带到耶稣曾经在上面断气的十字架旁。它是一阵悸动，我没法用别的方式称呼它，它与把我们带到远离的爱人身旁的悸动完全一样；它是一种向往，一种估计比我们所估计的本质得多，也真实得多的向往。我们的心灵就这样向往着人子耶稣，向往着那十字架上的死者；而就在这一瞬间，我知道了信仰是什么。

“这就是信仰啊！”我叫着跳了起来，像是吓了一跳。我极力使自己的感觉变得实在，使我的观察变得确定。不久，我便坚信我的精神已经获得飞升的能力，一种对于它来说崭新的能力。

有了这样的感觉，语言就不起作用了。我能把这些感觉与幻想明确区分开来。它们完全不带幻想，没有形象，但却使其所感受的对象明确清晰，就像我们的想象力能给我们描绘出远方的爱人一样。

最初的狂喜过去以后，我便发现这样的心理状态以前也曾有过，只是从来没有感觉得如此强烈罢了。我没有一次把握住它，没有一次将其化为己有。我甚至相信，任何人的心灵都会在这时或者那时对它有所体验。毫无疑问这就是它，就是教每个人都相信存在着一位上帝的东西。

对于这种从前只是时不时地来袭扰一下我的力量，我一直相当满意。如果不是由于命运的奇特安排，我几年来忍受着意外的痛苦；如果我的能力和心智不是因此而几近枯竭，那我对那样的处境也许会仍旧永远感到满足。

可现在，自从经历了那伟大的一刻，我便长上了翅膀。我可以振翅高飞在那些曾经威胁我的事物之上，就像鸟儿欢歌着飞翔在迅急的风暴之上，而在这风暴面前，小狗只能在地上恐惧地汪汪直叫。

我的喜悦真是无法形容，尽管没有向任何人透露半点儿，家里人仍旧发现我兴奋异常，却不明白是什么原因。要是我努力保持沉默，把这纯净的情绪一直保存在心里就好啦！要是我没有受到环境的诱惑，暴露出自己的秘密，那我就可能不会又走一次大弯路。

我信奉基督虽已十年，心灵中却仍缺少这种必要的力量，因此我也处于另外许多诚笃的基督徒所处的境地。为了改善处境，我的办法就是时常用那些与主有关的图画来丰富自己的想象，而这样做也真的有益，因为有害的图像极其恶劣影响便由此给排除了。随后，我们的灵魂又会经常从那些神圣的图画中抓住这幅那幅，随着它一起飞到空中，就像小鸟从一个枝头跳到另一个枝头。只要还没有更好的办法，这种练习就不能完全否定。

教堂的设施、敲钟、奏管风琴和唱圣诗，特别是牧师们的布道，都能引起我们关于上帝的想象和印象。我对这一切的热爱真是无法言表，不论刮风下雨，还是身体虚弱，都挡不住我去赶弥撒；只要礼拜的钟声一响，躺在病床上的我便急不可耐。我们宫中的首席传道师是位杰出的人，我十分热衷于听他布道。就连他的同事我也十分敬重，因为我善于从盛在陶土钵子的普通水果中间，挑出上帝箴言的金苹果。在这类公共信仰活动之外，我还尽可能地补充各种名目的个人修养。这样做的结果，也培养了想象力和细微的感受。我非常习惯这种方法，极为重视这种方法，现在仍想不出怎样做会更高明。要知道，我的灵魂只有触角，没有眼睛，它只能感知，没法观看。唉，灵魂要是能长着眼睛，能够观看，有多好啊！

眼下我仍然满怀希望去听布道，可是，唉，我这是怎么啦！我已找不到从前经常找到的东西。这些传道士在瓦钵的边沿上磨钝了牙齿，我能享用的仅仅是果核而已。我必然会很快厌倦他们，而要单独去找我知道该找的东西吧，我又太过娇惯。我希望得到图像，我需要外在的印象，我感觉到了一种纯精神的需要。菲罗的父母跟兄弟会的团体有联系，在他家的藏书里，还有一些伯爵[①]的著作。他详细而正确地给我介绍过有关情况，劝我翻翻这些著作，哪怕仅仅为了了解一些心理现象。我把伯爵视为一个极坏的异教徒，因此也就把菲罗怀着上述意图塞给我的一本《俄伯尔多夫赞美诗》，丢在了一边。

由于完全缺少别的激励手段，我便于不经意间拿起刚才说的那本书，并在里边读到了一些形式十分稀罕，但却似乎真的触到了我的感受的赞美诗，不禁惊讶之极。它们措辞的独特和纯真吸引了我，就好像是自己的感受以自己的方式表达了出来，没有任何教条和术语给人以僵硬呆板或者庸俗的感觉。我确信，这些人感受到了我所感受的东西，能将这样一首小诗记在脑子里，细细地品味上几天，我感到自己非常幸福。

从我得到这真实的赐予的一刻起，便如此过去了大约三个月。终于我下定决心，要把一切都告诉我的朋友菲罗，并求他借给我那些而今我好奇到了极点的书。我这样做了，也真的不顾心里有个声音在严肃地反对。

我把整个故事详详细细讲给菲罗听，由于他自己也是其中的一个主角，由于我的讲述对他也包含着严厉的训诫，他极为震惊，极为感动，哭得像个泪人似的。我很高兴，相信也促成了他思想意识的彻底改变。

他给我弄来了我要的所有书，于是滋养我想象力的东西便绰绰有余了。我很快学会按慈岑道夫的方式思维和讲话。可是却不能以

---

① 伯爵指改革贺恩胡特兄弟会的慈岑道夫伯爵（N. L. Zinzendorf，1700－1760），其遗作即后文提到的《俄伯尔多夫赞美诗》。

为，眼下我就不珍视伯爵的方式方法了，我乐于给予他公正的评价：他并非一个空想家，他通常在道出伟大的真理时都能勇敢地驰骋想象，而那些藐视他的人既不懂得珍视他的特性，也不知道将他的特性区别出来。

我说不出地喜欢上他了。要是我有行动自由，我一定会离开祖国和朋友，去到他那里。没错，我们会相互理解，但是要长期和谐一致却挺难。

多亏了我的守护神，他当时把我的活动紧紧限制在了家庭的圈子里！只要去家里的花园走走，在我已是一次长途旅行。照护我年老体衰的父亲，就够我忙的，在余暇的时间里幻想神圣的事物，便算是我的消遣。我见到的唯一一个人是菲罗，我父亲很喜欢他，但他与我之间的坦诚，却因上一次的深谈而遭到了损害。他所受的感动不够刻骨铭心，几次尝试像我似的言语方式没有成功，就干脆回避这类谈话，而不肯花力气以自己广博的知识不断更新话题。

就这样，我自动地成了一名兄弟会修女，但是把自己这一信仰和追求的转变，特别对那位宫廷首席传道师保守秘密。他是我的忏悔牧师，我有很多理由敬重他。即使现在他极端厌恶兄弟会，他的巨大功绩仍照样为我珍视。遗憾的是由于我和其他的一些信徒，这位高贵的人大为苦恼！

许多年前，他在别处结识了一位绅士，一位正直、虔诚的男子，就跟他像跟一个认真地寻找上帝的信徒一般坚持通信。谁知后来这位绅士却参加了兄弟会，长期与那些修士搅在一起，令他的这位精神导师多么难过哟！反之他是何等高兴啊，他的朋友与兄弟会分手了，决定住到他的身边来，看样子想要重新完全接受他的指导。

于是，就像凯旋似的，新来的绅士被介绍给了首席牧师所有特别宠爱的羔羊。他只是没被领到我们家来，因为我父亲总是什么人都不见。这位绅士大受欢迎，他既懂宫廷的礼仪，又善于像兄弟会那样讨人欢心，加之还有许多天生的优点，不久就成了众人心目中的大圣人。对此，他那位教士恩人高兴极了。遗憾这家伙只是在一些形式问题上与兄弟会闹翻了，骨子里还是个彻头彻尾的兄弟会信徒。他尽管确实重视事物的本质，但是慈岑道夫伯爵给兄弟会搞的烦琐仪式，也极合他的心意。他本来已习惯了会内的那一套思维和言谈方式，只是在老牧师面前精心掩藏了起来罢了，一当发现周围只有不多的几个知己，他就更加迫不及待地搬出他的那些小诗、那些祷告词和那些比喻来，并博得了可以想象的热烈喝彩。

我一点儿不知道这件事情，只是按自己的方式搞下去。很长一段时间，我和他仍旧互不相识。

一天，我在闲暇时间里去看望一位生病的女友，在她那里碰见了几个熟人。我马上发现打搅了人家的讨论，但是却不露声色，很快又看见墙上挂着几幅装在精制框子里的兄弟会的图画，真是好不惊讶。我迅速明白了在我到来之前，这屋子里在干什么，便立刻念出几句适合的诗，对这个新的情况表示欢迎。

请想象一下我的女友们有多么吃惊。我们互相亮出了底牌，当即就变得志同道合，亲密无间起来。

于是我经常找机会出去。只可惜三四个礼拜我才能见到她们。不过借此机会，我认识了那位贵族使徒，并渐渐联络上本地的整个秘密会社。只要可能，我就参加他们的聚会。对生性乐于接近人的我来说，这真是无比开心的事情，迄今我只能自己与自己在心里探讨的题目，现在能听别人讲，也能告诉别人啦。

我并非那么痴迷，不会看不出他们中间只有少数几个人，才真体会得到那些微妙的言辞和表达方式的含义，其他多数人所获得的启迪，并未超过当初从教会那些象征性的话语里所获得的。尽管如此，我仍与他们一起继续往前走，同时保持着清醒的头脑。我想，我没有接受考验和心理测试的义务，但也准备参加做一些无害的练习，以提高自己的修养。我尽自己该尽的义务，轮到发言就努力探寻主体的真义。其实呢，对一些如此微妙的话题，言辞往往会将真义掩盖住，而不能将其暗示出来。除此而外，我都以宽容的沉默，让每个人愿怎么理解怎么理解。

在享受了这一段秘密结社的宁静时光之后，紧接着便出现了公开而激烈的争论和对抗，在宫中和城里都掀起了轩然大波，我甚至想讲，上演了一出出闹剧。我们的宫廷首席牧师原本是兄弟会的死敌，这时却突然发现自己最得意也是他平素最忠实的门徒，一股脑全倒到了兄弟会方面，不禁感觉大失面子。他气恼之极，一开始完全忘记了克制，随后尽管也想收敛一点儿却没有办到。于是激烈地争吵起来，所幸没有提到我的名字，因为我只是偶尔参加那些可恨之极的聚会，还有，我们急躁的牧师在一些世俗事务中也少不了要找我的父亲和我的朋友。我暗自得意地保持着我的中立，要知道，与一些善意的人探讨这类感受和信仰问题我已不免气恼，因为他们大多流于表面，不能抓住其深层的含义。而眼下甚至是要跟反对者争论，谁都没兴趣理解别人，这在我看毫无益处，不，甚至有害。因为我很快发现，一些原本慈蔼、高贵的人，在这种情况下也难免心中充满气恼和怨毒，结果立刻失去公正的态度，为捍卫一个外在的形式几乎毁掉了自己崇高的内心。

不管高贵的牧师这时行事多么不妥，也不管别人如何煽动我去反对他，我仍始终不能拒绝对他表示衷心的敬佩。我十分了解他，能够设身处地地以他的观点看待问题。我也从未见过一个人没有弱点，只是在杰出的人们身上，弱点往往来得更加显眼罢了。我们唯一希望和要求的是，这些如此得天独厚的人不要动辄屈服、示弱退让罢了。我把牧师也视为杰出的人，并希望以自己静静的中立对他施加影响，希望即使不能实现和解，能够停下火来也好。我不知道自己真能做到什么，上帝干得更干脆利落，把牧师给接回去了。所有人都在他的灵柩旁痛哭，包括不久前还在与他论战的人。他的正直，他的虔诚，从来没有谁怀疑。

在这段时间，我也不得不丢开了兄弟会的那套把戏，通过眼前的争论，它在一定程度上让我看见了自己的另外一面。叔叔不声不响地实现着有关妹妹的计划。他给她选了个有地位又有财产的年轻人做未婚夫，并答应如众人所期望的给她一笔丰厚的陪嫁。父亲高高兴兴地答应了。妹妹得到了自由，准备出嫁，也乐于改变现状。婚礼在叔叔的府第中举行，亲朋好友都应邀出席，我们全家欣然前往。

平生第一次，我在跨进一座宅第时发出了赞叹。自然，过去已常听人讲起叔叔的鉴赏力，讲起他的意大利建筑师，讲起他的艺术收藏，讲起他的图书馆；但在与我所见过的一切比较时，我脑子里只产生了一个斑驳陆离的印象。因此，对一进门就感到的庄严与和谐，我是何等的惊讶啊！从一座大厅到一座大厅，从一间屋子到一间屋子，这庄严和谐的印象越加强烈。如果说豪华和修饰以往只是分散了我注意力的话，那么现在我却感到心思集中和内敛。就连所有喜庆的安排，其华丽和高贵也使人心里感到舒适、宁贴。我同样难以理解，仅仅一个人怎么能够想出并安排好这一切，竟然好得就像是许多人群策群力所完成的一件大事一样。而且，在整个喜庆中，主人及其手下都那么落落大方，没有一点儿僵硬呆板的痕迹，没有丝毫虚假排场的表现。

婚礼本身也出乎意料地以一种亲切的方式开始了：突然传来一阵优美的合唱，让我们吃了一惊，接着，牧师的致辞使仪式显得庄严而又隆重。我站在菲罗身旁，他不但没有向我表示祝贺，反倒深深地叹了一口气道：

“看见妹妹把手递给新郎，我仿佛觉得自己就像被人用开水浇了一样。”

“为什么？”我问。

“每当看见有人结婚，我总是这个样子。”他回答。

我取笑了他，可是事后对他这几句话没少考虑。

宾客中有不少年轻人，婚礼充满欢快气氛而又显得辉煌灿烂，围绕着我们的一切都高贵而且庄严。所有的家具、台布、餐巾、成套的餐具和桌上的摆设，都和整个建筑装修的风格协调一致。如果说平常我总觉得，建筑师和糕点师像是同一所学校教出来的，那么这个婚宴的糕点师和摆台师，则都是向建筑师学习过的了。

由于大伙儿要在一起待好几天，聪明机智的主人就为宾客们考虑安排了各式各样的娱乐活动。在这我没有重温一生中已经常有的可悲经历，就是在一个各色人等参加的大聚会中，客人们往往得自己照顾自己，于是不得不进行一些最普通和无聊的消遣，结果只快活了那班庸俗的人，高雅的人更加感到没趣。

叔叔的做法完全不同。他请来了两三个招待师，如果允许我这样称呼他们的话。其中一个负责招待年轻的宾客，为他们想出了开舞会、乘车郊游和做一些小游戏，并且亲自指挥。由于年轻人喜欢在室外活动，不怕气温变化的影响，所以给他们的地盘就是花园和一个大凉亭，以及周围为此目的而临时搭建的游廊和小亭子。它们虽然只是用一些木板和帆布建成，但是结构和比例大气高雅，仍让人想到石头和大理石。

主人不只把宾客邀集到了一起，还感到自己有责任想方设法满足他们的需要，使他们过得舒适。这样的聚会是多么罕见啊！

为年纪较大的人安排的是围猎、玩牌和短距离散步，并提供机会给他们个别促膝谈心。谁要是想早早地上床休息，那肯定也为他准备了远离喧闹的卧室。

由于安排得当，我们所处的空间仿佛变成了一个小小的世界。但是仔细一观察，府第原来也并不大，如果不是对它了如指掌，如果主人不富有智慧，真是很难安顿下这么多宾客，而且把他们招待得人人都对口味。

正如看见一个身材匀称的人我们会心生快感，一所房子要是布置得叫我们感觉到主人的聪明、理智，我们同样也会觉得愉快。能进入一所整洁的住宅已是一种快乐，即使它的建筑和装修风格乏味，因为它至少向我们显示了人的教养的一个方面。也就是说，一所住宅如果还有更高雅的文化精神，哪怕只是感性的文化精神向我们迎面扑来，那我们将是如何备感欣悦啊！

这样的欣悦之感，我在叔叔的府第里就体会得直接而又生动。我先前曾听过许多关于艺术的谈话，读过许多谈艺术的书籍。菲罗本身是个大油画迷，有不少精美的藏品，我本人也画了不少素描。只不过，一方面我是太专注于自己内心的感受，一件必须做的事总希望先做得尽善尽美；另一方面，所见到的一切外在之物也像其他世俗的东西，似乎都会分散我的思想、精神。现在，我第一次让某种外在的东西领回到自己的内心，真正认识了夜莺自然美妙的鸣啭与充满感情的四声部赞美诗合唱之间的区别，并因此而感到惊讶之极。

我没对叔叔隐瞒自己得到这一新观感的喜悦，他呢，在料理好其他事情以后总喜欢和我聊天。谈到自己的财产和成就，他非常谦虚；谈到他收集和布置藏品的想法，他又自信之极。我完全看得出来，他在谈话时照顾着我，似乎总按其一贯的作风，把他自信已能把握和驾驭的善，置于我确信是真理和至善的东西之后。

“如果我们可以想象，”他有一次说，“世界的创造者自己也可能采用他的造物的形象，并以其生存方式来尘世上待了一段时间，那么这个造物在我们看来就必定是无限完美的了，因为造物主也能和它真诚结合嘛。也就是说，在人这个概念中，绝不存在与神的概念的矛盾。尽管我们经常感到自己与神有某些差异和距离，但我们正因此更有责任去找出自身的所有优点，以证明我们说自己像神是对的，而不应像那个人性本恶的辩护士一样，老盯着我们本性的缺陷和弱点。”

我笑了笑，回答说：

“亲爱的叔叔，多谢您照顾我，可您别因为用我的方式讲话太不好意思！您所说的对于我太重要啦，我希望听见您用自己的语言讲，还有那些我不能完全理解的内容，我会马上翻译成自己的语言。”

“我会一点儿不改变语调，”他随后说，“原原本本地照着自己的方式讲下去。人的最大功绩始终在于他尽可能地支配着周围的环境，尽量不让环境支配他自己。整个世界呈现在我们面前，就像一个巨大的采石场摆在建筑师的面前一样，他要不愧于自己这个称号，就必须以最经济、最适用和最坚固为原则，将这些偶然聚集起来的原材料，组合成从他精神里产生的那个原始形体。我们身外的一切都是元素，是的，我甚至可以说，我们身上的一切也是如此；但是创造力却深深地潜藏在我们体内，它能够创造应该创造的东西，并把它们在身外和身上以这种或那种方式定型之前，绝不让我们休息、安静。你，亲爱的侄女，也许做出了最好的选择，你努力使自己的道德品质，使你深沉、可爱的天性，既与你自身又与那最高的存在和谐一致。我们其他人虽然也无可指责，却只能努力认识受到局限的感性的人，并使其行为得到统一。”

类似的谈话使我和叔叔渐渐亲近起来，我于是要求他别迁就我，和我谈要跟和他自己谈一样才好。

“我称赞你的思维和行事方式，”叔叔告诉我，“你别以为是在讨好你。一个人清楚自己想干什么，坚持不懈，知道有什么手段可以达到自己的目的，并且善于采取和使用它们，这样的人我就敬重。他的志向是大是小，值不值得称赞，在我都是以后才考虑的问题。相信我，亲爱的侄女，世界上的不幸和所谓恶，绝大部分都产生于人们的疏懒：懒于去真正认识自己的目标；如果已知道目标，又懒于兢兢业业去努力实现。在我看来，他们就像一些认识到可以和必须建一座高塔的人，可他们在打地基时却不肯多花石料和劳动，仅仅像在建一间小茅屋一样。你，我亲爱的侄女，本来怀着完善自己内在德行的崇高需要，但是如果不准备做出巨大而勇敢的牺牲，仅只在你的家庭和一位未婚夫也许是将来的丈夫之间勉强应付过去，那你的内心将永远矛盾，将永远不会有满足的一刻。”

“您用了牺牲这个词，”我接过话头，“我有时也考虑过，为了一个更加崇高的目的，比如获得神恩吧，我们如何牺牲一个较小的目的，尽管为此也感到痛心。这就像为了自己敬重的父亲的健康，人们心甘情愿把一只可爱的羔羊送上祭坛一样。”

“不管怎么说吧，”叔叔道，“理性或者感情，当需要为了一个而牺牲另一个时，当需要在两者之间做出选择时，人身上最值得称赞的品质依我看就是决断和坚持不懈。人不可能同时拥有商品和金钱！一个老是渴望得到商品却没勇气花钱的人，跟一个已拥有商品却又后悔买了它的人一样，都是可悲的。不过，我远远不想因此责备这样的人，因为责任原本不在他们，而在他们处于其中却失去了自控能力的复杂环境。所以，举例来说，你在乡下发现的糟糕主人平均起来就比城里少，在小城市里又比在大城市少。为什么？就因为人生来适宜于狭隘的环境，简单的、捷近的、明确的目标他能看清楚，也习惯了使用近在手边的办法；可一当进入宽广的境界，他就既不知道自己想干什么，也不知道自己该干什么了。完全一样，不管他是让东西太多给分了心，还是让它们的高大威严吓掉了魂。反正，他既受到引诱去追求一件事情，却又不能持之以恒，锲而不舍，便永远都会不幸。

“可不是吗，”他继续说，“不认真，世界上不可能成就任何事情，而在我们所谓有教养的人中间，原本很少找得到认真的精神。他们对待工作和业务，对待艺术，甚至对待娱乐消遣，我想说都是抱着一种消极的态度。他们活着就像读一大堆报纸似的，目的只是为了能扔掉它们。这就让我想起了那个游览罗马的年轻英国人，他晚上在聚会中很满意地讲：今儿个他又打发掉了六座教堂，两家美术博物馆。他们想了解和知道一些东西，但知道的恰恰是最与己无关的，他们没有发觉，喝西北风止不了饥饿。我每认识一个人都马上问，他是干什么的？怎么干以及结果如何？他对问题的回答，便决定了我一生对他的关心程度。”

“亲爱的叔叔，”我接着说，“您也许太严厉了，一些善良而又用得着您的人，您因此会拒绝给他们援手。”

“有个人长期在为他们工作，在他们身上下功夫，结果却是徒劳，”他回答说，“难道怪得着这个人吗？青年时代，我们没少吃有的人的亏，他们答应把我们领到和达奈丹、西西胡斯[①]在一起，却自以为是邀请我们参加愉快的聚会。感谢上帝，我摆脱了他们。要是他们中不幸有一个闯到我的圈子里来了，我也会尽量客客气气地把他请出去。因为正好是从这种人口里，我们听到了最尖刻的抱怨，什么世道混乱啊，学术界浅薄啊，艺术家轻浮啊，文学家空虚啊，等等等等。他们极少想到，正好是他们自己和那一大帮与他们同样的人，恰恰不肯读按他们的要求写出来的书，结果就对真正的文学一无所知，就连一件杰出的艺术品，也只由于原本已有定评才能得到他们的赞赏。不过让我们就此打住吧，现在不是批评和指责的时候。”

叔叔把我的注意力引到挂在墙上的一些油画上，我的眼睛盯着那些要么看起来悦目，要么题材重大的作品。他让我这么看了一会儿，然后说：

“请你现在也注意注意那位创造这些作品的天才。善良的心灵乐于在自然界发现上帝的手指，我们为什么不应该也观察观察主的模仿者之手呢？”

随后，他叫我注意一些并不怎么显眼的绘画，极力想让我明白，只有了解艺术史，我们才能真正认识一件作品的价值和可贵；只有知道是能干的人们以数百年的艰辛爬完了机械和手工作坊式的

① 达奈丹和西西胡斯都是希腊神话中的罪孽深重者。在下地狱后，前者受罚永远用无底的桶打水；后者受罚推巨石上山，每次眼看快到目的地石头又会滚下去。

最初梯级，我们才会真正理解，一位天才怎么可能在让我们看着都头晕的顶峰上心旷神怡，活动自如。

就是遵循着这样的思想，他收藏了一系列精湛的画作，在他给我讲解的时候，我禁不住联想到了德行培养的情况。我把自己的想法告诉叔叔，他于是说：

“你的看法完全正确，由此可见，德行的培养也不能孤独地关在屋子里进行。相反我们倒是认为，一个精神上追求提高道德修养的人，有一切理由同时努力培养锐敏的感官，以免受到无节制的幻想诱惑而堕入从道德的高处滑落的危险，以免沉溺于一些无聊的游戏——如果不是更糟糕的话——而逐渐丧失自己高贵的天性。”

我并不疑心叔叔是有意说我，可是回想到那些曾经让我兴奋的诗歌中确有不少无聊的东西，那些与我的宗教观念联系在一起的图画很难受到叔叔的青睐，我也深感不安。

这期间，菲罗常常待在图书馆里，现在也把我领了进去。我们赞赏其选书严谨，同时也惊叹收藏量巨大丰富。它们按各种原则收集在一起，也就是馆里几乎所有的书都要么传授给我们明晰的知识，要么指导我们建立正确的体系，要么提供给我们有用的资料，要么让我们坚信自己精神的统一。

我一生酷爱阅读，在有些专业里几乎无书不知。因此在这备感高兴，既能够纵观书籍之全貌，又可以发现自己的欠缺，知道自己过去哪些地方只是一知半解，稀里糊涂，哪些地方又好高骛远，不着边际。

同时，我们还结识了一位挺有趣却又沉静的人。他是大夫兼自然研究家，看样子并非常住在叔叔府里，而只是他的一位顾问。他带我们参观自然标本室，这里跟图书馆一样，四壁都是玻璃柜子，既把房间装饰了起来，使其显得华贵，又没有因此把它们变狭窄。在这里我愉快地回忆起了自己的童年，让我看到了一些父亲当初拿到自己刚出世的孩子病床边的东西。在随后的谈话中，大夫很少隐讳他接近我是怀着信仰方面的目的，同时对叔叔大加称赞，说他待人宽容，珍视一切能显示和促进人性的价值与统一和谐的东西。只是他自然也要求所有其他人和自己一样，最痛恨或厌恶的莫过于唯我独尊的愚妄，排斥异己的偏狭。

打妹妹举行婚礼起，叔叔的眼里就充满了喜悦，不止一次地与我讲到，他打算为妹妹和她的孩子们做些什么。他有一些自己管理的漂亮庄园，他希望它们在移交给侄女侄孙时处于最好的状态。对我们眼下所待的这座小小的府第，他似乎有着特别的考虑：

"我只能把它遗赠给这样一个人，"他说，"此人必须了解它所收藏的东西，懂得珍视它们，享受它们，明白一位富翁和高雅之士，特别是在德国，多么有必要展示一些堪为楷模的藏品出来。"

大多数客人已经慢慢散了。我们也准备告辞离去，不想这时叔叔出于对我们的厚爱，又教我们再次喜出望外，让我们目睹了整个喜庆的最后一幕。原来在妹妹的婚礼进行时，我们听见那没有任何伴奏的合唱欣喜异常，便告诉了叔叔。我们真想再欣赏一次啊，并相当清楚地向叔叔流露了我们的这个愿望，他好像并未注意的样子。因此，那天晚上我们听到他下面的话大感意外：

"跳舞的音乐已经飘远了，年轻、浮躁的朋友离开了我们，新婚夫妇自己看上去也比前几天来得严肃，咱们在这样的时候一分手也许永远不会再见，或者至少再见时已是另一个模样，心中于是生出庄严而激动的情绪。而维持这种情绪的最高雅的方式，我看莫过于让你们听到前些时候似乎就希望再听的音乐了。"

那个合唱队在这段时间里得到了加强，并悄悄地做了更多的练习。现在他让它给我们表演四部以及八部的合唱，我敢说让我们真正提前品尝到了天国幸福的滋味。在此之前我只听过唱圣诗，其时歌唱者的心灵固然虔诚，嗓子却常常嘶哑，像小鸟似的自己唱得挺痛快，便自以为在赞美上帝；还有就是音乐会上那种空虚无益的乐曲，充其量只引起我们对某一位天才的景仰，而不能给我们留下哪怕转瞬即逝的快乐。可眼下我却听到了一种音乐，一种发自最优秀人性的意蕴深邃的音乐，一种由特定的、训练有素的器官和谐一致地发出来的倾诉，这倾诉既表达了最深刻、最美好的人的含义，也让人真正在此刻生动地体验到了自己即是神。所唱的全是些拉丁文的圣歌，它们就像一颗颗钻石，光彩夺目地镶嵌在高雅的世俗庆典的金戒指上，尽管没有要求发挥所谓感化作用，却极大地提高了我的灵魂，使我感到无比幸福。

临别之时，叔叔赠送给我们所有人极为高雅的礼品。他给我的是我那修道院的十字勋章，做工精美极了，上了珐琅彩釉，为我平素见所未见。它镶嵌在一枚大金刚钻上，同时用一条缎带挂了起来。叔叔说这是他自然收藏中最珍贵的石头，请我多加珍视。

我妹妹跟着丈夫去了自己的庄园。我们其他人则全部返回家中，仅就外部环境而言，我们都觉得好像又回到了完全平庸的生活里。我们似乎从一座仙女的宫殿降到了平凡的尘世，必须重新适应原来的行为方式，必须自己照顾自己。

这些在那个新的生活圈子里的奇异经历，给我留下了十分美好的印象，但是其生动完整并未能持续多久，尽管叔叔力求保持它，更新它。为此，他不时地从自己最优秀、最悦目的艺术藏品中挑一些出来送给我，等我欣赏够了又用另外一些换回去。

我太习惯与自己交流，太习惯自行调节整理心思和情绪，并且与志同道合的人们交谈，没法子集中注意力观赏一件艺术品而不很快反省自身。我习惯了就像看书上的字母似的看油画和铜刻画。精美的印刷字体固然令人喜欢，可谁又会仅仅为了欣赏印制质量而读书呢？这样，即使是造型艺术作品，也必须给我知识，给我教益，使我感动，使我提高。随便叔叔在解释这些艺术品的信中讲些什么，我仍旧是老样子。

可是，有一段时间，把我从这样的艺术欣赏中吸引开，不，甚至转移了我对自己的注意的，主要倒不是我的天性，而是一些外部的事件，一些在我家里发生的变故。我当时必须忍耐，必须劳累，我柔弱的体力几乎已经承受不住。

我还没结婚的那个妹妹迄今一直是我的得力助手。她健康、健壮、说不出的善良，自愿承担起了理家的重负，就像我负责照护老父亲一样。她突然患了感冒，由此发展成肺炎，不出三个礼拜就躺上了灵床。妹妹的死给我心里留下了伤口，直到现在，我仍不愿正视它们结的疤痕。

她还没有下葬，我就病倒了。我肺上的老毛病似乎复发，剧烈地咳嗽，嗓音嘶哑得完全发不出声响。

由于惊恐和难过，我已出嫁的妹妹早产了。我的老父亲担心一下子便失去自己所有的孩子，失去传宗接代的希望。他自然该有的泪水更增加了我的痛苦，我祈求上帝哪怕勉强恢复我的健康，让我至少活到我的父亲死后。我好起来了，以我的情况而言已算不错，能够重新履行自己的职责，虽说只是勉勉强强。

我的妹妹又有了喜。她把处于这种时期通常都告诉母亲的某些忧虑告诉了我，她跟自己的丈夫生活得不完全幸福，这点得始终对父亲保密。我因此得充当裁判，也能够扮演好这个角色，特别是妹夫他信赖我，他们两个也真的都是好人。只不过他俩不是彼此宽容，而是相互斤斤计较，原本渴望相处得完全和谐，结果啥时候都没法和谐。于是我也学着认真参与世俗的事情，发挥着我从前只是在歌里唱唱的作用。

我妹妹生了一个儿子，父亲不顾自己身体不适，仍旅行去她那儿。见到孙儿他真是高兴和喜欢得要命，等到洗礼时更一反常态，兴奋到了极点，我甚至想讲，他简直像个两面神。他一个面孔朝前，高兴地冲着他有望即将进入的区域，另一个面孔朝后，冲着这个出自他血脉的男孩儿刚开始的充满希望的尘世生活。在归途中，他不知疲倦地和我谈自己的孙子，谈他的相貌，谈他的体质，谈他自己希望这个新的世界公民能够幸福成长。我们到家以后，父亲仍继续着自己的思考，直到几天以后，我们才发现他饭后好像在发高烧，虽然他并不感到冷，却已烧得虚弱无力。然而他不肯躺下，早上还坐车出去，忠实地履行自己的职务，直至持续的严重症状迫使他停了下来。

我永远不能忘记，父亲竟是那样精神平静地、清清楚楚地交代了身后事，安排了自己的葬礼，简直就像在按部就班地处理别人的事务似的。

他带着从来没有的爽朗神情，后来更兴高采烈似的对我讲：

“我曾经感到的对死亡的恐惧到哪儿去了呢？难道我应该怕死吗？我有一位仁慈的上帝，坟墓不会引起我的恐怖，我将获得永生。”

他很快真的死了，而回忆他临终时的情形，现在成了我寂寞中最喜欢的消遣之一。谁也不能使我不再相信，当时确有一个更高的力量在对他发生着不可见的影响。

敬爱的父亲的死，改变了我迄今的生活方式。我从最严格的顺从中，从最大限度的节制中，一下子走进了最大的自由里，我享受起它来，就像享用一道久违了的美味佳肴。从前我难得出门两小时，如今则没有一天能待在家里。从前我只能偶尔去看看朋友，而今他们希望与我往来不断，我也同样高兴他们常来常往。我经常应邀出席聚餐会，再加上远远近近的游览，我没有什么时候不参加的。不过在转完一圈之后，我看出自由不可估量的幸福不在于想做什么就做什么，环境允许我们做什么就做什么，而在于可以不受阻碍地，无所顾忌地，径直去做自己认为正确和适宜的事情。我呢，年纪已经够大啦，在眼前的情况下，没付学费就获得了这个美好的信念。

我没法禁止自己的是，一有可能就恢复与兄弟会的成员交往，并且使关系变得更加密切。我赶紧去访问了他们在附近的一个机构，但在那一点没有找到我想找的东西。我足够真诚，对自己的看法毫无隐讳，人家反过来也坦白告诉我：这个机构丝毫没法与正规的教派相比。这点就算我能接受吧，可是按照我的信念，小机构同样应该显示出真正的精神，与大机构没有区别。

在场有一位主教，是伯爵亲传的弟子，对我狠下了些功夫。他完全讲英语，看见我也懂一点儿，便以为这就是我们有缘分的征兆；我却完全不以为然，一点儿也不喜欢和他打交道。他原本是个打刀的铁匠，出生在莫拉维亚地方，他的思维方式仍脱不了手艺匠人的德行。我更谈得来的是封·L先生，他曾在法国军队里当过少校，只不过他对自己那位上司那副卑躬屈膝的样子，我觉得自己怎么也不会。是的，看见少校夫人和其他多少也有点儿体面的女士们亲吻主教手的情景，我简直像挨了耳光一样深感屈辱。这期间曾商量好去荷兰旅行，结果却始终没有成行，自然对我是再好不过。

我的妹妹生了个女儿，这下轮到我们女人得意，并且考虑将来如何把她培养成像我们一样了。过了一年妹妹又接着生了个女儿，我的妹夫反过来就很不满喽。他拥有几座大庄园，希望看见的是身边有一群男孩儿，有朝一日他们能够协助他管理这些庄园。

我体质虚弱，很少活动，但由于生活方式宁静，也还能保持身心平衡。我不怕死，甚至还希望死，只是我隐隐感到上帝会给我时间，以便考验我的灵魂，让我逐渐地靠拢他。在一个个不眠之夜，我特别地感到了什么，但是偏偏没法将它描述清楚。

在思考时我的灵魂仿佛脱离了躯体，视躯体为一件跟自己陌生的东西，就像人看待衣服一样。它异常生动地想象着过去的年代和事件，从中感觉出了即将发生的事情。所有过去的年代都已过去，即将发生的事情也将过去：躯体将像衣服似的破碎，然而“我”，这再熟悉不过的“我”，“我”会永存。

要尽可能避免沉溺于这个伟大、崇高和令人欣慰的感觉，一位日渐关心我的高贵朋友这么教导我说。他就是我在叔叔家里结识的那位大夫。他已经相当了解我的身体和精神状况，便向我指出，如果我们不顾外界环境而一味在心里培养这种感觉，它就会在一定程度上掏空我们，葬送掉我们生存的基础。

“工作是人的第一天职，”他说，“他应该利用必须休息的间歇时间，去获得对外界的清晰认识，以使自己将来的工作轻松一些。”

这位朋友了解我把自己的身体视为外物的习惯，知道我相当熟悉自己的体质、疾病和所用药物，以及我由于长期患病和照护病人而真的变成了半拉子医生。因此，他便把我的注意力从有关人体的知识和食物方面引开，使其转移到造物的其他相邻领域中去，带着我像在天国里似的四处走动。只是到了最后，请允许我继续使用这个比喻，才让我远远地预感到有造物主巡行在傍晚凉爽的花园中。

由于确信心中一直珍藏着上帝，现在我真渴望在自然中见到他啊！他亲手的创造对我是多么有趣！他曾乐意以自己口中的嘘息使我获得生机，我是何等感激他啊！

妹妹又有了喜，我们重新希望她能生一个妹夫想得要命的男孩子，只可惜出生时他已不在。这能干的人不幸从马上摔下来死了，我妹妹送给世界一个漂亮的男孩儿，不久也随丈夫而去。面对着她的四个遗孤，我唯有感到伤心。那么多健康的人先我这个病号去了，难道我就不会看见这些充满希望的蓓蕾也许有的会凋零？我很了解这个世界，知道一个孩子在成长过程中会冒多少危险，特别是生活在上层社会的孩子。在我看来，自我青少年时代起，这样的危险对于现实世界还更加多了。以我虚弱的体质，我感到自己不能为孩子们做多少事情，或者说什么也不能做。因此，叔叔遵循自己的思维方式，决定要把自己的全部心力放在培养这些可爱的小家伙上面，我更加求之不得。是啊，他们在任何意义上都值得这样对待，一个个身心健全，尽管相互差异不小，却都可望成长为善良和聪明的人。

自从我的好大夫提醒我注意以来，我便喜欢观察孩子们跟亲属的共同家族特征。我父亲精心地保存着自己先辈的画像，也让一些过得去的画师给自己和女儿们画过，还有我的母亲及其亲属也未被忘记。我们了解全家人的不同个性，并经常把它们相互比较，所以这时也在孩子们身上寻找外表和内心的相似之处。我妹妹的大儿子似乎像自己的爷爷，在我叔叔的收藏室里，摆着一张他青年时代画得很好的肖像。爷爷一直是个勇敢的军官，爱枪超过了一切，孙子也一个样，每次来看我总喜欢玩弄枪支。要知道，我父亲留下来了一橱柜漂亮的枪械，不送两支手枪和一管猎枪给他，并教会他一支德国造的枪如何上扳机，这小东西就安静不下来。此外，他的行为和整个气质倒一点儿也不粗野，而是十分温驯和理智。

大侄女最招我疼爱，这可能是因为她长得像我，而且在四个小家伙里也是最依恋我的。可是，随着她长大起来，我越是仔细地观察这孩子，我可以说越是自惭形秽。在看着这孩子时我没法不发出惊叹，是的，我几乎可以说没法不怀着敬意。很难再见到更高贵的形象，更宁静的心态；很难见到永远平衡的、不局限于任何对象的行动。她生命中没有一刻不在做事，而每件事情一到她手里就变成了高贵的行动。只要有合乎时宜的事情可干，什么对她都是一样的；即使完全无事可干，她同样能不急不躁地静静待着。这样无须干事而总是活动的情况，我在一生中再没有见过。她从小对待贫苦人和求助者的态度，也是别人学不来的。我乐于承认，我永远不会有把行善当作正事来干的天才。我是对穷人不吝啬，以我的情况而言常常还施舍得太多，但在一定意义上我这样做只是为了赎买自己。什么人要想得到我的关怀，他必须生来就与我有关系。我要称赞大侄女的刚好是相反的作风。我从未看见她给一个穷人钱，而总是把她从我这儿要去做施舍的钱，先变成最急需的东西。每当她来清查我的一个个衣橱的时候，样子真是再可爱不过，她总能找到什么是我不再穿的，不再需要的。把这些旧东西缝缝连连，使其适合某个衣衫褴褛的孩子穿，是她最大的幸福。

她妹妹的思想意识显然是另一个样子，她继承了母亲的许多特点，早早地预示着会出落得秀丽而动人，似乎也不会让人失望。她很注重自己的外表，从小就善于以一种引人注目的方式打扮穿戴。我仍然记得，她还是个小姑娘时，偶然在我这儿发现了外祖母留给我的那条美丽的珍珠项链，便硬要我给她戴上，然后在镜子里瞧着自己有多么心花怒放。

观察着孩子们不同的爱好、倾向，想到自己死后如何将财产分配给他们，通过他们而继续发挥作用，我感到很欣慰。我仿佛已看见父亲的猎枪已由外甥背着在野外四处逡巡，而从他的猎袋里又有野鸡掉出来；我看见自己行坚信礼的全套服装，已由一些小姑娘穿着从教堂中走出来，而一个品行端庄的少女，则用我最好的衣料在结婚那天将自己打扮得漂漂亮亮；要知道给这样的孩子们穿戴，给清白而贫穷的少女制嫁妆，是娜塔莉亚一个特别的喜好，尽管我这时还一点儿看不出来她将像我年轻时那个样子，自己有任何爱情的流露，或者容许我说，有任何想归依某个可见的人或不可见的神的需要。

当我现在想到，小侄女将在某一天戴着我的珠宝首饰进宫去，我就仿佛看见我的财产也和我的躯体一样各得其所，因此感到心安理得。

孩子们慢慢长大起来，令我满意的是一个个都健康，漂亮，勇敢。叔叔让他们离我远远的，不管是住在附近还是住在城里我都很少见得着，可是我却仍旧忍了。

一个大伙儿当作法国教士，但却不真正清楚其来历的怪人，负责监护孩子们的成长，把他们放在不同的地方受教育，一会儿住在这儿，一会儿住在那儿。

一开始我看不出这种教育方式有何章法，直到我的大夫终于点醒了我：是法国教士叫叔叔相信了他的主张，说是想把一个人教育成功，就必须先看清楚此人的喜好和愿望是什么，然后得把他放到能尽可能快地满足他的喜好，实现他的愿望的环境里去，以便他如果选择错了自己能及早发现错误，选择对了能更加努力地坚持下去，更加勤勉地造就自己，培养自己。我希望这一奇特的试验会取得成功。在一些资质如此优秀的孩子们身上，这也许可能。

然而我不能同意这种教育方法的有一点，就是它力图使孩子们离开与自我交流的任何诱因，与那位不可见的、唯一忠实的朋友交流的任何诱因。是的，正因此叔叔认为我对孩子们非常危险，使我常常生他的气。实际干起事来可没有谁是宽容的啊！要知道有谁能打包票，叔叔真乐意让人人各行其是？他不总是拼命排斥那些想法与己不同的人，不让人家参与行动吗！

我对自己信仰的真实性越是坚信，这种把孩子和我分开的方式越令我苦恼。信仰在实际生活中如此有作用，为什么就不该有一个神的本原，有一个实际的对象呢？既然只有通过实践我们才能把握自身的存在，为什么我们不该也循着同样的道路，去信奉那个帮助我们一心向善的神灵呢？

我永远向前而不后退，我的行动越来越接近自己关于完美的理想，我做起自己认为该做的事来一天天感觉更加轻松，尽管我身体虚弱得常常不听自己使唤——这一切一切，难道能从我深谙人性的堕落得到解释吗？对于我来说反正不能。

我几乎想不起任何的戒条，没有任何东西在我眼里具有法律的形式。引导我，使我保持正确方向的，只是内心的冲动。我自由地遵循着我的信仰，既不感到受限制，也不觉得后悔。感谢上帝，我认识到了我这幸福该归功于谁；感谢上帝，我能够谦卑地对其怀着感恩之心。要知道，我永远不会陷入为自己的能耐和本领而骄傲的危险，因为我十分清楚地认识到了，如果不是有个更高的力量在护卫着我们，我们人人的心中不知会产生出和培育出怎样的魔怪来啊。

第七部

第一章

春天到了，阳光和煦、明媚。一场提早降临的雷雨在酝酿一整天之后，终于狂暴地在群山脚下发起威来。随后雨势移向平原，太阳又散射出光彩。于是，在灰暗的背景上，便出现了一道美丽的虹霓。威廉骑在马上朝彩虹走去，望着它不禁伤感起来。

“唉!”他自言自语，“人生的旖旎色彩，难道就只能给我们显现在晦暗的背景上吗？当我们感到欣喜的时候，难道就一定得掉泪吗？如果我们看着它无动于衷，明媚的日子跟晦暗的日子就没了差别。我们静静地期待，我们心中与生俱来的爱慕之情别永远也没有对象，还有什么比这期待更能打动我们呢？我们因耳闻每一桩善举而动情，我们为目睹每一种和谐事物而感动。这时候，我们就感觉自己不完全是在异乡，我们就仿佛正走近故园，正走近我们的良知，走近我们的灵魂所迫切向往的故园。”

这期间，一个步行者赶上了他，与他结伴同行，迈着大步始终走在他的马旁。在一般地寒暄了几句以后，他便对马上的威廉说：

“如果我没有弄错，我曾经在什么地方见过您。”

“我也想得起您，”威廉回答，“咱们不是一起乘过游船吗？”

“完全正确!”对方应道。

威廉更仔细地打量着他，在沉默了一会儿以后说：

“我不知道您发生了什么变化，当初我把您当成一位路德派[①]的乡村牧师，现在看您却更像一位天主教的神父。”

“至少您今天没有弄错，”对方回答，同时摘下帽子，露出了只是头顶光秃秃的脑袋，“您那个剧团到哪儿去了？您和他们还一起待了很长时间吗？”

“待得久的过了分：因为挺遗憾，回顾我与他们一起度过的那段时间，我觉得看见的只是一片无边的空虚空白，从中什么也没给我留下。”

“这您就错了，我们的任何经历都会留下痕迹，都会无形地对我们的修养起作用。只不过去回顾总结它们，是件危险的事情。我们会因此要么自满懈怠，要么垂头丧气，结果一样会对将来产生不利影响。最可靠的是只做眼前该做的事情，而眼下咱们该做的，”他笑眯眯地继续说，“就是赶快找到住处。”

威廉问他到罗塔里奥的庄园去的路还有多远。他回答就在山后。

“也许我在那儿还会碰见您，”他接着说，“只是在附近我还有点儿事情要办。您请走好！”说着他已爬上一条陡峭的小道，看样子可以快一些翻过山。

“是啊，他说得对！”威廉一边驱马往前走，一边自言自语，“是应该考虑眼前的事，而对我来说，眼前最急迫的莫过于完成那可悲的嘱托啦。让咱瞧瞧，那段准备用来羞辱他这残忍的情人的讼词，是不是仍完整地存在我的记忆里。”

他随即开始朗诵起自己的杰作来，一个音节也不差，而且随着记忆越来越清晰，他的感情和勇气也越来越增强了。奥勒莉亚的痛

① 路德派是经马丁·路德（Martin Luther，1483－1546）于1512年发起的宗教改革而形成的基督教新教，天主教则被视为其旧教。

苦和临死时的情状，又历历显现在他的眼前。

“我女友的亡灵哦!”他叫道，“围绕着我飞翔吧！如果可能就给我一个信号，要是什么时候你心平气和了，准备饶恕他了!”

这么说着想着，他已走上山顶，看见山另一侧的斜坡上有一幢漂亮的建筑，立刻断定那就是罗塔里奥的宅邸。一座形状不规则的老式府第，耸立着一些塔楼和山墙，看样子是宅邸最早的设施。然而后来的附属建筑还更加不规则，一部分建在近旁，一部分却离得老远，与主楼之间都由一条条游廊和带顶的走道连着。一切外部的对称，所有建筑艺术的美感，似乎都为满足内部舒适的需要而牺牲掉了。丝毫不见围墙和壕沟的痕迹，人工培植的花园和林荫大道也是一样。一大片菜园兼果园紧挨着房舍，还有一些实用的小园子甚至见缝插针，开在了房舍与房舍之间。一个清爽的小村子坐落在稍稍远一点儿的地方，菜园和田地看上去纯粹一派欣欣向荣的景象。

威廉骑着马继续前行，完全沉浸在自己感情冲动的思考中，对所看见的情形没有多想。他把马存在一家客栈里，急忙向庄园赶去，内心不无激动。

一位老仆人在庄门前接待他，态度十分和蔼地对他说，今儿个恐怕很难见到东家啦，东家有许多信要写，已经打发走了几个来请示的手下人。威廉更加急不可待，老仆人终于让了步，同意去通报。他回来将威廉领到了一座古老的大厅里，请他在这儿耐心地等一等，因为东家也许一会儿还来不了。威廉不安地在厅中踱来踱去，把目光投到了那些个骑士和贵夫人，投到了他们挂在四壁的画像上，同时复习着自己讼词的开头。面对着这些甲胄，这些高耸的领子，他似乎觉得才真到了适合朗诵它的地方啦。每当传来一点儿声音，他立刻摆好姿势，准备威严地面对自己的对手，然后才把信递给他，挥动谴责的武器向他扑过去。

他已经听错好几次，真开始不耐烦和冒起火来，这时终于从一道侧门走出一位仪表堂堂的男人，脚穿一双靴子，身着一件朴素的外套。

“请问给我带来了什么好消息?”他语气友好地问威廉，“真对不起，让您久等了。”

他一边说，一边叠着一封拿在手里的信。威廉不无尴尬地把奥勒莉亚的字条递给他，说道：

“我给您送来一位女友的临终遗言，您读着它们想必不会不受感动。”

罗塔里奥接过字条，立刻回到隔壁房间。威廉穿过开着的房门看得清清楚楚，他在那儿先给几封信打好封漆，签上了名，然后才拆开奥勒莉亚的信来读。看样子他一连读了几遍。威廉尽管觉得自己的激烈讼词与眼下受到的自然接待不协调，仍然打起精神，走到了门边，准备开始进行声讨，谁知这时候，一道与墙壁裱糊得一样的暗门开了，那个教士走了进来。

“我收到了全世界最奇异的快递邮件，”罗塔里奥冲教士嚷道，“请您原谅，”他转过脸来对着威廉继续说，“我这会儿没有情绪和您谈下去。您今晚上住在舍下吧！而您，神父，请招待好客人，别让他缺少什么。”

他说着便对威廉一鞠躬，教士则拉着威廉的手，让他不情愿地跟随着自己。

他们穿过一些奇怪的走廊，来到一间挺像样的屋子里。教士把威廉领进去后就走了，也没有再说什么表示歉意的话。一会儿来了一个活泼的男孩儿，向威廉自我引荐说是来伺候他的，同时一边给他摆晚饭，一边介绍一些府里的规矩，诸如通常怎么进早餐，怎么吃午餐，怎么工作，怎么娱乐，等等，特别是讲了不少称赞罗塔里奥的话。

男孩儿尽管很讨人喜欢，威廉还是想赶快摆脱他。他希望单独待着，因为处在现在的情况下，他心里觉得十分憋气和压抑。他责备自己优柔寡断，只完成了使命的一半。他一会儿下决心，明天早上就把耽误了的事情补起来，一会儿又发现，在罗塔里奥面前，他的感情就完全变了样。还有眼下待着的这幢房子，也教他觉得很奇怪，他真不知道该怎样适应自己的处境。他想脱衣服，便解开了背囊，连同着睡衣一起，他把迷娘塞进去的鬼魂的纱巾也带了出来。看见这条纱巾，他越发感到怅惘。“逃走吧，年轻人！逃走吧！”他喊出来。“这神秘的话语究竟何意？干吗逃走？逃向哪儿？鬼魂倒不如对我喊，你该反躬自省啊！”他观看那些装着镜框挂在墙上的铜刻画，对其中的大多数都满不在意，最后却看见一幅上画着一艘不幸触礁搁浅的船：一位父亲和他美丽的女儿们面对汹涌而来的海浪，正等待着死亡。其中一个女子似乎挺像那位女骑士，一股难以言表的怜悯之情攫住了我们的朋友，他感到一阵不可抗拒的疏解胸中积郁的需要，便热泪夺眶而出，直至睡眠战胜了他，才缓过气来。

天快亮时，他做了一些怪梦。他到了童年时常去的那座花园里，又见到那些熟悉的林荫道、树篱和花圃，心中好不快乐。玛利亚娜迎着他走来，亲亲热热地和他交谈，全然想不起曾经有过的误会。随后他的父亲穿着晨装走来，神色是他很少见过的亲切，叫儿子去凉亭里端出两把椅子，自己则牵着玛利亚娜的手，领着她向凉亭走去。

威廉急忙赶向凉亭，却发现亭子里空空的，只看见奥勒莉亚站在对面的窗户前。他走过去招呼她，她却头都不转一转，他虽然站在她身旁，却看不清她的脸。他从窗户望出去，看见在一座陌生的花园里聚着许多人，并且立刻认出了其中的几个。梅利纳太太坐在一棵树下，手里玩弄着一朵玫瑰。雷提斯站在她旁边，从一只手里往另一只手里数钱。迷娘和费利克斯躺在草地上，小姑娘仰面朝天，小男孩儿匍匐在地。菲莉涅走出来，在孩子们头上拍了拍手，迷娘一动不动，费利克斯则跳起来躲开菲莉涅。菲莉涅在后边追赶，费利克斯边跑边笑，跑着跑着突然惊叫起来，原来是竖琴老人正跨着大步，慢慢地向他逼近。男孩儿径直冲向水池，威廉赶紧追去，然而为时已晚，孩子已经掉在水里！威廉脚下像生了根。危急关头，他在水池对岸看见了美丽的女骑士，见她正伸出右手，沿着岸边走去，水中的孩子径直漂向她，她走到哪里就跟到那里。终于，她把手伸给孩子，把他拉出了池塘。威廉这时也走近了，只见孩子浑身燃烧，滚烫的水珠大滴大滴地从他身上掉下来。威廉更加担忧，然而女骑士却飞快从头上摘下一条白纱巾，把它盖在孩子身上，火马上就熄了。可是她揭起纱巾，下边却一下子跳出来两个男孩儿，在一块尽情地戏耍，威廉呢，则与女骑士手牵着手穿过花园，远远地看见父亲和玛利亚娜正在一条林荫道上散步，整个花园似乎都围绕在了这条树木参天的林荫道中。他径直朝他们走去，正领着自己美丽的女伴横穿花园，突然金发的弗里德利希跳出来站在路上，大笑着，摆出各式各样的姿势，阻止他俩前进。他们不理睬他，想继续走自己的路，这小子却飞快地跑开，冲向对面的两个人。父亲和玛利亚娜像是想逃避他，他却越追越快，最后威廉看见他们几乎是飞着穿过了林荫道。禀性和感情都要求威廉去救那两个人，但是女骑士的手拽住了他。他又多乐意让她拽着啊！就怀着这矛盾的心情，威廉醒来了，一看房里已经晨光朗照。

第二章

伺候威廉的男孩儿来请他去用早餐，他发现教士已经在餐厅里。据说罗塔里奥骑马出去了。教士不十分健谈，看样子倒很喜欢沉思。他问起奥勒莉亚死的情况，听威廉讲时怀着同情。

“唉!”他叹道，“谁要是生动而具体地见到，自然和人力要费尽多少周折才能完成对一个人的教养，谁要是亲自尽可能地参加了对同胞的培养，却看见人们常常如何罪恶地毁灭自己，如何常常罪有应得或无辜地走向堕落的深渊，他真是要绝望的啊。考虑到这样的情况，生命本身在我看来也就不过是十分偶然的赐予，我因此乐意称赞每一个不过分地珍视它的人。”

话音刚落，厅门猛地一下推开了，冲进来一个年轻女子，把挡在路上的一个老仆人撞到了一边。她径直奔向教士，抓住他的胳臂泣不成声，好不容易才说出几句话来：

“他在哪儿？你们把他藏到哪儿去了？可怕的背叛啊！别瞒着我！我知道出了什么事！我要去追他！我要知道他在哪儿!”

“安静点，孩子，”教士强作镇静地说，“回你的房间去，一切你都会知道的，如果要我给你讲，你就得好好听。”说着他把手伸给她，意思是领她走。

“我不回我的房间，”她叫起来，“我恨那四堵墙壁，我在它们之间已经关得够久啦！一切我都已知道，那个上校挑起他决斗，他骑马出去会他仇人去了，而且说不定就是现在这会儿——我好几次都像听见了枪响。您快让备马，跟我一块儿去吧，不然我要让整个庄园，整个村子都充满我的喊声。”

她眼泪纵横地冲向窗口，教士拉住她，想安抚她却怎么也不成功。

传来一辆马车驶近的声音，她一下拉开窗户：

“他死了！”她吼道，“人家运他回来了！”

“他下了车！”教士说，“你瞧，他活着呢。”

“他受伤了，”她激烈地反驳，“否则会骑马回来！”

她冲出餐厅，奔下楼梯。教士紧追着她，威廉也跟了去，目睹了那美人如何迎接上楼来的爱人。

罗塔里奥靠在自己的同伴身上，威廉一眼认出此人正是他从前的提携者雅诺。罗塔里奥极其温柔地安慰着绝望的女子，同时也倚靠着她，慢慢地走上楼梯。他招呼威廉，随后就被扶进了自己的房间。

一会儿雅诺又出来了，他走到威廉面前道：

“您像命中注定到处都会遇见演员和演戏，咱们刚才不是就演了一出吗？只是不怎么愉快就是啰。”

“我很高兴在这如此奇特的时刻再见到您，”威廉说，“我既惊讶又恐惧，有您在我立刻安心了，放心了。告诉我，有危险吗？男爵伤得重吗？”

“我相信不重。”雅诺回答。

过了一阵，年轻的外科大夫从房里走出来。

“喏，您怎么讲？”雅诺大声问他。

“我讲伤势很危险。”大夫回答，一边把几件器械收捡到皮袋子中。

威廉观察着从皮袋上垂下来的带子，觉得好像见过。鲜明而对比强烈的颜色，样式稀罕，用金丝银线绣着奇异的形象，这条带子真是世间无二。威廉确信，这就是在树林里替他包扎过的那位老大夫的器械袋，于是，经过这么久之后重新见到他的女骑士的希望之火，又在他的胸中熊熊燃烧起来。

“您这皮口袋是哪里来的？”他嚷起来，“在您之前它属于什么人？我求求您，告诉我。”

“我是在一次拍卖会上买的，”大夫回答，“我才不管它属于谁哩。”说完，他就走了。

“这小伙子嘴里要有一句真话才怪。”雅诺接着说。

“这么讲，他不是从拍卖会上得来的啰？”威廉问。

“才不啦，就像罗塔里奥也没危险。”雅诺回答。

雅诺问威廉他们分手以后过得怎样，他心中矛盾重重，陷入了沉思。他随后泛泛讲了自己的故事，最后说到了奥勒莉亚之死，以及自己此行的使命，雅诺听了不禁大呼：

“太奇妙啦，真是太奇妙啦！”

教士从房里出来，招手让雅诺去接替他，然后对威廉说：

“男爵请您在这儿留几天，让大伙儿多一个伴，在目前的情况下给他添一些快乐。如果您需要通知家里什么，马上可以为您送信去。为使您能理解目睹的这件怪事，我得给您讲讲，其实也不是什么秘密。男爵与一位夫人有一点点风流事，结果引起了不应有的骚动，原因是这位夫人争风争赢了，在享受对自己情敌的胜利时过了分。遗憾的是过了一些时候，男爵感到与她在一起已不再那么有意思，便有意回避她。可是以她急躁的性情，不可能克制地接受自己的命运。在一次舞会上公开闹翻了，她感觉受到了极大的羞辱，决心一定要报复。然而没有一位骑士同情她，直到她早已分居的丈夫听到这件事，终于站出来帮助她，要求与男爵决斗，并在今天把男爵打伤了。不过呢，我听说上校自己伤得更加严重。”

从这时起，我们的朋友就在庄园里住了下来，受到了家里人一样的亲切款待。

第 三 章

大伙儿给伤员念了几次书，威廉很乐意尽这点小小的义务。吕蒂亚一步不离病榻，关心照顾伤员使她忘记了其他一切。可是今天罗塔里奥自己似乎也心不在焉，是的，他甚至请求不要往下念书。

“我今天真正感觉到了，”他说，“人怎样愚蠢地消磨掉了自己的时间！我常常打算做许多事，对许多事深思熟虑，在有了最佳决定之后却踟蹰不前！我想要改造自己的庄园，已读过了有关建议，子弹没有打中我的要害，我可以说因此非常高兴。”

吕蒂亚温情脉脉地望着他，眼泪汪汪地望着他，像是想问，她是否，他的朋友们是否也可以要求分享这生活乐事呢。相反雅诺却认为：

“您打算进行的改造，先得从各方面认真加以考虑，然后才能下决心。”

“长久的考虑通常表明，”罗塔里奥回答，“我们没有看准涉及的要点，仓促行事则表明，我们根本不知道这要点。我纵观全局，十分明白，在经营庄园的许多事情上我都少不了农民们出力，同时我还必须严格坚持拥有某些权利。可是我也看出，另外一些特权虽说对我有利，却并非完全不可缺少的，因此也不妨给我的农民们做些让步。缺少了并不总是等于损失了。我不是把自己的庄园经营得比我父亲更好吗？我获得的收益不是越来越高吗？这日渐增加的收益难道要我一人享受？那些跟我一块儿干和为我干的人们，难道我不该让他们也分得一份好处，扩大了的见识和不断进步的时代带给我们的好处？”

“人就是这个德行！”雅诺高声道，“如果我发现自己也有这个毛病，我才不会自责呢：人总是巴不得把一切都据为己有，以便能够颐指气使，随心所欲；钱要不是他自己花的，他很难觉得花对了地方。”

“可不是吗！”罗塔里奥回答，“如果我们少一些唯利是图，也就可以少要一些资本。”

“我现在唯一还想提醒的是，”雅诺接着说，“也是我不主张您马上进行改革的原因，改革了至少眼下会遭受损失的原因，就在于您自己还欠着债，要还清这些债您已捉襟见肘。我想建议您推迟您的计划，直至您还清了债务。”

“这之前就让一粒枪弹或者屋顶上的一块砖头来做出决定，看它是不是想永远毁掉我生存和活动的所有结果！哦，我的朋友！”罗塔里奥继续说，“受过教育的人的主要错误就在于，老把一切都归之于某个观念，而很少或者完全不联系实际对象。我干吗欠了债？我为什么和叔祖父闹翻了，长久地扔下我的弟妹不管？还不是为了一个观念！想当初，我以为在美洲大有作为，以为在海上有我用武之地，甚至缺不了我，好像干的事非千难万险就没有意义，就有失高贵。现在我的看法可完全变啦，眼前的事情对我是如此有价值，如此重要。”

“我清楚记得您还在海上给我发的那封信，”雅诺接着说，“您告诉我，我要回来，回到我的家，回到我的果园，回到我的亲人们中间，并且说：美洲要么就在这儿，要么哪儿都不存在！[①]”

“是的，我的朋友，我现在仍然要这样讲，可同时我又骂自己，在这儿不像在那儿一样肯干。对付某种同样的、持续不变的现实，我们只需要理性就够了；然而我们却太理性，以致看不到每个平平淡淡的日子都要求我们做的非常的事情，即使看到了吧，也总找得

① 18世纪下半叶美洲被视为一个充满希望的新大陆，德国有不少移民去参加开发，有人还在那里尝试建立代乌托邦性质的新社会形态。

到千百条理由不去完成它。一个理性的人对自己好处甚多，对大局却没多少用。”

“咱们别对理性太苛刻，”雅诺说，“并且还得承认，那些时常发生的非常的事情，大多是愚蠢的。”

“是啊，而且正是因为人们在干非常的事情时越出了常规。例如，我的妹夫为了自己灵魂得救，把他所能变卖的财产通通送给了兄弟会。其实他只要牺牲自己的一小部分收入，就可以造就许多幸福的人，并为自己和他们创建一个人间的天国。我们的牺牲很少起作用，我们拒绝要的是已白白给人的东西。我们不是坚决地放弃自己的财产，而是绝望了才这么做。这些天，我承认，伯爵的影子老在我眼前晃动，我已下定决心，要遵循自己的信念做他同样的事，而他却是让可怕的妄想逼着干的，我不想静等着痊愈。这是那些文件，你们只需誊清就行了。您让律师干这件事，咱们的客人也可以帮助他，您跟我一样清楚问题的症结，我呢，在这儿康复也好，死也好，都决心不改，并大声宣告：贺恩胡特要么在这儿，要么哪儿都不存在！[①]”

吕蒂亚一听他的爱人说到死，就扑倒在他的床前，吊住他的双臂，痛哭流涕。外科大夫进来了，雅诺把文件递给威廉，强行拉走了吕蒂亚。

“天哪！”当大厅里只剩下他们时，威廉失声喊道，“那位伯爵是怎么回事？参加了兄弟会的是哪个伯爵？”

“您很熟识他，”雅诺回答，“您就是那个幽灵，那个把伯爵赶进了虔诚的怀抱的幽灵；您就是那个坏蛋，那个置一位品行端庄的夫人于不幸境地，使她只好步自己丈夫后尘的坏蛋。”

“她就是罗塔里奥的妹妹？”威廉惊呼。

---

① 贺恩胡特（Herrnhut）原为兄弟会于1724年建立的一个新聚居点的名字，后成为兄弟会的称呼，这则比喻一种类似人间天国的理想。

“一点儿不错。”

“罗塔里奥也知道……”

“一切一切。”

“哦，让我逃走吧！”威廉叫道，“我怎么能站在他面前？他会说什么？”

“他会说，谁也不应该对他人扔石头，谁也不应该为羞辱他人而算老账，他自己必定会对着镜子忏悔的。”

“这您也知道。”

“还有别的呢，”雅诺笑嘻嘻地回答，“不过这一回，”他继续说，“我不会像上次那样轻易放走您了，而您呢，也不用再怕我征您入伍。我不再当兵，就算仍在当也不该计您如此有戒心。自从分手以后，许多情况都变了。我的主上一死，我唯一的朋友和恩人一死，我就脱离了尘世，摆脱了人间的一切纠葛。我乐于促进理性的事物，见到什么鄙俗的事情就没法沉默，所以人家老是讲我脑袋闲不住，嘴巴特厉害。庸人们最怕的是理性，如果他们理解了什么真正可怕，他们就会怕愚蠢。然而理性教他们不舒服，所以必须除掉；愚蠢只有腐蚀性，可以等着它自己烂掉。可以别谈这些，我得活着，让我下面给您讲我的计划。希望您参与，要是您乐意。不过先告诉我，您过得怎样？我看见，我从您身上感觉到，您也变了。您原来的怪念头，想伙着一帮流浪戏子弄出美和善来什么的，现在怎样啦？”

“我倒霉透了啊！”威廉叫起来，“请别提醒我从哪儿来，到哪儿去。人们老谈舞台怎么怎么，可谁不曾登过台，就完全不晓得是怎么回事。就一点儿不知道，那帮人如何完全没有自知之明，如何干起自己的事来不动脑筋，如何贪得无厌。不只是个个都想争第一，而且是当唯一，所以就喜欢排挤其他所有别人，看不到即使他和其他人在一起，也几乎干不出什么来。个个都自以为是天才，却除了鬼混什么也不能适应，同时又老吵着要搞点儿新花样。他们是如何拼命地相互倾轧啊！只有卑微的虚荣，狭隘的私利，能使他们纠合在一起。根本谈不上相互关照；钩心斗角，流言蜚语，维系着永远彼此猜忌的关系。谁不活得放荡，一定活得愚蠢。谁都要别人无条件地尊重自己，谁都经不起丝毫的批评指责。一批评，他自己什么都更清楚！可他为什么又老是拧着干呢？总有所需又总没信心，似乎他们最惧怕的就是理性，就是高尚的艺术趣味。他们拼命维护的不是别的，只是自己个人为所欲为的无上尊严。”

威廉喘了一口气，准备继续发他的牢骚，雅诺却以一阵纵声大笑打断了他。

“可怜的戏子们哟！”他叫道，同时倒在一把圈椅里，继续笑着，“这些可怜又老好的戏子！您知道吗，我的朋友，”他在稍稍缓过气来以后接着说，“您刚才骂的不是戏班子，而是整个世界。而我从所有的社会阶层，都找得出足够的人和事来接受您严厉的批判。请原谅我，您相信这些美好的品质都被赶到了舞台上，我又忍不住好笑。”

威廉控制住自己，因为雅诺这放肆的、不是时候的哈哈大笑，确实令他恼火。他说：

“如果您认为这些缺点普遍存在，就暴露了您仇视人类。”

“可您呢，如果把戏子们身上的这些问题看得过重，就表明您不谙世事。是的，戏子产生于自欺的每一个错误，产生于急欲讨取欢心的每一个错误，我都可以原谅。要知道，他在自己和别人眼中如果不显得有模有样，他便完蛋了。他的天职就是装模作样，他不得不重视眼前的喝彩，因为除此他不会有别的收获，他必须显出有风采，因为他的存在就为了这个。”

“请允许我这方面至少也微笑微笑，”威廉接过话头，“您这么公正，这么宽容，我真是从来没想到啊。”

“不，上帝做证！这完全是我经过深思熟虑的真话。我能原谅戏子们身上一切常人的缺点，却不能原谅常人身上有任何戏子的缺点。别让我对此进行控诉了，它们听起来会比您的激烈得多。”

大夫从病房里走出来，回答有关病情的询问时兴高采烈地说：

“很好很好，我希望他马上就能完全康复。”

他说完急忙出了大厅，不等威廉再张开口来，更加心急地打听那只皮袋的来历。威廉渴望知道一点儿自己女骑士的下落，便只好信赖雅诺，对雅诺讲了那次遭遇，求他给自己帮助。

“您知道的事情那么多，”威廉说，“难道不可能也了解这个情况?”

雅诺沉吟片刻，然后回答他的年轻朋友：

“您别着急，也不要再让人发现任何情况，咱们会找到那位美人下落的。现在我担心的是罗塔里奥的病况：那外科郎中兴高采烈的样子和‘很好很好’，告诉我病情挺危险。我早就想把吕蒂亚赶走，她在这儿没有一点儿用处，可不知道该怎么办才好。今天晚上，我希望咱们善良的老大夫能来，到时候我们进一步合计吧。”

第 四 章

老大夫来了，原来就是我们已经认识的那个善良的小老头，那个让我们读到前边有趣手稿的老医生。他首先去看了受伤的人，对他的情况看来一点儿也不满意。接着便与雅诺长谈，然而到了晚餐桌上没露丝毫声色。

威廉极为亲切地欢迎他，向他询问竖琴老人的近况。

“我们还有希望使这不幸的人复原。”老大夫回答。

“给您那闭塞而奇特的生活，此人又增添了一笔悲凉的色彩。”雅诺说，“他后来情况怎么样？请您告诉我。”

在满足了雅诺的好奇以后，大夫继续讲：

“我还从未见过一个人的心灵处于如此奇异的境地。许多年来，他对外界发生的事情毫不关心，是的，甚至什么也没注意到。他纯粹沉潜于自己的内心，只是观察着那对他本人来说形同无底深渊的自我。当他讲起这可悲的境况来时，神情是多么感人哦！‘我在面前什么都看不见，在背后也什么都看不见，’他喊道，‘看见的只是无边的黑夜，只是我待在里面的可怕孤寂；我什么也不再感觉到，只感觉到自己的罪孽，可就连这罪孽也像个远去的幽灵，只能让我见到他的背影。在我待的地方没有高与低，没有进和退，没有语言能够表达这永远不变的状态。有时候，实在单调无聊得受不了啦，我就会狂叫：永恒啊！永恒啊！这个稀罕而不可理解的词，比起我处境的黑暗来，真是明亮又清脆哟。没有哪怕一线神的亮光照进我的黑夜，我对着自己，为着自己哭泣，哭干了所有眼泪。对于我来讲，最残忍的莫过于友谊和爱情啦。因为，唯有它们，诱使我产生希望，想让包围着我的这些现象都变成真的。不过就连友谊和爱情这两个幽灵，从那深渊里爬上来也只是为了吓唬我，以便最终也夺去我对自己罪恶生涯的宝贵意识。’”

“你们真应该听听他讲，”老大夫继续说，“听听他在感觉亲切的时刻，如此倾吐心中的苦闷。我就曾极为感动地听他讲过几次。倘使他偶然碰见什么事情，迫使他在一瞬间不得不承认一个时代已经过去了，他就会显得异常惊讶。随后，他又会忽视事物的变化，把它当作不过是幻影的幻影罢了。一天傍晚，他唱起一首咏叹自己白发的歌曲，我们围绕着他的在座的人全都哭了。”

“哦！请让我听听这首歌曲！”威廉叫起来。

“可是，您难道一点儿没发现他所谓罪孽的蛛丝马迹?”雅诺问，“没发现他穿戴古怪的原因，在失火时表现怪异的原因，对男孩儿疯狂仇视的原因?”

“我们只有通过揣测，慢慢了解他的遭遇，直截了当地问他，有违我们的治疗原则。由于发现他是受的天主教教育，我们便以为可以使他通过办告解获得解脱。谁知每次想让他接近神父的时候，他都奇怪地躲避开了。不过你们想知道他底细的愿望，我也不能完全不满足，我想至少给你们讲讲我们的猜测好了。他年轻的时候当过教士，看样子就因此一直穿着长袍，蓄着胡须。在他的生涯的大多数时间里，爱情的欢乐对他来说十分陌生。只是很久以后，可能由于一时糊涂，他和近亲中的一位女子种下不幸的种子，结果她死掉了，他则完全精神失常。

“他最可怕的妄想就是他上哪儿都会造成不幸，并相信自己将会因为一个无辜的男孩儿死去。他一开始害怕迷娘，不知道她是个女孩子，现在他又怕费利克斯。他尽管不幸极了，却无限热爱生命，看样子因此才产生了对那孩子的怨恨。”

“您到底对他的好转抱多少希望?”威廉问。

“进展缓慢，”大夫回答，“但并未倒退。他继续干着规定他干的事情，我们让他习惯了读报，现在他总是急切地盼着送报纸来。”

“我对他唱的歌挺好奇。”雅诺说。

“我可以给您各式各样的啊，”大夫回答，“牧师的大儿子总是帮助父亲抄布道词，他在老人没发现的情况下一段一段记录下来，久而久之就汇集了好多首歌曲。”

第二天早上，雅诺来找威廉，对他讲：

“您得替我们做件好事。吕蒂亚必须离开一段时间，她那狂热的，我想说甚至是讨厌的爱慕和热情，妨碍男爵康复。他的伤势要求安心静养，尽管他本身性情很好，她也构不成危险。您看见了，吕蒂亚怎么以狂风暴雨般的关怀，无法克制的忧虑，永远流不完的眼泪折磨着他，还有——够了，”他停了停，然后微笑着补充道，“老大夫也明确要求她离开庄园一段时间。我们诓她说，一个跟她要好的女朋友到附近来了，希望见她一面，时刻盼着她去。她同意了去离此地只有两小时路程的律师家。律师我们先说好了，会打心眼里表示遗憾，说是特蕾萨小姐刚刚才走，他将装得很像，仿佛还可能追上她的样子。吕蒂亚于是会真的追去，如果运气不错，她便会从一个地方被拉到另一个地方。最后，如果她坚持要回来了，也不可不同意，而只得请夜色来帮忙。车夫是个机灵小伙子，一说准明白的。您和她坐在车里，陪着她聊天，导演这场精彩的戏剧。”

“您给了我一桩稀奇而棘手的使命，”威廉回答，“面对一位受欺骗的忠实情人，那真是可怕呀！而且还要我亲自当那傀儡不成？这是我平生头一遭像这样骗人：因为我总是相信，一旦我们开始出于良好的动机撒了谎，那就会一发不可收拾。”

“可是为了教育儿童，我们舍此别无他法。”雅诺回答。

“对于孩子嘛这还使得，”威廉说，“因为我们深深爱着他们，对他们也了若指掌，但对于我们同样的成人却经常很危险，因为对他们我们并不总是心存爱护。不过您别以为，”他沉思了片刻后继续说，“我会因此拒绝这个使命。以我对您的理性的尊敬，以我对您那位杰出的朋友的钦慕，还有我热切地希望帮助他康复，不管为此要采取什么手段，我都乐于忘记我自己。为了一位朋友，能冒生命危险是不够的，必要时还得为他放弃自己的信念。为了朋友，我们应该不惜牺牲自己最心爱的情感，最美好的愿望。我接受您这使命，虽然我已经预见到了，吕蒂亚的眼泪，她那悲痛欲绝的样子，都将让我够受的。”

“不过您将得到的酬劳也不会少，”雅诺回答，“您可能认识特蕾萨呀。她这样的女人世间少见，足以让无数的男子汗颜。我要称她是一位真正的巾帼英雄，其他人只不过都穿着不男不女的衣服在招摇过市罢啦。”

威廉一下愣住了，他希望发现特蕾萨就是自己的女骑士，特别是他向雅诺进一步打听情况，雅诺一言不答就转身走了，他的希望更加迫切。

再次见到自己敬爱的美人的希望重新出现在眼前，使威廉心中异常地激动。现在那桩让他去骗一个可怜的女子，诱使她离开自己真诚而狂热地爱着的人的使命，在威廉看来已成了纯粹的命运安排，并且也只像飞鸟掠过明亮的大地时投下的一小片阴影，很快就会消失。

马车停在门前，吕蒂亚在上去时犹豫了一会儿。

“再代我问候你的东家，”她对那位老仆人说，“傍晚之前我就回来了。”

车开动后她又扭过头去，眼里噙着泪水。随后她转而望着威廉，控制住感情对他讲：

“您会发现特蕾萨小姐是个很有趣的人物。我奇怪她怎么会来这个地区，您要知道，她跟男爵曾经热烈相爱。尽管离得很远，罗塔里奥常去看她。我当时在她身边，他俩看样子都只为对方活着。可是却突然闹崩了，没有人知道为什么。他认识了我，我也不否认，我嫉妒特蕾萨得要命，几乎掩饰不住对男爵的爱慕，因此当他似乎选中了我而不是特蕾萨时，我便没有赶他走。尽管我差不多是硬把她一个如此高贵的恋人给夺走了，特蕾萨待我的态度却好得不能再好。只不过，这段恋情却给我流不尽的眼泪，受不完的痛苦哦！一开始我俩只能偶尔在第三地见面，这种生活我真没法长期忍受。只有在他的跟前，我才感到幸福，无比幸福！离开了他我的眼睛就没有干过，心跳就没有平静过。一次他几天没来，我痛苦绝望了，便马上动身，突然出现在他庄园里。他殷勤地迎接我，要不是这时发生了那个不幸，我真像进了天堂哦！自从他有了危险，自从他忍受伤痛，我说不出有多么难过啊。就连现在，我也在狠狠责备自己，怎么竟能够离开他一整天。”

威廉正准备问特蕾萨的进一步情况，马车已经停在律师的门前。律师来到车旁，打心眼里表示遗憾，说特蕾萨小姐已经离开了。他邀请客人进早餐，可同时又讲，在下个村子里就可能赶上特蕾萨的马车。于是决定立刻追赶，车夫也一点儿没有耽搁，可是一连赶过了几座村子，却一个人也没遇着。这时候，吕蒂亚坚持要调头往回走，车夫像没听懂似的只顾往前赶。终于，吕蒂亚发起急来，威廉才喝住车夫，给了他预定的暗号。车夫于是回答：

“我们没必要走老路回去，我知道一条近路，同时还更好走一些。”

他调转马头，驶近旁边一座森林，越过长长的牧野。临了，由于见不着任何熟识的标记，车夫才承认自己不幸迷了路，但是讲马上有办法，因为已看见那边有座村子。夜幕降临了，车夫干起自己的活来真叫在行，他到处问路，到处都不等人回答又跑起来。就这样，他们彻夜赶路，吕蒂亚一刻不曾合眼。月光下，她发现哪儿都很像，又哪儿都不是。清晨，她觉得周围的景象很眼熟，却越发觉得意外。马车静静地停在了一幢小小的、建筑得很考究的别墅门前。一位女子走了出来，拉开车门。吕蒂亚看见她就呆住了，扭头瞅了瞅，又呆呆望着她，最后晕倒在了威廉怀里。

第 五 章

威廉被领进一间阁楼小屋。这幢别墅是新的，能有多小就有多小了，却整洁雅致到了极点。他发现，来车边迎接他和吕蒂亚的特蕾萨不是自己的女骑士，而是一个与她有天渊之别的另一个人。这个女子身材不高，却很匀称，行动十分轻盈，一双明亮的大眼睛似乎藏不住任何心事。

她来到威廉的房里，问他要不要什么东西。

“请原谅，”她说，“我把您安排在一个还散发着刺鼻的油漆味的房间里。我的小屋子刚刚建成，而您，是住进这间小客房的头一位贵人。您来要是出于一个愉快点儿的原因就好喽！可怜的吕蒂亚不会让咱们有清静日子过。总的说来，您得包涵：我的女厨子正好在不该跑的时候跑了，一个仆人又不慎压伤了手。没法子，一切我只好自己干。说到底，只要真动手，也没什么不行。让人最伤脑筋的莫过于对付这帮用人，他们连自己都不肯伺候，更别说别人啦。”

特蕾萨还讲了些别的事，看样子很健谈。威廉问吕蒂亚的情况，想知道自己能不能去看这个善良的姑娘，请求她的原谅。

“这对她现在不起作用，”特蕾萨回答，“时间会使她谅解您，就像会使她想开一样，言语却很难起到这两种作用。吕蒂亚不愿意见您。‘别让他出现在我眼前！’在我离开她的时候，她大喊，‘我对人类再不抱希望！模样那么老实，举止那么坦率，骨子里却鬼得很哩！’罗塔里奥她已完全原谅，他在给善良的姑娘的信里也说了：‘是我的朋友们劝我这么干，我是出于无奈！’您也被吕蒂亚算在了这伙人中间，也和其他人一起遭到了她的诅咒。”

“她这样骂我，使我感到很荣幸，”威廉回答，“我现在还不能以这样一位杰出男子的朋友自居，我这次只是一个无辜的傀儡罢了。我不想对我的行为自夸，我能够完成它，这就够了！事情关系着一个人的健康，事情关系着一个人的生死，这个人之于我，比我曾经见过的任何人都更高贵。他是怎样一位男子哦，小姐！聚集在他周围的是怎样一些人哦！在这个团体中，我完全可以说，我第一次做了有意义的交谈，第一次听见从另一个人口里说出了自己想说的话，而且意思表达得更加深刻，更加丰富，更加圆满，更加广泛。我只是预感到的，已经清晰可见，我只是思考过的，已变得形象生动。遗憾的只是，这美好的感受先被各式各样的忧虑和胡思乱想干扰，后来又让这不愉快的使命给打断了。我心甘情愿地接受了这个使命，我认为自己能被这个杰出的团体接纳，就有义务牺牲自己个人的感情。”

听着这段表白，特蕾萨盯住客人的目光很是友好。

“哦，能从一个陌生人口里听见自己的想法，”她大声叹道，“真是太美好啦！只有别人完全赞同我们的信念，我们才真正成为我们自己。我对罗塔里奥的看法与您完全一样，并非人人都公正地对待他，但凡是比较了解他的人都对他着了迷。即使我心中对他的感情混合着痛苦，仍未能阻止我天天思念他。”说到此，特蕾萨长长地叹了一口气，右眼里噙着一颗晶莹的泪珠。“您别以为，”她继续说，“我这么软弱，这么容易激动！只是这只眼睛好哭。在下边的眼皮上，曾经有颗小瘤子，人家给我成功地摘除了。只是这只眼睛从此弱不禁风，动不动就会挤出一滴泪水来。小瘤子原来长在这里，您已见不着任何痕迹。”

是见不到痕迹，但威廉却直视着她的美目：它明澈如同水晶，威廉相信看到了她的灵魂深处。

“我们已经说出了接头暗号，”她讲，“现在该尽快相互充分认识了。一个人的历史即是他的性格。我想给您讲讲我的过去，请您也给我同样的信赖，让咱们相距遥远却心连着心。试想想，如果世界上只有群山、河流和城市，那将显得多么空旷。只有知道这那也默默生活着一些与我们意气相投的人，这个世界才对我们变成了一座宜于居住的乐园。”

特蕾萨匆匆走了，答应很快来接他去散步。有她在面前，威廉感觉挺愉快，他希望了解她与罗塔里奥的关系。他听见叫自己，她迎着他走出自己的房间。

他俩一个一个走下那狭窄而又陡峭的楼梯时，特蕾萨说：

“一切本来都可以宽大些，要是我接受了您那大度的朋友的建议。可是为了配得上他，我必须保持自己一切使他珍视的东西。管家在什么地方？”她在下完楼梯后问。“您千万别以为我这么富有，”她接着说，“需要自己请一个管家，我那一点儿封地自己完全管得了。这位管家是我新邻居的，他才买下那座我里里外外都清楚的富庶庄园。善良的老先生患脚痛风起不来床，他的手下对这个地区都还陌生，所以我乐意替他们安排安排。”

他们漫步穿过一块块庄稼地，一片片牧场，一座座果园。特蕾萨指点着管家一切，对他交代清楚每一个细枝末节。面对着她对情况的熟悉，她处理每一个问题的干练和果断，威廉有足够的理由感到惊异。她哪儿都不拖拖沓沓，总是立刻抓住问题的症结，因此事情立刻就办妥了。

“向您的东家问好，”她在与管家告别时说，“我会尽快去看他，祝他完全康复。”管家走后，她微笑着说：“看样子我也快发财啦，我这位好邻居并非无意向我求婚。”

“那个患脚痛风的老头？”威廉叫起来，“我不明白，以您的妙龄，怎么可能做出这个绝望的决定。”

“我根本没有这个意图！”特蕾萨回答，“一个人只要善于管理自己的财产，他也就富有；而财产多，又管不了，则是累赘。”

威廉表示对她的管理知识感到惊讶。

“专一的爱好，早来的机会，外力的促进，加上坚持不懈地从事一件有益的工作，将使世界上更多的事情成为可能。”特蕾萨回答，“您要先了解是什么使我积极致力于管理，您就不会对我显得稀罕的才能感到惊讶。”

回到家后，她把威廉领进一座小得几乎转不过身的园子，园中道路异常狭窄，种植的作物却异常丰富。在越过院坝往回走时，他更不得不发出微笑，因为木柴锯得、劈得、捆得那么漂亮，好似已构成住房的一部分，将永远这样待在那儿似的。所有的容器都各就各位，整整洁洁，小房子刷成了红白二色，看上去十分悦目。这日常的活计本不关美与不美，只要满足需求、耐用持久和清清爽爽就行了，在这儿却像把一切全协调了起来。用人把饭给他送到了房间里，因此他有足够的时间进行思考。特别令他注意的是，他现在又结识了一个有意思的人，此人曾与罗塔里奥关系亲近。“本来也公平啊，”他对自己说，“一位如此杰出的男子，吸引了不止一位同样杰出的女子的心！男子的气概和高贵，影响力有多广哦！只唯愿别人不要太相形见绌！是的，你只管承认自己胆怯好了。有朝一日，如果你再见到你那位女骑士，你那位女中豪杰，结果却发现竟是他的未婚妻，不管你怀着怎样的希望和梦想，到头来都只能自惭形秽，羞愧难当啊。”

第　六　章

威廉度过了一个无聊的下午。傍晚，他的房门开了，跨进来一个年轻的猎人，向他问安。“咱们现在散步去怎么样?”年轻人说。这当口，威廉才从她漂亮的眼睛认出此人原来是特蕾萨。

“原谅我这样乔装改扮，”她开始说，“遗憾现在仅只是乔装改扮了。既然我要给您讲过去的情况，当初我确实又喜欢这样穿戴，我就想用这个办法使过去的岁月变得实在起来。走吧！甚至那个我们过去在打猎和散步后常常休息的地方，也应让它起到这个作用。”

他们继续往前走，路上特蕾萨对一块儿散步的威廉说：

“这不公平，您老让我一个人讲，关于我您已经知道得够多啦，而我对您却一点儿不了解。现在给我讲讲您自己吧，以便我有勇气继续给您谈我的过去，我与他人的关系。”

“可惜我没有什么好讲的，”威廉回答，“除了失误还是失误，除了迷惘还是迷惘。我过去和现在所陷入的迷惘状态，要说想瞒什么人的话，那首先就是您啦。您的目光和围绕在您周围的一切，您的整个气质和举止，都告诉我您为自己过去的生活感到高兴，您走过的是一条平稳、顺畅而美好的大道，没有虚度一点儿光阴，没有任何愧疚自责。”

特蕾萨莞尔一笑，接过话头：

“咱们等着瞧，看您听了我的故事，还是不是这样想。”

他俩继续往前走，在一般地聊了一会儿以后，她问威廉：

“您是一个人吗?”

“我想是的，”他回答，“但并不希望这样。”

“好!”她说，“这意味着有一部罗曼史，这意味着您也可以给我讲些什么。”

这么说着，他们爬上一座小丘，坐在了一株浓荫广布的大橡树下。

“这，”特蕾萨说，“在这株德国的树木底下，我要给您讲一个德国女孩儿的故事，希望您能耐心地听。

“我父亲是本省一个富有的贵族，一位开朗、明智、勤快、勇敢的男子，一位温柔慈爱的父亲，一位忠诚可靠的朋友，一位精明练达的主人。我只知道他有一个缺点，就是太迁就一个女人，而这个女人却不知道珍重他。可惜，我说的这个女人，正是我的母亲！她的性情完全和他相反。她性子急躁，没有常性，既不爱自己的家庭，也对我，她唯一的孩子没有感情。她挥霍浪费，却漂亮、机灵，蛮有才气，能教聚在她身边那个小圈子神魂颠倒，五体投地。当然，这个圈子不大，也维持不久，而且多数是男人，因为没有一个女人在她身边感到舒服，她呢，更是容不得任何女人有什么长处。我的长相和思想都像自己父亲。好比一只小鸭子生来喜欢水，我也很小就把厨房、储藏室、仓库和阁楼变成了自己的天地。即使还是在闹着玩，保持家里的清洁整齐也是我唯一的心思，唯一的爱好。我父亲对此很高兴，便逐步地拿一些最适当的事情，来满足我这孩子的事业心；我母亲相反不喜欢我，而且一刻不加掩饰。

“我慢慢长大起来，随着年龄的增长干事越来越多，父亲也越来越爱我。当我俩单独一块儿下地去的时候，当我帮助他算账的时候，我都感觉得到他是多么幸福。每当望着他的眼睛，我都仿佛觉得看见了自己的眼睛。要知道，正是这双眼睛，才使我完全像他啊。但是在母亲面前，他的眼睛就没有了同样的勇气，同样的表情。每当母亲激烈和无端地责骂我，他都是软弱地为我求情，那样子不像是在保护我，倒像是在求她原谅我有了一些好品质似的。同样，他对她的任何癖好都不加阻拦。她于是开始迷上了演戏，并且组织了一个班子。不缺少各种年龄和身材的男人陪她一起登台，相反却经常缺少女演员。吕蒂亚，一位不错的姑娘，和我一块儿教养长大，少女时代已预示着会风姿绰约，在班子里总是担当第二女主角。一位老宫娥总是当母亲和姨妈姑妈。我母亲则把第一女主人公，什么情人恋人啊，女英雄女豪杰啊，牧羊少女啊，通通给包了。看着这些我熟悉透了的人乔装打扮，站在舞台上想让观众把他们当成别的什么人，我简直没法告诉您我感到多么可笑。我看见的总是我的母亲和吕蒂亚，总是这位男爵和那位秘书，不管他们眼下是想装成伯爵和侯爵，或是普通农民。我简直不理解，他们怎么能希望我真相信他们是快活，或是痛苦，是恋爱上了，或是无动于衷，是吝啬，还是慷慨，因为在多数情况下，我了解的他们刚好是其反面。因此，我也很少当观众，而总是找些别的事干，比如，为他们擦灯，为他们准备夜宵，或者第二天早上当他们还在睡懒觉的时候，整理他们昨夜总是胡乱扔作一堆的服装。

“我母亲似乎觉得我完全该这样做，我并未因此就博得了她的好感。她鄙视我，我还记得她曾不止一次地挖苦我说：‘要是当妈的也跟当爸的一样糊涂，就难说这丫头是不是我的女儿啦。’我不否认，她的作为使我越来越疏远她。我冷眼旁观着她的一举一动，就像她是外人一样。我习惯了跟雄鹰似的注视着家里的用人们——因为，附带说一说，整个家被管起来就以此为基础——自然也就注意到了母亲和她那帮人的关系。我发现，她对班子里的男人并非一视同仁，便越发留意起来，很快就看出吕蒂亚不仅是她的亲信，而且自己还借此机会，也更谙熟了那种她从小就表现突出的感情。我知道她们的所有幽会，但却保持沉默，丝毫没向父亲提起，担心会使他难过。可是终于，我被迫告诉了他。有些个勾当，她们不买通用人就干不了。用人们于是开始不把我放在眼里，对父亲的指示敷敷衍衍，不完成我叫做的事情，由此而产生的混乱状态教我无法忍受，我只好向父亲揭开真相，发出抱怨。

“他平静地听着我。‘好孩子！’最后父亲笑了笑说，‘一切我都

知道，别着急，耐心地忍着，要知道我的忍耐完全是为你的缘故。’

“我不能不着急，我没法忍耐。我心中暗暗骂父亲，我不相信他为了某个缘故，就必须容忍这等事情。我坚持家里要有规矩，决心一不做，二不休，把事情干到底。

“我母亲本身很有钱，但她挥霍得已经过了分。而这，据我看就多少能解释我父母之间的关系。问题久久没法解决，直至母亲的放纵自己闹出了个结果。

“她的第一情人众目睽睽地背弃了她，使她对这所房子，这个地区，以及所有认识的人都产生了反感。她想迁往另一座庄园，又嫌那里太寂寞；她想住进城里去，身份又不够。我不知道她和父亲究竟干了些什么——总之，他在某些我不了解的条件下，决定了同意她去法国南部旅行的要求。

“这样一来，我们自由了，生活得就像在天堂里一样。是的，我相信父亲没有任何损失，尽管他为眼前清静花了老大一笔钱。我们打发走了所有没用的仆人，幸运似乎又光顾我们整洁的家。我们过了几年好日子，一切都很如意。可惜好景不长：我父亲完全没想到会中风，结果不仅右半边身子瘫了，也失去了言语能力。他有什么要求我只能够猜，因为他再也说不出脑子里想的一个词来。因此有些时候他明确表示出要和我单独在一起，我真是害怕极了。他用激烈的手势赶走所有其他人，可等我们四目相对时，他又说不出想说的话来。他因此急得要命，看见这个情况我真是忧心如焚。我可以肯定，他要向我交代什么特别关系着我的秘密。我多么渴望知道究竟哦！平素我能从他的眼神猜出他的心思，可现在一点儿没用，连他的眼睛也不再能言语。我清楚的只是：他自己不需要什么，不渴求什么，他仅仅拼命想对我揭示某件事情，遗憾我却没能知道。他的病痛一再反复，很快完全失去了所有生活能力，没过多久就去世了。

“我不知道脑子里怎么会有一个思想扎下了根，就是认为父亲一定在什么地方埋得有财宝，想在他死后遗赠给我，而不是我的母亲。在他还活着时我已找过，可是什么也没找着，他一死就一切没望了。我写信给母亲，提出来继续留下管家，她拒绝了我的请求，我不得不离开庄园。这时钻出来了一份父母双方签署过的遗嘱，规定她继承和享有所有财产，我呢，至少在她还活着时都只能依附于她。现在我相信自己才真正明白了父亲想要表达的意思，我真可怜他啊，他竟软弱得连死后也不能给我公平的对待。要知道，我的一些朋友甚至认为，他这样子无异于完全剥夺了我的继承权，我应该对那份遗嘱提出疑问。然而我下不了决心这么干，我很珍视自己对父亲的怀念，我信赖命运，信赖我自己。

"一位夫人在邻近地区拥有几座大庄园，与我关系一直不错，这时就很高兴地接纳了我。我呢，毫不费力地很快当上了她家的总管。她生活得很有规律，什么都喜欢井井有条，我就忠实地帮助她对付那帮管家和奴仆。我既不吝啬也不好妒忌，但是在反对浪费任何东西这一点上，我们妇女总的来说都要比男人严厉一些。我们不能忍受任何的蒙骗；我们希望，人人都只享受本该他自己享受的。

"而今我又如鱼得水了，只是心中还为父亲死去难过。我的恩人很满意我，只有一件小事令我不安。就是吕蒂亚回来了，我母亲够心狠的，竟在这可怜的姑娘彻底堕落以后又撵走了她。她学我母亲的样子，把放纵感情视为天经地义，养成了什么都不知节制的习性。当她突然出现在我面前时，我的恩人也收容了她。她想当我的助手，只是什么都干不了。

"这段时间，我夫人的一些亲戚和未来的继承人常常来庄园里，以打猎作为消遣。罗塔里奥有时也一起来。我很快发现，他在所有人中间是多么出众，不过却丝毫没想到跟自己有何关系。他对大家都彬彬有礼，不久似乎吕蒂亚就引起了他的注意。我经常总有事干，难得参加他们的聚会，特别是在罗塔里奥的面前，我却比平时话还少一些：因为我不想否认，兴致勃勃地交谈对我始终是一大生活乐趣。我常喜欢跟父亲谈我们碰到的一切事情。遇到事情不谈，就很难考虑清楚。从来没谁使我那么喜欢听他讲话，像我听罗塔里奥讲自己的旅行和出征经历一样。他对世界清清楚楚，明明白白，就像我对我管理的地区了如指掌。我听到的不是一些冒险家这样那样的奇遇，不是一个走马观花的游客半真半假、夸大其词的扯淡。这种人貌似要让我们见识异国的风情，实则以自己的想象代替现实。罗塔里奥却不是在讲述，而是让我们身临其境，我很难有机会感受如此纯净的快乐。

“可是，有天晚上我听到他谈妇女问题，我满意的心情更加无以言表。谈话进行得很自然，邻近的几位夫人来拜访我们，一般地谈起了妇女受教育的情况。她们抱怨女性受到了不公平的待遇，男人们把一切受高级教养的机会保留给了自己，不想让我们妇女有任何学识，要求我们或者当玩物，或者做管家婆。罗塔里奥对所有这些议论没有讲多少话，但等人少些以后，却坦率地发表了自己的看法。

“‘真叫怪啊，’他脱口喊道，‘男人想把女人摆在她能够承当的最高职位上，便会遭到人家的指责：试问，还有什么职位比当家做主更高的啦？男人不得不在外边吃苦受累，聚敛财富，保护家财，就算他能参加治理国家吧，也到处都受着牵制，我想说他自以为在掌权，实际上一点儿没权。虽说他很想处事理智，却总得考虑政治。他希望开诚布公，却只能遮遮掩掩，他希望正直诚实，却只能狡诈虚伪。为了达到那永远达不到的目的，他必须随时放弃保持自我内心和谐这个最美好的目的。反之，一位明智的家庭主妇真正执掌着内政大权，能让全家什么都办得到，在一切方面都感到满意。人最大的幸福，不就是能做我们自认为正确的事情，善的事情吗？不就是能真正自己做主，决定为达到我们的目的采取什么手段吗？再说，我们最接近的目的，不在家里又在何处？如果不是在我们起床和就寝的地方，不是在厨房和地窖，不是在为我们和我们的家人准备着一切的储藏室，还能要求和指望有别的什么地方，会满足我们那些永远周而复始的、不可或缺的需要？要使这永远的循环井然有序，充满生气，需要何等坚持不懈的努力哦！很少的男人有这种天赋，能像日月星辰似的不分白天黑夜地运行！能置办家里的用具，既能栽种又会收获，既能保存又会施舍，能静静地旋转旋转，既怀着爱，又追求着实际的目的。只有一个女人如此掌握了内政大权，才能把她爱的男人变成真正的主人。她只要专心，就会学到许多知识，并且总是善于学以致用。这样，她就不受制于任何人，也给了自己的丈夫以真正的自主权，家里的自主权，内心的自主权。他发现，自己拥有的得到了保护，自己挣得的派上了用场，因此，他可以把心思转向重大的事情，如果运气好，在社会上就会像妻子在家里一样，诸事顺利成功。’

“随后他描写了一下，他理想的妻子是什么样子。我脸红了，因为他描写的正是我，活生生的、不折不扣的我。我暗暗得意，尤其因为从一切迹象看来，他并未想到我这个具体人，因为当时他还不认识我。受到这样一个自己敬重的男子称赞，不是称赞我这人本身，而是称赞我的内在品性，我真想不起一生中还有什么更愉快的感受了。我真感到受宠若惊！我真是欢欣鼓舞！

“客人们走后，我高贵的恩人便笑嘻嘻地对我说：‘可惜，男人们时常想的说的是一套，做的又是一套，不然，我们亲爱的特蕾萨就已找到个好郎君了喽。’我也顺着她的意思说笑话，补充道，男人们的理智虽然也四处寻找好主妇，可他们的心和想象力却向往着另外一些品质，而我们这类管家婆，是敌不过漂亮可爱的女郎的。这些话，我是说给吕蒂亚听的。要知道，她不隐讳罗塔里奥给她留下了深刻印象，而他呢，每来一次好像也更加留意她。吕蒂亚出身贫寒，没有门第，不可能想象和他结婚；但是，她却抗拒不住去迷住他，同时也让他迷住的欲望。我从未恋爱过，当时也没有恋爱；但是，看见自己的品性被一位自己尊敬的男子如此器重，尽管我心里已高兴得很，我仍旧不想否认，我并不完全满足。现在，我也希望他认识我，也对我本人关心起来。我产生这个希望并无特定的想法，并未考虑将来会如何。

“我替自己恩人完成的最重要工作，是整顿好了她庄园范围内的那些漂亮林地。随着时间的推移和情况的变化，她这些珍贵的产业价值越来越大，遗憾的是管理因循守旧，哪儿也没有计划和规矩，偷砍滥伐没有个完。有的山坡已经一片光秃，只有最原始的老林还生长得整整齐齐。我带着一个能干的管林人，走遍了所有的地方，让人对林场做了丈量，进行了砍伐、播种、移栽，没有多久就使一切上了正轨。我让人给自己缝了男人的服装，为的是便于骑马，步行也哪儿都可以去，去过的地方就很多，到处的人都挺怕我。

“我听说，罗塔里奥和一帮年轻朋友又要来打猎，就平生第一次想要抛头露脸，或者为了不冤枉自己，也可以说是想在一位出色的男子眼前，显示出自己的真正价值。我穿上男士衣服，背着一管猎枪，带着我们的猎人来到边界上迎接客人。他们到了，罗塔里奥没有立刻认出我。我恩人的一位侄儿把我介绍给他，说我是个能干的林区管理，并拿我的年轻打趣，把这奉承我的玩笑一直开到罗塔里奥终于认出我来。这位侄少爷帮着我实现自己的意图，活像我们商量好了似的。他详细地，也满怀感激地，讲了我为他姑母的庄园，也可以说就是为他做的工作。

“罗塔里奥留心听着，随后又和我交谈，问我这些庄园和这个地区的情况，我很高兴能在他面前搬出我的学问。我考试成绩很好，还提出了几条改进管理的建议来请他考虑，他表示赞同，并举出一些类似的情况来，结合着实际增强我的论据。我越来越得意了。可是幸好我想人家认识我，并不指望人家爱我：因为——我们一到家，我比以往任何时候都更加清楚地察觉，他对吕蒂亚的关心似乎已经流露着暗暗的倾慕。我已达到了自己的目的，然而却安不下心来。他从那天起就对我表现出一种真心的尊敬，一种喜人的信赖。在聚会中，他总是主动与我搭话，征求我的意见，特别是在治家的问题上，好像把我当成了无所不知的权威。他的重视给了我极大的鼓励。甚至谈话涉及一般的财政和金融问题，他也让我一起谈。而我呢，他不在时则努力吸收更多有关本省乃至全国的知识。这对我不难，因为只是将自己在小范围内精通的事情，在大范围内重复一下罢了。

“从此他便更经常地来我们家。谈话的内容我可以说什么都涉及了，但在一定意义上最终仍会转到经济方面，尽管谈的并不总是严格意义的经济问题。例如，谈得很多的就有一个人要是始终如一地利用自己的能力、时间和金钱，他甚至可能花看似很小的代价就取得极大的效果。

“我没有抗拒自己对他的倾慕之情，遗憾的只是我很快就感到，我爱他爱得太深沉，太纯洁，太真挚，太刻骨铭心啦；可同时我却越来越相信，他日渐经常的来访都是冲着吕蒂亚，而不是为了我。至少吕蒂亚自己对此是坚信不疑，她使我成了她的知己，我因而多少感到一些安慰。那些她解释为对自己极有利的事情，我倒一点儿也不以为然，根本没有丝毫人家想永远结合的迹象，相反我倒看得更加清楚，是这个热情的姑娘不惜一切代价要成为他的人。

“当时情况就这个样子，不料夫人却提起亲来，令我大感意外。

“‘罗塔里奥想要娶您，’她说，‘希望您做他的终身伴侣。’随后她对我的品性大肆夸奖了一番，说了下面我极乐意听的话：罗塔里奥坚信，我正是他很久以来就希望寻找的那个人。

“现在我终于得到了最大的幸福：一个我珍视的男人要求娶我，在他身边，和他在一起，我预见到我天生的爱好，我通过学习锻炼所获得的才能，都会得到充分自由的、广泛有益的发挥，我整个存在的价值好像一下子增长到了无穷无限。我表示了同意，罗塔里奥自己就来了，他和我单独谈话，拉着我的手，注视着我的眼睛，拥抱了我，还热烈地吻了我一下。这是第一次，也是最后一次。他给我讲了自己的全部情况，讲他去美洲破费了多少，讲他的庄园如何负债累累，讲他怎么为此跟自己的叔祖差点儿闹翻了，讲这位高贵的老先生想如何帮助他，但自然是按他的方式：他想给侄儿娶一位有钱的妻子，因为要帮助一位思想正派的男子，只能是给他讨个家道殷实的好老婆。罗塔里奥希望通过自己的妹妹说服老人。他给我说明他的财产状况，他的计划，他的前景，请求我与他同心协力。只不过在他叔祖同意之前，事情还得保密。

“罗塔里奥前脚刚走，吕蒂亚后脚就来问是不是谈到了她。我回答没有，并讲了一些令她厌烦的经济问题。她变得烦躁和不乐，罗塔里奥再来时的态度也未使她的情况好起来。

“哎呀，太阳看着就要落山！您真运气，朋友，不然就得把我很乐意给自己讲的这个故事，包括它的所有细节，详详细细地听上一遍。赶快走吧，咱们已快到一个不好在此久留的时辰。

“罗塔里奥把我介绍给他出色的妹妹，他妹妹又巧妙地把我引荐给他们的叔祖。我也博得了老人家的欢心，他同意了我们的婚事，我于是带着喜讯回到了恩人家中。情况现在已不是秘密，吕蒂亚也知道了，她好像听到的是什么不可能的事情似的。当她终于不能再怀疑的时候，便突然失了踪，谁也不知道她的去向。

“成婚的日子渐渐临近了。我曾多次请求罗塔里奥送我一张肖像，一次在他正上马离开时，我又提醒他兑现诺言。‘你可忘了给我装相片的那只盒子呀。’他回答。事情是这样：我从一位女友处得到了一件礼物，非常珍视它。她用自己的头发绕成她的名字，粘牢在了一只小盒子的玻璃罩下面，盒里空着一个象牙片，准备画上她的肖像，不幸的是我这女友却突然死了。当我还在为失去她而伤心的时刻，罗塔里奥带给我了爱的幸福。于是，我希望用自己情人的袖珍肖像，来填补女友在她礼物中留下的这个遗憾。

“我急忙回到房间，取来我的首饰盒，当着他的面揭开。他往里一瞅，立刻发现一个嵌着位女士画像的胸饰，便拿到手里细看起来，看着看着便急切地问道：

“‘这画像是谁?’

“‘是我母亲。’我回答。

“‘我敢起誓，’他大叫，‘这是一位圣·阿尔班夫人的肖像，几年前我在瑞士见过她。’

“‘是同一个人，’我微笑着回答，‘这就是说，你已无意中认识了自己的岳母。圣·阿尔班是我母亲在旅行时的浪漫化名，她眼下仍以这个名字待在法国。’

“‘我真是天底下最倒霉的人哦!’他大叫一声，同时把画像扔回首饰盒，用手蒙住眼睛，离开了我的房间。他跃上马背，我奔到阳台上喊他，他回头挥了挥手，很快走远了——从此，我再也没见过他。”

太阳落山了，特蕾萨目不转睛地盯着落日的余晖，一双美丽的眼睛里充满了泪水。

特蕾萨把自己的双手抚在他这位新朋友的手上，他同情地吻了它们。特蕾萨擦干自己的眼泪，站了起来。

“咱们回去吧，”她说，“还有人需要照料呢!”

归途中的谈话已不热烈，他们走进园门，看见吕蒂亚坐在一条长凳上。她站起来，避开他们，回到了屋里。她手里拿着一封信，身边有两个小女孩儿。

“我看，”特蕾萨说，“罗塔里奥的这封信是她唯一的安慰，所以一直还带在身上。他答应她，自己伤一好又让她去他身边生活；他请求她，在此之前安安心心住在我这里。她反复读着这些话，以它们安慰自己，但对他的朋友们却恨之入骨。”

这时候两个孩子迎上来，向特蕾萨问好，给她报告她不在时家时发生的一切事情。

“您这又看见了我的另一部分工作，”特蕾萨说，“我和罗塔里奥出色的妹妹约定好了，共同教养一定数量的孩子：我负责培养出一些活泼勤快的家庭主妇，她则分工照料那种安静娴雅的才女。为了男人们和家庭的幸福，理当想方设法做点儿事情。您要能认识我高贵的女友，一定会开始新的生活：她的美貌、善良值得全世界敬重。”

威廉没勇气说，遗憾的是他已认识美丽的伯爵夫人，并且那与她的短暂关系将使自己终生感到痛苦。他因此挺高兴，特蕾萨没有继续往下谈，有事情不得不进屋去了。现在威廉独自一人，特蕾萨最后告诉他的情况，就是年轻、貌美的伯爵夫人也被迫以做善事来消除自身的不幸，令他深深地痛苦。他感到现在只是必须分散自己的心思，以对别人幸福的希望来代替自己愉快的生活享受。他称赞特蕾萨是个幸运儿，即使在命运发生意外的不幸改变时，她也无须改变自己内心。

“这样的人是多么幸福啊，”他高呼，“为了和命运协调起来，她用不着摈弃自己过去的整个生活！”

特蕾萨来到他的房里，请他原谅她又来打扰。

“这有个壁橱，”她说，“里边是我所有的藏书：倒并非真想收藏，只是不曾扔掉而已。吕蒂亚要读一本谈信仰的书，里边大概也是有一本两本的。人们一年到头都不信上帝，却以为在遇到困难时不得不信。他们把一切的善和德行当作药物，只是在有了病痛才勉强地服用。他们仅仅视教士和风化导师为医生，巴不得能尽快从自己家里赶出去。我乐于承认，我理解的德行如像节食吃素，它只有成为你的生活准则，只有你一年到头都注意它，它才不失去真意。”

特蕾萨在书堆中搜寻，找到了几本所谓拯救灵魂的书。

“求助于这类的书，”她说，“吕蒂亚也是从我母亲那儿学来的，什么时候情人还没有变心，演戏和读小说仍是她们的命，一当情人跑了，她们立刻便相信起这类书来。我简直没法理解，”特蕾萨继续说，“人怎能相信上帝会通过书本和故事对他们讲话。世界要是不直接展示它与你是个什么关系，你的心要是不告诉你应该替自己和他人干些什么，从书籍里显然你就很难得到答案。因为书籍的功用，本来也不过是给我们的种种迷误定名而已。”

她丢下威廉一个人待着，他呢，就以检阅图书消磨了整个晚上。它们的确是一堆偶然汇集在了一起的书。

威廉在特蕾萨处度过的几天，她一直是老样子，她断断续续地，十分详细地，讲了自己与罗塔里奥那件事的结果。她清楚记得天日和时辰，地点和人名；我们则只把读者必须了解的，在这简述一下。

罗塔里奥突然离开她的原因可惜很简单：他碰见了特蕾萨在旅途中的母亲，让她的魅力迷住了，她对他也不冷淡。这样，这一逢场作戏的风流韵事，不幸就破坏了他与一位看来是上帝专为他创造的女子的结合。特蕾萨留在了自己工作和义务的狭小范围里。据了解，吕蒂亚这时正悄悄待在附近，一听那桩婚事没有成功，尽管不知是何原因，也非常非常高兴。她设法接近罗塔里奥，他也满足了她的愿望，看样子不是出于爱情，而是因为没法子，并未经过深思熟虑，而是仓皇应付，不是有意为之，而是实在无聊。

特蕾萨反应冷淡，她对罗塔里奥已无任何想法，就算他是她的丈夫吧，她也有足够的勇气忍受这样的关系，只要不破坏她家里的秩序就行。至少她常常讲，一个妻子只要能治好家，尽可以允许丈夫这样那样地想入非非，相信他随时都会回心转意。

特蕾萨的母亲很快就把自己的财务弄得一团糟，她的女儿跟着倒霉，从她那儿得到的也很少了。那位老夫人，特蕾萨的恩人死了，遗赠给她这座独立的小庄园和一笔可观的资产。特蕾萨立刻成功地适应了这个小环境，罗塔里奥提出给她一处大些的产业，让雅诺充当说客，她给拒绝了。

“我要在小范围内证明，”她说，“我配跟他一起干大事情。不过，我保留着这个机会，等什么时候我由于自己的缘故，或者别人的缘故，偶然地陷入了困境，我就会不假思索，首先去求我珍贵的朋友帮助。”

没有什么比积极有为更难保密，更难荒废的了。特蕾萨刚刚在自己的小庄园里安顿好，邻里们就想法来结识她，请她当参谋。紧挨着的一些庄园的新主人更是明白表示出，是不是接受他求婚从而成为他大部分财产的继承人，就看她自己决定啦。她已对威廉提过这档子事，并跟他一起讲过一些关于结婚和头脑发昏的笑话。

“最容易成为别人话柄的，”她说，“莫过于谁结了婚以后被人称作头脑发昏的了。然而这种失败的婚姻，比成功的婚姻常见得多。因为十分遗憾，多数的结合过不多久情况都很糟糕。不同的等级通过婚姻凑合在一起，可以称作不般配的结合，只是因为其中一方由于出身、习惯而养成甚至已成为必需的生存方式，不能为另一方所共有。不同的阶级生活方式也不同，它们没法混合，没法互换，这就是为什么这类结合最好避免。不过也可能有例外，很幸福的例外。这就像少妻老夫总是很糟糕，但我也见到过结果很不错的例子。对我来说，糟糕的婚姻只有一种，就是我得去撑场面，当花瓶。要这样，我宁肯嫁给附近一个诚实的佃农的儿子。”

威廉现在想回去了，请他的新朋友安排他再去向吕蒂亚道道别。好激动的姑娘被说服了，他对她讲了一些友好的话，她便回答：

“最初的痛苦我已熬过去，罗塔里奥对我永远珍贵，只是他身边的那些朋友令我遗憾。教士能够为一个怪念头把人丢在困境中不管，甚至于把人推入困境；大夫只知道抹稀泥；雅诺没有心肝；您呢——至少没有个性！您只管干下去，让这三个人把您当作工具，他们还会让您执行任务的。我早就清楚，我在眼前碍他们的事。我还没发现他们的秘密，但仍观察得出来，他们隐藏着一个秘密。干吗那些屋子锁着？干吗那些走廊奇奇怪怪？干吗不让任何人接近那座高塔？干吗一有可能就把我撵回自己房里？我乐于承认，一开始是嫉妒使我发现这些蹊跷，我担心有个幸运的情敌藏在什么地方。我现在不再这样想了，坚信罗塔里奥爱我，坚信他对我是真诚的，就像我坚信他是让那帮虚伪的、假惺惺的朋友骗了一样。您要是想替他做什么，您要是想我原谅您对我干的坏事，那就帮助他摆脱这些人的掌握。可我怀着怎样的希望哦！请您把这封信带给他，重复一下我信里写的：我永远地爱着他，只等着他的一句话。啊！”她大叫一声站了起来，搂住特蕾萨的脖子哭道，“他让我的敌人包围起来了，他们将欺骗他，说我什么也不肯为他牺牲——哦，要让这世间最好的好人听到，他值得我为他牺牲一切，而无须为此心怀感激。”

威廉与特蕾萨告别轻松得多，她希望与他再见。

“您已经完全了解我！”她说，“您老让我一个人讲，下次可就该您给我真诚的回报啦。”

归途上，威廉有足够的时间，来好好回忆、观察这位胸怀坦荡的新相识。她令他产生了怎样的信赖哦！他想到了迷娘和费利克斯，如果这两个孩子能由她照料，会多么幸福！随后他又想到自己，感到要能生活在这样一个无比坦诚的人身旁，将何等快活！离庄园渐渐近了，那座有许多走道和附属建筑的塔楼，比以往更加引起他的注意。他下定决心，一有机会就让雅诺或者教士解释这件事。

第 七 章

威廉回到庄园里，发现高贵的罗塔里奥正逐渐恢复健康，大夫和教士都不在家中，他身边只留下了雅诺一个人。没过多久，正在康复的罗塔里奥又已经骑马外出，时而独自一个人，时而由朋友们陪着。他谈话严肃而诚恳，和他聊天既受教育，又心情舒畅。他虽然努力掩饰，却常让人察觉有多愁善感的迹象，有时情不自禁地流露出温柔眷恋的情绪，就显得颇有些不耐烦。

一天晚上，他在进餐时默不作声，尽管样子看上去倒还开心。

“您今天肯定有什么奇遇，”雅诺终于说，“而且是令人愉快的奇遇。”

“您真了解自己的朋友啊!”罗塔里奥回答，“是的，我碰到了一件很令我快活的事情。换个时候我也许不会觉得这么动人，偏巧今儿个我却特别多愁善感。临近黄昏，我骑着马穿过河对面的一座座村子，走的是一条我年轻时经常走过的路。我受的伤对身体的影响比我自己想的要严重：我感到虚弱无力，同时又好像经过调养而获得了新生。四周的所有景象，又如我早年见过的一样出现在眼前，一切都那样可爱、优美、动人，我深感与它们久违了。我看出这是自己感情脆弱的表现，但却听之任之，继续骑在马上慢慢往前走。我完全理解了，人之所以会喜欢生病，就因为它能激发某些甜美的感觉。您大概知道，从前我为什么经常走这条路吧?”

“如果我没有记错，”雅诺回答，“是为一段小小的情缘，一段您跟一个佃农的女儿结下的缘分。”

“完全可以称作大大的呢，”罗塔里奥回答，“因为我俩当时热烈相爱，爱得很是真诚，持续的时间也挺长。今天一切又碰巧是那个样子，我们最初相爱的时光历历在目。男孩们又在摇树上的金甲虫，岑树也像我第一次看见她那天一样叶簇茂密。可是到今天，我好久不见玛格莉特啦，因为她已远嫁他乡。我只是听说，几个礼拜之前，她带着自己的一群孩子，探望她的父亲来了。”

“如此说来，骑马去河对面散步就并非完全偶然啰?”

“我不否认希望碰见她，”罗塔里奥回答，“我到了离她家不远处，看见她父亲坐在房门外，身边站着一个约莫一岁光景的孩子。我走过去，看见一个女人很快从楼上的窗口探身往外望，我去到门前，就听见有人从楼梯上跑下来。我心里想，肯定是她。我承认当时暗暗得意：她认出了我，并急急忙忙向我奔来。然而，我是多么感到羞辱哦！只见她冲出房门，抱起离我的马不远的孩子，奔回屋去了。我感觉难受之极，只是在她匆匆逃离之时，我在她脖子和露出的耳朵之间似乎看见一片红晕，才得聊以自慰。

“我停下来，跟她的父亲搭话，同时瞟着各处的窗口，看能不能在这儿或者那儿见到她，可惜踪影全无。我也不愿打听，就赶着马走过去了。我的不快由于惊讶而得到了一些缓和，尽管我没怎么看清她的脸，但她让我觉得似乎一点儿没有变，十年可是一段不短的时间啊！是的，她甚至像还年轻了些，仍旧那样身段苗条，那样步履轻盈，脖子可能还纤细了点儿，脸庞同样动辄就可爱地绯红起来，要知道已是六个孩子的母亲，说不定还更多哩！这奇异的现象正好适合我置身其间的童话世界，我于是怀着一种返老还童的感觉继续往前走，一直到了最近的一片树林跟前才停下来。这时候，太阳已开始西沉，正在降临的夜露同样让我想起了大夫的告诫，理智的举动是径直回家去了。我于是原路退回，走到了佃农住宅的另一边，发现在疏疏的篱笆围着的菜园中，有一个女子在走来走去。我沿小路走到篱笆前，发现自己渴望见到的人正好在面前。

“尽管夕阳射着我的眼睛，我仍看见她在疏疏的篱笆后面忙着。我相信认出了自己旧日的相好。在走近她时，我禁不住怦然心动，便站住了。一棵野玫瑰的枝丫在风中摇曳，使我看不真切她的身段。我招呼她，问她生活得怎么样。她低声回答：‘挺好的。’这时候，我看见一个小孩儿在篱笆旁边扯花，就趁机问她别的孩子在哪里。‘这不是我的孩子，’她回答，‘还早得很喽！’就在这当口，我恰好透过枝丫看清了她的脸，不知道该对这现象讲什么。她既是我旧日的情人又不是她。几乎比我十年前见过的她更加年轻，更加漂亮。

“‘您难道不是那位佃农的闺女吗？’我有些恍恍惚惚地问。

“‘不，’她回答，‘我是孩子的姨妈。’

“‘可你俩真是像极啦。’我接着说。

“‘谁都这么讲，只要十年前见过她。’

“我继续问她这样那样的问题，尽管立刻发现认错了人，这错误却令我感到愉快。往日的幸福生动形象地站在自己跟前，我实在不忍离去。这期间，小孩子从她身边跑了，跑向池塘摘花去了。她对我道了再见，急急忙忙跟着孩子追去。

“不过刚才我还是打听到，我旧日的恋人真还在她父亲家里，因此一边骑着马往回走，一边猜测先前跑出来从马前抱走孩子的是她呢，还是小姨。我反复把刚发生的事情想了许多次，真难找到还有别的什么经历使我更愉快的了。不过我很清楚，我还是个病人，因此得请大夫帮我除掉这种情绪的残余。”

亲密的朋友之间坦白起愉快的恋爱经历来，也跟人们讲鬼故事一样，只要开了头，就会自动一个一个讲下去。

我们的小团体在回顾往事时颇不乏这类材料，其中又以罗塔里奥可以讲得最多。雅诺的故事全都有自己的特色，至于威廉，他应该交代的我们已知道了。这时候，他真担心人家会问起自己与伯爵夫人的关系，好在没有任何人想起她来，压根一点儿没有。

“真的，”罗塔里奥说，“一颗心在平静相当长时间之后，又对一个新的对象产生了爱恋，这感觉是世界上再美好不过的了。然而，如果命运把我和特蕾萨结合在一起，我倒愿意终生失去这种幸福感觉。人不会永远年轻，人不应该永远是小孩儿。一个了解世界，知道自己该在世界上干什么，可望从世界得到什么的男子，他所渴望的就是找到这样一个妻子：她到处和丈夫一起奋斗，知道为他准备好一切，她的活动就是捡起丈夫不得不放下的工作；如果说丈夫的事业可以只走一条直路的话，她的事业便得向四面八方发展。和特蕾萨一起，我梦想的是一个怎样的天堂哦！不是沉溺于幸福幻想的天堂，而是现世的可靠人生的天空：幸福时有规矩，不幸时有勇气，再小的事情也预先打算，心里装得了最大的事情，也能够将它放下。哦，在她身上，我几乎看见了那些令我赞叹的品质，那些在历史上照我们看来比所有男人远为杰出的妇女的品质：如此洞悉世事，如此随机应变，如此沉稳踏实，结果总能把握好全局，却好像从来未做全局的考虑。您大概可以原谅我，”他微笑着转过脸来冲着威廉，继续说道，“我让特蕾萨从奥勒莉亚身边吸引走了：和特蕾萨在一起我有望快乐地生活，和奥勒莉亚一起连一个小时也休想幸福。”

“我不否认，”威廉回答，“我是满怀气恼来到您府上的，我是下了决心要严厉斥责您对奥勒莉亚的态度。”

“也应该受到斥责，”罗塔里奥说，“因为我不该把对她的友谊与爱情混淆起来，不该用她既未能引起、也不能保持的倾慕之情，代替了她配受到的尊重。唉，她甚至在恋爱的时候也不可爱，这真是一个女人最大的不幸哦！”

“因此，”威廉回答，“我们不可能总是避免遭受责难，我们的思想和行为，也难免有奇特地偏离其自然、良好的方向的时候，只不过，某些责任却是我们永远不该漠视的。女友的遗骸已经安息墓中，咱们只要怀着同情，去撒上一些花瓣就行了，用不着再自己骂自己，用不着再责备她。可是，在这位不幸的母亲长眠的墓畔，我想问一问，为什么您丢下孩子不管？丢下一个人见人爱的儿子，可您对他，似乎完全不闻不问？您原本性情纯善而温柔，怎么作为父亲却这么没良心呢？您这么久只字不提那可贵的小生命，关于他的可爱是有许多话好讲的啊。”

“您在讲谁呀？”罗塔里奥接过话头，“我一点儿不明白您的意思。”

“还会讲谁，讲您的儿子呗，讲奥勒莉亚的儿子呗！这孩子是那么英俊，可以生活幸福，遗憾的只是缺少一位慈蔼的父亲关心。”

“您错啦，我的朋友，”罗塔里奥大声说，“奥勒莉亚没有儿子，更谈不上有为我生的儿子。我不知道有这个孩子，否则一定乐意照管他，不过在当前的情况下，我仍然乐意把那小家伙看作奥勒莉亚的遗孤，负责对他进行培养。她有没有向您做过什么表示，让您知道这孩子是她的，也是我的？”

“我想不起听她明确说过什么话，可是一直存在这种猜测，我一刻也不曾怀疑过。”

“我可以提供一点儿情况，”雅诺插进来说，“一个老婆子，您从前必定经常见到她，把这孩子带给了奥勒莉亚。奥勒莉亚热情地收留了小家伙，希望他在身边能减轻自己的痛苦。这孩子呢，确实也带给了她不少的欢乐时光。”

听了这个解释，威廉很是不安起来，除了英俊的费利克斯，他也十分想念善良的迷娘。他表示希望，要使这两个孩子离开现在所处的环境。

“我们应该马上办妥这件事，”罗塔里奥说，“那特别的女孩子我们交给特蕾萨，她不可能有更好的去处啦。至于小男孩儿，我想您不妨自己带着：因为甚至女人们也帮我们培养不起的品格，我们在和孩子相处中却能够培养起来。”

“我总的想法是，”雅诺接过话头，“您原本没有戏剧天才，干脆离开舞台算啦。”

威廉大感愕然，不得不克制住自己，雅诺严酷的评价很伤了他的自尊心。

“您要是能说服我，”他强笑了笑回答，“那真是给我帮了大忙，虽说把人从他乐意做的梦中摇醒，是一件恼人的事。”

“不用讨论下去了，”雅诺应道，“我只想催您先去把孩子接来，其他事情自有结果的。”

“我准备就去，”威廉回答，“我又不安又好奇，不知会不会进一步弄清男孩儿的身世，我也渴望再见到小姑娘，她是那样特别地眷恋我。”

大家一致认为，威廉应该马上动身。

第二天，他做好了起程准备，马已装上鞍子，他只打算再和罗塔里奥告告别。吃饭的时间到了，他们跟往常一样坐上餐桌，没有等主人一起用餐。罗塔里奥来得很晚，一到就也坐上桌子。

“我敢打赌，”雅诺说，“您那颗温柔的心今儿个又受了一次考验，您忍不住好奇，去见了您那旧日的情人。”

“猜着了！”罗塔里奥回答。

“让咱们听听情况怎样？”雅诺道，“我太想知道啦。”

“我不否认，”罗塔里奥回答，“这段旧情教我过分牵挂，我于是决心再去一趟，看看她变年轻了的形象令我顿生遐想的那个人实际是什么样子。离她家很远我便已下了马，让人把它牵到一边去，为的是不惊扰在门前玩的孩子们。我走进屋去，不想正迎面遇上了她，尽管样子变了很多，我还是认出是她本人。她长壮了，似乎也高了，端庄之中仍透出优雅，只是活泼单纯已变成沉静成熟。她原先那么自由地轻扬着的脑袋，已经低下了一点儿，一道道轻牵的皱纹，已经爬上了额头。

“一见我她便垂下眼睑，可是并没有绯红着脸暴露出内心的激动。我伸手给她，她也伸过手来；我问她丈夫，她答不在这儿；我问她孩子，她便去门边招呼他们，于是全都跑来围在了她身边。世间没有什么景象，比看见一位母亲抱着自己的孩子更加动人的了，而一位母亲要是被许多孩子围着，那景象就再神圣不过。为了找些话说，我问小家伙们叫什么名字。她请我进屋里去，等着见他的父亲。我接受她的邀请，跟她走进里屋。在里面，我发现一切仍在老地方，而且——好奇怪呀！那漂亮的姨妈，她的替身，也正好坐在纺车后的那张小板凳上，姿势也相同，完全像我当初经常看见的爱人。一个长得跟母亲一模一样的小姑娘跟在我们后面。我置身于这奇异不过的现实，置身于过去与未来之间，恍如站在一座大柑橘林里，这一小片果树已开花结果，旁边的一小片仍含苞待放。姨妈出去取饮料，我便握着自己曾经深深爱过的人的手，对她说：

"'再见到你我真是非常高兴！'

"'多谢您对我这么讲，'她回答，'可我也请您相信，我感到说不出的快乐。多少次啊，我只希望这辈子能哪怕再见您一次！我不久前还这么希望来着，我以为再不见就没了机会。'

"她说时声音沉静，一点儿不激动，自自然然地就跟我先前十分欣赏的那样。姨妈回来了，她父亲也跟着走进来——至于我待在那儿时心情怎样，离开时心情又怎样，就留给你们想象去吧。"

第 八 章

在回城里去的路上，威廉一直想着那几位他或者认识，或者听人谈起的高尚女性，她们独特的遭遇可喜的成分不多，眼下仍令他痛心。

“唉，可怜的玛利亚娜!”他叫出声来，“我还不得不听见你些什么哟?还有您，光辉的巾帼英杰，高贵的守护天使，我欠了您那么多的情，到处都希望遇着您，遗憾却哪儿也找不到您。有朝一日，当您再邂逅我的时候，谁知我的处境会多么可悲啊!”

到了城里，没碰见任何熟人在家，他急忙赶到剧场，以为会看见他们在排练，谁知里边静悄悄的，好像完全没有人，只看见一扇百叶窗开着。威廉走上舞台，发现奥勒莉亚的老女仆在那儿忙着用帆布缝新的布景，从窗户射进来的光线仅仅够让她做这件工作。费利克斯和迷娘坐在她旁边的地上，两人捧着一本书，迷娘大声念一句，费利克斯便一个字一个字地重复，活像他也能念书了一样。

孩子们跳起来迎接威廉，他热烈地拥抱他们，把他们领到了老女仆跟前。

“是您把这孩子带给奥勒莉亚的吗?”他严肃地问。

老婆子抬起头来，把脸转向威廉。他在充足的光线中一看见她，不禁吓得连连后退：原来竟是老芭芭拉!

“玛利亚娜在哪儿?”威廉大叫。

“在很远很远的地方。”老婆子回答。

“还有费利克斯呢?”

“是那个痴情得过分的苦命女子的儿子呗。您难道从来不觉得，您让我们付出了多么沉重的代价吗?我送给您的这个宝贝将使您非常幸福，却真叫害苦了我们哟！”

她站起来要走，威廉死死将她抓住。

“我才不想逃跑呢，”她说，“让我去取份文书来，它将教您又喜又悲。”

老婆子去了，威廉既高兴又畏怯地望着小男孩儿，现在还不敢认他是自己的。

“他是你的孩子，”迷娘大声说，“他是你的孩子！”边喊边把费利克斯推到威廉跟前。

老婆子回来递给他一封信，说：

“这是玛利亚娜的遗言。”

“她死啦！”威廉失声叫出。

“死啦！”老婆子道，“对您，我一句指责也用不着喽。”

威廉惊慌、迷茫地拆开信，刚读完开头的几句就心痛难忍，信从手里掉了，人则倒在一条草凳上，半晌不见动弹。迷娘尽力照护他。这时费利克斯却拾起了信，硬拖着他的小伙伴不放，直到迷娘让了步，蹲在他跟前给他念起信来。费利克斯重复着，威廉因此不得不连听两遍：

> 当这封信什么时候交到你的手里，你就哀悼哀悼你的爱人吧，你的爱情已将她置于死地。生下这孩子后我只活了几天，他是你的儿子。我临死仍忠实于你啊，尽管看起来不像是这样。失去你，我就失去了维系生命的一切。我死时心满意足，因为人家向我担保，这孩子很健康，会长大的。听老芭芭拉的话吧，原谅她，再见了，别忘了我哦！

这真是一封既教人伤心又给人安慰的书信，一封颇有些神秘的书信！当它由两个孩子结结巴巴地念出来，反反复复地念出来时，威廉才真正感到了它的分量。

“现在您知道啦!”老婆子不等他恢复过来，就大声说，“您得感谢老天，在失去一位这么善良的姑娘以后，还剩下一个再乖不过的孩子。当您听到，这好姑娘如何至死忠实于您，如何痛苦不幸，如何为您牺牲了一切，您会痛苦得不能再痛苦的。”

“让我一口把杯中的痛苦和欢乐都饮掉吧!”威廉叫了起来，“只管告诉我，只管让我相信，她是个好姑娘，她不但配我爱，也值得我尊敬，然后再让我为这不可弥补的损失痛心疾首。”

“现在可不是时候，”老婆子回答，“我有事，再说也不希望人家发现我们在一块儿。别让人知道费利克斯是您儿子，我担心，我这之前在团里隐瞒本来面目，会招来太多指责。迷娘不会出卖咱们的，她善良，又不多言多语。”

“我早就知道了，可一点儿没说。”迷娘接过话头。

“这怎么可能呢?”老婆子高声问。

“从哪儿知道?”威廉插进来。

“幽灵告诉我的。”

“怎么告诉? 在哪儿?”

“在园子里，当竖琴老人拔出刀时，他就对我喊：‘快去叫他父亲!’我立刻想到是你。”

“究竟谁对你喊?”

“我不知道，在心里，在头脑中，我害怕极了，我浑身哆嗦，我开始祈祷，他于是又喊，我便明白了是什么意思。”

威廉把她搂在胸前，托她照看费利克斯，然后自己便离开了。他临走才发现，比起他出发去旅行的时候来，迷娘现在苍白多了，消瘦多了。梅利纳太太是他找到的第一个熟人，她很亲热地欢迎他。

“哦!”她叫起来，“您会发现我们团里一切都已经像您希望的那样!”

“这我怀疑，”威廉回答，“再说我也不曾指望。您只管明说好啦，团里已经做好了没有我的一切安排。”

“您干吗又要走啊！”梅利纳太太叹道。

“人总不能及早地知道，这个世界并非少不了自己。我们总以为自己是什么了不起的人物！好像唯独只有我们，才使我们活动的这个圈子有了活力；仿佛没有了我们，就中断了生命、营养和呼吸——事实是空缺一出现，你还没察觉它已迅速填补上，是的，它往往只是留出了一个位置，后来者未必更优秀，但却多半令人愉快一些。”

“可我们就不考虑朋友们会难过吗？”

“朋友们也会挺好的，会很快适应，会对自己说：‘不管你去到何处，留在何处，都尽力而为，勤奋工作，待人和气，使眼前的环境变得开心愉快吧。’”

进一步追问，威廉发现不出所料：歌剧团建立起来了，吸引了观众的全部注意力。在此期间，他的角色已分别由雷提斯和霍拉旭代替，并且赢得了观众远远比他自己什么时候都更热烈的喝彩。

雷提斯走了进来，梅利纳太太对威廉喊道：

“您快瞧这位幸福的人，他马上就要成为一个资本家，或者上帝知道的什么！”

威廉拥抱雷提斯，感觉到他上衣的料子舒适而又细腻。他其他的穿戴也样式俭朴，但全都是上等料子缝制的。

“给我解开这个谜吧！”威廉叫道。

“还有的是时间告诉你，”雷提斯回答，“我的奔波劳碌终于得到了报偿：一位大商号的老板从我的奔波、知识和广泛关系中赚到了钱，给了我部分回扣。要是我同时还能赢得太太们的信赖，就不会在乎这个喽：因为在他家里有一位漂亮侄女，我看出，只要我愿意，很快就可以变成一个有身价的人。”

“您大概还不知道吧，”梅利纳太太说，“前段时间咱们团里又多了一对夫妻？赛罗正式娶了美丽的艾尔米拉，因为他父亲不容许他俩老是偷偷摸摸。”

就这样，他们谈了不少威廉不在时发生的事情。他清楚地看出，在戏子们的精神和意识中，他这个人事实上早已被打发掉了。

威廉不安地等待着老芭芭拉的到来，她答应了在半夜里来进行自己特别的造访。她希望在所有人都睡了以后才来，并要求做好这样那样的准备，就像一个小姑娘偷着去与情人幽会一样。在等待她到来时，威廉把玛利亚娜的信读了上百遍。在读到她那可爱的手写下的“忠诚”这个词时，他说不出的兴奋；当她似乎无所畏惧地宣告自己就要死去的时候，他感觉到了恐惧。

午夜刚过，半掩着的房门旁发出窸窸窣窣的声响，老婆子挎着一个篮子溜进屋来。

“您要我给您讲我们悲惨的故事，”她说，“我估计您必定会无动于衷地坐在那儿。您这么认真地等着我来，只是为了满足自己的好奇心。和当初一样，在我们感到心碎的时候，您却将自己包裹在冷冰冰的自私里。可瞧这！在那个幸福的晚上，我就取出了这瓶香槟酒，在桌上摆好了三只酒杯，于是您开始以自己儿时那些单纯的故事来取悦我们，诓我们入睡，就像我现在不得不给您讲清悲惨的真相，使您保持清醒一样。”

老芭芭拉真的拔掉瓶塞，斟满了三杯香槟。面对此情此景，威廉不知该说什么好。

“喝！”她叫道，把泡沫翻涌的香槟一饮而尽，“喝啊！别等香气跑啦！为了纪念我不幸的女孩儿，这第三杯嘛就放着让它消掉泡沫算啦。当她给您祝酒的时候，她的嘴唇是多么鲜红哦！唉，而今永远地苍白啦，僵硬啦！”

“老妖婆！复仇的女鬼！”威廉跳起身来，用拳头垂着桌子，吼道，“你是着了什么魔？中了什么邪？你把我当成什么人了，竟以为单单玛利亚娜的死讯和痛苦还不足以教我惭愧，教我伤心，还需要搞这一套鬼把戏来折磨我？如果你的饕餮贪馋不知餍足，非得到了丧宴上还大吃大喝的话，那你就干杯吧，胡诌吧！我从来就厌恶你，一看见你待在玛利亚娜的身边，我就没法想象她是纯洁无瑕的。”

“慢着，先生，”老婆子回答，“您这样吓不住我。您欠咱们的债还多着呢，一个欠债的人，咱们是不允许他无理的。不过您说得对，我单单讲讲她的故事，对您已是惩罚。现在您就听听，玛利亚娜为了始终忠实于您，是如何斗争并取得胜利的吧。”

“始终忠实于我？”威廉大声道，“你想讲什么神话？”

“别打断我，”老芭芭拉抢过话头，“先听我讲，然后随您相不相信，反正现在就这么回事。在最后一个晚上，您来我们家，不是发现一张字条并且拿走了吗？”

“是先拿走，才发现的字条。我在爱情的狂热状态下抓了条纱巾藏在身上，字条就裹在里面。”

“字条上写的什么？”

“一个触了霉头的情人，有希望在晚上受到比昨天更好的接待。而且我也亲眼看见你们兑现了自己的诺言，因为他第二天一早才溜出你们的住宅。”

“您是可能看见了他，然而我们家中发生的事情，玛利亚娜一晚上多么悲哀，我一晚上多么失望，你现在才会知道。我准备老老实实，既不否认，也不辩解，我是劝说玛利亚娜跟某个叫诺尔贝格的人好。她呢，我可以说也违心地听了我，依了我。诺尔贝格有钱，似乎真的爱上了她，我则希望他能有常性。没过多久他不得不外出办事，这时玛利亚娜便认识了您。这一来我多遭罪啊！我什么不曾阻止！我什么不曾忍受！‘哦！’她经常哀叹，‘你要是多珍惜我的青春，多珍惜我的贞洁四个礼拜，我就找到了一个真正值得自己爱的人，而我呢，也配得到他的爱。我原本可以在相爱中清清白白地献出去的东西，我现在却违心地出卖掉啦！’她完全迷上了您，我不好问她是否幸福。对于她的思想，我权力无限之大，因为我善于用各种手段，满足她的一些小嗜好。但我对她的心毫无办法，因为只要她的心反感，她就绝不赞成我为她做的事，或劝她做的事。只有对无法摆脱的穷困，她不得不让步，而很快，穷困似乎就把她压垮了。她在很年轻的时候，什么都不缺少，后来她家里卷入了某些纠葛，失去了财产。可怜的姑娘已习惯相当富足的生活，幼小的心灵虽然也铭刻着善的信条，但是除了令她感到不安，却也没有多少实际帮助。她生活上的事一点儿不会，真正叫幼稚纯洁；她完全不理解买东西可以不付账，最怕的就是欠人家的钱；她经常是宁舍勿取。也只有在这种情况下，她才可能被迫牺牲自己，以摆脱一堆零星的债务。”

“可你就不能挽救她吗？”威廉喊道。

“是啊，”老婆子回答，“用饥饿和贫困，用愁苦和匮乏，我可是永远没有这个能耐喽。”

“可恶的、卑贱的皮条客！所以你就拿不幸的姑娘做牺牲？所以你就用她来满足自己的口腹，满足你无餍的贪馋？”

“我看您还是消消气，别再骂骂咧咧的更好，”老婆子答道，“如果要骂，您就去那些显贵人家去骂好啦。在那儿，您会发现母亲们都焦虑不堪，急于替自己天使般可爱的女儿找一个哪怕极可恶的人做女婿，只要此人同时钱多得要命就行。您可以看见，可怜的女孩儿面对命运如何地战战兢兢，哪儿也得不到安慰，直到有经验的女友终于使她明白，通过眼前的结合，她将赢得在今后随意支配自己的心，支配自己个人的权利。”

“住嘴！”威廉吼道，“难道你以为，一桩罪行可以用另一桩罪行来开脱？还是讲玛利亚娜吧，别再胡乱评论。”

“那您听的时候也别骂我！玛利亚娜不顾我的反对和您好了。在这档子事中我至少问心无愧。诺尔贝格回来了，急急忙忙跑去见玛利亚娜。她接待他时态度冷淡而不耐烦，连吻都不许他吻一下。我费尽力气为她的行为辩解，让他相信，一位忏悔神父唤醒了她的良知，而当良知在发言时，必须加以尊重。诺尔贝格富有而又粗鲁，但却心地善良，并且爱玛利亚娜到了极点。他答应我拿出耐心来，而我呢，也更加积极地做工作，免得使他受到过分的考验。我跟玛利亚娜闹得很厉害，我说服她，甚至可以讲终于以我要离开她相威胁，迫使她给她那位爱慕者写了一封信，邀请他晚上来。可您来了，偶然地把他的回信卷在围巾里拿了去。您出其不意地闯来，把我整得够呛。您刚一走，我又遭了罪：她发誓绝不背弃您，那么激动狂热，几乎失去了理智，我不由得也打心眼里同情她起来。临了我答应她，今晚我仍旧稳住诺尔贝格，并且想一切办法把他打发走。我求她上床去，可她好像信不过我：玛利亚娜和衣躺在床上，最后由于过分激动，也哭得累了，才沉沉睡去，但照样穿着衣服。

“诺尔贝格来了，我极力拦住他，并用极其阴暗的色彩给他描述她良心的痛苦和悔恨。他只求见玛利亚娜一面，我于是进卧室去让她做准备。诺尔贝格跟在我后面走来，我们两个同时到了玛利亚娜床前。她惊醒了，气得一下子跳起来，挣脱了我们的怀抱。她哀告、恳求，发誓、威胁，说什么绝不屈从。她太粗心大意，竟提到了自己的真心所爱，幸好可怜的诺尔贝格把它理解为了宗教狂热。他终于离开她，她便把自己关在了房里。我还留诺尔贝格待了一段时间，和他谈起玛利亚娜的情况，告诉他可怜的姑娘怀孕了，必须好好加以照顾。诺尔贝格对自己快当父亲骄傲极了，喜滋滋地盼着能生个男孩儿，愿意满足姑娘对他的一切要求，还答应出外旅行一段时间，也免得姑娘时刻担心他会来，免得她看见他激动心烦。清晨，他就怀着这样的想法悄悄离开了我。而您，我的先生，如果曾在外边站岗放哨，要想确认自己幸福与否，只需看看您这情敌的心境就足够啦。您还以为他真那么得宠，真那么幸运，他的出现竟会使您绝望！”

“你讲的真话？”威廉问。

“是的，”老婆子回答，“真实得就像我仍然希望能教您绝望。

“可不是吗，您一定会绝望的，要是您能想象出我们第二天早上的情景。她醒来时多么兴奋！多么高兴地把我叫进她的卧室！多么热烈地对我表示感激！多么亲切地拥抱着我啊！‘喏，’她微笑着走到镜子面前，说道，‘现在我又为我自己高兴，为我的姿容高兴，因为我又属于我自己，属于我唯一爱着的男子。克服了障碍的感觉，是多么甜蜜啊！能随心所欲的感觉，是多么幸福啊！我真太感谢你了，感谢你照护我，为了我的幸福再一次运用了你的聪明，你的智慧！帮助我，想想怎样才能使我完全幸福！’

“我顺着她，不想惹她不高兴，我附和着她的心愿。她呢，极温柔地和我亲热。她只要有一会儿离开窗口，我就得代她守着：因为您反正都会经过，她至少想看一看您，一整天就这么不安地过去了。晚上，到了您通常该来的时候，我们更信心十足地等待着。我已经守候在楼梯口，感觉时间长得要命，又回到屋里她那儿。令我惊异的是她又穿上了军官制服，模样活泼、迷人得难以置信。

“‘今天我不配打扮成一个男子汉吗？’她说，‘我表现得很勇敢对吧？我的爱人今天应该看见我像第一次那样，我要十分温柔和更加自由地拥抱他。因为一个崇高的决定使我获得了自由，我不比当初更加是他的人了吗？然而，’她在片刻沉思之后继续说，‘我还没有完全胜利，还必须铤而走险，以便配成为他的人，以便有得到他的把握。我必须对他陈述一切，把我的整个情况向他交代清楚，然后任随他自己决定是继续要我或是赶走我。我正为他准备着这一幕，为我准备着这一幕。他如果忍得下心赶我走，那我马上又完全属于自己了，我将在自己受到的惩罚中寻求安慰，将忍受命运加到我身上的一切。’

“怀着这样的想法，这样的希望，可爱的姑娘等待着您，我的先生，您却没有来。哦！教我怎样描述那等待和期望的情景啊？我眼前还看见你，看见你怀着怎样的爱恋，怎样的激情，讲起这个你还不曾领教他的残忍的男人！”

“亲爱的好芭芭拉，”威廉跳起来抓住老太婆的手，大声说，“别再装蒜啦，别再拖延下去！你无动于衷的、冷静和满意的语调，已经露了馅儿。把玛利亚娜还给我吧！她活着，她就在附近。你不会白白地挑选这深更半夜的时刻来找我，你不会无故地讲这动人的故事，让我先有个思想准备。她在哪儿？你把她藏在哪儿了？我就相信你说的一切，我保证相信你说的一切，只要你让我见到她，只要你让她重新回到我的怀抱。我已看见她的身影一晃而过，让我再拥抱她吧！我要跪在她面前请求她原谅，我要祝贺她进行的斗争并且战胜了自己，我要把我的费利克斯领到她身边！走！你把她藏在哪儿了？别让她，别让我老是放心不下！你的目的已达到了。你把她藏在了哪儿？走，让我用这盏灯照照她！让我重新见到她温柔的面容！”

威廉从椅子上拽起老芭芭拉。老婆子目光呆滞地瞪着他的脸，热泪夺眶而出，一阵巨大的悲痛攫住了她。

“一个多么不幸的错觉使您还心存奢望哦！”老芭芭拉叫道，“是的，我是把她藏起来了，但藏在了地底下。不管是明亮的阳光，还是柔和亲切的烛光，都不再能照见她温柔的面容。把可爱的费利克斯领到她墓前去，告诉他：‘这长眠着你的妈妈，是你爸爸在背后给了她诅咒！’她那可爱的心不再急切地盼着见到您，也不像您想象的，正在隔壁房间等着我的故事或者童话结束。那黑暗的墓穴接纳了她，没有一位未婚夫会跟着走进去，没有一位恋人会迎接她走出来。”

老芭芭拉就这么躺在椅子旁边的地上，伤心地哭着。威廉第一次完全相信玛利亚娜真的死了，心情也痛苦之极。老婆子从地上爬起来，把一个包裹扔在桌上，大声说：

“我没有什么好再对您讲了，这些信会使您为自己的残忍羞愧的。要是您有可能，就读完它们而不掉眼泪吧。”

老芭芭拉悄悄走了。威廉一整夜都没勇气拆开信。这些信是他自己写给玛利亚娜的，他知道，她把收到他的每一张字条都保存了起来。第二天早晨，他终于狠下心解开绳子，见到从包里掉出一堆字条，它们全是他亲手用铅笔写的，让他重新回忆起了从他俩温柔相恋，直至惨痛分手的一个个情景。只是在通读一小部分写给他的书简时，他更是痛苦到了极点。从内容看出，它们都是让威尔纳给退回去了的：

我的信没有一封送到你的手里，我的请求和哀告没有让你听到，是你自己做了这样残忍的安排吗？你想让我再也见不到你？我再尝试一次，再请求你一次：来吧，哦，来吧！我不要求拥有你，只要能再拥抱你就成了！

我曾坐在你身旁，握着你的手，望着你的眼睛，满怀爱恋和信赖地对你说："亲爱的，亲爱的好人啊！"你很喜欢听，我因此得一次再次地重复，现在我就再重复一次："亲爱的，亲爱的好人！希望你像以前一样好，来吧，别让我在悲伤中死去！"

你认为我有罪过，我是有罪过，但不是你想象的那种罪过。来吧，来真正了解我；而这，就是我唯一可能得到的安慰。以后随便怎样我都无所谓了。

我求你来不只为了我自己个人，也为了你本身。你在从我身边逃开时痛苦难当，这我感觉得到。来啊，别让我们分别得如此残酷！我也许从来不像此刻，不像你把我推进了苦难深渊时这样配得上你！

以一切神圣的东西的名义，以一切能打动人心的东西的名义，我呼吁你！事情关系着一个人的灵魂，关系着一条生命，两条生命，其中一条生命将对你永远宝贵。你充满疑忌的心连这也会不相信的，可我在临终之时仍要宣告：我心脏底下怀着的这个孩子，他是你的！自从爱上了你，我连自己的手也没有让任何一个男人再碰过。哦，你的爱，你的正直，可惜未能成为我青春的伴侣！

你不愿意听我讲？那我最后只好沉默，不过这些信不该毁掉，也许在我的嘴唇已让裹尸布给堵住的那天，它们还会对你说话的，即使那时你悔恨的声音已传不到我的耳际。我悲惨的一生直至这临终时刻，我唯一的安慰就是：尽管我并不能称自己洁白无瑕，可在你的面前，我却真是清清白白的。

威廉再也读不下去，任随痛苦控制了自己。而这时雷提斯偏偏跨进屋来，他得极力掩藏起自己的情感，越发感到难受得要命。雷提斯掏出一包金币来数着，算着，教威廉相信：世界上没有什么事情，比正在富起来更美的啦；而富起来以后，就没有什么事情能再难住我们，会再办不到。威廉回忆起自己的梦想，不禁笑了笑。但同时他又不寒而栗，想到自己正是怀着这样的梦想离开玛利亚娜，走上了已故的父亲的道路，而现在他们双双都已变作亡灵，在空中飘浮。

雷提斯打断他的沉思，把他拖进一家咖啡馆。一到那儿，威廉身边立刻围起来不少人，都是从前喜欢看他演出的观众。他们高兴又见到了他，但听说他准备离开舞台都表示遗憾。他们谈他和他的表演，谈他具有怎样的天才，谈对他抱着怎样的期望，谈得如此肯定，如此明智，教威廉最后没法不感动得喊道：

"嗨，要是早几个月，这样的关怀对我会是无穷宝贵的呀！如此富有教益，如此令人欣喜！我永远不会完全离开舞台，永远不会走得这么远，以致对观众绝望。"

"您压根不该走这一步，"一位上了年纪的人凑上来说，"观众是伟大的，真正的理解，真正的感情，并不如你们想的那样少见。只是演员永远不应要求自己的表演得到无条件的喝彩：须知，无条件的喝彩恰恰最少价值；而有条件的喝彩，先生们又不喜欢。我知道得很清楚，在生活里和在艺术中一样，要干成什么，要做出成绩，人都得独自深思熟虑。可是在做过以后，完成以后，他就可以倾听许多人的想法，要是还稍微经过一些训练，更很快能从这许多想法总结出一个完整的判断：要知道，那些能免去我们这番辛劳的人，他们多半沉默寡言。”

“他们正好不该这样，”威廉接过话头，“我常听说，正是那些对好作品默不作声的人，却又在抱怨别人默不作声。”

“那就让咱们今天发出声音来吧，”一个年轻人高声道，“您得跟咱们一块儿进餐，让咱们把欠您的情，还有有时欠杰出的奥勒莉亚的情，通通给弥补上。”

威廉谢绝邀请，去找梅利纳太太谈孩子们的事，他打算从她那儿带走他们。

他没能很好保守老婆子交代的秘密，一看见英俊的费利克斯，就暴露了自己的身份。

“哦，我的孩子！”他叫道，“我亲爱的儿子！”他抱起小男孩儿来紧紧贴在心口上。

“爸爸，你给我带回来了什么？”费利克斯大声问。

迷娘瞅着他俩，像是想警告他们别暴露相互的关系。

“这是怎么搞起的啰？”梅利纳太太问。

孩子们被带到旁边去了，威廉觉得没有义务为老婆子严守秘密，便把情况全部告诉了这位女友。梅利纳太太却笑嘻嘻地望着他，大声说：

“唉！你们这帮轻信的男人啊！只要有什么摆在你们路上，要让你们背起来真叫特容易。你们因此就不会再东张西望，就不会再珍视任何别的东西，眼里唯有那打上了狂热标记的旧情。”

梅利纳太太说完不禁一声叹息。威廉要是没有完全瞎了眼，一定看得出来，她这举动流露着对他始终未能完全克制住的爱慕。

这时他开始和梅利纳太太谈孩子们的事情，说他打算把费利克斯带在自己身边，把迷娘送到乡下去。梅利纳太太尽管不高兴一下和两个孩子都分开，但仍认为威廉的建议很好，甚至很有必要。费利克斯在她这儿变得越来越野，迷娘看样子需要呼吸新鲜空气并且换换环境，这可爱的姑娘老是病兮兮的，可能好不了喽。

“您可别误解，”梅利纳太太继续说，“如果我对这个男孩儿是否真是您的，轻率地表示一点儿疑问。那老婆子自然不怎么可信，但是，为了得到好处而撒谎的人，也可能在什么时候讲真话，只要在他看来讲真话会有好处。老婆子曾欺骗奥勒莉亚，说费利克斯是罗塔里奥的儿子。而我们女人都有一个脾气，就是打心眼里爱自己情人的孩子，哪怕我们并不认识孩子的母亲，或者甚至恨透了她们。每当费利克斯跑过去时，奥勒莉亚都要亲热地拥抱他，平时她待人可不这么热情啊。”

威廉急忙赶回家中，找来老芭芭拉。她本来就答应上他这儿来，只不过是在黄昏以后罢了。他不高兴地接待着她，对她说：

“在这个世界上，没有什么比靠编谎话过日子更可耻的啦！你这样子已经造了许多孽，而现在，你的话决定着我一生的幸福，现在我疑惑不定，不敢把那孩子抱在自己怀中。要是能问心无愧地拥有他，原本是再幸福不过的。卑鄙的东西，看见你我不能不心生厌憎和鄙视。”

“我要是老实告诉您，”老芭芭拉回答，“您的举动真教我难以容忍。费利克斯如果真不是你的儿子，那么准有人不惜一切代价把这世界上最漂亮、最可爱的男孩儿买去，为的只是将他永远带在身边。他难道不配得到您的关怀？我曾照护他，替他操劳，难道因此不配为将来得到一个小小的栖身之地？哦！你们这帮老爷，你们要啥有啥，什么真理，什么正直，好不会说！可我这可怜的老婆子呢，一点点起码的需要也得不到满足，处在尴尬困难的境地里没有朋友，没人出主意，没人给予帮助，还必须忍受那些自私自利的人压迫，不声不响地毁灭——如果您愿意听，能够听，还有得讲的啦。您读过玛利亚娜的信了吗？就是那些她在不幸的时刻写的信？当时我极力设法接近您，把这些信交给您，可是毫无用处！您那狠心的妹夫把您封锁起来了，我的所有聪明和诡诈都无济于事。临了他还威胁我和玛利亚娜，说要关我们进监狱，我才只好放弃了所有希望。难道一切事实不跟我讲的完全符合？还有诺尔贝格的信，难道不能打消您对整个事情的所有疑惑？”

“一封什么信？”威廉问。

“您没在包裹里发现它？”老芭芭拉反问。

“我没有把全部信读完。”

“那您就把包裹拿来吧！一切都取决于这份文件。诺尔贝格那张倒霉的字条曾造成可悲的混乱，现在，出自他手的另一封信，也会解开遗留下来的死结的。”

她说着从包里抽出一张信纸来，威廉认出了那可憎的笔迹，然后定了定神，读道：

你只告诉我，姑娘，你怎么能对我这样？我简直不相信，一位女神自己竟会把我变成一个唉声叹气的情人。你不是张开双臂向我跑来，反倒躲到了一边。你这样欺骗我，真可以说可恶可厌。谁允许你迫使我陪着老芭芭拉，在小屋里的一只箱子上坐一整夜？而我心爱的姑娘却离此仅仅两道房门！这太过分啦，我告诉你！我曾答应给你一些考虑时间，不马上来逼你。可每浪费一刻钟，我都几乎发疯哦！有什么我知道和能够送你的东西，我没送给你？你还怀疑我的爱？你还想要什么？只管说啊！我要让你什么都不缺。而那个给你脑子里塞进怪念头的神父，我恨不得他变成哑巴，变成瞎子！你非去找这样一个家伙不可吗？神父有的是哩，他们知道对青年人该宽容一些。总之，我告诉你，这样下去不行，过几天我必须知道答案，因为我很快又会走，你要是不重新变得和蔼殷勤，讨人喜欢，那你就休想再见到我……

这封信像这样还拖了很长很长，老是围绕着同一个问题扯来扯去，令威廉既难过又满意地证实了芭芭拉讲的是真话。第二页清楚地表明，玛利亚娜后来也没有让步。从这两页和更多的后几页里，威廉了解了不幸的姑娘直至临死的整个故事，不禁深感悲痛。

老婆子向诺尔贝格报告了玛利亚娜的死讯，骗他相信费利克斯是他的儿子，使这个粗鲁的人慢慢变得温驯起来。他呢，给老婆子寄来过好几次钱，却都被她自己留下了，因为已经说动奥勒莉亚负责抚养这孩子。可惜的是那秘密的财源没有维持多久。诺尔贝格花天酒地，耗光了自己的大部分家财，还有接二连三地拈花惹草，也使他对想象中的第一个儿子铁了心。

一切听起来都那么可信，一切都再凑巧不过，尽管如此威廉还是高兴不起来，他似乎面前摆着一件礼物，生怕它是一个恶灵送来的。

老芭芭拉猜透了他的心思，说道：

“您的多疑只有时间能够医治。您就当这孩子是别人的，并且更加留意观察他，注意他的天赋，他的气质，他的能力，如果您不能渐渐认出您自己来，那您必定是眼睛有毛病。因为我向您担保，我要是个男人，谁也别想随便塞一个孩子给我。然而只有女人有此福分，男人们碰见类似的情况眼光就不够锐利啦。”

这之后威廉终于和老婆子谈妥了：他把费利克斯带在自己身边，她送迷娘到特蕾萨那儿去，事完以后他答应给她一笔小小的养老金，让她爱在哪儿消受在哪儿消受。

威廉让人叫来迷娘，使她对面临的变化做好准备。

“迈斯特！”她说，“留我在你身边吧，不管是快乐还是难受。”

威廉开导她说，她现在长大了，必须考虑继续受教育的问题。

“我够有教养的啦，懂得谁该爱，谁可以信赖。”迷娘回答。

威廉说她得注意健康，需要不断有人关心，需要一位能干的大夫指导。

“干吗要来关心我？”她问，“需要关心的事情不是挺多吗？”

威廉花了许多力气说服她，要她相信他不能带她了，打算把她送到一些别的人那儿去，但他们仍会经常见面，她却好像什么也没听见似的。

“你不愿意我待在你身边？”她说，“也许把我送到竖琴老人那儿去更好，可怜的人十分孤单。”

威廉努力使她明白，竖琴老人得到了很好的照顾。

“我每时每刻都在想念他哦。”迷娘回答。

“当他还和我们在一起的时候，”威廉说，“我可没有发现你这么喜欢他喽。”

“当他醒着的时候，我是害怕他，我只是不敢看他的眼睛。可等他睡着了，我就喜欢坐在他身边，替他赶蚊子，一看起他来就没个够。哦，他曾在一些可怕的时刻帮助过我，谁都不知道我欠他多少情啊！我要知道路，早跑到他那儿去了。”

威廉详细给她进行解释，对她说，她是个理智的孩子，这次也要遵从他的愿望才好。

“理智特残酷，”她回答，“心更好些。你要我去哪儿我也愿去那儿，不过得把你的费利克斯交给我！”

讲来讲去迷娘仍旧固执己见，威廉最后只得决定把两个孩子都交给老芭芭拉，由她把他俩一起送去特蕾萨那儿。这样对他来说也轻松一些，因为他仍然害怕把漂亮的小男孩儿据为自己的儿子。他把费利克斯抱起来到处走。小家伙喜欢被抱到镜子跟前去。威廉呢，尽管心里不承认，同样喜欢抱他去照镜子，并且力图从自己和孩子之间看出相像的地方来。有时候，他觉得真是很像，便把孩子紧紧搂在胸前；可过一会儿，他一想自己可能受骗，又吓得放下孩子，让他跑开了。

“哦!”他喊道，“我要是真将这无价之宝据为己有，以后又让人夺走了他，那我才是所有人中最最不幸的人啊!”

孩子们乘车走了。威廉现在打算和剧团形式上告告别，虽然他感觉早就告过别了，需要的只是走人。玛利亚娜已不在人世，他的两个守护天使也离开了，他的思想正追随他们而去。漂亮的男孩儿在他的想象中像个可爱的精灵似的飘浮着，他看见特蕾萨牵着他越过田野，穿过森林，看见他呼吸着清新的空气，在一位自由快乐的女子陪伴下成长。自从想到孩子和特蕾萨在一起，她对威廉就变得更加珍贵起来。甚至在剧院里看戏，他也面露微笑想起了她，他几乎完全让她给迷住了，演出再也激不起他的幻想。

一当发现他对自己过去的位置不再有任何要求，赛罗和梅利纳都对他客气得要死。一部分观众希望看见他再次登台，这在他已经不可能，而团里除了梅利纳太太，多半也没谁有此希望。

威廉现在真的向这位女友道别，对她不无感慨地说：

“人要是不那么狂妄地对未来做出许诺就好啦！他连最小的承诺也不能遵守，更别提意义重大的计划。一想到那个不幸的夜里，我们遭到抢劫后，病的病，伤的伤，全挤在一家寒碜的小客栈里，我曾对大伙儿做过怎样的许诺，真感到羞愧难当。不幸的处境大大提高了我的勇气，我在自己的良好意愿里发现了怎样的珍宝啊！而今一切毫无结果，真正毫无结果！我离开您时怀着歉疚，我幸运的是没有谁把我的承诺当真，也没有谁在什么时候提醒过我这件事。”

“您别太苛责自己啦，”梅利纳太太回答，“尽管没有谁认识到您为我们大伙儿做的贡献，我却不会视而不见：要是我们没有您，我们的处境将完全是另一个样子。我们的打算跟我们的愿望一个样，在完成以后，实现以后，它们看上去已面目全非，就仿佛我们什么也没有做，什么也没有办成似的。”

“您友好的解释并不能使我良心平安，”威廉接着说，“我将永远欠着您的情。”

“也可能是这样，您真欠着我什么，”梅利纳太太回答，“只不过并非以您想象的那样。口头做了许诺没有办到，我们通常就视为自己的耻辱。哦，我的朋友，一个好人的存在本身所做的许诺总是太多太多！他赢得的信赖，他激起的倾慕，他引发的希望，都是无穷尽的啊！他将永远欠着我们的情，虽然他并不自觉。多保重！就像在您的领导下，我们外在的环境大大地改善了，您的离去也会使我的内心出现一个空缺，它很难再弥合。”

动身之前，威廉还从城里给威尔纳写了一封长信。虽然他俩此前也曾通过几封信，但是由于看法不一致，最终还是停止了。而今威廉又靠近了一步，正打算做威尔纳希望他做的事，可以说：“我将离开舞台，去与一些人共事，和这样一些人交往，无论从哪方面讲，都必定会成就真正的事业。”他问起自己的财产状况，因为他好久没有关心这种事了，心里也感觉挺稀罕。他不知道，所有过分注重内心修养的人都是这个德行，都一样地完全无视外在的状况。威廉就曾经如此。这会儿他似乎才第一次发现，他想坚持不懈地干事业，就必须有外在的条件和手段。他带着与前一次完全不同的想法踏上了旅途，他看到的前景是迷人的，并且希望途中会有一些愉快的经历。

第九章

回到罗塔里奥的庄园，威廉发现变化很大。雅诺迎上前来，告诉他那位叔祖死了，罗塔里奥已经去接收遗产。

“您回来得正好，”雅诺说，“我和教士正需要您的帮助。罗塔里奥把收购邻近几座大庄园的事托付给了我们。为此已准备很久，现在正好及时地找到了资金和贷款。唯一棘手的是外边的一家企业也看上了这些产业。我们于是当机立断，与这家企业联起手来，因为不这样就会失去理性，毫无必要地把价格抬高上去。看样子，我们打交道的是个聪明人。现在我们正在造预算，提方案，对如何划分这些庄园也得经济地考虑，以便双方都得到令人满意的产业。”

给威廉送来了资料和文书。大伙儿视察了田地、牧场和宅第。尽管雅诺和教士看起来对事情蛮在行，威廉还是希望请特蕾萨来参加。

这些工作让他们干了许多天，威廉几乎没有时间给朋友们讲自己的奇异经历，讲他与费利克斯可疑的父子关系。这事对于他来说如此重要，他们听时却满不在乎，轻率地就放过去了。

威廉发现，有几次在饭桌上和散步途中，他俩在亲密地谈着什么时突然停住了，改变了话题，至少让他感觉到人家要干什么瞒着自己的事。这使他想起了吕蒂亚说的话，加之府第有一侧他仍然完全去不了，他对她的话就更加深信不疑。某些个过道，特别是那座外表他已很熟悉的塔楼，他曾多方寻找通向它们的道路和入口，然而迄今却毫无结果。

一天傍晚，雅诺对他说：

“我们现在可以放心大胆地把您看作自己人啦，不让您深入了解我们的秘密，就说不过去。一个初初入世的人自视甚高，想要养成许多优秀品质，努力使一切变成可能，这本来是好事；不过呢，当他修养到了一定的程度，如果还能学会融汇在大众之中，学会为了他人而生活，学会在一种无私的活动中忘记自我，那就更好。这样他才会真正认识自己，因为唯有行为会显示出我们与旁人的区别。您很快会知道，在您身边存在着一个怎样的小世界，以及这个小世界对您已多么了解。明天清早日出之前，请您穿好衣服，做好准备。”

雅诺如约准时来到，领着威廉走过一些熟识的和未见过的房间，随即穿行于一条条的过道、走廊，最后来到一扇古老的、包着厚铁皮的大门前。雅诺敲门，门微微开启，刚好挤得进去一个人。雅诺把威廉推进门，自己却没跟来。威廉置身于一个黑暗、狭窄的空间里，四周什么也看不见，刚想迈步就碰上了障碍。只听一个并不完全陌生的嗓音冲他喊：“进来吧！”这时他才发现，他所待的空间的两侧仅只挂着一些毯子，透过毯子射来微弱的亮光。“进来吧！”喊声再次传来。他掀起毯子，走了进去。

他现在到了一座厅堂里，这地方过去像是一间小教堂。在几级台阶之上立着一张大桌子算是祭坛，桌上铺着绿色的毯子，上方挂着一块拉严实了的帷幕，像是遮挡着一幅油画什么的。桌子的两旁蹲着做工精致的橱柜，橱柜像在图书馆里通常见到的那样，让细细的铁栅栏给封起来了。只是里边看不见书籍，而是陈列着许多纸卷。厅堂中别无一人，初升的朝阳透过彩色的玻璃窗射进来，正好照在威廉脸上，像是在对他表示亲切的问候。

“坐下！”从祭坛所在的地方传来一个声音道。

威廉坐到一把背靠入口处板壁的小椅子里，整座大厅没有第二个座位，他不得不将就坐着，虽然朝阳耀花了他的眼睛。椅子固定死了，他只能举手把眼睛挡住。

但听传来一阵窸窸窣窣的声音，祭坛上的帷幕分开了，露出一个木框里的黑暗空洞。一个穿着常人衣服的男子从洞中走出，招呼威廉，对他言道：

“您不认识我了吗？在许多您想知道的事情当中，您不希望也了解一下您祖父的艺术收藏现在何处吗？您不再回忆得起那幅曾经让您着迷的油画吗？那位病弱的王子，他现在何处奄奄一息？”

威廉很容易就认出是那个外乡人。就是此人，在那个决定命运的夜晚，曾与他在故乡的一家酒馆里长谈。

“也许现在，”那人又道，“关于命运与性格问题，咱俩可以取得一致意见了吧。”

威廉正要回答，帷幕又合上了。

“奇怪！”他自言自语，“难道一些偶然的事件相互有关联？而我们所谓的命运，仅仅是个偶然吗？我祖父的收藏会在何处呢？在如此庄严的时刻，为什么让我想起这个？”

不等他继续想下去，帷幕又分开了，他眼前站着一个人，威廉立刻认出就是那个曾与他和剧团一起乘坐游船的乡村牧师。此人像庄园里的教士，却似乎又并非同一个人。只见他表情爽朗，音调庄严地开口言道：

“为人师者，职责不在防止人发生迷误，而在指引迷误之人，是的，贤明的导师甚至会让他将迷误之杯满斟，痛饮。一个人只有品尝过迷误的滋味，他才会长久地思考，才乐于把迷误视作罕有的福分。可是谁要把迷误全喝光了，如果他不是个疯子，就必定会把迷误认清。”

帷幕再次合上，威廉有一些时间进行思考。

“此人说的是怎样的迷误啊？”他自己问自己，“好像说的就是那个终生将我追逐的迷误似的：我四处寻找教养，可在哪里也没找着；我幻想自己是个天才，却连一丁点儿天分也没有。”

帷幕更快地分开来，走出一名军官，边走边讲道：

“您要结识那些可以信赖的人！”

帷幕又合上了。威廉没怎么思考就认出那军官是谁，原来就是那个在伯爵的花园里拥抱过他，害得他把雅诺当成了新兵贩子的人。这家伙怎么也来到了庄上，他的身份究竟是什么，对于威廉来说都通通是个谜。

“既然这么多人都关心你，了解你的生活道路，知道你接下去该干什么，他们为什么又不更严厉地，更严肃地给你指导呢？为什么他们成全你的儿戏，而不是把你引开呢？”

“别跟我们争辩！”一个声音叫道，“你已经得救，已走在通向目标的路上。你不会后悔自己做的任何蠢事，不会希望任何事情不曾发生，一个人有如此遭遇是再幸运不过了。”

帷幕迅速拉开，丹麦的老国王全副戎装地站在洞中。

“我是你父亲的幽灵，”那形象说，“我欣慰地走了，因为我对你的希望都已实现，并超出了我的想象。陡峭的高山只有通过弯曲的道路攀登，平原上才有笔直的大道从此地通往彼地。再见了，当你享受着我为你准备的东西时，别忘了我。”

威廉大为惊愕，觉得听见了自己父亲的声音，但似乎又不是。现实与回忆搅在一起，使得他头脑昏昏。

他没能思考多久，教士就走出来站在绿色的桌子后面。

“您过来吧！”他喊他这位惊讶的朋友。

威廉走过去，登上那几级台阶。绿毯上摆着一个纸卷。

“这是你的结业证书，”教士说，“它的内容很重要，得好好铭记。”

威廉接过来，打开念道：

结业证书

艺术长存，人生短暂，判断实在不易，机遇须臾之间。行动简单，思维困难。思而后行讨厌、麻烦。开始无不欢欢喜喜，期盼之地当在门槛。童子惊讶好奇，印象决定其性情，他从嬉戏中获得教益，却害怕正经、呆板。我们天生善于模仿，却难得认清模仿的东西。卓越的事物稀罕，更稀罕的是受到珍惜。崇高令我们向往，阶梯却遭到忽视。眼睛仰望着峰顶，我们仍喜欢路途平缓。艺术只有部分可学，艺术家却需要整体。一知半解者总爱胡说八道，夸夸其谈；真正精通的人只喜欢干，很少开口，或者干后再谈。前者没有秘密，没有力量，他们的学识如已出炉的面包，只能新鲜一日，充饥一天。可是面粉不能播种，种子不能磨面。言语固然很好，但言语并非至善，至善之物实在难以言诠。最崇高者，莫过我们据以行动的精神。行动只能为精神理解，并通过精神成形。只要行为端正，谁又知其究竟；但不可为之事，我们总是记得清。依瓢画葫芦者，乃迂夫子，乃伪善者，或者滥竽充数之人。此辈众多，聚在一起倒也开心。他们喋喋不休贻害学子，他们平庸固执吓跑精英。真正艺术家的学说启迪人心智，因为言语不及处，便可代之以行。真正的学子能从已知推出未知，如此这般向着大师靠近。

“够了！”教士喊道，“剩下的自己找时间念吧。现在看看旁边那些柜子。”

威廉走过去，读纸卷上的标题。他惊讶地发现了“罗塔里奥的学习时代”，“雅诺的学习时代”，以及他自己的“学习时代”，跟其他许多不知道名字的人的纸卷陈列在一起。

“我希望看看这些纸卷，可以吗？”

“从现在起，这大厅里没有任何东西对您保密。”

“允许我提个问题吗？”

“别顾虑！只要涉及您眼下关心的事情，或者应该关心的事情，你都可望得到明确的解答。”

“那好！你们这些睿智的异人，你们洞悉如此多的奥秘，你们能告诉我费利克斯真是我的儿子吗？”

“祝福您提出了这个问题！”教士高声道，同时兴奋地拍了拍手，“费利克斯是您的儿子！我以藏在我们心中的神灵之名向您起誓：费利克斯是您儿子，还有就思想品德而言，他死去的母亲也配得上您。从我们手中接过这可爱的孩子吧，回转身去，放心大胆地享受您的幸福！”

威廉听见背后发出一阵声响，转过身来，看见一张调皮的小脸正从入口的挂毯间往外张望：正是费利克斯。男孩儿一被发现，马上又嬉戏着藏起来了。

“出来！”教士喊。

费利克斯跑了过来，他父亲也扑上前去，抱起他来紧紧搂在胸口上。

“是的，我感觉到了，你是我的儿子！我真感激朋友们让我获得这上天的恩赐！你从哪儿来？怎么刚好在这一时刻？”

“您别问啦！”教士说，“祝福你，年轻人！你的学习时代已经结束，造化允许你结业了。”

第八部

第一章

费利克斯蹦蹦跳跳进了花园，威廉兴冲冲地跟在后面。明媚的清晨赋予眼前的一切以新的魅力，威廉享受着一生中最快活的时刻。在这自由、光明的世界里，费利克斯感觉十分新鲜。对于小家伙反复地、不倦地询问的那些东西，他父亲也知之甚少。最后他们一道去向园丁请教，园丁只好把一些个植物的名称和用途细诉出来。威廉观察起大自然来眼光一新，孩子的好奇心和求知欲使他第一次感到，自己过去对身外的事物太不关心，知道和了解的东西真叫太少啦。今天，他一生中最幸福的一天，似乎他自身的修养才真正开始：在孩子要求他教他的时候，他感到了提高自己的必要。

雅诺和教士没再露面。傍晚，他们来了，并且带着另外一个人。威廉迎上去时很是惊讶，他几乎不相信自己的眼睛：那人竟是威尔纳！威尔纳同样呆站了一会儿，才敢认他。两人热烈拥抱，并且都忍不住说发现对方变了。威尔纳认为，他的朋友比以前显得更高大、魁梧，身板更笔挺了，而且气质也更加成熟，举止也更加优雅。

“只是我觉得少了从前日的诚挚。”威尔纳补充说。

“诚挚还会有的，一当我们从久别重逢的惊喜中恢复过来。”威廉回答。

威尔纳远远不能给威廉留下同样有利的印象。这老好人似乎不但没有进步，反而是倒退了。他比从前瘦了许多，尖尖的面孔显得更加瘦削，鼻子显得又尖又长，额头和脑顶的头发已经掉光，嗓音响亮、急促、尖利，胸脯凹陷，两肩溜斜，面无血色，一切都不容人怀疑自己面对的是一个操劳过度的忧郁症患者。

威廉足够谦虚，对这巨大变化的评说极有节制；反之，威尔纳却充分流露出为朋友感到的高兴。

“真的!”他叫道，“你尽管没好好利用自己的时间，我猜想是一无所获吧，然而人却变得有模有样，能够走运，必定走运。只是别再浪浪荡荡，虚掷光阴，放过机遇：你这样一表人才，真该给我赚回来一个富有、漂亮的女继承人啊。”

“你可真叫本性难移喽!”威廉回答，“阔别多年，你一见自己的朋友就把他当成商品，当成可以用来投机发财的东西。”

雅诺和教士似乎对他们认识一点儿不觉惊讶，所以让朋友俩尽情地谈论现在，回顾往昔。威尔纳围着威廉瞅来瞅去，搞得人家差不多不好意思起来。

“不！不!”他叫道，“这样的事我真没有遇见过，可是我知道，我并未发生错觉。你的目光更深邃了，前额更宽阔，鼻子更细腻，嘴巴变得更加可爱。你们瞧瞧他站着的姿态！一切都多么匀称、和谐啊！懒散竟如此有益健康！相反，我这可怜虫，”他瞅着镜子里的自己，“这段时间要不是狠赚了点钱，那我身上真叫一无所有了哟。”

威尔纳没有收到威廉的最后一封信。他们的谈判对手，正是罗塔里奥有意与其联手购买那些庄园的外地企业。威尔纳来此就为这笔交易，万万没想到会中途遇见威廉。当地的裁判官来了，各种文书已摆到桌面上，威尔纳觉得方案公平合理。

“看来二位对这个年轻人怀着好意，”他说，“既然如此就请关照一下，别让我们这方面吃亏。他是否接手这个庄园，并为此花掉自己的一部分钱财，完全取决于我这位朋友本人。”

雅诺和教士回答，这样的提醒本来就多余。双方刚大致谈了谈，威尔纳就急着要玩一局罗姆倍牌。雅诺和教士也立刻奉陪，因为威尔纳已经习惯，晚上不打牌就活不了。

晚饭后只剩下了朋友俩，他们便开始相互询问和热烈谈论自己想了解的一切。威廉称赞自己的处境，说能被这样一些出色的人接纳真是幸运。威尔纳相反却摇摇头道：

“可别相信任何东西呀，除非你亲眼看见的！不止一位热心的朋友向我担保，说你跟一个放荡的年轻贵族生活在一起，给他带来一些女戏子，帮助他挥霍钱财，害得他跟自己所有的亲戚都闹翻了。”

“我们竟遭到这样的误解，真令我为我自己和这些好人寒心，”威廉回答，“只是经过一段舞台生涯，我对这样的流言蜚语已不大在乎。那些人只接触到我们所作所为的零星枝节，真正见到的极少极少，因为善行和恶行都避人耳目，光天化日下进行的通常只是些无所谓的琐事，他们又怎能对我们的行为做出评判呢？咱们不是也曾让男女戏子为他们登上舞台，在四周点着明亮的灯光，整个演出却几个小时便结束了，可事后呢，真是很少有谁能说出这出戏的意义何在。”

现在开始询问家里的情况，询问小时候的朋友和故乡的情况。威尔纳急匆匆地讲述着一切，有了什么变化，发生了什么事情，什么还是老样子。

“家里的女眷们快活又幸福，”他说，“从来不缺钱花。一半的时间她们用来梳妆打扮，另一半时间用来向人家展示自己的梳妆打扮。她们在持家方面也算差强人意。我的儿子有望长成能干的小伙子。我已经想象得出，他们一个个坐在账房里写写算算，往来奔波，买进卖出，每一个都应该尽早地自己立业。至于我们的财产状况嘛，你见了会高兴的。一等咱们办妥这边庄园的事，你就得马上回家去，因为看样子你好像也有了几分理智，能够干些人间的正经事啦。应该称赞你的这些新朋友，他们把你领上了正路。我真是个傻瓜，现在才发现自己竟这么喜欢你。你气色很好，仪表堂堂，教我真是看不够。你跟曾经寄给妹妹的那张照片判若两人，关于它，家里还发生了激烈争论。一方面，母亲和女儿认为这年轻的先生露颈袒胸，绉领宽大，长发飘洒，戴着圆圆的礼帽，穿着短短的马甲和晃晃荡荡的长裤，好不潇洒可爱；另一方面我则认为，这样的装束已经跟个小丑差不多。现在你可像个人样啦，只是还缺一条我可以把你的头发扎起来的辫子，否则在路上会被当作犹太人拦住，要求你缴入境税和护送费的。”

这期间费利克斯已走进房来，当他们注意到他时，他早躺在长沙发上睡着了。

“这是个什么小梦虫?”威尔纳问。

此刻威廉既无勇气说实话，也没心思把那仍然有些暧昧的故事，讲给一个天生多疑的人听。

现在大伙儿一起去勘察那些庄园，以便最后成交。威廉一直不让费利克斯离开身边，为了这孩子的缘故，面对着眼前的产业，他心中高兴极了。小家伙对即将成熟的樱桃和草莓很嘴馋，使他想起了自己小的时候，想起了他这当父亲的多重责任，想起了替自己的家人准备和创造好的生活，保持好的生活的责任。他在观察那些苗圃和建筑时何等兴趣盎然啊！他积极考虑如何去弥补欠缺，振兴衰败！他看世界再不像一只候鸟似的，再不把一座宅邸看作迅速搭建的凉亭，人尚未离开，顶子上的草皮已经干枯了。他现在打算建的设施，都得跟随孩子的生长而生长；他现在创造的一切，都要经得住几代人使用。由此看来，威廉的学习时代果真结束了，怀着身为人父的感情，他也具备了一个市民所有的德行。他体会到了这点，真是快乐无比。

“哦，道德何必如此严厉，”他喊出来，“自然有办法轻轻松松地培养起我们必须的所有品德嘛！哦，市民社会的种种清规戒律好稀罕，先搅昏我们的头脑，把我们引入歧途，最后对我们的要求却比自然还更多！所有这类的教育，都破坏能帮我们提高修养的最有效手段，不是把我们领到成功的路上，却将终点指给我们，真是糟糕哟！”

尽管威廉一生中已见识不少，但还是觉得只有观察孩子，才能认清人性。舞台和世界一样，在他看都是一堆掷出的骰子，每一颗的表面上都一会儿数目大，一会儿数目小，要全部凑在一块儿才真管用。在孩子这里就不同，可以说他就是单独一颗骰子，在所有侧面上都清清楚楚刻出了人性的价值和无价值。

孩子辨别事物的渴望与日俱增。一旦知道了事物都有名字，他就想知道所有事物的名字。他一心认定，他的父亲准什么都知道，因此常常缠着他问个没完没了，使他有了理由去了解那些平素很少注意的事情。还有人对事物刨根问底的天性，也早早地在孩子身上表现了出来。他问风来自何处，火跑到哪儿去了，问的做父亲的威廉真正感到了自己的贫乏无知。他希望知道人的想法到底有多大胆，到底能够指望给自己和别人交代清楚怎样一些事情。孩子见有人虐待动物，总是很气愤。威廉把这视为心灵高尚的表现，喜欢极了。一次使女宰了几只鸽子，费利克斯便狠狠地打她。可是不久威廉发现孩子无情地打死青蛙，扯烂蝴蝶，对他的美好看法自然又破坏无遗。他这种性格让威廉联想到不少人：当他们心平气和，旁观着别人的行为时，也是极富正义感的啊。

威廉感到孩子给了他的生存一种十分美好和实在的影响，但这惬意的感觉立刻烟消云散，他不久后就发现了，实际上更多的是孩子在教育他，而不是他在教育孩子。他不能指责孩子什么，不能规定他自己不肯接受的方向，甚至连他那些奥勒莉亚曾花大力气纠正的毛病，在这位女友死后似乎又全都故态复萌了。小东西从来不随手关门，也不肯把盘子里的食物吃干净，最大的满足就是别人能容忍他直接从碗里抓东西吃，容忍他就着瓶子喝酒，却让斟满了的杯子在面前蹲着。尽管这样，费利克斯有时又会极可爱地拿起书来坐到角落里，一本正经地讲什么："我得好好钻研一下学问喽！"虽说他连字母都还认不清楚，也不想认清楚。

一想到迄今自己为孩子做得这么少，也没有能力为他做得更多一些，威廉心中就不安起来。这不安几乎抵消了他的全部幸福感觉。"我们男人生来就这么自私，"他问自己，"我们除了关心自己，就不可能关心任何旁的人吗？我现在带着这孩子，不跟当初带着迷娘正好走的是同样的路吗？我把可爱的小姑娘拉扯大，她在面前我感到快乐，但却让我给狠心地忽视了。她渴望受教育，为此我做了什么？什么也没做！我让她放任自流，任随她去受一个卑下的戏班子所能给予她的一切影响。现在为了这个男孩儿，这个在你还未能视为珍宝之前已很留意的男孩儿，你可又有心在什么时候真做上哪怕一丁点儿事呢？已不再是可以荒废自己光阴和他人光阴的时候啦，打起精神来，想想你可以为自己做些什么，为这两个可爱的孩子做些什么。由于血缘关系，由于心性相投，孩子们都紧紧地与你连在了一起。"

这样的自言自语，原本只是个开场白，接下来他本该承认：他已经思考过，操心过，寻觅过，选择过了，他不能再迟疑下去，得赶快向自己承认。经过对玛利亚娜之死一次次沉痛而无谓的思索，威廉感觉得太清楚了，他必须为费利克斯找一位母亲，而这位母亲，他发现由特蕾萨来当是再保险不过。他充分了解这个出色的女人。这样的一位妻子和助手，将是他可以托付自己和自己家人的唯一一个人。她对罗塔里奥的高尚恋情不令威廉担心。奇异的命运将他俩永远分开了。特蕾萨自视为独身，谈起婚嫁来尽管无所谓的样子，却也认为是很自然的事情。

威廉自己跟自己合计了很久以后，终于决心要尽可能地对她讲讲自己。应该让她了解他，就像他已对她了解一样。于是，他开始反思自己的过去。在他看来，自己的过去似乎挺空虚，整个说来，任何的坦诚交代似乎都于他不利，以致他不止一次地想要打退堂鼓。终于，他下决心向雅诺要塔楼里那份有关他学习时代的纸卷。雅诺回答："正是时候。"威廉于是得到了它。

一个高尚的人意识到他即将看清自己的真面目，必定会产生一种悚惧之感。所有的转折都是危机，而一次危机不就是一场疾病吗？在生病以后我们多不愿意照镜子啊！我们感觉到正恢复健康，只是疾病的影响还历历可见。这期间，威廉已做了充分准备，情况明摆在他的眼前，他的朋友也不曾姑息他，虽说在展开那羊皮纸卷时他也有些性急，可越往下读却越平静。他发现自己的详细生平被清晰粗大的笔触描绘了出来，不论是个别的事件，或是狭隘的感情，都未曾惑乱他的视线，概括性的友善评价没使他蒙羞，倒给了他一些个指点。他呢，在身外第一次看见了自己的形象，不过不是镜子里的第二个自我，而是在肖像画上的另一个自我。尽管我们不能认同它所有的特征，但是却高兴有一位思想者来如此理解我们，有一位伟大天才来如此描绘我们，一幅反映我们存在的绘画已然存在着，而且可能存在得比我们自身更加久远。

手稿唤起威廉对所有往事的回忆，与此同时，他便忙着为特蕾萨写出自己的故事，他几乎羞愧自己拿不出什么来抗衡她那些高卓的德行，拿不出什么来证明自己也曾奋发有为。他写起自己的往事来不厌其详，给特蕾萨的信却短而又短：他请求得到她的友谊，如果可能的话，请求得到她的爱情，他向她伸出求婚之手，请她迅速做出决定。

这样一件重大的事情是不是该先跟自己的朋友商量呢，跟雅诺和教士商量呢？威廉为此进行了一些思想斗争，最后还是决定保持沉默。他太坚决了，事情对于他太重要了，没法再交给那最明智和最善意的人去评判。是的，他甚至多了个心眼，亲自去附近的邮局把信投了。也许是想到自己一生中那么许多自以为无拘无束的和秘密的行动，事实上如那纸卷明白无误地显示出的，都曾被别人观察，是的，甚至受到别人引导，教威廉感到有些不快吧。而今，至少对于特蕾萨，他希望能纯粹地以心换心，真诚交流，把自己的命运交给她去决定，去决断。他良心上毫无愧疚，决定至少在这样一个重大问题上避开他那些卫士和监护人。

第 二 章

信刚寄走，罗塔里奥就回来了。大伙儿都很高兴，重要交易的准备已经就绪，不久就会成交了结。威廉期盼着许多的联系能一部分新建起来，一部分被解除掉，自己的前途从此得以确立。罗塔里奥热情洋溢地问候大家。他的伤完全好了，兴致勃勃的样子，一看就是一个知道自己该干什么，而想干什么都不会有障碍的男子汉。

威廉没法同样热情地问候罗塔里奥。他忍不住对自己说：

“这是特蕾萨的朋友、情人和未婚夫呀，现在你硬想挤掉他的位置。你以为什么时候能清除这个印象，或者把它赶走吗？”

要是那封信还没寄走，他也许没了寄的勇气。幸好骰子已经掷出，特蕾萨没准已经做了决定，只是他俩之间还有一块轻纱隔着，遮掩着幸福圆满的结局罢了。成败反正都必定很快会揭晓。威廉力图以所有这些考虑来安抚自己，但是他的心情仍激动得要命。对那桩在一定程度上关系着自己整个财产命运的交易，他只能给予很少的关心。唉！对于一个正在热恋的人，他周围的其他一切，他拥有的其他一切，是多么微不足道啊！

幸好罗塔里奥处理这桩交易挺大度，威尔纳呢，则驾轻就熟。他生性热衷于聚敛财富，对获得这份将属于自己或者更多的是属于他朋友的美好产业，真是兴高采烈。罗塔里奥方面似乎却另有考虑，他说：

“我不可能既为拥有它高兴，又为拥有它的合法性高兴。”

“我的上帝啊！”威尔纳叫起来，“难道我们这份产业不够合法吗？”

“不完全合法！”罗塔里奥回答。

“难道我们不是付的现钱吗?”

“很好!”罗塔里奥说,“对于我要提出的问题,您没准也认为是多余的顾虑。在我看来没有任何产业是完全合法的,除非你把应缴的一部分缴给国家。”

“什么?”威尔纳问,“您原来希望,我们通过自由交易买来的产业也承担纳税义务?”

“是的,”罗塔里奥回答,“在一定程度上是的,这样它就与其他所有产业地位平等了,也因此而有了保障。在新时代许多观念都发生了动摇,农民认为贵族的产业不如他们的产业合法,主要原因是什么?只不过就是贵族没有缴税负担,税务都转嫁给了他们。”

“可是这样一来,咱们的投资如何增值呢?”威尔纳问。

“毫不影响增值,”罗塔里奥回答,“如果由于照章纳税,国家免去我们受那些封建陈规陋习的约束,容许我们随意处置自己的产业,我们就不必再把它们大片大片保持在一起,而能更平均地分配给自己的孩子们,这样使他们全都积极奋发起来,而不是仅仅留给他们一些既限制自己又限制别人的特权。为享有这些特权,我们则不得不老是向自己祖先的亡灵发出呼吁。我们的儿子女儿会更加幸福啊!因为他们目光远大开阔,能随时挑选提拔这个杰出的姑娘,那个优秀的青年,而不必有其他的担心顾虑。国家因此会有更多可能也更好的公民,而不必再经常为缺乏人才感到尴尬。”

“请您相信我,”威尔纳回答,“我一辈子从来没想过国家,我之所以缴租、纳税和付保护费,只因为老规矩如此。”

“喏,”罗塔里奥说,“我希望还能把您变成一个好的爱国者。须知,就像只有吃饭时让先给孩子们上饭菜的父亲才是好父亲,只有在一切花销之前先留下给国家的钱的公民才是好公民。”

这样的一般性讨论没有妨碍交易进展,相反倒加速了它。当事情完成得差不多的时候,罗塔里奥对威廉说:

“我现在得让您去另一个地方,那儿比这儿更需要您。我妹妹让我请您尽快去她那儿。可怜的迷娘看样子越来越憔悴，她们相信您去也许能让她好起来。我妹妹随后还送来了这张字条，您读读就知道她多么渴望您去了。”

罗塔里奥把字条递给威廉。听着上面的话威廉已尴尬之极，一看这用铅笔匆匆写成的条子就认出是伯爵夫人的亲笔，更不知该如何回答才好。

“把费利克斯带去吧，”罗塔里奥说，“这样两个孩子可以相互开心。您必须明天一早及时起程。我妹妹送我们回来的车还在这里，我把自己的马给您走一半路程，然后您就租驿站的马。一路保重，多多转达我的问候。告诉我妹妹，我很快又会去看她，她呢，得准备好多迎接几位客人。我们外叔祖的朋友茨普里阿尼侯爵正在来这里的路上，他希望生前还能见到老头子，好与他一起幸福地回忆往昔，以共同的艺术爱好共度欢乐时光。侯爵比我外叔祖年轻得多，所受教育的最好部分得感谢他。为了多少弥补一下他将感到的遗憾，我们必须尽一切努力，而想做到这点，最好是聚会的人多一些。”

说完，罗塔里奥带着教士回自己房间去了，雅诺先已经骑马离开，威廉便快步走回房里。他没有一个可以吐露心事的人，也不能通过谁取消那他很怕去走的一步。小仆人来请他收拾行李，因为他们当晚就得捆到车上，以便天一亮好出发。威廉不知道该做什么，最后，他终于对自己喊道：“先只要离开这幢房子！可以到车里再考虑怎么办，充其量在半道上躺下来，派一个仆人带信回去，在信上写出你没勇气当面讲的话，然后不管再发生什么都无所谓。”

决心尽管这么下了，威廉还是彻夜难眠，只有看看安详地睡着的费利克斯，使他感到一些欣慰。“哦，”他叫道，“谁知还有怎样的考验在等着我，谁知过去的失误还会给我多少折磨，谁知我对未来美好而明智的打算还会遭受多少次失败！可是这个我已经拥有的宝贝，你仁慈的或者残酷的命运啊，求你把他保留给我吧！倘使我自身这最为精华的一部分在我自己面前毁灭了，要是这颗心与我自己的心被强行分开了，那理智和理性都跟我再见吧，任何谨慎和小心都跟我再见吧，还有你，生存的欲望，也给我滚开！我们与禽兽的一切区别，也消失吧！如果不允许自愿提前了结悲惨的日子，那就请在死亡破坏掉意识之前，带来漫长的黑夜之前，以早发的痴呆取代我清醒的意识吧！”

他搂住孩子亲吻，把孩子紧紧贴在自己心口上，用滚滚的热泪濡湿了他的小脸。费利克斯醒了，他那明亮的眼睛，快活的目光，深深打动了这位父亲的心。

“当我把你介绍给美丽而不幸的伯爵夫人，当她把你紧紧搂在曾经被你父亲深深伤害过的心口上，”威廉叫道，“我将面对的是怎样一个场面啊！我不能不担心，一旦与你接触重新引发了她真正的或者意想的伤痛，她立刻会一声惊叫，把你从胸前推开啊！”

马车夫没给他时间继续思考或者进行选择，逼着他天亮前就上了车。眼下他把费利克斯好好地裹在了毯子里。清晨挺冷，但明媚爽朗，孩子生来第一次看见了日出。他对那初升的朝阳，对那光明逐渐增加的威力，感到十分惊异，他对此流露的喜悦，发表的奇特感想，都令他父亲高兴，使他窥见这孩子的心里，也像在平明如镜的、静静的海上一样，正有一轮红日冉冉升起。

到了一座小城，车夫卸下马自己骑着回去了。威廉立刻要了个房间，开始问自己是该留下呢，还是继续前进。在此犹豫不决之际，他又鼓起勇气，把那张迄今还没敢看第二遍的字条掏了出来，只见上面写道：“快让你的年轻朋友上我这儿来吧，迷娘最近两天情况很糟糕。这样的时机尽管可悲，可我还是高兴与他认识。”

最后这句话威廉在第一次看时没有留意。他因此大吃一惊，当即决定不再去了。

“什么？”他叫出声来，“罗塔里奥明明了解内情，却不曾告诉她我是谁？这么讲她不是怀着平静的心情，等着见一个她本不乐意再见的熟人，而是期待着结识一位新朋友。而我一走进去！我将看见她吓得倒退，将看见她满脸通红！不，我没法面对这样的情景！”

这时候马已经牵来套好了，威廉决定卸下行李，在此地住下来。他激动得要命。只听一个使女走上楼来，打算通知他一切准备就绪，他于是迅速地考虑着不得不留下来的借口，目光便不经意地停在了手里拿着的字条上。

“上帝啊！”他叫起来，“怎么回事？这并非伯爵夫人的笔迹，这是那位女骑士的手迹啊！”

使女跨进门来，请他下楼去，带着费利克斯赶路。

“这可能吗？”他叫道，“这是真的吗？我该怎么办？留下，等着弄清情况？还是抓紧赶路？匆匆赶去迎接命运新的安排？在奔向她的途中你还能迟疑？今天晚上就可以看见她了，你还情愿把自己关进牢狱里？这是她的手迹，没有错！它正召唤着你，她的马车已经备好，要将你送到她那儿去。现在谜底揭开了：罗塔里奥有两个妹妹。他只知道我与其中一个的关系，不了解我欠着另一个多少情。还有她也不知道，那个受了伤的流浪汉，那个即使不感激她救命之恩，也得感激她使其恢复了健康的流浪汉，竟无功受禄，在她哥哥府里受到了殷勤的接待。”

费利克斯坐在下面的车里摇摇晃晃，大声喊叫：

“爸爸，快来！快来！快来看云有多美丽，色彩多好看！”

“来啦，来啦，”威廉一边回答，一边奔下楼梯，“好孩子，天上所有这些你这么欣赏的景象，正好与我人生的前景吻合啊！”

坐在车里，威廉开始回忆清理所有的关系。

“如此说来，这位娜塔莉亚也是特蕾萨的朋友喽！怎样的发现，怎样的希望，怎样的前景啊！真叫稀罕，由于听见谈起一个妹妹所产生的恐惧，竟让我完全忽视了另一个妹妹的存在！”

威廉满心欢喜地望着他的费利克斯，希望这孩子和自己一样都会受到最好的接待。

暮色降临，太阳落山了，道路不特别好走，马车行驶得很慢。费利克斯已经入睡，新的担忧和疑虑又出现在我们朋友的心间。

“你真叫痴心妄想，异想天开呀！”他对自己说，“仅仅笔迹模模糊糊有点儿相像，你一下就觉得有了把握，竟至于想入非非。他又把字条掏了出来，在苍茫的暮色中觉得重新认出了伯爵夫人的笔迹。他的心就其整体而言已告诉他的，他的双眼就是找不着具体的证据。

“真这样，这些马还是拖你去经历一个可怕的场面喽！谁知道，它们会不会过几小时就拖着你原路返回？你要是单独碰见她也好，可没准她的丈夫在场，男爵夫人也在场呢？她再见到我时已模样大变？在她面前，我还站立得住吗？”

只是可能遇见他那女骑士的微弱希望，时而能够在这些阴郁的思考中闪现。入夜，马车辚辚地驶进一座院子，停了下来。一名仆人手持火炬，跨出华丽的大门，跑下宽大的台阶，一直来到车前。

“已经恭候您好久啦。”他一边打开车门，一边道。

威廉下了车，抱起熟睡的费利克斯。第一个仆人对端着灯站在大门内的第二个仆人喊道：

“马上领先生去见男爵夫人。”

威廉脑子里一闪：真幸运！有意也罢，偶然也罢，男爵夫人反正在！我可以先见到她！看样子伯爵夫人已经睡了！你们善良的精灵啊，帮助我熬过这最尴尬的时刻吧！

他走进宅第，置身在一个十分肃穆的境地里，一个他感觉是自己平生到过的最神圣的地方。一盏明亮耀眼的大吊灯，照亮了正对着他的一道宽阔、平缓的楼梯，楼梯在上面的转弯处分成了两个部分。一座座大理石的全身和半身雕像，井然有序地陈列在台基上和壁龛里，有几座他好像认识。他认出一座缪斯女神像是他祖父曾经有的，而且依据的不是其形态和丰仪，而是一条修复了的手臂，以及几处衣服上的补丁。威廉犹如生活在童话里。他觉得怀抱里的孩子挺沉，便在楼梯上停住脚，蹲下来，似乎想把孩子抱得轻松一点儿。实际上呢，他是需要马上休息休息，他几乎不再站得起来了。在前面掌灯的仆人想把孩子接过去，可威廉却不能交出他。随后他走进一座大厅，并且更加惊讶地看见墙上挂着一幅他再熟悉不过的油画，即描绘病中的王子的那幅。他仅只匆匆看了这画一眼，就不得不跟着仆人穿过一个个房间，进入一间里屋。那儿，在一个灯罩背后的阴影中，坐着一位正在读书的女子。“哦，她在那儿!”威廉在这重要的一刻自言自语。他把似乎快要醒来的孩子放在地上，想走到那位夫人跟前去。谁知孩子睡意蒙眬地倒下了，那女子赶快站起迎上前来。原来竟是那位女骑士！威廉再也不能自持，一下跪倒在地，喊道：“真是您啊!”同时抓住她的手，无比兴奋地亲吻起来。孩子躺在他俩之间的地毯上，平静地继续睡着。

费利克斯被抱到了长沙发上，娜塔莉亚坐到他的身边，她让威廉也坐在跟前的一把圈椅里。她端给他一些饮料，他全都没有喝，只是一个劲地看她，以确定自己没有认错人。他仔细辨认她在灯影里的容貌，确实认出了他的女中豪杰。娜塔莉亚给他大致讲述迷娘的病情：这姑娘让一些深沉的感情弄得日渐憔悴，已有了神经过敏的隐患，骤然发作起痉挛来，她可怜的心脏就十分够受并且危险，有时候突然一激动这生命的第一器官便完全静止了，教人感觉不到这孩子的胸中还有任何神圣生命的搏动。等到可怕的痉挛过去后，自然的力量又以脉搏的剧烈跳动表现出来，其厉害的程度现在也教她害怕，就跟刚才没有了脉搏一样。

威廉想起了一次迷娘发作痉挛的情况。娜塔莉亚提到将让大夫和他继续谈这件事情，详细给他解释，是什么原因让她立刻把姑娘的朋友和恩人请来。

“您会发现她身上的一个特别变化，”娜塔莉亚继续说，“她现在穿起女孩儿的衣服来啦，过去却似乎对此非常厌恶。”

“您是怎么做到这一点的?”威廉问。

“如果这值得一提，那我们只好归功于偶然。我告诉您是怎么回事。您也许知道，我周围总有一些小姑娘，因为她们在我身边慢慢长大，我就希望培养她们善良和正直的思想品德。她们从我口里听到的，都是我自己认为是真的东西，可是我不能也不愿阻止她们，从旁人口里听到一些这个世界上通常流行的谬误和偏见。如果她们问起我这些事情，我只要可能，就尽量把那些生疏的、不妥的概念与正确的概念联系起来解释，不说使其变得有益，至少也会无害。一些时候以来，姑娘们已从那帮农家孩子的口里听到了一些事情，什么天使啊，圣诞老人啊，圣子耶稣啊，说他们在一定的时候都会来到人世，送给乖孩子礼物，给不听话的孩子惩罚。她们猜想，那必定都是些凡人装扮的。我呢，也增强她们这种想法，只是并不多加解释，而决心一有机会就给她们演这样一出戏。当时正巧有一对表现一直很好的双胞胎姐妹快要过生日了，我便答应她们，这回会有一个天使送给她俩一些小礼品，作为她们应得的奖励。姐妹俩极其紧张地等着天使的出现。我挑选迷娘来扮这个角色，到过生日那天让她规规矩矩地穿上一件轻薄的白长袍。自然胸前还少不了围一条金色的带子，头发里闪耀着金色的钻石发卡。一开始我想把翅膀省去，然而妇女们坚持要给她装一对大大的金色翅膀，以便能很好显示她们的手艺。就这样，那神奇的人一手擎着枝百合花，一手挽着个提篮，出现在小姑娘中间，连我自己也感到意外。”

“瞧，天使来啦!”我说。

姑娘们一开始齐向后退，最后终于叫起来：“她是迷娘呢!”不过仍旧不敢靠近这神圣的形象。

“这是给你们的礼物。”迷娘说，同时递过小提篮。

大伙儿聚集在她周围，有的细看她，有的触摸她，有的问她问题。

“你真是天使吗?”一个小姑娘问。

“我希望能是。”迷娘回答。

“你干吗拿枝百合?”

“我的心要是能这样纯洁，这样坦白，我就幸福啦。”

“翅膀是怎么长上的？让我瞧瞧!”

“它们还没张开，张开了更好看哩。”

就这样，迷娘认真地回答着每一个简单和天真无邪的问题。小姑娘们的好奇终于得到了满足，对天使的印象开始变得迟钝起来，这时我们就想给迷娘下妆。迷娘她却不乐于，而是取来了她的齐特琴，坐到这张高高的写字台上，唱起歌来，唱得难以置信的优美动人：

让我保持这形象直至逝去，
请别把我的洁白衣裙脱下!
我将会匆匆离开这尘世，
去到地底下坚实的家。

在那我将得到一点安谧，
然后把清亮的眼睛张开，
在这我留下纯洁的躯体，
还有花冠，还有腰带。

天国里的那些个形象，
他们不管是男，还是女，
都既无服饰，也无衣裳，
包裹已经净化的身体。

尽管生活轻松而愉快，
我却感觉到深深的痛苦，
由于苦闷我未老先衰——

请帮我把青春永远恢复！

“我当即决定让她继续穿那身衣服，”娜塔莉亚接着说，“并且为她再做了几件同样的，现在她就经常穿着它们，据我看来，她的气质因此整个都变了。”

这时天已经很晚，娜塔莉亚便让客人去休息。在分手的时候，威廉颇有些忐忑不安。“她结婚了，还是没有？”他思忖。适才只要一有点儿响动，他就担心门会打开，她的丈夫会走进来。那个领他去卧室的仆人又离开得太急，威廉还没来得及鼓起勇气，打听她的家庭情况。不安使他久久不能入睡，他比较着当初那个女骑士的形象与眼前这位新女友的形象，以此消磨时光。这两个形象还不能融合在一起，前一个差不多是他创造的，后一个则几乎想要改造他。

第三章

第二天清晨，四周还一片静寂，威廉已经在邸宅里东瞧瞧西看看。这所房子的建筑艺术纯净、美妙和高贵之极，是他见所未见。“真正的艺术就像良好的社交团体啊，”他叹道，“它能以最愉快的方式，迫使我们认识我们的内心需要培养的分寸。”他祖父的那些全身和半身的雕像，引起了他难以置信的快感。他迫不及待地奔向那幅描写重病的王子的油画，仍然觉得它是那样优美，那样动人。仆人给他开启了另外几个房间，他看见一个藏书室，一个标本室，一间物理实验室。在这些东西面前，他感到十分陌生。这期间，费利克斯也醒了，跳跳蹦蹦地跑来找他。一想到不知将怎样和在哪里收到特蕾萨的回信，他立刻感到忧虑。他还怕见到迷娘，在一定程度上也怕见娜塔莉亚。他眼下的处境，跟他把给特蕾萨的信封起来，兴冲冲地准备完全献身给这位如此高尚的女性的一刻，是何等地不一样啊！

娜塔莉亚派人来请他吃早饭。他走进餐厅，里边有许多衣着整洁的女孩儿在摆桌子，看样子全都不满十岁，一位年纪较大的人搬进来各种饮料。

威廉留心地观看着长沙发上方挂着的一幅画像，尽管觉得有些不尽人意之处，仍不得不认为画的就是娜塔莉亚。娜塔莉亚本人走进来，画像与她相像的地方似乎便完全消失了。令威廉感到安慰的是，画中人胸前戴着一枚十字勋章，他看见娜塔莉亚胸前同样戴着一枚。

“我欣赏了这儿的肖像，”他对娜塔莉亚说，“惊叹画家竟能同时如此真实又如此虚假。一般地看这幅画像非常像您，然而却既缺少您的个性，也缺少您的风韵。”

“更教人惊讶的是会如此相像，”娜塔莉亚回答，“因为这画的根本就不是我，这是我一位姨妈的画像，画的是她在我还是个孩子的时候，年纪和我现在相仿。她这张像就大约是当时画的，谁一看见都相信画中人是我来着。您要能认识我这杰出的姨妈就好喽。我真是非常非常感激她。极其虚弱的体质，也许过分地沉潜内心，同时老怀着对德行和信仰的担忧，就使世界少了一位在其他情况下她必然会成为的非凡的人。她只成为照亮了少数人，特别是照亮了我的一颗流星。”

“怎么可能哦，”威廉沉吟片刻，似乎许多情况突然在他脑子里浮现出来，汇聚在了一起，以至叹道，“怎么可能哦，那颗美丽纯洁的心灵，我也曾读过她沉静的自白，竟然就是您的姨母?!”

“您读过那本手稿?”娜塔莉亚问。

“是啊!”威廉回答，“怀着极大的同情，而且对我整个的生活不无影响。这手稿中最启迪我心智的，我想说是那存在的纯净，不仅仅是她个人存在的纯净，她周围的一切人都如此。他们的天性是这样独立不倚，不可能容纳任何与自己高尚、可爱的心胸不协调的东西。”

“如此看来，”娜塔莉亚道，“比起其他一些同样读过这份手稿的人，您对这美好天性的看法要更合适，是的，我甚至可以讲，要公正得多。每个有教养的人都了解，他得怎样和自己身上以及别人身上的粗暴习气做斗争，他得花多大的力气进行自我修养。尽管如此，在某些情况下，他仍旧只是想到自己，忘记了他对别人还有哪些责任。一个善良的人，他会多么经常地自责，责怪自己待人不够温柔啊！然而，一颗美好的心灵要是把自己培养得太温柔，太有良心，是的，如果要讲也可以讲修养得过了度，那么对于她来说，在这世界上似乎反倒没有了容忍，没有了宽容。这样的一些善人，是没法模仿的，只能供人学习钦仰，除非我们的内心也存在着那样的理想。人们嘲笑荷兰女子的洁癖，可我的女友特蕾萨，她在操持家务时如果不始终遵循这样的观念，她能像现在这样出色吗？”

“如此说来，”威廉高声道，“我见到了特蕾萨的女友，见到了她那位出色的姨妈十分关心的娜塔莉亚，见到了那位从小就充满同情心，就异常可爱和乐于助人的娜塔莉亚！只有这样一个家族能产生这样的天性！我一下子就了解了您的祖先，您周围的所有亲属，我的眼界变得多么开阔了啊。”

“是的，”娜塔莉亚回答，“从我姨妈的自白里，您比从我们这儿了解的情况还更多。由于她疼爱我，自然就对儿时的我说了过多的好话。人们谈一个孩子的时候，从来不讲什么具体事情，总是表示对她的希望罢了。”

这时候威廉迅速地回忆往事，也知道了罗塔里奥的出身和童年情况。美丽的伯爵夫人，在他想来，就是那个戴着她姨妈珍珠项链的小姑娘喽。而当她那温柔可爱的嘴唇凑向他的嘴唇时，他也曾离这项链非常之近。威廉努力用其他思想赶走这些甜蜜的记忆，把在手稿中了解的人和事通通想了一遍。

“这么说，”他叫起来，“我现在是在您高贵的叔祖的邸宅里喽！这并非一座邸宅，这是一座神庙，而您，就是庙里的女祭师，不，就是神灵本身。我将一辈子铭记昨天晚上获得的印象，我当时一踏进来，面前就出现了我儿时见惯了的古老艺术品。我想起了迷娘唱过的那些令人惋惜的大理石像，只是您的这些雕像并不使我忧伤，而是异常严肃地望着我，把我早年的时光与眼前的一刻直接联系了起来。我发现自己祖父的毕生爱好，发现我自己家里的古老收藏，在这儿陈列于其他许多艺术珍品之间，而我，生来就是我们家那好老头最宠爱的孙儿，然而却是个不争气的家伙，现在竟也置身于此。上帝哦，这是多么碰巧的遇合！多么不当的搭配！”

小女孩们陆续离开餐厅，各自做自己的小事情去了。威廉单独与娜塔莉亚留下来，不得不对自己最后的话做进一步解释。他讲，这里陈列的艺术品中很珍贵的一部分，曾经属于他的祖父。这样一来，谈话的气氛变得更愉快融洽了。因为他不但通过手稿了解了这个家庭，同时也重新置身于自己祖父的遗物中间。这时他希望见见迷娘，女主人却请他耐心等待被请到邻村去了的大夫回来。不难猜想，大夫就是咱们已经认识的那个能干小老头。在《一颗美好心灵的自白》里，也曾提到他。

“既然我已处在你们的家庭圈子里，”威廉继续说，“那么，手稿中曾说过的教士，无疑就是我在经历许多奇事之后重又在令兄府上见到的那个怪人，捉摸不透的人喽？也许您能进一步介绍一下他吧？”

“关于他可讲的很多，”娜塔莉亚说，“我最清楚的是，他对我们的教育有过很大影响。他确信，至少有一段时间确信，教育必须结合爱好，只能结合爱好。他现在怎样想我不好说。他坚持认为：人首先得干事，最终还是干事，而没有干某种事的天赋，没有促使他去干的欲望，就什么也干不成。我们承认诗人是天生的，也总这么讲；我们承认一切艺术都如此，因为不得不承认，因为人的这种天赋的表现，压根是模仿不了的。可要是仔细地观察，我们身上哪怕最微不足道的能力同样都是天生的，也就是不存在任何确定不了的能力。只是我们散乱的、不伦不类的教育，把人变得不伦不类。它不是激发各人的潜能，而是诱发他们的欲望；不是发展他们真正的禀赋，而是致力于一些完全不合他们的天性的事情。我宁愿一个孩子，一个年轻人走自己的路时发生迷误，也不喜欢他们像有的人那样稳稳妥妥地走别人的路。因为前者要么通过自己，要么通过引导，最终会找到适合自己天性的正确道路，一当找到了便永远不会再离开；后者相反却时刻都有危险，总想要摆脱别人的限制，投身绝对的自由。”

“真是稀罕，”威廉说，“这位奇人也曾关心过我，看样子同样按照他的原则不说给了我误导，至少也在一段时间里加重了我的失误。他将怎样和其他人一起，为曾经差不多是愚弄过我负责，我得耐心地等着瞧。”

“对他这怪想法，如果真是怪想法的话，我没有可抱怨的，”娜塔莉亚回答，“因为在兄弟姐妹中间，我自然是从这种教育获益最多的一个。我也看到，我的哥哥罗塔里奥得到的培养再好不过。只是对我的好妹妹伯爵夫人，也许已有的教育方式不够好，也许可以把她的性格培养得更加严肃、坚强。至于我的弟弟弗里德利希会变成什么样子，完全没法设想。我担心，他会成为这种教育实验的牺牲品。”

“您还有个弟弟?”威廉惊呼。

“是的!”娜塔莉亚回答，“而且是个生性非常乐天和轻浮的人。由于没法不让他在世界上东游西荡，我简直不知道这个浪子结果会变成什么样子。我已经很久没有见到他啦。唯一使我安心的是，教士以及我哥哥的团体时刻了解他在何处，干些什么事情。”

威廉正打算询问娜塔莉亚对这个矛盾现象的看法，并从她口里了解那个神秘团体的情况，这时老大夫已走进屋来，寒暄了几句便开始讲迷娘的病情。

娜塔莉亚随即牵着费利克斯，说是想领他到迷娘那儿去，以便使姑娘对她朋友和恩人的出现有个思想准备。

大夫现在单独和威廉在一起，接着讲：

“我要给您讲一些奇异的事情，您几乎猜也猜不到。娜塔莉亚有意回避了，让我们谈起来随便一点儿，尽管这些事我都只是通过她知道的，可是当着她的面谈却不会这么轻松自如。我们现在谈的那个善良的小姑娘，她奇异的个性都只源于一种深沉的渴慕，她渴望重新见到自己的祖国，渴望见到您，我的朋友，我几乎想说，这渴望就是唯一使她留念尘世的感情。然而这两个渴慕的对象都无限遥远，都在她孤独的心灵前边不可企及的远方。她的故乡可能在米兰地区，她小小年纪即遭一个走索人班子从父母身边拐带走了。进一步的情况没法从她口里得知，一部分原因是她当时太小，已讲不确切地点和名称，而特别因为她曾起过誓，不能对任何人讲清楚自己来自何地，家住哪里。要知道正好是那些在她迷路时发现她的人，在她详细讲出了自己的住处，急切地恳求他们送她回去以后，他们反倒急急忙忙把她领得更远。夜里住在客栈里，他们以为小姑娘睡着了，便开玩笑说抓了条大鱼，小家伙休想再回得去。可怜的孩子又害怕又绝望，最后在梦中见到了圣母玛利亚，圣母答应给她关照。于是她暗自许下了神圣的诺言，从此再不相信任何人，再不对任何人讲自己的故事，不管是生是死，都只希望得到神的直接帮助。就连我现在给您讲的这些，也是她含含糊糊地让娜塔莉亚知道了的。从她的只言片语，从她唱的歌曲，从她孩子气地无意中流露的心曲、隐衷，娜塔莉亚拼凑出了它们。”

这一来，威廉便能够理解善良的姑娘唱过的一些歌子，说过的某些话啦。他热烈地恳求大夫什么也别瞒他，他急欲知道这稀罕的人所唱的所有歌曲，所做的所有自白。

“哦!”大夫说，“您就准备好听一段奇异的自白，一个您可能已想不起来、然而却关系密切的故事吧。我担心，对善良的姑娘来说，这个故事真是生死攸关呢。”

“您快讲吧，”威廉抢过话头，“我已急得要命。”

“在那次演出《哈姆雷特》之后，”大夫说，“有个女子半夜来您卧室造访，您想得起吗?”

“是的，我清楚记得这件事!”威廉羞愧地叫道，“可是我不认为，这会儿有必要提起来。”

“您知道她是谁吗?”

“不！您吓坏我了！老天啊，该不是迷娘吧？到底是谁？请告诉我!”

“我自己也不清楚。”

“反正不是迷娘?”

“不是，肯定不是！当时迷娘也正准备溜到您身边，可是却不得不从屋角里看着一个情敌抢了先，因此惊恐不已。”

“一个情敌！”威廉叫起来，“请说下去，您把我完全搞糊涂了。”

“您这么快就能从我口里知道结果，真应该高兴，”大夫说，“娜塔莉亚和我跟此事关系不大，然而为了帮助这好姑娘，是费了老大的力气才理清一堆乱麻，了解到她这点情况。菲莉涅和其他姑娘一些轻浮的言谈，还有某一支歌子，引起了迷娘的注意，使那个在自己爱人身边过上一夜的想法深深迷住了她，只不过她能想到的只是亲密而幸福地同榻安卧而已。这孩子纯善的心中对您的爱慕，我的朋友，已经实在而又强烈。在您的怀抱里，她已经消除了一些痛苦，因此渴望现在能充分体验这种幸福。她一会儿打算温柔地请求您，一会儿又让一种神秘的恐惧感给吓了回去。终于，那个欢庆之夜和酒后的豪兴使她鼓起了勇气，她冒险在那天夜里溜进了您的卧室。为了藏在您未上锁的房里，她提前离开了晚会，谁知刚刚一跑上楼梯，就听见了一点儿响声。她急忙藏起来，看见一个白衣女子溜进了您的卧室。您自己不久也走上楼来，她听见您推上了巨大的门闩。

“迷娘感到从未有过的痛苦：妒火中烧的种种难受感觉，与潜滋暗长的陌生情欲搅混在一起，对她尚在发育中的身心发起了激烈的攻击。她那颗迄今因渴慕期盼而狂跳的心，一下子几乎静止了，像铅块一样重重地压迫着她的胸口，使她几乎透不过气来，不知道怎么办才好。这时，她听见竖琴老人弹奏的声音，就逃到他的房里，躺在他的脚下可怕地抽搐着，熬过了那一夜。”

大夫停了停，看见威廉默默无言，便继续往下讲：

“娜塔莉亚让我相信，除了迷娘讲述这段往事时的情景，她一生中从未遇见任何事情使她如此惊恐，如此激动。是的，我们高贵的女友甚至责备自己，不该追问和诱导迷娘，骗取她做出了这段自白，残忍地使善良的姑娘于回忆中重温剧烈的痛苦。

“‘可怜的小东西，’娜塔莉亚如此对我讲，‘刚叙述到这一点上，或者确切地说刚要回答我的逼问，就一下子扑倒在我的脚下，用手捂着心口，为那个可怕的晚上的痛苦重新发作而大为悲恸。她像条虫子似的在地上打滚，我不得不聚精会神，想尽了也用尽了我所知道的一切办法，以期对处于这种情况下的迷娘在精神和身体上有所帮助。’”

“您使我陷入了可怖的境地，”威廉接着说，“因为正在我即将去见可爱的姑娘的当口，您让我清楚感到了自己对她的种种过失。既然要我来见她，干吗又夺走我襟怀坦荡地去到她面前的勇气？难道要我对您承认：她既然心绪如此，我真看不出我去见她有什么用处。您作为医生既然坚信，那双重的渴慕已严重戕害了她的身心，她几乎不愿活下去了，干吗又让我来重新唤起她的痛苦，也许甚至加速她的死亡呢？”

“我的朋友！”老大夫回答，“尽管我们不能解除创痛，却也有责任减轻它。一个被爱着的对象的出现，能如何消除单相思的破坏力，将渴慕变成静静的凝望，我例子很多很多。一切都得有分寸，并且有的放矢！要知道，正是心上人的出现，可以重新点燃即将熄灭的热情之火。去见那好姑娘吧，态度要和蔼亲切，至于结果呢，咱们等着瞧好啦。”

娜塔莉亚刚好回来了，要求威廉跟着她去迷娘那儿：

“她看上去和费利克斯在一起挺幸福，我希望，她会很好地迎接自己的朋友。”

威廉不无勉强地跟随着娜塔莉亚，他为刚才听到的一切深感不安，害怕即将面临一个感情激动的场面。他跨进屋时，情况正好相反。

迷娘穿着白色的女式长袍，浓密的卷发一部分披散着，一部分扎在了头顶上，怀抱着费利克斯坐在那里，把小男孩儿紧紧搂在胸前。她完全一副魂不守舍的样子，而男孩儿相反生气勃勃，他俩看上去就像亲姐弟似的相互拥抱。迷娘微笑着把手伸给威廉，说道：

“谢谢你，谢谢你把孩子重新带给了我。上帝知道他们是怎样拐走了他，而没有他我就不能活。只要我的心还渴望尘世上的什么，就让他来填补这个空缺吧。”

迷娘如此平静地迎接自己的朋友，令大伙儿满意极了。大夫要求威廉经常去看她，以保持她身心的平衡。他自己却离开了，答应很快就回来。

而今威廉可以在她的生活圈子里观察娜塔莉亚了，人们最希望的，就是能生活在她身边。她的存在对不同年龄的小姑娘和妇女有着最纯净的影响。她们一部分住在她的家里，一部分时不时地从附近地区来看她。

“您的生活道路，”一天威廉对娜塔莉亚说，“大概始终是一个样的吧？因为您姨妈对您儿时的描写，我要没弄错的话，好像至今还适用。我从您身上感觉到，您从来不曾有迷惑的时候。您从来不曾被迫往后退却。”

“为此我得感谢我的外叔祖和教士，”娜塔莉亚回答，“他们对我天性的判断真是准确无误。我几乎回忆不起从小到大还有什么印象更生动，所看见的只是人们的种种需要，所感到的只是一种去满足这些需要的不可克制的欲望。无以自立的孩子，年迈衰朽的老人，富裕之家渴望后嗣，贫困人家无力将子女养活，种种暗藏心中的从业欲望，想要成才的本能冲动，还有千百种必需的小能耐——我的眼睛似乎天生就为到处发现这些。不经任何人提醒，我就能看见它们，似乎生来只为看见它们。无生命的自然对许多人极富魅力，对我却毫无影响，艺术的魅力更是如此：我最舒心的感受过去是，现在仍然是能发现世界的某种匮乏，并立刻在思想上找到一种替代、弥补和消除它的办法。

“每当看见一个衣衫褴褛的穷人，我便会想起自己家人衣橱中挂的多得穿不完的衣服；每当看见面黄肌瘦的流浪儿，我就会想起这个那个因为饱食终日、养尊处优而感到无聊的富婆；看到一大家子挤在狭窄的斗室里，我就想到该让他们住进某些邸宅或府第的那些大厅堂里去。这样子观察事物，在我十分自然，用不着一点儿思考，以至还在儿时就干了世界上最奇异的事情，不止一次地提出一些极稀罕的建议，把人家搞得很尴尬。还有一个特点，就是我好不容易才在后来把金钱视为满足人们需要的手段，我的所有施舍都是实物。我也知道，为此人家没有少笑话我。只有教士理解我的用心，处处迎合着我，主动了解我，熟悉我的爱好和心愿，并教我有的放矢地实现它们。”

“在您那小女儿国的教育工作中，”威廉问，“您也采用了那些奇人的原则吗？您到底是不是让人人都自由发展天性？您到底是不是也让您那些孩子去自行摸索、迷惑和失误，在达到目的时感到幸福，在迷误中体验不幸失落？”

“不！”娜塔莉亚回答，“这样对待人完全违反我的思想。谁不及时给人帮助，我看永远不会帮助；谁不及时给人指点，我看永远不会指点。同样，我觉得有必要宣布某些规则，让孩子们铭记，作为她们生活的可靠支撑。是的，我几乎认为：遵照规矩虽有所失误，仍比随天性任意驱使而失误要好；以我对人的观察，我在人的天性中总是看见有某种缺陷，只能用断然宣布的规则加以弥补。”

“这么讲，”威廉问，“您行事的方式跟我们那些朋友完全不同啰？”

“是的！”娜塔莉亚回答，“可您由此却可以看出他们那难以置信的宽容，正好因为我特立独行，走的是自己的路，他们才完全不干扰我，相反倒处处满足我的愿望。”

娜塔莉亚教育她那些小姑娘的具体做法，我们另找机会详细报告。

迷娘经常要求和大伙儿待在一起，他们很乐意满足这个要求，特别是因为她又渐渐习惯了与威廉相处，对他敞开自己的心扉，人也似乎整个变得开朗和乐观起来。她散步时很容易疲劳，总喜欢倚在威廉的胳臂上。

“喏，”她说，“现在迷娘已不再能蹦蹦跳跳，可她仍然感到翻过山顶去的欲望，从一幢房子走向另一幢房子，从一棵树走向另一棵树。小鸟多令人羡慕啊，特别是当它们亲亲热热地在那里筑巢的时候。”

迷娘不止一次地邀请她的朋友到花园里去，渐渐已经成为习惯。要是威廉正好忙着或者不在，就得由费利克斯代替父亲陪她去。如果说有些时刻善良的姑娘像是完全脱离了人世，那么在另一些时刻，她又深深地眷恋着这父子俩，似乎比怕什么都更害怕与他们分离。

娜塔莉亚看样子产生了疑虑。她说：

“我们本希望您来能使可怜的姑娘心情开朗，我不知道，我们做得对还是不对。”

她沉默下来，像是等着威廉说点儿什么。威廉也想到，在目前情况下，迷娘必定会因他与特蕾萨的结合受到极大的伤害。只是他没有把握，不敢向娜塔莉亚讲自己结婚的打算。他猜想不到，娜塔莉亚其实早已知情。

同样，在高贵的女友谈起自己的妹妹，夸奖她的优秀品质，惋惜她目前的处境时，与之交谈的威廉也很不自在。娜塔莉亚向他宣告，他很快就会在这儿见到伯爵夫人啦，他更是感觉尴尬。她说：

“眼下她的丈夫一心只想取代教派中已故的那位伯爵，只想通过视察和活动支撑起这个大团体，并使之继续发展。他陪她上我们这儿来只是为了告告别，接着就会去访问教派有常设机构的各个地区。人们似乎也迎合他的愿望，我简直相信他甚至会带着我可怜的妹妹去美洲历险，以便真正跟他的前任旗鼓相当，而且他有一次几乎就相信自己差不多是个圣者了，因此心中便不时地萌生遐想：没准他最后还会成为一位光耀千秋的殉道者呢。

第　四　章

在此之前已经常常谈起特蕾萨小姐，已经常常顺便提到她，而且几乎每次威廉也打算向自己新结识的女友坦陈，他已然将自己的心和自己的终身，许诺给那位杰出的女性。某种连他自己也解释不清的感情，却又每次都阻止他这样做。他长时间地迟疑犹豫，结果娜塔莉亚终于带着她那惯有的天使般谦逊和爽朗的微笑，自己对他说了：

“看起来啊，最后还是得由我来打破沉默，强行取得您的信赖！这件事对您如此重要，跟我自己也关系密切，我的朋友，为什么您还对我保密呢？您向我的女友求婚——我并非没有资格介入此事，瞧这是我获得的特许！这是她让我转交给您的信。”

“特蕾萨来的信？”威廉叫起来。

“是的，我的先生！而且您的命运已经决定了，您真有福气。让我祝福您和我的女友吧！”

威廉哑口无言，呆视前方。娜塔莉亚注视着他，发现他脸色苍白。

“您是大喜过望吧，”她继续说，“样子活像受了惊吓，话也说不出来了。尽管我还能用言语表达，我的祝福却不乏真诚。我希望您别忘恩负义，如果我告诉您：我对特蕾萨的决定发挥了不小的影响。她征求我的意见，奇怪的是您正好在我这儿，我成功地消除了特蕾萨还怀有的不多几点疑虑，信使为此来往频繁。这是她的决定！这是结果！还有，现在您可以读读她的所有来信了，可以用自由、纯粹的目光，窥视您未婚妻美好的心灵了。”

威廉展开她递给他的没打封漆的信，上面写着下面这些亲切的话语：

我已是你的人了，一如我本来的样子，一如你所了解的样子。我称你是我的人，一如你本来的样子，一如我所了解的样子。不管婚后我们自身将发生什么变化，我们的关系将发生什么变化，我们都将理性地、乐观地和善意地去适应。使我俩结合起来的不是冲动的激情，而是倾慕和信赖，所以我们不如许许多多别的人那样胆大。如果我时不时地打心眼里想念我旧日的情人，你肯定会原谅我的；反过来，我也愿意像母亲一样，紧紧拥抱你的儿子。要是你想立刻与我合住我的小楼，你就会成为主人和家长；与此同时，买那个庄园的事也定下来了。我希望，没我参与不在那里搞任何装修布置，以此立刻显示我真配得到你对我的信赖。请多保重，我亲爱的朋友！我亲爱的未婚夫，尊敬的夫君！特蕾萨怀着希望和喜悦，将你紧紧拥抱。我的女友会告诉你更多，会告诉你一切。

读着这封信，威廉又见到了他血肉丰满的特蕾萨，同时自己也完全清醒了过来。他一边读，一边迅速地动脑子，转念头。他恐惧地发现，心中明显地存在着对娜塔莉亚的爱慕迹象。他骂自己，把任何这样的念头都斥为非分之想，并把特蕾萨想象得完美无缺，而且反复地读她的信，直到自己高兴起来，或者是说在一定程度上恢复过来，能够显出高兴的样子。娜塔莉亚递过她俩的来往信件，我们想从中摘引几段。

特蕾萨在以自己的风格描绘了她的未婚夫之后，继续写道：

这就是我想象中的那个现在向我求婚的男子。至于他怎样想他自己，你将从那些他对我坦诚地做自我介绍的信里看出。我确信，与他一起我是会幸福的。

关于门第什么的，你了解我历来的看法。有的人感到外在条件的差异十分可怕，没法忍受。我不想改变任何人的信念，就像我想按自己的信念行事。我不打算成为榜样，就像我行事无须榜样。我害怕的只是内心的不协调，只是容器与其所装的东西不协调。豪华铺张与缺乏享受，富有与悭吝，高雅与粗鲁，青春与迂腐，匮乏与奢靡，这样的不协调才真要我的命，至于世人如何评判、定性，都随他们的便。

如果我希望我们相互般配，那么我做此判断的理由主要是他像你，亲爱的娜塔莉亚，你是我无比珍爱和敬重的人。是的，他有你一样的对完美事物的崇高向往和追求，由此我们便自行创造了自以为是寻找得来的善。我心中多么经常地责怪你啊，怪你对待这个或者那个人的态度与我不同，怪你在这种或是那种情况下行为方式与我不一样，结果呢，却往往你是对的。你说，如果我们不管他们怎样都一律容忍，那么只会使他们变得更坏；可要是我们像他们应该是的样子来对待他们，我们就能使他们变成所能成为的最好的人。

我既不能像这样想，也不能像这样行动，这你清楚。洞悉、规范、管教、命令，这些是我的能耐。我记忆犹新，雅诺曾经说："特蕾萨是训练她的学生，娜塔莉亚则培养他们。"是的，他甚至走得这么远，有一次竟然否认我具有信、爱、望这三种美德。他说："她没有信仰，只有洞悉；没有仁爱，只有坚毅；没有祈望，只有信赖。"我也愿意向你承认，在认识你之前，我不知道世界上有什么比明智和聪敏更高的品质。是你的存在说服了我，唤醒了我，战胜了我，在你美丽、崇高的灵魂面前我自愧弗如。出于相同的理由，我也尊重我的未婚夫。他的传记原本只是永远不懈的追求和失落，但他的天赋不在空洞的追寻，而在那奇异的、仁爱的向往。他幻想，别人会把那原本只有靠他自己创造的东西给他。因此，亲爱的，我的明智这次仍然于我毫无坏处，我比他了解自己更了解我的丈夫，也为此而更加敬重他。我看得到他，但看不透他，我的全部洞察力都不足以预知他究竟可能成就什么。每当我想起他，他的形象总与你的形象融合在一起，我真不知道自己怎么配同时属于这样两个人。可是我希望自己配，办法就是履行自己的职责，不辜负大伙儿对我的希望和期望。

问我想不想罗塔里奥？想得很，天天都想。在包围着我的精神环境中，我一刻也不能没有他。我真为这个杰出的男子遗憾啊，年轻时的一个错误使他与我扯上了亲属关系，而他和你又是同胞姐妹。真的，像你这样一个女人，比我更配得上他。我能够，我必须把他让给你。让我们都尽可能忠实于他吧，直到他找着一个般配的妻子，到那时我们也仍旧在一起，始终在一起！

“可是，咱们的朋友现在会说什么呢？”娜塔莉亚开了口。

“您哥哥一点儿不知道这事吗？”

“不知道，就像您的那些朋友一样！事情这次只在我们女人之间讨论过。我不知道吕蒂亚给特蕾萨的脑子里灌了些什么怪念头，她看样子对教士和雅诺不信任。吕蒂亚至少是使她对某些秘密的联系和计划产生了反感，而对它们我大概知道一些，但却从来不想深入了解内情。这次要决定自己的终身，特蕾萨不想受任何人的影响，唯有我是个例外。她早和我哥哥达成了协议，谁要结婚只需通知一下对方，而不必征求对方的意见。”

于是，娜塔莉亚写了一封给她哥哥的信，她按照特蕾萨的请求，邀请威廉也加上几句。他们正想把信封死，雅诺出其不意地来了。雅诺受到最友好的接待，自己也显得兴冲冲的，满脸的喜气，终于忍不住说道：

“我来这里原本就是要向二位报告一件奇闻，一个喜讯，它关系着咱们的特蕾萨。您常常指责我们多管闲事，美丽的娜塔莉亚，可这回您会发现，到处都有自己的眼线多么好。猜猜吧，让咱们看看您敏锐的洞察力！”

他说这话时的自鸣得意，他瞅着威廉和娜塔莉亚时的狡猾嘴脸，都使他们确信自己的秘密已经败露了。娜塔莉亚微微一笑说：

“咱们比您想的机灵得多，还在您给我们出这个谜语之前，咱们已将谜底写在这纸上啦。”

说着她把给罗塔里奥的信递过去，很满意能以这样的方式，回敬想给他们一个小小意外和羞辱的雅诺。雅诺不无奇怪地接过信，只匆匆瞟了一遍，就惊得连信都掉了，瞪大眼睛望着他俩，脸上带着从未见过的愕然，甚至是惊惧的表情，说不出一句话。

威廉和娜塔莉亚也吃惊不小。只见雅诺绕室狂走，终于叫道：

“教我说什么呢？或者说还是不说？谜是保不住的，混乱没法避免。原来是秘密对秘密，意外对意外啊！特蕾萨不是她母亲的亲生女儿！障碍消除了：我来就为请你们使高贵的姑娘与罗塔里奥结合啊。”

两个朋友听得垂下眼睛，雅诺看见了他们的惊慌。

“这种情况是一个团体里最难容忍的，”他说，“谁对此有什么想法，最好一个人自己去想，至少我得告退一会儿啦。”

雅诺急忙走进花园，威廉机械地跟着他，只不过离得远远地罢了。

过了一小时他们又聚在一起，威廉首先言道：

“过去，当我漫无目的和轻松地，不轻浮地生活着的时候，友谊、爱情、倾慕、信赖都张开双臂迎接我，是的，甚至逼着我接受；现在动真格的了，命运看样子却要与我分道扬镳。向特蕾萨求婚的决心，也许是第一个纯粹出自我本人的决断。我经过深思熟虑做出了计划，我的理智完全支持这样做。由于那出色的姑娘答应了我，我的所有心愿遂得到了满足。而今怪诞的命运却按下我伸给她的手，特蕾萨呢，却从远处伸过手来，就像在梦里，我想抓却抓不着。她美丽的倩影永远离我而去了。再见吧，你美丽的身影！还有你们这些因此而聚在这里的幸福的形象!”

他沉默了一会儿，目光凝视前方。雅诺想要讲话。

“让我再说几句，”威廉打断了他，“因为我的整个命运这次都决定啦。此刻，我初次看见罗塔里奥留下的深刻印象，始终铭记不忘的印象，来帮助了我。这样一个男子配得到任何人的倾慕和友情，而没有自我牺牲是不可能设想有友情的。为了他的缘故，我可以心情轻松地去迷惑一个不幸的姑娘，为了他的缘故，我可以放弃自己最高贵的未婚妻。去吧，去告诉他这个奇异的故事，去告诉他我甘愿做什么。”

雅诺听了回答：

“在这种情况下，我以为只要不操之过急，一切都会解决的。在得到罗塔里奥的同意之前，咱们还是别采取任何步骤！我就去他那儿，请安心等我回来，或者等他来信。”

雅诺骑马走了，留下两个朋友去伤心难过。他们有的是时间以不同方式反复讨论此事，并对它发表自己的看法。这时他们才注意到，一个如此奇怪的解释恰恰是从雅诺口里得知的，而且没有追问他进一步的情况。是的，威廉甚至已产生了一些怀疑。然而，没想到第二天，特蕾萨的信使送来下面这封致娜塔莉亚的信，更使她俩惊讶到了极点，惶惑到了极点：

> 不管看起来多么稀奇，我仍不得不紧跟在前一封信后面又发出这封信，并请求你让我的未婚夫火速来找我。他得成为我的丈夫，不管人家搞什么诡计，想从我身边夺走他。交给他里面附的信！只是别当着任何人，不管在场的是谁！

给威廉的信内容如下：

我俩看来是由极冷静的理性促成的姻缘，突然我却狂热地催促其实现，你会对自己的特蕾萨作何想法呢？不要受任何事阻拦，收到信立刻动身！快来吧，亲爱的，亲爱的，我最最亲爱的人啊，因为人家想给我把你夺走，或者至少是使我难于得到你。

“怎么办哦？”威廉读完信，叫起来。

“还没有任何一次，”娜塔莉亚回答说，“我的心和我的理智像这次似的沉默不语，我既不知道该怎么办，也想不出任何的主意来。”

“可能吗，”威廉激动地喊道，“罗塔里奥本人对此一无所知？或者他知道，却心怀鬼胎，和我们要把戏？雅诺读了我们的信，会不会临时编造出那篇鬼话呢？我们要是不操之过急，他也许会对我们另讲一套？他们想的可能是什么？他们的居心何在？特蕾萨能有什么打算？是的，不可否认，罗塔里奥周围是有一些秘密的联系和活动，我自己就了解到，他们是在干什么，从一定意义上讲是在关心着不少人的行为和命运，并能加以引导操纵。对于这些秘密勾当的最终目的我一点儿不懂，但最近这次是想夺走我的特蕾萨，我却看得再清楚不过。一方面，人家给我描绘了罗塔里奥可能得到的幸福——也许只是个假象；另一方面，我又看见我的爱人，我敬重的未婚妻，看见她正在热烈呼唤我。我该做什么？我该放弃什么？”

“耐心点儿吧！”娜塔莉亚说，“稍微考虑考虑。在如此奇特而复杂的情况下，我知道的只是：即使事情不可挽回，也别操之过急。对付编造的鬼话，对付阴谋诡计，咱们有的是坚毅和智慧。事情很快会明朗，不管它是真的，还是编造的。如果我哥哥真的有望与特蕾萨结合，那么在这命运向他发出微笑的时刻永远夺走他的幸福，也太残酷了。咱们等一等吧，看他自己是否了解一点儿情况，看他自己是否相信，自己是否希望。”

她这个建议有幸得到了罗塔里奥来信的支持：

“我不再派雅诺回来了，”他写道，“我的亲笔书简，对你会比一位信使的烦琐转述作用更大。我确信，特蕾萨不是她母亲的亲生女儿，因此我有了希望得到她。我不会放弃，直到她也相信这个事实，然后再在我和我的朋友之间做出取舍。别让他离开你的身边，我求你！你哥哥的幸福，你哥哥的生命，全系于此。我向你保证，这折磨人的悬念，不会维持多久。”

“您瞧见是怎么回事了，”娜塔莉亚友善地对威廉说，“请以名誉保证，不离开这所房子。”

“我保证！”威廉喊道，同时把手伸给她，“不得到您的同意，我不会离开这所房子。我感谢上帝和我的守护神，这次我有了指引，而且是您给我的指引。”

娜塔莉亚写信给特蕾萨，告诉她整个的事情经过，并解释为什么自己不放她的朋友离开。同时，她附上了罗塔里奥的来信。

特蕾萨回信如下：

我真惊讶，罗塔里奥自己竟然相信了，因为他对自己的妹妹不会装模作样。我真懊恼，懊恼极了。现在什么都不再说好一些。最好是一安顿好遭到他们残酷对待的吕蒂亚，我就上你那儿去。我担心我们大家都受了骗，都被骗得糊里糊涂的再也清醒不过来。我的朋友要是跟我一样看法，他就会从你那儿溜走，投进他特蕾萨的怀抱，这样谁也不能再把她夺走。可是我担心，人家会让我既失去他，也不能再得到罗塔里奥。人家夺走了罗塔里奥的吕蒂亚，办法是让他远远地看见了能娶我的希望。我不想再讲什么，否则越搞越糊涂。这期间，我们美好的姻缘是否会这样被延误，这样遭葬送，这样给毁掉，即使事后真相大白也于事无补，就只有时间来回答啦。我的朋友要是脱不了身，我可能几天后就上你那儿去找他，抓住他不放。你感到奇怪，你的特蕾萨怎么也狂热起来了。这不是狂热，这是信念，我相信，既然罗塔里奥不可能成为我的丈夫，这位新朋友就将使我终生幸福。转告他这话，以那个曾与他一块儿坐在橡树底下，曾为得到他的同情而高兴的男孩子的名义！转告他，以诚心诚意地接受他求婚的特蕾萨的名义！从前那个与罗塔里奥生活在一起的美梦，而今已远离我的心灵。现在这个与我的新朋友生活在一起的美梦，却清晰地萦绕在眼前。难道人们如此藐视我，竟相信我会轻易地立马以那个取代这个？

“我信赖您，”娜塔莉亚对威廉说，同时递过去特蕾萨的信，“相信您不会从我这儿溜走。想想吧，我一生的幸福也握在您手里！我的存在与我哥哥的存在根连着根，密不可分。他没有任何痛苦不同样使我苦恼，他没有任何欢乐不同样使我快乐。是的，我可以讲，我完全是通过他才感受到心灵的激动和振奋，才体验到世界上可能存在欢乐、爱情，存在一种超越一切实际需要的令人满足的情感。”

她不再讲了，威廉拉住她的手喊道：

“哦，说下去！是咱们相互真正了解的时候了。现在咱们比什么时候都更必须进一步彼此认识。”

“对，我的朋友！”娜塔莉亚微笑着回答，表情宁静、温柔和难以形容得崇高，“也许并非不合时宜，如果我告诉您，不少书上以及世人告诉我们和拿给我们看的所谓爱情，我一直都觉得只不过是天方夜谭罢了。”

“您没有爱过？”威廉惊问。

“从来没爱过，或者说一直在爱着！”娜塔莉亚回答。

第五章

他俩这么谈着在花园里来回漫步，娜塔莉亚摘下种种形状奇异的鲜花。威廉完全不认识这些花，于是询问它们叫什么名字。

“您多半猜不出来，”娜塔莉亚说，“我这束花是为谁采的？是为我的外叔祖，咱们准备去看他。太阳正朗照着那座供奉着往昔的大厅，这会儿我得领您进去，而我每次去都必定带一些我外叔祖喜欢的鲜花。他是个奇人，能够接受一些最特别的印象。对某些植物和动物，对某些人群和地区，是的，甚至对一些个石头，他都特别有兴趣，却又很少能说清楚为什么。他常讲：‘如果我不是从小就十分克制自己，如果我不是努力地扩展和锻炼自己的智力，我可能变成了一个最狭隘、最讨厌的人。要知道，一个原本可以要求他从事纯正、有益的活动的人，他如果生性褊狭、固执，那是最让人受不了的啦。’可是他自己又不得不承认，如果他不是时不时地宽容自己，允许自己沉溺于一些他并不总是能赞赏和原谅的享受，他似乎就会失去生命，就会停止呼吸。他说：‘如果我不能使我的嗜好和我的理性完全一致起来，也不是我的错。’在这种时候他往往拿我顺便开玩笑，说：‘娜塔莉亚注定会幸福地生活在尘世上，因为她生性没有奢求，想的都是世人希望和需要的东西。’”

这么谈着，他们又回到了主楼里。她领他穿过一条宽大的走廊，来到一座前边躺着两个斯芬克斯花岗石雕像的大门前。门本身按照埃及的样式也上边比下边窄一些，两扇铁门给人一个森严甚至可怖的印象。然而一跨进门内的大厅，艺术和生命便赶跑任何死亡和坟墓的记忆，森严可怖化作了最纯净的欢快，因此教人实在喜出望外。在墙上是一些有规则的圆洞，洞内立着较大的石龛。在圆洞之间的柱子上，有一些较小的壁龛，龛中陈列着一个个骨灰盒与骨灰罐。墙和穹顶的空余处划分成了大小不等，然而却比例匀称的一块一块，四周都框以明快、多变的边饰和花环，中间则绘着表情爽朗、威严的画像。建筑的细部全铺盖上了黄里泛红的漂亮大理石，协调的浅蓝色油漆条纹仿佛有天青石的味道，于强烈的对比中满足了人的视觉要求，使整个色调显得统一而又和谐。所有这些华丽的装饰从建筑学上看都纯净、得体，每个进入厅堂的人似乎都感觉自己变得崇高起来，都好像借助完美的艺术创造第一次认识到，人是什么，可以是什么。

正对厅门，在一座华丽的石龛上面，可以看见基座托着一尊大理石雕像。一个气宇轩昂的男子手持书卷，像是正静静地专心浏览。书卷展开的角度，恰好让人看得清楚上面的字：时刻想着生活。

娜塔莉亚从外叔祖的像前拿走一个枯萎了的花束，然后把鲜花献上。这像雕的就是他本人，威廉觉得看到了当初在树林中见过的那位老先生的样子。

“我跟他在这度过了许多时光，”娜塔莉亚说，“直至这座厅堂建成。他去世前的几年请来了一些出色的艺术家，最喜欢的消遣就是帮着他们构思和确定画稿跟纸型，以便最后完成这些油画。”

威廉对周围的这些东西真是欣赏不够。

“这座献给往昔的厅堂何等有生气啊!”他高声叹道，“同样可以把它称作现实的厅堂，未来的厅堂！一切过去如此，将来仍旧如此！没有什么比一个享乐的旁观者更容易消失。这位紧抱着孩子的母亲，她的生命将超越许多代幸福的母亲。也许在许多个世纪以后，会有一位父亲来欣赏这个大胡子男人，欣赏他一改严肃的脾气，在那儿跟自己的儿子戏耍。一代又一代，新娘总会像这样羞涩地坐着，即使心中满怀着希望，还是需要有人去安慰她，劝说她。新郎则同样急不可待地在门边偷听，想知道是否已可以进来。”

威廉的双眼浏览着周围无数的图画。从儿时想在游戏中运用和锻炼所有肢体的喜悦冲动，到智者临终时的宁静肃穆，都生动、美好和先后有序地展示在眼前，一如人的任何天生的爱好和能力都不会不需要，不会不派上用场一样。从一个姑娘临池取水时欣赏自己倒影的最初娇羞，到国君和臣民在祭坛前呼唤上帝来为他们结盟做证的庄严崇高，一切一切，都在眼前得到了有力而意味深长的表现。

在这座厅堂里，参观者似乎被整个世界围绕着，被整个天国围绕着。除去那些艺术形象激发的思想，除去它们灌注的情感，似乎还存在着别的侵袭着人整个身心的什么。威廉也感觉到了这点，只是对自己说不清楚所以然。

“到底是什么呀，”他嚷道，“对我的影响既如此强烈，又如此温柔，既独立于所有的意义，也不限于人事和命运所激起的同情？它对我不但从整体里表现出来，每个局部同样也有表现，尽管我既未理解整体，对局部也没能特别把握！在这些平面和线条里，在这些宽度和高度里，在这些石料和色彩里，我感受到何等样的魔力啊！这些已成为装饰的形象，是什么使它们让人一见就感到欣喜呢？是的，我感觉人可以在这里流连，在这里憩息，用眼睛把握一切，寻找幸福的感受，并且超越眼前的实在，感觉到和思考到其他完全不同的东西。”

肯定地讲，我们要是能描写出一切的比例多么得当，能描写出如何通过搭配或对比、单色或彩色使一切鲜明突出起来，得到再恰当不过的表现，产生完美、清晰的效果，那我们就会使读者在此地长时间流连。

在大厅的四角上，各立着一座大型的大理石枝形烛台。在大厅中间，围着一具雕工精美的石棺，立着四座较小一些的石棺，看大小，这具石棺能够容纳一个中等身材的少年死者。

娜塔莉亚在石棺前停住脚，把手搭在上面说：

“我慈蔼的外叔祖格外珍爱这件古代文物。他讲过不止一次：‘凋落的不只是初开的花朵，它们可以存放在楼上的那些小匣子里；还有那些挂在枝头，让我们久久抱着美好希望的果实，由于一只暗藏的蛀虫使它们早熟了，腐烂了，同样也会凋落。’我害怕，”娜塔莉亚继续说，“他这预言会在可爱的姑娘身上应验，她渐渐脱离了我们的照护，似乎颇中意这个安静的住所。”

他们打算离开的时候，娜塔莉亚又说：

“我还得请您看点儿什么。您发现两边墙顶上这些半圆形的凹槽了吗？唱诗班的人可能藏在里面。而檐板下的那些装饰铁件，则是挂壁毯用的，每当举行葬礼的时候，外叔祖都吩咐把壁毯挂起来。他生活里少不了音乐，特别是声乐，同时却有一个怪癖，就是不愿看见歌手。他常说：‘剧院把我们惯坏了，在那儿音乐似乎只用来愉悦我们的眼睛，给动作当陪衬，而不是表达感情。在唱圣诗和开音乐会时，我们总是受到乐师的形象的干扰：因为真正的音乐，只宜用耳朵听；因为优美的歌声，是我们能想象的最具共性的东西，而唱歌的具体个人总是有着局限，一看见他，就破坏了共性的纯净效果。我愿意看见每一个与我交谈的人，因为他总是个别的，他的长相，他的个性，都会使谈话变得有价值，或者没有价值；相反，谁给我唱歌，他就要看不见才好，不能让他的形象影响我，迷惑我。这只应该感官与感官交流，而不是精神与精神，不是将五彩缤纷的世界加诸视觉，不是把天国加诸凡人。’同样，在听器乐时，他也要求尽可能把乐队藏起来，因为机械的努力，演奏者们吃力而又经常是怪异的动作姿态，极易分散和搅乱欣赏者的注意力。因此，他听音乐时总是闭紧眼睛，以把整个身心全部集中到唯一和纯净的听觉享受上。”

他们刚要离开厅堂，就听见孩子们沿着走廊飞跑而来，费利克斯边跑边喊：

“不，我！不，该我！”

迷娘第一个冲进了开着的大门，可已经上气不接下气，讲不出一句话。费利克斯老远就喊着："特蕾萨妈妈来啦！"看样子，孩子们是在争先恐后地来报信。迷娘躺在娜塔莉亚的怀里，心脏剧烈跳动。

"坏孩子，"娜塔莉亚说，"大夫不是禁止你剧烈活动吗？瞧，你的心跳得多厉害！"

"叫它跳破得啦！"迷娘深深地叹了口气，回答，"它已经跳得太久了哟。"

他们还没有从这样的迷茫和惊愕中恢复过来，特蕾萨已经跨进厅堂。她飞快奔向娜塔莉亚，抱住了她和那善良的孩子。随后她转过脸去，目光清澈地望着威廉，说道：

"喏，我的朋友，你怎么样？该没有让人家弄昏头吧？"

威廉向她走了一步，她立刻跑过去搂住了他脖子。

"哦，我的特蕾萨！"威廉叫起来。

"我的朋友！我的爱人！我的丈夫！是的是的，我永远属于你！"特蕾萨一边叫，一边热烈地吻他。

费利克斯扯着她的裙子，嚷嚷道：

"特蕾萨妈妈，我也在这儿呢！"

娜塔莉亚呆立着，目光凝视前方。迷娘突然左手扪住心口，右手猛地往前一伸，发出一声惨叫，倒在娜塔莉亚脚下像已经死了。

众人惊慌失措：既感觉不到心跳，也摸不着脉搏。威廉将姑娘抱起来，急忙回楼上去，肩上垂挂着那软塌塌的肢体。大夫来了也没给大家多少希望，他和那个咱们已认识的年轻外科医生一起，白白地忙乎来忙乎去。可爱的姑娘已没法再活过来。

娜塔莉亚向特蕾萨招招手。特蕾萨便拉着自己的朋友，把他领出了房间。他默默无言，一声不吭，没有勇气正视她的眼睛。他就这么傍着她坐在长沙发上。当初，就是在这张沙发上，他重新见到了娜塔莉亚。他匆匆地回顾着一系列命运攸关的往事，或者说不是他在回顾，而只是听任那些没法驱走的记忆施加影响于他的灵魂。是啊，我们的生命中确实有一些时刻，往事就像梭子一样地在眼前不停地飞来飞去，直到织完那块或多或少由我们自己设计和织造的布为止。

“我的朋友，我的爱人!”特蕾萨打破了沉默，拉住威廉的手说，“让我们此刻紧相依靠，也许将来还会有很多类似的情况我们都得这样。在世界上，这种事情必须两个人分担。想想吧，我的朋友，感觉感觉吧，你并非孤单一人。首先把你的悲痛告诉你的特蕾萨，以此作为你爱她的证明!”

她搂住威廉，把他温柔地抱在怀里；他也搂住她，把她抱得很紧很紧。

“可怜的孩子处于悲苦之中，曾来我这靠不住的胸怀里寻找救助和庇护。现在，在这可怕的时刻，就让你沉稳可靠的胸怀做我的避难所吧!”

他俩紧紧搂在一起，他在自己胸前感到了她心脏的跳动。然而他的灵魂却是一片荒凉和空虚，只有迷娘和娜塔莉亚的形象姿容，像影子似的在他的眼前飘浮晃动。

娜塔莉亚走进来。特蕾萨立刻对她喊：

“祝福我们吧！在这悲伤的时刻，让我俩在你的面前结为夫妻。”

威廉把脸藏在特蕾萨的脖子背后，幸福得流出了眼泪。他没有听见娜塔莉亚进来，没有看见她，只是听到了她的嗓音更加泪如泉涌。

“凡是上帝结合起来的，我也不愿使其分开，”娜塔莉亚微笑着说，“不过我不能把你俩结合在一起，不能赞同由于悲痛和爱慕，你俩似乎已从心中彻底清除了对我哥哥的记忆。”

听见这话，威廉挣脱了特蕾萨的怀抱。

“您想去哪儿?”两位女士大声问。

“让我去看看那孩子，”他喊道，“是我害死了她！我们目睹的不幸，比它通过想象力给我们内心造成的伤害，要微小得多。让咱们去看看那逝去的天使吧！她开朗的面容将告诉我，她感觉挺好！”

两位女友没法阻止激动的青年，只好跟随他去。可是好心的大夫和外科医生迎面走来拦住他们，不让他们接近死者，说道：

“请你们远远离开她的遗体，容许我尽自己技艺之所能，让这奇特的人存留得久一点儿。我马上要对这可爱的躯体使用我的美容术，不只是给她涂抹香油，还要保持她鲜艳的容颜。由于我预见到她会死，已经做了所有准备，跟这位助手一起肯定会取得成功。你们只要给我几天时间，在我们把她送进先人堂之前别要求再见到她就成。”

年轻的外科医生手里又拎着那个引人注目的器械袋。

“这袋子您是从谁那儿得到的呢？”威廉问医生。

“这袋子我可熟悉啦，”娜塔莉亚回答，“他是从自己父亲，也就是曾经在树林里替你包扎伤口那位老大夫手里继承的。”

“哦，我真没有看错，”威廉大声说，“我立刻认出了这丝带！把它让给我吧！是它首先让我发现了自己恩人的踪迹。这条无生命的丝带，它目击了人们多少的幸福和痛苦啊！它虽已见证过无数的痛苦，线头却仍旧紧密！它虽已给许多人送过临终，色泽却仍旧鲜明！它还经历过我生命中最美好的时刻，其时我受了伤躺在地上，您慈蔼的形象突然出现在我面前，迷娘头发糊满血污，极其温柔地照护着我，为我的性命担惊受怕，可是啊，现在咱们却得为她的夭亡而痛哭。”

朋友们没有多少时间谈论这可悲的事件，特蕾萨刚开始讲迷娘的情况，分析她可能的死因，用人就报告有客人来了，可等到进来一看却不是什么客人。来的是罗塔里奥、雅诺和教士。娜塔莉亚迎向她的哥哥，其他人都默不作声了。随后特蕾萨对罗塔里奥笑了笑说：

“您想不到会在这里碰见我吧？至少我俩在这个时候见面是不怎么合适的。尽管如此，久别重逢我还是要向您衷心地问声好。”

罗塔里奥把手伸给她，回答道：

“咱们就算要忍受割舍之苦，仍不妨面对面将要舍弃的珍宝交割掉。我不想影响您的决定，我仍然十分信赖您的心，信赖您的理智和您纯洁的感情，因此乐于把自己的命运以及我朋友的命运，交到您的手里。”

谈话很快转到了一般的甚至可以说无关紧要的问题上。大伙儿立刻分成了一对一对，开始散起步来。娜塔莉亚跟罗塔里奥一起，特蕾萨跟教士一起，威廉和雅诺则留在了府第中。

沉痛的心情压迫着威廉的胸口，三个朋友在这时到来，不但没有使他得到宽解，反而刺激了他，使他情绪更加恶劣。他既气恼又疑心，当雅诺问他为什么秋风黑脸，一声不吭时，他也不想隐瞒自己的感情。

“还用得着问吗？”他叫起来，“罗塔里奥来啦，带着他的帮手。塔楼里那些一直没闲着的神秘力量，这会儿要不来影响我们，跟我们和在我们身上实现其我不知道的什么终极目的，那才叫怪呢！据我对这些圣人们的了解，他们值得嘉许的意图就是随时准备把本已结合在一起的分开，把原本分开的撮合在一起。这样干能算作什么事业，在我们凡夫俗子的眼中将永远是一个谜。”

“您的牢骚很是尖刻，”雅诺说，“这挺好，挺不错。可要是您真的发脾气，那就更好啦。”

“要我发脾气也不难，”威廉回答，“我倒很担心，人家这次要最大限度地考验我天生的和修养成的耐性。”

“可我呢，”雅诺说，“倒想在见到事情的结果之前，先给您讲一点儿塔楼的情况。看样子啊，您对它是疑心得要命哩。”

“您爱讲就讲吧，”威廉回答，“只要您不怕我没心思听。我太痛苦烦恼啦，不知道对你们那些伟大壮举，集不集中得起应有的注意力。”

“我不担心您的好心绪会妨碍我讲清问题，”雅诺说，“您一直把我当作个精明能干的男子，现在希望您也当我是个诚实的人，还有就是，这次我本担负着使命。”

“我希望，”威廉回答，“为了开导我，您的话会出自本心，出于善意。要是我在听您解释时不能丢弃疑忌，我干吗还听您讲呢？”

“就算我现在没有更有意义的事可干，只能对您神侃，”雅诺说，“您也不妨留心地听听，也许您更乐意这样做，如果我一开始就对您讲：您在塔楼里所见到的一切，原本只是残存在一桩新兴事业中的古老遗迹，在此事业兴起之初，大多数的成员对那些仪式确实曾十分认真，可到了当今，谁都只对其笑笑而已。”

“如此说来，那些庄严的象征和话语，都只是闹着玩的喽！”威廉叫起来，“人家郑重其事地把我们领到一个教我们心生敬畏的地方，人家让我们看一些再奇异不过的现象，人家给我们读一些写满玄妙的，自然我们也极少懂得的箴言、警句的羊皮纸卷，人家向我们宣布，我们在此之前还是学徒，现在就算是结业满师啦。可是，我们仍旧跟从前一样稀里糊涂。”

“那羊皮纸卷您不在手边吧？”雅诺问，“它有许多好的内容，要知道那些带有普遍意义的箴言，它们可不是凭空捏造的。自然，对于那些没有亲身经历可以联想的人来说，它们是显得空洞而又晦涩。请把您所谓的结业证给我，要是您带在身边。”

“当然就在身上，”威廉回答，“如此灵验的护身符，能不时刻藏在胸前？”

“喏，”雅诺莞尔一笑，道，“谁知道有朝一日，它的内容会不会在您的心里和脑子里扎根喽。”

雅诺开始读起来，对前半部分眼睛一晃而过。他说：

“这部分讲艺术鉴赏力的培养，让别人谈去吧；第二部分讲现实生活，我比较在行一点。”

随后他开始朗诵一些段落，同时插进讲解，补充实例。

“年轻人异常热衷于秘密事物、庄严仪式和豪言壮语，而这，常常被看作是个性深沉的一个标志。在这种年纪，他们总自以为已把握和接触到自己的整个秉性，尽管还只是朦朦胧胧。年轻人充满预感，总以为在一个秘密里会有许多发现，因此必须认真对待一个秘密，抓住一个秘密不放。教士助长了咱们年轻的社团这种想法，部分遵循他自己的原则，部分出于他的爱好和习惯，因为他曾经就跟一个可能在暗中大肆活动的秘密团体有过关系。而我对那些把戏却大不以为然。我比其他人年长，从小就头脑清醒，最希望的是凡事都得弄个明明白白。我感兴趣的仅仅是认识现实的世界，并且以此癖好感染了其他一些与自己最要好的伙伴。然而，我们的整个修养险些走上了歧路：我们开始只看别人的缺点和局限，却把自己当作完人。这时候多亏教士来帮助我们，教我们懂得：要观察别人，就必须关心人的教育问题；要观察自己，了解自己，也只能是在自己的行动当中。他建议我们保留团体最初的那些形式，因此，我们的聚会里就留下了一些旧日的规则，可以看见整个组织结构都受了一开始的神秘影响，随后，又像是使用类比的方式，采取了手艺人行帮的形态。这样一来，便产生了学徒、伙计和师傅的称谓。我们意欲亲眼进行观察，并且建立一个自己的世界知识档案库。为此而收集了许多的资料，一部分为我们自己记录的，一部分是让别人整理的，然后就用这些资料，编辑出了‘学习时代’。并非所有人都真正重视自己的修养教育，许多入会者只是想确保家庭安泰，获取致富的良方和种种祈福的妙策。所有这些不肯自立的家伙，一部分让神乎其神的故弄玄虚给拴住，一部分则因此给吓跑了。我们按照自己的方式，只宣布这样的人结业：他们感觉锐敏，清楚地认识到自己的天职，并经过了足够的锻炼，能够轻松愉快地走自己的路。”

“果真如此你们对我就操之过急了，”威廉回答，“须知，正是在那一时刻之后，我更不清楚自己能干什么，想干什么，或者该干什么了。”

“我们是无辜地陷入了混乱迷惘的境地，但愿幸运会将我们解脱出来，现在您只管听好了：‘一个有所造就的人，认识自己和世界将比较晚。仅只少数人既有行动的意识，又有行动的能力。意识开阔视野，但麻痹手足；行动产生活力，但有限制。’”

“求求您，”威廉打断了他，“别再给我念这些怪里怪气的箴言！这样的陈词滥调已把我搞得晕头转向。”

“那我就坚持讲吧，”雅诺说，一边半卷起了羊皮纸卷，只是有时候瞟上它一眼，“我本人对团体及其成员用处极少，是个很差劲的师傅，看不得谁笨手笨足的样子，对迷失路径的人，以及一个眼看就要摔断脖子的夜游者，我立刻会大声叫喊。为此，我总是与教士有麻烦。他主张，迷误只能通过迷误得到医治。关于您，我俩也经常争论。他特别对您有好感，而只要能引起他高度的注意，就已经不简单。您必须承认，不管我哪次碰到您，对您讲的都纯粹是真话。”

“您对我可不心慈手软啊，”威廉说，“您看来确实坚持了自己的原则。”

“一个颇有天赋的青年完全走错了路，”雅诺回答，“有什么好姑息的？”

“对不起，”威廉说，“您毫不客气地否定了我所有的戏剧才能。我坦白告诉您，尽管我已完全放弃了这门艺术，但仍旧不可能承认自己对此毫无天赋。”

“可对于我来讲，”雅诺回答，“问题十分简单清楚：谁只会演他自己，还不是演员。谁不能使内心和外形都化为多种多样的角色，就不配演员这个称号。举例说，您哈姆雷特和其他几个角色都演得不错，因为您的个性、您的外形和您当时的情绪都帮了您的忙。这对于一家业余剧团，对于任何一个除此别无出路的人来说，已经相当好啦。但是，一种才能如果没有希望充分发挥，”雅诺继续说，同时望着羊皮纸卷，“我们对它就得谨慎。你也可能取得你想取得的成就，但到头来一旦了解真正的大师的功绩，又总是会痛悔自己为滥竽充数而损失了时间和精力。”

“请别再念任何东西!”威廉叫道，“我恳求您说下去，讲下去，让我了解真相！这么讲，是教士为了帮助我演成功哈姆雷特，给弄来了一个鬼魂啰?”

“是的，因为他肯定地说，这是挽救您的唯一途径，要是您还可以挽救的话。”

“那么也是他给我留下纱巾，并且叫我逃走的啰?”

“不错，他甚至希望，这次演哈姆雷特会败坏您对戏剧的全部兴致。您从此不会再登舞台，他认为；而我看法刚好相反，并坚信自己是对的。在演出后的当晚，我们还为此争论来着。”

“如此说你们看了我演出啰?”

“当然看了!”

“那么是谁演的鬼魂?”

“这我自己也说不清楚。要么是教士自己，要么是他的孪生兄弟。不过我相信是后者，因为他稍微高大一点。”

“这么讲你们相互之间也有秘密啰?”

“朋友之间可以有，也必然有自己的秘密，但他们相互不应是秘密。”

“一想起这错综复杂的情况，我就感到头昏。让我了解这个人的真相吧，我欠他很多情，同时也有许多可以责怪他的地方。”

“使他受到我们敬重的，”雅诺回答，“使他在一定程度上掌握了对我们的控制权的，是他那自由而敏锐的眼光。自然赋予他这特殊的本领，超过了人身上蕴藏的所有才能，这些才能每一种都可以按自己的方式培养起来。大多数人，即使是杰出之士，都总有局限。每一个人都只重视自己和别人身上的某些个品质，也只注意发展和培养这些品质。教士的做法完全相反：他具有整体意识，对整体感兴趣，能全面地看人和培养人。我又必须看看纸卷啦！”雅诺继续说，“‘只有所有的人才构成人类，只有所有的力才形成世界。力与力之间经常相互矛盾，它们力图相互破坏，以此维系着自然的存在，实现新陈代谢。从最微不足道的进行手工劳作的动物性欲求，到从事意义高深的艺术活动的愿望；从儿时的牙牙学语，欢蹦乱跳，到演说家和歌唱家的精湛表演；从男孩子之间的第一次扭打，到为了保卫祖国和征服别国的大动干戈；从轻微浮泛的好意和稍纵即逝的爱慕，到狂热的激情和庄严的结合；从眼前最纯净现实的感受，到对最遥远的未来的精神预期——所有这一切以及其他更多的品格，都潜藏在人的身上，必须加以培养，但不是指个别人，而是许多人。每一种品格都重要，都必须发展。如果一个人只注重美，另一个人只注重实用，那么要这两个人加在一起，才成为一个完人。有用的品格自会得到发展，因为大众都在培养它，人人都少不了它。美的品格必须有意识促进，因为只由少数人体现出来，却为许多人所需要。’”

“够啦！”威廉叫起来，“这些我全都读过。”

“还有几行！”雅诺回答，“这我发现完全是教士的思想：‘一种力量控制着另一种力量，但没有任何一种力量能创造出另一种力量；只有每一种品格自身，才蕴藏自我完善的力量；只有很少从事教育和实际工作的人，懂得这个道理。’”

“我也一样不懂喽。”威廉接过话头。

“您还会经常听见教士讲这些话的。我们呢，只要总是对自己有清楚的认识，坚持培养自己身上能够培养的品格就得啦。还有要公正地对待他人，因为只有懂得尊重别人，自己才会受到尊重。”

“上帝啊！别再引经据典啦！我感觉到，对一颗受伤的心来说，它们疗效太差了。您最好还是以您冷酷而自信的一贯作风，直接告诉我希望我怎么样，要怎样和以什么方式把我牺牲掉。”

“我向您担保，将来您会为所有的怀疑请求我们原谅的。检验和挑选是您的事情，我们呢，只是帮助您罢了。人只有在他无条件的追求给自己规定了界限以后，才会感到幸福。别指望我，而要抓住教士；别考虑自己，而要注意周围的人。例如，您就应该学会认识罗塔里奥的杰出之处，知道他的高瞻远瞩和实干精神如何密不可分地结合在一起，知道他如何不断前进，如何发挥影响，带动每一个人前进。不管在哪儿，他都能带动所有的人，有他在就有生气，就能鼓起劲头。您看我们善良的大夫却不同！他似乎生性正好相反。罗塔里奥如果说完全着眼于整体和广远的话，大夫明亮的目光却只盯着身边的事情，他更多的是创造行动的手段，而不发起行动，赋予行动活力。他行事很像一位好管家，老在不声不响地努力着，对身边的每一个人都有帮助。他的本领是不断地搜集和赐予，是点点滴滴的索取和分配。这个人经年累月地完成的建筑，也许罗塔里奥一天之中就会破坏掉；但也许同样是罗塔里奥，会在转眼之间给其他人力量去重建破坏了的建筑，而且比原先大一百倍。”

“一个人在自己内心充满矛盾的时刻，却去思考别人的优点，这样做真叫难受哦!”威廉说，“这样的思考只适宜于冷静的人，不适宜于受到激情和不安困扰的人。”

“冷静和理性地思考，没有任何时候有坏处。我们要是习惯了考虑别人的优点，我们就会不知不觉地把自己摆在他们的位置上，乐于放弃幻想引诱我们做的任何错事。尽可能消除您心中的所有猜忌，所有担忧吧！教士从那边来了，请友善地对待他，直至您更清楚地了解，您欠他多少情。这个滑头！他走在娜塔莉亚和特蕾萨之间。我敢打赌，他一定想出什么来了。他原本喜欢不时扮演一下命运之神这个角色，也就改不掉为人缔结姻缘的爱好。”

威廉激动而懊恼的心绪，并未因雅诺聪明而善意的劝说变得好起来。他倒是觉得，他的朋友恰恰在这时提起那样的一层关系，很不得体，于是便不无讥讽地笑了笑道：

“缔结姻缘的爱好，还是留给那些相爱的人自己吧。”

第 六 章

大伙儿又重新聚到一起，我们的朋友被迫中断了交谈。不久用人来禀报，说信使有一封信要交给罗塔里奥亲收。信使被领进来了，只见他强壮而干练，身上的制服既华丽又讲究。威廉觉得认识此人，也并没有看错，原来正是他当时派去追菲莉涅和所谓玛利亚娜而一去未归的那个汉子。威廉刚想与他搭话，不料罗塔里奥读完了信，已严肃而近乎气恼地问道：

“谁是你的主人?”

“在所有问题中间，”信使谦恭地回答，“我最讲不清楚的就是这个问题了。我希望，信上已说了必须说的，没有让我再口头转达什么。”

“那就随它去吧，”罗塔里奥微笑着说，“既然你的主人信赖我，这么疯疯傻傻地给我写信，我们就恭候他光临好了。”

“他不久就会来的。”信使一鞠躬，离开了。

“你们听听这荒谬而乏味的信，”罗塔里奥说，“‘因为在所有客人中间，’陌生人写道，‘高雅的幽默才是最受欢迎的客人，而鄙人在周游各地时始终以它为伴，所以坚信我对阁下您的造访不会引起不愉快，相反倒希望能使您高贵的家庭全都心满意足，以期最后鄙人离去时……这个那个，等等等等。施内肯福斯伯爵顿首。’”

“这是一家新贵族。”教士说。

“没准是位替补伯爵吧。”雅诺应道。

“谜底不难揭穿，”娜塔莉亚道，“我敢打赌，他是我们的弟弟弗里德利希，外叔祖去世后他一直说要来看我们。”

“你猜中啦，我聪明而美丽的姐姐!”有谁在附近的小树林中叫道，随即走出来一个眉目清秀、性情活泼的年轻人，威廉一见差点儿发出惊叫。

“怎么?”他大声道，“咱们的金发淘气鬼，你怎么也来到这儿?”

弗里德利希不由一怔，两眼直视着威廉，叫道：

“真是啊，在这儿，在我叔祖的花园中，即便发现了闻名遐迩、但仍牢牢耸立在埃及的金字塔，或者发现了人家向我担保早已不复存在的茂索鲁斯国王的陵墓①，我也不会像看见您，我的老朋友，我的大恩人这样吃惊！请接受我特别的和最美好的问候！”

在与周围的人都寒暄过了，亲吻过了以后，弗里德利希又蹦到威廉跟前，大声说：

“给我热情地款待他，款待这位英雄，这位统帅，这位戏剧哲学家吧！我俩初次见面的时候，我对他颇不客气，甚至可以说狠狠地整治过他，谁知后来他却使我免遭了一顿毒打。他这人大度得像斯奇皮奥②，慷慨得像亚历山大③，虽说有时也会爱上谁，但却不恨自己的情敌。如像往情敌脑袋上堆烧红的木炭什么的，据说这是报复别人最厉害的一招，他才不干呢，相反，倒给拐走了他姑娘的朋友派去能干而忠实的仆人，以防他的脚在路上给石头碰着了。”

弗里德利希就用这样的调子一个劲往下讲，谁也没能力制止他，谁也没本事与他匹敌，于是他就独自说下去。他叫道：

“对我的博览群书，既熟读宗教经典也饱览世俗作品，你们别奇怪！你们应该了解，我是怎样获得了这些知识的。”

大伙儿想知道他过得怎样，从什么地方来到这儿。他呢，只顾引经据典，根本顾不上说清楚这些问题。

---

① 茂索鲁斯（Mausolus）是公元前4世纪小亚细亚哈里卡纳索斯城邦的国王，死后他妻子为他修了一座宏伟巨大的陵墓，被视为世界七大奇迹之一。

② 斯奇皮奥（Scipio）是公元2世纪时的古罗马统帅。

③ 即古希腊历史上著名的亚历山大大帝（前356—前323）。

娜塔莉亚悄悄地告诉特蕾萨：

“他那喜笑颜开的样子教我难受。我愿打赌，他心里其实并不痛快。”

弗里德利希的俏皮话只得到了雅诺的几次回应，除此以外他的滑稽表演就引不起大伙儿的任何共鸣，他于是说：

“看来我别无他法，与一个严肃的家庭也只能进行严肃的谈话。处在这心事重重的环境中，我良心上立刻有了沉重的负罪感，因此决定干脆做一次总忏悔，然而忏悔的内容又是我珍贵的老爷夫人们一点儿听不得的。这位朋友对我的生活和作为已有些了解，唯独他可以听我忏悔，而且也只有他有理由提出有关问题。您难道不感到好奇吗？”他转而对威廉继续说，“不想知道，怎样与何处？什么人？什么时候和为什么？以及希腊语动词‘爱’和‘爱过’如何变位，还有这个美妙无比的词如何生成派生词的吗？”

说着他便挽起威廉的胳臂，一边往外走，一边百般地对他表示亲昵。

弗里德利希一跨进威廉的卧室，就看见窗台上摆着一把刮粉刀，刀柄上刻着：别忘记我！

“您的贵重东西保管得不错，”他说，“真的，这是菲莉涅的刮粉刀，是她在我跟您捣蛋的那天赠给您的。我希望，您看见它曾经常想起那漂亮的姑娘。我向您担保，她也没有忘记您。我要不是早已从心里驱赶干净了所有嫉妒的话，我面对着您就不会这么全无醋意。”

“别再提这丫头啦，”威廉回答，“我不否认，我长时间摆脱不掉她可爱的形象，但也仅此而已。”

“呸！真不害臊啊！”弗里德利希叫起来，“谁会否认自己爱过的人呢？您曾全心全意地爱她，爱得不能再爱啦。没有一天您不送礼物给姑娘，而德国人一送礼物，他肯定就已恋爱。我完全没了辙，最后只好把她给您骗走，而那个穿红制服的小军官终于成功了。”

“怎么？您是我在菲莉涅家里碰见的那个军官？是您带着她跑了？”

“不错，”弗里德利希回答，“您把他当成了玛利亚娜。我们对您的错误真笑了个够。”

“真叫残酷啊！”威廉叫起来，“叫我如此心神不宁！”

“还有您派来追我们的探子，我们立刻雇用了他！”弗里德利希接着说，“这小子挺能干，后来一直没离开我们身边。我呢，仍旧爱那姑娘爱得发狂。她完全把我给迷住了，使我几乎就像让魔女给捆了起来，无日不担心会被变成一头猪。①”

“告诉我吧，”威廉问，“您哪来那么渊博的学识？听着您海阔天空的谈话，还一个劲引经据典，我真感到惊讶。”

“我是以最轻松愉快的方式，”弗里德利希回答，“变得博学，十分博学了的。菲莉涅现在和我一起，我们从一个二房东手里租下了一座骑士庄园的古堡，像山精一样快快活活地住在里边。在那儿，我们发现了一间尽管不大，但收藏很精的图书室，里边有对开本的《圣经》《歌特弗里德编年史》，两卷《欧洲戏剧史》《哲学精要》，格里菲的剧作，以及其他一些不太重要的书籍。而今，在我们狂够了以后，有时也感到无聊，于是想到了读书，然而还没明白是怎么回事，我们的无聊反倒加剧了。终于菲莉涅有了个妙主意，就是把所有的书都摊开在一张大桌子上，我俩面对面坐着，她给我念我给她念，而且从这本那本书里都总是念一些片段。这才叫有意思呢！我们真觉得自己是在一个高雅的社交圈里，长时间地谈论同一话题，或者甚至深入探讨，是有失体统的。我们真相信自己置身于热闹的社交场中，大家都争着要讲话。每过两天我们就这么开心

① 典出荷马史诗《奥德修记》：希腊英雄俄底修斯于特洛伊战争后返家的途中，其旅伴受到魔女引诱，变成一头头猪。

一次，久而久之就变得如此博学起来，连自己也感到惊讶。我们在天底下已没有不知道的事情，对任何问题我们都可以给自己做出解释。这样的自学方法我们还不断地花样翻新。有时候，我们还用一只古老的沙漏控制朗读时间。这破玩意儿不几分钟就漏完了，菲莉涅就得将它掉个头，开始念另一本书。一等沙子又跑到了下面，我立刻接着念。如此这般，我们真像在上大学一样，只是我们的课时要短一些，然而内容却极其丰富多彩。”

“一对快活的情侣待在一起，”威廉说，“这样的疯狂我可以理解；我不能马上理解的倒是，这么散漫的一对，何以能够如此长时间地待在一块儿。”

“幸与不幸都正好是这个问题啊，”弗里德利希叫道，“菲莉涅已不敢见人，自己也不乐意看见自己的模样：她怀孕了。世界上没有什么比她的样子更难看，更可笑。在我离开之前不久，她偶然地走到了镜子前面。

“呸，见鬼！”她说着便转过了脸，“活脱脱一个梅利纳太太！真是个丑八怪哦！人竟然会有这么一副讨厌的样子！”

“我不得不承认，”威廉笑眯眯地回答，“一想象你们一块儿当了父亲和母亲，就感觉颇有些滑稽。”

“真是胡闹啊，”弗里德利希说，“临了我还得承认自己是父亲。她坚持讲，时间正好对头。可一开始我总犯疑心，为了在公演《哈姆雷特》后她对您进行的该死访问。”

“什么访问？”

“您该没有一觉睡醒就什么都忘记了吧？当天夜里，那个最最迷人的、血肉丰满的幽灵，未必您还不知道，就是菲莉涅呀。这一夜风流对我来说自然是只苦果，然而，要是这一点儿亏都不能吃，就根本别与人相爱啦。承认自己是孩子的父亲，纯粹出于信念。我坚信，我确实是他的父亲来着。这下您看见了，我也会把逻辑用得恰到好处。这孩子要是不一出生就自己笑死，将来即使没有出息，也会长成一个讨人喜欢的世界公民的。”

两个朋友这么轻松愉快地闲侃着，与此同时其他人却在进行一场严肃的谈话。弗里德利希和威廉刚一离开，教士就把朋友们不知不觉地领进一座花厅里，等大伙儿落座以后，他便开始发起言来。

“我们曾经一般地讲，”他说，“特蕾萨小姐不是她母亲的亲生女儿，现在有必要做详细具体的解释。下面的这段故事，我愿意对其进行全面的说明和论证。

“封·×夫人婚后的头一些年跟丈夫相处极为和谐，不幸的是她曾怀过几次孕，孩子却一出世都死了，而在生第三胎时大夫们差点儿就宣布她活不成了，并预言她要再生必死无疑。夫妻俩被迫做出决定：他们不想解除婚约，因为照一般市民看来，他俩生活得挺美满的。封·×夫人不得不放弃当母亲的幸福，而为了弥补这个遗憾，便努力提高自己的精神素养，在一定的场合中抛头露面，寻求满足虚荣心的快乐。她发现丈夫对另一个女子产生了爱慕，也平心静气地予以宽容。这个女子操持着他们的所有家务，身段既漂亮，性格也实在。封·×夫人不久便亲自做出安排，不仅使这好样的姑娘委身于了特蕾萨的父亲，同时继续掌管着家务，但对家里的主妇比过去却表现得更加殷勤，更加恭顺了。

“过了一些时候，她宣称自己有喜了。这样一来，那两夫妻尽管出于完全不同的动机，却取得了一致的意见。封·×先生希望在家里合法收养他情人的孩子；封·×夫人呢，正好为大夫们在邻里中泄露了她不育的情况而气恼，也想通过偷偷收养这个孩子挽回自己的脸面，同时以这样的让步维持她担心否则会失去的平衡。不过，她比丈夫含蓄一些，尽管看出了他的心思却不主动迎合他，而只是使他启齿更容易罢了。她提出一些条件，得到了她要求得到的一切，于是便产生了那份看来很少考虑到孩子的权益的遗嘱。这时老大夫已经死了，他们便转而求助一位积极、能干的年轻人，给了他丰厚的报酬。他自己呢，也能以揭示自己那位已故同行的无能和妄下结论并加以纠正，去赢得声誉。孩子的生母同样乐意配合，所有人都装得很像，特蕾萨便出世了，并交给了她的养母。她的生母呢却成为这假戏真做的牺牲品，因为过早地下床而病死了，留下善良的丈夫独自悲伤。

“封·×夫人心满意足，在世人的眼中她有了一个可爱的孩子，可以装得对她的宝贝格外地疼爱，同时又摆脱了一个仍让她不无嫉恨的情敌，不用再暗自害怕至少是将来会受到这女人的影响啦。她对女儿表现得十分慈爱，并在亲密的时刻给失去了情人的丈夫以热情抚慰，从而赢得了他的心，使他对她可以说完全俯首帖耳，把自己的幸福和孩子的幸福全交到了她手中，自己在去世之前几乎没有几天当家做主，而且这在一定程度上也只是因为女儿已成年的缘故。这就是，美丽的特蕾萨，您病重的父亲看样子想要向您揭示的秘密，而也是我趁那位阴差阳错地成了您未婚夫的青年现在正好不在，所要详细给您讲的情况。

“这里是一些可以确凿证明我所言不虚的文件。从中您还可以知道，我是如何早已发现了蛛丝马迹，但直到现在才能确信自己是对的。知道我是如何不敢告诉我的朋友任何情况，怕他产生幸福的幻想，因为他已受不了再一次失望的沉重打击。您大概明白吕蒂亚的愤恨啦：我乐于承认，自打我看见咱们的朋友又有了与特蕾萨结合的希望，我就绝对没再助长过他对这个善良女孩的感情。”

故事讲完了，谁都没有反应。几天以后，女士们把文件退了回来，一个字也没再提。

这附近有的是让大伙儿在一起干的事。还有那个地区也挺美，大伙儿都高兴四处走走看看，要么独自，要么一道，可以骑马，可以乘车，也可以步行。趁这样的机会，雅诺完成了自己的使命，把那些文件交给了威廉，但看样子并不要求他做任何决定。

“我眼下的处境真是稀罕极了，”威廉过后说，“只需要对您重申我一开始就当着娜塔莉亚说过的话，心地纯善地说过的话：罗塔里奥及其朋友们可以要求我做出任何牺牲，我在此当着您的面放弃对特蕾萨的一切要求，只请您帮我获得正式的解脱就够了。哦，我的朋友，为下此决心，我无须多少考虑！最近几天，我已经感到，特蕾萨是努力在维持当初在这对我表现的亲热的假象。我已经失去她的爱，或者更确切地说，我从来也没有真正赢得过她的爱。”

“这样的情况显然通过沉默和等待慢慢地澄清更好些，”雅诺接过话头，“说多了总会引起某些尴尬，某些激动。”

“我倒认为，”威廉说，“正是这个问题可以不声不响地，干脆利落地解决。你们常常责怪我迟疑不决，优柔寡断。为什么我现在下了决心，你们自己又犯起恰恰指责过我的错误来呢？难道世人费尽心思教育我们，只是为了让我们感觉到，他们自己是不堪教育的吗？是的，我心地无比单纯地卷入了一场情感纠葛之中，求您行行好，让我马上获得解脱的快慰吧。”

威廉尽管这么请求，又过了几天仍未听见任何消息，也看不出他的朋友们有什么变化。谈话反倒变得平平淡淡，无关痛痒了。

第 七 章

一天，娜塔莉亚、雅诺和威廉坐在一起，娜塔莉亚提起了话头：

“您好像有心事，雅诺，我已发现好些时候了。”

“确实如此，”雅诺回答，“我面临着一个重要任务，咱们已酝酿好久，现在必须动手去干了。大致情况您已了解，我不妨当着咱们年轻朋友的面说一说，因为事情的结果就看他是否乐意参与。您见到我的时间不会长了，要知道，我正打算乘船到美洲去。”

“去美洲?”威廉笑嘻嘻地接过话头，“我真想不到您会去冒这种险，更想不到您会挑我做您的旅伴。”

“您要了解我们的全部计划，”雅诺回答，“就会给它一个更好的称呼，也许还将被它吸引住呢。您听好了！只要稍微知道一点儿世界形势，就不难看出我们正面临着巨大的变革，几乎在任何地方财产都不会再真正安全啦。”

“我对世界形势一窍不通，”威廉打断他说，“而且也是不久以前才开始关心自己的财产。也许继续将其置之度外才对，因为我不得不认识到，为守住自己的财产而提心吊胆，肯定会患忧郁症的。”

“听我说完吧，”雅诺道，“忧心的事适合上了年纪的人考虑，以便青年能够无忧无虑过上一段时间。遗憾，人类活动的平衡只能通过矛盾来达到。当今之世，最不可取的莫过于只在一个地区拥有产业，只在一个地方投资。然而，要同时照料许多地方的财产又是有困难的。因此，我们想出了另外一个办法，即以我们古老的塔楼为中心，建立一个分布到世界各地的社团，一个世界上任何地方的人都可以参加的社团。这样，我们相互给自己的生存保了险，以防一旦某个国家发生革命，会把这个或者那个从自己的产业上赶走。我即将前往美洲，以便利用罗塔里奥当初在那边奠定的良好基础。教士将去俄国，您呢，如果想跟我们一起干，就可以进行挑选，要么留在德国帮助罗塔里奥，要么随我去美洲。我想您会选择后者，因为对于一个年轻人来说，做一次长途旅行是非常非常有益的。”

威廉定了定神，然后答道：

“这个建议完全值得考虑，因为目前我的格言是：走得越远越好。我希望您把你们的计划给我讲详细一些。就算是我对世界的情况无知吧，可我总觉得这样一种结合会遇到某些不可克服的困难。”

“大部分困难产生的原因都只是，”雅诺回答，“到目前为止我们的人太少了，正直的、干练的、果敢的人太少了。只有这样一些人志同道合，才会产生团体精神。”

弗里德利希一直在旁边听着，这时便接过话头：

“只要你们对我有句好话，我也愿意跟着去。”

雅诺摇了摇头。

“怎么，还瞧不起我吗？”弗里德利希继续说，“一个新的殖民点也需要一些年轻的移民，我可以马上给你们带去，而且是些快快活活的移民，我担保。此外我还知道一位善良的年轻女子，她在此地已待不下去，就是甜蜜可爱的吕蒂亚。教可怜的姑娘如何排遣自己的悲痛和苦闷哟，如果不能时不时地将它们扔进深深的海洋，如果没有一位勇敢的男子关照她？我想，我的老朋友，您既然正打算安慰那遭遗弃的女子，就干脆下决心吧！这样就谁都挽着自己的姑娘，咱们一块儿跟这位老先生去就是。”

这个提议令威廉不快。他强作平静地回答：

“我还完全不知道人家是否有对象哩。再说，看样子追求异性我根本不会成功，所以不想再做这个尝试。”

娜塔莉亚接过话头：

“弗里德利希弟弟，你以为你自己浪荡轻浮，别人也跟你有一样的思想吗？我们的朋友理当赢得一颗完全属于他的女性的心，这颗心不会在他的身边为怀念他人而激动。只有一位生性极为理智和纯真的女子，才值得他去冒这种险。”

“什么冒险不冒险！”弗里德利希叫起来，“爱情不全都是冒险吗？不管是在凉亭下，还是在祭坛前；不管是相互拥抱，还是彼此交换戒指；不管是在蟋蟀的鸣唱中，还是在鼓号的伴奏下：一切全都是冒险，一切全出自偶然。”

“我总是发现，”娜塔莉亚说，“我们不同的信念只是我们生存的一个补充。我们真是太喜欢给自己的错误披上某种合法的外衣啦。只是得当心，你那位美人已教你神魂颠倒，脱身不得，不知还会领你走上什么样的路呢。”

“她自己正走在一条至善的道路上，”弗里德利希回答，“一条神圣的道路上。它诚然是一条弯路，但因此倒更加愉快，更加保险。玛利亚·玛格达莲娜[1]不也走过这条路，而且谁知道还有多少其他女子会走它哟。姐姐，当话题涉及爱情，你根本不该来凑热闹。你是不会结婚的，除非啥时候某处一位新娘失踪了。只有那时，你才会本着自己一贯的善良天性，让自己去充当另外一个存在的补充。好啦好啦，现在还是让我们来和这位灵魂贩子做笔交易，就我们结伴远行达成协议吧。”

“您的这些建议提得太晚了，”雅诺说，“为吕蒂亚已经做好安排。”

“什么安排?”弗里德利希问。

“我已经向她求婚。”雅诺回答。

“老先生，”弗里德利希说，“你这是胡闹，不管怎样讲都会招来别人各式各样的评论和非议。”

---

① 玛利亚·玛格达莲娜（Maria Magdalena）是基督教的圣女。据《圣经·新约》记载，她本来生活放荡，在目睹耶稣上十字架之后幡然悔悟，后来成了圣女。

“我得坦率地说，”娜塔莉亚接过话头，“正当一个姑娘为对另一个人失恋而绝望的时刻，企图去娶她是危险的。”

“我已经冒了这个险，”雅诺回答，“她将在一定的条件下成为我的妻子。请您相信，世界上没有什么比一颗能够爱，能够狂热的心，更加珍贵的啦。不管它是否爱过，不管它是否还爱着——通通都不要紧。那倾注给另一个男人的爱情，对我来说差不多更富魅力，魅力超过了我自己可能享受到的爱情。我看到了一颗美丽心灵的强大力量，没有让自私心迷惑我清纯的视线。”

“您最近几天已和吕蒂亚谈过？”娜塔莉亚接着问。

雅诺微笑着点点头。娜塔莉亚一边站起来，一边摇着头说：

“我真不明白你们是怎么回事，不过也休想蒙骗得了我。”

她刚要离开，教士就手里拿着一封信跨进门来，对她说道：

“请您留步！我这儿有一件事情，希望听听您的意见。您外叔祖的朋友，那位我们已经等了好些时候的侯爵，最近几天就要到了。他写信给我说，他的德语已不像他以为的那么流利，因此需要一个既完美地掌握德语，又熟悉其他情况的人陪同。由于他希望建立的更多的是学术方面的联系，而非政治方面的，这样一个翻译就必不可少。我不知道其他任何人比咱们的年轻朋友更合适了。他语言熟练，其他知识广博；再说，能有这样好的旅伴，在优越的条件下见识德国，对他自己也大有益处。谁不了解自己的祖国，就不会有认识别的国家的尺度。怎么样，朋友们？您的意见如何，娜塔莉亚？”

谁也提不出什么异议：雅诺似乎也不把自己去美洲的计划视为障碍，反正他还不马上动身；娜塔莉亚沉默无言；弗里德利希呢，只顾引用各式各样关于旅行有益的警句和格言。

对于这个新建议，威廉心中气愤之极，几乎到了没法掩饰的地步。他再清楚不过地看出了人家想尽快摆脱他的图谋，而最最糟糕的是，他们竟如此直截了当，一点儿也不留情面。还有关于吕蒂亚的话也引起他的怀疑，还有他自己所有的亲身经历，现在又重新在他心上浮现出来。雅诺解开他疑窦时的自然从容表现，现在他似乎觉得也纯粹是在装假。

他集中思想，回答说：

“无论如何，这个建议值得认真考虑。”

“必须赶快定下来啊。”教士应道。

“对此我没有思想准备，”威廉回答，“先等侯爵到了再说，得看我们是否合得来。可主要的条件得预先谈妥：要允许我带上费利克斯，不管去到哪儿。”

“这个条件很难接受。”教士接着说。

“我看不出来，”威廉叫道，“我干吗要接受什么人给我规定的条件？我什么时候想去认识自己的祖国，干吗需要一个意大利人做伴？”

“因为一个年轻人总是得跟人在一起。”教士有几分威严地回答。

威廉心里明白，他再也控制不住自己了，因为只是由于娜塔莉亚在面前，才使他的情绪冷静了一点儿。随后，他便口气颇有些激烈地说：

“让我稍微考虑一下不行吗？我估计，很快就会做出决定的，决定我是不是有理由继续和某些人在一起，或者更可能是接受我的心和理智不可抗拒的指示，坚决挣脱某些个羁绊，免得永远地成为可悲的俘虏！”

他如此心情激愤地说着。只是看了娜塔莉亚一眼，才使他冷静了一点儿。在这情绪激动的时刻，她的形象，她的气质，反倒给他留下了更深的印象。

“是的，”到了独自待着的时候，他不禁自言自语，“你得承认：你爱她，你重新体会到了，当一个人以全部心力爱时，这意味着什么。你曾这样爱过玛利亚娜，并可怕地错怪了她；你曾爱过菲莉涅，却不得不蔑视她；你尊敬奥勒莉亚，却未能对她产生爱情；你敬重特蕾萨，因此把与费利克斯的亲子之情转化为了对她的倾慕。而现在，当使人幸福的所有情感全都汇聚在你的心里时，你却被迫要逃走！唉！为什么你非得把不可克制的占有欲，掺和到这所有的感情，这所有的认识中来呢？为什么不经占有，同样这些感情，同样这些信念，又会将任何别的幸福感完全毁掉呢？将来我还能享受阳光和世界给人的幸福，享受与人结交或者别的什么幸福吗？你不会经常对自己讲：'娜塔莉亚不在这儿！'可遗憾的是娜塔莉亚永远在你面前。你闭上眼睛就会看见她，睁开眼睛又到处飘浮着她的倩影，就像一个炫目耀眼的形象总会影影绰绰地留在你的眼睛里。当初，那须臾即逝的女骑士的形象，不就经常出现在你的脑海里吗？你当时仅仅是见过她，还并不认识她哩。而今，你认识她了，并近在她的身边，她对你表现了那么多的关心，还有她的品格也深深印在了你的心里，就像她的形象曾印在你的意识里一样。永无止境地寻觅是可怕的，寻觅到了却不得不放弃却更加可怕，可怕得多！在世界上我还有什么可询问的呢？在人世间我还有什么可追求的呢？哪个地方，哪座城市还有一件珍宝可以和她相比呢？要我去旅行，为的就是丢弃大的捡回小的？人生未必就像一条跑道，一达到目的就得立刻调头往回走？未必善良、卓越的品性只是一个固定不动的终点，就像人自以为飞快地抵达它那样，又得飞快地离去？而不是像任何追求人间商品的人，可以在四面八方弄到它们，或者甚至在博览会和年市上采购到。”

费利克斯这时正好跑进房间来，威廉便叫他：

“过来，亲爱的孩子！你是我的一切，永远是我的一切！人家把你给我，让你代替你可爱的生母。我曾为你找好第二位母亲，你现在又得给我代替她，而今，你要填补的空缺，越加地大啦。用你的英俊，你的温情，你的求知欲，以及你的种种才能，来占据我的心，抚慰我的灵魂吧！”

孩子学玩一种新玩具，父亲极力帮他调整得好一些，规范一些，顺手一些。可是孩子不久便失去了兴趣。

“你是个真正的人哦!”威廉失声叫道，“来,我的儿子！来，我的小兄弟！让咱们就在这世上漫无目的地玩吧，玩到哪儿是哪儿!”

威廉已下定决心离开这个地方，带上孩子去见见世面和散散心。他写信给威尔纳，要威尔纳给他钱和一些支票，为此派去了弗里德利希的听差，并叮嘱他一定赶快回来。尽管他对其他朋友都没好气，与娜塔莉亚的关系仍然是那样纯洁。他把自己的打算透露给她，她呢，似乎早就知道他可以走，必须走。她这看起来满不在乎的样子，刺痛了威廉的心。可尽管如此，她的优雅风度，她的存在，仍使他感到极大的安慰。她建议他去访问这个那个城市，以便结识她的一些男女朋友。听差回来了，带来了威廉要的东西，虽然威尔纳对他这次出游显得不满。威尔纳写道：

“我希望你变得理智起来的心愿，又得推迟好长时间才会得到满足啦。你们这会儿全都在哪儿游荡？那位你让我希望她来帮我理财的女士，她又在哪里？还有其他朋友也不知去向。整个重担全压给了那位律师和我。幸好他是一位好法学家，正如我是把理财好手；幸好咱俩都习惯了苦干实干。多保重吧！你的荒唐行径可以得到包涵，因为不受其干扰，我们在这个地区的业务原本能办得更好。”

就外在条件而言，威廉想动身就可以动身了。然而，他的心里仍有两个牵挂。一是人家坚决不让他看迷娘的遗体，要他等到举行葬礼再看，葬礼教士打算亲自主持，而为此还没做好所有准备。再有，大夫让乡村牧师的一封特别的信给叫去了，事情关系着竖琴老人，威廉希望了解他究竟命运如何。

在这种状态下，不论白天还是黑夜，不论是心灵还是肉体，威廉都得不到安宁。当所有人都已入睡，他便在府第中走来走去。面前那些古老而熟悉的艺术品既吸引他，又排斥他。围绕着他的任何东西他都既抓不着，又丢不下。面前的一切让他回忆起了过去的一切，他仿佛纵览着自己整个的生命之环，然而遗憾这个环已在他面前破碎了，似乎永远也不再连接得完整。让他父亲卖掉了的这些艺术藏品对他来讲是个象征，预示他也不能平静、彻底地拥有这世间的珍宝，原因一部分是命运的安排，一部分是自己的过错或者别人的过错使其被夺走了。威廉深深沉溺在了这样一些古怪而悲哀的思虑中，有时自己觉得已是个幽灵，即使触摸着周围的东西的时候，仍然战胜不了心中的怀疑：他到底是不是真的活着，真的存在哟。

一想到将如此轻率却又迫不得已地抛弃所寻觅到的和重新找回的一切，他就感到切肤之痛，就泪如泉涌，然而也正是这样，他才重又感觉到自己还活着。他努力想象自己眼下的处境有多幸福，可是没有用。他不禁叫道：

“人一当失去那件珍贵赛过其他一切的至宝，就真是一无所有了啊！”

教士通知大伙儿，侯爵到了。他对威廉说：

“您好像已决定独自带着儿子离开。尽管如此，您仍不妨认识认识这个人物，说不定您在旅途中会遇见他，他无论如何都会对您有用。”

侯爵进来了，年纪并不怎么大，是一位身材匀称和讨人喜欢的典型伦巴底男子①。他比罗塔里奥的叔祖小许多岁，在部队里和他认识那会儿还是个年轻人，后来又在商务中有过交往。再往后，他们曾结伴游历了大半个意大利。侯爵现在重新见到的这些艺术品，多数都是他看着买下的，当时一些个幸运的情形他仍记忆犹新。

一般而言，意大利人比其他民族对艺术的珍贵价值有更深的体会。他们中的任何一个人，只要在从事有关的活动，都希望称作艺术家、大师或者教授。这种对头衔的热衷，至少表明他们不满足于只获得陈陈相因的本领，或者通过练习学到的一般技能。他们认

① 伦巴底是上意大利的一个地区，米兰为其首府。

为，每个人还应该有能力对自己做的工作进行思考，提出一些个原则，并且能向自己和别人讲清楚为什么这样做或者那样做的原因。

客人在收藏家已不在的情况下重新见到如此精美的藏品，真是十分感动，从这些珍贵的遗物中，他很高兴地听见了自己亡友的声音。大伙儿浏览了各式各样的艺术品，彼此促进着对它们的理解，从而获得了极大的愉悦。主要是侯爵和教士在发言，娜塔莉亚觉得好像又站在了外叔祖的身旁，能很好地领会他们的见解和想法。威廉为了做到这一点，则不得不把他们的话翻译成戏剧艺术的常用语言。为使弗里德利希的玩笑有所收敛，大伙儿煞费苦心。雅诺很少在场。

谈到了当代少有艺术杰作的问题，侯爵便说：

“环境对于艺术家的影响和作用，是不容易想明白和看清楚的。除此而外，再伟大的天才，再特殊的神童，对自己的要求都没有止境，为培养自己必须付出的辛劳都难以言表。现在呢，如果环境对艺术家不利，如果他发现世人很容易得到满足，甚至只是追求一种轻浮、媚俗和悦目的表面，那么，他要不因为自满和贪图安逸而流于平庸，那才叫怪呢；他要不赶着用一些时髦玩意儿去换取金钱和吹捧，而宁肯走一条多多少少是可悲的殉道者的正确道路，那才叫怪呢。所以，当今的艺术家永远只是提供，从不奉献。他们总在挑起人的欲望，从不给人满足，一切都浅尝辄止，哪儿都既无根基，也不见结果。只需要到某个画廊里去待上一些时候，看看人们让怎样的作品吸引，赞赏怎样的作品，忽视怎样的作品，你就会对当今的艺术失去兴趣，对未来的艺术失去希望。”

“是啊，”教士接着说，“艺术爱好者和艺术家就是这样相互培养。艺术爱好者只追求一般的，不确定的艺术享受。他希望，艺术品也给予他跟天然物差不多的快感。他们以为，鉴赏艺术的能力也会自然生成，就像尝味道的舌头和上颚一样，因此品味起艺术品也像品尝菜肴。他们不理解，为了真正获得艺术享受，需要有怎样不同的文化修养。一个人想要提高自己，我觉得最难的就是他能使自己养成怎样的鉴别力了。因此我们会发现许多修养片面的人，这样的人却没一个不妄自尊大，以为对什么都可以下判断。”

“您的话我不完全明白。”刚参加进来的雅诺说。

“也很难三言两语做出明确的解释，”教士回答，“我说的只是：一当人从事各式各样的活动，或者要求获得各式各样的享受，他也就必须培养自己各式各样的、相互独立的感受力。谁想充分地、无一遗漏地发挥人性之所长，或者享受人生，他就必须将自己身外的一切都与这样的享受结合起来，在永不满足的追求中度过自己的一生。按其自身价值观赏一座成功的雕像，一幅精彩的油画，为欣赏歌声而聆听歌唱，就表演本身赞赏演员，为其自身的匀称、坚固而称赞一座建筑，这些似乎都是极自然的事，然而要做到却很难很难。多数情况下，可以发现人们对待个性独特的艺术品就像玩弄软泥一样，可以随心所欲地，异想天开地，把大理石的雕像一会儿改捏一个样子，可以把已固定的建筑物延展开或者缩拢来，可以让一幅油画进行说教，让一出戏剧改善风气，让一切变成为一切。究其根源，正在于大多数人本身也无定形，也不能给自己和自己的气质一个固定的形象。因此，他们便极力要去除欣赏对象固有的形象，使其全都变为松松软软的原材料，他们自己也就是这样的材料。最终，他们把一切降低为了所谓的效果，一切都是相对的，所以一切也就相对起来，只是得除去他们的胡扯和乏味，因为真是绝对极端地胡扯和乏味。”

“我明白您了，”雅诺回答，“或者最好讲我已经看出，您讲的这些符合您一贯坚持的信条。只不过，对人类这倒霉鬼，我不可能像您似的较真。自然呢，对人我也有充分了解，知道他们面对着艺术和自然的伟大创造，立刻会想到自身卑微的需要，会把自己的良心和道德带进歌剧院，会走在柱廊中仍不忘记自己的情和仇，会在自己的想象中先将外界一切至善、至伟之物变得渺小起来，为的只是使之勉强适应他们可怜的本性罢了。”

第 八 章

傍晚，教士邀请大家去参加迷娘的葬礼。大伙儿来到故人堂中，发现里边已经极其特别地装饰起来。墙壁几乎从上到下全蒙上了天蓝色的挂毯，露在外边的只有柱基和柱顶的浮雕装饰。四角的枝形烛台上燃着巨型蜡烛，堂中央的石棺周围的四座小烛台上，点着的蜡烛也相应小一些。石棺旁站着四个身穿天蓝色绣银礼服的男孩儿，好像正摇动着宽大的鸵鸟羽毛扇，给躺在石棺上的遗体扇风。大伙儿坐了下来，两支看不见的合唱队便以优美的歌声发出询问：

“你们把谁送进了我们宁静的集体?”

“我们给你们送来一位疲倦的游伴，”孩子们嫩声嫩气地回答，“让她在你们当中安息吧，直到天国姐妹的欢呼把她重新唤起。”

合唱队：“欢迎你哦，我们集体里的第一个小青年！我们怀着哀伤表示欢迎！你身后不会跟着少男少女！唯有老者情愿慢慢走近这安谧的大厅。就让这可爱的孩子在静穆中一同安息吧！”

男孩们：“唉！我们真不愿把她送来这里！唉！要把她永远留在此地！让我们也留下吧！让我们哭泣，在她的灵柩旁哭泣！”

合唱队：“瞧瞧这有力的翅膀！瞧瞧这轻柔、洁白的衣裳！黄金的压发在头上光华闪闪！瞧她多么美丽、高贵、安详！”

男孩们：“唉！翅膀再不能将她托起！衣裳再不能在嬉戏中飘扬！当我们给她戴上玫瑰花冠，她啊，曾给我们投来亲切的目光。”

合唱队：“用你们的精神之眼向上观看！让你们心中的创造力活跃起来，把至美、至高的生命托举到星群上面。”

男孩们：“可是，唉！我们在身边却没有了她，她不会在花园中漫步，在草地上摘花。让我们哭泣吧，我们留她在这里！让我们哭泣，并与她在一起！”

合唱队：“孩子们，快回归生活吧！清风围着蜿蜒的溪流戏耍，也让它替你们擦干泪水。快逃离黑夜！白昼、欢乐、健康，理当属于生者。”

男孩们：“打起精神，我们要回归生活。白昼给我们劳作和欢喜，晚上我们得到休息，经过一夜睡眠又精神振作。”

合唱队：“孩子们！快快回到生活里去！爱情正穿着美丽洁净的衣裳，头戴不朽的花冠，以天使的目光向你们致意！”

男孩们出去了，教士从座位上站起来，走到石棺旁边，说道：

“遵照那位准备了这静静的居室的男子的指示，对每一个新来者都要隆重地迎接。在他之后，在这所宅第的建造者之后，在这座故人堂的设置者之后，我们首先送进来了一个年轻的外姓人。于是，这小小的空间，如今就容纳着严厉、专横而冷酷的死神两个截然不同的牺牲。我们根据一定的法则来到人世，为见天光而发育成熟的日子有一定数量，但生命的长短却无定则可循。最细弱的生命之线会意外地拖得很长，最强壮的反倒可能被命运女神的剪子强行剪断，她喜欢的看来就是悖理矛盾。关于我们安葬在这里的那个女孩儿，我们知之甚少。我们不了解她来自何处，也不知她的父母是谁，对她的年龄仅只能够揣测。她的内心深邃、隐秘，我们简直猜不出她暗藏着的心事。她教人一点儿不了解，教人完全捉摸不透，流露出来的仅仅是对一个男子的眷爱，是这位男子，把她从一个野蛮人的手里搭救了出来。这温柔的爱恋，这热烈的感激，恰似一团烈火，烧干了她生命的灯油。大夫高明的医术不能维护她美丽的生命，朋友悉心的照料不能使其延续得久一点儿。然而，人力尽管锁不住逝去的灵魂，却用尽了一切办法保存躯体，使它不致消失。大量香油已渗透它所有的血管，代替血液染红了这早逝者的双颊。请上前来，朋友们，来看看这艺术和友情所创造的奇迹！”

他揭开纱罩，只见小姑娘身穿白色的天使服，姿态极其优美地躺着，就像睡熟了一样。大伙儿都走上前去，赞赏那生命的假象。只有威廉留在自己的座位上，完全失去了自制。他不敢想自己感觉到的事情，他只要一想，似乎就会破坏自己的情感。

为照顾侯爵，教士致辞用的是法语。侯爵现在和其他人走到了石棺旁，认真地观察着遗体。教士继续讲：

“怀着神圣的信赖，这颗善良的、对世人紧闭着的心，而今也永远朝向它的主了。她似乎生性谦恭，不，甚至极为谦卑。她生长在天主教地区，受的是天主教熏陶，因此信仰虔诚。她常常流露出想长眠在神圣土地上的心愿，因此我们按照教会的习俗，在她的枕头里藏了一些泥土，并对这石棺和泥土做了神圣的祝福。人们还精心地在她娇嫩的胳臂上纹出了一幅耶稣受难像，临终之时，她是何等热烈地吻这圣像啊！”

教士一边说，一边抹开死者的衣袖，让人看见那白皙皮肤上的淡蓝色十字架，以及十字架周围的各种字母和符号。

侯爵凑拢去观看这新的发现。看着看着突然站直身子，冲天空举起双手，叫了起来：

“上帝啊！可怜的孩子！我不幸的外甥女！我竟在这儿重新找到了你！我们早已经绝望，以为你可爱的身体早已经喂了海鱼，现在你虽然死了，躯体却保持完好，这好不教人又悲又喜啊！我参加了你的葬礼，它因为你的形象而变得如此美好，因为这些送你到安息之地来的善良的人们而更加美好。要是我还能讲点儿什么的话，”他嗓音喑哑地说，“我就要感谢他们。”

泪水妨碍他继续往下讲。教士按了按弹簧，遗体便沉到石棺底上。从挂毯后转出来四个与男孩儿同样穿着的少年，抬起精雕细刻的沉重棺盖，把它盖到石棺上，同时开始歌唱。

少年们：“而今珍宝已妥为收藏！世事无常的美丽表象！它安息在这大理石棺，不受侵蚀，也活在你们心中，继续发挥影响。回归生活吧，活着的人们！带去这神圣的虔诚吧，唯有这神圣的虔诚，能使生命成为永恒。”

藏匿起来的合唱队应和着最后的一句词，可是出席葬礼者谁也没留意到这鼓舞人心的话，他们全让意外的发现弄迷糊了，忙着在清理自己的感受。教士和娜塔莉亚领着侯爵往外走，威廉走在特蕾萨和罗塔里奥前面，直到完全听不见歌声了，悲痛、思考和惊异才重又猛烈地向他们袭来，于是心里产生了再回到那个境界里去的渴望。

第 九 章

侯爵避免再提起外甥女的事，私下里却与教士做了不止一次长谈。大家聚在一起时，他多半希望听听音乐。主人也乐于满足他的愿望，因为谁都高兴能免去那样的谈话。大伙儿如此生活了一段时间，便发现侯爵已在做离开的准备。一天，他对威廉说：

“我不要求挪动这好孩子的遗骸，就让她留在她曾经爱过和痛苦过的地方吧。可是她的朋友必须答应我，到她的祖国，到这可怜的人出生和受教育的地方，来看一看我哦！他们必须去看一看那些圆柱和石像，它们曾在她脑子里留下了模糊的记忆。

“我希望领她去那些她曾经喜欢捡鹅卵石的海湾。您呢，亲爱的年轻人，不能拒绝一个家族对您的无限感激。明天我就要动身了。我已把整个事情告诉教士，他将对您转述。他可以原谅我时时让悲痛打断，作为第三者，他能更连贯地讲述那些往事。如果您还愿意如教士建议的那样陪我周游德国，那我十分欢迎。带上您的儿子吧，任何时候，只要他给我们添了小小的不便，我们都乐意回忆起您如何关照我那可怜的外甥女。”

就在谈话的当天晚上，出乎所有人的意料，伯爵夫人来了。在她跨进屋的当口，威廉不禁浑身颤抖。她呢，尽管思想上已有准备，仍然不得不扶住自己的姐姐，娜塔莉亚马上搬给她一把椅子。她的穿着朴素得稀奇，模样也大变了！威廉几乎不敢看她，她却和蔼地与他打招呼，但随随便便的寒暄并不能掩饰她的思想感情。侯爵早早地上床去了，其他人还没有分手的愿望，教士于是取出一叠纸来。他说：

“这个奇怪的故事，我怎么听的当即就把它怎么记录下来了。

要说啥时候最不该节省纸和墨，那就是记录这类奇事的一个个细节啦。”

有谁告诉了伯爵夫人讲的是什么事，教士便开始念起来：

“尽管我阅历不少，我仍然认为我父亲是一个极为特别的人。他禀性高尚、正直，思想开阔甚至可以说博大；他严于律己，计划干什么总坚持不懈，做任何事情都按部就班。因此，他一方面是那样平易近人，容易打交道，但也由于这同样的一些品格，他又很难适应社会，因为凡是他给自己定下的规矩，便要求国家，要求邻里，要求自己的子女和下人，也一样地严格遵守。由于他的严格，他哪怕是最温和的要求也会变得过分。如此一来，他永远得不到任何满足，因为没有任何事情是按他的想象办成功的。建造一座府第也好，敷设一片花园也好，在环境极为优美的地区购置一大片新的田庄也好，我都看见他内心总是愤愤不平，总相信是命中注定了他要克制，要忍让。他的外表高贵、威严，谈笑间也显出自己智慧卓越，最受不了人家指责自己。我一生中只见过一次他大发雷霆，那是在他听见有人取笑他的某一举措的时候。他就以这同样的作风管理着自己的孩子，管理着自己的财产。我的大哥受的教育是为了将来做巨大家业的继承人，我要做的是教士，而弟弟则将成为军人。然而我生性活泼、热情、好动，并且敏捷，体育锻炼样样能干。弟弟则更喜欢静静地幻想，十分热衷于科学、音乐和文学。只是在经过顽强的抗争以后，在使他完全相信了不可能以后，父亲才极不乐意地让了步，允许我跟弟弟对调了职业。尽管他看见我们双方都满意，他自己却怎么也满意不了，硬说绝不会有什么好结果。父亲年纪越大，越是感到与世人格格不入，最后几乎完全成了孤家寡人，还打交道的就唯有一个老朋友。此人曾为德国军队服役，在战场上失去了妻子，只带着个十岁光景的女儿。他在我们附近买了一座挺像样的庄园，每礼拜在一定的日子和一定的时辰来看望我父亲，不少时候也带着自己的女儿一块儿来。他从不反驳我父亲的看法，父亲便完全习惯了他，把他当成了唯一一个可以容忍的伙伴。父亲死后，我们才发现此人从咱们老头子那儿弄到了不少好处，没有白花自己的时间。他扩大了自己的产业，他的女儿可望得到一份丰美的陪嫁。姑娘慢慢长大了，出落得美貌非凡。我哥哥常常拿我开玩笑，说我可以去追求她。

“这期间，我弟弟奥古斯丁在修道院极特殊的环境里已度过了许多年。他完全沉溺于那神圣梦幻的享受，沉溺于一半是精神的一半是肉体的体验。这些体验，时而把他托进了高高的天国，时而把他沉入了软弱无力和空虚困苦的深渊。父亲在世时，不可能设想会有什么改变，现在又能希望什么，或者提出什么建议呢？父亲死后，弟弟经常回来看我们，他的处境一开始就教我们觉得可悲，渐渐地更是变得难以忍受了，因为理性已经取得胜利。然而，理性越是让他确信，只要恢复自然纯粹的生活就能获得完全的康复和满足，他便越是急切地要求我们帮他解除献身教会的誓约。他让我们明白，他对施佩拉达，就是我们那位邻女，已经有了意思。

“我哥哥在咱们严厉的父亲手下吃了太多的苦，不可能对弟弟的处境无动于衷。我们家的忏悔神父是个可敬的老人，我们找他谈，对他披露了弟弟的双重愿望，求他设法促成这两件事。谁知老人一反常态，迟疑犹豫起来。弟弟却拼命地逼我们，我们也更恳切地求神父，他不得已才狠狠心，给我们讲了下面这桩奇事。

“施佩拉达是我们的胞妹，而且既同父又同母。原来父亲在似乎已淡忘了做丈夫的权利的晚年，再一次让性爱和情欲给控制了。而前不久本地刚好有个类似的情况成了人们的笑柄，父亲不愿同样遭人耻笑，就决定把自己这合法然而晚熟的爱情果实精心掩藏起来，就像平素人们藏匿自己爱情偶然的、早熟的果实那样。我们的母亲秘密地分娩了，婴儿被送到了乡下。只有我家的那位故交和忏悔神父了解内情，没有费多少口舌，他便同意认她做自己女儿。神父下了保证，只有万不得已才能说出这个秘密。施佩拉达的养父死了，娇小的姑娘在一位老太太的监护下生活。我们知道，奥古斯丁弟弟已借助唱歌和音乐进入她的家门。由于他一再催促我们帮助解除他原有的羁绊，进行新的结合，我们就不得不尽早地让他看到自己所面临的危险。

“他用疯狂的、轻蔑的目光瞪着我们，叫喊道：

“‘收起你们这些荒诞童话吧，给小孩子和轻信的傻瓜讲还差不多，你们休想从我心中夺走施佩拉达，她应该属于我。马上赶走你们那可怕的魔鬼，用他来吓唬我只会白费力气！施佩拉达不是我的妹妹，是我的妻子！’

“他不胜欣喜地告诉我们，这天使般的姑娘如何使他从与世隔绝的非自然状态中获得解脱，回到了真正的生活中间；他俩如何心心相印，就像两人的歌声和谐应和一样；他如何庆幸自己有过的所有困苦和迷误，因为是它们使他远离所有的女性，现在方能完全彻底地委身于这位极可爱的姑娘。他坦陈的事实使我们大为惊讶，我们同情他的处境，却一点儿没法子帮助他。他并且激动地宣称，施佩拉达已经怀着他的孩子。我们的神父做了一切该做的事情，结果反倒使情况更加糟糕。自然和宗教的戒律，伦理道德和市民社会的法规，通通都遭到我弟弟的激烈批驳。对他来说，似乎只有与施佩拉达的爱情是神圣的，只有父亲和妻子这样的称呼才珍贵。他喊道：

“‘唯有它们合乎自然，别的一切通通是胡思乱想，胡说八道。不是也有一些高贵的民族，允许兄妹结婚吗？别提你们的那些神啦，’他大叫，‘你们使用那些名称，只是为了愚弄我们，使我们脱离自然的正道，采取可耻的强制手段，把我们最高尚的情感歪曲成罪行。为了尽量迷乱人的心智，残害人的肉体，你们必须有供你们活埋的牺牲。’

“‘我可以这样讲，因为我经历的苦难比谁都多，从高贵、甜蜜的幻想的充实，到软弱、迷茫、空虚和绝望的可怕荒漠，从对神灵无比崇高的预感，到完完全全地失去信仰，包括对自身存在的信仰，我都无不经历过了。从诱人的人生之杯中，我饮尽了所有可怕的沉淀，我的整个身心都渗透了毒液。可现在，仁慈的自然以其博大的赐予，以爱情重新治愈了我。我在这位天使般的姑娘的怀中重新感到，我存在着，她存在着，我们本是一体，从我们生命的结合将产生第三个生命，瞧他正朝着我们在微笑哩——可就在这个时候，你们却打开你们的地狱，让它的火焰，让那只能炙干病态的想象力的炼狱之火，来威胁我们纯洁的爱情，破坏我们对它热烈、真实和坚不可摧的享受！在那些昂然顶天的柏树底下来迎接我们吧，在那些开满柠檬和橙子花的篱笆旁边来寻找我们吧，那纤细的桃金娘还向我们伸过来娇媚的花朵哩，在这些地方，看你们还敢用人手编织的忧郁、灰色的网罟来吓唬我们！'

"我弟弟长时间地顽固坚持，就是不信事情是真的，直到后来，我们向他保证讲的是真话，忏悔神父也亲自向他担保，他仍然不为所动，相反大喊大叫：

"'别问你们修道院中走廊的回响，别问你们发霉的羊皮古书，别问你们迂腐古怪的想法和戒条——去问问大自然和你们的心，它会教导你们该对什么感到悚惧，它会给你们最严格的指示，使你们明白，永远地、无可挽回地该受到诅咒的是些什么事情！瞧瞧那些百合吧：丈夫和妻子不是出自同一条茎吗？两者的结合不是开了花，产了子，而百合不是纯洁的象征吗？它们兄妹的结合不是也能繁衍吗？自然反感什么，一定会大声地说出来；什么东西不应该存在，就不会产生；什么东西是错误的，就会早早地遭到毁坏。没有后代，活得可怜巴巴，早早地毁灭，这些都是自然的诅咒，都是它严厉的表示。它的惩罚总有直接的后果。喏！瞧瞧你们周围，什么是犯禁的，什么受到了诅咒，不是一目了然吗？在寂静的修道院中，在喧嚣的尘世上，有千千万万的行为被视为神圣，得到了推崇，可是却为自然所诅咒。不管是好逸恶劳，还是劳碌过度，不管是养尊处优，还是困苦匮乏，都让自然觉得可悲，它呼吁中和适度，它的所有安排都实实在在，它的所有作为都和缓沉静。谁受过我这样多苦，谁就有权获得自由。施佩拉达是我的，能从我手中夺走她的唯有死亡。我怎么能保住她呢？怎么能获得幸福呢？——你们白操心吧！现在我就去她那儿，为了永远不与她分离。’

“他想乘船去她那儿，我们拦住了他，求他别这么干，以免后果不堪设想。我们要他考虑，他并非生活在一个思想观念都如他似的自由世界中，而是处在一个法律和习俗对自然法则带着强制性的社会里。我们答应神父时刻看着弟弟，更不放他离开府第。后来他还是走了，答应几天就回来。结果不出我们所料：理智使弟弟变得坚强了，可心仍然软弱，早年的宗教情绪又活跃起来，可怕的怀疑控制了他。他熬过了充满恐惧的两天两夜，忏悔神父又去帮助他，结果没用！不再受束缚的理智宣告了他无罪，他的感觉，他的宗教，他已习惯的所有观念，通通判定他是个罪人。

“一天早上，我们发现他房里没有人了，桌上却留着一张字条，告诉我们：他有权去寻找自由，因为我们硬把他关在家里，他溜去找施佩拉达去了，希望和她一起逃走，他什么都干得出来，如果人家硬要把他俩分开。

“我们甚为惊恐，忏悔神父却叫我们放心。我们可怜的弟弟有人就近监视，船夫不会渡他过河，而是将把他送回修道院。一当小船在月光中把他摇来荡去，两整天没合眼而实在疲倦的他立刻睡着了，醒来时发现自己已落入与他一块儿修行的兄弟们手中，还没等他提起精神，就听见修道院的大门在身后砰的一声关上了。

“我们痛惜弟弟的命运，因此狠狠地责备忏悔神父，然而这位可敬的老头很快以一个外科医生的道理说服了我们，称我们对可怜的病人的怜悯会要他的命。还讲他并非随随便便地自作主张，而是执行主教和教廷会议的命令。意图是：避免在公众中引起任何麻烦，由教会秘密处置这件可悲的案子。施佩拉达应当受到保护，不让她知道她的情人是自己的哥哥。由一位教士监护着她，以前她就对他做过忏悔，她怀孕和分娩的情况得到了保密。作为母亲，她为自己有了个小宝贝深感幸福。就像我们大多数的女孩儿一样，施佩拉达既不会写，也不会认，因此要对自己的情人讲什么，都只好请神父转达。这位神父自以为欺骗一个正在哺乳的母亲乃是他神圣的本分，他从未见过我们的弟弟，却带来了他的消息，以他的名义劝施佩拉达安心待着，保重自己，养好孩子，至于未来嘛，则相信上帝的安排。

“施佩拉达生性虔诚。她的处境，她的孤寂，更加重了这一精神倾向。那位神父也助长着它，以便慢慢地使她做好与自己恋人分手的准备。孩子刚才断奶，神父刚一认为她的身体足以承受可怕的心灵痛苦，便开始对她浓墨重彩地描绘她的过失，说她委身于一个教士，简直就是犯了忤逆自然的罪孽，简直就是犯了乱伦的大罪。要知道，神父有个奇怪的想法，就是希望使她现在的悔恨跟知道真相后所感到的悔恨一样。如此一来，他让施佩拉达的心灵受到了无尽的痛苦折磨，同时又极力在她面前颂扬教会和教皇的仁慈，让她明白，教会在这样的情况下要是让步，要是反倒以合法的结合对两个罪人表示嘉许，那对所有人的灵魂幸福都会产生极其可怕的后果。他告诉她，及时地赎补自己的罪孽是多么有好处，为此有朝一日还可望获得荣耀的花冠。结果，施佩拉达终于像一个心甘情愿地引颈就刑的可怜女罪人，诚心诚意地恳求人家把她永远和我们的弟弟分开。在对她提出了如此多的要求以后，也给了她在一定程度监管下的自由，随便她有时候待在自己家里，有时候待在修道院中。

“她的女儿渐渐长大了，很快表现出了某些特异的天赋。她很早就会走路，动作极其灵敏，不久歌也唱得挺动听的，几乎是自己学会了弹齐特琴。只是语言表达能力欠缺，而且看样子障碍是出在思维方式上，并非语言器官有什么毛病。这期间，可怜的母亲觉得自己对不起孩子，神父处置她的办法搞昏了她的头脑，她虽说尚未神经错乱，却已处于极为怪异反常的状态。在她心里，她的过失似乎变得越来越可怕，越来越不可饶恕。神父经常使用的乱伦比喻深深烙印在她的心上，使她仿佛知道了真相似的感到厌憎。神父为自己的巧妙手段扬扬得意，哪管他这样做撕碎了一个不幸的可怜虫的心：为有这孩子而由衷喜悦的母爱，跟这孩子本不该出世的可怕念头不断地斗争——施佩拉达的苦况惨不忍睹。一会儿两种情感矛盾纠缠在一起，一会儿厌憎之心胜过了母爱。

“人家早已把孩子从施佩拉达身边夺走，交给了湖滨上的规矩人家抚养。孩子有了更多的自由，很快就表现出对登高的特殊喜好。天性使然，她能爬上最高的树顶，能在船舷边上来回奔跑，当地不时有走绳艺人来表演，他们最精彩的绝活她也模仿得了。

“为了方便练习所有这些玩意儿，她喜欢换穿男孩儿的衣服，尽管她的养父母认为这很不成体统，不能允许，我们却尽可能地宽容她。这样一些奇怪的行径有时使她远离住地，迷了路，在外面过夜，可最后总还是找了回来。多数情况下，她回来时都坐在邻居邸宅前的门柱底下。家里人也不再找她，料定她自己会回来。她坐在邻居的邸宅前像是歇气，随后便跑进厅堂中去看那些石像，人家要是不特别留她，她便很快跑回家去。

“可是终于有一天，我们还是失望了，我们的宽容受到了报应。孩子一去不返，只发现她的帽子漂在湖上，不远处就是一条从山上直冲进湖中的溪流。估计她是在山岩间攀爬时出了事，怎么打捞也不见她的尸体。

“施佩拉达从不慎多嘴的女友口里很快得知女儿死了。她看样子平静而快活，并相当明确地暗示，她对上帝把可怜虫接回去了感到高兴，免得她再造更大的孽，忍受更大的不幸。

“由于这件事，又对我们那些湖水流传开了种种神话。据传，这片湖每年都要求一个纯洁无邪的儿童作牺牲，却又容不得尸体，所以迟早都会把它送上岸来，是的，哪怕它沉到了湖底，最后只剩下一点儿小骨头，也非弄上来不可。人们讲有一位不幸的母亲，她的儿子在湖里淹死了，便呼喊上帝和他的圣者，求他们至少把孩子的遗骨赐还给她安葬。随后便风暴大作，把孩子的颅骨吹上了岸，紧接着的一次风暴又吹上来了他的躯干，等全部都凑齐了，她才把遗骨全部用一块布包起来，送到教堂里去。可是，真叫稀罕啊！她一跨进教堂，布包便越来越沉，终于，她把包裹放在了祭坛前的石阶上，孩子就开始在里边叫喊，并且自己挣扎了出来，令所有的人大为惊讶。他只是右手的小指头缺了一小截，于是母亲又去湖边仔细地寻找并且也找到了。作为纪念，这截小指骨还和其他圣物一块儿，保存在教堂里呢。

“这样一些故事给可怜的施佩拉达留下了很深的印象，重新激发起她的想象力，使她的心绪得到了好转。她猜想，孩子已经替自己和她的父母赎清了罪，迄今一直压在他们身上的诅咒和惩罚终于彻底去掉啦。现在要紧的只是找到孩子的遗骨，把它送到罗马去，这样，在圣彼得大教堂祭坛前高高的石阶上，它就会重新包裹上娇嫩美丽的皮肤，站在众人面前。孩子将重新亲眼看见自己的父亲母亲。教皇呢，相信这是上帝和他的圣者们的旨意，便在民众的欢呼声中，宽恕她父母的罪孽，不再追究他们，并让他俩结为夫妇。

“从此，施佩拉达的目光和心思总是朝向湖水和湖岸。夜里，当月光下湖水漾起波浪，她便相信每一朵闪亮的浪花都会推送出她的女儿。于是不得不有人假装跑下去替她收捡。

“白天，她自己也不知疲倦地守候在有一片平缓沙滩伸进湖中的地方，把所发现的所有骨头都收集在一只小篮子里。谁也不敢告诉她那是些兽骨。她把大块的埋起来，把小块的保存好，她就这么坚持不懈地活下去。那个尽职尽责地把她变成了这个模样的神父，而今仍旧全力地照管着她。在神父的影响下，当地人不视她为一个疯子，而是一个异人。当她走过的时候，人们都合掌敬立着，孩子们则过去吻她的手。

“施佩拉达有一个女友兼老伴娘，神父认为她在那两人不幸地结合时也犯有罪过，要赦免她只有一个条件，就是终生忠心地陪伴可怜的施佩拉达。她呢，也以值得称赞的耐心，认认真真地始终履行着自己的职责。

“与此同时，我们一直留意着弟弟的情况。不管是大夫还是修道院的教士，谁都不准我们去探望他。但为了让我们相信他还算过得不错，只要我们乐意，就允许我们去修道院远远地窥视他，要么在花园里，要么在十字回廊中，甚或透过他在顶楼的房间的窗户。

“度过了一些我这略去不讲的可怕而奇异的阶段以后，他进入了一种精神宁静，肉体却躁动不安的稀罕状态。除了抱起竖琴来弹奏，而且多半是自弹自唱的时候，他再也坐不住。他总是跑来跑去，对什么事都无所谓，对谁的话都极顺从，因为他的所有激情似乎全都化作了对死亡的恐惧。只要用危险的疾病或者死亡吓唬他，叫他干世界上的任何事情都成。

“除了老是在修道院不知疲倦地乱跑，并且明确表示最好是能远远地跑到山那边去的怪癖，他还谈到一个常常教他恐惧的现象。他坚持说，夜里他睡不着时，不时地有一个俊秀的男孩儿出现在他的床前，手里拿着一把亮华华的匕首威胁他。院里把他搬到另一个房间，可在那弟弟仍然见到那个男孩儿，搞到最后甚至无处不见他埋伏着。弟弟更加不安地跑来跑去，是的，院里的人事后回忆起，他这段时间更加经常地站在窗前，眺望着湖的彼岸。

“这段时间，我们可怜的妹妹好像已让那唯一的想法，唯一热衷的活动给耗尽了精力。我们家的大夫于是建议，在她的收集的其他骨头中慢慢混进一个小孩儿的尸骨，以提高她的信心。这种尝试效果值得怀疑，但似乎在骨头凑齐以后，至少可以使她不再没完没了地寻找下去，并且产生能够去罗马的希望。

“果真如此，老伴娘悄悄调换着委托给她保管的骨殖。当渐渐凑齐到可以叫出还缺少的部位的名称时，可怜的病人真是喜不自胜。她极其细心地用线和绳子把骨头拴在一块，还像保存圣者的遗骨那样，拿绸子和刺绣把空缺的地方填补起来。

“如此这般，骨殖渐渐搜集齐了，缺的仅仅是少量的指尖什么的。一天早上，妹妹还在睡着，大夫已去探询她的健康状况，老伴娘就从摆在卧室内的匣子里取出那些珍贵的骨头来，让大夫看病人怎么做的。可是紧接着便听见施佩拉达跳下床来，她揭开盖布一看，发现匣子已经空了。她一下跪倒在地，大夫和伴娘跑进去，听见她正兴奋而热诚地在祷告。

“‘是的！是真的呀！’她喊道，‘这不是梦！这是现实！为我高兴吧，朋友们！我看见那美丽、善良的小姑娘复活了！她站起来，揭开面纱，光辉照亮了整个房间，她的容貌秀美而神圣，尽管愿意却踩不着地面。她轻轻飘浮着，连手也不能伸给我。她呼唤我去她那儿，指给我了该走的路。我将随她去，立刻随她去，我感觉到了，我这会儿心情真是轻松。我的苦闷消失了，一见我死而复生的孩子，我已预先尝到了进入天国的欢乐。’

“从这时起，她一门心思地忙于展望光明的未来，对尘世的任何事情都不再注意，进食也只有很少一点。如此一来，灵魂便慢慢挣脱了肉体的羁绊。临了，人们发现她意想不到地苍白，同时没有了知觉。她没再能睁开眼睛，她已如我们说的：死了。

“她见到女儿复活的传说，很快在民众中散布开了。她生前受到的敬重，在死后便迅速变成一个想法，就是必须马上把她视为享有天国之福的人，甚至视为圣者。

“准备安葬她时，许多人蜂拥而至，人人都想摸摸她的手，至少也触一触她的衣服。在这样的狂热气氛下，各种各样的病人突然感觉不到自己长期的病痛了，都自以为已经被治好，都现身说法，赞美上帝和他新提升的女圣者。教会迫于无奈，把施佩拉达的遗体移到了一座小教堂中，民众要求进行瞻仰，人潮汹涌到了难以置信的程度。山里的居民原本宗教情绪活跃，这时更纷纷从山谷山沟里赶来。瞻仰、祈祷和关于奇迹的传说日甚一日。主教反复下令控制这新掀起的朝拜规模，并要求慢慢将其压制下去，结果命令却执行不了。民众激烈地反抗任何阻挡的措施，谁要是讲不相信，就准备动粗。教民们吼道：

“‘我们的祖辈中间不就出过圣波罗梅欧[1]吗？他的母亲不是体验到了儿子被宣布为圣者的幸福？为了给我们生动再现他精神的伟大，不是在阿罗纳的山岩上给他树了一尊大雕像吗？他的后代难道不是还生活在我们中间？上帝不是做出过许诺，要在一个虔诚的民族中间不断创造新的奇迹吗？’

“一些日子过去了，死者的躯体却毫无腐烂的迹象，反倒变得更加白皙起来，简直像是透明的样子，就越发使人们坚信不疑。同时，民众中又发现这样那样的病痊愈的情况，令细心的观察者也没法解释，却又不好干脆说是欺骗。整个地区都活跃起来了，谁即使不能亲自来，至少在一段时间里听到的也只是这件事情。

“我弟弟待的修道院里也和别处一样哄传着这些奇迹。由于他平时对什么都漠不关心，加之又没谁了解他与此事的关系，教士们就更不在乎谈的时候有他在场。然而，这回他看样子却听得十分仔细。他因此想出了非常狡猾的逃跑办法，以至于永远也没人能够明白，他是怎样跑出修道院的。人们后来得知，他是混在大批的朝圣者中过的河，除了曾请求船夫们千万小心别翻了船以外，他们并未发现他有任何其他反常之处。深夜，他潜入安息着他苦尽甘来的爱人的小教堂。这时只在角落里还跪着几个虔诚的朝圣者，死者的老伴娘则坐在他们前边。弟弟走过去招呼她，问她的女主人情况怎样。

“‘您自己瞧吧。’她不无尴尬地回答。

---

① 波罗梅欧（Carlo Graf Borromeo，1538－1584）是米兰的大主教，死后被敕封为了圣者。在他的出生地阿罗纳，竖有他的一尊巨型雕像。

“弟弟只是从侧面观察着遗体。在迟疑了一会儿以后，他抓起了她的手。死者冰冷的体温吓了他一跳，他立刻放掉她的手，不安地环顾周围，对老婆子说：

“‘我现在不能留在她身边，我还要赶很长的路，不过我会及时回来的，她醒来时请你告诉她。’

“弟弟就这样走了。我们只是后来才听说这个情况。大家想弄清楚他上哪儿去了，然而白费力气！他是怎么翻越座座高山，穿过道道深谷，教人难以理解。终于，在过了很长时间以后，我们在格劳宾登[①]重新发现了他的行踪，只是已太迟了，他很快又不知去向。我们揣测，他去了德国，然而战事完全抹去了他原本就稀少模糊的踪迹。”

① 格劳宾登是邻近意大利的瑞士山区。

第 十 章

教士不再念了，听众没有谁不曾流下眼泪。伯爵夫人一直用手绢捂着眼睛，最后她站起来，跟娜塔莉亚一起离开了房间。其余的人默默无言，教士说道：

“现在的问题是我们该不该放走善良的侯爵，而不把我们的秘密对他揭开。要知道谁还有丝毫怀疑，奥古斯丁和我们的竖琴老人就是同一个人呢？值得考虑的只是，既为这不幸的人，也为他的家庭，我们该做些什么？我建议别操之过急，等看了正从他那里回来的老大夫带来什么消息再说。”

大家意见全都一样，教士便继续说：

“同时还有个问题，也许需要更快决定。咱们，特别是咱们年轻的朋友，给了他可怜的外甥女亲切的关怀照顾，令侯爵无比感动。我不得不给他详细地，甚至反复地讲述整个经过，他表现出了极其真诚的感激。他说：‘那位青年拒绝与我一道旅行，当时他还不了解我们之间的关系。现在我对于他已不再是个陌生人，大概他已经清楚我的为人，我的脾气了吧。我与他其实关系密切，如果您同意甚至可以讲是他的亲戚。在此之前，那个他不愿留下的男孩儿如果说是个障碍，阻止他与我结伴同游的话，那现在就可以让这孩子成为一条美好的纽带，他只会把我们更加亲密地联系在一起。除了我要对年轻人表示感激之外，他在旅途中对我仍会有所帮助。希望他和我一块儿回去，我的哥哥将热情欢迎他，希望他不嫌弃归在他收养的孩子名下的那份遗产。因为遵照我们父亲和他朋友的秘密约定，他留给自己女儿的财产现在又回到了我们手里。对于我们外甥女的恩人，我们肯定不会不给他理应获得的报答啊。’”

特蕾萨拉住威廉的手，说：

“我们在此又见到一个感人的例子，说明无私的善行会带来最丰厚、最美好的报偿。您就听从这奇异的召唤吧，借着再次为侯爵效劳的机会，您可以直奔那个美丽的国度，它可是已经不止一次地教您浮想联翩，心向往之了。”

“我完全听从朋友们的建议和指引，”威廉回答，“在这个世界上，我行我素只会徒劳。我希望坚持的东西不得不放弃，一个不配得到的报偿却硬加到了我身上。”

他握了握特蕾萨的手，趁势抽回自己的手去，同时对教士说：

“我完全听从您的决定，只要无须离开我的费利克斯，我就满意了，就随便去哪儿都行，就可以干你们认为该干的一切事情。”

听罢这段表白，教士马上制订计划。他说：

“就让侯爵走得啦。威廉可以等候大夫的消息，在咱们考虑好怎么办以后，他可以带着费利克斯赶去。”

同样，他对侯爵解释说，年轻的朋友还得做一些旅行的准备，侯爵可以趁此机会先去看看城里的那些名胜古迹。侯爵走了，临行之时一再表示衷心的感谢。他所留下的那些礼物，什么珠宝啊、钻石啊、刺绣啊，则足以证明他的诚意。

而今威廉也充分做好了动身的准备，唯其如此，大夫那儿仍然毫无消息，更加令人尴尬。恰恰在这个时候，可怜的竖琴老人有了处境大为改善的希望，大家担心他会发生不幸。他们派听差去看情况，当晚听差刚上马准备动身，大夫就带着一个陌生人走了进来。此人的相貌和气质都高贵、非凡、肃穆，但却谁都不认识。两人沉默了半晌，终于陌生人走向威廉，把手伸给他说：

“不认识您的老朋友了吗？”

是竖琴老人的嗓音，然而样子一点儿不像了。他穿着普通的旅行装，干干净净，整整齐齐，胡须不见了，卷发梳理得很是讲究。完全把他变得认不出来了的，是他高贵的脸上已不再有老相。威廉激动地拥抱着他，把他介绍给了其他的人。他举止冷静稳重，不知道大家刚刚才详细了解了他的情况。他十分平静地继续说：

“对眼前这个人各位得有耐性，他尽管样子已完全成年，但在经过长期的磨难后重归社会，又成了个无知的孩子。我能重新在人世间抛头露面，得感谢这位好人哟。”

大伙儿表示欢迎他，大夫却立刻建议散步去，以便打断正在进行的谈话，分散人们的心思。

等没有了外人，大夫才做了如下解释：

“这个人痊愈纯粹得益于偶然。按照我们的信念，我们长期对他进行伦理和生理的治疗，也取得了相当可观的效果。只不过，他始终非常怕死，说什么也不肯听从我们的要求，舍弃他的胡子和长袍。除此而外，他倒是对世间的事物表现了更多的关心，他所唱的歌，他的思维方式，似乎都重新开始接近了生活。各位知道，是那位乡村牧师一封特别的来信，把我从这里召了去。我一到，就发现咱们的病人彻底变了：他自愿剃掉了胡子，还允许把他的卷发理成传统的样式，要求穿平常的衣服，似乎一下子成了另外一个人。我们很好奇，想探究这一变化的根源，却又不敢找他本人谈。终于，我们发现一个奇怪的情况：在乡村牧师的家庭药房中，丢失了一小瓶鸦片液，我们觉得有必要严加查找，人人都拼命想摆脱干系，家庭成员中便出现了激烈争论。终于，此人站了出来，承认是他拿了鸦片。问他有没有喝掉，他回答没有，接着却讲：

“‘多亏有了它，我才得恢复理性。现在就看你们了，要是又拿走这个小瓶，你们就会把我推回到原来的状态中去，毫无别的希望。最早带我踏上康复之路的，是一种体验，即觉得就算以自杀来结束人世的苦难吧，也值得一试啊。怀着这样的意图，我拿走了小药瓶，立刻就一了百了，永远摆脱难言之苦的希望，给了我忍受痛苦的力量。自从带着那个护身符，我便紧紧地挨近了死亡，而这样一来，我反倒被推回到了生活中。别担心我会喝它，’他说，‘你们

这些谙熟人心的行家，你们想要帮我摆脱生活的束缚，倒不妨决心先使我好好地服从生活。’

“经过成熟的思考，我们不再追逼他。他现在仍用一只结实的小玻晶瓶带着那毒液，作为一种以毒攻毒的特效药。”

大伙儿首先告诉大夫新近发现的情况，决定对奥古斯丁本人严加保密。教士打算时刻不离他左右，领着他在康复的路上继续前进。

这段时间，威廉应该陪着侯爵游历德国。只要可能唤回奥古斯丁对故国的眷恋，他们就想把情况通知他的亲属，然后由威廉把他送回家去。

现在威廉已做好动身的一切准备。奥古斯丁听说自己的老朋友和恩人马上又要走，反倒显得高兴，虽说一开始教人莫名其妙，可教士很快发现了这奇怪情绪的根源。奥古斯丁仍然克服不了一直对费利克斯怀有的恐惧，所以希望这男孩儿走得越快越好。

眼下来的人渐渐多了，府第加上侧楼差不多已安排不下，特别是因为主人一开始并未做接待如许多客人的准备。大伙儿在一起用早点，吃午餐，也都乐于相信是生活在和谐愉快的环境中，尽管私下心里已都渴望着分开。特蕾萨有时跟罗塔里奥一块儿，但更经常的却是独自骑马出去。她已结识邻近地区的所有男女地主，这是她的治家原则，而且看来也没有错：和邻里就是得和睦相处，永远彼此支持帮助。关于她与罗塔里奥的婚事，似乎根本没有提及。两姐妹有许多话要说，教士看样子正设法接近奥古斯丁，雅诺跟大夫经常在讨论问题，弗里德利希老和威廉在一起，而费利克斯则哪儿好玩到哪儿。在大伙儿分开去散步的时候，也是这么一对一对地组合起来。而一当不得不重新聚在一起，他们就马上用音乐当避难所，这样既把大伙儿全联系起来，又还给了每个人自由。

伯爵突然来凑热闹。他是想接他的夫人，看样子还希望与自己这些在俗的亲属郑重告别。雅诺一直迎到了他的车前。伯爵问在这儿聚会的都是些什么人，他就像每次与伯爵待在一块儿都会疯疯癫癫一样，胡乱答道：

“您会发现这聚着全世界的贵族，意大利的侯爵，法国的侯爵，英国的爵士以及男爵，等等。所缺少的刚好只是一位伯爵啦。”

他们边说边走上楼梯，威廉是伯爵在前厅遇见的第一个人。他打量了威廉一眼，便操着法语对他讲：

“爵士！我很高兴再次与阁下不期而遇，要是没有弄错的话，我肯定在光临舍下的亲王的陪同人员中见过您。”

“我当时是有幸为大人您效劳，”威廉回答，“您把我当成一个英国人，而且是头等的英国贵族，在下实在不敢当，我是个德国人，而且……”

“而且是个有为的青年。”雅诺急忙打断他。

伯爵笑眯眯地盯着威廉，正想回答什么，其他人已一拥而上，热情亲切地欢迎问候他。主人表示歉意，没有现存的像样房间给他休息，但保证马上去安排好。

“嗨，嗨！”伯爵笑盈盈地说，“看得出来，你们是随意地在解决食宿问题。只要用心并安排得当，又有什么不可能呢！现在我只请你们连一只拖鞋也别给我挪动，不然，我清楚，会全部乱套的。那样谁都会住得不舒服，可不要为了我的缘故，让任何人哪怕只是这样过一小时啊。您可以做证，”他对雅诺道，“还有您，Mister①，”他转向威廉，“当时我在舍下舒舒服服地安排下了多少人哦！请给我一份客人和随从的名单，再领我看看眼下每个人住在什么地方。我想拟定一个房间分配方案，只要稍微动一动就让人人都住得宽松起来，而且还要留出位置接待随时可能光临的不速之客。”

雅诺立刻当起伯爵的助手来，给他弄到了所有必需的记录，按照他一贯的作风，只要能时不时地蒙骗一下老先生，就开心得了不

① Mister为英语的“先生”。糊涂伯爵仍当威廉是英国人。

得。老伯爵呢，也很快大获全胜。调整结束了，他让人当着他的面，在所有房门上都写了名字。不可否认，没有费多少周折，做多大变动，就完全达到了目的。除了别的成果以外，雅诺还让眼下彼此感兴趣的人住到了一起。

一切停当以后，伯爵就对雅诺说：

“请帮我查访一下您叫他迈斯特的青年的底细，他自称是个德国人。”

雅诺不吱声，因为他了解伯爵，知道他是那种总是以提问的形式来进行说教的人。果然，还不等他回答，伯爵又说开了：

“即使他的母亲是个德国女子，我敢打赌他父亲仍然是英国人，而且颇有地位。三十年来，在德意志的血脉中流着如此多的英国血液，谁又计算得清楚哟！我不想继续深究，你们总有这样的家族秘密，只不过，在这类事情上，丝毫也瞒不了我。”

随后，他又讲了各式各样据说是威廉当时在他府里的情况，对此雅诺同样一言不发，尽管伯爵大错特错，再次把威廉当作了亲王随从中的一位英国青年。老好的伯爵早些时候记忆惊人，还总是为自己能回忆起年轻时的一些细枝末节而骄傲。可而今他怀着同样的自信，硬把一些奇异的联想和虚构当成真事，这倒反映出他在记忆力日渐衰退的同时，却想象力活跃。除此而外，他也变得十分和蔼和随和了，他的到来，对聚会产生了极好的影响。他要求大家一块儿读些有益的书，是的，他时不时地甚至建议做些小小的游戏，尽管他自己不一定都参加，但却认认真真地充当指挥。人们对他的降尊纡贵表示惊讶，他便会说：每一个不再过问世界大事的人，都有义务在微不足道的小事上与世人打成一片。

在这样游戏玩耍的时候，威廉不止一次地感到了担忧和不快。轻浮的弗里德利希时时抓住机会，暗示他对娜塔莉亚怀有爱慕。弗里德利希凭什么这样想呢？他哪来这样的权利？大伙儿未必不会相信，因为他俩经常在一起，威廉就不慎和不幸地向他吐露了心声吧？

一天，他们这样比平常玩得更加开心，冷不防门猛地一下推开了，奥古斯丁气急败坏地冲了进来。他脸色惨白，目光狂乱，想要说什么却说不出来。众人大惊，罗塔里奥和雅诺估计他是又疯了，便冲过去紧紧将他抓住。他结结巴巴，嗓音沉浊，费了老大的劲终于吼了出来："别抓住我呀！快，赶快救人！救救孩子！费利克斯中毒啦！"

他们放掉他，他急忙奔出门去，众人惊恐地紧跟着他。有人在喊医生，奥古斯丁向教士的房间奔去，大伙儿看见了费利克斯，老远就冲他喊：

"你干的什么呀？"

孩子既害怕又难堪，大声叫道：

"爸爸，我太渴啦，我不是从瓶子里喝的，我喝的杯子！"

"他完蛋啦！"奥古斯丁拍手大叫，一边挤开众人，远远地跑了。

大伙儿发现桌子上蹲着一杯杏仁露，旁边还立着只空了一半的大瓶子。大夫来了，听大伙儿讲了情况，惊恐地发现盛鸦片液那个熟悉的小瓶倒在桌上，已经完全倾倒空了。他让人取来了醋，并使出自己所有的救急本领。

娜塔莉亚吩咐把孩子抱进一个房间，忧心忡忡地在旁边照料着。教士跑去追奥古斯丁，急欲问出个究竟来。不幸的父亲同样跟着白忙活，回来时发现所有人的脸上都带着恐惧和忧虑。大夫这时已化验了杏仁露，发现里边掺进了高浓度的鸦片。费利克斯躺在卧榻上，病得很重的样子。他请求父亲，让人家别再给他的饮料里掺什么，别让人家再折磨他。为了追赶奥古斯丁，罗塔里奥派了自己的用人出去，同时自己也骑着马去了。娜塔莉亚坐在孩子身旁，他便躲到她怀里，哀求她保护他，哀求她给他一小块糖：那醋太酸啦！大夫表示同意，并说，孩子过分激动了，得让他安静一会儿，该采取的措施都采取了，他会做出一切努力。伯爵来了，看样子挺不高兴，板着面孔，甚至可以说是威严地抚摸着孩子，两眼望天，就以这么个姿势待了好一会儿。威廉木然地瘫在圈椅里，却突然跃起身来，绝望地瞅了娜塔莉亚一眼，走出房去了。

紧接着，伯爵也离开了房间。

“我不明白，”大夫过了一阵说，“这孩子怎么没有一点儿危险的迹象。即使只喝了一口吧，也必定吸收大剂量的鸦片。可我现在发现他的脉搏并不跳得格外厉害，稍微有些剧烈也是服了我的药和我们把他吓着了的缘故。”

又过了一会儿，雅诺进来通报，发现奥古斯丁倒在阁楼上的血泊里，身旁扔着一把剪刀。看样子他割断了自己的喉管。大夫急忙赶去，正碰上人们抬着自杀者从楼梯上下来。他被放到一张床上仔细检查：刀子割进了气管，晕倒是因为大出血，然而很快发现还有生气，还存在希望。大夫把他的身体摆顺，把割断的气管接起来，扎上了绷带。

这一夜大家都在失眠和忧虑中度过的。费利克斯不肯让娜塔莉亚离开。威廉坐在她跟前的小板凳上，怀里抱着儿子的脚，脑袋和上身则躺在娜塔莉亚怀里。他俩就这样分担着这愉快的负担，这痛苦的担忧，就以这样既别扭又可悲的姿态，一直坚持到黎明的到来。娜塔莉亚把手伸给威廉握着，两人默默无语，只是望着孩子，只是相互望着。罗塔里奥与雅诺坐在房间的另一头，进行着重要的谈话。要不是我们觉得情况紧急，真想现在就转述给各位读者。

费利克斯平静地睡着了，清早醒来生气勃勃，一跳下床就要吃黄油面包。

奥古斯丁稍稍恢复过来，人们就想听他讲讲情况。真是费了不少力气，才慢慢弄清楚：在伯爵调整房间时，他不幸与教士分到一起，在房里发现了教士的记录，读到了自己的故事，一下子便惊恐得要命。于是他确信再也不应该活下去了，便立刻逃向他习惯的避难所鸦片瓶，把它倾倒在一杯杏仁露里，可是杯子一碰到嘴唇，他却不寒而栗。随即他放下杯子，为了再到花园里去跑跑，再看一看世界。谁知他回来时，看见费利克斯正在把喝过了的杯子重新掺满。

大伙儿求这不幸的人保持平静，他却哆哆嗦嗦地拉住威廉的手。

“唉！”他叹道，“干吗我不早些离开您哦！我很清楚，我会杀死这个男孩儿，要不就是他杀死我。”

“男孩儿还活着！”威廉回答。

大夫在一旁仔细地听着，这时问奥古斯丁，是不是所有杏仁露都混了毒药。

“不！”奥古斯丁回答，“只是玻璃杯里。”

“那真是幸运而偶然，”大夫大声道，“孩子是就着瓶子喝的！一位善良的精灵把着他的手，不让他碰近在一旁的死亡！”

“不！不！”威廉双手捂住眼睛，高声大叫，“这样解释太可怕啦！孩子明明讲不是喝的瓶子，而是从杯里喝的！他的健康只是个假象，他会在我们眼前死去的。”

威廉匆匆走了。大夫回到楼下，一边抚爱着孩子，一边问：

“费利克斯，你是就着瓶子喝的，而不是杯子，对吗？”

孩子哭了起来。大夫私下对娜塔莉亚说明了情况，她也努力想从孩子口里知道真相，但同样没有成功。孩子越哭越厉害，后来终于睡着了。

威廉守在旁边，整夜安然无事。第二天早上，人们发现奥古斯丁已死在床上：他先装睡麻痹了守护的人，然后悄悄扯掉绷带，使自己流血过多而死。娜塔莉亚带着费利克斯去散步，孩子兴奋得就像在自己最幸福的日子里似的。他对娜塔莉亚说：

“你是个好人，不骂我，不打我，我只对你一个人讲，我是从瓶子里喝的！奥勒莉亚妈妈只要一看见我抓饮料瓶，总是抽打我的指头。爸爸样子挺凶，我想他也会揍我的。”

娜塔莉亚步履轻捷地奔回府第，威廉迎面走来，仍一副忧心忡忡的神态。

“您是个幸福的父亲!”她高喊，同时举起孩子来扔进他怀里，“接住，您的儿子! 他是抱着瓶子喝的，调皮捣蛋反倒得救了。”

大伙儿把好的结局告诉伯爵，他却只是笑眯眯地，不声不响地听着，带着谦虚而自信的神奇，就像对好人们的错误表示宽容似的。雅诺注意到了这一切，这次却没法解释老先生为什么如此扬扬自得，直至绕了很多弯子以后才终于搞清楚：伯爵坚信那孩子真的喝了毒液，可通过他的祷告和抚摸却活了下来。现在他也就决定立刻动身走了，跟通常一样，他的行李在转瞬间便已捆扎停当。临行之时，美丽的伯爵夫人一边还没有放掉姐姐娜塔莉亚的手，一边又拉起威廉的手来，把所有四只手紧紧按在一起。随后，她迅速转身上了车。

可怕而奇异的事情一件接一件地连连发生，迫使人们放弃了习以为常的生活方式，府第中呈现出紧张的气氛，原有的秩序破坏了，一切全乱了套。起居饮食和聚会娱乐的时间已颠倒过来。除了特蕾萨，所有人的生活都脱了轨。男人们试图以饮酒重新提起兴致，他们这样人为地制造气氛，结果反倒驱走了唯一能产生欢乐和进取精神的自然气氛。

威廉更是受到一连串的剧烈震动，一件件可怕的意外使他的内心完全失去平衡，简直无法再抗拒那已征服他的心的情感。费利克斯已经归还给他，他心里却似乎空荡荡的。已从威尔纳那儿取来信和支票，他要走万事俱备，所缺少的只是离开的勇气。一切情况都催他快快上路。他揣测，罗塔里奥和特蕾萨就等着他走了好马上结婚。雅诺一反常态地闷声不响，几乎可以说，他已经丧失了常有的乐天欢快。多亏大夫给咱们的朋友大大圆了场，宣称他病了，给了他一些药吃。

大伙儿总是晚上聚到一处。放荡不羁的弗里德利希时常饮酒过量，一开口就说个没完，就一如既往地引经据典，讥刺影射，不断地逗众人发笑，有时也心直口快得教人家难堪。

他似乎压根不信威廉病了。一天，当大伙儿又聚在一起的时候，他便嚷嚷：

“咱们朋友患的这病，您叫它什么来着，大夫？您用来粉饰自己无知的三千种疾病的名称，我想没有一种适合吧？类似的病例可是不少。这样的情况，”他加重语气往下讲，“在埃及或者巴比伦的历史上，就出现过。”

大伙儿微笑着你看看我，我看看你。

“那国王叫什么来着？”弗里德利希叫道，随后停了停。“你们要是不能帮助我，”他继续说，“那我就自己帮助自己。”说着拉开一扇房门，指着前厅里的那幅大油画问：“那个俯在儿子病榻旁悲痛欲绝的山羊胡子国王叫什么？那个刚跨进屋来的美人，贞洁而狡猾的眼里既藏着毒药也带有解毒剂，她又叫什么？还有这个走方郎中叫什么名字？这家伙平生第一次有机会开张聪明的处方，给了患者一剂既可口，又有疗效的断根药。”

他继续以同样的调子喋喋不休。大伙儿尽可能打起精神，用强笑掩饰自己的尴尬。娜塔莉亚双颊微微泛起红晕，暴露了内心的激动。幸亏此时她正与雅诺在来回踱步，一到门口就机敏地闪了出去，继续在前厅中走了走，随后便回自己房间去了。

大伙儿都不吱声。弗里德利希开始又跳又唱起来：

哦，你们将看见奇迹！
该发生的已经发生，
该说起的已经说起。
不等新的一天到来，
你们就会看见奇迹。

特蕾萨跟着娜塔莉亚去了。弗里德利希把大夫拽到了油画前，对医学调侃称颂了一通，也悄悄溜了。

罗塔里奥一直站在凹陷进去的窗前，一动不动地俯视着花园。威廉的心境糟糕透了。即使现在只剩下了他和自己的朋友，他仍沉默了好一阵。他匆匆地回顾着往事，最后在面对自己眼前的处境时不禁不寒而栗。终于，他跳起来叫道：

“如果发生这些事都怪我，我和您的遭遇都怪我，那就请惩罚我吧！就让我在其他痛苦之外再忍受失去您的友谊的痛苦，就让我无所慰藉地去到我早就该消失在其中的茫茫人世上。反之，如果您视我为一起偶然而残酷的情感纠葛的牺牲品，我自己无力从中解脱，那就在我没法再推迟旅行的临别时刻，带着您的爱和友谊上路吧。总有一天，我能够告诉您我在这些日子里的思想活动。也许现在我受这样的惩罚，就因为自己没有及早向您袒露心迹，就因为自己迟迟疑疑，没有让您完全看清我的真相。您原本是可以帮助我，使我及时获得解脱的。一次一次地，我豁然明了了自己的处境，然而总是为时已晚，总是毫无用处。雅诺对我的责备真是太对了啊！我相信完全理解了它，真希望借助它开始新的生活啊！我能够吗？我应该吗？我们人啊，常常无益地责怪自己，责怪命运！我们处境可悲，注定可悲。不管把我们推进深渊的是什么，是自己的过错，是来自上面的影响或是偶然，是道德或是罪恶，是智慧或是疯狂，不通通一个样吗？多保重吧！这幢房子里我反正一刻也待不下去啦，我可怕地滥用了做客的权利，虽然是在违心的情况下。您弟弟的胡来不可原谅，它把我的不幸推到极致，使我绝了望。”

“可是，”罗塔里奥回答，“如果您与我妹妹的结合，是特蕾萨决定嫁给我的先决条件呢？高贵的姑娘想给您这样的补偿，她发誓，要让我们两对在同一天走向祭坛。她说：‘他的理智选择了我，他的心却渴望娜塔莉亚，我的理智将给他的心以帮助。’我们说好了观察娜塔莉亚和您，我们请教士给我们参谋，不得不答应他避免采取任何促使你们结合的步骤，让一切都顺其自然。我们遵守了诺言。自然发挥了作用，而放纵的弟弟只是摇下了成熟的果实而已。咱们既然如此奇妙地走到了一块儿，就不能平平庸庸地活着，让咱们一道从事高尚的事业吧！一个富有教养的人，尽管不怀统治的欲望，却有心当众人的指导者，引导他们适时地去完成原本人人都希望完成的事情，达到他们多数人都看清楚了，然而却不知如何达到的目标。这样一个人能给奉献自己和他人的，真是多得难以置信。让我们今后结成一个同盟吧！这不是幻想，这个想法完全可以实现，然而它并不总是被清楚地意识到，并不总有得力的人去实践。我的妹妹娜塔莉亚是个绝好的例子。造化给这颗美丽的心灵规定的行为方式，将永远无法实现。是啊，她比许多别的人更配获得这个荣誉称号，如果允许我讲甚至包括我们高贵的姨妈在内。当初，在咱们好心的大夫为那份手稿命名时，姨妈确实是我们周围众所周知的性格最美好的人。这时候娜塔莉亚长成了，于是人类又感到庆幸。”

罗塔里奥想继续往下讲，弗里德利希却大叫着跳了进来。

“我赢得了怎样的花环啊？”他叫道，“你们怎样奖赏我？把你们找得到的桃金娘、月桂、常春藤和橡树叶，要捡最最新鲜的，通通扎起来吧！我该得到你们奖赏的功绩太多啦。娜塔莉亚是你的！我是把这个珍宝藏了起来的魔术师。”

“他说胡话，”威廉回答，“我要走了。”

“是谁派你来的？”罗塔里奥男爵问，同时抓住威廉。

“我自作主张，自行其是，”弗里德利希回答，“同时也得到了上帝的恩典，你们要愿意的话。我曾经是个求爱者，现在又成了报信人：我在门边偷听到，她什么全对教士坦白了。”

“无耻的家伙！”罗塔里奥喝道，“谁叫你偷听来着！”

“谁叫他们把门关起来！”弗里德利希反驳，“我全部听得清清楚楚，娜塔莉亚十分激动。那天夜里，费利克斯病得很重似的昏睡在她怀里，您绝望地坐在她跟前，与她共同分担着这可爱的负担，她曾发誓说，孩子要是死了，她就会向您表白爱情，将自己许配给您。现在孩子活着，她为什么就该改变想法？一个人这样做出的许诺，在任何条件下都得遵守。现在牧师就要来啦，想想他会带来什么新消息吧。”

教士跨进房间。弗里德利希冲他叫道：

“我们全知道了，讲简短点儿，您来只是做做形式，先生们没有更多的希望。”

“他偷听了。”男爵说。

“真不像话！”教士喝道。

“快点儿喽，”弗里德利希应道，“婚礼将像啥样子？扳起指头也数得出来。你们必须旅行去，意大利侯爵的邀请对你们来得正是时候。你们只要一翻过阿尔卑斯山，家里一切都会准备好了。人们会感激你们，只要你们干了奇特的事情，让他们得到了无须花钱的消遣。这就像过狂欢节一样，任何阶层的人都有份。”

“你们自然曾用这样的民众节日造福乡梓，”教士接过话头，“而我今天似乎已无话可说。”

“我要说得不全，”弗里德利希道，“那就有请指教。过来，过来！我们必须看看他们，高兴高兴。”

罗塔里奥挽起威廉的胳膊，领他去自己妹妹那儿。他们迎面碰上娜塔莉亚和特蕾萨，大家一下子全呆住了。

“别磨磨蹭蹭啦！”弗里德利希嚷道，“过两天你们已做好蜜月准备。怎么样，朋友？”他转过头去冲着威廉继续说，“当我俩结识那会儿，当我向您讨那美丽的花束那会儿，谁想得到有朝一日，您会从我手里接过一朵如此漂亮的鲜花呢？”

“在眼前无比幸福的时刻，请别对我提起那些时候。”

“您不必为过去的事情不好意思，就像人用不着为自己的出身羞愧一样。其实那些时候也并不坏。我现在看见您忍不住好笑：你让我觉得就像基士的儿子扫罗，他出去寻找父亲走丢的驴子，结果却得到了一个王国。[①]”

“我不知道一个王国价值几何，”威廉回答，“可我知道自己不配享有我已获得的幸福，这个幸福，不管拿世界上的什么来交换我都绝不愿意。”

---

① 典出《圣经·旧约·撒母耳记》。